W0292628

Christina Stead ***Der Mann, der seine Kinder liebte***

Christina Stead

Der Mann, der seine Kinder liebte

Roman

Aus dem Englischen von
Irmela Erckenbrecht

Deutsche Verlags-Anstalt
Stuttgart

Die Originalausgabe erschien 1940 unter dem Titel
»The Man Who Loved Children« bei Simon and Schuster, New York

Die Deutsche Bibliothek – CIP-Einheitsaufnahme

Stead, Christina:
Der Mann, der seine Kinder liebte : Roman /
Christina Stead. Aus dem Engl. von Irmela Erckenbrecht. –
Stuttgart : Deutsche Verlags-Anstalt, 1998
Einheitssacht.: The man who loved children <dt.>
ISBN 3-421-05119-4

© 1940, 1968 by Christina Stead
© für die deutsche Ausgabe 1998
Deutsche Verlags-Anstalt GmbH, Stuttgart
Alle Rechte vorbehalten
Druck und Bindearbeiten: Friedrich Pustet, Regensburg
Printed in Germany
ISBN 3-421-05119-4

ERSTES KAPITEL

1 | *Henny kommt nach Haus*

Den ganzen Nachmittag an diesem Samstag im Juni hielten Sam Pollits Kinder schon Ausschau nach ihm, kurvten mit ihren Rollschuhen über die unbefestigten Bürgersteige und den zerfurchten alten Asphalt von R Street und Reservoir Road, die das mit hohem Gras bewachsene Grundstück von Tohoga House, ihrem Zuhause, begrenzten. Normalerweise war es ihnen nicht erlaubt, wild durch die Straßen zu toben, aber Sam war noch mit den Naturforschern unterwegs, um am felsigen Ufer des Potomac nach Eidechsen und Salamandern zu suchen; Henrietta, ihre Mutter, war in der Stadt, Bonnie, ihre jugendliche Tante und im Haus das Mädchen für alles, hatte ihren freien Nachmittag, und auf sie aufpassen sollte Louisa, ihre elfeinhalbjährige Halbschwester, die älteste der ganzen Brut. Waren ihre Eltern zu Hause, gab sich Louisa ängstlich und streng. Hatte sie jedoch allein das Sagen, war sie gutmütig und hörte das Kreischen der Kleinen am liebsten aus weiter Ferne, während sie selbst, in ein Buch vertieft, oben im Obstgarten auf dem Bauch lag oder träumend durchs Haus streifte.

Durch Wolkenriffe drang die Sonne in Virginias Wälder: ein Baumfrosch schnarrte, und die Luft wurde feucht. Von verschiedenen Ecken gleichzeitig erspähten die schwitzenden Kleinen ihre mit mehreren Päckchen von der Wisconsin Avenue heimkehrende Mutter und zirpten ihr auf ihren Rollschuhen entgegen, um sie nach Hause zu eskortieren, indem sie sich in kunstvollen Figuren um sie drehten, sie umsegelten und umstreiften oder sich an ihren Rockschoß hängten, fröhlich, trotz Hennys auf Anstand bedachter Reizbarkeit.

»Ich komme nach Hause, und was muß ich sehen? Ihr rast wie die Verrückten auf der Straße herum!«

Die Kinder strömten ins Haus, brachten Dreck herein, Mutmaßungen, Fragen, sagenhafte Geschichten von anderen Kindern und Pläne für die nächsten Tage, während Louie plötzlich wieder an die vergessenen Kartoffeln und grünen Bohnen dachte und sich durch die Hintertür in die Küche stahl. Henrietta nahm einen Brief von der Kommode im Flur, einen an sie, an »Mrs. Samuel Clemens Pollit«, adressierten Umschlag, den sie halb lächelnd aufriß, und murmelte: »Dieser Schuft!« Sie ging ins langgestreckte Eßzimmer, um den Brief zu lesen, während Saul, streng genommen der ältere der siebenjährigen Zwillinge, sich an die Rücklehne ihres Stuhles hängte und rief:

»Von wem ist der Brief, Mutter, von wem?« Und sein Zwillingsbruder, der strohblonde Samuel, versuchte, ihr die Handtasche abzuringen, und fragte immer wieder: »Darf ich in deine Tasche schauen, darf ich in deine Tasche schauen, darf ich?«

Als sie ihn, endlich, hörte, überließ sie ihm die abgetragene alte Rindsledertasche und las weiter, ohne der aufgeregten Prüfung ihrer Schlüssel und Toilettenartikel die geringste Aufmerksamkeit zu schenken. Sie bemerkte auch nicht, wie der zehnjährige Ernest, ihr Erstgeborener, ihr Geld in kleine Stapel sortierte, zählte und weise bemerkte:

»Mutter hat zwei Dollar und zweiundachtzig Cents. Mutter, als du weggegangen bist, hattest du fünf Dollar und sechzehn Cents und eine Briefmarke. Was hast du gekauft, Mutter?«

Sie hörten Louisa kommen, die mit hoher Singsangstimme rief: »Heißer Tee! Heißer Tee! Macht mal ein bißchen Platz!«, und rückten auf ihren Hinterbacken einen halben Zentimeter zur Seite. Vorsichtig schob sich Louie durch ihre Mitte und stellte eine große Tasse vor ihre Stiefmutter auf den Tisch.

»War jemand da? Hat jemand angerufen?«

»Die Farbe ist gekommen, Mutter«, sagte Louie und blieb in der offenen Tür stehen. »Sie ist im Waschhaus.«

»Dann will er also morgen wieder das ganze Haus auf den Kopf stellen?« fragte Henrietta.

Ohne zu antworten, ging Louisa langsam hinaus.

»Mutter, du hast zwei Dollar und vierunddreißig Cents ausgegeben. Was hast du gekauft?«

»Was ist in dem Päckchen, Mutter?« fragte Evie.

»Ach, laßt mich in Ruhe. Ihr seid ja schlimmer als euer Vater.« Henrietta zog die Handschuhe aus und nippte an ihrem Tee.

Dies war ihr Stuhl und gleichzeitig der, den sich alle Gäste aussuchten. Er war gerade, aber bequem, nicht zu niedrig, und stand an der Westseite zwischen dem Eckfenster und der gepolsterten Bank. Auf dieser Bank reihten sich dann die Kinder auf, um verzückt fremden Lebensgeschichten zu lauschen. Die Gäste wirkten verlegen, wenn sie dort saßen, hineingeworfen in die Zufälle des Lebens, in Komplotte und Kämpfe; sie lachten grob und unerwartet über törichte Witze, nahmen Zuflucht zu verschrobenen Redensarten, und doch hielten sie sich für wichtig; wo sie gingen und standen, schien ihnen irgend etwas zu passieren. Alle hatten ganze Scharen von Verwandten, mit denen sie im Streit lagen, und Lieblinge, denen sie freundlich zugurrten; sie hatten falsche Zähne, Brillen und Operationen. Die Kinder saßen da, schluckten und starrten mit offenen Mündern, bis Henny zischte: »Wollt ihr Fliegen fangen?«

Saß hingegen Henny dort, hatte alles seine Ordnung; es war, als wäre niemand im Haus, als sei nur ein dunkles, altes Bild zugegen, das schon seit Generationen an der Wand hing. Immer wenn Sam nicht zu Hause war, vor allem nachmittags, saß sie dort, nahe der Küche, wo sie stets heißen Tee bekommen und das Kochen überwachen konnte. Kamen die Kinder von der Schule oder aus dem Garten herein, sahen sie ihre Mutter dort sitzen, still, dünn, müde, die langen, olivfarbenen Hände mit den hervorstehenden Adern um die Teetasse gewunden, um sich zu wärmen, oder über Wolle und Nadeln gleitend, während sie *ihr* Muster in Mützen und Schuhchen für Babys strickte, die ständig irgendwo in der fernen Welt geboren wurden. Dann war sie fröhlich und sagte auf ihre elegante, mädchenhafte, unbesonnene Weise: »Der es macht, der braucht es nicht, der es kauft, der will es nicht, der es braucht, der weiß es nicht.« Und: »Ich hab ein kleines Haus, keine Maus könnt es finden, und alle klugen Männer unserer Stadt könnten seine Fenster nicht zählen – was ist das?« Und dann lächelte sie schelmisch, auch wenn alle längst die Antwort wußten, da Henny nur wenige Rätsel kannte. Aber diese netten kleinen Plappereien waren nur zu hören, wenn Daddy nicht zu Hause war.

Zu anderen Zeiten sahen sie Henrietta, wie sie häßlich, das Haar nach hinten geschoben und die Brille aufgesetzt, über einem kaffeefleckigen weißen Leinentischtuch brütete – andere

Tischtücher kamen ihr nicht ins Haus, farbige hielt sie für *gewöhnlich* –, Löcher stopfte oder an einer der Decken, die sie aus Monocacy, ihrem alten Zuhause in Baltimore, geerbt hatte, die Spitzen ausbesserte. Dann knurrte sie.

»Wenn du noch länger dastehst und mich anstarrst, verpaß ich dir eine, daß du fliegen lernst!« Oder: »Brabbel mir nichts von den verflixten Schlangen ins Ohr. Es bringt Unglück, Schlangen zu haben, und er hält sie sich wie Schoßhündchen.«

Jetzt schickte Henny die kleine Evie los, um ihr Handcreme und Nagelfeile zu holen, während sie unzufrieden ihre großen, achatfarbenen Nägel prüfte und über Flecken und verletzte Monde klagte.

»Ich weiß nicht, warum ich überhaupt zu dieser Frau in der Passage gehe. Sie ruiniert mir noch die ganze Nagelhaut.«

»Auf deinem Tee schwimmt Geld, Mutt!« rief Saul fröhlich.

»Ja, das ist gut«, sagte sie und hob vorsichtig mit ihrem Teelöffel den silbrigen Schaumkreis zum Mund, aber er zerlief, und sie schrie gereizt: »Oje, jetzt ist es für immer futsch!« Die Tasse hatte Sam in einem Trödelladen in der P Street entdeckt, sie war aus altem, schwerem Porzellan und mit Rosensträußen und der Aufschrift »Mutter« bemalt; er hatte die Kinder dazu gebracht, sie ihr zu ihrem letzten Geburtstag zu kaufen.

Henny saß träumend da, den Brief im Schoß. Sie war nicht ruhelos und lebhaft wie die Pollits, all die Anverwandten ihres Mannes, die, wie sie stets sagte, »herumliefen wie Hühner, denen man die Köpfe abgeschlagen hat«. Sie saß ruhig da, anmutig und träge, und bewegte sich nur gelegentlich, um mit dem Finger dem Muster im Damast der Tischdecke zu folgen oder um die Haltung zu ändern und ihr Gesicht auf die Hand zu stützen und in die Ferne zu starren, eine alltägliche Geste, die bei Henny wegen ihrer großen, hellen Augäpfel und der dünnen, hohen, schwarzen Augenbrauen äußerst theatralisch wirkte. Sie war wie ein großer Kranich in den Flußniederungen, der mit angezogenem Bein dasteht und lauscht. Sie hielt den Blick starr auf ihre Vision gerichtet und schloß dann plötzlich die Augen, so daß das Kind, das sie gerade beobachtete – irgendein Kind war immer in der Nähe –, nichts weiter sah als den großen Augapfel in seiner fleischigen Hülle, tief eingesunken in die faltige Schädelhöhle, den dunklen Kreis darum herum und die hohe, dünne Augenbraue, während die übrige Haut, nicht mehr von den glänzenden Augen bestrahlt, ihre wahre Farbe zeigte, ein fahles Oliv. In solchen Augenblicken wirkte sie furchterregend in ihrem unmäßigen Schweigen; der bittere Zug ihres bleichen Mundes und die unebenmäßige schmale Spielernase mit den despektierlichen Nasenlöchern verlängerten ihr scharfgeschnittenes ovales Gesicht, zogen an den trockenen Hautfalten. Wenn sie schließlich die Augen wieder öffnete, schoß ein Blick des Hasses, des Schreckens, der Leidenschaft oder der Verachtung aus ihnen hervor. Die Kinder – es waren brave Kinder, wie jedermann beteuerte – krochen vorsichtig heran, um sie nicht zu verärgern, und flüsterten von ihrem Ellenbogen auf: »Mutt, darf Whitey heute zu mir kommen?« oder etwas Ähnliches, und sie erschrak und begann zu weinen.

»Was denkst du dir dabei, dich so anzuschleichen? Willst du mir nachspionieren wie dein Vater?« Oder: »Geh mir aus den Augen, bevor ich dir eine lange, du scheußliche Kriechpflanze!« Oder: »Macht es dir Spaß, mich zu erschrecken? Soll das etwa witzig sein?«

Dann wieder, so wie jetzt, saß sie da und ließ ihre Blicke durchs Zimmer schweifen, sah vom staubigen Deckenfries zur zerschlissenen Gardine, von einem Nagel unter dem Oberlicht, der vom letzten Weihnachtsfest übriggeblieben war, zum abgetretenen Fußboden vor der Türschwelle, zerschlissen von vielen tausend kleinen Tritten. Dabei war sie nicht aufgebracht, sondern nahm jedes altbekannte Detail in sich auf, als hätte sie es durch lange Vertrautheit fast liebgewonnen, nahezu interessiert, als würde sie innerlich aufs neue erwägen, wie sich all diese Dinge ins Lot bringen ließen, sobald die Erschöpfung verflogen war und der Tee und das Ausruhen ihr neue Energie eingeflößt hatten.

Henny hatte nie in einer Etagenwohnung gelebt. Sie war eine altmodische Frau, von der Ruhe der Gewohnheit erfüllt. Sie gehörte zu diesem Haus, und dieses Haus gehörte zu ihr. Obgleich sie seine Gefangene war, war es ihr Besitz. Sie und das Haus, das war ihre wahre Ehe. Sie bewohnte jeden Balken und jeden Stein: Jede Vorhangfalte hatte eine Bedeutung – war vielleicht nur deshalb auf diese besondere Weise arrangiert, um eine gestopfte Stelle oder einen Fleck zu verbergen; jedes Zimmer war eine Phiole der Offenbarung, auszugießen in fiebriger Nacht in den geheimen Laboratorien ihrer Entscheidungen, voll von Krebsgeschwüren der Beleidigung, Lepraknoten der Desillusionierung, Abszessen des Grolls, Gangränen des Nimmermehr, Fieberschüben der Scheidung und all den wuchernden Leiden, schwärenden Wunden und eitrigen Schrunden, derentwegen – und nicht wegen ihrer himmlischen Freuden – das Fleisch der Ehe mit dichten Schleiern verhüllt und klösterlich verborgen wird.

Wenn Henny vor ihrem Tee saß, wenn der Dampf aus der Tasse aufstieg und sich der flüchtige, verräterische Schaum an den Rändern sammelte, erhoben sich vor ihr die tausend Stürme ihres eingezwängten Lebens, verdünnte Illusionen aus heißem Dampf. Über die Redensart vom »Sturm im Wasserglas« hätte sie nie gelacht. Ein paar grobe, grausame Worte über fünf vergeudete Cents wogen im Leben einer Frau ebenso schwer wie die Debatte über Kriegsenteignungen im Kongreß: Der ganze zehnjährige Bürgerkrieg toste in ihren hitzigen Worten, wenn sie einander voller Zorn anschrien; alle Schlangen des Hasses züngelten und zischten. Wie Gefängniszellen bedeckt sind mit den Sprüchen der Verdammten, so war es dieses Haus mit Hennys Verurteilung zu lebenslänglicher Haft, unsichtbar, aber so dick wie fest gewebter Stoff. Hier saß sie, um Patiencen zu legen. Die späte Abendsonne schien auf die Karten und die grünen und roten Linoleumfliesen. Wenn Sam ausgegangen war und Henny sich rastlos fühlte, nahm sie ihren Doppelpack heraus und mischte die Karten mit einem Geräusch, das an das ferne Knattern eines Maschinengewehres erinnerte, betrachtete den Stapel besorgt, mischte noch einmal und legte die Karten schließlich in Vierergruppen aus. Alle Kinder sahen ihr zu und zeigten ihr, wo sie die Karten hinlegen sollte, bis sie gut gelaunt sagte:

»Ach, schießt in den Wind!« Sie brachte Louie bei, wie man Patiencen legte; sie dürfe die Karten bloß nicht anrühren, wenn ihr Vater zu Hause sei, das sei alles.

Sam bemühte sich, alles, was er wußte, an die Kinder weiterzugeben, und murrte, von ihrer *Mutter* lernten sie rein gar nichts – und doch war der Einfluß beider auf die Jungen und Mädchen gleich groß. Die Kinder übernahmen Kniffe und Ideen ganz nach ihrem täglichen Bedarf, ohne darüber nachzudenken, woher sie stammten, und ohne jede Dankbarkeit. Henny sah das und zerbrach sich daher nicht den Kopf über die Kinder. Sie gehörte selbst zu denen, die alles nebenbei aufgeschnappt hatten. Henny las beim Tee auch manchmal die Zukunft aus den Karten, allerdings nie für die Kinder. Wenn sie die Karten auslegte, um daraus etwas über die Zukunft von Tante Bonnie – Sams fünfundzwanzigjähriger Schwester, dem unbezahlten Hausmädchen der Familie – oder Miss Spearing – Hennys unverheirateter Schulfreundin – zu erfahren, stimmte sie jedesmal jene wunderbare Geschichte an, die davon handelte, wie sie in die Stadt gefahren sei, »mehr tot als lebendig und mit höchstens zehn Cents in der Tasche, und ich hatte vor, einen Safe zu knacken«, und wie in der Straßenbahn ein »dreckiger Steppke mit Fischgesicht sich absichtlich über mich beugte und meine Brust einquetschte« und wie »eine ganz gewöhnliche Frau neben ihm, grobschlächtig wie eine Menschenfresserin, dick wie ein Nilpferd und mit lächerlich vorstehendem Hintern, wie ein Hai grinste und versuchte, ihm schöne Augen zu machen«, und wie dieses herrliche Abenteuer stundenlang weiterging und sich ständig mit neuen Schreckensgestalten füllte. Unweigerlich waren darunter auch eine Frau mit Kuhgesicht, ein Mädchen, das aussah wie ein verschrecktes Kaninchen, eine klapprige Vogelscheuche, deren gelbliches Haar an einen Heuhaufen im Sturm erinnerte, eine Frau, die Henny mit ihrem albernen Geschwätz langweilte, zahllose unverschämte, flatterhafte junge Mädchen hinter diversen Ladentheken und Kellnerinnen, die stanken wie eine Gerberei auf zwei Beinen – oder ein ganzer Fischmarkt –, und trotzdem im Gespräch mit Henny eine dicke Lippe riskierten, woraufhin sie ihnen kräftig die Leviten las und ihnen dabei »mehr zurückzahlte, als sie erwartet hatten«. Außerdem gab es Männer und Frauen, alte Bekannte von ihr oder Freunde von Sam, die so taten, als würden sie sie kennen, die Henny links liegenließ, denen sie die kalte Schulter zeigte, die sie mit einem distanzierten Kopfnicken, einem höflichen Gruß abspeiste oder mit einem ihrer schwarzen Blicke bestrafte. Und es gab lächerliche alte Gockel, dümmliche Gestalten, die sie anglotzten wie eine Gans, wenn's draußen blitzt, schmierige alte Grabscher, ausgemergelte Kerle, die aussahen, als kämen sie geradewegs aus dem YMCA-Wohnheim; Frauen so dünn wie Bindfäden und Männer so dick wie ein Schweinefaß; Frauen, deren Blusen so aufgebläht waren, daß Henny am liebsten mit einer Nadel hineingestochen hätte; Männer, die wie Kohlenträger, und Frauen, die wie gekochte Eulen aussahen; und Henny begegnete nie jemand anderem als diesen wundersamen Geschöpfen, die gaffend, grinsend, zerrend, stoßend, stinkend, kreischend und prahlend durch die Straßen, Geschäfte und Restaurants von Washington zogen und auf einen tadelnden Blick von Henny hin erblaßten, sich duckten und verdrückten.

Was für eine langweilige, fade Erwachsenenwelt dagegen die Kinder sahen, wenn sie einmal ausgingen! Und was für eine moralische, hochgeistige Welt ihr Vater überall erblickte! Für Henny jedoch gab es eine ganz besondere, wundersame Welt, und wenn die Kinder sie begleiteten, offenbarte sie sich auch ihnen: Sie sahen die Fischaugen, das Krokodilgrinsen, Haar wie ein Reisigbesen, sahen schäbige, mit Maden übersäte Männer und zappelige Kinder, die sich wanden wie Aale. Henny nahm die Kinder jedoch nur selten mit. Sie ging lieber alleine aus, stöberte in den Kellerläden mit Sonderangeboten, fragte den jungen Mann in der Bibliothek, was zu lesen ratsam sei, trank Tee in irgendeinem düsteren Restaurant, wanderte einsam durch die Straßen, mäkelte an den Schaufensterdekorationen herum und fragte sich, ob ihr, »obwohl ich so alt bin und aussehe wie eine schwarze Hexe«, in dieser oder jener Straße doch noch das Schicksal begegnen möge. Wenn sie dann nach Hause zurückkehrte, saß sie in der Straßenbahn neben einem Mädchen, das »in einer Fabrik arbeitete, wie eine Lilie aussah, dabei roch wie ein verfaulter Kohlkopf« und grinsenden Männern schöne Augen machte, oder sie stand neben einem grobschlächtigen, dreck-überkrusteten Arbeiter, der ständig gegen sie stieß und nach Schweiß roch, oder traf irgendeinen lüsternen Kerl, der versuchte, ihre Fahrkarte zu bezahlen.

Louie saß traumverloren an ihrem Ende der Bank, fragte sich, wie sie je überleben sollte, falls irgendein lüsterner Kerl in der Straßenbahn schändlicherweise versuchen sollte, ihre Fahrkarte zu bezahlen, bewunderte Henny für die Charakterstärke, die sie inmitten all dieser Ungeheuerlichkeiten bewies, und war mehr und mehr überzeugt, daß die Welt voller dunkler, bedrohlicher Schrecken war. Schließlich war es nicht Henny allein, die durch dieses Inferno ging, jede Frau kannte es, ganz besonders zum Beispiel Mrs. Wilson, die immer montags kam, um ihnen beim Waschen zu helfen. Auch Mrs. Wilson, obwohl sie »so dick wie ein Ochse« war, wurde von grobschlächtigen Arbeitern mit schweißigen Achselhöhlen bedrängt, die sie gierig anstarrten, auch Mrs. Wilson mußte diversen Lebensmittelhändlern gründlich die Meinung sagen und kleine, halbverhungerte Mädchen, dünn wie Zahnstocher, in ihre Schranken weisen. Mrs. Wilson war es auch, die die hinreißende Charlotte Bolton – die Tochter des Rechtsanwalts, der in einem wunderschönen Bungalow auf der anderen Seite der Straße wohnte – dabei beobachtet hatte, »wie Mylady, die Hände in die Hüften gestützt, mit dem Hintern wackelte und einem Mann zulachte wie ein gewöhnliches Straßenmädchen«, dazu war dieser Mann »schwarz wie die Nacht, ganz bestimmt floß in seinen Adern stockdunkles Blut«. Louie und Evie und die hilfsbereiten Jungen, die montags an den schmutzigen Kleidern schrubbten und dienstags unter den Stapeln frisch gebügelter Wäsche schnauften, schwiegen stundenlang und staunten über diese tragische Feenwelt, in der all ihre erwachsenen Freunde lebten. Sam, ihr Vater, kannte unzählige Geschichten von Freunden und Feinden, aber die meisten von ihnen waren brave Bürger, waren mit braven Frauen verheiratet und hatten brave – wenn auch ungebildete – Kinder. Niemals traf Sam jemanden aus Hennys Welt, grotesk, übelriechend, laut, grob, ungehobelt und gemein, von Skandalen gebeutelt, von Verleumdung getroffen und dreckübersät, finanziell ruiniert und körperlich abstoßend, von zweifelhafter Herkunft und auf schiefer Bahn unabwendbar einem unrühmlichen Ende entgegenstrauchelnd.

Nachdem Henny ihrer Schwester Hassie, ihrer Schwägerin Bonnie – obgleich sie alle Pollits verachtete – oder Miss Spearing, ihrer Busenfreundin, ihr Herz ausgeschüttet hatte, ging sie manchmal hinaus, und nach einer Weile des Schweigens stahlen sich kleine Schwärme klingender Noten durch das lauschende Haus, kreisten am schläfrigen Nachmittag wie rundliche Tauben über den Dächern, Chopin oder Brahms, Hennys trägen, aber festen Fingern entflohen. Auch Sam konnte gemein sein, kleidete es aber immer in einen Witz. Henny dagegen war auf schöne, klare Weise gemein. Sie bat nicht um Schonung und kannte selbst auch keine Schonung für diese niederträchtige Welt, und wenn sie ihren Kindern von Gemeinheiten erzählte, tat sie es nicht, um sie zu verderben, sondern weil die Welt für sie tatsächlich so war. Wie konnte ihr Vater, sagte sie, die Kinder mit seinen Lügen und Dummheiten so hinters Licht führen?

Der Stuhl und das schräg einfallende Licht, das endlose, unlösbare Patiencespiel, waren für Hennys zerrüttete Nerven tröstlich wie ein weiches Federbett. In der Wärme des Spätnachmittags, einige Zeit, bevor sie das Herannahen von Schritten erwartete, saß sie bei ihrem dritten oder vierten Spiel und ihrer dritten oder vierten Tasse Tee. Dabei kam es ihr vor, als bade sie in der warmen Feuchtigkeit anderer Sommer. Sie sah die glitzernden Anhöhen der granitgepflasterten North Charles Street, sah den halbtrockenen Brunnen mit einem Boot am Eutaw Place, den man von Hassies Backsteinhaus aus erkennen konnte, die scharf riechende, rötliche, in der Gosse schwappende Brühe; sah die Masten kleiner Boote und Barkassen, das einsame Aufblitzen eines Autos auf der Brücke; sah die zugkräftigen, frisch geputzten Schaufenster von Damenschneidern und die mit Troddeln verzierten Vorhänge eines Clubs, die verschwiegenen Türen kleiner Nachtbars, das Gelb und Rosa eines Teehauses, in das sie früher als Schülerin mit Hassie gegangen war. Wehte der Wind stark und hatten ihre Kopfschmerzen noch nicht eingesetzt, roch sie sogar die brackigen, leicht salzigen Ströme des Chesapeake und jagte in der Jolle ihres Cousins oder dem Motorboot ihres Vaters über die Wellen; und dann spürte sie die Geräusche und Gerüche all der Samstage, die von den mächtigen Brechern der Jahre längst davongespült worden waren, der Samstage, an denen sie noch ein dünnblütiges, kokettes Mädchen gewesen war, das seine Nase nach Lust und Laune zum Bluten bringen konnte, sich in einem Wutanfall auf den Rasen von Monocacy warf und die Bediensteten herumkommandierte, das seinen Vater umgarnte und auf die albernen Spielzeuge wartete, die er ihm kaufen würde – eine Verlobung mit einem großen Geschäftsvermögen, eine Heirat mit einem großen Namen, vielleicht sogar den unerwarteten Glücksfall einer blaublütigen Romanze, auf jeden Fall aber gesellschaftliche Vergnügungen, ein Kindermädchen und zwei mondäne Kinder in Rosa und Blau. All das stieg aus der Vergangenheit auf, während sie dort saß, wenn auch nur schwach, kaum deutlicher als ein Wind, der zehn Meilen weiter weht und manchmal einen Luftstoß herüberschickt. Wurde sie sich dieser Ströme am Regenbogenrand ihres Gedächtnisses bewußt, biß sie sich auf die Lippe und errötete, wütend vielleicht auf ihren nachgiebigen Vater, weil er sie mit diesem Mann verheiratet hatte, wütend auf sich selbst, weil sie so schwach gewesen war.

»Sadie war 'ne Lady«, sagte sie plötzlich in die Stille, und: »Hmff!« oder: »Hätte *ich* es mit so einer zickigen Schlampe zu tun gehabt, hätte ich sie schon als Junges ersäuft.« Bis heute konnte sie die Demütigung nicht vergessen, ihren Namen fünf oder sechs Jahre lang in den Gesellschaftskalendern unter den »in Frage kommenden« jungen Damen gedruckt zu sehen – und dann einen Mann geheiratet zu haben, der letztendlich nichts anderes war als ein ganz alltäglicher, subalterner Bürokrat. Ohne irgendeinen Abschluß war er mit Müh und Not in die unterste Beamtenlaufbahn gerutscht, war nur aufgrund seiner praktischen Erfahrung in die Maryland Conservation Commission aufgerückt und verdankte seine Neid erregende Karriere einzig und allein dem Einfluß, den Hennys Vater in den Lobbys der Hauptstadt für ihn geltend gemacht hatte.

Irgendwann würde Ernie, ihr Liebling, ins Zimmer stürmen und atemlos fragen: »Ist sie aufgegangen, Mutt?« Auch deshalb blieb sie sitzen. Und während sie dort saß und Patiencen legte oder eine mikroskopisch kleine Stopfarbeit versah, lief manchmal eine kleine Maus vorbei oder blieb wagemutig vor ihr stehen und starrte sie fragend an. Henny blickte ganz ruhig auf das gräßliche, spitze Gesicht herab und fuhr mit ihrer Arbeit fort, während die Maus so tat, als liefe sie fort, um am nächsten Stuhlbein zu verharren und noch einmal neugierig zurückzuschauen. Die Mäuse waren wohlgenährt. Sie stellten regelmäßig Fallen auf, aber den Mäusen in diesem Haus war einfach nicht beizukommen. Henny nahm die schwärzlichen kleinen Wesen als Hausgäste hin. Auf den Kriegspfad ging sie nur nachts, wenn sie plötzlich erwachte und ihr vom großen Flur oder gar aus ihrem eigenen Schlafzimmer der durchdringende moschusartige Geruch in die Nase stieg; oder wenn sie eine kleine Zuschauerin betrachtete und sah, daß sie schwanger war. Sie hätte auch alles andere hingenommen, die Winde, das Ächzen und Klappern des alten Hauses, die Zahnschmerzen, das Kopfweh, die irren Ängste vor Krebs und Tb, all ihre Hausgäste, wenn sie bloß irgendwo zwischen all diesen Unruhestiftern ein kleines Leben für sich hätte führen können. Aber sie hatte die Kinder, sie hatte eine Stieftochter, sie hatte kein Geld, und sie mußte mit einem Mann zusammenleben, der sich für eine Gestalt des öffentlichen Lebens und einen Moralisten heiligster Güte hielt. Der Moralist sagte, Mäuse brächten Keime ins Haus, also war sie gezwungen, auf sie und alle ihre Kumpane Jagd zu machen. Doch obgleich sie Tiere verabscheute, spürte sie unfreiwillig, daß es den kleinen Räubern kaum anders erging als ihr selbst, daß sie nur versuchten, sich irgendwie durchzuschlagen: Henny gehörte zu dem Menschenschlag, der das Leben für eine endlose Reihe gegenseitiger Raubüberfälle hielt.

Sie spielte unermüdlich weiter, bis ihre Wangen glühten und sie nach einer weiteren Tasse Tee rief oder aufstand und sich einen Teller mit Cheddar und Worcestersauce holte und die Karten beiseite schob.

»Ich wünschte, eure Mutter würde aufhören, Patiencen zu legen, sie sieht dabei aus wie eine alte Hexe oder ein zänkisches Opossum«, sagte Sam mit sanfter Stimme ins dunkle Abseits gewandt, wenn er sie bei seiner Heimkehr gelegentlich beim Spielen fand. Am Ende war sie ganz erschöpft. Sie spielte fieberhaft, bis ihr Geist in Düsternis versank, bis all die Erinnerungen und das Wohlbehagen längst vergangen waren. Und wenn der Vater nach Hause kam, entglitten ihr die Kinder, die um sie herumgekrabbelt waren, verschwanden wie Wasser, das in den Abfluß rinnt, so daß sie ganz allein dort saß, mit schwarzen Augen, gelber Haut und angestrengten Falten, und murmelte, wie sie es auch in diesem Augenblick tat:

»Ein schmutziger, gesprungener Teller, das bin ich!«

»Was hast du gesagt, Mummy?« fragte der kleine Sam. Sie sah ihn an, das Ebenbild seines Vaters, und sagte noch einmal: »Ich bin ein schmieriger, alter Suppenteller«, und brachte sie damit alle zum Lachen, auch sich selbst.

»Mutter, du bist so dumm«, sagte Evie.

Henny stand auf und ging in ihr Zimmer. Es war ein großer Raum, der fast ein Viertel der Grundfläche des Hauses einnahm, mit zwei Fenstern nach Osten und einem zum Vorgarten, von der R Street durch doppelte Hecken abgeschirmt. Obgleich im Zimmer die Walnußmöbel standen, die sie von zu Hause mitgebracht hatte, dazu noch das große Doppelbett, in dem sie jetzt allein schlief, gab es noch reichlich Platz zum Spielen.

Henny nahm am Frisiertisch Platz, um ihren Hut abzunehmen. Die Kinder drängten sich um den silbrig glänzenden Tisch und griffen nach ihren Ringen.

»Was hast du gekauft, Mutter?« wollte eines der Kinder wissen.

»Mutter, kann ich ein paar Cents haben?«

Henny schüttelte ihre halbgrauen Locken auf. »Wenn ich nur einen Nickel hätt', dann macht' ich es mir gar so nett. Husch, hinaus mit euch! Ihr verflixten Kletten laßt mir aber auch keine Minute Ruhe.«

»Mutter, kann ich einen Nickel haben, bitte?«

»Mutter, was hast du gekau-hauft?« fragte Hennys Jüngster mit Singsangstimme, Tommy, der dunkelhaarige Vierjährige mit den glänzenden Mandelaugen und dem Scheitelkäppchen aus dichten Locken. Dabei kletterte er auf den Frisiertisch, betrachtete ausgiebig ihr Spiegelbild und küßte es.

»Schau nur, Mutt, Tommy hat dich im Spiegel geküßt!« Sie lachten ihn aus, während er errötete und sich vornüberbeugte, um ihr einen herzhaften Schmatzer aufzudrücken und sich dabei selbst im Spiegel zuzusehen.

»Ach, du küssender Borkenkäfer! Es bringt Unglück, wenn zwei gleichzeitig in einen Spiegel sehen. Und jetzt kletter da herunter und lauf hinaus! Geht und füttert die verflixten Tiere, und dann kommt zurück und wascht euch die Hände fürs Abendessen.«

Die Flut verebbte und ließ Henny allein auf trockener Flur zurück. Seufzend zog sie den Brief heraus, den sie am Nachmittag bekommen hatte, und las ihn sorgfältig durch.

Am Ende faltete sie ihn wieder zusammen und schnaubte verächtlich: »Und mittendrauf ein fettiger Fingerabdruck von diesem schmierigen, heuchlerischen Trampeltier. Wenn ich nur an seine eingefallenen, frömmlerischen Wangen denke, bleich wie Nierentalg, und das puterrote Gesicht seiner dämlichen Frau ...«

Nachdenklich betrachtete sie den Brief, drehte ihn um, holte ihren Füllfederhalter heraus und machte sich an die Antwort.

Doch dann zerriß sie ihr Blatt, spuckte auf die Schnipsel, hob sie mit einer Lockenzange auf und verbrannte sie samt ihrer gekritzelten Zeilen in einem kleinen Topf, der ausgetrocknet auf dem Heizkörper stand.

Der Brief stammte von ihrem ältesten Bruder, Norman Collyer, der sich weigerte, ihr Geld zu leihen. Irgendwo in der Nähe des anstößigen Fettflecks hieß es:

Du solltest in der Lage sein, mit Deinem Geld zurechtzukommen. Dein Mann verdient um die 8000 Dollar im Jahr, und als Vaters Liebling hast Du außerdem schon immer irgendwas zugesteckt bekommen. Ich kann Dir nur meinen guten Rat geben, den Du, wie ich Dich kenne, wahrscheinlich ohnehin nicht befolgen wirst. Und dieser Rat lautet: Schnall den Gürtel enger, schränk dich irgendwie ein, laß keine Rechnungen auflaufen und geh um Himmels willen nicht zu irgendwelchen Geldverleihern. Ich habe meine eigene Familie hungern sehen. Was meinst Du, was die Stelle, die ich von Vater bekommen habe, mir einbringt? Aus Deinem Sumpf mußt Du Dich schon aus eigener Kraft herausziehen. Das Problem ist, daß Du bisher nie für Deine Fehler bezahlen mußtest.

Henny öffnete das Fenster, um den Rauch herauszulassen, dann nahm sie einzelne Stücke aus ihrem silbernen Schmuckkästchen und betrachtete sie stirnrunzelnd. Sie riß die Doppeltür ihres Wäscheschranks auf, wühlte zwischen den Tüchern und zog zuerst ein Buch aus der Bibliothek und dann zwei schwere Suppenkellen und sechs alte silberne Teelöffel heraus. Mit gleichgültiger Miene sah sie sie an und schob sie schließlich in ihr Versteck zurück.

Sie überließ es Louie, die Kinder zum Abendessen zu versorgen, aß selbst von einem Tablett in ihrem Schlafzimmer und kritzelte nebenbei ein paar Zahlen auf einen Briefumschlag. Als sie ihr Tablett zurück in die Küche brachte, polterte Louie mit dem Geschirr im Abwaschwasser. Henny rief: »Nimm deinen fetten Bauch aus der Spüle! Sieh dir dein Kleid an! Großer Gott! Jetzt muß ich bis Montag ein anderes Kleid für dich sauber und trocken kriegen. Wenn du vorn immer naß bist, wird dir eines Tages nichts anderes übrig bleiben, als einen Säufer zu heiraten. Ernie, hilf Louie beim Abwasch, und ihr anderen verschwindet gefälligst. Und macht das verflixte Radio aus. Es reicht, wenn Mister Großmaul zu Hause ist und seinen Dampf abläßt.«

Die Kinder stoben fröhlich davon, während Louie ein langes Gesicht zog und sich ein Handtuch um die Taille schlang. Henny seufzte, hob die Teetasse auf, die Louie umgestoßen hatte, und ging in ihr Schlafzimmer gleich neben der Küche. Von dort aus rief sie:

»Ernie, bring mir deine Hose, damit ich sie stopfen kann.«

»Das hat Zeit«, antwortete er rücksichtsvoll. »Du brauchst das nicht heute abend zu machen. Morgen ist Sonntag-Wonntag, und wir streichen das Haus an – da trage ich sowieso meine Arbeitshose.«

»Hast du gehört, was ich gesagt habe?«

»Ja, natürlich.« Er zog rasch die Hose aus, lief zu Henny und hielt sie ihr mit ausgestrecktem Arm entgegen. Einen Augenblick lang blieb er neben ihr stehen und sah ihr zu, wie sie den Stoff an der gerissenen Stelle zusammenpaßte. »Ich wette, ich könnte das ganz leicht selber machen, Mum. Warum bringst du es mir nicht bei?«

»Danke, mein Sohn, aber solange deine Mutter die Kraft dazu hat, wird sie das für dich tun.«

»Bist du heute krank, Mutter?«

»Deine Mutter ist immer krank und müde«, erwiderte sie mit düsterer Stimme.

»Soll ich dir mein Tuch holen, Mutter?« Er meinte sein Babytuch, das er mit ins Bett nahm, wenn ihm unwohl oder weinerlich zumute war.

»Nein, mein Sohn.« Sie sah ihm direkt ins Gesicht, wie einem Fremden, dann zog sie ihn an sich und küßte ihn auf den Mund.

»Du bist Mutters Engel. Geh und hilf Louie.« Er machte einen Luftsprung und lief johlend hinaus. Wenig später hörte sie, wie er liebevoll mit seiner Halbschwester plauderte.

»Trotzdem wär ich besser dran, wenn ich sie alle nie gesehen hätte«, grummelte Henny, während sie ihre Brille aufsetzte und den schwarzen Futterstoff in Augenschein nahm.

2 | *Sam kommt nach Haus*

Sterne trieben in schmalen Himmelsstreifen, als Sam nach Hause kam. Die Laternen auf der kleinen Insel aus Straßen zwischen Fluß und Park waren in Blätter gehüllt. Georgetowns Kinderhorden, die zahlreichen Sprößlinge aus den langen Reihen kleiner Einzelhäuser, kamen ihm rufend und balgend entgegen, während er pfeifend bergan schritt und die blassen Gesichter sah, die vorbeistiebenden Knie, die Lichter und Sterne über sich und um sich herum. Sam hätte gleich nach Sonnenuntergang zu Hause sein können, zu einer Zeit, als seine eigene wilde Brut noch nach ihm Ausschau hielt, und er hatte es auch vorgehabt, denn ein Versprechen, das er seinen Kindern gab, brach er nie. Er hätte sich schon früher auf Schusters Rappen schwingen können, denn wie er so gerne sagte, »bringen die mich überallhin, in weite Fernen und in die Welt der Wunder, die um uns ausgebreitet liegt, auf Wegen und Stegen, zu Reichen und Armen, über die Schwelle des Mannes, der seine Mitbrüder – und natürlich auch seine Mitschwestern – liebt, zur Bühne des Redners, der die Diener des Bösen geißelt und die Wurzeln allen Übels offenlegt«.

Ja, er hätte schon am Nachmittag in weniger als einer Stunde auf Schusters Rappen nach Hause reiten und die Key Bridge von Rosslyn aus überqueren können, als die Naturforscher ihren Besuch im neuen Vogelschutzgebiet auf Analostan Island beendet hatten. Aber heute war Sam der Held seiner Abteilung und aller naturbegeisterten Wissenschaftler, denn er hatte die langersehnte Berufung zur anthropologischen Expedition in den Pazifik erhalten, und das bedeutete nicht nur sein jetziges Gehalt plus Reisespesen, sondern auch einen kühnen Schritt vorwärts auf seinem Weg zum Ruhm.

Im Vorübergehen betrachtete Sam ein baufälliges kleines Haus; es erinnerte ihn an das erbärmliche Elendsquartier, in dem er einst mit seinem Bruder in Dundalk bei Baltimore gewohnt hatte, und seine Lippen verzogen sich zu einem Lächeln.

»Dem Ruhm entgegen!« sagte Sam. »Ich habe einen weiten Weg hinter mir, Bruder, einen weiten, weiten Weg. Achttausend im Jahr plus Spesen – und dazu Tohoga House in Georgetown, D.C., dem schönsten Vorort der Hauptstadt einer stolzen Nation. Und die Kinder des armen Sam Pollit, des mittellosen Maurersohns, der mit zwölf Jahren die Schule verließ, werden bald auf der Universität studieren. Sie werden in den erhabenen Säulengängen der herrlichsten Stadt Amerikas wandeln, mitten im Herzen des demokratischen Athen, so viel größer und ruhmreicher als die jämmerlichen Ruinenstädte, die die Dreckkratzer aus dem Altertum ans Tageslicht holen. Und dabei fühle ich mich ganz klar und ruhig. Mein gutes, altes Herz gerät nicht aus dem Takt. Nein, ich darf mich nicht auf meinen Lorbeeren ausruhen – stetig sei mein Schritt! Ich fühle mich frei!« Sam wunderte sich über sich selbst. Warum fühlte er sich so frei? Er war immer frei gewesen, ein freier Mann, ein freier Geist, ein Freidenker. »Herrjemine!« dachte er und atmete tief ein. »So fühlen sich Menschen, die ihre eigene Kraft zum besten Einsatz bringen.«

Sam sah sich um – vor ihm lag Volta Place, wo Dribble Smith wohnte, sein Freund im Finanzministerium. Er kicherte, als er Dribble drinnen zur Begleitung seiner Tochter Tonleitern üben hörte. Während er an Smiths Hecke vorüberging, sagte er halblaut:

»Und doch, was muß das für ein Gefühl sein, absolute Macht zu kosten.«

Er dachte an seine längst verstorbene Mutter, eine Frau aus der guten alten Zeit, als die Mütter noch davon träumten, ihr Sohn könnte dereinst zum Präsidenten aufsteigen. *Die arme Frau, die gute Frau – als sie eine Träne vergoß, weil man mich zur Arbeit auf den Fischmarkt schickte, ahnte sie nicht, daß mich auf ebendiesem Fischmarkt meine Bestimmung ereilen sollte.* Vor ihm, ein kleines Stück weiter den Berg hinauf, lag sein Hafen und seine Bestimmung.

»Ein anderer Vorteil ist«, sagte sich Sam, »daß Madeleine und ich jetzt, wo ich fortgehe, Zeit haben werden, zur Vernunft zu kommen und unsere Lage zu klären. Liebe auf Kosten eines anderen Menschen ist keine Liebe – und doch, welche Begierden befallen einen Mann! Sie stehen nicht im Almanach seiner Pflichten, sie sind ein Teil seines heimlichen Lebens. Und irgendwann erhebt sich dieses heimliche Leben, um uns zu überschwemmen wie eine Flutwelle. Aber wir dürfen uns nicht mitreißen lassen. Wir haben zuviel zu verlieren.« Er ging weiter. »Vergiß! Vergiß!« Angestrengt versuchte er, sich an etwas anderes zu erinnern, etwas Fröhliches. Sie hatten ihn in Dirty Jacks Haus geschleppt, um seine Berufung zu feiern; lustig und vergnügt waren sie gewesen, und Sam war zu Hochform aufgelaufen. Ein junges Geschöpf war gekommen, scheu, mit großen Augen und einem schwarzen Kurzhaarschnitt. Wie sich herausstellte, war es Dirty Jacks – also Old Roebucks – einzige Tochter, die auch das bezaubernde Blumenbild gemalt hatte. Was für ein unschuldiges, aufmerksames Gesicht! Es glühte geradezu vor Bewunderung; und der Name dieser Kindfrau war Gillian. Aus dem Stegreif hatte Sam ein paar Verse gemacht:

Gillian, meine Gillian
So schön wie hundert Lilien
Wer schert sich um Mobilien
Konzilien und Fossilien
Wenn er nur deine Augen schaut!

»Herrje!« rief Sam, der niemals einen unflätigen Fluch über seine Lippen gebracht hätte. »Der Genius leuchtet. Nichts ist erfolgreicher als der Erfolg! Und hat Dirty Jack nicht den Kopf zurückgeworfen und mich mit seinen Gewehrkugelaugen auf seine typische Art angestarrt, um mich einzuschüchtern; nur hat ihn niemand beachtet, aber auch wirklich niemand, den armen alten Dirty Jack.« Er summte beim Gehen: »Oh, my darling Nelly Gray, they have taken you away.«

»Herrje«, rief er halblaut. »Ich bin ja so aufgeregt! Wie schade, in ein schlafendes Haus heimzukehren, denn um diese Zeit ist nur der leibhaftige Teufel noch wach. Aber wir sind trotzdem fröhlich, die Pollits sind eine lustige Truppe. Warte nur, bis mein kleines Völkchen erfährt, daß es neun Monate lang ohne seinen Daddy auskommen muß! Das gibt ein Heulen und Zähneklappern!« Sam klatschte in die Hände. Er liebte den Aufstieg durch die Vierunddreißigste Straße, an den stillen Häusern vorbei, unter den Bäumen entlang. Diesen Weg war er auch gegangen, als er die Gegend zum allerersten Mal erkundet hatte, ein junger, verwitweter Vater, seine einjährige, mit dicken, nackten Beinchen strampelnde Louisa auf dem Arm und die elegante Miss Henrietta Collyer mit leuchtenden Augen an seiner Seite, wenige Monate vor ihrer Hochzeit, das war mittlerweile zehn Jahre her. Und dann später mit jedem einzelnen seiner Kinder, auf und ab und hin und her, ins Observatorium, in den Park oder zum Fluß, in die Wälder am Chesapeake und Ohio Canal oder nach Cabin John, um ihnen die Vögel, Blumen und all die anderen Bewohner des Waldes zu zeigen.

Und da erschien auch schon David Collyers Tohoga House über ihm, Sams Tohoga House, das er seine Himmelsinsel nannte. Ein Sternbild blitzte in der Dunkelheit mitten über Tohogas Hügel mit seinen zwei Morgen Land, bis es allmählich hinter Wolkenschleiern verblaßte.

Sam stieg langsam bergan – nicht weil er außer Atem gewesen wäre, sondern weil er den nächtlichen Duft der heißen Straßen einsog und dabei zu dem großen, von Bäumen umstandenen Haus aufsah. Er überquerte die P Street und blieb am Fuße des kleinen Hügels stehen. Auf der einen Seite lief der lange Eisenzaun, der das Grundstück begrenzte, zur Fünfunddreißigsten Straße mit ihren ärmlichen Backsteinreihenhäusern hinab. Gestutzte Äste riesiger Eichen und Ahornbäume ragten über den Zaun. Ein Stück weiter rechts war der alte Wasserspeicher zu sehen. Ein schwacher Schimmer zeigte Sam, daß im langgestreckten Eßzimmer des Hauses noch Licht brannte. Er lief über die seitliche Treppe hinauf und stahl sich dann über den Rasen hinter dem Haus, schob dabei vertraute Pflanzen zur Seite und strich mit der linken Hand über die kleine Colorado-Fichte, die er einst als »Wunschbaum« für die Kinder gepflanzt hatte und die inzwischen anderthalb Meter hoch war.

Er war ein Meter achtzig und konnte daher in das langgestreckte Zimmer sehen. Es verlief quer durchs Haus, und das vordere Fenster ging zur R Street hinaus. Ein zu beiden Seiten ausgezogener Eichentisch stand in der Mitte, und auf Sams geschnitztem Lehnstuhl saß, ihm das Gesicht zugewandt, Louisa, sein ältestes Kind, fast zwölf Jahre alt, das einzige Kind von Rachel, seiner ersten Frau. Louie saß über ein Buch gebeugt so reglos da, als wäre sie ganz allein in dem großen Haus. Und während er sie beobachtete, tat sie nichts weiter, als gelegentlich eine Seite umzublättern oder eine Strähne ihres langen blonden Haars immer wieder um ihren Finger zu drehen, eine Angewohnheit, die sie von ihrem Vater übernommen hatte. Plötzlich reckte sie, ohne daß Sam etwas gehört hätte, den Kopf und lauschte angestrengt, die grauen Augen aufgerissen. Kurze Zeit darauf erhob sie sich steif von ihrem Stuhl und sah zum Fenster hinter ihr. Sam hörte nichts als das nächtliche Rauschen der Bäume. Dann sah er, wie die obere Fensterhälfte langsam nach unten glitt. Louisa ging mit großen Schritten zum magisch sich öffnenden Fenster und sah zu, wie es sich bis auf den Sims heruntersenkte. Dann schüttelte sie den Kopf, wandte sich, wie um Zustimmung heischend, wieder dem Zimmer zu, und lachte lautlos in sich hinein. Offenbar hatten sich die ausgeleierten Schnüre der Halterung gelöst. Vorsichtig schloß Louie das Fenster wieder, lehnte sich gegen die Scheibe, schaute hinauf in den wolkenbewegten Himmel, suchte mit ihren Blicken die Straße ab. Sie hatte also auf ihn gewartet, und Sam, der leise *Bringing Home the Sheaves* vor sich hinpfiff, wollte gerade hineingehen, als eine dürre, finstere Vogelscheuche im hellen Morgenmantel – Henrietta, seine Frau – in der offenen Tür erschien. Das Fenster saß so locker in seinem Rahmen, daß ihre abgedroschenen Worte bis an seine Ohren drangen.

»Zu dieser nachtschlafenden Zeit bist du noch nicht im Bett, sondern hockst bei Festbeleuchtung über deinem Buch? Du siehst aus wie eine häßliche alte Eule! Ist dein Vater noch nicht da?«

»Nein, Mutter.«

»Warum blutet dein Knie? Hast du etwa wieder den Schorf abgekratzt?«

Louie senkte den Kopf und schaute auf ihr mit alten Narben, neuen Abschürfungen und blauen Flecken übersätes Knie. Sie lief rot an, und das Haar fiel ihr ins Gesicht.

»Antworte, du widerspenstiges Biest!«

»Ich habe mich gestoßen.«

»Du kannst wohl nur noch lügen.«

Das Mädchen streckte sich, hob den Kopf und zog trotzig die Arme zurück. Die Hände ausgestreckt, lief Henny auf Louie zu, stieß die festen, knochigen Finger um ihren Hals, drückte und stöhnte. Mit großen Augen sah Louisa ihrer Stiefmutter ins

Gesicht. Sie wand sich, versuchte aber nicht, sich zu befreien, sondern befragte sie stumm, wollte die Frau verstehen, mit der sie sich durch ihr schweres Los verbunden fühlte. Henrietta ließ die Arme sinken, griff mit angewidertem Gesichtsausdruck nach ihrem eigenen Hals, schob das Mädchen von sich, rauschte aus dem Zimmer und schrie:

»Höchste Zeit, daß ich uns alle aus diesem Elend befreie!«

Louisa ging zum Tisch zurück. Neben dem Stuhl blieb sie stehen und sah auf ihr Buch. Schließlich ließ sie sich auf den Sitz sinken, stützte das Gesicht in beide Hände und begann weiterzulesen.

Sam wandte sich ab und blickte nach Süden, sah über den dunklen, leise raschelnden Obsthain zum schwach erleuchteten Rosslyn hinab. Leise wie ein Nachttier strich ein sanfter Wind den Hügel hinauf, brachte all die vertrauten Gerüche mit und hüllte Sams Körper in tiefen Frieden. Drinnen tobten die schlimmsten Qualen, Tag um Tag, Woche um Monat, Jahr um Jahr, immer wieder der gleiche, endlose Kampf mit kurzen Waffenruhen und spärlichen Atempausen; hier draußen jedoch herrschte dunkler Frieden – und Liebe.

»Mutter Erde«, flüsterte Sam, »ich liebe dich, ich liebe die Menschen, Männer und Frauen, liebe kleine Kinder und alle unschuldigen Lebewesen. Ich liebe, ich spüre, daß ich die Liebe selber bin – wie konnte ich bloß an eine Frau geraten, die mich so abgrundtief haßt!«

Mit festen Schritten ging er zu den Käfigen hinunter, lauschte den unruhigen Bewegungen der Tiere und rief dem Waschbär zu:

»Procyon! Procyon! Hier ist dein kleiner Sam!« Aber der Waschbär wollte nicht am Drahtgitter erscheinen. Sam stieg den Hügel wieder hinauf und dachte: *Das Schicksal wirft mir Dornenzweige und Hindernisse in den Weg, es hat mir sogar eine alte Meerhexe geschickt, um mich auf die Probe zu stellen, denn ich bin für Größeres bestimmt.*

Als er in die Diele trat, war im Erdgeschoß nirgendwo mehr Licht zu sehen. Die gelbliche Dunkelheit, die sich bis zu seinem Wohnzimmer am oberen Ende der ersten Treppe erstreckte, zeigte ihm, daß Louie bereits im Mädchenschlafzimmer war. Sie hatte sein Pfeifen gehört und war mit ihrem Buch nach oben geeilt.

»Warum, warum?« dachte Sam. »Sie hätte warten können, um sich anzuhören, was ihr Daddy an diesem langen Tag erlebt hat. Sie ist so eigenwillig – und doch hat auch sie ihre kleinen Sorgen.« Er ging leise nach oben und schaute in das Zimmer. Louies Bett stand an der hinteren, Evelyns an der vorderen Wand. Ein brauner Papierschirm, von Louie aufgestellt, schützte das Gesicht des jüngeren Mädchens vor dem Lampenlicht. Louie war schon im Unterrock, hatte einen Strumpf noch an, den anderen bereits ausgezogen. Schuldbewußt wandte sie sich zu ihm um.

»So spät noch auf, Lulu?«

»Ich habe noch gelesen.«

»Unn wieder Gespenster gesehn?«

»Was meinst du damit?« Sie sah ihn mißtrauisch an.

»Keine Gespensterchen nich?« Er kicherte.

Sie schwieg und dachte nach.

»Irngwas sacht mir: Sam, sachts mir, die tleine Lulu hat was gesehn, unn scheinz war sie gar nich glücklich dabei.«

Sie ließ den Kopf hängen.

»Lulu, was hass du gesehn in stockfinstrer Nacht?«

»Nichts!«

»Das is nich viel. Unn sachs du deim aam tlein Sam auch die Waaheit?«

»Ich lüge nie«, gab sie wütend zurück.

»Keine Gi-Ga-Geisterlein, keine Gespensterchen, keine unsichtbaren Kribbel-Krabbel-Finger nich?«

»Nein«, aber sie lächelte betreten.

»Also gut, Lulu. Ab ins Bett! Morgen geht's früh raus.« Er grinste sie an, mit weißen Zähnen, roten Lippen, strahlend blauen Augen.

»Die Farbe ist gekommen, Dad. Wollen wir morgen streichen?« fragte sie aufgeregt.

»Aber selbsverfreilich. Gleich am Morgen, ohne Sorgen! Unn Lulu – die große Neuigkeit, die riesengroße Neuigkeit ist da! Stell dir vor! Ich fahre!«

»Wann?« Sie sah ihn erschrocken an. Er war sehr glücklich.

»Du muß nun für monatelang ohne dein aam tlein Sam auskomm.«

»Und wer paßt auf uns auf?«

»Eure Mutter und Tante Bonnie, genau wie jetzt. Und natürlich du selbst, Lukullikuß! Nach den Ferien wirst du zur Highschool gehen!«

Zögernd gab sie ihr Buch in seine festen, unnachgiebigen Hände. Es war *Die Sage von Roncesvalles*. Er blätterte eine Weile darin herum, dann gab er es ihr zurück und sagte ernst:

»Ja, daraus wirst du lernen, Lukullikuß, daß es überall dort, wo es Könige gibt, auch Kriege geben wird. Laß dir bloß nicht weismachen, daß es bei diesen alten Wilden Romantik gab. Aber das weißt du ohnehin besser. Ich kenne mein Mädchen.«

Mit diesen Worten ging er hinaus, schlich die Treppe hinab und gratulierte sich im stillen: »Sie hat nichts über die kleine Szene gesagt. Braves Mädchen! Noch völlig unverdorben! Ohne Worte heilt am schnellsten!«

Er ließ sich vor dem mit einem Tuch abgedeckten Tablett nieder, das Henny ihm wie üblich hingestellt hatte, trank seine Milch und aß die dünngeschnittenen Brote. Er saß auf dem Stuhl, von dem Louie erst vor kurzem aufgestanden war.

»In gewissem Maße«, sann er weiter, »werden sich diese frühen negativen Erfahrungen bei einem Kind von meinem Blut als wertvoller Beitrag zur Herausbildung des Charakters und zum umfassenden Verständnis des menschlichen Wesens erweisen; vielleicht wird sie es eines Tages auf dem Pfad der Menschlichkeit ebenso weit bringen wie ich, dem Pfad der Selbstbeherrschung und der Einsicht in die Quellen menschlichen Handelns. Zu schade, daß sie nicht auch noch hübsch ist«, schloß er rasch. Er vergaß Louie und dachte an Madeleine.

Madeleine war seine Sekretärin, Madeleine Vines, und er hatte sie nur durch ein wenig sanften Druck, ein kleines freundliches Lächeln am rechten Ort bekommen, denn sie war die Helena des Wirtschaftsministeriums, und ihre Verehrer sagten wöchentlich Belagerungen durch die Ressorts Finanzen, Inneres, Krieg und Marine voraus, um sie für sich zu gewinnen. Sie waren ein herrliches Paar, ein stattlicher Mann und eine schöne Frau, doch waren Monate vergangen, bis Sam das von ihr plötzlich ausstrahlende Licht gesehen hatte. An jenem Tag, einem Dienstagmorgen gegen Ende des Winters, hatte sie einen einfachen Satz gesagt: »Mr. Pollit, ich finde es wunderbar, Sie reden zu hören!«

»Das hat den Ausschlag gegeben«, murmelte Sam hingerissen.

»Ja, das hat ein für allemal den Ausschlag gegeben. Was für ein Spätzünder dieser Samuel Pollit doch manchmal sein kann!«

Plötzlich klopfte etwas an das hintere Fenster, und Sam schreckte aus seinem köstlichen Tagtraum auf. Es hatte angefangen zu regnen, und es war sehr spät.

Sam ließ den Schauer vorüberziehen, aber der Regen kam wieder. Während er wach im Bett lag, sah er durch die Scheiben Wolken fliegen, Blitze zucken, Blätter tropfen, Lampen flackern, und er roch die nasse Zeder. Ein Raubtier schreckte die Nestlinge auf. Sam beugte sich aus seinem Fenster und brachte mit lautem »Hisst! Hisst!« die Zweigwelt zum Schweigen. Irgendwann gegen Morgen ging er, um die Fenster in seinem Arbeitszimmer, dem Zimmer der Mädchen, dem der Zwillinge direkt neben seinem und in der Dachkammer zu schließen, und weckte dabei einige seiner Kinder auf, die ihn durch ihre Halbträume sagen hörten: »Toller Tag morgen, Kinder! Ich hab dem Regen befohlen, bei Sonnenaufgang aufzuhören! Morgen ist Sonntag-Wonntag.«

Louie, die bereits mehrere Stunden in einer Welt fern von allem verbracht hatte, wachte auf, um wieder den nächtlichen Reiter draußen in den Straßen zu hören. Seit Jahren hörte sie ihn nun schon des Nachts auf seinem Pferd auf- und abreiten. Manchmal galoppierte er leise die Straße hinunter, aber meist ritt er rund ums Haus, stundenlang, solange sie sich wachhalten konnte. *Ker-porrop! Ker-porrop! Ker-porrop!* machten die Hufe seines Pferdes. An etlichen Abenden hatte sie, wie auch heute, vor dem Zubettgehen am Fenster gestanden und nach dem Reiter Ausschau gehalten, ihn jedoch nie zu Gesicht bekommen. Er kam erst spät, wenn alle anderen im Bett waren, *Ker-porrop! Ker-porrop!*, und Louie stellte sich vor, daß er auf einer schlanken, rotbraunen Stute saß. Einmal hatte sie gefragt: »Wer ist dieser Reiter?«, war aber nur ausgelacht worden: »Das ist nur ein Traum!« Aber es war kein Traum, denn sie hörte ihn nur, wenn sie wach war, manchmal leise in der Ferne und manchmal ganz nah, und auch in dieser warmen Sommernacht war er wieder unterwegs. Fast konnte sie sehen, wie er durch das gesprenkelte Licht der Laterne ritt. Sie stand auf und lehnte sich so weit aus dem Fenster, daß ihr Zopf über den Fenstersims fiel; aber das Getrappel der Hufe war verklungen, er mußte um die Ecke geritten sein.

Erst als sie ins Bett zurückging, war er wieder da. Louie gefiel es, nachts aufzuwachen und den freundlichen Reiter zu hören. So war vielleicht auch Paul Revere geritten, dachte sie, im wilden, nächtlichen Galopp – ein Mann allein, während alle anderen schliefen wie Steine. Louie und der Reiter auf der rotbraunen Stute zählten zu den Wachenden.

3 | *Sonntag ein Wonntag*

Am Sonntag morgen sprang die Sonne forsch und munter aus dem breiten Bett des Atlantiks und kam mit großen Schritten und hochrotem Kopf über den großen Fischteich der Chesapeake Bay auf sie zugeeilt. Und noch ehe es richtig hell war, begann die Vorgartendrossel ihr Lied anzustimmen, *quirt-quirt*, zögernd erst und ein wenig mürrisch, fragend, einsam wie ein Engel. Sie saß in der alten Ulme auf der anderen Straßenseite. Sam pfiff ihr etwas zu, und dann schreckten die Nestlinge auf, ein Tier fiel zu Boden. Die Morgenvögel begannen ihr Tagewerk, und durch ihr kräftiges Schnarren und vereintes Gezwitscher machten sie und Sam den Himmel immer blasser, bis auch der Morgenstern erloschen war. Sam konnte den Morgen meist kaum erwarten. Er war gierig nach der Welt des Tageslichts, weil sie die fiebrige Erregung der Finsternis und mit ihr all die Wesen entschwinden ließ, die gegen drei Uhr morgens wirklich werden, wenn der sechste, innere, dunkle Sinn des Menschen so qualvoll zum Leben erwacht. Wenn der erste Lichtstrahl kam, stand er auf tönernen Füßen in einer tönernen Welt; die gefürchtete Welt der Träume war in weite Ferne gerückt. An diesen frischen Sommermorgen – oben auf dem Hügel war es immer frisch –, wenn die Erde tauschwer duftete, stand Sam oft noch vor Tagesanbruch auf, lief barfuß nach unten und trat, nur mit einer Badehose bekleidet, hinaus auf die Wiese, um sich für die ersten Aufgaben des Tages vorzubereiten, die Tiere zu wecken, unter den Bäumen zu stehen und mit den Vögeln zu pfeifen. Doch heute war es anders, denn er hatte den größten Teil der Nacht wachgelegen.

Der Wecker zeigte auf halb sieben. Sam pfiff leise die Melodie von

One evening in the month of May
(Johnny get your gun, get your gun!)

und wartete. Nebenan im Zimmer der Zwillinge war ein Grunzen zu hören. Die beiden Jungen drehten sich um, wühlten sich mit geschlossenen Augen aus ihren Kissen und taten so, als hörten sie nichts. Von oben stimmte Ernie mit ein:

I met ole Satan by the way.

Es gab ein patschendes Geräusch, wie von einem kleinen Fisch, der die Stufen hinunterfiel: Das war der vierjährige Tommy, der barfuß zum Schlafzimmer seiner Mutter tapste. In ihrem Bett jenseits des Wohnzimmers murmelte Louisa schläfrig: »Scht! Scht! Es ist noch früh!«

Sam wartete einen Augenblick und überlegte: Soll ich zuerst meine Gemini oder mein Schwarzäuglein wachpfeifen? Von all den kleinen Kinderherzen war er sich Evelyns am sichersten. Sie war sein Liebling, sein kleines Täubchen, war in ihren acht Lebensjahren kein einziges Mal ungezogen gewesen, sprudelte vor Lachen, wenn er sie angrinste, und ließ weinend den Kopf hängen, sobald er sie böse ansah. Er nannte sie seine kleine Frau, *Meinfrauchen*. Er rief:

»Meinfrauchen, Meinfrauchen, steh auf, steh auf!«

»Scht!« zischte Louie, in deren Zimmer Evie schlief. Keine Antwort.

»Bis du wach, Meinfrauchen, oder schlummers du noch in Morpheus Armen?«

Keine Antwort; doch an kaum wahrnehmbaren Geräuschen konnte Sam erkennen, daß inzwischen alle wach waren und lauschten. Aus ihrem Zimmer unten war die Stimme seiner Frau zu hören. Henrietta war seit Stunden wach, genau wie Sam, hatte gestrickt, gelesen und auf ihren Morgentee gewartet.

»Meinfrauchen, nu komm, nu komm! Komm zu dein aam tlein Sam.«

Evelyn kicherte. Er hörte es und lockte weiter: »Komm, Frauchen, komm. Komm und reib dein aam tlein Sam de Stirn. Tusso weh, de Stirn. Tusso weh, so weh. Nu komm, Penthestes. Komm!«

Seine Stimme hatte einen leisen, verführerischen Tonfall voller Sehnsucht angenommen. Evie kicherte vor Ungewißheit und vor Vergnügen. Sie hatte viele Kosenamen, die meisten davon, das fiel Sam auf, zoologische Namen wie Penthestes (eine amerikanische Meise) oder Troglodytes (die Zaunkönigin), Namen hübscher, dunkler Vögel oder Tiere. Saul, der ruhigere, selbstbeherrschtere der Zwillinge, rief Evelyn etwas zu, während der andere, Klein Sam, ganz das Ebenbild seines Vaters, laut herauskrähte, er sei schon lange wach. Wieder war die mißmutige Stimme ihrer Mutter zu hören. Sam amüsierte sich prächtig und jammerte vergnügt:

»Meinfrauchen will nich kommen unn meine Stirn reiben. Meinfrauchen is bös zu ihrm aam tlein Sam.«

Evie sprang aus dem Bett und lief quer durchs Wohnzimmer. In Sams Schlafzimmertür blieb sie kichernd stehen, ihre Augen strahlten, ihre dicken, braunen Seesternhändchen vor dem dunklen Mund verschränkt.

»Ich hab dich gleich gehört, Taddy.«

»Komm her«, bettelte er, von Zuneigung zu seiner jüngsten Tochter erfüllt. Sie sprang auf sein Bett, kroch auf das Kissen hinter seinem Kopf und begann, seine Stirn zu massieren und über sein dickes, seidiges Haar zu streichen. Er schloß genußvoll die Augen und fragte mit gedämpfter Stimme:

»Is Lulu schon wach?«

»Nein, Taddy.«

Sam pfiff eine aufsteigende chromatische Tonleiter, Louisas Erkennungsmelodie, und die gleiche Tonleiter absteigend, mit der er Ernest zu rufen pflegte. Evie ahmte den Tonfall ihrer Mutter nach:

»Aber sie schläft doch noch, Taddy. Laß sie schlafen. Das Kind braucht seinen Schlaf.« Sam beachtete sie nicht, sondern flötete mit schmeichelnder, neckender Stimme:

»Lubilu! Lubilu! Lusie! Zeit für den Morgentee!«

Louisa antwortete nicht, kroch jedoch lautlos aus ihrem Bett. Sie hörte, wie er Evie drängte: »Mach schon, Frauchen, nenn sie Lusie.«

»Nein, Taddy, das mag sie nicht.«

»Nu komm schon, Frauchen, wenn tlein Sam es sagt.«

»Nein, Taddy. Sei still, sie kann uns hören.«

»Lu-hu-sie! Lusie! Morgentee!«

Aus dem Augenwinkel sah Evelyn, wie Louisa über den Flur zur Treppe huschte. »Sie ist aufgestanden«, besänftigte sie ihren Vater. »Sie ist schon unten.«

»Dieser Sonntag-Wonntag hat einen langen Weg hinter sich«, erklärte Sam mit sanfter Stimme. »Er war schon gestern den ganzen Tag zu uns unterwegs, und dann die ganze Nacht, von den Tiefen des Pazifiks, von Peking, vom Himalaya, von den Fischgründen der alten Leni Lenapes und den Wassern der untergegangenen Susquehanna, von den windzerzausten Kiefern im Moor, den mit Seerosen übersäten Sümpfen von Anacostia, von eingerüstetem Marmor und wettergenarbten Schindeln, Nordost, Nordwest, Washington Circle, Truxton Circle, Sheridan Circle bis nach Rock Creek und den abgerundeten Schultern unseres Georgetown-Hügels. Und was findet er heute wie an jedem anderen Morgen ganz oben auf diesem Hügel vor? Nichts anderes als Tohoga House, die bescheidene Hütte von Gulliver Sams liliputanischer Polliterie – Gulliver Sam, Mrs. Gulliver Henny, Illumina Louisa mit blutigem, aber ungebeugtem Haupt, Ernest, den Rechnungsbeamten, Meinfrauchen ...« Evie lachte. »... Saul und Sam, die Zwillinge, und Thomas Gelbauge – all die kleinen Leute, die zu sehen er mit solchen Riesenschritten gekommen ist.«

»Aber er ist doch nicht extra zu uns gekommen«, widersprach Evie.

»Nein, du hast recht, er könnte auch ohne uns leben«, stimmte Sam ihr zu. Er öffnete die Augen. »Meinfrauchen, wo is mein rotes Buch?« Sein Nachttisch war übersät mit Pamphleten der Carnegie Peace Foundation, wissenschaftlichen Traktaten und Broschüren humanitärer Ligen. Obenauf lagen drei Zeitschriften. Sam griff nach einer, die bereits aufgeschlagen war, und legte den Zeigefinger auf das Bild einer hübschen, ernsten Frau.

»Hab 'ne Geschichte gelesen, Meinfrauchen, die war so schön«, sagte er, »von 'ner braven Frau und 'nem ganz braven tleinen Mädchen. So 'ne schöne Geschichte – aam tlein Sam mußte weinen.«

»Ist die Geschichte denn so traurig, Taddy?«

»Traurig und fröhlich. Genau wie unser armes, albernes, komisches Menschenleben, aber sie geht gut aus, weil sie von Menschen handelt, die gut sind, trotz aller Blindheiten und Eigenwilligkeiten. Sie lieben sich, obwohl sie einander manchmal die Augen auskratzen; und am Ende stellen sie fest, daß sie sich doch nicht so sehr hassen, wie sie die ganze Zeit über gedacht haben. So sind die Menschen nun mal, meine kleine Troglodytes. Liebe die Menschen, mein Schwarzäuglein, bringe deinen Mitmenschen nichts als Liebe entgegen, und du wirst glücklich sein. Und was noch viel wichtiger ist: Du wirst Gutes tun.«

»Taddy«, begann sie zögernd, »kann Isabel heute zu mir kommen?«

»Villeich«, erwiderte Sam. »Mmpf, mmpf!« Er küßte ein Mädchen in einer Anzeige für Korsetts. »Die heirat ich! Hallo, schönes Kind! Unn siehs du das Mädchen mit den Spaghett... mmpf, mmpf, mmpf! Die lieb ich. Die nehm ich auch gleich. Mmpf!«

O Frau, sind müß'ge Stunden uns beschieden,
bist du voll Wankelmut, kokett und unzufrieden.
Doch wird es Zeit für einen feinen Schmaus,
gibt's keinen güt'gern Engel hier im Haus.

»Unn siehs du die mit der Mayonnaise? Mmpf! Die is toll.«

»Du hast die da vergessen, Taddy.«

»Uh, die nehm ich nich! Die sieht ja zum Fürchtn aus! Wie so 'n nixnutziches Ungeheuer. Nein, Ma'am. Ich bin wählerisch. Jede nehm ich nich. Unn siehs du die? Bammherzicher Methusalem! Da kamman ja gleich die eigne Schwiegermutter küssen. Vor so einer tun sich ja nachts im Wald noch die Schleiereulen erschreckn. Da sollt sie doch lieber gleich selbs 'n Schleier nehm. Mmpf! Oh, ihr Waschbärn unn Klapperschlangn! Bei der hier falln mir doch glatt die Augen aus! Ich hab nur noch ein Auge. Hilfe! Mit eim Auge kann ich nix sehn. Ich muß sie sofort heiratn, damit ich mein Auge wiederkrieg.«

Evie kicherte und bebte vor Vergnügen. Inzwischen waren auch Ernest und die Zwillinge ins Zimmer ihres Vaters gekommen, scharwenzelten um sein Bett, reckten ihre Hälse und riefen: »Uh, die bloß nicht, die ist häßlich.«

»Da ist eine Klassefrau, Dad«, rief Ernest. Ernest war fast zehn.

»Die hat ja eine Haut wie ein Pfirsich, hmm, die gehört mir«, sagte Sam und küßte mehrmals die Heldin einer Cocktailreklame. »Jung und saftig, gerade reif zum Pflücken«, fuhr er mit anzüglicher Stimme fort und grinste die Jungen an, während Evie sich neugierig über das Bild beugte. »Mmpf! Und hier ist noch eine Süße. Die sieht ziemlich frech aus, aber in Wirklichkeit ist sie ein ganz braves Mädchen.«

»Woher weißt du das?« Evie betrachtete das Mädchen mit den dünnen Seidenstrumpfbeinen und den sich bauschenden, pastellfarbenen Kleidern.

Sam lachte. »Über richtig böse Mädchen werden keine Geschichten geschrieben, Frauchen, merk dir das. Und böse Mädchen sind in solchen Geschichten niemals hübsch, auch wenn um der Wahrheit willen manchmal über sie berichtet werden muß. Die Schreiber wollen, daß die Menschen gut und glücklich sind, und sie wollen, daß wir glauben, daß die guten Menschen auch schön sind und umgekehrt. Denn wenn wir ganz fest daran glauben, wird es auch wahr ...«

»Da ist noch eine, die du küssen kannst, Dad«, rief Saul aufgeregt.

»Wollten wir heute morgen nicht streichen, Pad?« fragte Ernest.

»Wenn der Tee kommt – große Neuigkeiten, große Neuigkeiten«, sagte Sam, setzte sich auf und sah sie alle an. Erwartungsvoll drängten sie sich um sein Bett.

»Du kaufst ein neues Auto?« wagte Saul zu fragen; aber Ernest wußte, daß es etwas anderes war.

Sie hörten, wie unten auf dem Herd der Deckel des Wasserkessels wild zu tanzen begann. Sam pfiff Louisas Melodie und rief:

»Lusie! Das Wasser is am Kochen!«

Dem folgten ein weiterer Ruf von seiner Frau aus dem Erdgeschoß und gleich darauf ein helles Echo aus dem Stockwerk unter dem Dach, wo Bonnie, Sams jüngste Schwester, noch in den Federn lag. »Wartet! Ich komme gleich«, trällerte sie in ihrem hohen Sopran.

»Selig sind die Hoffenden«, sagte Sam und zwinkerte seinen Kindern zu. Der Kessel hörte auf zu klappern. Bonnie rief:

»Kinder? Louie?«

»Bleib ruhig liegen, Bon«, rief Sam zurück. »Lulu macht den Tee.« Den Kindern erklärte er: »Lassen wir Bonnafidus heut morgen ruhig noch ein Stündchen sündchen. Sonntag soll für alle ein Wonntag sein.«

»Aber Lulu arbeitet doch«, widersprach Ernest.

»Lulu schläft im Stehen«, grinste Sam. In dem Augenblick war von unten Louisas Stimme zu hören.

»Tee oben oder unten?«

»Oben.«

Gleich darauf hörten sie das Geklapper von Teegeschirr und Louisas Ächzen. Sie war ein rundliches Mädchen, viel zu schwer für ihr Alter. Als sie ins Zimmer kam, war ihr Gesicht zwar gerötet, doch sie wirkte niedergeschlagen. Sie stellte das Tablett neben Sam aufs Bett und schenkte allen nacheinander ein. Als sie auch Tante Bonnie eine Tasse gebracht hatte und die Treppe vom obersten Stockwerk wieder herunterkam, rief Sam:

»Wo is eindlich deine Tasse, Luxorius?«

»In der Küche.«

»Unn warum hass du sie nich mitgebracht? Ernest-Paine-Pippy! Geh runter, Louisas Tasse holen.«

»Ich muß noch Porridge machen«, wandte Louisa ein und kam so davon. Sie stolperte über den losen Fußbodenbelag oben auf der Treppe.

»Hans-guck-in-die-Luft!« rief Sam. »Komma her! Komm zu deim Vater, wenn er euch die große Sensosisation kundtun tut! Kinder, euer Sam fährt mit der Smithsonian Expedition nach Malaya – genau, wie ichs euch immer vorausgesagt hab.«

»Und wann?« fragte Louie mißmutig.

»Weiß noch nich«, sagte er. »Unn freus du dich, Lulu, wenn dein aam tlein Sam in ferne Länder reist?«

»Nein.«

»Wirst dein aam tlein Tad wohl vermissen?«

»Ja.« Sie senkte verwirrt die Augen.

»Bring deine Teetasse hoch, Lulu. Bin so krank, hab heiße Stirn, hab Koppmerz, hab Bauchmerz, heut soll mein tlein Vanillchen um mich sein. Später, wenns mir besser geht, machen wir ein Korroborri. Mutter wird sich schon ums Porridge kümmern.« Seine Stimme klang flehentlich. Er wollte unbedingt, daß sie blieb.

»Mir hat sie gesagt, ich soll es machen«, sagte Louie.

Plötzlich blitzte er sie ungeduldig an.

»Also, dann geh schon! Ich hab mein Lebtag noch kein so stures Wesen erlebt wie dich.«

Mit finsterer Miene drehte sie sich um und stapfte hinaus. Auf halbem Weg nach unten huschte ein Lächeln über ihr Gesicht – sie war frei! Oben sang und schwatzte ihr Vater mit ihren Geschwistern; ihre Mutter und ihre Tante lagen lesend im Bett; der Morgen begann ganz allmählich, und ihr Buch, für das sie eine unbezwingbare Leidenschaft hegte, ebenjene *Sage von Roncesvalles*, die sie jetzt schon zum dritten Mal las, lag aufgeschlagen auf dem Waschtrog neben dem Herd. Sie konnte darin lesen, während sie das Hafermehl einsiebte. Es war ein herrlicher heißer Morgen, das Konzert der Vögel war in vollem Gange. Die Schatten waren gefiltertes Licht, die Luft war heiß und feucht, und von draußen wehte der süße Duft nach Blumen und Humus und Kiefern herein. Das alte Holz des Hauses verströmte in der Wärme einen kostbaren Wohlgeruch, und selbst das langsam zum Kochen kommende Hafermehl duftete gesund.

Als das Porridge fertig war, trug Louie ihr Buch in das Duschhaus am Ende der Veranda und stützte es auf einen Querbalken, während sie ihre kalte Dusche nahm. Sie stand im Wasserstrahl, wiegte sich sanft hin und her und weichte beim Umblättern mit ihren nassen Fingern die Seiten auf. Draußen hallten schon die Rufe der anderen wider.

Bonnie mit ihrem silbrigen Pagenschnitt lief durch die Küche, bereitete das Frühstück zu und sang: »*Deh, vieni, non tardar.*« Sam und die Jungen waren im Waschhaus und rührten die Farbe an, Evie deckte den Tisch im langgestreckten Eßzimmer. Fröhlich geschmetterte Lieder drangen ins Freie, der Vater und seine Nestlinge begannen mit »Mid pleasures and palaces«, und als sie zum Refrain kamen, flötete Evie dazwischen: »Home, home, sweet, sweet home!« Derart angespornt, stimmten die Vögel im Schutz der Blätter wie aus tausend kleinen Blasinstrumenten ein wildes Gezirpe an, und Louie legte sofort die Platte auf, mit der sie die Vögel immer zum Zwitschern brachte: »Papageno, Papagena!«

Henrietta rief aus: »Er kann kein Auge aufschlagen, ohne die ganze Bande um sich herum zum Summen und Tanzen zu bringen.«

Als sie aus der Dusche kam, sah Louie durch die offene Tür Tommy im Sessel seiner Mutter sitzen und mit ihren Patiencekarten spielen. Aus Henriettas Zimmer drang stets ein moschusartiger Geruch, eine Mischung aus Staub, Puder, Parfüm und Körperdüften, die das Blut der Kinder tief aufwühlte, sehr tief. Dieser geheimnisvolle Duft zog sie ebenso an wie Sams fröhlicher Gesang, und wenn Henrietta es ihnen erlaubte, versammelten sie sich in ihrem Zimmer, purzelten übereinander, eilten in die Küche, um ihr dieses und jenes zu holen, fragten sie, ob sie ihr Strickzeug oder ihr Buch haben wolle, liefen in den Flur hinaus und wieder zurück, bis es so aussah, als hätte sie zwanzig Kinder, so unterschiedlich dampften, sprudelten und prasselten ihre Stimmen aus einem unbezähmbaren, aber harmlosen Krater. Henrietta erlaubte jedoch nicht, daß sie zu ihr ins Bett kamen. Dort thronte sie ganz allein, der Mittelpunkt ihres Zimmers, auf ein paar Kissen gelehnt, in einen alten Morgenmantel gehüllt, die Brille aufgesetzt und ihr schwarzes, zunehmend graumeliertes Haar fest zurückgekämmt und zu einem Zopf geflochten. Neben ihr lag etwas zu stopfen oder ein aufgeschlagenes Buch aus der Bibliothek, das sie mit »So ein Blödsinn!« angewidert von sich geschoben hatte.

Manchmal erlaubte sie den Kindern, sich in ihre Schals, ihre getragenen, auf die Wäsche wartenden Kleider und die über ihren großen Sessel geworfenen Tücher zu schmiegen, auf dem geblümten grünen Teppich ihr kleines Parlament abzuhalten oder sich die vielen kleinen Kostbarkeiten in ihrem Frisiertisch anzuschauen, den sie ihre *Schatztruhe* nannten. Ja, Hennys Schubladen bargen wahre Schätze. Dichte Knäuel aus Spitzen, Bändern, Handschuhen, Blumen, Rüschen, Gürteln, Kragen, Haarnadeln, Puderdosen, Knöpfen, nachgemachten Perlen, Schuhbändern und – Wunder über Wunder! – kleine Töpfe mit Rouge und Fläschchen mit Wimperntusche quollen aus ihnen hervor, ein Greuel für Sam, für seine Kinder ein freudiges Geheimnis. Als besondere Belohnung wurde ihnen manchmal erlaubt, in *die Schubladen zu schauen*, und dann tauchten ihre kleinen Hände gierig in das Wirrwarr geheimnisvoller Tasterlebnisse, fühlten mit funkelnden Augen und gespannten Gesichtern, rieten wild, um was es sich handeln könnte, bis ihre Finger an etwas hängenblieben, das sie nicht erkannten, und dann zogen sie mit erstaunten, ernsten Gesichtern daran, bis ein ganzes Bündel kostbarer Einzelstücke auf dem Boden lag und ihre Mutter rief:

»Ach, was seid ihr doch für eine Plage!«

Und so gab es Aufregung, Spaß, Freude und sogar Entzücken sowohl mit der Mutter als auch mit dem Vater, es war nur die Frage, wonach ihnen gerade zumute war: singen, herumspringen und eine kleine Vorführung improvisieren – »sich aufspielen wie alle Pollits«, sagte Henny – oder Geheimnisse entdecken – »Hennys Zimmer ist ein einziges Chaos«, sagte Sam. Sie konnten Vater oder Mutter fragen und bekamen von beiden Antwort. Sams Antworten waren stets präzise und strotzten vor Tatsachen, während die von Henny, je länger sie dauerten und sie fesselten, immer weniger verständlich wurden. Hinter Sam stand die naturwissenschaftliche Welt – und was stand hinter Henny? Ein großes Geheimnis. Selbst die beiden Zimmer ihrer Eltern waren grundverschieden. Alle wußten Bescheid, was sich in Sams Zimmer befand, wußten sogar, wo er die Lebensversicherungspolice und das Sparbuch aufbewahrte, aber niemand – und am allerwenigsten Sam, obwohl er doch sonst so allwissend war – hätte zu sagen gewußt, was Henrietta alles in einer einzigen ihrer Kommoden und Schränkchen aufbewahrte. Sie besaß versperrte Spinde mit Medikamenten und Giften, abgeschlossene Schubladen mit Briefen und uralten Münzen aus Südfrankreich und Kalabrien, eine Schmuckschatulle und so weiter. Die Kinder durften nur gelegentlich einmal darin herumstöbern, und Sam durfte noch nicht einmal ihr Zimmer betreten. Auf diese Weise wirkte Hennys Zimmer gelegentlich sogar auf Louie wie eine Zuflucht der Freude, eine Höhle des Aladin, während Sams Zimmer eher an ein Museum erinnerte. Henrietta kreischte, und Samuel schimpfte. Henny entblößte tagtäglich Sams Heuchelei, und Sam empfand es als seine schmerzliche Pflicht, die Kinder darüber aufzuklären, daß Henny eine geborene Lügnerin sei. Beide kämpften sie darum, die Kinder auf ihre Seite zu ziehen, sie nicht in die Hände des Feindes ausliefern zu müssen, aber die Kinder ließen sich nicht darauf ein. Ihre wahren Gefühle setzten sich aus dem zusammen, was sie gerade beim Singsang mit dem Vater oder bei der Schatzsuche mit der Mutter empfanden.

Louisa war, wie jeder wußte, Hennys Stiefkind, und niemand,

am wenigsten Louie selbst, erwartete von Henny, daß sie das Mädchen ebenso liebte wie ihre eigenen Kinder. Doch obgleich Hennys äußere Reize merklich nachließen, hatte sie durch ihre materiellen und geistigen Schätze, durch ihr sinnliches und trautes häusliches Leben, ihre Fürsorge bei Krankheiten und ihren seltsamen Hang zu Traditionen, ihre Internatstugenden und ihre Weiblichkeit auf Louie großen Eindruck gemacht. Unkritisch und ohne Kenntnis anderer Frauen oder echter Mutterliebe, fand Louie durchaus Gefallen an Hennys Launen, dem Durcheinander in ihren Wäsche- und Kleiderschränken, ihren abgelegten Hüten und Schuhen, den seltsamen Kostbarkeiten, die ihr von reichen Verwandten zugesteckt wurden, ihren Geschenken, Almosen und dem feinen Lügengespinst, mit dem sie zum Nachmittagstee kommende Damen einhüllte. Und was die Zuneigung betraf, so fehlte Louie nicht, was sie nie kennengelernt hatte. Die feingliedrige, blutarme Henny ihrerseits mochte das kräftige, ungeschickte, vor Gesundheit strotzende Kind nicht und mied den Kontakt mit Louie, so gut es irgend ging. Zufällig war es jedoch genau diese Einsamkeit, nach der das Mädchen sich am meisten sehnte. Wie alle Kinder rechnete sie mit Einmischung und Dreistigkeit, und so war sie ihrer Stiefmutter schon sehr früh dankbar für all die Situationen, in denen Henny sie deutlich vernachlässigte und sich weigerte, sie anzuleiten oder ihren Besuchern vorzustellen.

In den verschwommenen Bildern Louies frühester Kindheitserinnerungen war Henny einmal eine schöne, dunkle, schlanke junge Dame in einem gerüschten Seidenmorgenmantel gewesen, Mutter eines großen, rotgesichtigen Säuglings in einem gerüschten Kinderwagen, die mit großem Pomp eine Gesellschaft elegant gekleideter junger Damen empfing. Danach verdunkelte sich Louies Gedächtnis und erwachte erst ein paar Jahre später wieder, um den Blick auf eine ganz andere Henny freizugeben. Die dunkle Rüschendame war verschwunden, und an ihre Stelle war eine schmuddelige, zornige Henny getreten, die nach erschöpfendem Kreischen und Schreien ohnmächtig zu Boden fiel. Zuerst war Sam noch mit Kissen herbeigeeilt; dann kam die Zeit, in der er nur noch sagte: »Achte nicht auf sie, Lulu, sie spielt uns bloß wieder etwas vor!«, Louie jedoch immer noch schnaufend nach Kissen lief, sich über dem totengleichen, verhärmten und im Kontrast zu dem schwarzen Haar seltsam gelblichen Gesicht abmühte und schließlich in die Küche rannte, um Hazel, das hagere, verbitterte Hausmädchen, um eine Tasse Tee für Henny zu bitten. Schon in recht jungen Jahren war Louie aufgetragen worden, zum streng verbotenen Arzneischrank zu gehen und Hennys Medizin – Phenacetin, Aspirin, gelegentlich auch das streng geheime Pyramidon – oder ihr Riechsalz zu holen; und einmal hatte sie Henny sogar die Flasche mit dem Branntwein bringen müssen, die hinter den anderen Flaschen versteckt war, was alle Kinder wußten, ihrem Vater jedoch niemals erzählt hätten. Keines von ihnen hätte das für unehrlich gehalten: Ihr Vater war der Buchstabe des Gesetzes, aber ihre Mutter hatte von Natur aus recht; Sam war der gottgewollte Herrscher des Hauses, Henny seine ebenfalls gottgewollte, die Herrschaft untergrabende, ewige Gegenspielerin.

Louie begann jedoch, die beiden mit wachsender Sorge zu betrachten, vor allem seit ihrem letzten Geburtstag. Im Leben ihrer Eltern schien es keine Geheimnisse zu geben. Mit Kommentaren über ihren Ehemann hielt Henny nicht hinter dem Berg, und Sam nahm jedes seiner Kinder, vor allem aber seine Älteste, von Zeit zu Zeit ins Gebet, um in einfachen Worten die wahre Geschichte seiner Enttäuschung zu erzählen. Und so sahen Louie und der kluge Ernie, der ein aufmerksamer, stummer Beobachter war, ein befremdliches Puppentheater mit nicht wiederzuerkennenden Sams und Hennys, die sich auf einer Nebenbühne der Zeit hinter einem kleinen, flatternden Vorhang auf- und abbewegten.

»Schon in unserer Hochzeitsnacht wurde mir klar, daß ich zum Unglück verdammt war!«

»Ich wollte ihn nicht heiraten. Er hat vor mir auf den Knien gelegen!«

»Schon nach drei Tagen Ehe hat sie mich angelogen!«

»Gleich in der ersten Woche wollte ich wieder nach Hause zurück!«

»Ach, Louie, es war die Hölle, wo es doch der Himmel hätte sein sollen!«

»Aber er hat mir seine Gören angehängt, damit ich nie wieder von ihm loskommen kann.«

Die Kinder versuchten, diesen fatalen, bedeutungsvollen Sätzen irgendeinen Sinn abzuringen, der sich im Schmelztiegel der Vorvergangenheit herausgebildet hatte und jetzt schwer, kalt und dumpf auf ihnen lag. Warum wurden diese Worte vom Olymp ihrer Eltern auf sie heruntergeschleudert? Louie versuchte, die Mosaikstücke zu einem Ganzen zusammenzusetzen, Ernie kam zu dem Schluß, daß Erwachsene unberechenbar sind.

An ihrem elften Geburtstag im Februar hatte Henny ihrer Stieftochter die alte silberne Flechttasche geschenkt, die Louie sich schon seit Jahren wünschte. Liebe und Dankbarkeit hatten Louie durchströmt, und das um so mehr, als Sam bei der gleichen Gelegenheit eine eher armselige Vorstellung abgegeben und ihr ein Übungsbuch geschenkt hatte, das sie für die Schule brauchte. Seitdem hatte sich Louie ein völlig neuer Gedankengang eröffnet, nämlich die Möglichkeit, daß Henny vielleicht doch nicht allein schuldig war, daß es noch etwas geben mochte, das zu ihren Gunsten sprach. Log sie tatsächlich immer, wenn sie von ihren Schmerzen und ihrem Kummer sprach, versuchte sie wirklich nur, eine Szene zu machen, wenn sie seine hohlen Koketterien und häuslichen Verbrechen brandmarkte? Ganz allmählich verblaßte das Bild von Henny als halbwahnsinniger Tyrannin, für deren Anfälle eigentlich eine strenge, kräftige Krankenschwester vonnöten gewesen wäre; das Bild von Henny als hysterischem, wertlosem, degeneriertem Püppchen der besseren Gesellschaft mit unreinem Blut und schlechten Angewohnheiten wie Karten spielen, Alkohol trinken und Tabak rauchen, das Sam zu reformieren gehofft hatte; und an die Stelle dieses Bildes trat ein Wesen aus Fleisch und Blut, das Louisa näherstand, weil es, ebenso wie das kleine Mädchen, schuldig und rebellisch war und dafür gezüchtigt wurde. Es hatte sogar Augenblicke gegeben, in denen Louie den Schimpftiraden ihrer Stiefmutter zuhören und – obgleich sie zitterte und heftig schluchzte – erkennen konnte, daß diese tatsächlich von irgendeiner Krankheit, ihren Neuralgien, ihren kalten Händen und Füßen, dem riesigen Berg unbezahlter Rechnungen oder von Sams lärmender Toberei mit den Kindern und seinen ständigen Moralpredigten ausgelöst worden waren.

Obgleich Louisa inzwischen fast zwölf war und langsam zur Frau wurde, wollte Sam diese Wendung nicht sehen. Er vertraute sich ihr auch weiterhin an und lud die Last seiner Kümmernisse auf ihre kleinen Schultern. Henny jedoch, mit ihrem untrüglichen Instinkt und ihrer Kämpfernatur, hatte es fast sofort erkannt. Nein, es ging noch tiefer. Henny gehörte zu jenen Frauen, die sich insgeheim mit allen Frauen gegen alle Männer verbündeten; das Leben war ein ungerechtes Spiel, bei dem die Männer alle Trümpfe in den Händen hielten. Die Stiefmutter tat nichts Außergewöhnliches, um Louisas Mitgefühl zu erwecken, denn sie hatte so viel erlebt und hinter sich gelassen, daß es kaum dazu reichte, sich um die Gedanken der Kinder ihres eigenen Fleisches zu kümmern, und doch schien dieser unwiderstehliche Ruf des Geschlechts in der Luft zu liegen. Er war wie ein unsichtbares Tier, das sich nur erschnuppern ließ, in einer Ecke des Hauses lauerte und von so heimlicher wie deutlich ausgesprochener Dramatik durchdrungen war. Sam verehrte Darwin, doch mit unsichtbaren Tieren kannte er sich nicht aus. Die Instinkte von Stiefmutter und Stieftochter vereinten sich gegen ihn, waren fruchtbar, brachten Fleischlichkeit hervor, bildeten Blut und Knochen, gaben ihrem Sprößling Hirn und Herz. Und dieses Wesen, das sich gegen den frohherzigen, großzügigen, ach so beredten netten Kerl aufbäumte, war borstig und übelriechend, eine Hyäne – der Haß der im Haus eingesperrten und durch die Kinder ans Haus gefesselten Frauen gegen den Schlüsselträger, den Namensgeber, den Spaßhaber. Manchmal erschien jetzt ein unfreiwilliges, verschlagenes Lächeln auf Hennys Gesicht, wenn sie mitbekam, wie *das ungezogene Biest, Sams dickschädeliges Kind,* dem rastlosen Drängen ihres Vaters unbeugsamen Starrsinn entgegensetzte, gegen den er machtlos war. Sam hatte seine Heilmittel, über die Henny jedoch nur mitleidig lächeln konnte. Er führte Louie nach draußen, häufig mit Blick auf die Straße, um seiner Lektion »einen sozialen Bezug« zu geben, und sagte in dem für ihn so typischen, herrlich nasalen Ton: »Du siehst, daß ich nicht wütend bin: Ich bestrafe dich nicht aus Groll. Ich bin gerecht. Du weißt, warum ich dich bestrafe. Warum?«

»Ohne jeden Grund.«

Er gab ihr einen sanften Klaps. »Sei nicht so störrisch! Du weißt genau, warum!«

So ging es weiter, bis sie zu brüllen begann und sich ergab. »Ja, ich weiß es.«

Dann befahl er ihr, die Hände auszustrecken, und schlug sie. »Wenn du ein wenig älter bist, wirst du verstehen, warum ich das tun muß.«

»Ich werde es nie verstehen.«

»Du wirst es verstehen und mir danken!« – und in was für einem selbstzufriedenen Ton!

»Ich werde es nie verstehen und dir nie verzeihen!«

»Lulu, mein Mädchen!« Es klang flehend.

»Ich werde dir nie verzeihen!«

Er lachte. Und Henny, die halb entrüstet, halb interessiert hinter der Gardine stand, dachte: »Warte, warte, warte: Warte nur, du Teufel!« Henny hatte begonnen, Louisa weniger zu schlagen; und Louie hatte sich nicht geirrt, als sie am Vorabend, an dem ihre Stiefmutter so getan hatte, als wollte sie sie erwürgen, in ihren Augen ein verqueres Mitleid gesehen hatte.

ZWEITES KAPITEL

1 | *Am Morgen im hellen Tageslicht*

Als Louie auf dem Weg zur Treppe an Hennys Tür vorbeikam, dachte sie nicht mehr an die nächtliche Szene, sondern ging hinein und blieb verlegen am Bett ihrer Mutter stehen.

»Mutter, meinst du, mein Hals wird zu lang?« Henny sah sie prüfend an, als habe sie sie seit Monaten nicht mehr gesehen.

»Natürlich nicht.«

»Mutter, mein Kleid ist so alt. In dem Kleid sieht mein Hals viel zu lang aus.«

»Ich habe kein Geld für neue Kleider. Nächsten Monat vielleicht.«

»Sing schon, Mutt, sing das Lied«, quengelte Tommy. Henrietta sah ihn an, zog die Brille auf der Nase herunter und sang:

Ganz der Vater, ganz der Vater!
Er sieht aus wie'n Känguruh:
Krumme Beine, keine Schuh,
Und die Nase son-der-bah
Dreht zum Rücken er im Nu –
Ganz der Papa!

»Noch mal, Mutt!«

»Ach, ach, ach, mach nicht so 'n Krach!«

Tommy grinste vergnügt. Louie fuhr ernsthaft fort:

»Mutter, wenn Miss Bundy nächstes Mal ein Kleid für mich macht, könnte sie dann etwas Vornehmeres nähen?«

»Etwas Vornehmeres! Etwas Vornehmeres!« rief Henny und sah sie wütend an.

»Sing ›Als Onkel John‹«, quengelte Tommy.

»Was Vornehmeres soll es sein! Bei den paar Cents, die er mir gibt«, rief Henny voller Entrüstung.

»Mutt! Mutting! Sing weiter.«

»Sei still! Etwas Vornehmeres! Ist das wieder eine eurer Pollit-Protzereien? Ich habe kein Geld für eure Eskapaden.«

Leise weinend schlich Louie hinaus.

»Mut-ting!«

»Sei still, du Nervensäge!«

»Mu-hut-ting!«

Als Onkel John nach Hause kam
Schenkt' er mir 'nen Papagei.
Der konnte sprechen, war ganz zahm,
lachte und sang noch dabei:
»Hübsche Polly, schöne Polly, Polly-Wolly-Dolly!«
sang er den ganzen Tag.

»Das Lied gefällt mir, Mutter!«

»Mir aber nicht. Und jetzt verschwinde und geh deinem Vater auf die Nerven.«

»Kann ich ein Stück Zucker haben?«

»Bring Mutter aus der Küche ihren Toast, mein Schatz.«

»Kann ich dann ein Stück Zucker haben?«

»Nehm' alle Gaben, will alles haben.«

»Kann ich, Mutter?«

»Du kannst alles, mein Sohn.«

»Aber darf ich auch, Mutter?«

»Mutter, darf ich tanzen gehen? Ja, ja, mein liebes Töchterlein.«

»Mutter!«

»Frag Louie. Sie wird dir ein Stück geben.«

»Wird sie ni-hicht.«

»Frag sie.«

»Wird sie ni-hicht.«

»Sag ihr, ich hätt's erlaubt.«

»Mach ich, Mutter.«

Mit seiner üblichen kleinen Trophäe lief Tommy aus dem Zimmer, in dem es ihm ohnehin bald langweilig geworden wäre. Tommy hatte eine Weisheit mit auf die Welt gebracht. *Bittet, und euch wird gegeben werden.* Sein breites, schiefes, unwiderstehliches Grinsen und seine wippenden Locken trugen wenig dazu bei, ihn eines Besseren zu belehren.

Doch jetzt hörten sie Tante Bonnie rufen:

»Essen fassen, Essen fassen! Platz gemacht!« Und Evie und Tommy, die einen Wettlauf zum Gong veranstaltet hatten, stritten sich darum, wer ihn anschlagen durfte. Bonnie griff nach dem Stock und schickte mit respekteinflößendem Nachdruck mehrere dunkle, weiche Töne hinaus in die Nachbarschaft. In Arbeitshosen eilten die männlichen Familienmitglieder vom Waschhaus herbei, und Sam setzte zum Pfeifen an. Jedem von ihnen war ein besonderer Pfiff zugeteilt. Außerdem gab es ein Signal für »Hinsetzen!« und eins für »Sofort kommen!«

Sie standen im Flur und beantworteten ihre jeweiligen Pfiffe, denn die Regel lautete, daß niemand das Eßzimmer betreten durfte, ehe nicht das Zeichen dafür gegeben worden war. Sam fragte Ernest mit gedämpfter Stimme:

»Hast du es ihnen gesagt?«

Ernest sah ihn an, ging in die Küche und rief: »Dad geht nach Malaya«, dann lief er zum Fuß der Treppe und wiederholte: »Louisa, Dad geht nach Malaya!«

Louie, die sich oben auf der Treppe für die Antwort auf ihren Pfiff bereithielt, kam langsam herunter, stolperte über den Belag und ging drei Stufen tiefer zu Boden. Sie hatte sich weh getan, aber da sie sich gerade darin übte, hart wie ein Spartaner zu sein, sagte sie nichts.

»Hans-guck-in-die-Luft!« rief Ernie.

Würdevoll nahm Louie die letzten Stufen. Die Zwillinge, die ihre Pfiffe von den Tierkäfigen aus beantwortet hatten, stürmten herein und stupsten einander durch den Hausflur.

»Lulu, Lulu! Dad geht nach Manila!«

»Malaya, du Trottel! Manila und Malaya!«

»Louie, Dad geht auf eine Expedition!«

»Natürlich, mit dem Expeditionskorps«, bestätigte Ernest.

»Ich weiß!« sagte Louie laut. »Ich hab's längst vor euch gewußt.«

»Sag Thomas-Woodrow, er soll's seiner Mutter sagen«, bat Sam seinen ältesten Sohn Ernest mit leiser Stimme. Da Sam und seine Frau nicht miteinander redeten, bedurfte selbst diese bedeutende Ankündigung eines Mittelsmanns. Ernest hatte schon viele schwierige Situationen meistern müssen. Jetzt nahm er im nördlichen, vorderen Teil des Flurs, der dem Schlafzimmer seiner

Mutter am nächsten lag, Aufstellung und rief mit offizieller Stimme:

»Tomkins, Daddy reist mit der Smithsonian Expedition in den Pazifik und nach Malaya.«

Henny verstand natürlich, daß die Nachricht für sie bestimmt war. Sie hörten, wie sie die ängstlich neben ihrem Bett erschienene Evie anfuhr. »Sag ihm, von mir aus kann er ins Fegefeuer springen, mir ist es egal.«

Aber Sam, der, wenn er einmal eine Absicht verfolgte, niemals lockerließ, hatte Tommy so in die Ecke getrieben, daß Hennys Jüngster jetzt ebenfalls an ihrem Bett erschien und die Nachricht wiederholte.

»Schon gut, mein Sohn«, erwiderte sie trocken.

Aber sie war nervös. Sie schickte Evie in die Küche, um frischen Tee und Toast zu holen. Heute gab es eine große, unerwartete Streichaktion. Sie haßte den Lärm der Lötlampe, und der Geruch von Farbe, alt oder neu, machte sie krank. Normalerweise gelang es ihr, rechtzeitig zu ihrer Schwester Hassie nach Baltimore zu flüchten oder zumindest zur Schneiderin zu gehen, den Schnitt neuer Kleider für die Mädchen zu besprechen oder einfach ausgiebig zu tratschen. Doch die Streicherei heute war zu plötzlich über sie gekommen, und außerdem, wenn Sam tatsächlich endlich abreiste, würde sie ihm eine Nachricht zukommen lassen müssen, um mit ihm über Geldangelegenheiten und die Erziehung der Kinder zu sprechen. Er war fanatisch, was die Erziehung der Kinder anging, hatte ganz eigene Ideen, und alles mußte bis ins allerletzte Detail nach seinen Vorstellungen ablaufen. Ihre Kinder durfte sie impfen lassen, wenn sie es wollte, aber Louie durfte nicht geimpft werden; Sam weigerte sich, sich an irgendwelche Regeln für zahnärztliche oder medizinische Untersuchungen zu halten, und plusterte sich sowohl in der Schule und als auch im Amt schrecklich auf, wenn die Kinder, obwohl sie noch kein Geld verdienten, nicht überall freien Eintritt hatten; und so ging das immer weiter. Sie wünschte, er würde nicht ständig versuchen, in allem den Überlegenen zu mimen.

Und dann mußte sich jemand um das große, altmodische Haus und das völlig vernachlässigte Grundstück kümmern; Sams Kleinzoo und all seine anderen Besitztümer und Bauwerke, den Teich, den Steingarten, die verschiedenen Aquarien, sein Museum und so weiter. Wie viele Dinge er um sich versammeln mußte, um sich die Zeit zu vertreiben! Und was ihre Kleidung, das Essen und die notwendigen Dinge im Haushalt anging, waren sie wie üblich bei dem letzten Körnchen, Gramm, Laib und Seifenstückchen angekommen. Sam würde toben, wenn er die lange Liste offener Rechnungen sah, die allesamt von Henny oder einem nachsichtigen Kleinhändler im Hinblick auf das zu erwartende Erbe ihres Vaters geschönt worden waren. Er würde einen Wutanfall bekommen und versuchen, sich von ihr scheiden zu lassen oder sich von ihr zu trennen, dachte sie, wenn er jemals die Wahrheit erfuhr.

Sie biß sich auf die Lippe, stand auf, zog ihren roten Morgenmantel an, streifte die billigen Pantoffeln aus dem Kaufhaus über, die ihr Tommy zu ihrem letzten Geburtstag geschenkt hatte, und suchte ungeduldig nach ihrem Füllfederhalter. Es war ein sehr schöner und teurer Füllfederhalter, den ihr Vater ihr geschenkt hatte und der meist nirgends aufzufinden war.

»Ich glaube, er kommt her, um ihn eigenhändig vor mir zu verstecken!« schimpfte sie gereizt und rief Evie vom Tisch, damit sie ihr einen Schulfederhalter und Tinte holte; dann setzte sie sich hin, um auf ein weißes Blatt mit ihren eingeprägten Initialen HCP – Henrietta Collyer Pollit – eine Nachricht an ihren Mann zu schreiben. Als sie die wenigen Zeilen fertig geschrieben hatte, rief sie Louie, die gerade den Porridge auftrug, zu sich und sagte ihr:

»Leg das gut sichtbar auf den Schreibtisch deines Vaters.«

»Chabs!« rief Sam sein Lieblings-Phantasiewort für Essen. Bonnie brachte die übrigen Teller mit Porridge herein.

»Tomkins hat die Steine draußen auf dem Weg vertauscht, damit sie zur Abwechslung mal eine neue Aussicht haben«, platzte Saul heraus, und alle Kinder quietschten vor Lachen, während Tommy rot anlief.

Sam bekam als erster sein Essen, dann wurde ein Teller auf Louies leeren Platz gestellt, danach kam Ernest dran, und so ging es weiter, streng nach dem jeweiligen Alter. Zum Ritual gehörte auch, daß Saul und Klein Sam ihre Teller gleichzeitig vorgesetzt bekamen.

»Ör-wepp«, sagte Sam in tadelndem Ton zu Louie, eines seiner Wörter für »Serviette«. Sie brachte sie ihm. Sobald alle bis auf Klein Sam aufgegessen hatten, stieß Ernest seinen Vater an, und dieser sagte: »Fang an, Lulu!«

Louisa stand auf und rezitierte mit steinerner Miene:

»Die ganze Welt tritt zur Seite, um für den Platz zu machen, der weiß, wohin er will. – David Starr Jordan.«

»Der ist aber ziemlich kurz«, bemerkte Ernest. Mit einem stummen Nicken gab Sam seiner Tochter zu verstehen, daß sie fortfahren sollte. Sie sagte:

»Vielleicht gibt es keine wichtigere Komponente des Charakters als standhafte Entschlossenheit. Der Knabe, aus dem einmal ein großer Mann wird, der auch noch nach seinem Tod etwas gilt …«

»Oder eine Frau«, warf Sam ein.

»Das kommt nicht drin vor«, gab sie zurück und schloß:

»… muß entschlossen sein, nicht nur tausend Hindernisse zu überwinden, sondern auch trotz tausend Zurückweisungen oder Niederlagen den Sieg davonzutragen. – Theodore Roosevelt.«

Klein Sam kämpfte sich noch immer verbissen durch sein Porridge, das ihm zutiefst zuwider war. Jetzt, wo der Vortrag vorüber war, errötete er. Er saß in Sams Blickfeld – aber wer tat das nicht? Sam entging nichts.

»Iß auf, Klein Samurai!«

Der Sechsjährige nahm seinen ganzen Mut zusammen und fragte, ob er den Rest übriglassen dürfe. Das wagte er etwa einmal pro Woche, immer mit dem gleichen Resultat. Sam sagte feierlich:

»Laß nichts verkommen, dann wird's dir frommen.«

Mit düsterer Miene wandte sich Klein Sam wieder seinem Teller zu und nahm einen Klumpen kalten Kleisters auf die Spitze seines Löffels. Um von ihm abzulenken, verkündete Sam fröhlich:

»Teddy war ein großer und guter Mann, ein guter Bürger, ein guter Präsident, Naturforscher und Vater. Er hatte zwar auch ein paar verquere Vorstellungen, doch er war ein großer Amerikaner. Und etwas Besseres kann man über einen Menschen wohl kaum sagen.«

Mit boshaftem Gesichtsausdruck, aber unverfänglichem Tonfall, erkundigte sich Ernest: »Wie viele Sprüche hat Lulu in diesem Jahr eigentlich schon auswendig gelernt?«

Sam ließ sich sofort von seiner Laune anstecken. »Jede Menge. Aber hat sie auch nur einen einzigen davon wirklich verbuchstabelanden? Nein! Lulu ist widerspenstig. Weiß ihren aam tlein Dad gar nicht zu schätzen.«

Louisa wurde dunkelrot und blitzte ihn wütend an.

»Ich kann viel mehr auswendig als du.«

Sam warf einen verschwörerischen Blick in die Runde und kicherte hinterlistig. Ernest beantwortete seine eigene Frage:

»Lulu hat einhundertfünfundsechzig Sprüche gelernt. Im Januar waren es nur dreißig, weil sie den Neujahrstag ausgelassen hat, im Februar neunundzwanzig, weil dieses Jahr ein Schaltjahr ist, und heute haben wir den vierzehnten Juni. Seit Anfang neunzehnhundertsechsunddreißig sind das insgesamt einhundertfünfundsechzig Sprüche.«

Sam strahlte Ernest an, der mit einem komischen Grinsen fortfuhr: »Und wie viele Baluster hat die Balustrade?«

Sie versuchten, es zu raten, aber Ernest wußte es natürlich ganz genau.

»Hurra, jetzt geht's mir schon viel besser!« rief Sam zufrieden. »Vorher hatte ich ein flaues Gefühl im Bauch und Rückenschmerzen von einem Hexenschuß – dabei bin ich weder Hänsel noch Gretel. Aber jetzt sind wir alle vereint. Ihr hättet die versammelte Polliterie in den alten Zeiten sehen sollen. Alle waren um Opa Charlies Tisch versammelt, jeder hat seine Rolle improvisiert, und wir haben den ›Amboßchor‹ gesungen. Ich wünschte, ihr Kinder würdet heute auch so etwas auf die Beine stellen. Euer Vater ist schließlich musikalisch genug! – Bonafidus!« rief er. »Komm aus der Küche, vor dem Arbeiten machen wir noch ein bißchen Singsang.«

Mit glänzenden Augen kam Bonnie herein. Ehe sie überhaupt Platz genommen hatte, sprudelte es schon aus ihr heraus. »Ich hatte einen komischen Traum: Ich war Holzfäller, und wir zogen zum Holzrücken in die Savanne. Ich hatte sieben Elefanten – oder waren es neun?« Aufgeregt hielt sie inne und sah sich fragend um. »Nein, es müssen neun gewesen sein, denn der neunte ist in den Matsch gefallen, es gab da so eine Art Sumpf, und wir zogen und zerrten mit aller Kraft, um ihn freizubekommen. Könnt ihr euch etwas Lächerlicheres vorstellen als mich auf einem Elefantenrücken? Ist es nicht schrecklich albern, was man so träumt?«

»In meinem Traum war ich in einem Wald voller Schlangen«, sagte Sam. »Ein schlechtes Zeichen! Schlangen bedeuten Feinde. Immer wenn ich von Schlangen träume, treffe ich irgendwo auf mindestens einen Feind. Es ist ein Symbol. Jedenfalls bin ich letzte Nacht durch einen Mangrovensumpf gestapft, und von jedem Baum ringelten sich fauchende Schlangen in meinen Weg. Ich muß wohl aufpassen. Bin heute morgen mit einem heißen Kopf und einem flauen Gefühl aufgewacht. Aber was soll's? Heute sind wir alle vereint. – Lulu«, sagte er in herzlichem Ton, »geh und sag Pet, sie soll kommen und sich zu uns setzen. Ich will, daß heute die ganze Familie zusammen ist. Ich will euch alle um mich haben. Bald bin ich ja nicht mehr da.«

»Sondern in Ma-la-ya«, trällerte Klein Sam, erleichtert, weil er sein Porridge endlich heruntergewürgt hatte. Alle lachten über seinen Reim.

Dann hörten sie Louisa in Hennys Zimmer die Nachricht überbringen und Hennys Antwort, scharf wie Revolverschüsse. »Ist ihm sein Publikum noch nicht groß genug? Ich habe schon gegessen.«

Verlegen kam Louie wieder zurück. »Henny!« rief Sam empört.

Sie taten, als hörten sie nichts, nur Bonnie flehte: »Aber Samuel, wenn sie sich nicht wohl fühlt.«

»Henny!« rief Sam wieder.

»Sag deinem Vater, er soll sich zum Teufel scheren«, rief Henny aus der Küche zurück.

»Samurai«, sagte Sam und gab sich Mühe, sich zu beherrschen, »geh und sag Mutter, ich befehle ihr, herzukommen und mit uns an diesem Sonntagmorgen am Frühstückstisch zu sitzen. Ich werde dieses fortwährende Schisma nicht dulden«, fügte er zornig hinzu.

»Ach, ich bin zu müde, um gegen ihn anzukämpfen«, sagte Henny in der Küche und kam langsam herein, mit hochrotem Kopf und finster funkelnden Augen; sie setzte sich steif wie ein Schürhaken in den Sessel, der immer für sie frei blieb. Dann warf sie auf ihre altmodische Weise den Kopf zurück und schenkte ihm ihren berühmten schwarzen Blick.

»Laß uns zusammen sein, Henny«, sagte Sam vom Tisch aus mit sanfter Stimme. Ihre Augen sprühten noch wütendere Funken.

»Sag deinem Vater«, fauchte sie die neben ihr sitzende Evie an, »daß es mir schon reicht, wie ein Hund herumkommandiert zu werden. Auf seinen Hohn kann ich gut und gerne verzichten.« Evie wandte sich an ihren Vater, um ihm stumm ihre Nachricht zu übermitteln. Sam hielt den Blick auf den Teller gerichtet, versuchte, sich zu beherrschen, sein Gesicht verdunkelte sich von Minute zu Minute.

»Daddy, Mutter sagt, du sollst nicht mit ihr sprechen«, sprang Ernest ein.

Niemand lachte. Bonnie sagte betont fröhlich: »Kommt schon, Kinder, eßt euren Toast auf, trinkt euren Orangensaft, und dann ab nach draußen! Es gibt noch so viel zu tun!«

Die Kinder gehorchten. Nach einigen Minuten stand Henny auf, um sich Tee nachzuschenken. Sam konnte nicht umhin, sie sanft zu ermahnen. »Henrietta, du solltest deinen Magen nicht ständig mit diesem Zeug belasten. Er muß ja von innen schon ganz ledrig sein.«

Sie warf den Kopf zurück und verschwand durch die Tür. Es folgte ein kurzes Schweigen der Dankbarkeit. Dann sagte Sam mit sehr sanfter Stimme: »Singsang, Kinder!« Er gab die ersten Töne an, und seine Kinder fielen sofort ein:

»Steal away, steal away, steal away to Jesus!«

2 | *Monomann und die Sonderlinge*

In diesem Augenblick rief eine zittrige dünne Stimme von der Straße: »Sam-mie!«

Die Zwillinge und Tommy kletterten von ihren Stühlen und liefen zur hinteren Veranda. Ihr Vater folgte ihnen.

Gemeinsam sahen sie hinunter auf die Vierunddreißigste Straße, die, kaum sichtbar hinter einem Schirm aus Bäumen und Büschen versteckt, den Berg hinunterführte. Schräg gegenüber vom unteren Zaun standen die Häuser der Reservoir Road, in denen einige ihrer Freunde und Nachbarn wohnten. Diese bildeten eine so wunderbare Ansammlung verschiedenartigster Gestalten, wie es sie je in einem Menschennest gegeben hat. Sam, dieser schnelle, mutwillige Beobachter, kannte sie alle in- und auswendig, und das, ohne je mehr Kontakt zu ihnen gehabt zu haben, als ihnen auf dem Weg zur Straßenbahn in der Wisconsin Avenue einen »Guten Morgen!« und »Guten Abend!« zu wünschen. »Wie oft hat sich die gesamte Karawanserei nicht schon über die Schrullen und Marotten dieser Leute schiefgelacht«, sagte Bonnie. Sie waren alle entweder exzentrisch, leicht übergeschnappt, böswillig, ignorant, abergläubisch, habsüchtig oder Ehrenmitglieder im Club der tauben Nüsse. Ihre Nachkommen dagegen erwiesen sich, wie Sams Kinder fanden, als ganz normale, liebenswerte kleine Wesen, und Sam tat alles, was er konnte, um die wirklich kleinen Jungen und Mädchen nach Tohoga House zu locken. Waren die Mädchen erst einmal im Schulalter, machte er sich nicht mehr soviel aus ihnen.

Häufig war zu sehen, wie er aus den Dachfenstern auf die Straße hinunterspähte, ob nicht irgendein Kleinkind aus der Nachbarschaft auf dem Weg zum Garten Eden war, zu den klippenhohen Mauern von Tohoga House, den riesigen Bäumen voller Vögel und Vogelnester und den mannshohen Hecken aufschaute, dabei verschwommen grinste oder gar mit seinem See-Anemonen-Händchen winkte, wenn es Sams sonnenblumenfarbenen Kopf hoch oben zwischen den Vögeln und Blättern erblickte. Er strahlte vor Freude, wenn er sah, wie sie sein großes Haus fürchteten und liebten. In letzter Zeit hatte er mehrfach daran gedacht, es in Tohoga Place umzubenennen. Die exzentrischen Nachbarn (mit ihren kleineren Häusern) und ihre ehrfürchtigen Kinder ließen das Haus für Sam noch wertvoller erscheinen. Denn Sam gehörte zu jenen vorsichtigen, furchtsamen Männern, die sich noch sehr gut an schlechtere Zeiten erinnern und fest entschlossen sind, es nie wieder soweit kommen zu lassen. Früher einmal hatte er Miete für ein kleines, sonnenloses Hinterzimmer im schlampig erbauten Reihenhäuschen seines Bruders in Dundalk bezahlt, nahe der Werft, in der sein Bruder als Maler arbeitete; und selbst das war, verglichen mit dem Haus seines Vaters, ein großer Fortschritt gewesen. Tohoga House, das mit ein paar Pinselstrichen in Tohoga Place umzutaufen er sich an diesem Tag fest vornahm und für das er einschließlich Steuern nur fünfzig Dollar monatlich an seinen Schwiegervater zahlte, war eine Quelle reiner Freude für Samuel, einer Freude, die ihn so sehr erfüllte, daß er darüber die schwarzen Tage seiner Ehe und Hennys frühe Drohungen vergaß, Kindesmord, Selbstmord oder Brandstiftung zu verüben. Denn Sam war von Natur aus unbeschwert, freundlich, großzügig und überschwenglich. Er war gar nicht fähig, eine Ungerechtigkeit nachzutragen, die heimzuzahlen ihn nur seinen Seelenfrieden gekostet hätte; einen üblen Gedanken zu hegen, der ihn innerlich zerrissen hätte; einen Kummer in der Brust zu nähren. Selbst die schlimmste Tragödie drang nicht bis zu seinem Herzen vor. Sie hätte ihn nur krank gemacht, und er war ganz auf Gesundheit, Vernunft, Erfolg und menschliche Liebe eingestellt.

Klein Sam sprach mit dem Jungen, Roger White, über die Seifenkiste der Pollits, die Sam gebaut und auf den Namen *Leukosom* getauft hatte. Sam lockte den Kleinen mit honigsüßer Stimme:

»Whitey! Whitey! Tomm doch her. Tomm, dann laß ich dich auch mit meiner Tiste fahrn.« Whitey kicherte. »Is nämlich mein Auto«, überredete ihn Sam, »deshalb muß du mich fragen. Stimmt doch, oder, Jungs?«

Die Komödie ging weiter, eher zögerlich unterstützt von den Pollit-Kindern. Das Ausleihen der Seifenkiste war eine ernste Sache, von der auch die Ziege der Whites betroffen war, weil sie im Garten von Tohoga House die Anemonen fraß, wenn sie durch den Zaun gelassen wurde, und ihr Vater sich zum Narren machte, aber sie waren edelmütig und ließen ihm seinen Spaß. Schließlich wurde Whitey dazu bewegt, die Stufen heraufzukommen und mit ihnen Orangensaft zu trinken. Sie saßen alle an der Hauswand auf der selbstgetischlerten Bank.

»Jetzt habe ich fünf Söhne«, sagte Sam. »Alles, was ich brauche, sind noch fünf mehr.« Seine Söhne grinsten peinlich berührt.

»Aber, Taddy«, murmelte Evie ängstlich, »dann hättest du viel zuviel. Es gäbe nicht mehr genug zu essen.«

»Ich könnte mit Leichtigkeit zehn Söhne ernähren. Wir würden unser Essen selbst anbauen, unser ganzes Land bestellen, einen Streifen pro Kopf. Wir würden unser eigenes Getreide säen, Gemüse ziehen, alles. Ich würde ein paar Frauen anheuern, wir würden unser eigenes Brot backen unn hätten jeen Tach ein herrlich Spaßvergnügen dabei. Wär das nich 'ne rosiche Zunkumf, Whitey?«

»Klar. Sie könnten auch ein paar Kühe halten und melken«, erklärte Whitey aufgeregt. Sam war geschmeichelt.

»Ich wünschte, ich hätte hundert Söhne und Töchter«, jauchzte er. »Dann bräuchte ich keinen Handschlag mehr zu tun. Ihr Kinder würdet für mich arbeiten. Es gäbe ein zünftig-zackiges Zeltlager für die Jungs und ein blitzblankes Budendorf für die Mädchen. Mutter, Dad und Bonnie hätten gar keine Arbeit mehr. Ja, die Mormings, die Mormonen, hatten doch die richtige Idee: fünfzig Frauen und deren Kinder und keine Arbeit mehr für den alten Herrn.« Durchtrieben grinste er zu Louisa hinüber, die am offenen Küchenfenster stand.

»Mein Vater fährt nach Manila und Malaya«, teilte Klein Sam seinem Besucher mit.

Es folgte ein Gespräch darüber, ob er mit dem Bus, dem Schiff oder dem Flugzeug fahren würde. Sam ließ sie eine Weile darüber streiten, dann ging er ins Detail, beschrieb ihnen mit träumerisch verklärten Augen und großer Herzlichkeit seine Reise über Land und Meer, und ließ auch die vielen Völker nicht aus, mit denen er dabei *in Kontakt kommen* würde. Mit unverwandten Blicken und offenen Mündern folgten sie ihm und lauschten, als er ihnen erzählte, all dies käme ...

»... dem Kern meiner Träume sehr nahe und hilft mir dabei, einen meiner glühendsten Wünsche zu erfüllen, nämlich – Lulu weiß das, und Ernie weiß es ebenfalls – meine Mitmenschen wirklich kennenzulernen und – wie ihr alle und der kleine Whitey hier es eines Tages vielleicht auch tun werdet – vorzudringen ins Innerste des schwarzen, gelben, roten und tätowierten Mannes. Denn ich bin fest davon überzeugt, daß in ihren Herzen alle Menschen gleich sind und in ihnen das Gute wohnt; früher oder später werden sie von ihren weiter fortentwickelten Brüdern zusammengeführt und eine Weltgemeinschaft bilden, in der die Unterschiede der Nationalität, des Glaubens und der Ausbildung geachtet und doch mit der Zeit überwunden werden, bis es schließlich nur noch eine Religion der Menschheit gibt – Weltfrieden, Weltliebe, Weltverständnis –, eine auf die Wissenschaft gegründete Überzeugung, die jedem, selbst dem Ärmsten und Erbärmlichsten, eine angemessene Ausbildung zuteil werden läßt. Und damit meine ich nicht den heutigen Kommunismus, der eine politische Doktrin, nicht des Hasses, das möchte ich nicht behaupten, aber eine Doktrin des Krieges ist, des Klassenkampfes und der verhaßten kämpferischen Töne, eine Doktrin von Menschen, die irregeleitet, wenn auch sicherlich wohlmeinend sind, denn ich habe einige von ihnen kennengelernt, und es sind gute Menschen, auch wenn sie nicht zu Führern taugen, weil sie nichts von der menschlichen Liebe verstehen und daher an einer Doktrin festhalten, die auf Verwirrung, nicht auf der Wissenschaft basiert. Wir sind doch alle, so wichtig jeder von uns sich auch nehmen mag, letztendlich nur Mitglieder einer Spezies, und dieser Spezies muß unsere Sorge gelten. Dabei sind wir keine Tiere: Spezies darf nicht gegen Spezies einen Vernichtungskampf führen. Wir sind Menschen; wir müssen uns zum Besten unserer Gattung zusammenschließen, ja, man könnte sagen, um der natürlichen Ordnung willen.« Er schenkte ihnen sein breites Öffentliche-Versammlung-Lächeln.

Die Kinder, die seine Wortbilder von all den farbenprächtigen Menschen angestarrt hatten wie einen Kinofilm und dabei in einer Art Trance versunken waren, wurden jetzt unruhig; Sam hielt inne, als er es sah.

Louisa lehnte am Geländer. Sie sah ihren Vater geistesabwesend an. Der Morgen war heiß, und unter seiner Latzhose hatte Sam nichts weiter an. Wenn er seine weißgoldenen, muskulösen Arme schwenkte, waren große, feuchte Büschel von gelbrotem Haar zu sehen. Er sprach weiter. Seine Poren waren groß, und seine ledrige Haut unterschied sich deutlich von der matten Seide der Kinderwangen. Er schämte sich nicht für seine Ausdünstungen, sondern hielt es für eine Gabe, frei schwitzen zu können; es war »natürlich«. Der Duft, den Frauen benutzten, sagte er, sei doch nur dazu da, von mangelnder Reinlichkeit abzulenken.

»Mein System«, fuhr Sam fort, »das ich selbst erfunden habe, könnte *Monomann* oder *Allmenschheit* heißen!«

Evie lachte verlegen, unsicher, ob es richtig war. Louisa sagte: »Du meinst wohl Monomanie.«

Evie kicherte und wurde dann plötzlich blaß, entsetzt über sich selbst.

Sam sagte kühl: »Wenn du so guckst, Lulu, siehst du wie eine Ratte aus der letzten Gosse aus. Monomann ist der Zustand, den die Welt erlangt, nachdem alle degenerierten Sonderlinge ausgemerzt sind.« Seine Stimme bekam etwas Bedrohliches. »Dies könnte mit Hilfe der Todeskammer geschehen. Die Leute könnten sogar aus freien Stücken um *Euthanasie* oder einen schmerzlosen Tod bitten.«

Louisa konnte nicht umhin, über diese Vorstellung zu lachen. »Aber das würde doch niemand tun.«

»Doch, doch, die Leute würden aufgeklärt und wären nur allzu gern bereit, den neuen Menschen zu schaffen – und damit den neuen Zustand sozialer Perfektion.«

»O bitte, ermordet mich, bitte, ich bin nichts wert«, quiekte Ernie. Natürlich hatte er damit sofort Erfolg, und Sam kicherte. Aber sonst geschah nichts mehr, und für den Augenblick erfuhren sie nichts weiter über Monomann oder Allmenschheit, Sams Idealzustand.

Statt dessen hörten sie ein seltsames, verzerrtes Keuchen, »Vieh-Bieh! Vieh-Bieh!«, und sahen sich erschrocken um; war das ein Tyrann, der schnarrende Geist eines Schreivogels oder gar ein alter Sonderling, der den letzten Schnaufer seines Lebens tat. Doch dann sahen sie ihren Freund, die Spottdrossel, Mr. Demetella, hinten auf dem kleinen, kahlen Ulmenzweig, auf dem er schon den ganzen Sommer lang am liebsten wippte; er übte nur den Fliegenschnäpperruf für sein eigenes Repertoire. Noch ein paar Keucher, dann trillerte er.

»Wie er singt! Wie er es liebt, gehört zu werden!« rief Sam entzückt und pfiff dem Vogel ein paar Töne zu. Der Vogel hielt inne und lauschte aufmerksam. Seit Monaten hatten sie ihm für sein Potpourri die verschiedensten Melodien beigebracht. Sam und die Jungen konnten alle hervorragend pfeifen.

»Und jetzt«, rief Sam, »Arbeit, Jungs, Arbeit. Whitey kann den Kitt anrühren.« Er sprang von der Veranda, und sie folgten ihm und fielen in das Lied ein, das er angestimmt hatte: »I know a bank.«

3 | *Was sei des Menschen Morgenwerk?*

Die ganze Belegschaft arbeitete. Louie machte die Betten; Evie leerte die Nachttöpfe aus; Mutter hatte beschlossen, Himbeertörtchen zu machen, und Tante Bonnie schälte Kartoffeln. Es war ein stechend heißer Sonntagvormittag voller Ofengerüche. Bonnie stimmte immer wieder ein Liedchen an, und von oben konnte man Louie summen hören: »Bid me to live and I will live, thy protestant to be.« Ein großer Chor erklang vom Waschhaus. Henny war in ihre eigenen Ideen versunken und hörte das Spektakel kaum; abgesehen davon war sie so an das gewöhnt, was sie das »Pollit-Gepoltere« nannte, daß sie es ertragen konnte, wenn der Tag nur schön genug war. Sie horchte erst auf, als Louies Lied verstummte. Das bedeutete meist, daß Louie nicht mehr arbeitete, sondern las oder trödelte. In Wirklichkeit sah Louie aus dem hinteren Dachfenster, das nach Süden zeigte und einen Blick auf die im Dunst des Flusses verstreuten Gebäude der Hauptstadt erlaubte. Sie dachte – oder wiederholte eher, was sie bei Thoreau gelesen hatte: »Morgenwerk! Was sei des Menschen Morgenwerk?« Aber ihre Gedanken eilten weiter. Strahlend vor Vergnügen phantasierte sie eine aus mehreren Szenen bestehenden Harlekinade, in der sie, Louie, spielte und deklamierte – aber nicht wie die Pollits oder die der Komischen Oper entsprungene Bonnie – und vor einem riesigen, schattenhaften Publikum stand, das sich in einem Opernhaus erstreckte, das so groß war wie die ganze Welt, mit Rängen, die mindestens so hoch waren wie die Kathedrale. Es gab auch einen Hauptdarsteller, einen Schatten von riesigen Ausmaßen, der an Mephisto erinnerte, aber er zählte nicht, sie ganz allein war der Mittelpunkt, und so warf sie den Schatten ihrer Seele auf dieses Traumpublikum, das von Zeit zu Zeit applaudierte und dabei ein Geräusch machte wie raschelndes Laub – so wie gerade in diesem Augenblick das Laub über die zementierten Wege von Tohoga House oder die Asphaltbürgersteige draußen raschelte, die Louie durch den wehenden Vorhang aus Blättern unten erkennen konnte.

Zur gleichen Zeit, als ihre Stiefmutter unten die Stille im oberen Stockwerk bemerkte und dachte: »Ich darf nicht vergessen, Samuel aufzuschreiben, daß er mit seiner Tochter über ihre Unordnung und ihre Faulheit spricht – aber sie ist ja so verdammt eigensinnig und hört nicht einmal mehr auf ihn«, murmelte Louie laut über den Fenstersims hinweg: »Wenn ich nicht wüßte, daß ich ein Genie bin, würde ich sterben. Wozu sollte ich leben?«

Evie erschien in der offenen Tür zur Dachkammer der Jungen. »Was hast du gesagt, Louie?«

»Nichts. Bist du mit den Töpfen fertig?«

»Trägst du Tante Bonnies Eimer runter?«

»Wenn's sein muß«, erwiderte Louie wütend.

Evie ging zurück in die Kammer, beleidigt, mit hängenden Schultern. »Mutter hat gesagt, du sollst ihn tragen.«

Louie drehte sich zu ihr um und brüllte: »Ich weiß, was Mutter gesagt hat.«

Erschrocken wich Evie zurück, die Augen weit aufgerissen, die Pupillen vor Angst geweitet. Sie hatte etwas Schreckliches gesehen: Louie bei einem ihrer Anfälle. In solchen Momenten konnte sie nichts mehr zurückhalten, sie nahm nichts anderes mehr wahr als sich selbst, niemanden, und das Schlimmste, noch Erschreckendere war, wie sie schurkisch das Tier in sich zurückhielt, während es nur darauf lauerte zuzuschlagen. Einmal hatte sie sich auf Evie gestürzt und sie an den Haaren gezogen; einmal hatte sie ein Furunkel an Ernies Schläfe zum Platzen gebracht. Evie wurde blaß, ihre hellen Augen wirkten gegen ihre Haut geradezu dunkel, und ihr sträubte sich das Haar.

Louie ihrerseits spürte, wie sie der Mut verließ. Sie hatte im Gesichtsausdruck ihrer Schwester noch nie solches Entsetzen gesehen: Sie kam sich vor wie ein menschliches Ungeheuer. Sie beschloß, Evie niemals wieder ihren Zorn zu zeigen. Evie könnte in Ohnmacht fallen. Als sie einmal bei einem prächtigen Sonnenuntergang aus Baltimore nach Hause gekommen waren, hatten sie anhalten und Evie, steif und ganz weiß, aus dem Auto in ein Haus am Straßenrand tragen müssen; und Louie hätte jederzeit dafür sorgen können, daß es wieder geschah. Sie konnte ihre Schwester nicht in den Arm nehmen, aber sie sagte sanft:

»Laß nur, laß nur! Ich mach das schon.«

Natürlich war der Morgen, wie jeder Morgen, voll von solchen Vorkommnissen. Das war das Familienleben. Sie schafften es alle, durch den Tag zu kommen, ohne außergewöhnliche Wunden davonzutragen; jeder dieser Vorfälle hinterließ eine winzige Narbe, aber ihre Kinderhaut heilte mit wunderbarer Schnelligkeit.

Unten brach ein Getöse los, der Lärm der Lötlampe, mit der ihr Vater sich am Geländer der vorderen Veranda zu schaffen machte. Die beiden Mädchen blickten aus dem Fenster und beobachteten die kleine Gruppe ehrerbietiger kleiner Jungen, darunter die Pollit-Jungen, Whitey und Borden, Whiteys Bruder, der ausgeschickt worden war, um Whitey nach Hause zu holen.

Saul, der zu einem Flugzeug aufschaute, sah seine Schwestern und rief: »Daddy arbeitet mit der Lötlampe, kommt her und seht euch das an!«

Klein Sam strengte sich an, den Lärm zu übertönen: »Lubilu, bist du das? Zeit fürs Elfena, Lubilu!« *Elfena* war die kleine Mahlzeit aus Sandwiches und Obst, die alle Kinder gemeinsam um elf einnahmen. Meist gab es entweder Bananenstücke auf Brot oder Butter- und Sirupstullen. Louie eilte hinunter, um die Brote zu machen. Ein wunderbarer Duft nach Braten und Kuchenteig strömte ihr aus der Küche entgegen, vermischt mit dem Geruch von leicht angebranntem Leinen. Bonnie bügelte die Blusen, die sie und ihre Schwägerin am Nachmittag tragen wollten. Gerade als Louie die letzten drei Stufen genommen hatte und stehenblieb, um durch die blauen, gelben und grünen Scheiben des spitzen Flurfensters auf eine düstere, verdörrte und üppig gedeihende Welt hinauszusehen und einen kurzen Blick auf die Molche im Aquarium zu werfen, war Hennys heiserer Schrei aus der Küche zu hören.

»Bonnie, was machst du da?«

»Oh, um Himmels willen!«

Es waren eilige Schritte zu hören. Louie lief in die Küche. Als sie hereinkam, drehte sich ihre Mutter sofort zu ihr um und rief ihr keuchend entgegen:

»Sieh dir nur einmal an, was deine ungeschickte Tante angerichtet hat! Man glaubt es nicht, meine beste Bluse! Ich soll dieses Haus wohl nur noch nackt verlassen. Man könnte meinen, die beiden hätten sich das gemeinsam ausgedacht!« Damit stob sie aus der Küche und verschwand in ihrem Zimmer. Sam sah besorgt zum Fenster hinein, mit offenem Mund, die Wangen mit angetrockneter Farbe bekleckst. Mit feuchtem, wirrem Haar hielt Bonnie ihm und Louie hilflos die Bluse entgegen, die so gründlich verbrannt war, daß die schwarzen Fetzen hin- und herklappten wie lockere Fensterläden. Es war eine reich bestickte Bluse aus feinem Batist, die Henny von ihrer Cousine Laurie bekommen hatte, ihrer reichen Verwandten aus Roland Park.

»Ich habe nur eine Sekunde nicht aufgepaßt«, erklärte Bonnie ängstlich und sah erst ihren Bruder und dann Louie an. »Ich habe aus dem Fenster gesehen, weil Pet sagte, sie könnte den Geruch der Lötlampe nicht ertragen, und ich dachte, ich könnte die Kinder zum Elfena rufen – und dann roch ich etwas, aber ich hätte nicht sagen können, was es war, nur, daß der Geruch mir irgendwie bekannt vorkam. Ihr wißt doch, wie das bei einer Mischung aus Gerüchen ist, die einzelnen lassen sich dann nur schwer unterscheiden. Und als ich zurückschaute, stieg schon Rauch vom Bügelbrett auf. So ein Pech! Ich wußte es. Ich habe heute morgen die Vase umgestoßen, die Mrs. Rowings mir geschenkt hat. Am besten hätte ich gleich hinterher eine Tasse zerbrochen. Und Pets beste Bluse! Ich könnte heulen.« Sie brach in Tränen aus. »Arme Pet! Man kann es ihr nicht verübeln«, wandte sie sich an ihren Bruder. Eine Reihe kleiner Köpfe lagen wie Kokosnüsse auf dem Fenstersims. Whiteys Bruder Borden war sogar in die Küche gekommen, um Bonnie anzustarren. Sie war die Schuldige, die alle Blicke auf sich zog. Aus ihrem Schlafzimmer war Henny zu hören.

»Oh, Gott! Was für ein Pack! Eher erschieße ich mich, als mit solchen Schwachköpfen länger unter einem Dach zu leben! Ich muß verrückt sein!« Ernest, der die Szene wie die anderen Kinder stumm verfolgt hatte, fing ganz unerwartet an zu weinen. Es sah fast komisch aus, wie er die schmalen, schwarzen Augen schloß und sein Mund weit und viereckig offenstand. »Uh-huh, uh-huh!« schluchzte er.

Sam murmelte: »Ihr Frauen macht aber auch ständig irgendwelche Dummheiten!« Und damit zog er seine Bande vom Fenster fort.

»Eine Küche ist ein Laboratorium: Was würde man von einem

Laborassistenten halten, der solche Sachen macht? Frauen brauchen mehr wissenschaftliche Unterweisung!« Dann sah er plötzlich zur Seite, lauschte, machte einen Satz auf Klein Sam zu und gab ihm einen Klaps hinter die Ohren. Der Junge hatte fasziniert die Lötlampe umkreist und sie, neugierig auf ihr Gewicht, vorsichtig aufgehoben. Sam rettete die Lötlampe aus den Händen seines Sohnes.

»Du ungehorsamer Lümmel!« schrie er ihn an, vor Angst und Sorge außer sich. Klein Sam wimmerte. Die Whitey-Jungen rückten an und verfolgten entzückt das ungewohnte Schauspiel.

Henny rauschte zeternd in die Küche, wo Bonnie noch immer die Hände rang und alles zu erklären versuchte.

»Bloß eine einzige Sekunde – ich verstehe mich selber nicht!« Bonnie bekam monatlich nicht mehr als fünf Dollar Taschengeld von ihrem Bruder, der selbst immer knapp bei Kasse war, und sah keine Möglichkeit, Henny die Bluse zu ersetzen. Henny wirkte tragisch in ihrem langen, fleckigen Morgenmantel und ihrem dünnen, zu unordentlichen Zöpfen geflochtenem Haar.

»Nach oben mit dir«, rief sie, »geh mir aus den Augen, verschwinde endlich, ich bin es leid, mich mit dir und deinem Blödsinn abzugeben!«

Bonnie, die schon viele ähnliche Szenen erdulden mußte, flehte ängstlich: »Pet, ich werde dir eine neue Bluse besorgen – ich weiß zwar noch nicht, wie, aber du kannst ganz sicher sein ...«

»Nenn mich nicht Pet. Ich will dich nicht hier haben. Ich finde mich nur mit dir und deinem ewigen Geschwätz und Getue ab, weil du zu blöd bist, eine ordentliche Anstellung zu bekommen und dein Bruder nicht will, daß du dich auf der Straße herumtreibst.«

Bonnie lief rot an. »Ich arbeite dafür. Ich verdiene meinen eigenen Unterhalt und meine fünf Dollar.«

»Deine fünf Dollar, deine fünf Dollar! Deine fünf Dollar kannst du dir an den Hut stecken«, schrie Henny. »Habe ich in all den Monaten, die wir schon im Rückstand sind, fünf Dollar bekommen? Bestraft er mich nicht, wie er die Kinder und uns alle bestraft? Warum kommst du mir damit? Ich würde dir mehr geben.«

»Ich könnte mir auf die Zunge beißen«, erwiderte Bonnie.

»Meinst du, ich krieg fünf Dollar dafür, daß ich mich mit ihm und seinen Gören abgebe, niemals einen anständigen Bissen zu essen kriege oder etwas Besseres als ein paar alte Lumpen auf dem Leib trage? Meinst du, ich würde mir was aus der blöden Bluse machen, wenn ich noch ein paar andere gute Sachen anzuziehen hätte? Du könntest sie geschenkt haben und die restlichen Lumpen dazu«, schloß sie ungeduldig. »Geh mir aus den Augen! Louie wird mir beim Kochen helfen, und dann verschwinde ich hier. Ich muß verrückt sein, wenn ich je wieder einen Fuß in dieses Irrenhaus setze.«

»Was ist los, Pet?« fragte Bonnie und sah sie seltsam an. »Du bist nicht du selbst, Pet. Ich weiß, du hast heute keinen guten Tag.«

»Geh nach oben und pack deine Sachen!« rief Henny. »Ich will dich und deine Schweinereien nicht mehr in meinem Haus haben. Nachher kommt es noch soweit, daß du mir meine Kinder verdirbst. Geh nach oben und verschwinde endlich, oder ich schreie die ganze Nachbarschaft zusammen.«

Bonnie lief dunkelrot an und ging beleidigt hinaus auf den Flur, wo Sam mit seltsam fragendem, schuldbewußtem Blick in der offenen Haustür stand. Als Henny aus der Küche stürmte, strafte sie ihn mit einem schwarzen Blick. Zögernd sagte er:

»Mach doch nicht so ein Geschrei, Pet. Du wirst eine andere Bluse bekommen. Bestimmt wird dir deine Cousine Laurie etwas Neues schenken«, schloß er leicht verächtlich. Froh über diese Provokation, legte Henny jetzt richtig los:

»Ich werde diese Schlampe, die sich deine Schwester nennt, hier nicht länger dulden. Sie läuft jedem Mann nach, der sie aus der Gosse aufliest, läßt bis in die frühen Morgenstunden die Puppen tanzen, geht mit irgendwelchen Handlungsreisenden aufs Zimmer und qualmt. Ich habe heute morgen in ihrem Zimmer Rauch gerochen.«

Ohne ein Wort und bleich vor verletztem Stolz ging Bonnie nach oben. Henny folgte ihr bis zum Fuß der Treppe. Sie spürte Sams Blicke im Nacken. Auf der fünften oder sechsten Stufe blieb Bonnie stehen und drehte sich um.

»Henny, wie kannst du nur? Ich bin immer deine Freundin gewesen, und das weißt du auch.«

»Geh nach oben, und zwar sofort, sonst erzähle ich allen, was du im Waschhaus getan hast«, sagte Henny. Auf ihren Wangen erschienen unter dem Rouge farbige Flecke. Sie riß die Flurtür auf. »Ich werde diesem Mr. Bannister von gegenüber, den du für einen so tollen Burschen hältst, daß du ihm immer deine Beine zeigst, schon sagen, womit ich mich herumschlagen muß.«

Mit blassen Wangen sah Bonnie über das Treppengeländer zu ihrem Bruder, aber der blieb stumm. Halb nackt in seiner Latzhose, mit Farbklecksen im Gesicht, sah er irgendwie dümmlich und hilflos aus. Bonnie ging weiter die Stufen hinauf. Henny ließ nicht locker und rief:

»Du nimmst deinen Unterrock zum Aufwischen, und damit nicht genug: Von einem deiner Ausflüge in die Unterwelt hast du Wanzen mitgebracht, wie das letzte schlampige Dienstmädchen, und die Mäuse drängeln sich um die fettigen Krümel, die du in den kleinen Tüten in deinem Frisiertisch hast. Du bist in den Slums geboren, und du schleppst die Slums mit in mein Haus, genauso wie dein elender Bruder, dieser Menschentreiber. Kein Wunder, daß es hier wie im Schweinestall aussieht.«

Weinend stolperte Bonnie die letzten Stufen hinauf. Henny rief ihr weitere Gehässigkeiten nach, während Samuel mit zugleich eingeschüchtertem und hämischem Gesichtsausdruck hinaus zu seinen Kindern auf die hintere Veranda schlich.

»Lusie! Elfena!« rief er.

Er machte die Lötlampe aus, versammelte die Kinder im großen Eßzimmer um sich herum und starrte eine Weile schweigend durchs offene Nordfenster hinaus. Die Kinder konnten seine feuchten Wimpern sehen. Dann legte er einen Arm um Evie und den anderen um den stummen, verwirrten Tommy, zog sie an sich und sagte:

»Laßt uns zusammen still sein, Kinder. Ich wollte, daß heute alle fröhlich sind, glücklich und zufrieden, weil euer armer kleiner Sam euch liebt und nur das tut, was für alle am besten ist.«

Er betrachtete sie mit zärtlichen Blicken, schnitt selbst das Obst und schenkte den Tee ein. Am Sonntag durften sie den ganzen Tag Tee trinken und mit ihm zusammen sein.

»Dick für die Jungs, dünn für die Mädchen«, sagte Sam und teilte getreu diesen Worten die Brotscheiben aus.

»Und jetzt beißen, vorkauen, einspeicheln, kauen und

schlucken.« Dann schwieg er wieder, und eine Weile lang war nichts weiter zu hören als der leichte Wind, der durch den Flur strich und den Gong in sanfte Schwingungen versetzte, *tong, tong*!

Zärtlich beugte sich Sam zu seinem Jüngsten. »Hier, Tomkins!« Tommy streckte seinem Vater das rundliche Gesicht entgegen. Sam drückte seinen Mund auf die gespitzten Lippen des Jungen und schob das vorgekaute Sandwich hinein.

»Nicht nur wegen des Ptyalins«, teilte Sam ihnen mit, »das jetzt schon im Speisebrei ist und Tommy beim Verdauen hilft, sondern auch wegen der Verteilung von Keinem. Tommy wird bestimmt nicht an Verdauungsstörungen leiden wie ihr anderen. Ihr seid wie euer armer kleiner Sam – euch schwirrt der Kopf, und eure Verdauung will einfach nicht funktionieren! Nur Wiederkäuer kennen keine Verdauungsprobleme. Tomkins ist zwar kein Wiederkäuer, aber vielleicht will er ja mal Preisboxer werden, und deshalb helfe ich ihm. So habe ich das auch mit Lulu gemacht, als sie noch klein war und ihre Mutter verloren hat.« Einen Augenblick lang hielt er traurig inne, wie immer, wenn er auf Rachel und seine kurze Ehe mit ihr zu sprechen kam. »Ich mußte der kleinen Lulu Mutter und Vater sein. So machen es auch die Vogeleltern mit ihren Nestlingen. Wir sind uns damals sehr nahe gewesen«, fuhr er fort und sah Louie durchdringend an, »und haben uns ohne Worte verständigt: Sie konnte noch gar nicht richtig sprechen, aber wir wußten beide, was der andere dachte, weil sie das Kind einer großen Liebe war!«

Er reichte Evie ein dünnes Sandwich und nickte den sich bewegenden Kiefern rund um den Tisch zu. »Lulu liebt ihren Vater immer noch, sie tut nur so, als sei sie herzlos und stur.« Er sah sie wieder an und lachte. Wütend und mit steinerner Miene tat Louie so, als hörte sie ihn nicht. »Komm her, meine Lulu!« Verlegen stand sie auf und trat an seine Seite. »Hierher!« Überrascht trat sie näher. Angestrengt, als müßte er jeden Moment losprusten vor Lachen, streckte er ihr seine Lippen entgegen und versuchte, die Banane mit seiner Zunge in ihren Mund zu zwängen, aber sie wich zurück, so daß der Brei auf den Boden und ihren fleckigen Kittel klatschte, während alles um sie herum kicherte und lachte. Sam brach in Gelächter aus und stieß nur mit großer Mühe hervor:

»Lauf und hol einen Putzlappen, Lubilu. Das hast du davon, wenn du nicht tust, was ich dir sage!«

Sichtlich verwirrt trottete das Mädchen in die Küche und kam zurück, um den Boden sauberzuwischen. Als sie sich wieder aufrichtete, war ihr Gesicht dunkelrot vor Anstrengung. Sie spülte das Tuch aus und schlenderte träumerisch in den Garten hinaus. Wolken zogen vorüber und besprenkelten das Gras mit dunklen Flecken, die rasch aufgesogen wurden, so daß nur helles Licht an ihrer Stelle blieb. Louie vergaß den Vorfall so schnell wie einen Traum.

Am Ende war es wie mit allen anderen Begegnungen, die Louie Tag für Tag mit der Welt erfuhr. Sie ließ alles fallen, zerdrückte oder verbog empfindliche Gegenstände, kleckerte beim Essen, schnitt statt Gemüse in ihre Finger und statt Fleisch in kostbare Tischdecken. Sie fühlte sich immer verschüchtert und ungeschickt angesichts all der Dinge, die Sam so sehr bewunderte, eine Ausgestoßene der Natur. Wo sie ging und stand, verschüttete sie irgendwelche Flüssigkeiten, stolperte und fiel, wenn sie einen Eimer trug, konnte Laken und Tischdecken nicht falten, ohne zu kichern oder sie in den Schmutz fallen zu lassen, stürzte über unsichtbare Falten im Teppich, konnte ihr Haar nicht ordentlich kämmen und war ständig mit einem Leopardenmuster aus alten gelben und neuen blauen Flecken übersät. Beim Zuschieben von Schubladen klemmte sie sich ihre Finger, beim Schließen von Türen ihre Hände, sie stieß sich die Nase an der Wand und hatte so manches Mal das Gefühl, den Kopf gegen die Wand schlagen zu müssen, um endlich in Vergessenheit zu versinken und diesem ganzen seltsamen Ort zu entfliehen, an dem sie sich vorkam wie ein viereckiger Pflock in einem runden Loch.

Im Zimmer ihres Vaters gab es ein gerahmtes Bild von einem hübschen, fröhlichen, schüchternen kleinen Mädchen mit einem üppigen Lockenkopf. Louie konnte kaum glauben, daß sie, die Geschmähte der Familie, die zurechtzuweisen jeder das Recht hatte, jenes kleine Mädchen gewesen war. Manchmal fragte sie sich, ob sie wohl anders wäre, wenn ihre Mutter noch leben würde. Aber sie glaubte es nicht, und das Bild von der schmachtenden, tragischen, kränklichen jungen Frau, das Sam malte, sprach sie nicht an. Sie war anders: Sie verspürte in sich eine grummelnde, düstere Kraft, die nur das dunkle Vorspiel bildete für den herrlichen Sonnenaufgang, von dem sie ganz sicher war, daß er in einigen Jahren in ihr aufleuchten würde. Sie gestand sich ihre Unbeholfenheit in dieser kleinen Welt ein, aber sie hegte eine gründliche Verachtung für alle, die ihr nahestanden, Vater, Stiefmutter, sogar die Geschwister, eine unschuldige Verachtung, die ihr selbst kaum bewußt war, von den Menschen in ihrer Umgebung jedoch leicht erkannt wurde. Henny brachte sie damit zur Raserei. »Dieser verdammte Pollit-Snobismus!« schnaubte sie mindestens zehnmal am Tag, stieß damit jedoch auf taube Ohren. Louie wußte, sie war das häßliche junge Entlein. Aber wenn sie erst einmal ein Schwan war, würde sie nie wieder zurück in den Dorfteich kommen; sie würde sich ganz woanders, unerreichbar fern, in den von Seerosen gesäumten Weltmeeren tummeln. Das war ihr Geheimnis. Und sie besaß noch viele andere Fingerzeige des Schicksals, wie den nächtlichen Reiter, den niemand hörte außer ihr selbst. Ihre Geheimnisse gaben ihr die Kraft, aus fast allen der tausend häuslichen Zusammenstöße so unbekümmert herauszukommen, als würde sie durch eine Tür in eine andere Welt schreiten.

Henny ärgerte es, vor allen in der Rolle der Xanthippe zu erscheinen; sie war nicht mit der Vorstellung aufgewachsen, aufgrund einer bösartigen Veranlagung Erfolg zu haben. Im Gegenteil, man hatte sie in dem Traum gewiegt, einmal eine große Dame zu sein, wie die Schönheiten in den guten alten Zeiten des großen amerikanischen Südens. Sie zog sich hastig an, um aus einem Haus zu fliehen, in dem all ihre Hoffnungen zerstört worden waren und in dem sie durch die Umstände gezwungen war, sich vor sich selbst in den Schmutz zu ziehen. Sie war rastlos, voller Gehässigkeit und Verachtung und zutiefst unglücklich – in was für einen rückgratlosen Haufen sie da geraten war, Ausgeburten der Slums von Baltimore, Abkömmlinge eines Mannes, dessen Anfänge im Alter von zwölf Jahren darin bestanden hatten, die Tritte und Befehle eines Restaurantbesitzers oder Fischhändlers entgegenzunehmen, und seitdem niemals Eigenständigkeit erlernt hatte! Das Schlimmste war, daß alle Welt sie als Erbin ansah, sie in Wirklichkeit aber keinen Cent besaß und gezwungen war, Schulden zu machen, um die ganze Brut durchzubringen. Sie besaß auch kein Auto, mit dem sie hätte fahren können, und mußte daher an einem Sonntag (Wonntag!) mit der Straßenbahn in die Stadt rattern, hungrig und ohne saubere Bluse. Wahrscheinlich hätte sie ein wenig Geld aus ihm herauspressen können, aber sie hatte weder die Geduld noch genug Interesse daran, ihren Sieg auszukosten. Ihr Leben war gelaufen. Der alte David Collyer würde sie niemals wieder zurücknehmen, und welcher andere Mann hätte sich schon ernsthaft für eine Frau mit fünf Kindern interessiert, selbst wenn das Vermögen der Collyers schuldenfrei gewesen wäre? Es kümmerte sie nicht im geringsten, ob sie diese Feiglinge besiegt hatte oder nicht: Den letztendlichen Sieg hatten die anderen über sie davongetragen.

Sie nahm ein Stück kaltes Fleisch, ein hartgekochtes Ei, ein paar Korinthen und eine Zwiebel und bereitete sich ein Curry zu, das sie mit dem Tee, den Louie für sie gekocht hatte, hastig hinunterschlang. Dann rauschte sie nach oben ins Dachgeschoß, um Bonnie zu suchen. Bonnie las in alten Liebesbriefen und hatte bisher erst zwei Unterhemden in ihren Koffer gepackt.

Mit erhobenem Kopf sagte Henny: »Ich nehme alles zurück, was ich gesagt habe. Ich habe mich von meiner Wut mitreißen lassen. Du kannst bleiben, wenn du willst, auch wenn ich an deiner Stelle alles andere lieber täte! Ich fahre in die Stadt und komme erst spät nach Haus.«

»Ich weiß, daß du es nicht so gemeint hast, Pet.«

»Ach, ich bin ein Scheusal. Aber sie bringen mich noch um den Verstand, und ich fühle mich so schwach, weil ich nichts zu beißen bekomme!«

»Laß mich einen Happen für dich machen, Pet!« rief Bonnie eifrig, sprang auf und verstaute die Briefe in ihrer Schublade.

»Ich habe ein bißchen Curry gegessen.« Henny entspannte sich etwas und kam der weichherzigen Bonnie auf einmal ganz liebenswert und bedauernswürdig vor. »Ich weiß nicht, warum ich dich so runtermache.«

Bonnie wollte etwas sagen, biß sich aber auf die Lippen und meinte dann: »Ich mache das Essen, Pet. Und ich werde dir auch irgendwie eine neue Bluse besorgen.«

Henny wandte sich um und lachte rauh: »Sei doch nicht albern! Wo willst du denn das Geld für eine neue Bluse herbekommen? Habe ich für die Bluse bezahlt? Ich bin doch bloß eine

Bettlerin bei meinen reichen Verwandten! Wie eine alte Waschfrau bekomme ich ihre abgelegten Kleider, die längst aus der Mode und unter den Armen schon ganz schweißig sind. Billige Dienstmägde wie du und ich können keine anständigen Kleider kaufen oder Schulden zurückbezahlen. Ich werde irgendeinen Lumpen tragen. Außerdem, wer achtet denn schon auf eine alte Hexe wie mich?«

»Egal, was du trägst, Henny, du siehst immer aus wie eine Lady.«

Henny erwiderte grob: »Ich sehe so aus wie das, was ich bin: ein armes altes Wrack. Wenn ich mich zehn Jahre lang an irgendeiner Straßenecke feilgeboten hätte, könnte ich nicht schlimmer aussehen! – Also, kümmerst du dich darum, daß die Kinder etwas zu essen bekommen und so weiter? Wenn es ginge, würde ich gern den ganzen Tag fortbleiben.«

Henny eilte wieder nach unten. Im Überschwang der Versöhnung dachte sie: *Ich muß sie gnädig stimmen: Ich kann kein Mädchen einstellen, das hier wohnt und sich um den Haushalt kümmert. Niemand außer einer Pollit würde es mit mir aushalten; nicht einmal ein Uncle Tom.* Sie lachte in sich hinein und zog sich fertig an.

Aufgemuntert durch die Nachricht, daß Henny noch vor dem Mittagessen ausgehen würde, kehrten alle übrigen mit Schwung an ihre Arbeit zurück.

»Mutter sagt, du sollst ihre Schuhe putzen«, sagte Evie zu Klein Sam, der träumend auf dem Gartenweg saß und mit einem Finger unsichtbare Bilder malte.

»Er ist ganz tief in seine Gedanken und die Natur versunken«, flüsterte Groß Sam. »Stör ihn nicht.«

»Dann muß Ernie sie putzen«, sagte Evie streng.

»Du hast gar nichts zu sagen!« gab Ernest zurück.

»Wozu braucht Mutting saubere Schuhe?« murmelte Sam.

»Sie trifft sich mit Tante Hassie.«

»Und warum kommt Hassie nicht mit dem Auto her, um sie abzuholen?« fragte Sam und pinselte mit geübten Strichen.

»Weiß nicht«, erwiderte Evie kläglich. Wenn Hassie kam, brachte sie Evie immer etwas mit, aber sie kam nur selten.

»Warum muß immer alles heimlich gemacht werden?« fragte Sam ohne Zorn. »Pet liebt es einfach, andere zu hintergehen. Es hat lange gedauert, bis mir endlich klar wurde, daß das mit ihrer

Erziehung zusammenhängt, deshalb war ich anfangs auch ziemlich barsch, das muß ich zugeben. Ich will keine Heimlichtuerei im Haus, Kinder! Aber ich weiß, Henny denkt ganz anders darüber. Das kommt dabei heraus, wenn Frauen zu nutzlosen Künsten angehalten werden. Früher wurden sie dazu erzogen, sich Männer zu angeln. Ja, das war ihr letztendlicher Lebenszweck – einen reichen Ehemann zu finden. Unglaublich, in unserer Republik! Und doch war es so. Wie ihr wißt, bin ich mir selbst gegenüber immer offen und ehrlich. Die Frauen jedoch wurden wie Sklaven erzogen – und das heißt zum Lügen. Aber natürlich will ich euch nicht gegen eure Mutter aufbringen.«

Währenddessen hatten Evie und Ernest heftig miteinander geflüstert, böse Blicke gewechselt und sich gegenseitig ermahnt. Evie begann zu weinen. Als hätte jemand auf einen Knopf gedrückt, erschien Bonnies blasses Gesicht in der offenen Tür zum dunklen Flur, und sie rezitierte:

»Hunde müssen bellen und beißen, das ist nun mal ihre Natur«, während Louie mit ihrem Buch zum Eßzimmerfenster kam und rief:

»Hört auf damit!«

Ernest grinste.

»Wer putzt meine Schuhe?« rief Henny.

Ernest tat nur so, als würde er reagieren, während Evie schniefend die Stufen zur Küche erklomm.

»Du putzt sie«, rief Ernest ihr nach, »ich habe sie gestern geputzt.«

»Ernie!« rief Henny.

»Geh schon«, sagte Sam und stupste ihn.

»Ja, Mutter!« rief Ernest.

»Lieb Ernie, mein Junge«, rief Henny, »putzt du Muttings Schuh?«

»Du bist ein echter Schatz, so ein lieber Junge«, flötete Bonnie, »du bist Mutters Bester. Gib deiner alten Bonnie einen Kuß. Ei, wo ist denn mein Kleiner? Aber nicht doch mit dem alten Lumpen, Schätzchen. Komm und gib deiner Tante einen dicken Kuß.«

Ernest schaute vom Putzen auf und streifte lässig ihre Wange.

»So ein tüchtiger kleiner Mann! Dir werden die Mädchen mal scharenweise nachlaufen, da bin ich mir ganz sicher.«

Ernest polierte die Schuhe mit kraftvollen Schwüngen, dann verstaute er Schuhcreme und Lappen und lief zu seiner Mutter.

»Zehn Cents«, sagte er. »Das gleiche, was die Schutzputzer nehmen. Mehr verlang ich nicht.«

»Ach, scher dich doch ...«, sagte Henny. »Du mußt mir deine Sparbüchse leihen, damit ich in die Stadt fahren kann.«

»Wieviel?« fragt er aufgeregt. »Wieviel? Und gibst du mir die üblichen Zinsen?«

»Darauf kannst du wetten«, sagte Henny. »Hast du einen Dollar, mein Junge?«

»Macht fünf Cents«, handelte Ernest.

»Vielleicht sogar zehn, falls Hassie mir Geld gibt. Und sag deinem Vater nichts davon.«

»Meinst du, der alte David schenkt mir wieder fünf Dollar zum Geburtstag, so wie letztes Mal?«

»Pssst!« sagte Henny schockiert.

»Allzeit bereit!« grinste Ernie sie an. Ernie und Henny lebten in einer eigenen, aus Berechnungen, Krediten und Zinsen bestehenden, vertraulichen Welt. Ernie verstand, daß sie Geld brauchte; sie verstand, warum Ernie aus ihrer Lage Profit zog. Er zwinkerte seiner Mutter zu, während er ihr einen Dollar in Münzen gab, und steckte eifrig nickend den Rest zurück durch den Schlitz seiner Sparbüchse.

»Ich muß es mir aufschreiben«, sagte er und lief nach oben ins Dachgeschoß, um den Vorgang in sein Rechnungsbuch einzutragen. Er war ein reizender Junge, alle mochten ihn, er hatte keine Feinde, und dank seiner Konzentration aufs Geld gelang es ihm, über den häuslichen Kämpfen zu stehen. Er hatte bereits all seine Beziehungen zur Welt klar definiert – Sam gab ihm jeden Samstag ein Fünfcentstück, an Henny verdiente er mindestens fünfundzwanzig Cents pro Monat an Zinsen; Louie, die ihn liebte und von seiner Leidenschaft wußte, schenkte ihm Geld, anstatt ihm zum Geburtstag etwas zu kaufen, und so weiter. Sein Hobby interessierte alle Verwandten, es machte ihnen Spaß, ihm Geld zu schenken und damit Öl ins Feuer zu gießen! Die Menschen sind seltsam, dachte Ernie. Auch er selbst war nicht knauserig. Zu Weihnachten und zu den verschiedenen Geburtstagen zahlte er großzügig und streng nach Alter und festgelegten Prozentsätzen hübsche Summen aus. Auf der letzten

Seite seines Notizbuchs führte er eine Tabelle mit folgendem Stand:

Neujahrstag 1936		
Sam (Vater)	38, Geburtstag am 11. Februar	25 Cents
Mutter	(weiß nicht) am 15. August	25 Cents
Louisa	11, Geburtstag am 16. Februar	15 Cents
Ich	10, Geburtstag am 16. November	nichts
Evie	8, Geburtstag am 10. Januar	10 Cents
Saul und		
Sam	(Zwillinge) Geburtstag am 1. Januar	10 Cents (2 x 5)
Tommy	4, Geburtstag am 15. November	5 Cents
	Geburtstagsgeschenke 1936	90 Cents

Zu Weihnachten teilte Ernest seine Ersparnisse durch zwei und verteilte die Hälfte anteilmäßig an die Familienmitglieder. Von Henny erbettelte er immer ein Geschenk für seinen reichen Großvater; er und Henny kannten ihre Pflicht.

Sam, Sproß einer armen Familie, ignorierte solche Verpflichtungen und äußerte schimärische Ansichten über Geld, das Strahlende, das Schöne, das Gleichmachende, das Gerechte: Er nannte es »die Wurzel allen Übels«. Henny zürnte, und Ernie lächelte darüber. *Der Junge wird mich später einmal aus dem Sumpf ziehen,* erhoffte sich Henny. *Wenn bloß Vater so lange lebt, bis er erwachsen ist! Ich wünschte, einer meiner Brüder hätte seinen Grips!* Und Samuel zwinkerte und grinste den anderen zu:

»Was sagt man dazu! Der Apfel fiel nicht weit vom Collyer-Stamm!« In anderen Augenblicken jedoch sah er Ernie als großen Chemiker oder Physiker. Ernie hörte munteres Treiben im Garten, und sobald die Geschäfte abgewickelt waren, lief er hinaus.

»Knuddelchen!« rief Bonnie. »Mein Knuddelchen?«

»Wenn sie geht, dann schwabbelt's«, rief Sam aufgekratzt von der Terrasse und neigte den Kopf, um nach Ernie zu sehen. »Wenn sie geht, dann schwabbelt's, Jungs!«

»Smithy ist da!« sagte Klein Sam zu Ernie. Dribble Smiths zehnjähriger Sohn hatte tatsächlich entwischen können, während zu Hause der Sonntagsbraten brutzelte, und war die seitlichen Stufen emporgeklettert, um die ruhmreiche Polliterie im Gefecht zu sehen. Wenn Gregg Smith lachte, sabberte er oder schlug Blasen, eine Angewohnheit, die dem kleinen Tenor bei den anderen Regierungsbeamten einen zweifelhaften Ruf eingebracht hatte.

»Wenn sie geht, dann schwabbelt's«, sang Sam und pinselte.

»Psst! Da ist Mrs. Bannister«, warnte Saul von seinem Ausguck auf dem Geländer. »Sie kann dich hören, Pad.«

Bonnie lief zum Küchenfenster. »Tatsächlich! Die alte Hexe Schlappischlurf.«

»Du bist nicht gut auf sie zu sprechen, was, Bonafidus?« neckte Sam seine Schwester.

»Mach dich nicht lächerlich, Sam«, entgegnete Bonnie und errötete sanft.

»Samsam, wie sollen wir bloß an das Dach der Veranda kommen?« fragte Saul nachdenklich.

»Simplizissimus! Äußerst simplizissimus!« rief Sam vergnügt. »Legt das Brett über die beiden Leitern. Wenn sie läuft, dann schwabbelt's, Jungs«, fuhr er fort und tauchte den Pinsel wieder in die Farbe.

»Wenn sie läuft, dann schwabbelt's«, wiederholte Tommy.

»Die alte Hexe Bannister, schläft in 'nem alten Kanister«, sang sein Vater.

Louies Gesicht erschien im offenen Eßzimmerfenster. »Daddy, sei nicht so ungezogen!«

Die Kinder kicherten und wiederholten den Reim mit gedämpften Stimmen: »Die alte Hexe Bannister.«

»Hört auf, das ist gemein«, rief Louie empört.

»Ötauf, ötauf«, machte Sam sie kichernd nach. »Bloß gut, daß dieband dergt, daß ich Stockstupfen hab.«

Die arme alte Hexe White
hat 'nen Putzlappen als Kleid!

»Stachel sie nicht noch an, Daddy!« rief Louie vom Flur aus, ihr Buch in der Hand.

»Macht sie nicht wütend«, rief Saul mit einem hämischen Grinsen von oben.

»Macht sie wütend«, sagte Sam augenzwinkernd zu Klein Sam; alle sahen Louie an.

Der tat ihnen den Gefallen. »Die alte Hexe Faring stinkt wie ein alter Hering.«

Die Kinder kreischten triumphierend. »Lulu ist so wütend wie eine wildgewordene Hornisse«, lachte Ernest.

»Macht sie wütend, los!«

Sam pinselte fröhlich vor sich hin. »Wenn sie geht, dann schwabbelt's, auf ihrem Kopf, da krabbelt's, aus ihrem Mund, da sabbelt's – ach, was du da brabbelst!« Ernest lachte schallend.

»Ihr seid widerlich«, rief Louie mit finsterem Gesicht.

»Mach weiter«, drängte Klein Sam, »Daddy, mach weiter!« Sams Kinder und der kleine Smithy hingen mit glänzenden Augen an seinen Lippen. »Der alte Kydd hat immer so schmierige Jacken an! Puh«, sagte Ernest.

Sam sang: »Der alte Kydd und seine Frau kochten sich 'ne Miezemau. Und als sie völlig ausgezehrt, schmorten sie sich 'n Schaukelpferd.«

Selbst Louie wurde bei diesem Vers weich, obwohl die Kydds, die in einem winzigen Holzhäuschen im hinteren Teil der Straße wohnten, ihre Freunde waren. Die Kydds ernährten sich vom Spielzeugmachen und lebten wie Hund und Katze.

»Sie ist nicht mehr wütend, u-hu-hu!« rief Klein Sam und tanzte auf der Stelle. »Louie hat gelacht. Du hast gelacht, Louie, du hast gelacht.« Louie kicherte und bebte wie ein Wackelpudding.

»Sag noch was, um sie zum Lachen zu bringen«, flüsterte Ernie und faßte seinen Vater am Ellenbogen. Sam knöpfte sich die Boltons vor, die in dem teuren kleinen Backsteinbungalow auf der anderen Straßenseite wohnten. Sie hatten eine Tochter, Charlotte, eine siebzehnjährige, brünette Schönheit, die Sam bewunderte.

»Die alte Hexe Bolton will ihr'n Mann nicht mehr beholten, sie schickt ihn als verzollten – Brief nach Kanada.«

Die Kinder wanden sich vor Vergnügen. Ernie zupfte am Hosenbein seines Vater. »Marita, Marita!« Marita war die kleine Tochter der Farings.

»Ach, hätt ich doch Marita als meinen Untermieta!« sang Sam.

»Warum denn?« fragte Klein Sam grinsend. »Was würdest du mit ihr machen?«

»Ich würde sie küssen, mmpf!« sagte Sam und spitzte die Lippen in die Luft. »Oh, mein Schatz Marita, ich wär dein Samarita und tränke einen Lita – auf dein Wohl, mein süßes Kind!«

»Ernest-Paine ist in Marita verliebt«, petzte Saul.

Ernie lief rot an, fühlte sich aber geschmeichelt.

»Der alte Daddy Faring trägt einen Wurm als Eh'ring ...«, sang Sam.

»Sei still, du Narr«, schrie Klein Sam plötzlich seinen Vater an, mit funkelnden Augen und vorgeschobener Lippe.

»Daddy, er hat Narr zu dir gesagt!« Evie war zutiefst schockiert.

»Ich hab genug von dir«, rief Klein Sam wie in einem Zustand der Raserei, »du machst mich krank!«

Sam kicherte und zwinkerte den anderen Kindern zu. »Sagt nichts«, murmelte er, »sagt nichts.«

»Du bist eine elende Quasselstrippe«, rief Klein Sam, zum Derwisch geworden.

Sam stimmte mit sanfter Stimme ein Lied über Klein Sams Lehrerin an. »Die alte Hexe Johns hat Ohren wie Champignons, hat Augen wie Lampions und Schuhe wie Kartons.«

Klein Sam verstummte und sah seinen Vater an.

»Sie hat zwei Glasaugen«, warf Ernie ein. »Zwei aus Glas und zwei echte.«

»Saul ist ihr Liebling«, erklärte Evie grinsend.

»Wenn der alte Bebbo kommt, erstarrt sie vor Angst«, sagte Ernie. »Ich habe es genau gesehen.«

»Uh, und ihre Haare sind fürchterlich«, rief Evie.

»Wenn der alte Bebbo kommt, flattert sie herum wie eine Fledermaus in der Hölle«, fuhr Ernie fort.

»Hades«, ergänzte Sam.

»Hades.«

»Wenn der alte Bebbo mitmacht, fällt sie sofort in Ohnmacht«, bestätigte der Vater.

»Aber sie liebt Mr. McHenry«, erzählte Evie. »Immer, wenn sie Zeit hat, läuft sie zu ihm, spricht mit ihm, lacht und redet. Sie ist verliebt in ihn.«

»Vielleicht will sie ihn heiraten«, sagte der Vater kokett.

»Aber das geht nicht«, erklärte Ernie beherzt, »weil sie eine alte Jungfer ist. Ich hasse sie. Sie ist so unglaublich fett. Und sie hat zwei Glasaugen.«

Sam sang:

Zwei Augen aus Glas,
Wie geht denn das?
Und ein Holzbein,
Wie kann das sein?
Statt in der Schule zu stehen,
Sollte sie betteln gehen,
Wer so häßlich ist,
Verzapft nur Mist.

Sie alle betrachteten Saul mit sanften Blicken. Saul begann, gleichgültig vor sich hinzupfeifen, aber Klein Sam machte ein finsteres Gesicht.

»Wie heißt sie?« flüsterte sein Vater.

»Lillian«, antworteten sie prompt. »Die alte Lil.«

»Sie ist eine Rote«, sagte Ernie. »Ständig erzählt sie von den Gewerkschaften.«

Sam strich seinen Teil der Wand fertig und sang:

Jack und Bill
Wollten nichts von Lil;
Sie sagte: Schockschwerenot!
Und sah nur noch rot!

Saul kletterte vom Verandadach herunter.

»Wohin des Weges, Saul?« fragte sein Vater erstaunt. Saul antwortete nicht, sondern sprang zu Boden. Er stellte seinen Pinsel in das Glas mit Terpentin und ging zum vorderen Rasen, wo er einige Zeit stehenblieb und wartete, bis das Lied zum zweiten Mal verklungen war. Es steckte seine Finger in die Ligusterhecke, um nach irgendwelchen Insekten zu suchen. Sam beobachtete ihn aufmerksam und machte den anderen ein Zeichen. Nichts geschah. Dann nickte der Vater, zwinkerte und sagte fröhlich. »Nicht schlecht, nicht schlecht! Das nenne ich Selbstbeherrschung!« Er nickte wieder und schickte Klein Sam auf das Verandadach, um Sauls Aufgabe zu übernehmen.

»Taddy, kann Isabel zu mir kommen?« fragte Evie.

»Isabel, Fassabel-Hassabel-Waschappell«, erwiderte Sam.

»Taddy!«

Sam warf seinen Pinsel in den Topf. »Auch müde. Heißer Kopf. Pause bis Mampfzeit«, sagte er. »Feierabend, Klein Sam!«

»Taddy, kann Isabel um den Wunschbaum gehen?«

»Kriegsrat!« sagte Sam matt, hockte sich in die Sonne und zog die Kinder an sich heran. »Muß euch unbedingt von meiner wundervollen Idee erzählen. Es geht um Pangäa, den Urkontinent, die Vereinigte Erde oder das, was im Jahr 3000 geschah. Ich saß in meinem Büro und hatte gerade nichts zu tun, als mir plötzlich alles ganz klar vor Augen stand: Ich habe es richtig vor mir gesehen, Kinder. Klein Sam, hol die Papiere von meinem Schreibtisch! Genau das würden Louie und ich und ihr anderen alle machen – wenn Lulu sich jemals dazu entschließen könnte, ein braves Mädchen zu werden –, mit unseren Köpfen, unseren Herzen und unseren Händen. *Herz und Hand gehören zusammen, Jungs!* Mach schon, Klein Sam! *O Liebe, könnten ich und du uns mit dem Schicksal bloß verbünden* ... Aber das Schöne daran ist«, fuhr er wie besessen fort, »daß wir es *können* – ja, wir können es! Ihr und ich und auch der kleine Tomtom hier können dieses neue Pangäa, dieses Eugäa, errichten, wir können dafür sorgen, daß es Wirklichkeit wird! Vielleicht wird von uns allen nur der kleine Tomtom die Zeit noch erleben, wenn die letzten Kriege vorüber und die Vereinigten Staaten von Europa gegründet sind und niemand mehr sich vor seinen Mitmenschen hinter einer Wolke aus Haß und Mißverständnissen versteckt.«

Klein Sam kam zurück. »Ich kann es nicht finden, Pad.«

»Die Botschaft an Garcia«, sagte Sam, »die Botschaft an Garcia! Wo ein Wille ist, ist auch ein Weg. Lauf, Klein Sam. Du wirst es schon finden.«

»Aber ich weiß nicht, wie es aussieht«, sagte Klein Sam verzweifelt, »es liegen Tausende von Zetteln da.«

»›Schejne Schränk zu verkaufen, schejne Schränk!‹« ignorierte ihn Sam, hakte die Daumen in imaginäre Westenärmel und spielte eine seiner Lieblingsnummern, einen Witze erzählenden Juden. Klein Sam verschwand grummelnd im Haus.

»›Nu frog ich Eich, zu woss tät ich wohl brauchen neue Schränk?‹« fuhr Sam unbeirrt vor. »›Woss hejßt, zu woss? Ihr werd drin ojfhengen Eire Kleid.‹ ›Mejne Kleid? Nu, Ihr seid mir drejmal gschejt! Und wie soll ich arumlojfe? Als Nackedoj?‹« Die Kinder kreischten vor Lachen.

»Mr. Goldberg«, sagte Sam mit gedämpfter Stimme, »Mr. Goldberg!«

»Mach einen Franzosen, Taddy«, bettelte Evie.

»O-la-la! Meine 'Eimat ist Fronkreisch. Abär wo ist mein Korsette?« Er tat so, als trüge er seine Mütze schräg über einem Auge und könne deshalb nicht richtig sehen. »Was 'aben wir denn 'eute zum Frühstück? Isch esse nämlisch nur ganz frische Frösch!« Die Kinder machten Luftsprünge.

Mit rebellischer Miene kehrte Klein Sam zurück. »Ich kann es nicht finden!«

»Auf Wiedersehen, Kinder!« rief Henny vom Flur. Die Kinder eilten zu ihr. Sam lehnte sich zurück und schloß die Augen. In dem Moment rief ein dünnes Stimmchen, kaum lauter als zwei aneinanderknackende Zweige, von der Seitentreppe: »Mr. Pollit! Mr. Pollit!«

Sam schlug die Augen auf, blinzelte in die dunstige, blaue Welt und sagte: »Ja?«

Marita Faring, ein kleines, dunkelhaariges Mädchen, kam hastig die Stufen herauf und näherte sich ihm mit einem schüchternen Tänzeln. »Kann ich um den Wunschbaum gehen?«

»Ja, liebes Kind«, lächelte er.

»Und wird sich mein Wunsch dann auch erfüllen, Mr. Pollit?«

»Vielleicht. Wenn du ihn dir ganz fest wünschst und ein braves Mädchen bist und es ein guter Wunsch ist, wird er sich erfüllen, schätze ich.«

Freudig glucksend lief Marita um die kleine Fichte.

DRITTES KAPITEL

1 | *Ach, er war so schön und kindlich*

In der Nachmittagshitze, als das Mittagsgeschirr abgetrocknet und weggeräumt war und die fettige Spüle glänzte, schlüpfte Louie mit bloßen, braunen Füßen in den Garten hinaus, schob das aus seinen Angeln gerutschte Hintertor auf und blickte die friedliche Straße hinunter. Die kleinen Holzhäuschen direkt gegenüber gehörten den einzigen beiden Nachbarn, mit denen Louie befreundet war – den Kydds und den Walkers. Das Ehepaar Walker war mittleren Alters und hatte einen zwölfjährigen Sohn namens Mark Antony. Junius Walker, der dunkle, rastlose Vater, arbeitete in der Bundesdruckerei und versuchte abends, seinem begriffsstutzigen Jungen Latein beizubringen. Von Zeit zu Zeit lockte er Louisa zu sich, damit sie mit seinem Sohn eine lateinische Grammatik las. Wenn die Zeit gekommen war, würde der blonde, dickliche Mark Antony auf eine Privatschule in England gehen und lernen, ein Gentleman zu sein.

Zwischen dem kleinen Grundstück der Walkers und dem Lebensmittelladen der Middenways an der Ecke stand auf einem Grundstück gleicher Größe ein ähnliches Holzhaus, verwahrlost und von wildem Wein überwuchert. Dort lebte ein altes Ehepaar, John und Angela Kydd. John Kydd machte Spielzeug, und um dies kundzutun, prangten zwei Schaukelpferdköpfe an seinem Gartentor. Er ging pünktlich jeden Morgen um halb acht aus dem Haus und kehrte auf seinen dicken Beinen jeden Abend um sechs Uhr zurück. In der Zeit, in der er fort war, rief seine einsame, ängstliche Frau Louisa häufig zu sich herein, damit das große, tapfere Mädchen ihr Gesellschaft leistete. Louisa mochte beide Ehepaare nicht besonders; sie boten ihr nichts zu essen an und stanken geradezu nach Exzentrizität; aber Junius Walker gab sich Mühe, ihr Dinge zu erklären, die sonst niemand erwähnte, Keramik, Glasuren, Tonbrennerei, und bot ihr an, sie in die Porzellanmalerei einzuführen, und was die Kydds betraf, war aus der gesamten Nachbarschaft niemand außer ihr je in das verlotterte, an seinen Möbeln erstickende Haus eingeladen worden. Für den ewig spottenden Sam waren die Kydds und Walkers unerschöpfliche Quellen der Inspiration: Jeden Tag erfand er neue Witze über sie. Und obgleich Louie sie eigentlich sehr viel besser kannte als er, sah auch sie diese Leute mit seinen Augen: lächerlich, wenn nicht sogar gestört, schmutzig und minderwertig, weil sie so arm waren, eingebildet, weil sie Allüren hatten, obwohl sie so arm waren, abergläubisch, weil sie religiöse Überzeugungen hatten, dummdreist, weil sie politische Ansichten äußerten, anmaßend, weil sie ästhetische Vorstellungen hegten, und schwülstig, weil sie Bildung für sich beanspruchten, obwohl sie so arm waren. Aber Louie sagte nicht, was in ihrem Kopf vorging, sie hatte ein gutes Herz; also stieg sie mit bloßen Beinen in ihrem verblichenen, fleckigen, längst viel zu klein gewordenen Kleid und ihrer zerrissenen Unterwäsche von ihrem feinen Haus auf dem Berg zu ihnen herab und hörte stundenlang allem zu, was diese fremden, armen Leute über sich selbst zu sagen hatten. Sie fühlte sich wohl in ihrer Gegenwart. Sie war ebenfalls exzentrisch, häßlich und verlegen, und auf diese Leute traf offensichtlich genau das gleiche zu.

Sam hatte eine Stimme, sie hatte ein Ohr, und diese kämpfenden, armen Menschen, die verzweifelt nach Luft schnappten und stets unterzugehen drohten, hatten ihr Leben, und von diesem Leben erzählten sie Louie, auch wenn es nicht mit großen Umwälzungen verbunden war wie das Leben der Polliterie, sondern einfach gelebt wurde, ein Leben, das durch zwei fischige Augen blinzelnd hinausschaute, mißtrauisch und zweifelnd. Die Walkers und Kydds stießen Louie ab, und dennoch war sie geschmeichelt, daß sie ausgerechnet sie erwählt hatten. Ernie kannte alle Leute in der Nachbarschaft; Evie besuchte alle »Ladys mit Babys«, wie sie sich ausdrückte, und Tommy wurde auf beängstigende Weise allen anderen vorgezogen; nur die komischen Käuze wollten Louie.

Sam und die Jungen lagen im hohen, groben Gras am unteren Ende des Garten unter den Bäumen, und Louie wollte zu ihnen gehen. Es war eine träge, träumerische Stunde. Sams Stimme erklang mit einem tiefen, schmeichlerischen Summen, das die schmollenden Ohrwachen verhexte und direkt in ihre weichen Hirne drang.

»Euer armer Sam hat euch in Washington aufgezogen, der Stadt, die ich wahrhaftig für das neue Jerusalem halte, weil er wollte, daß ihr das Blut fühlt, das durch das Herz der Nation pulsiert. Denkt an die Holzfällerkinder in Oregon, die kleinen Rothäute in den Indianerreservaten, die kleinen langährigen Missouris und die wandelnden, blondgefrorenen Weizenähren in Schwedisch-Minnesota, deren einziger Traum im Leben es ist, einmal hierherzukommen und den Großen Weißen Vater zu sehen – wie er auch gerade heißen mag: Und das alles, während meine kleinen Kaulquappen nicht nur ihn, sondern auch mich sehen können, und das jeden Tag.«

»Ich würde gerne mal ein Indianerreservat sehen«, sagte Saul aus weiter Ferne.

Sam nahm seinen Summton wieder auf:

Heißgeliebt von Hiawatha
War der edle Chibiados
Er, der beste Liederspender,
Er, der süße Sänger;
Ach, er war so schön und kindlich,
Männlichkühn und sanft wie Frauen …
Seinen Liedern lauscht das Dorf rings,
All die Krieger, all die Frauen
sammelten sich, ihn zu hören;
Die er glühend jetzt beseelte,
Jetzt sie schmelzen ließ in Mitleid.

»Womit er sie beseelte, war die Leidenschaft für die Natur, die Liebe zum Guten, keine selbstsüchtige menschliche Leidenschaft«, erklärte Sam.

Ab und zu erschienen ein paar nackte Füße zwischen den grünen, hellen Spitzen, jetzt tauchte ein sonnenverbrannter Kopf an dieser Stelle auf. »Wo ist Lulu hin?« fragte Saul. »Sie ist durchs Tor nach draußen gegangen.« Auf dem Gras erblühten lauter Augen und Köpfe. »Sie ist zu Mrs. Kydds gegangen.« Alle kicherten.

»Mir kommen viele wunderbare Gedanken, wenn ich voller

Muße ganz allein durchs Leben schlendere – und in den dümmlichen Augen und Köpfen, von denen ich offenbar umgeben bin, bloß vor mich hinträume. Nehmen wir zum Beispiel die Theorie des expandierenden Universums – eines Tages werde ich das noch genauer fassen. Jedenfalls ist mir diese Theorie ganz von selbst eingefallen. Und die Theorie der Wellenbewegung kam mir beim bloßen Anschauen der Tischtücher meiner Mutter, die auf der hinteren Veranda hingen, als ich noch ein kleiner Junge war, nicht größer als Ernest-Paine heute. Sehr oft habe ich eine Idee und stelle dann Monate oder Jahre später fest, daß ein Mann wie unser großer Woodrow Wilson oder Lloyd George oder Einstein den gleichen Einfall hatte. Natürlich glaube ich an eine auf den gleichen Prinzipien wie das Radio beruhende Übertragung von Ideen im Kreis der großen Geister.«

Die Kinder waren stumm, eingesunken im Gras; nur Klein Sam war zum Tor geschlichen, um nach Louie Ausschau zu halten.

»Es ist schade, daß mir die Hindernisse im Weg standen, von denen ihr alle wißt«, fuhr Sam fort, »sonst wäre ich sicherlich in der Lage gewesen, all die wunderbaren Dinge, die ich in meinem Herzen hege, auch zu verwirklichen.« Er seufzte. »Wenn ihr größer seid und eure eigenen Lebensträume habt, werdet ihr euren armen Sam besser verstehen.«

Der sanfte Wind trug den Ruf virginischer Wachteln von White Field herüber.

»Im Schoß von mein Vanillchen, das is nu mal da, wos mir am besten gefällt, da fühl ich mich mit die Menschheit in Frieden«, sagte Sam träumerisch.

»Klein Samuel, komm und leg dich hin«, rief sein Vater. Aber Klein Sam war, nachdem er lang genug zum Haus der Kydds hinübergestarrt hatte, auf den Fußpfad geglitten, um die neuesten, auf den hinteren Zaun der Pollits gekritzelten Sprüche zu lesen. Meinungen der Pollits und ihrer Nachbarn wurden hier Tag für Tag von Jungen aufgeschrieben. Sam, an Gehorsam gewöhnt, wußte nicht, daß Klein Sam noch immer fehlte.

»Jungs«, sagte er, »Jungs, bald bleibt euch nix übrich als wie auf euren aam tlein Taddy zu verzichten. Er reist fort zu Grönlands Eisbergen und Indiens Korallenstränden. Ihr müßt also selbst aufpassen, auf euch, auf eure Mutter und auf eure Schwestern.

Ich will, daß ihr fest zusammenhaltet und das Haus für mich hütet, und zwar nicht nur seine bereits erwähnten weiblichen Bewohner, sondern auch seine tierische Bevölkerung, Procyon, den Waschbär, Gimlet, den Papagei, Didelpha, das zänkische Opossum, Cocky-Andy, den schwefelgekrönten Kakadu, Big-Me, das Zwergopposum, und alle Vögel und Reptilien. Selbst für so kluge Jungen wie euch wird das eine große Aufgabe sein. Wir müssen schon jetzt einen Plan entwerfen. Unn dann müßt ihr eurem aam tlein Sam wenichstens jede Woche 'n Briefchen schreim unn ihm mitteiln, wies zu Hause läuft unn was die Vögel und all das annere Getier, das wo nach Tohoga kommt, so machen tut. Nein! Momento! Das überlassen wir Illumina Louisa. Es wird ihr guttun, und außerdem wird es sie von sich selbst ablenken«, sagte Sam, im Glauben, Louie sei ganz in der Nähe, »jenem undankbaren Objekt, an dem derzeit noch ihre Gedanken haften, wo sie doch soviel andres zu tun hätt, denkt sie an nix andres als wie an ihr Figürchen unn an ihr Puppengesicht.«

Er wartete auf das Gelächter der Jungen, aber sie waren alle zu träge. Nur das warnende *Tschak-tschak* der Spottdrossel war zu hören.

»Nun, Euer Ehren«, fuhr Sam mit großer Geste fort, »in Lupinas Gesicht steht im Augenblick nur eines geschrieben: Gebt mir die Freiheit, oder gebt mir den Tod. Aber das ist nun einmal das Zeitalter, in dem wir leben, das ist der Geist, der uns alle durchweht. Wir müssen Lupina ihre Schuld verzeihen oder sie der Brandstiftung dritten Grades schuldig sprechen.«

Klein Sam schäkerte zaghaft mit einer streunenden Foxterrierhündin mit wunder Pfote, doch nach ein paar vorsichtigen Klapsen aus sicherer Entfernung legte sie eine so plötzliche, verzweifelte Zuneigung zu dem Jungen an den Tag, daß er Angst bekam, zurück zum Gartentor stürzte und es dem Tier vor der Nase zuschlug. Von einer Woge innerer Erregung getragen, rannte er zu seinem Vater hinauf und rief:

»Lulu ist zu Mrs. Kydd gegangen. Mrs. Kydd hat sie gerufen und mit ins Haus genommen.«

»Ich hoffe, die alte Ziege gibt ihr eine hübsche Büchse Sardinen zu essen«, sagte Sam.

Das vordere Tor zum Haus der Kydds war verschlossen und

mit Stacheldraht gesichert, Schloß und Scharniere waren verrostet, und der seit Jahren unbenutzte Weg war zwischen all dem Gras und Unkraut kaum noch zu erkennen. Ungestutzte Zedern säumten den Pfad. Zum einzigen Eingang ging man jetzt durchs Seitentor über einen Schlackepfad, eingefaßt von einem Gitter, das unter dem Gewicht wildwuchernder Weinranken längst zusammengebrochen war. Raupen fielen von den Weinblättern auf Louies Haar, aber sie hob bloß die Hand, um sie vorsichtig zu entfernen. Die kleine alte Frau lief vor ihr her, drehte sich alle paar Schritte um, lächelte, nickte und winkte.

»Schnell, komm in meine Küche. Ich muß dir was zeigen«, sagte sie aufgeregt und strahlte sie verschwörerisch an. Louie hoffte auf etwas Süßes, obwohl sie in diesem Haus noch nie etwas zu essen bekommen hatte. Sie gingen an der Seite des Hauses entlang, bis sie zu einer dunklen, schattigen Holzveranda kamen, auf der zwei Schaukelstühle mit verblichenen Kissen standen, davor ein vom Regen schon ganz fleckiger Tisch. Die alte Angela hob warnend den Zeigefinger und deutete auf die kaputte Planke direkt vor der Tür. Der enge Flur war mit Möbeln vollgestellt, die man in der plötzlichen Dunkelheit kaum unterscheiden konnte, die Louie jedoch von früheren Besuchen kannte. Schließlich kamen sie in die alte Küche mit dem Holzherd, der in einen großen Kamin eingelassen war. Die alte Angela mit ihrem kuriosen, strahlenden Geheimnis winkte Louie zu sich und hob vorsichtig den Deckel von einem kleinen, schwarzen Topf.

»Sieh doch, sieh«, nickte sie aufgeregt. Das kleine Mädchen blickte hinein, sah aber nichts weiter als einen kräftig dampfenden Fleischeintopf mit Gemüse.

»Und noch etwas«, rief die alte Frau in einem Anfall von Großzügigkeit, »das mußt du sehen! Warte!« Sie hastete zur dunklen Speisekammer, und nachdem sie eine Weile mit unbekannten Elementen gekämpft hatte, kam sie mit einer halben Scheibe Speck zurück, die sie vor Louisas Augen baumeln ließ. »Da«, sagte sie, »sieh dir das an«, und ließ den Speck in den Eintopf fallen. »Das gibt erst den richtigen Geschmack«, nickte die alte Frau. »Mein Gott, wird das ein schöner Abend heute! Mr. Kydd liebt Fleischeintopf, und Fleischeintopf mit einem Stück Speck – hm, hm, den liebt er ganz besonders. Mr. Kydd sagt immer zu mir: ›Angela, du bist eine gute Köchin, aber wenn du ein Stück Speck reintust, kannst selbst du dich noch übertreffen!‹« Voller Verständnis nickte das Mädchen ihr zu. »Komm, wir gehen ins vordere Zimmer. Dort ist es viel netter für eine junge Dame wie dich, viel freundlicher und viel heller! Was hast du nur für hübsche kleine Füße«, fuhr sie fort und ging in den Flur, »solche hübschen, hübschen kleinen braunen Füße, so ein niedliches, braungebranntes Mädel.«

»Zu Hause laufen wir immer barfuß herum«, sagte Louie, »weil es gesünder ist.«

»Bei solchen hübschen kleinen Füßen, da habt ihr ganz recht«, sagte die alte Frau, »ich bin sicher, du bist eine wunderbare Stütze für deine Mutter, ja, ganz gewiß.«

Louie wollte sich nicht zu irgendeinem Eingeständnis drängen lassen, folgte ihr aber ins Wohnzimmer. Sie kamen an einem verschlossenen Zimmer vorbei, das Louie nie betreten hatte, und gingen ins Wohnzimmer, wo John Kydds Orgel stand. Das Sonnenlicht drang durch ein dreiteiliges Fenster mit schmierigen Scheiben herein und warf rote, blaue und grüne Flecken auf den dicken Fußbodenstaub. Außer der Flurtür führten drei weitere Türen aus diesem Zimmer hinaus, zwei davon waren jedoch unmöglich zu erreichen, und zur dritten konnte man nur gelangen, wenn man sich um einen Tisch mit heraufgeklappten Seitenteilen, zwei Sessel und einen altmodischen Glastisch schlängelte, der so konstruiert war, daß sich hinter dem Glas ein Teeservice aufstellen ließ. In der Nähe des Fensters standen ein Eßtisch, ein Kartentisch und anderer Krimskrams.

»Wir haben so viele Möbel«, seufzte Angela, »so viele Sachen! Sind die Leute nicht dumm? Wir müssen dir schrecklich dumm vorkommen! Aber nimm doch Platz und laß dich anschauen. Dein Haar ist so schön, hat eine so hübsche Farbe. Deine liebe Mutter hat sicher viel Mühe damit, es zu waschen, zu kämmen und zu flechten!« Louie wurde sich mit Schrecken ihres zerzausten Haares bewußt.

»Du kannst doch bestimmt Orgel spielen«, rief die alte Frau. »Spielst du mir etwas vor? Mr. Kydd liebt es, mir etwas vorzuspielen.«

»Nein, nein«, wehrte Louie ab, »ich kann nicht spielen.«

»Aber du hast so hübsche Künstlerhände«, widersprach die alte

Frau. Wie sie so dasaß, sah sie kaum älter, vielleicht sogar jünger als Louie aus. Es schien, als habe jemand ein Kindergesicht mit einer Haube aus wirrem, weißem Haar versehen und auf einen alten, faltigen Hals gesteckt. Ihr schmuddeliges braunes Wollkleid hatte längst den Gürtel eingebüßt, und der Saum war aufgegangen. Ein schwarzer Unterrock lugte heraus und lenkte den Blick auf faltige, bis auf die Knöchel heruntergerutschte Strümpfe über schäbigen, schwarzen Schuhen. Aber das kleine herzförmige Gesicht, das Louie so eifrig zunickte, hatte zwei große, sanfte braune Augen, hübsch eingerahmt von langen Wimpern, und in die ältlichen Wangen fuhr gelegentlich ein gütiges Lächeln. Seitdem Louie da war, schien sie um zehn, fünfzehn Jahre jünger geworden zu sein; sie saß auf dem Orgelstuhl, ließ die kurzen Beinchen baumeln und schwatzte drauflos wie ein kleines Mädchen, studierte eifrig Louies Gesichtsausdruck und lechzte nach Einverständnis und Mitteilung. Louie hatte sich schon an sie gewöhnt. Die Schmuddeligkeit der Kydds war abstoßend, aber der Alte schlug seine Frau, so sagte man, und Louie fühlte sich schuldig, wenn sie daran dachte. Allzu häufig hatte sie gesehen, wie seine Frau ihm nachlief, wenn er morgens zum Tor stolzierte, und bitterlich schluchzte:

»John, John! Laß mich nicht ohne einen Cent zurück, John! Nur einen Nickel! Ich will ihn ja bloß haben. Ich gebe auch nichts aus. Wofür sollte ich schon Geld ausgeben? Ich brauche nichts. Aber ein bißchen Geld muß ich doch haben!«

Alle wußten Bescheid über sie und John. Die beiden versuchten nicht, sich mit den Nachbarn anzufreunden, im Gegenteil, sie blickten verächtlich auf ihre Mitmenschen herab. Und doch wußte jeder – denn von Zeit zu Zeit hatte Angela die Wahrheit dennoch preisgegeben, sie in ein Ohr geflüstert und von einem anderen einen Bissen erbettelt –, daß ihr Mann sie schlug, sie hungern ließ und sie beschimpfte, und daß von ihren Verwandten keiner mehr zu ihr hielt, obgleich sie alt und gebrechlich war, weil John sie nach und nach alle vergrault hatte. Die Walkers auf der einen und Middenway, der Lebensmittelhändler, auf der anderen Seite hatten an so manchem Abend oder friedlichem Feiertag ihre Schreie und sein Toben gehört.

Sie und das Haus strahlten eine Schlechtigkeit aus, die zu ihrem zurückgezogenen Leben und dem Dreck vollkommen paßte. Louie hatte ein immerwaches Ohr, und nach all den honigsüßen Begrüßungen, der Liebe und den zärtlichen Geschichten über John begannen die Grausamkeit und Roheit ihres Lebens immer mehr durchzuscheinen, bis Angela ihr von Johns Gewohnheiten erzählte. Und was für Gewohnheiten außer den allerhäßlichsten konnte jemand in diesem Haus schon haben?

»Ich wollte dich etwas bitten«, sagte die alte Frau, »ich hoffe, du wirst nicht wütend auf mich sein. Aber du bist so gut und groß und tapfer und stark. Es geht um etwas, das ich selbst nicht erledigen kann. Ich bin so klein. Sieh mich an! Und erst meine Arme!« Sie legte ein erschreckendes Bündel Sehnen bloß. »Zwei dünne Fäden! Nein, mein Herz. Ich kann es nicht alleine, und Mr. Kydd ist immer so beschäftigt. Vielleicht kannst du es für mich tun?«

»Ja«, sagte Louisa, »worum geht es?«

»Du bist so gut, und du sitzt hier mit deinen hübschen, kleinen braunen Füßen ...« Die alte Frau hielt inne, als hätte ihre eigene gerissene Nichtigkeit sie den Faden verlieren lassen. Sie setzte noch einmal an: »Du weißt ja, nichts ist schlimmer, als einem Tier weh zu tun. Grausamkeit gegenüber Tieren ist ...« Sie schüttelte den Kopf. »Du bist gewiß niemals grausam zu Tieren«, sagte sie und sah das Kind mit großen Augen an.

»Nein«, sagte Louie, »aber manche Tiere muß man fangen.«

»Ja«, rief die Alte, »ja, vor allem die schädlichen: Mäuse – sogar Katzen. Die kleinen Kätzchen sind lieb, so hübsch, so weich, sie spielen und lassen nicht einmal ein kleines Miau hören! Aber wenn sie große Kater werden, uff!« Sie erschauderte. »Stell dir vor, letzten Freitag habe ich in meinem Garten lauter Blechbüchsen gefunden. Wer hat sie dort hingetan? Ich weiß es nicht.« Sie schielte zu Louie hinüber. Louie fragte sich verwirrt, ob Angela die Pollits verdächtigte, Müll in ihren Garten zu kippen. »Wer könnte das gewesen sein?« fragte die alte Frau in scharfem Ton.

»Wer könnte so etwas tun?« fragte Louie zornig. »Das ist wirklich gemein.«

Die alte Frau seufzte. »Du weißt, ich liebe Tiere. Ich habe selbst nichts zu essen, aber wenn ein Tier hungrig an meine Tür kommt, kann ich gar nicht anders, als ihm einen Happen zu geben. Was habe ich schon? Spinatwasser, alte Brotkrusten – aber was ich habe, gebe ich gern! Ich gebe, ich gebe ...«, murmelte sie wütend. »Ich habe eine hübsche Miezekatze, Herzchen, du hast sie gesehen.«

»Ja«, sagte Louie zögernd, dann ging ihr ein Licht auf. Die Katze der Kydds lockte alle anderen Katzen der Nachbarschaft in den Garten der Kydds; der ganze Katzenclub war versammelt und heulte Mond und Sonne an.

»Und John hat gesagt«, fuhr Mrs. Kydd fort und senkte respektvoll die Stimme, »auf keinen Fall dürften wir unsere Nachbarn verärgern. Verärgern!« Sie begann zu lachen. »Ich und jemanden verärgern! Ich bin so ängstlich wie eine kleine Maus. Wie kann ich die Katze loswerden?« fragte sie Louie.

»Geben Sie sie weg!«

»Nein, nein!« Sie sah das Kind lange Zeit an, während sie etwas in ihrem Kopf hin- und herwendete. »Wenn jemand die Katze für mich töten würde ... Es muß sein! Mir ist es so zuwider. Ein lebendiges Wesen zu töten! Ich, die ich keiner Fliege etwas zuleide tun kann! Ich bin nicht einmal stark genug, um ein frisches Laken aus der Schublade zu ziehen. Ich zerre und zerre. Es steckt einfach fest. Was kann ich tun? Aber du bist gut, du bist so stark, jung und gesund.« Sie hielt inne.

»Mein Vater würde sie für Sie töten«, bot Louie an. Die alte Frau lehnte sofort ab; nein, nein, das käme nicht in Frage. Niemand dürfte je erfahren, daß sie ihre Katze getötet hat, nur jemand, dem sie vertrauen könne, so vertrauen, wie sonst niemandem – Louie zum Beispiel.

»Also gut«, sagte Louie.

Mrs. Kydd sah sie mit großen Augen an, als wäre sie überrascht. »Du machst es?«

»Ja.«

Die alte Frau umschlang ihren Oberkörper mit beiden Armen. »So ein liebes, nettes Mädchen, hat so hübsche braune Füße ...« Sie hielt inne und fügte in geschäftsmäßigem Ton hinzu: »Tom ist draußen auf der vorderen Veranda.« Dann führte sie Louie zur selten benutzten Vordertür und zeigte auf den weißen Kater, der sich schmollend unter einer Bank verkrochen hatte. Angela hatte selbst schon versucht, ihn einzufangen. Louie sagte, sie bräuchte eine Kiste, und Angela zog sofort eine passende Kiste unter dem Küchentisch hervor und brachte, plötzlich ungewohnt tüchtig, auch gleich einen Hammer und Nägel mit.

»Sie müssen mir ein Stück Fleisch von Ihrem Eintopf geben«, sagte Louie. Ohne zu murren brachte die kleine Frau das Fleisch, gehorchte ihr wie der kleinste Trommler dem höchsten General. Mit gezielten Zärtlichkeiten, die sie von ihrem Vater gelernt hatte, der sich immer und überall auf Tierfang befand, gelang es Louie innerhalb kürzester Zeit, den Kater einzufangen und in die Kiste zu setzen. Sie schlugen den Deckel zu. Sofort schien das Tier sein Schicksal zu ahnen. Es schwoll zu doppelter Größe an, sein Haar sträubte sich, seine prachtvollen blauen Augen sprühten Feuerstrahlen, und es begann mit einer entsetzlichen Stimme zu schreien, wie sie sie beide noch nie bei einer Katze gehört hatten. Louie verspürte Angst vor dem irre gewordenen Tier und gleichzeitig eine niederträchtige Lust, es zu bezwingen und ihm den Rest zu geben, nur weil es trotz allen Kreischens hilflos war.

»Hier hinein«, murmelte die alte Frau. Sie ging voran zu der verschlossenen Tür im Flur, öffnete sie mit Mühe und machte das Licht an. Hinter der Tür lag ein rostiges, altes, staubbedecktes Bad.

»Wir lassen die Wanne vollaufen und tauchen die Kiste unter«, sagte sie. »Du machst das, Herzchen. Du bist so nett. Du machst das. Ich kann nicht hinsehen«, und damit eilte sie hinaus und ließ das Mädchen mit der Katze allein. Louie drehte den rostigen Hahn auf und ließ das Wasser einlaufen. Die Katze duckte sich funkelnd in der Kiste. Als die Wanne voll genug war, nahm Louie die Kiste und drückte sie unter das Wasser. Mit großen, ausladenden Bewegungen kämpfte die Katze in ihrem Gefängnis um ihr Leben. Während der ersten Erschütterung verspürte Louie eine Art Übelkeit, dann drückte sie die Kiste noch fester hinunter und hielt sie dann, auf dem Rand der Wanne sitzend, mit den Füßen unter Wasser. Die Kiste hob sich ein wenig. Die Katze brauchte lange, bis sie endlich ertrunken war. Louie ging hinaus in die Küche, wo die alte Frau an ihrem Tisch saß, stumm, mit großen, glühenden Augen.

»Ich hab's gemacht«, sagte Louie.

Die alte Frau dankte ihr, wenn auch eher förmlich. »Ich würde dir einen Kuchen geben«, sagte sie, »aber ich habe keinen, habe gar nichts im Haus. Ich werde dir einen kleinen Kuchen besorgen.«

»Danke«, sagte Louie hungrig.

»Nicht jetzt, ein andermal. Vielleicht fragt sich deine liebe Mutter schon, wo du bleibst, Herzchen?«

»Nein, sie ist ausgegangen.«

»Ich mag keine Sahnekuchen«, sagte die alte Frau in höflichem Plauderton. Fast eine Viertelstunde lang tauschten sie ihre Ansichten über verschiedene Kuchensorten aus, bis Angela die Schritte ihres Mannes auf dem Schlackepfad hörte. Sie schob das kleine Mädchen zur Vordertür hinaus. »Komm bald wieder, Herzchen, bist ein braves Mädchen!« flüsterte sie.

Louie fand es schade, daß sie nur der Katze wegen eingeladen worden war, glaubte aber, daß die kleine Frau sie liebte und daß es in ihrer verkommenen Hütte Frieden gab.

2 | *Kühne Passagiere*

Als Louie zurück in den Garten schlüpfte, schien dort auf den ersten Blick vollkommene Ruhe zu herrschen. Die Sonne strahlte, die Blätter raschelten, und ab und zu schallte ihr eine silbrig-helle Jungenstimme entgegen. Der Kriegsrat tagte noch immer! Klein Sam sprang auf.

»Da ist Lulu! Was hast du gemacht, Lulu?«

»Lulu ist ohne ihre Schuhe losgegangen«, sagte Ernie.

Sams Kopf erhob sich ebenfalls über das Gras. »Lupina, warum hast du dir keine Schuhe angezogen?«

»Du hast gesagt, es wäre besser, wenn alle barfuß gingen, es würde einen abhärten.«

Sam sah sie an und lachte plötzlich auf, dann rief er: »Du bist ein Schwachkopf!«

Er ließ sich wieder ins Gras fallen und wartete. Endlich sagte jemand: »Erzähl weiter, Pad!«

»Es wird Anagravitations-Luftschiffe geben, ein Wort, das ich selbst erfunden habe«, sagte Sam, »die Leichtigkeit, mit der die

Schwerkraft ausgeschaltet werden kann, ist für uns heutzutage so selbstverständlich – wir sind im Jahr 3001, Lulu! –, daß es absurd, ja, geradezu widerwärtig erscheint, daß die klugen Köpfe des zwanzigsten Jahrhunderts, die immerhin einige Anzeichen des Erwachens aus der mittelalterlichen Erstarrung an den Tag legten, sich so schwer damit taten, das Prinzip zu begreifen – ja, bis zum Jahr 1994 gab es nicht einmal den kleinsten Hinweis darauf. Und warum? Ihr sogenannter Verstand war ausschließlich mit Vorgängen beschäftigt, die man mit Fug und Recht als Selbstzerstörung bezeichnen kann. In einigen Museen kann man sie noch sehen, die schwerfälligen Flugschiffe Wellsianischer Höhlenmenschen, obwohl man sie schon anno mobile 2050 gänzlich aus dem Verkehr gezogen hat, weil es viel einfacher war, die Schwerkraft mit ein paar Hebeln oder Knöpfen nach Belieben aus- und einzuschalten – die physikalischen und praktischen Vorgänge werde ich euch später einmal erklären, vielleicht werden aber auch Ernest-Paine oder Klein Sam diejenigen sein, die sie irgendwann einmal in einem Labor erforschen werden. Und jetzt spreche ich wieder von anno mobile 1936«, schloß er feierlich.

»Oh, Mann! Laß uns mit der Arbeit weitermachen, Pad«, sagte Saul.

»Für die Fahrzonen der alten Flugschiffe waren damals Leittürme notwendig«, fuhr Sam unbeirrt fort. »Sie wurden auf der ganzen Erde verstreut auf hohen Plattformen eingerichtet, unsere Freunde von der American Geographical Society haben das übernommen und damit das wahre überirdische Leben oder das Zeitalter der Überirdlichkeit eingeläutet. Die Menschen, die diese Stationen in der Stratosphäre benutzten, erlangten sagenhafte Geschwindigkeiten – im Jahre 2050 wurden 1200 Meilen pro Stunde erreicht, wie selbst unser kleiner Tomtom in seinem Kinder-Physikbuch nachlesen kann. Inzwischen erreichen unsere Experimenteure Geschwindigkeiten von 3800 Meilen pro Stunde, und bald werden wir sogar ganz auf Fahrzeuge verzichten können – ja, es ist mehr als wahrscheinlich, daß wir uns in etwa zehn Jahren, sagen wir anno mobile 3011, mittels *Projektion durch Dematerialisierung* fortbewegen werden; die Patronen, in denen die Passagiere dann ihre Plätze einnehmen, werden gesprengt, in tausend Stücke zerschlagen und durchs All geschossen, wie Gas oder sogar noch leichter, und jede Reibung wird dabei vermieden.«

»Aber die Passagiere?« fragte Ernest entgeistert.

»Ebenfalls zerschlagen und wieder zusammengesetzt«, erklärte Sam kühl.

»Wie?« fragte Klein Sam beklommen. Das vollständige Vertrauen in seinen Vater ließ ihn glauben, daß dies tatsächlich genau so eintreten würde.

»In Röhren«, antwortete Sam leichthin. »Die einzelnen Passagiere werden in Röhren geschossen und dann zerlegt.«

»Aber dann würde niemand mehr reisen«, wandte Ernest ein.

»Das haben die Leute auch gesagt, als die Eisenbahn erfunden wurde«, schnaubte Sam verächtlich. »Wir sind Menschen des Jahres 3001. Jeder hat eine Formel und wird genau nach dieser einen, korrekten Formel wieder zusammengesetzt. Die Mißgeburten und Neurosen dunkler Zeitalter haben wir längst hinter uns gelassen. Wir wurden nach einer Formel geboren: Wir sind keine unberechenbaren Ansammlungen niedriger Gene mehr. Wir entsprechen dem Durchschnitt, bilden das Mittel unserer intellektuellen Klasse. Von Geburt an werden wir sorgfältig überwacht, alle Abweichungen, die für die Gattung schädlich sein könnten, werden unterdrückt, und nur gute Abweichungen bleiben erhalten. Und außerdem tragen wir alle unsere Formel an einem Armband mit uns herum!«

»Aber das Armband würde in der Röhre ebenfalls kaputtgehen«, gab Louisa triumphierend zu Bedenken.

Sam grinste und biß sich auf die Lippe. »Die Formeln für die einzelnen Passagiere würden per Radiotelegraph vorausgeschickt, versehen mit dem Vermerk, daß sie einen Fahrschein gelöst haben«, erwiderte er. »Du siehst, Lulu«, wurde er plötzlich laut, »du versuchst, schlau zu sein und mich auszutricksen, aber du hast mich nur auf eine weitere Idee gebracht: So könnte man nach Feuern oder Unfällen auch die Toten wiedererwecken – die Auferstehung wäre dann kein blasser Traum mehr, sondern Wirklichkeit.«

»Das wäre genial«, sagte Louie beeindruckt.

»Grunzipiell«, grinste Sam, »euer aam tlein Sam, Kinners, is grunzipiell genial! Aber ein Prophet am eigenen Badestrand ...«

Nach einer Pause, in der alle versuchten, das Gesagte zu verstehen, meinte Saul: »Laß uns wieder an die Arbeit gehen. Komm, Pad, komm.« Er versuchte, Sam in eine sitzende Position zu ziehen.

»Also, gut. Louie, ich habe den Jungen ihre jeweiligen Ränge in meiner Planwirtschaft zugeteilt. Ernest-Paine ist mein Statthalter, während ich fort bin, und Dudu-Lulu führst unterdessen die Frauen an.«

»Ich tu aber nicht, was Ernie sagt«, rief Saul.

»Du mußt tun, was dein rechtmäßig gewählter Führer sagt«, erwiderte Sam sanft. »Jeenfalls könnt ihr euren eignen Führer wähln, Jungs, solang ihr euch auf Ernie einign tut; unn wenns Beschwern gibt, macht ihr 'ne Komferens, setzt ihn ab unn wählt 'nen andren, solangs nur Ernest is, genau wie bei 'n Kommies.«

»Das mach ich aber nicht«, sagte Klein Sam.

»Ich werd dir schon zeigen, wo's langgeht«, erwiderte Ernest ruhig.

»Halt den Mund, du Ratte«, rief Saul träge vom Gartenpfad.

Sam ermahnte ihn sanft: »Du sollst Menschen nicht als Ratten bezeichnen – Ratten sind uns weit überlegen.«

»Ich pack dich durchs Maul an den Füßen und zieh dich auf links, wenn du mich noch mal Ratte nennst«, gab Ernest zurück.

Sam kicherte und zwinkerte Louie zu.

»Du stinkst«, gab Saul zurück, »du stinkst wie Mr. Gardner, du stinkst wie Mr. Kydd auf Eis, du alte Stinkratte!«

»Weiter«, flüsterte Sam und stieß mit dem Bein nach Ernest, der gerade über »das Grab« sprang – eine Vertiefung im Obstgarten, wo einmal mehrere Frühbeetkästen gestanden hatten. »Weiter, Ernest-Paine!«

»Dafür dreh ich dir den Hals um«, rief Ernest wie auf Kommando, »und hau dich windelweich.«

Sam strich mit beiden Händen über das Gras, hockte sich auf den Boden und sagte vergnügt: »So ist's recht, Jungs! Weiter, Säulchen, gib's ihm! Weiter, Ernest! Auf ihn mit Gebrüll!«

Saul hatte Mühe, sich zu beherrschen, er war schon tiefrot angelaufen. Ernest dagegen ging ganz ruhig auf ihn zu: »Komm schon! Komm, du Feigling!«

»Säulchen ist kein Feigling«, sagte Sam sanft. Als wollte er die Flügel ausbreiten und abheben, stürzte Saul auf Ernest zu. Seine Fäuste landeten auf Ernests Brust.

»Er kämpft um sein Leben, Ernest-Paine«, rief Sam, »du hast ihn! Beherrsch dich, Säumling! So wirst du ihn nie bezwingen, Ernest! Ja, jetzt kommt der Clinch! Wie sie sich lieben! Pause! Du mußt ihn zu Boden drücken, sonst schaffst du es nie. Säumling, das war ein Foul!«

Die beiden Jungen trennten sich, Saul wankte niedergeschlagen zur Seite. Er war tiefrot, und über seine Wangen liefen Tränen der Wut und der Schmach. Ernest tanzte weiter um ihn herum, was ihn noch zorniger machte. Saul war kräftiger als er, verlor jedoch schnell die Beherrschung, so daß Ernest ihn stets besiegte, indem er seine Wut anstachelte und ihn in Rage brachte.

»Jetzt«, schrie Sam, »Säulchen, mach weiter, zeig ihm, was in dir steckt!« Er lachte fröhlich und sah dabei aus wie Jo, seine älteste Schwester.

»Daddy, halt ihn zurück«, rief Tommy ängstlich. Sam lachte und legte einen Arm um seinen Jüngsten.

»Männer müssen kämpfen, Tomahawk – wenn auch stets nur für das Gute. Säumling muß lernen, sich zu beherrschen, und Ernest muß auch noch besser werden.«

Mit großer Mühe hatte Saul sich für den Augenblick gesammelt und ging erneut auf Ernest los, die Augen aufgerissen und funkelnd, die roten Lippen zusammengepreßt. Ernest, der sich wohl zu sicher gewähnt hatte, wirkte überrascht und atmete schwer.

»Dranbleiben, Säulein, du schaffst es!« rief Sam. »Du besiegst Ernie. Er wird schon ganz schwach.« Er drehte sich zu Klein Sam um und sagte laut:

»Siehst du, wenn Säumling sich beherrscht, schlägt er Ernie mit links, weil er eine bessere Kampfausrüstung hat!«

Saul, mit dunkelrot angelaufenem Gesicht, den Mund zu einem schwachen Lächeln verzerrt, zielte mit der Faust auf Ernests Wange, verfehlte sie und erhielt selbst einen Schlag auf den Oberarm. Vor Schmerz traten Tränen in seine Augen.

»Guter Schlag!« kommentierte Sam.

Saul senkte den Blick, rieb seinen Arm, stampfte mit dem Fuß auf und schluchzte kläglich.

»Daddy«, sagte Klein Sam, »sag ihnen, daß sie aufhören sollen.«

»Nimm's wie ein Mann, du Schwachkopf«, rief Sam Saul zu. »Kämpf weiter. Was soll das Geheul?« Er schob ihn vorwärts auf Ernest zu. Wie automatisch holte Saul zu einem schwachen Schlag aus, drehte sich aber mit einem plötzlichen, lauten Aufschrei um und lief zwischen den Obstbäumen davon. Seine Beine zitterten, und er stolperte bei jedem Schritt. Sam rief:

»Säumling, Säumling!« Dann zog er Tommy auf die Beine und jauchzte: »Kommt, Jungs, ihm nach! Ein großer Junge, der einfach wegläuft! Kommt schon, Jungs! Jagen wir ihm den Schrecken seines Lebens ein!« Mit lautem Gekreisch setzten sie dem Flüchtigen nach, Sam an der Spitze, Klein Sam hinter sich herziehend, der ängstlich das Gesicht verzog. Saul drehte sich um, sah, wie die ganze Bande hinter ihm her jagte, schoß seitwärts durch das hohe Gras und warf sich hinter eine junge Kiefer. Dort lag er auf dem Bauch und schluchzte in die Erde. Sam und die anderen kamen heran und standen einen Moment lang schweigend da, dann stieß der Vater Saul mit der Zehe an.

»Steh auf, mein Sohn!«

Nur allmählich gelang es Saul, sich zu sammeln. Er mußte sich so mühsam zusammennehmen, als wäre sein Skelett auseinandergefallen und in alle Himmelsrichtungen verstreut worden. Sam nahm sein Taschentuch heraus, wischte damit Sauls Augen und sagte:

»Kommt, Kinder, an die Arbeit! Arbeit heilt jeden Kummer!«

Von Zeit zu Zeit aufschluchzend, trottete Saul hinterher, und eine Viertelstunde später schien es, als hätte nie ein Wölkchen den Himmel getrübt. Als sie die Leiter so verschoben, daß sie aufs Hausdach klettern konnten, ließ sich Sam am Wegrand nieder, scharte seine Kinder zu einem weiteren Kriegsrat um sich und sagte, einen Arm auf Sauls Schulter gelegt:

»Kinnings! Wenn es in der Familie böses Blut gibt, will ich, daß ihr die Sache in einem Kampf Mann gegen Mann austragt. Dann werden wir alle glücklich sein und einander immer lieben. Nichts ist schlimmer als ein stumm im Herzen genährter Groll. Unsere Wut ist unser niedrigster Charakterzug, und wenn er über uns kommt, schütteln wir ihn ab und sind – presto! – wieder gesund und sauber, gute Bürger und gute Brüder.« Zufrieden ließ er den Blick über seine kleine Bande schweifen. »Meine lieben Jungs«, sagte er. Dann begannen sie mit dem schwierigen, aufregenden und gefährlichen Unterfangen, aufs Dach ihres Hauses zu steigen. Von dort aus konnten sie die Kathedrale und die Hauptstadt sehen.

3 | *Henny in der Stadt*

Die Hauptstadt, von jeher fader als das emsige, umtriebige, vertraute Baltimore, ist an Sonntagen besonders gräßlich, öde und pharisäisch, dachte Henny. Nichts außer einem echten Notfall hätte sie dazu bewegen können, an einem Sonntag in die Stadt zu fahren: Die Kaufhäuser waren geschlossen, und in der Siebten und Achten Straße herrschte kein umtriebiges Frauengewimmel, in dem sie ihre Kleider, ihre schäbige Tasche, ihr ungepflegtes Haar und ihre ältliche Haut hätte verstecken können. Ihre Armut lag in den leeren Straßen nackt und bloß, und da niemand sonst draußen war, fühlte sich Henny um so gräßlicher, wie eine elende Sünderin im Angesicht Gottes. Denn Washington ist das Himmelreich, und Henny, entstellt und mit schändlichen Geheimnissen beladen, fühlte sich wie ein sterbliches Wesen, das zum ersten Mal ins Blickfeld der Engel trat. Sie verabscheute das immerwährende Himmelreich, Sinais Donnergrollen, die mächtige Hierarchie des neuen Jerusalem; für sie war es das Gelobte Land an Fleischtöpfen sich labender Männer und häßlicher Frauen, die nach Gott weiß was für grauenhaften, ungeschlachten, löblichen Zielen strebten, bloß nicht nach der Erlösung jämmerlicher Kreaturen, wie sie selbst eine war. Als Henny vor Jahren nach Washington kam, hatte sie nicht mehr Gespür für das eheliche oder gesellige Leben gehabt als eine Frau, die in einem Harem aufgewachsen war. Sie war ein sanftmütiges, neurotisches Wesen, das Seide auf der Haut trug und fest damit rechnete, sich auf Empfängen im Weißen Haus gut zu amüsieren. Und hier war sie jetzt, Collyers jüngste, verwöhnte Tochter, ausgezehrt und abgewetzt, mit viel zuviel Rouge auf den Wangen, drauf und dran, sich in neue Schulden zu stürzen, auf dem Weg zu einem groben Kerl, der nur deshalb ihr Liebhaber war, weil sie ihn nicht in Schwierigkeiten bringen konnte.

Inzwischen weinte sie nur noch selten, aber sie spürte, wie ihre Augen brannten.

Wohin hätte sie sich in dieser selbstgerechten, verlogenen Welt auch wenden können, um einen Freund zu finden? Sogar an ihre Kinder dachte sie voller Zorn – sie fraßen sie auf, so wie damals, als sie noch an ihren Brüsten gesaugt hatten, genau so. Wußten ihre Kinder oder würden sie jemals wissen, was für eine Folterkammer ihr Leben ihretwegen geworden war, daß sie sich Geld borgen mußte, um ihnen Kleider kaufen zu können, um keinen neuen Streit mit ihrem Vater anfangen zu müssen, weil es auch so schon viel zu viele Streitigkeiten gab, die die Kinder zu Feiglingen und Kriechern gemacht hatten? *Was wäre geschehen, wenn ich nie geboren worden wäre?* dachte sie. *Meine Kinder wären niemals geboren. Dieser Heuchler mit seinem gelben Haar und seinem breiten Lächeln hätte eine andere Frau bekommen, ich trüge keine Verantwortung für den Leidensweg der Kleinen, und dieses Zahnweh müßte ich auch nicht ertragen!*

Der Gedanke an Männer machte sie bitter, vor allem der an ihren Schwager, den Mann ihrer hübschen Schwester Eleanor. Er hatte zuerst Henny geliebt und dann entdeckt, daß Eleanor der Liebling ihres Vaters war und zu ihrem Anteil am Vermögen einen Bonus bekommen würde; so hatte es Henny sich jedenfalls zurechtgelegt.

Wie heiß es in Washington war! *Mindestens vierzig Grad im Schatten,* dachte Henny und glaubte, schon ihren eigenen Schweiß zu riechen; sie war nicht besser als die aufgetakelten jungen Mädchen, die in den Cafés scharenweise Journalisten umschwirrten. Sie schaute in offene Küchenfenster, sah die Anzüge kleiner Jungen, sah ihre abgewetzten Schuhe. So eilte sie dahin, ohne die Erwachsenen anzuschauen, dachte an ihre Kinder und an die sich auftürmenden Kosten für deren Unterhalt. Es waren kräftige, gesunde Kinder – wie alle stets betonten –, so daß neue Kleider bei den Jungen ungefähr drei Monate hielten. Sie dachte an ihr großes Haus auf dem Hügel und lachte bitter. Selbst Bert Anderson, der sie schon so lange kannte, würde viel dafür geben, es einmal zu betreten, um anschließend sagen zu können:

»Neulich am Sonntag war ich oben bei Sam Pollit, Sie wissen schon, bei dem Kerl, der das Muschel-und-Austern-Vermögen des alten Collyer geheiratet hat, die junge Henrietta, sie wurde in Baltimore früher einmal als Schönheit gehandelt, tja, und jetzt haben sie einen ganzen Stall voller reizender Kinder – ich habe Sam mit der Bemerkung aufgezogen, sein Roosevelt, der Große Demokrat, sei bald vergessen« und so weiter. Diese kleine Vorausschau auf Bert Anderson, ihren Ersatzmann aus dem Finanzministerium, brachte Henny ein wenig zum Lächeln. Der rotbackige, kernige, zügellose Riese war kein Gentleman, aber er behandelte sie wie ein lediges Mädchen, lauschte allem, was sie zu sagen hatte, schien stets eifrig um sie bemüht, gab ihr Ratschläge und war von Geldangelegenheiten fasziniert. Er nannte sie auch scherzhaft »kleine Henrietta«, versuchte auf seine brutale Weise, ihr Aussehen zu verbessern, benahm sich tapsig wie ein Bärenjunges und besaß weder Moral, Charakter, Ehrgeiz noch einen besonderen Lebensstil, den sie hätte respektieren müssen.

Als sie zu dem Restaurant nahe der Zwölften Straße kam, ging Henny gleich nach oben. Sie war froh, daß es schon nach eins war. Pünktlich um Viertel nach eins würde Bert eintreffen. Sie spielte mit ihrem Besteck und der Speisekarte, wünschte, sie hätte sich noch länger Zeit gelassen, und murmelte: »Immer habe ich das Gefühl, schrecklich aufzufallen, wenn ich auf der Straße auf- und abgehe und den Müttern mit Kindern freundlich zulächle. Außerdem hätte ich auch einem der feinen Freunde des Ausschußmitglieds begegnen können. Bert kommt nie zu spät.«

Sie sah Bert, als er, vor Gesundheit strotzend, durch die Tür stolzierte, das schütter werdende Haar unter einem Hut versteckt. Er sah jung aus, vorzeigbar, mit glatter, rosiger Haut und einem unbezähmbaren schwarzen Bartwuchs, den er gerade bis auf die Haut abgeschabt hatte, einer spitzen Nase und einem vorstehenden Kinn, leuchtenden, schwarzen Augen und einem breiten Grinsen; seine Lippen kamen einem zu rot und seine Zähne zu weiß vor, wenn man ihn das erste Mal lächeln sah. Er eilte auf Henny zu, streckte ihr beide Hände entgegen und rief:

»Nein, ich bin nicht zu spät, ich bin ganz pünktlich. Wir haben doch Viertel nach eins gesagt, oder?« Er sah sich nach einem Haken um, an den er seinen Hut hängen konnte, dann drückte er seine voluminösen Lippen auf ihren Mund.

»Du bist so gut zu mir, Bert, und kommst sofort, wenn ich aus einer plötzlichen Laune heraus bei dir anrufe.«

»Bert Anderson, immer zur Stelle«, bestätigte er. »Ich bin dein Typ, nicht wahr? Wenn nicht ich, wer sonst? Aber vielleicht hast du ja auch einen anderen.« Er kicherte. »Also, was wollen wir essen? Und trinken? Zigarette? Paty du Clams Tochter möchte lieber keine Austern, nehme ich an? Aber es macht dir doch nichts aus, wenn ich mir welche bestelle? Hallo, hallo, bitte! Wie stehen die Aktien, Mullarkey? Was gibt's Neues? Das ist gut, das ist gut!« Er gab ihre Bestellung auf, rieb sich die Hände wie beim Waschen und beugte sich über den Tisch zu Henny hinüber.

»Tja, was gibt's Neues? Willst du das Allerneueste hören? Kennst du schon den mit dem Mann draußen in Bowie beim Gaulrennen? Ein Pferd mochte er ganz besonders gern und brachte ihm ein paar Zeitschriften zum Lesen in den Stall. Aber das Pferd schaute nur kurz hin und steckte dann die Nase wieder ins Heu. Fing der kleine Hund neben ihm an zu lachen und sagte: ›He, du meinst wohl, Pferde könnten lesen?‹«

»Und wo ist da der Witz?« fragte Henny.

»Ha, ha, ha – ha, ha, ha«, dröhnte Bert, »das verstehst du nicht! Kennst du den mit den zwei Piepmätzen, die auf einem Baum sitzen? Sagt der eine: ›Da kommt Hitler!‹ Antwortet der andere: ›Worauf wartest du noch?‹«

»Wie dumm, wie dumm!« sagte Henny lachend. »Eins muß ich zugeben, mit dir habe ich immer etwas zu lachen. Das junge Fräulein am Telefon klang aber ziemlich schnippisch. Ich habe gehört, was sie gesagt hat!«

»Ich weiß«, brüllte er fröhlich, »ich habe ihr gesagt, sie soll die gottverdammte Muschel zuhalten, wenn sie ihre albernen Witzchen reißt. ›Nun, wie alt ist sie überhaupt?‹ hat dieses Gör mich gefragt. ›Na ja, so zwei- oder dreiunddreißig‹, habe ich ihr geantwortet. ›Also, was habe ich gesagt? Eine alte Dame‹, meinte das Gör. ›Und? Was hat sie zu meckern?‹ Ich habe ihr gesagt: ›Das ist tatsächlich eine Dame, und davon, was das bedeutet, hast du jedenfalls keine Ahnung.‹ Aber ich werde dir nicht sagen, was sie darauf erwidert hat, eben weil du eine Dame bist!«

»Gut, aber ich wette, am liebsten würdest du es mir auf die Nase binden«, sagte Henny und verzog das Gesicht. »Ach, wie gern würde ich jetzt etwas Ordentliches trinken. Ich wünschte, die Kirche und diese selbstgefälligen hohen Tiere mit ihren gut gefüllten Weinkellern hätten dieses alberne Gesetz nicht verabschiedet.«

»Unser Berg Sinai, der gute alte Jenkins Hill«, rief Bert, »mußte die Hauptstadt der Nation für die triefäugigen Touristen zu einem Hort der Sicherheit erklären. Ich wette, Samuel der Rechtschaffene ist mit dieser Maßnahme voll und ganz einverstanden.«

Henny zuckte mit den Schultern. »Natürlich meint er, wenn man ihm nur eine halbe Stunde bei Roosevelt gewährte, würde er den Präsidenten davon überzeugen können, in seiner Amtszeit den Alkohol vollends aus dem Weißen Haus zu verbannen. Darum hält er ja auch Woodrow Wilson für den Allmächtigen in Menschengestalt: Unter seiner Präsidentschaft gab es die Prohibition. Manchmal glaube ich, im Weißen Haus zu wohnen – oder habe den Eindruck, daß Samuel das glaubt.« Sie zuckte wieder mit den Schultern. »Ich verstehe nicht, warum er nie in die Politik gegangen ist, bei seinem Mundwerk und seinem Landhaus-Rasen-Stil!«

Bert lachte fragend.

»Großspurig, die Wirklichkeit nach Bedarf zurechtgestutzt und immer in höheren Sphären schwebend. Vor allem wünschte ich, er hätte sich eine andere Frau gesucht, auch um seinetwillen.«

»Vielleicht macht er das noch«, tröstete sie Bert.

Henny lachte bitter. »Kennst du sein Lieblingszitat? ›Ein guter Name ist das kostbarste Juwel, das ein Mensch je besitzen kann.‹ Die Kinder, Dads Geld, seine großartige Stelle, sein Ruf bei all den hochgestellten und mächtigen Leuten, die er kennt!« Sie lachte verlegen. »Und außerdem glaubt er, Männer sollten bei der Heirat noch Jungfrau sein!«

»Heiliger Strohsack!«

»Unser erster Streit drehte sich um dieses Thema. Ich wollte ihm das einfach nicht abnehmen! Inzwischen tue ich es. Und alles andere hängt damit zusammen – keine Spielkarten, keine anzüglichen Witze, kein Alkohol, keine Zigaretten, keine unterhaltsamen Bücher. Als ich ihn heiratete, hatte er mehr als viertausend Bücher – und keinen einzigen Roman darunter! Als er mich einmal mit einem von Hassies Büchern aus der Bibliothek erwischte, hielt er mir eine derartige Strafpredigt, daß ich mich sechs Monate lang nicht mehr traute, einen Roman zu lesen. Aber wie bei allen Heuchlern und Kriechern ist es völlig in Ordnung, wenn sie das Ganze selbst unter anderer Flagge laufen lassen. Seiner Tochter erlaubt er, Bücher über Hysterie zu lesen, über Nonnen, die in ihren Klöstern Anfälle kriegen und sich Gott weiß was zusammenträumen, Bücher über Tierzüchtung und alte Sitten auf europäischen Bauernhöfen und allen möglichen anderen Schrott, weil das angeblich wissenschaftliche Lektüre sei! Sie treibt mich noch zum Wahnsinn mit ihrer Leserei. Sie ist ein Abbild seiner Selbstgefälligkeit. Ständig steckt sie ihre Nase in irgendein Buch. Ich habe Lust, ihr das verdammte Ding aus der Hand zu reißen und ihr ins Gesicht zu rammen, in ihren großen, unnützen Kopf. Am liebsten würde ich all diese scheußlichen Bücher in einem meiner großen Marmeladentöpfe zu Brei kochen und die beiden damit füttern, bis sie platzen. Das große Festmahl des Lernens, von dem er andauernd schwafelt! Ich möchte sehen, wie ihre Bäuche anschwellen von ihren dreckigen, wissenschaftlichen Büchern, so wie er meinen Bauch hat anschwellen lassen von ...« Sie hielt inne. Bert schlürfte unbekümmert an seinen Austern und seinem Wein.

»Dein Fehler, kleine Henrietta, ist, daß du die ganze Zeit über an nichts anderes denkst«, sagte er nach einer Weile. »Schau dir mich an«, wollte er sie trösten, »stell dir vor, ich würde mir ständig darüber Sorgen machen, daß mein alter Herr in seinem ganzen Leben keinen ehrlichen Cent verdient hat und jetzt auch noch bei mir, seinem eigenen Sohn, zu schnorren anfängt.«

»Weißt du, Bert«, sagte sie mit einem leichten Zittern, »der Drang, ihn umzubringen, wird manchmal so stark, wenn ich daran denke, was er aus meinem Leben gemacht hat, wie er auf allem, was mir wichtig ist, herumtrampelt und meint, es würde ausreichen, ein paar hochgestochene Bücher zu lesen, daß ich nicht weiß, wie ich diesen Drang unterdrücken soll. Ich balle die Fäuste, um mich davon abzuhalten, mich auf seinen fettigen, gelben Kopf zu stürzen und ihm etwas in diesen ewig lärmenden, prahlenden Mund zu stoßen. Wenn ich ihn und seine Göre bloß umbringen könnte!« fuhr sie fort. »Liebend gern würde ich dafür meine Strafe absitzen. Aber was würde dann aus meinen Kindern? Würde man sie in ein Heim stecken? Das hält doch niemand aus. Hassie, die selbst nur ein Kind hat, sagt immer zu mir: ›Du mußt dich damit arrangieren!‹ Dabei würde sie sich selbst niemals arrangieren. Ihr Mann ist eine lammfromme, kleine Ratte. Meist ist er sowieso irgendwo unterwegs oder treibt sich mit irgendwelchen komischen Käuzen in Bars herum, während sie zu Hause ist und den Laden schmeißt. Sie hat doch keine Ahnung, was es heißt, sich zu arrangieren. Sie selbst würde ihren eigenen Ratschlag keine Minute lang befolgen. Und er schwafelt ständig von der Gleichheit der Menschen und ihren natürlichen Rechten, von morgens bis abends bekomme ich nichts anderes zu hören. Und wie steht es mit den Rechten der Frauen, würde ich ihm am liebsten entgegenschreien. Es ist leicht, sich zum großen Demokraten aufzuspielen, wenn man eine Sklavin hat, auf der man herumtrampeln kann. Ich muß Matratzen stopfen, weil wir nicht genug Geld haben, neue zu kaufen! Schau dir bloß mal meine Hände an!«

Sie zeigte ihm ihre ausgelaugten Hände. Die Haut war dunkel von eingedrungenem Schmutz und schuppig von der groben Seife.

»Dabei creme ich sie jeden Tag ein«, sagte sie bitter. »In den Zeitschriften heißt es: Pflegen Sie sich, und Ihr Mann wird Sie lieben. Wenn ich meinen letzten Blutstropfen gäbe, um die Kleider meiner Kinder darin zu waschen, und meinen letzten Hautfetzen, um das Haus damit auszulegen, würde er mir immer noch keine Liebe geben. Er würde es gar nicht merken. Im Gegenteil, er spielt den Gekränkten! Überall posaunt er herum, mit was für billigen Kleidern er, ein Mann in seiner Position, sich zufrieden gibt, und was er für die Kinder alles opfert! Er schreibt sogar Gedichte darüber. Und was ist mit mir? Ich bin die Erbin: Ich bin die reiche Frau, die all die Löcher stopfen, von ihrer Schwester alte Mäntel ausleihen und ihrer Cousine aus der Mode gekommene Jacken abbetteln kann. Ich opfere überhaupt nichts. Ich bin an allem schuld. Alles liegt nur an meiner schlechten Haushaltsführung.« Bert hob fragend die Augen und zückte seinen Bleistift.

»Henny, warum kommst du mit achttausend im Jahr nicht aus? An deinen alten Herrn zahlst du doch nur fünfzig Dollar im Monat, mehr nicht.«

»Was?« rief Henny empört. »Das Essen allein kostet mich mehr als dreitausend im Jahr, obwohl ich schon alles auf das Nötigste beschränke, trotzdem reicht es vorne und hinten nicht. Weißt du, wieviel ich letztes Jahr für die beiden Mädchen ausgeben mußte? Zweiunddreißig Dollar. Hassie hat mir ein Kleid für Evie geschenkt, aber sie verabscheut Louisa und wird mir für sie niemals irgend etwas geben. In der Familie gibt es niemanden, der ihre Größe hat. Sie ist so enorm groß, daß ich keine gebrauchten Sachen für sie bekomme. Und ich verschwende Geld! Das sagt jedenfalls der Professor. Das Haus fällt zusammen: ständig irgendwelche Reparaturen. Deshalb ist die Miete ja so niedrig. Dad könnte es nie im Leben verkaufen. Und du weißt, wie hoch die Steuern sind, die wir für den nutzlosen alten Kasten bezahlen.«

Bert steckte ratlos seinen Bleistift wieder ein. »Du hast recht, es ist kein Vergnügen: Ob man nun siebenhundertfünfzig oder achttausend pro Jahr zur Verfügung hat, es ist immer zu wenig! Aber ...«, er sah sie an, »was kann man da schon machen? Du hast nun mal all diese lieben Kleinen.«

»Laß uns nicht darüber sprechen«, rief sie aufgeregt. »Ich bin nicht hergekommen, um über ihn und meine Schwierigkeiten zu jammern.«

»Ganz richtig, braves Mädchen! Komm, wir trinken noch einen Schluck, um auf die Verbannung von Samuel dem Rechtschaffenen ins Reich des Unbekannten anzustoßen.«

»Wenn er mir das Haushaltsgeld wenigstens regelmäßig in einer Summe geben würde«, fuhr sie nachdenklich fort, »könnte ich ein paar von meinen alten Schulden abbezahlen. Als ich nach Ernies Geburt so schrecklich angebunden war, habe ich geborgt, wo ich konnte – ich hatte nicht die geringste Vorstellung, wie man einen Haushalt schmeißt, und Hazel Moore hatte ich nur fünf Monate, ehe Samuel sich mit ihr überwarf. Selbst wenn ich in meinem Zimmer allein bin, erröte ich vor Scham, wenn ich daran denke, daß ich Connie O'Meara die Hundert nie zurückgezahlt habe. Sie muß mich für eine billige Gaunerin halten! Sie bezahle ich zuerst.« Sie lachte aufgeregt. »Siehst du, ich mache schon Pläne, wie ich es ausgeben kann. Was meinst du, wieviel Geld ich bei mir habe?«

»Einen Dollar?« Er wirkte weniger jovial, als er es bis dahin gewesen war. Sie bemerkte es und streifte seinen großen, lockigen, über den Teller gebeugten Kopf mit einem verächtlichen

Blick. Er schaufelte das Essen auf seine übliche grobschlächtige Art in sich hinein, schien drei oder vier Hände zu haben, die ständig in Bewegung waren und in verschiedene Richtungen strebten, um nach Brot, Zucker, Sahne und so weiter zu greifen. Sie beschloß, ihn zu bestrafen.

»Zehn Cents!«

»Wie kommt das?«

»Ernie hat seine Hose zerrissen. *Sie* mußte unbedingt Stoff haben für ein neues Kleid. Ich hoffe, ich kann sie in diesem Sommer wieder an Eleanor abschieben, falls ihre eigenen Verwandten in Harpers Ferry sie nicht nehmen wollen.«

»Führen sie dort draußen irgendwelche Propagandafeldzüge gegen die Stiefmutter?«

»Wenn sie es täten, würde sie es nicht mitbekommen. Ich weiß nicht, was in dem Kopf dieses Mädchens vorgeht. Jedenfalls nichts Normales. Ich weiß nur, wenn sie sich entschließt, irgend etwas zu machen, tut sie es auch; und es ist nicht nur ihr verdammter Starrsinn, obwohl ich ihr das oft genug vorgehalten habe. Schlimmer ist, daß sie taub ist.«

»Das wußte ich nicht.«

»Nein, nicht wirklich taub! Sie scheint bloß gar nicht wahrzunehmen, daß es außer ihr noch andere gibt. Wenn sie etwas tun will, dann tut sie's, und wenn du ihr alle Finger abschneiden würdest, würde sie es nicht merken und einfach losziehen und es trotzdem tun. Sie ist gräßlich. Wie eine Art wildes Tier kommt sie mir manchmal vor. Sie kriecht, ich kann sie kaum berühren, sie stinkt nach Schmutz und Schleim – sie merkt es nicht einmal! Ich schlage sie, bis ich selbst nicht mehr kann – sie spürt es nicht! Wenn ich falle, holt sie mir ein Kissen – in der Hinsicht ist sie wohl allemal besser als ihr Vater, dieser Mörder, der mich einfach liegenläßt. Und selbst wenn sie ein bißchen wimmert oder weint, setzt sie im nächsten Augenblick ein steinernes Gesicht auf, starrt vor sich hin oder träumt über einem Buch und vergißt alles. Ich habe sie angeschrien. Ich habe ihr die Venen gezeigt, die aus meinen Händen heraustreten und sie gefragt, ob sie sich nicht schämt. Aber ich warte, bis sie ein wenig älter wird und ihren Vater für alles bestraft, was er mich erleiden ließ; vielleicht wird sie es aber auch an irgendeinem anderen Mann auslassen. Irgend jemand wird sich eine echte Schönheit einfangen.«

Bert lachte. »Rache ist wild ins Kraut geschossene Gerechtigkeit. Nicht von mir, sondern von Lord Bacon. Ich hatte keine Ahnung, daß du so eine rachsüchtige Tigerin bist.«

»Ich würde sein Blut trinken, aber ich müßte mich übergeben«, sagte sie voller Schmerz. »Wenn ich daran denke, daß ich schon bald die Stiefmutter einer jungen Frau mit seinem Charakter sein werde, möchte ich mich am liebsten umbringen. Warum kann mir diese Qual nicht erspart bleiben?«

»Sag mal, wie wäre es mit einem Spaziergang?« fragte Bert. »Oder wir gehen ins Kino? Anschließend könnten wir bei mir zu Hause noch etwas trinken.«

»Ja, du hast recht, Bert. Es ist kühl hier, und ich könnte etwas Ruhe vertragen. Es ist nur – er streicht und schleift und singt und springt von früh bis spät, und jetzt will er auch noch den Fußboden in meinem Zimmer aufreißen, so daß ich wochenlang Sand und Dreck im Bett habe und über einen mit alten Säcken bedeckten Boden laufen muß. Es ist irrsinnig.«

»Gott sei Dank bin ich kein geschickter Bastler«, seufzte Bert.

»Doch, du bist geschickt, sehr sogar«, schloß sie mit einem komischen Seitenblick. Er lachte. Als er aufstand, um seinen Hut zu holen, erhob auch sie sich von ihrem Platz, zog ihre Handschuhe an und sah zu ihm auf. Er hatte sein Gesicht abgewandt. Was, wenn sie ihn durch zuviel Jammern verloren hatte? Einen Augenblick lang verspürte sie einen Anflug echter Liebe für diesen Mann. Er war ein komischer Kerl. Er würde niemals heiraten. Er ging mit zahllosen Mädchen aus und belog sie alle – nette, romantische Mädchen zumal; und obgleich er so ein Lump war, sah er aus wie der ideale Ehemann, unerschütterlich, stämmig, großherzig, leichtlebig, ziemlich einfühlsam und jederzeit zu beeinflussen, da er offen für Schmeicheleien und Pathos war. In jeder Krise war er zur Stelle, half ihr immer auf freundliche Weise. Er lieh ihr sogar kleinere Summen, zeigte ihr die Zahlen in dem kleinen Notizbuch, das er in der Westentasche hatte, und sagte mit einem gutmütigen, aber bedeutsamen Klaps auf ihren Rücken, während sie das Geld einsteckte: »Es ist alles verzeichnet, es wird immer mehr, aber du gibst es mir zurück, wenn die Dividenden ausbezahlt werden, nicht wahr, kleine Henrietta?« Fünf Dollar, schätzte sie, würde sie heute bestimmt aus ihm herausholen können.

VIERTES KAPITEL

1 | *Skandal in der Polliterie*

Um drei Uhr nachmittags kam Tante Josephine Pollit, groß, blauäugig und mit plump-vertraulichem Gebiß, durchs Gartentor. Trotz ihres gesetzten Alters legte sie einen Sturmschritt vor. Sie hielt sich wie eine solide gelbe Reisetasche, die von einem erfolgreichen Handlungsreisenden forsch durchs Leben getragen wird. Mit dabei hatte sie einen leichten Mantel, einen Schirm, eine Handtasche, ein Buch und ein Päckchen. Als die Zwillinge über den Pfad auf sie zugelaufen kamen, schob sie das Päckchen unter den Arm, tätschelte die Jungen und drückte ihnen herzhafte Küsse auf die Wangen.

»Freut ihr euch, eure Tante zu sehen, ihr lieben Kleinen? Wo ist Mutter? Ist eure Mutter im Haus?«

»Mutter ist ausgegangen.«

»Ausgegangen! Hat ihr den niemand gesagt, daß eure Tante Jo zu Besuch kommt? Ist das nicht jammerschade! Ich muß sie unbedingt sprechen! Ich muß Samuel sprechen! Wo ist euer Vater? Führt mich hinein, meine Küken, eure Tante Jo hat auch etwas für euch – später.«

»Oh!« riefen sie pflichtbewußt, und: »Was?«

»Augenblickchen, Kinder, wartet, bis eure Tante Jo den Mantel ausgezogen hat. Wo ist denn Tante Bonnie? Ist sie auch ausgegangen? Also, wer von euch beiden ist so lieb und holt der Tante ein Glas Wasser?«

»Mich, Tante!« rief Klein Sam.

»›Ich‹ meinst du wohl. ›Ich, Tante.‹«

Er grinste verlegen und lief zum Haus.

»Wo ist euer Vater?«

»Er ist auf dem Dach und streicht«, meinte Saul.

»Auf dem Dach! An einem Sonntagnachmittag! Sag ihm, daß ich da bin! Sam! Samuel! Sag ihm, ich bin da!« Sie schnaubte geziert und ging in Richtung Haus. Aber Sam hatte sie vom Dach aus längst erspäht, krümmte sich über die Regenrinne und wimmerte laut:

»Unn hat Josie mir auch 'n Tückel Schoki mittebracht? Sons bringt sie mir doch immer irgndwas mit.«

»Oh, Taddy!« sagte Evelyn und errötete.

»Nu macht schon, Kinners«, sagte Sam in mitleiderregendem Ton, »fracht Josie, ob sie was hat für ihrn aam tlein Sam, sons kann sie mir neemlich gestohln bleim, unn ich hock auf immer und ewich hier oom. Was könnt mir hier nich alles passiern, auffen Kopp falln könnt ich, 'nen Sonnenstich kriegn, alles möchliche, sacht ihr das ruich!«

»Aber Taddy, du sagst doch immer, wir dürfen nicht quengeln«, entgegnete Evie sehr ernst.

»Was warts du noch?« quiekte Sam. »Sach ihr, ohne Schoki tommt ihr Sammy nich. Uh, uh, ich falle, mir wird schon ganz schwindlich, unn mein Kopp is sich am Drehen. Unn das alles nur, weil ich kein Schoki nich kriegn soll. Muß ummedingt Schoki haam!«

»Macht's nicht«, befahl ihnen Louie grimmig von der Veranda her, »wehe, ihr geht zu ihr und erzählt, was er gesagt hat.«

»Nu los, Jungs«, drängte Sam noch jämmerlicher und kläglicher als zuvor, »Sam will Schoki, nur 'n klitzekleines Tückel, nur so 'n Krümelchen, das muß sie mir hochschicken, unn wenn sie nix hat, muß einer Schoki kaufen gehn.«

Louie lief aus dem Haus und pflanzte sich im Blickfeld ihres Vaters auf. »Das werde ich nicht zulassen!« rief sie. Die Kinder standen unschlüssig herum.

Jo war ins Haus gegangen und hatte ihren Hut abgenommen. Sie schüttelte ihren unbezähmbaren, ginstergelben Lockenbusch und puderte sich die Nase. Sie lachte über das Gespräch, das von draußen zu ihr drang. Erst als es in die Sackgasse geriet, ging sie auf die Veranda und rief:

»Ich habe Schokolade für dich, Samuel. Komm runter! Ich muß mit dir reden!«

»Bring sie hoch«, quengelte Sam und krümmte sich in noch waghalsigerer Verrenkung über die Regenrinne. Obgleich ihm in der Höhe leicht übel wurde, konnte er einer kleinen Komödie einfach nicht widerstehen.

»Hör endlich auf, dich wie ein Narr aufzuführen«, trompetete Jo. »Komm her, ich muß mit dir reden!«

Grinsend kletterte Sam die Leiter herunter.

»Das hat Josie früher immer aus dem Hinterfenster in der Lombard Street gerufen, als ich noch Kadaver und Fischgräten nach Hause geschleppt habe, um daraus Dünger zu machen – erinnerst du dich, Jo? Puh! Was für ein Gestank! Josie riß das Fenster auf und rief: ›Vater, du mußt mit dem Jungen reden! Sam, hör endlich auf, dich wie ein Narr aufzuführen!‹ Und dann schlug sie das Fenster wieder zu.«

»Komm endlich her«, rief Jo ungeduldig, »und hör auf, so herumzualbern!« Sie wollte die Stirn runzeln, konnte sich aber eines Lächelns doch nicht erwehren. Sie ging auf ihren jüngsten Bruder zu, küßte ihn und sagte ein wenig sanfter als vorher:

»Komm rein und iß deine Schokolade. Louie kann uns Kaffee kochen. Louie, Herzchen, komm her und gib deiner Tante einen Kuß!« Sie musterte Louie von oben bis unten, ließ die Hand über deren widerspenstige Strähnen gleiten und verkündete: »Louie wird bald ein großes Mädchen sein, genau wie ich, nur mit glattem Haar! Ich sah in deinem Alter ganz ähnlich aus, Liebes! Du kommst nach mir. Das hoffe ich jedenfalls!« Sie schnaubte fröhlich und lachte laut: »Nun lauf schon, Liebes!« Dann runzelte die hoheitsvolle Juno ihre Stirn und fragte: »Ist Bonnie da?«

»Ich glaube, Bonafidus macht ein Nickerchen«, antwortete Sam.

»Es geht um eine höchst erbärmliche Geschichte«, sagte Jo, »absolut skandalös. Sam, du mußt mit aller Macht darauf bestehen, daß sie aufhört, sich mit diesem unsäglichen Mann zu treffen, diesem elenden Taschenspieler. Es ist wirklich unerhört! Die Vorstellung, daß meine Schwester mit einem solchen Mann verkehrt, der zudem noch verheiratet ist! Du mußt der Sache ein Ende setzen! Ich bestehe darauf, Samuel!«

Sam wurde sehr ernst, legte eine Hand auf den Arm seiner Schwester und führte sie von den Kindern fort ins Musikzimmer, das Richtung Süden lag und das man vom Eßzimmer aus betrat. Es war ein schöner, ruhiger Raum mit einer Glastür, die hinaus in den Garten führte, die Wände waren von Bücherregalen gesäumt, und in der Mitte stand Hennys Klavier. Müde vom vielen Streichen, blieben die Kinder draußen und spielten ruhig vor sich hin. Louie kochte Kaffee. Von Zeit zu Zeit hörten sie, wie die rechtschaffene Jo eindringlich auf Sam einredete, oder sahen, wie sie im Musikzimmer auf- und abstolzierte, ihren Kneifer abnahm und wieder aufsetzte, den Kopf herumwarf wie ein kräftiges Zugpferd, die Nüstern blähte und die Sonne durch ihr luffagelbes Haar scheinen ließ, wenn sie zwischen den Vorhängen am Fenster stehenblieb, um ihren Nichten und Neffen einen wohlwollenden Blick zuzuwerfen.

»Recht muß Recht und Unrecht muß Unrecht bleiben«, verkündete sie durchs Fenster. »Jeder Mann, jede Frau und jedes Kind mit einer Spur von Anstand würde sich weigern, mit diesem Mann auch nur ein Wort zu wechseln. Ich will nichts mehr davon hören. Es muß jetzt Schluß sein! Er hat eine Frau. Ich hätte nie gedacht, daß ein Mitglied meiner Familie auch nur daran denken könnte, das heilige Band der Ehe zu zerreißen – dafür gibt es keine Entschuldigung. Früher oder später kommt jede Sünde an den Tag! Und wenn sie von ihm nicht lassen will, mußt du sie fortschicken. Ich bin sicher, Henny gibt mir recht. Ich werde selbst mit Henny sprechen. Als ich davon hörte, als man es mir ins Gesicht sagte, bin ich fast gestorben vor Scham. Ausgerechnet Miss Critchmar hat es mir unter die Nase gerieben! Stell dir nur einmal vor, sie wollen mich in den Kirchenvorstand wählen, und ein solches Gerücht macht die Runde! Wie würde ich dastehen? Wo könnte ich mich jemals wieder blicken lassen?«

»Es wäre nicht deine Schuld, Jo«, sagte Sam ernst, »aber natürlich werde ich der Sache ein Ende machen.«

»Eine solche Abscheulichkeit kann nicht geduldet werden. Im Gegenteil, du mußt sie sofort unterbinden«, sagte Jo. »Die Sache macht mich ganz krank. Und das ausgerechnet jetzt, wo ich entdeckt habe, daß einer unserer Vorfahren im Unabhängigkeitskrieg gekämpft hat. Der Genealoge, mit dem ich sprach, hat mir versichert, daß es mehrere Soldaten mit unserem Namen gegeben hat und einer davon ganz bestimmt ein Verwandter von uns war. Dann schlägt diese Bombe ein und erwischt mich auf voller Breitseite! Ich war so entsetzt, daß ich fünf Nächte lang nicht geschlafen habe! Du kannst dir nicht vorstellen, in was für einem Zustand ich war! Wo ist denn die dumme Gans?«

»Oben. Ich werde sie rufen.«

»Ich gehe selbst! Rühr dich nicht von der Stelle! Ich halte ihr eine Standpauke, die sie so schnell nicht wieder vergißt. Widerlich! Ja, es ist widerlich! Meine eigene Schwester! Wie konnte sie nur! Was ist mir ihr los, Sam? Mutter war stets so vorbildlich, und wir beide, du und ich, haben unser Lebtag keine Sünde begangen. Ich bin keine Pharisäerin! Natürlich wünschte ich, du würdest zur Kirche gehen, Sam, aber ich muß zugeben, für einen Ungläubigen führst du ein vorbildliches Leben. Aber natürlich, Vaters Beispiel ...« Sie hielt inne, als sie Louie mit dem Kaffee sah, und fuhr dann großmütig fort: »Vater hätte ein besserer Mensch sein können.«

»Nun, darum geht es jetzt nicht«, sagte Sam ruhig. »Vielleicht solltest du die Sache lieber mir überlassen, Jo. Ich werde herausfinden, wie die Dinge stehen. Ohne Beweise soll man niemanden verdächtigen. Eine üble Zunge kann mehr Schaden anrichten als zwei törichte Menschen – und aller Wahrscheinlichkeit nach sind die beiden tatsächlich nur töricht und irregeleitet. Denk immer daran, es könnte auch eine harmlose Torheit sein.«

»Das ist völliger Quatsch, und das weißt du auch! Ein verheirateter Mann! Was muß er von Bonnie halten, deiner Schwester, Sam? Wenn du glaubst, ich würde das hinnehmen, hast du dich gewaltig geirrt. Ich bin erstaunt, daß du so weich bist, so betont anständig. Ja, du bist schon immer anständig gewesen. Und ich tue meine Pflicht. Kann sein, daß mich manche Leute deshalb nicht mögen, aber wenigstens gibt es einen guten Grund dafür.«

»Jo, du bist kein Racheengel«, warf Sam ein. »In solchen Dingen muß man Menschlichkeit zeigen. Ich habe mehr Erfahrung als du.«

»Mehr Erfahrung? Wie denn? Du meinst, weil du verheiratet bist? Blödsinn! Ich schlage mich den lieben langen Tag mit Müttern und ihren Problemen herum. Sie vertrauen mir ihre Sorgen an. Mit den Müttern komme ich hervorragend aus. Und meine Meinung ist objektiv und gerecht, weil ich mich nicht mit Kompromissen abgebe. Nicht daß ich dir das unterstellen würde, Sam; ich weiß, du bist immer gut gewesen – der beste; das sage ich nicht einfach so. Du bist der allerbeste, Sam, nur viel zu weich, das ist alles. Deshalb kannst du die Sache auch nicht in die Hand nehmen.«

Sam wies auf einen Stuhl, und sie setzte sich. »Weißt du, Jo«, sagte er, »ich war früher auch so wie du, habe ganz genauso gedacht. Ich verstehe, wie dir zumute ist. Aber du hast unrecht, glaub mir. Du kannst Menschen nun mal zu nichts zwingen, nicht einmal im Namen der Moral. Güte, Liebe und Geduld mit den menschlichen Schwächen – das ist jetzt am nötigsten. Denk daran, sie ist deine Schwester, noch einmal ganze zehn Jahre jünger als ich, und ich komme kaum mit meinem eigenen Leben zurecht! Sei gut zu ihr. Geh und sprich mit ihr – ich gebe zu, das ist Frauensache, aber sei gnädig.«

»Verderbtheit und Schwächlichkeit werden mich niemals gnädig stimmen«, rief Jo, sprang auf und warf den Kopf zurück, »darauf kannst du Gift nehmen, Samuel!«

»Geh hinaus, Lulu«, sagte Sam zu seiner Tochter, die gerade das Tablett mit dem Kaffee hereingebracht hatte.

»Und noch etwas anderes«, sagte Jo in etwas weniger aufgebrachtem Ton, »ich möchte dich nach meiner Einkommensteuer fragen, Sam, danach, was ich absetzen kann. Ein Mann ist gekommen, um mir Fragen zu stellen. Dabei bin ich mir vollkommen sicher, daß ich viel zu hoch veranschlagt werde; und nachts kann ich nicht schlafen, weil der Preßlufthammer durch die Straßen dröhnt. Ich konnte nicht die Hälfte der Einnahmen erzielen, die ich eigentlich angestrebt hatte. Ich werde einen Kredit aufnehmen müssen, um das Haus zu renovieren – aber würde sich das jemals rentieren? Ich sollte es an jemanden verpachten, der daraus eine Pension macht, mich regelmäßig bezahlt und mir die Sorgen abnimmt. Das alles läßt mich nicht schlafen, und ich kann es mir nicht leisten, wegen ein paar nichtsnutziger Leute meinen Schlaf einzubüßen. Die alte Frau mit dem Rosenkranz auf dem Bett kommt nur einmal alle zwei Wochen, um sich ihre Stütze abzuholen, oder wenn sie sich mit ihrem Schwiegersohn in den Haaren liegt. Der nette Deutsche, ein wirklich anständiger Kerl und so ein guter Mieter, fährt zurück in seine Heimat, um seine Eltern zu besuchen. So ein fleißiger Mann, nett und ruhig. Die beiden scheußlichen Italiener dagegen haben schon seit vier Tagen nicht mehr gearbeitet. Sie sind auf irgendeiner Party versackt, sturzbetrunken zurückgekommen und seitdem nicht mehr zur Arbeit gegangen. Mit meinem Haus geht es einfach bergab, und ich habe weder die Zeit noch die Mittel, es aufzumöbeln, die jetzigen Bewohner vor die Tür zu setzen und mir anständige Mieter zu suchen. Die schreckliche Kleine im ersten Stock bekommt jetzt schon ihr zweites Kind, obwohl das erste kaum den ersten Zahn hat, vor elf oder zwölf Uhr wäscht sie ihr Geschirr nicht ab, und dann bekommt sie Besuch von irgendeiner anderen Schlampe mit Kinderwagen, und sie sitzen im dunklen, feuchten Zimmer, tratschen und kochen sich Spaghetti. Und dann dieser faule Penner, der ständig eine Zigarette im Maul hat, selbst wenn er nicht genug zu essen hat, und mit der Miete im Rückstand ist. Es macht mich krank, Tag für Tag diese heruntergekommenen, schrecklichen Leute zu sehen, und dieses Pack wird von unserer Regierung auch noch unterstützt! Verstehst du das, Sam? Mir will das einfach nicht in den Kopf. In dem Haus nebenan wohnt eine Frau, die besitzt irgendwo außerhalb ein ordentliches Stück Land und kriegt trotzdem Stütze. Ist das nicht völliger Irrsinn, Sam? Aber du weißt ja gar nicht, was in der Welt los ist, du arbeitest in einer Regierungsbehörde und kommst nicht unter Menschen, so wie ich. Ich muß ihnen jeden Tag ins Gesicht sehen, ich muß mich mit diesen erbärmlichen Kreaturen abgeben, weil sie meine Mieter sind, und ich muß mir ihretwegen Sorgen um die Leitungsrohre machen. Oder meinst du, sie sind je zufrieden? Nein, du hast viel weniger Ahnung, als du denkst, Sam. Das muß ich dir leider sagen. Halt du mir nicht vor, daß ich nicht verheiratet bin; ich hätte längst verheiratet sein können, aber ich habe immer gesagt: ›Nein, danke, ich warte lieber auf den Richtigen.‹ Was hältst du davon, Sam? Ein zweites Kind, obwohl das erste noch keine neun Monate alt ist. Es macht mich krank!«

»Vielleicht mögen sie Kinder«, grinste Sam.

»Mumpitz! Dahinter stecken bloß Faulheit und Verantwortungslosigkeit!« entgegnete Jo empört und sah ihren Bruder scharf an. »Sie schulden mir seit drei Wochen die Miete! Sei nicht so ein sturer Bock! – So, ich habe meinen Kaffee getrunken, jetzt gehe ich hoch und spreche mit dem ungezogenen Mädchen. Ich werde Bonnie schon zur Vernunft bringen.«

Strotzend vor Selbstbewußtsein stieg Jo die Treppe hinauf. Henny nannte sie zutreffenderweise »das große, blonde Trampeltier, das nichts anderes im Sinn hat als nur sich selbst, sich selbst, sich selbst«; Sam meinte, Jo sei »eine gute Frau, wenn auch leider nicht mit Großmut gesegnet«; und Bonnie sagte immer lachend: »Jo, die Arme! Sie hat eine so gute Seele.« Trunken vor Hitze, war Bonnie auf ihrem Bett eingeschlummert, bis Jos unüberhörbare Ankunft sie aus dem Schlaf gerissen hatte. Natürlich hatte sie sofort die Ohren gespitzt und das meiste von dem, was Jo zu Sam gesagt hatte, im Treppenhaus mitgehört. Wenn sie die Möglichkeit gehabt hätte, wäre sie aus dem Haus geflüchtet, aber sie hatte keine Chance; am Fuß der Treppe lag gleich die Tür zum Eßzimmer. Bonnie erwog sogar, aus dem Fenster zu klettern und sich an einem Pfosten auf die Veranda herunterzulassen. Vor zehn Jahren hätte sie das bestimmt getan, aber jetzt war das unmöglich. Mit Erleichterung hatte sie die Stimmen der kleinen Mädchen im Zimmer gegenüber gehört. Evie und Isabel spielten Mutter und Kind, Evies Lieblingsspiel. Evie war eine »Lady mit Baby«, und Isabel war ihre kleine, schulpflichtige Tochter, eine Rollenverteilung, die niemals abgewandelt wurde. Isabel ging zur Schule – in der Ecke des Zimmers –, hob artig die Hand, kritzelte etwas auf den Boden und kehrte nach einem erstaunlich kurzen Vormittag zum Mittagessen nach Hause zurück. Beim Essen war sie stets frech zu ihrer Mutter, bis diese sie mit einer spielerischen Ohrfeige zur Ordnung rief. Nach dem Essen weigerte sie sich jedesmal, zurück zur Schule zu gehen, und mußte mit strenger Stimme des Hauses verwiesen werden. Während sie im Nachmittagsunterricht saß, wickelte die Mutter ihr Baby, sang ihm etwas vor, wies es mit sanften Klapsen zurecht, lehrte es ein paar neue Tricks und wiederholte all die kleinen Aufmerksamkeiten, die Evie im wirklichen Leben Tommy zukommen ließ. Evie drängte ihre Mutter, noch ein Baby zu bekommen, um das sie sich kümmern könne; in der Zwischenzeit sprang sie bei den Müttern, die auf der anderen Straßenseite wohnten, als Kindermädchen ein. Zum dritten Mal im Laufe von drei flüchtigen Tagen der Mutterschaft flocht Evie Isabels Zopf. »Jetzt mußt du wieder in die Schule gehen, und ich koche das Abendessen für meinen Mann«, sagte Evie und band sich einen Lumpen um die Taille.

»Aber du hast gar keinen Mann«, rief Isabel vorwurfsvoll; »du hast zwei Kinder und keinen Mann. Das gibt es doch gar nicht. Laß mich die Mutter sein.«

Die rehäugige Evie zeigte eine überraschende Beredsamkeit,

als sie Isabel erklärte, daß diese für die Rolle der Mutter völlig ungeeignet sei, ließ sich aber immerhin zu dem Vorschlag herab, einen Phantomehemann zuzulassen, der die Ehre hatte, mit ihr in einem Haushalt zu leben. Isabel bestand jedoch auf einem echten Mann, so daß Evie sich gezwungen sah, aus dem Hinterfenster zu rufen: »Klein Sam, ich brauche dich.« Aber ihr Bruder wollte nicht. Evie rief: »Du mußt mein Mann sein.« »Nein«, rief Klein Sam zurück. Rasch wandte sich Evie zu Isabel um und sagte streng: »Mein Mann ist im Büro; du mußt jetzt zur Schule gehen.« Dem hatte Isabel nichts entgegenzusetzen. Sie nahm ihre Schultasche und ging zum Unterricht, während Evie, glücklich vor sich hinmurmelnd, sich an der Puppe und ihrer imaginären Hausarbeit zu schaffen machte.

Jo, gerührt von der kleinen Szene, rang ihrer strengen, rechtschaffenen Miene ein kurzes Lächeln für »die Kleinen« ab, ehe sie das Zimmer der völlig verstört auf ihrem Bett sitzenden Bonnie betrat. Wenige Schritte vor ihrer Schwester blieb Jo stehen und sagte ernst:

»Eine schöne Bescherung, von der ich da am Freitag gehört habe! Was fällt dir und diesem Kerl, diesem Holloway, eigentlich ein, am hellichten Tag durch ganz Baltimore zu spazieren und abends zu allem Überfluß auch noch in einer Bar zu hocken. Ich kann nicht glauben, daß du dich zu so etwas hergibst, Bonnie! Das hört sofort auf, damit das klar ist. Auch wenn dir dein Ruf offenbar egal ist, ich lasse nicht zu, daß mein Name in den Dreck gezogen wird.«

»Kümmere dich um deine eigenen Angelegenheiten«, sagte Bonnie und sprang auf. Hinter ihr auf dem Bett lag ein buntes Sammelsurium aus Kragen, Briefen und Papiermustern.

Ihr Widerstand schien Jo zu überraschen. »Was soll das heißen? Das sind *meine* Angelegenheiten. Weißt du eigentlich, was du da machst? Du gehst mit einem verheirateten Mann aus. Weißt du, wie man das nennt?«

»Ach, halt doch den Mund«, sagte Bonnie. »Wenn mir etwas daran liegt, eine harmlose Freundschaft zu einem verheirateten Mann zu pflegen, geht dich das einen feuchten Kehricht an.«

Jo schrie, mit einem verheirateten Mann könne es keine harmlose Freundschaft geben, und was überhaupt aus Bonnie geworden sei? Wußte sie denn nicht, wohin der ach so rosige

Pfad der Verderbnis sie bringen würde und daß es nicht als harmlos gelten könne, mit einem verheirateten Mann in einer Bar Alkohol zu trinken; daß sie, wenn sie schon nicht an sich selbst dachte, doch wenigstens an ihre Geschwister denken solle, und was Hennys Freunde wohl davon halten würden, wenn sie wüßten, daß es Sams Schwester war, die dort ganz offen und schamlos mit einem verheirateten Mann durch die Straßen zog? Was meinte sie wohl, was sie für einen Anblick bot?

»Eine wahre Augenweide«, mutmaßte Bonnie.

»Was?« rief Jo. »Das ist die reinste Schamlosigkeit!«

»*Honi soit qui mal y pense*«, sagte Bonnie und schürzte die Lippen. Das war zuviel für Jo, die auf ihre Schwester zuging, sie an den Schultern packte, leidenschaftlich schüttelte und rief, sie müsse einen Brief schreiben, noch heute nachmittag, am besten sofort – »Am allerliebsten wohl schon gestern?« fragte Bonnie kühl –, in dem sie diesen Kerl wissen ließ, daß sie ihn niemals wiederzusehen gedachte.

»Eine fristlose Kündigung ohne Angabe von Gründen«, höhnte Bonnie bockig, was Jo zeigte, daß sie die Beherrschung verlor – die ohnehin nie lange vorzuhalten pflegte.

»Deinen Hochmut kannst du dir sparen«, rief Jo. »Denk lieber daran, wie er dich behandelt. Was meinst du wohl, wofür er dich hält?«

»Er versteht mich«, sagte Bonnie. »Ich bin nun mal ein lebenslustiger Mensch. Ich liebe Sams Kinder, aber ich brauche auch eigene Freunde. Und außerdem ist er ein echter Gentleman.«

»Mumpitz!« entgegnete Jo. »Du benimmst dich wie ein kleines Kind. Und jetzt setz dich hin und schreib diesem Mann einen Brief. Ich werde ihn selbst zur Post bringen. Sam ist der gleichen Meinung wie ich, die Sache muß ein Ende haben.«

»Man sollte meinen, ich hätte mit der gesamten Mafia angebändelt«, beklagte sich Bonnie. »Dabei ist er so nett zu mir und lebt getrennt von seiner Frau und will sich scheiden lassen.«

»Ich weiß ganz sicher, daß sie der Scheidung niemals zustimmen wird«, sagte Jo.

»Mir hat er gesagt, sie würde zustimmen, sie haßt ihn, sie sind unglücklich, und sie wollten sich schon seit langem trennen, haben es aber bloß nie geschafft, bis er dann mich getroffen hat. Das hat er gesagt.«

Darauf solle Bonnie bloß nichts geben, erwiderte Jo, sie wisse alles über ihn, er sei weit davon entfernt, seine Frau zu hassen, jeder wisse, daß er wieder mit ihr zusammenlebe, es habe eine Versöhnung gegeben und so weiter, und dieser abscheuliche Kerl kehre, nachdem er sich mit Bonnie eine schöne Zeit gemacht habe, an den gedeckten Tisch bei seiner Frau zurück. Alle redeten darüber, es würde einen furchtbaren Skandal geben, und Bonnie könnte der Anlaß für eine erneute Trennung sein. »Was Gott zusammengefügt hat, das soll der Mensch nicht trennen«, sagte Jo feierlich.

Bonnie begann zu weinen. »Das wußte ich nicht; und ich kann es auch nicht glauben. Mir hat er gesagt: ›Warum sollten wir uns von den Launen einer Frau abhängig machen und ewig warten?‹ Das hat er gesagt. Was kann ich denn dafür?«

»Und dann habt ihr die Katze aus dem Sack gelassen?« fragte Jo. Das Ende vom Lied war, daß sie Bonnie zwang, auf der Stelle einen Brief zu schreiben, ihn kritisch prüfte und in der Absicht, ihn baldmöglichst aufzugeben, triumphierend nach unten trug.

Bonnie blieb oben, schluchzte und dachte, ihr würde das Herz brechen, bis sie etwas Sanftes spürte, Geisterhände, die über ihre Tagesdecke strichen, Geisterfüße, die über ihren Teppich glitten; und als sie den Kopf hob, sah sie Evie und Isabel, die sie mit riesigen Kaninchenaugen anstarrten. Mit dünner, brüchiger Stimme fragte Isabel:

»Warum weinst du?«, und Evie schloß sich mit der gleichen Frage an. Von Liebe erfüllt, schlang Bonnie die Arme um die beiden kleinen Mädchen, zog sie an sich und schluchzte: »Tante Jo ist gekommen und hat mir jede Freude verdorben, deshalb, meine kleinen Lieblinge, deshalb, du Zuckerstück!« Sie küßte Evie. »Du bist mein liebes kleines Kätzchen, hast ein gutes, liebendes Herz. Hier, mein Schatz«, sie küßte Isabel, »du bist auch ein ganz lieber kleiner Fratz, aber ihr braucht euch um die arme Bonnie keine Sorgen zu machen. Ich bin ein armes, armes Ding, deshalb muß ich weinen; aber ihr sollt euch den Kopf nicht über die Sorgen der Erwachsenen zerbrechen, euer kleines Leben soll von nichts anderem erfüllt sein als von purem Sonnenschein; wenn ihr groß seid, werdet ihr noch genug Probleme haben, das bleibt keinem von uns erspart; und jetzt küßt die arme Bonnie noch mal. Schau mal, da, seh ich da eine Träne in Evies Auge?

Komm, die werden wir gleich trocknen, mein lieber, kleiner Spatz.« Sie bedeckte Evies Kopf mit Küssen, strich wie im Liebesfieber über ihr weiches, schimmerndes, schwarzes Haar. »Hier, deine Bonnie will dich noch einmal ganz fest drücken, dann geht's mir gleich wieder besser!« Liebevoll betrachtete Evie Bonnies glänzendes Haar und ihre grünblauen Augen.

»Du bist schön, Tante«, sagte sie.

»Andere Leute finden das auch«, sagte Bonnie und nickte lächelnd. Noch war »nicht alles verloren«, sagte sie sich insgeheim. Sie stand auf, sammelte ihre Papiermuster und Spitzenborten zusammen, legte erst dem einen, dann dem anderen Mädchen ihre Krägen um und sagte fröhlich: »Keine Angst, es wird alles gut!«, und: »Nur nicht aufgeben!«, und: »Froh zu sein bedarf es wenig!«, und: »Prügel treffen ins Gesicht, was Leute sagen, trifft mich nicht!«, und: »Schau mal, siehst du nicht toll aus, mm, mm! Sieh mal in den Spiegel, Kleines«, bis sie wieder so munter war wie ein Kanarienvogel; dann verstaute sie alles in einer Schublade und schob die Mädchen hinaus. »Geht spielen, ihr Püppchen«, sagte sie und lief summend nach unten, entschlossen, den »frohen König« zu mimen, um allen zu zeigen, daß sie einem »Fels in der Brandung« nichts anhaben konnten.

Als sie nach unten kam, sprachen Sam und Jo gerade vertraulich über Jos Einkommen, Pensionszahlungen und die Steuerprüfung. Schokolade wurde verteilt, und Ernie hing an der Rücklehne der Bank und sog alles auf, was seine Tante Jo tat und sagte. Voller Begeisterung erzählte Jo von ihrem bevorstehenden Sommerurlaub – sie und ihr Alter ego, Miss Critchmar, wollten nach Atlantic City reisen, wenn auch nicht sehr lange, weil sie mit ihren Mietern in der Lombard Street in Baltimore so große Probleme hatte; und dann ließ sie sich wieder endlos über ihre Sorgen aus, das neue Bad, das neue Haus, das sie gern per fünfjährigem Pachtvertrag übernehmen würde, obwohl sie schon jetzt bei dem Gedanken, wie schwierig es wäre, verantwortungsvolle Mieter und einen guten Heizungsinstallateur zu finden, kaum schlafen könne. Die Kinder standen oder saßen herum und betrachteten Tante Jo voller Verehrung. Sie kam ihnen vor wie ein Weltwunder, weil sie Bankmanager und Hausbesitzer nach Belieben zusammenstauchen und zwei Häuser ihr eigen nennen konnte. Tante Jo war weder eine verheiratete Frau noch eine alte Jungfer oder eine Schulmeisterin, sie war eine gestandene Hauswirtin.

»Es war falsch von dir, Samuel«, sagte Jo, »das Haus in der P Street aufzugeben.«

Sam hob die Hand, um sie zum Schweigen zu bringen: Vor den Kindern sprach er nie über Geld oder Eigentum, weil er dies für ein Übel hielt.

»Was für ein Quatsch!« rief Jo aus. »Es steht einem Mann nicht schlecht an, Miete einzunehmen! Jedenfalls wärst du heute besser dran.«

Louie schaltete sich ein. »Es war mein Haus, und Daddy hat es verkauft, um Mutter den Ring und die Eßzimmergarnitur zu kaufen.«

»Es war nicht dein Haus«, sagte Sam traurig.

»So hast du es mir aber gesagt«, erwiderte sie zögernd, »einmal, vor langer Zeit.«

»Möchtest du denn dort wohnen?«

»Nein, es wohnen Neger drin. Ich bin mal hingegangen, um es mir anzuschauen.«

»Du hast ein Haus, in dem du wohnen kannst. Was würde es dir nützen?«

»Ich könnte es verkaufen – wenn ich es noch hätte«, sagte sie kleinlaut.

»Wozu? Was würdest du dir von dem Geld kaufen wollen?«

Sie schwieg. Eine Woge der Begierde überschwemmte sie, und doch wollte ihr nichts Bestimmtes einfallen. »Ich könnte ein Boot kaufen«, sagte sie schließlich, »und damit zum Segeln gehen.«

»Wir dürfen unsere Gedanken niemals an Geld oder Besitz verschwenden«, sagte Sam gütig und sah Louie mit feuchten Augen an. »Gier, der Wunsch nach Besitz, und Geld, die Währung der Habgier, sind die Wurzeln allen Übels; sie dienen bloß als Mittel dafür, immer mehr zu raffen und das Leben anderer zu zerstören. Du weißt, wie ich darüber denke.« Stumm nahm Louie ihren Platz neben Ernie ein, während Tante Jo sie beide anlächelte und sagte: »Für euch Kleinen ist das doch alles noch Zukunftsmusik. Laßt uns für euch arbeiten und sorgen, und ihr könnt unbesorgt spielen und lernen.«

Ernie lächelte schwach hinter vorgehaltener Hand und betrachtete Vater und Tante voller Respekt. Sein Vater verdiente im Monat 666 Dollar, seine Tante 200 oder mehr. Seine Tante nahm Mieten von Familien ein, die ihre beiden Häuser bewohnten, jedes drei Stockwerke hoch und voll unterkellert. Sein Vater war kein Hauswirt mehr, würde aber, wenn er auf Expedition ins Ausland ging, jede Menge Spesen bekommen. Doch sein Vater war erst achtunddreißig, während er Tante Jo auf mindestens achtundvierzig schätzte. Dafür war Tante Jo die Vorsitzende des Kindergartenausschusses, war also ihrem Bruder ebenbürtig, der Abteilungsleiter war, ja, sogar eine Art Oberabteilungsleiter, eine eigens für ihn geschaffene Position. Tante Jo hatte kein Auto, sparte aber das Geld, um eines Tages nach England fahren zu können und sich dort den Stammsitz der Calverts anzuschauen, obwohl sie Katholiken waren, und die Kathedralen von England zu besichtigen. Wer würde sich um ihre Häuser kümmern, solange sie fort war? überlegte er. Wenn sie die Reise noch lang genug aufschob, würde er gern dort wohnen und die Mieten verwalten. Andererseits würde sein Großvater, der alte David Collyer, ihm wahrscheinlich einen besseren Posten verschaffen.

Sobald es ihm möglich war, wollte Ernie ein Bankkonto eröffnen und Geld einzahlen. Ehe man Geld einzahlen konnte, mußte man es verdienen, indem man es den Leuten abnahm, die sich nicht so viel daraus machten, die welches brauchten und dafür bezahlten, die so dumm waren, daß sie das Geld nicht sahen, das an den unwahrscheinlichsten Stellen darauf wartete, verdient zu werden, oder die einfach zuließen, daß andere wie in einem verwilderten Obstgarten ihre Früchte ernteten. Ernie stellte sich oft vor, Geld zu verdienen, doch niemals, indem er selbst eine Leistung dafür erbrachte; er dachte dabei nur an die Manipulation anderer Menschen oder Dinge. Die Vorstellung, sich zu verkaufen – zum Beispiel Louies Idee, ihr Talent auf eine Bühne zu bringen –, erschien Ernie fremd. Falls Louie tatsächlich Schauspielerin werden sollte, dachte er, würde er Fotos von ihr verkaufen oder die Eintrittsgelder an der Tür einsammeln. Sein Vater hatte ihm verboten, für den kleinen Laden unten an der Straßenecke Lebensmittel auszutragen, aber das bereitete ihm nicht die geringsten Sorgen. Er ließ es sich nicht verdrießen, denn er wußte, es gab Hunderte von Möglichkeiten, sich seinen Lebensunterhalt zu verdienen. Einmal hatte ihn Sam draußen

Stiefel putzen lassen. Für Sam war es ein grandioser Spaß gewesen, aber Henny war wie eine Sturmwolke am Himmel aufgezogen und hatte ein solches Unwetter auf Sam niederprasseln lassen, daß er das Ganze hatte abblasen müssen. Damals hatte Henny gedroht, sich von ihm zu trennen und die Kinder mit nach Roland Park zu nehmen. Die Leute schenkten Ernie Geld – bis auf Tante Jo, die selbst mit Schokolade nie besonders freigiebig war –, oder sie gaben ihm Gelegenheit, sich durch irgendwelche Dienste Geld zu verdienen. Er lieh Jungen aus angesehenem Hause einen Nickel und berechnete ihnen einen Cent Zins dafür. Er behandelte alle fair und machte gute Geschäfte. Nur er allein wußte – auch Henny hätte es nicht erraten können –, wieviel Geld in seiner Spardose war, wenn er zu Weihnachten die Hälfte seiner Einnahmen für sich zurückbehielt.

Ernie glaubte, daß es Louie an Scharfsinn mangelte, nahm aber an, daß sie letztlich doch zu ihrem Vorteil handelte, wenn sie sich vornahm, zur Bühne zu gehen. Er selbst schaute ebenfalls um Jahre voraus, sah schon genau vor sich, wie er in der Welt seinen Weg ging, handelte, Geld wechselte, mit großer Umsicht die besten Geschäfte einfädelte und durch genaue Beobachtung herausfand, wie andere zu ihrem Geld gekommen waren. Sie hatten Geheimnisse, dachte er, aber sie waren mit Sicherheit nicht klüger als er. Er ging mit offenen Augen und Ohren durchs Leben, um alle diese Geheimnisse aufzuschnappen. Er wußte, daß er noch ein Kind war, und Kinder hatten keine Rechte, aber auch darüber machte er sich keine Sorgen, weil die Zeit für ihn arbeitete. Unterdessen beschränkte er sich auf Geschäfte mit Kindern und Verwandten, die seine natürlichen Beschützer oder Wächter waren. Er wußte, daß er nicht vor Gericht ziehen und Prozesse gewinnen konnte, und er konnte auch nicht ins große Geschäft einsteigen; er wußte, daß sein Wort gegen das von Erwachsenen wenig galt und die Erwachsenen ihm, wenn sie wollten, großen Schaden zufügen, ihn beleidigen und verletzen konnten, ohne jemals dafür bestraft oder auch nur verdächtigt zu werden; das war ihre Macht, das war das Recht, in das sie hineingewachsen waren, eines der Privilegien des Erwachsenseins. Dennoch lächelte er sie an, sah sie nicht als seine Feinde, sondern als Begünstigte, denn er hatte nichts gegen Macht und Privilegien, im Gegenteil, sie faszinierten ihn. Ernie lauschte eifrig allem, was die Menschen über sich sagten, und es begeisterte ihn, wie jeder von ihnen der Erde ein Auskommen abrang. Er verlor selten den Kopf, verurteilte andere jedoch nicht wegen ihres Temperaments. Vor allem interessierten ihn die Beziehungen zwischen den Menschen, die er mit großem Verständnis ergründete. Tante Jo zum Beispiel war Samuels älteste Schwester, das Familienoberhaupt, wie sie häufig genug betonte, und Samuel folgte ihr in allen Fragen der Moral; mit ihren finanziellen Angelegenheiten wiederum kam sie zu ihm. Vater und Mutter stritten sich, weil nicht genug Geld da war. Mutter verschwendete ihr Geld, und Sam konnte nicht verstehen, wie es zu so hohen Ausgaben kam. Gäbe es nur zwei Kinder, ihn und Louie, könnten sie es sich gutgehen lassen, aber es waren sechs. Was, wenn noch eines käme? Nicht auszudenken. Eines Morgens, nachdem er im Bett lange darüber gegrübelt hatte, war Ernie zu seiner Mutter gegangen und hatte gesagt: »Mutting, bitte kein Baby mehr!«

»Worauf du deinen letzten Dollar verwetten kannst«, hatte Henny geantwortet.

Ernie hatte dieser hitzige Ausdruck nicht gefallen; die Vorstellung, er könnte jemals seinen letzten Dollar verwetten müssen – weil alle anderen Dollars schon ausgegeben waren –, behagte ihm ganz und gar nicht.

»Wir dürfen nicht an Geld denken«, sagten Tante Jo und Daddy. Ernie wußte, daß dies zu den frommen Grundsätzen gehörte, die Menschen mit Macht all jenen predigten, die von ihnen abhängig waren, denn sowohl Tante Jo als auch Samuel dachten ständig an Rechnungen, Einnahmen und ihr eigenes Auskommen und hatten doch immer Geld in der Tasche. Ernie wußte, Eltern und andere Erwachsene verkündeten diesen und weitere weise Sprüche zu einem ganz bestimmten Zweck, nämlich junge Menschen davon abzuhalten, allzu schnell in ihr Spiel einzusteigen und in ihren Rang aufzurücken. Laß das beste Stück Steak für deinen Vater, iß nicht von dem Kuchen, den ich für deine Tante gebacken habe, diese Mandeln sind für Mutter bestimmt; streitet euch nicht – obwohl wir uns streiten; geht ins Bett – obwohl wir aufbleiben; das Kino ist nichts für euch – obwohl ich ständig hingehe; sprecht nicht, während ich spreche;

lauter Befehle, denen allein die Macht Geltung verschaffte und die allein aus Schwäche befolgt wurden – denn Louie, die Älteste von ihnen, befolgte sie immer seltener, und zwar nicht, indem sie sich mit Tricks und Ausflüchten um irgend etwas drückte, sondern indem sie sich offen verweigerte – »Das mache ich nicht, weil ich es nicht einsehe!« Louie hatte ihre eigene Vorstellung von Recht und Unrecht, war bereits in die Welt der Macht vorgedrungen. Ernie beobachtete all diese Kämpfe und machte sich dazu seine eigenen Gedanken. Jetzt beobachtete er Tante Jo, die immer in irgendwelche Streitigkeiten verwickelt war, die sie im übrigen meistens verlor. Gerade hatte sie wieder einmal zu einem ihrer Lieblingsklagelieder angesetzt.

»Mehrere Nächte hintereinander habe ich kein Auge zugedrückt, so einen ohrenbetäubenden Lärm haben diese Straßenarbeiter gemacht, die ganze Zeit über waren ihre Spitzhacken zu hören. Warum nimmt eigentlich niemand Rücksicht auf die Steuerzahler? Warum können diese Leute nicht tagsüber arbeiten? Im Bus zu euch bin ich fast eingeschlafen.« Jo schnaubte und schüttelte ihr gelbes Haar. »Es ist ein Skandal!«

»Warum kaufst du dir nicht ein kleines Auto?« fragte Sam eifrig. »Dann könntest du uns häufiger besuchen – und mir Schoki mitbringen.« Er zwinkerte den Kindern zu. »Und außerdem könntest du uns alle auf eine Spazierfahrt mitnehmen.«

Jo lächelte. »Das würde ich sehr gerne, Sam, aber du weißt ja, ich spare mein Geld für meine Reise; außer euch habe ich auch noch andere Verwandte zu besuchen.« Sie grinste ihn an. »Du bist nicht mein einziger Bruder, Sam!«

Sprudelnd und überschäumend saß Tante Jo auf ihrem Stuhl, Samuel hörte ihr zu und ruhte sich von seiner Arbeit aus. Dann erklang Bonnies munteres Lied von der Treppe: *»Voi che sapete!«*

Jo richtete sich auf und schenkte ihrer Schwester einen matronenhaften Blick, während Sam vorwurfsvoll sagte: »Jo hat mir etwas über dich erzählt, Bonafidus, das ich niemals für möglich gehalten hätte. Wir sprechen später noch darüber.«

Bonnie sah ihren Bruder schweigend an, und ihre blauen Augen füllten sich mit Tränen. Mit sanfterer Stimme fügte Sam hinzu: »Ist schon gut, Bonafidus, ich weiß, die Sache ist geregelt.«

»Lieber Himmel, das sollte man meinen!« rief Jo. Dann stand sie auf, ging ins Musikzimmer und drehte den Klavierstuhl herunter. Sam ließ sich zufrieden zwischen die Sofakissen fallen, die Kinder tollten durch die Streifen aus Sonnenlicht und Fensterschatten, trieben munter auf den Wogen der Fröhlichkeit dahin. Jo ließ ein meisterliches *Marching through Georgia* hören, hielt jedoch plötzlich inne, ließ die Hände unbeweglich über den Tasten schweben und rief über die Schulter zurück:

»Noch etwas! Warum bis zu nicht zu Jinny gegangen, obwohl du es versprochen hast? Außerdem hast du Jinny geschrieben, du wärst auf der Suche nach einer Stelle in Baltimore. Doch nicht etwa wegen dieses Mannes?«

»Spiel weiter, Jo, spiel weiter!« sagte Sam träge. »*Ta-ra, ta-ra, we bring the Jubilee!* Spiel weiter! Und quäl sie nicht!«

»Blödsinn«, rief Jo, schwang auf dem Stuhl herum und fuchtelte empört mit ihrem Kneifer, »quälen! Sei nicht albern, Sam! Da kann sie noch so viele Briefe schreiben, sie macht ja doch, was sie will, geht nach Baltimore, um in der Nähe dieses Schurken zu sein. Ich weiß alles über ihn. Wirklich eine feine Sache, daß meine Schwester sich von so einem ...«

»Jo!« warnte Sam und deutete mit einem Nicken zu den Kindern, die gebannt an ihren Lippen hingen. »Sie ist auch meine Schwester!« Er lachte. »Spiel weiter, Jojo, und laß die Gardinenpredigt!«

»Gardinenpredigt«, rief Jo. »So ein Quatsch! Ich sage immer offen meine Meinung. Ich bin vollkommen ehrlich, und ehrliche Menschen brauchen vor dem, was ich zu sagen habe, keine Angst zu haben. Ich sage immer die Wahrheit!«

»Ein gutes Prinzip«, erwiderte Sam, »aber ...«

»Laß mich spielen, Jo«, unterbrach ihn Bonnie. »Die Kinder lieben meine musikalischen Geschichten, nicht wahr, Kinder? Wie wär's mit ›Der böse Wolf‹, ›Bruder Hoppeldihopp‹ oder ›Herr Fuchs und Herr Igel‹?«

Die Kinder kreischten begeistert, während Bonnie errötete und erklärte, als wäre nichts geschehen: »Ich erfinde die Geschichten aus dem Stegreif und mache passende Musik dazu – hört mal zu! Jo! Laß mich mal kurz ans Klavier!«

»Was ist denn schon groß dabei?« fragte Jo eifersüchtig.

»Wir wollen ›Bruder Hoppeldihopp‹«, riefen die Kinder.

»Hört zu, Kinder«, sagte Jo in bester Kindergartentantenmanier. »*The first Noel that the angels did say.*«

»Nix Frommes«, sagte Sam.

»Du solltest dich schämen«, rief Jo, »das ist pure Beeinflussung!«

»Nix Frommes«, wiederholte Sam bestimmt.

»Du gibst den Kindern keine Chance, selbst zu entscheiden. Nennst du das Unvoreingenommenheit?« fragte Jo. »Du solltest ihnen zumindest erlauben, Geschichten und Lieder über Gott zu hören.«

»Wozu? Wenn dieses Tier ohnehin nicht existiert?« erwiderte Sam gelassen.

»Sammy!« rief Bonnie flehentlich. Aber Jo war nicht mehr zu bremsen: »Das wirst du noch bereuen. Du setzt ihnen doch nur Flausen in den Kopf mit deinen Märchen und Absurditäten: Hans Andersen, aber keine Bibel! Als Erwachsene werden sie nichts haben, woran sie glauben können.«

Sam lachte vergnügt. »Im Moment glauben sie an ihren armen kleinen Dad, und wenn sie erwachsen sind, werden sie an Faraday, Clerk Maxwell und Einstein glauben – Heiliger Flohsack!« Er setzte sich auf. »Wenn meine Kinder nicht zwischen Grimm und Clerk Maxwell unterscheiden können, sollen sie sich von mir aus dahin scheren, wo der Pfeffer wächst, verflixt und zugehext!«

»Die Schule zu besuchen sind sie vom Staat verpflichtet, sie sollten auch verpflichtet sein, zur Kirche zu gehen«, rief Jo empört. »Das werden ja einmal feine Bürger!«

»Selbst die Schulpflicht ist nicht einzusehen, solange ihnen ein Vater wie ich zur Seite steht. Ich kann meine Kinder selbst unterrichten und brauche keine neunmalklugen Schulmeisterinnen!« Sam grinste verschlagen.

»Wir brauchen mehr Frauen in der Regierung«, sagte Jo, »damit verantwortungslose Väter wie du zur Räson gebracht werden. Ich bin mir sicher, Henny denkt darüber genauso wie ich.«

»Ja, aber ihr seid nicht in der Regierung«, sagte Sam, »und was noch wichtiger ist: Ihr werdet auch niemals reinkommen. Unn hätten sie mich gefracht, gäbs für diese überkandidelten Frauensleut auch kein Wahlrecht nich. Weswejen, wollt ihr wissen? Weil sie übergeschnappt sinn! Weil sie von nix 'ne Ahnung haam! Weil wenn sie keine Kinners haam, brauchen sie welche, daß sie nich völlig durchdrehn; und wenn sie welche haam, drehn sie durch, weil sie ihnen auf die Nerven gehn.«

Jo rief verächtlich: »Ich kann es mit jedem Mann aufnehmen, den ich bisher kennengelernt habe.« Sie schnaubte fröhlich. »Pollits in die Politik, das ist meine Parole.«

Sam wandte sich zu den Kindern um und sagte: »Habt ihr gemerkt, wie die Wand hier gebebt hat, als Jo eben schniefen mußte? Als Jo noch ein Mädchen war, meinte Vater immer, wenn Jos Nase mit Silberdollars gefüllt wäre, könnte er die Jahresmiete im voraus zahlen.«

»Sei nicht gemein, Sam!« rief Jo und klimperte weiter auf dem Klavier. »Ausgeprägte Nasen lassen auf einen starken Charakter schließen. Wer Nase hat, hat auch Persönlichkeit!«

»Nur wer meine Nase kennt, weiß, wie ich niese«, deklamierte Sam. Jo lachte. »Du hättest doch selbst gern eine solche Charakternase wie ich; nur Vater hat so eine, und er sieht wie Charles Dickens aus. Er und ich sind die einzigen mit einer echten Pollit-Nase.«

»Jos Nase, in Salzlake eingelegt, ergäbe genug Speck für eine Woche«, sagte Sam. Bonnie mit ihrer winzigen Stupsnase lachte, bis ihr die Tränen kamen.

»Aber Louie wird dich eines Tages um Längen schlagen«, fuhr Sam fort. Louie lächelte beklommen und schielte auf ihre Nase herunter.

»Blödsinn!« rief Jo fröhlich aus. »Wer eine große Nase hat, hat auch ein großes Herz. Mach dir nichts draus, Louie! Nimm dir ein Beispiel an mir und laß sie reden.«

»Wer eine große Nase hat, bekommt auch einen großen Schnupfen«, sagte Bonnie.

»Wer eine große Nase hat, hat eine große Lunge«, erklärte Sam und hob und senkte demonstrativ seine Brust. »Und eine große Lunge bedeutet eine volltönende Stimme, mit der man die Herzen seiner Landsleute auch ohne Radio erreichen kann, und somit, meine lieben Freunde, werden alle Großnasen zu Roosevelts, wie es sie rooseveltiger noch nicht gegeben hat. Ich für meinen Teil bin jedenfalls froh, daß ich nicht so ein armer Irrer bin wie Crazy-Daisy unten im Ministerium. Weil seine Nase zu eng ist, quiekt er entsetzlich.« Und Sam imitierte das nasale Gestammel Craven Days, eines alten Beamten aus dem Ressort für Fischereiwesen, den Eingeweihte hämisch Crazy-Daisy nannten. Er war ein übellauniger, hochgewachsener, rundbuckliger Bürokrat, der immer exzentrischer wurde, je mehr er auf die Fünfzig zuging. Sam hatte den Spitznamen Schmeichel-Sam. Die Augen der Kinder strahlten vor Aufregung; sie konnten nie genug bekommen von Crazy-Daisy, dem Fischbeamten, Ratty-Atty (Mr. George Atson), einem Buchhalter im Ministerium, von Skinny, Finny, Dirty Jack, Dribble Smith, Hohnenlinden oder dem alphabetischen Davies – Skinner, Finigan, John Roebuck, Bertrand Smith, Max Hohnen und A.B.C. Davies –, die in den verschiedenen Ressorts des Ministeriums Sam untergeordnet waren. Viel weniger interessant waren dagegen die Mogule, die Bosse, die seltsam respektable Namen trugen, Mr. Virgen, Mr. J. Cappie Larbalestier oder Mr. Murphy, Sams Vorgesetzte im Ministerium. Mr. Virgen hatte drei wunderhübsche Töchter, die noch im Vollbesitz ihrer Virginität waren – behauptete Sam –, die in Rosengärten lustwandelten, erlesene Partys veranstalteten und drei blaue Angorakätzchen ihr eigen nannten. Sam verehrte Iris, Ida und Ines Virgen sehr und hatte eines Samstagnachmittags beim Tee sogar ein Liedchen auf sie gereimt:

Mein' höchste Begier is: – Iris!
Oder lieber die da? – Ida!
Und doch: Am schönsten schien es – mit Ines!

Die Kinder brauchten kein Kasperletheater, solange ihr begabter, besessener Vater seine Possen vortrug, quiekend die Schultern krümmte, heiser schimpfte, katzbuckelte und kroch, während er Crazy-Daisy nachmachte, der im Ministerium erst mit einer schwarzen Putzfrau und dann mit Sam verhandelte. Was für ein Zirkus das dort unten im Ministerium war! Wenn die Kinder, von Sam einzeln an die Stätte seines Wirkens geführt, zufällig einem dieser grotesken Fabelwesen begegneten, hatten sie Mühe, nicht vor Lachen loszuprusten. Das war Crazy-Daisy! Das war Dirty Jack! Und das beste war, daß Crazy-Daisy tatsächlich die Schultern hochzog und auf Dirty Jacks Mantel und Krawatte echte Fettflecken glänzten. Von Crazy-Daisys berüchtigten Schrullen – seiner Sterngruckerei, seinen streng nach Horoskop abgegebenen Pferdewetten und seine Voraussagen über Lohnerhöhungen, Gerichtsverfahren und Erbfälle – sah man allerdings nichts; ihnen ging er nur in der Abgeschiedenheit seines Dienstzimmers, auf seinem kleinen Bürostuhl oder in seinem Bungalow in Hyattsville nach. Dafür gab es etwas völlig Neues.

»Crazy-Daisy hat neulich im Landwirtschaftsministerium eine lebende Wanze angefordert«, sagte Sam.

Freudengeheul ertönte. Jo rief: »Samuel!«

»Aber es wurde keine geliefert, deshalb hat er einen Laufburschen ausgeschickt, der ihm eine fangen sollte. Dem Burschen blieb nichts anderes übrig, als in Skinny's Hotel zu gehen, wo er sich natürlich erst einmal ein blaues Auge holte. Aber immerhin brachte er eine Wanze mit, und Crazy-Daisy hat sie mit Borsäure und Baumwolle in eine kleine Schachtel gesteckt und mit nach Hause genommen ...«

»Als sein Haustier, sein neues Haustier«, japste Bonnie und ließ sich in einen Sessel fallen.

»In Hyattsville hat er sie dann wieder rausgenommen und auf seinen alten Mantel gesetzt. Und als seine Vermieterin die Wanze sah, hat sie ihn aus dem Zimmer gejagt, ohne nach der Miete zu fragen. So hat er die Miete für eine Woche gespart!«

»Samuel!« sagte Jo. »Du solltest dich schämen.«

»Weinst du schon?« fragte Sam. »Ich sehe dich ja nicht einmal in zwei lausige Tränen ausbrechen!«

Jo grinste schwach, drehte sich wieder zum Klavier, ordnete schniefend ihre Gesichtszüge und schlug eine Taste an.

»Und was hat er mit der Wanze gemacht?« fragte Bonnie.

»Sie gegessen«, schlug Ernie vor.

»Sie verheiratet«, sagte Sam. »Er hat ihr ein Männchen besorgt.«

»Mit zwei Wanzen geht der Ärger erst richtig los«, sagte Jo und spielte leise *Ladybird, ladybird, fly away home.*

»Ruhig, Kinder«, sagte Sam, »kehrt in euch und seid ganz Ohr: Jo wird uns jetzt etwas vorspielen, ein bißchen Muhsick.« Sam lehnte sich zurück und sah zur Decke, während Bonnie mit dem Fuß den Takt klopfte, auf ihrem Stuhl hin- und herrutschte und jeden falschen Ton registrierte. Als Jo zum *Marche Hongroise* ansetzte, platzte sie heraus: »Jo, entschuldige, aber ich glaube, du bist etwas aus der Übung! Dein Tempo ist falsch. Das war noch nie deine Stärke. Du hättest mit Metronom üben sollen.« Sie zog ein unglückliches Gesicht.

»Was!« brüllte Jo. »Was für eine Frechheit! Ich spiele wochentags immer in der Schule und zu meinem eigenen Vergnügen auch am Wochenende. Mrs. Ogden sagt mir ständig, wie schön es klingt, wenn die Musik von meiner Wohnung in den Hof hinausdringt. Das ist doch absurd!« Sie spielte immer lauter und schneller. Mit düsterer Miene beharrte Bonnie: »Komm, ich zeig dir, wie es geht, Jo. Sei nicht so stur!«

»Stur! Also, das ist ja!« schrie Jo. »Was für ein ausgekochter Blödsinn! Ich bin niemals stur! Du willst doch bloß ans Klavier. Dabei kennst du dich gar nicht aus! Du spielst ja nie. Ach, reg mich bitte nicht auf! Ich habe letzte Nacht kein Auge zugemacht. Nachher kriege ich noch Kopfschmerzen. Reiz mich nicht.« Sie wandte sich wieder den Tasten zu und kämpfte sich fehlerhafter denn je bis zum Ende des Stückes durch. »Da siehst du's, du hast mich ganz durcheinander gebracht«, sagte sie wütend zu Bonnie.

»Du solltest über Kritik erhaben sein«, sagte Bonnie gehässig.

»Kinderchen, tanzt, macht einen Kreis«, rief Jo fröhlich, offenbar entschlossen, den Platz am Klavier um jeden Preis zu verteidigen.

Mit ernster Miene trat Louie in die Mitte des Teppichs, hob ihren Rock und begann, Ballettschritte zu üben.

Sam sah sie an und brach in dröhnendes Gelächter aus. »Unsere Fee! Seht euch unsere Fee an!«

Louie hielt dies für ein Kompliment, lächelte schwach und hüpfte mit kindlicher Miene durchs Zimmer. Jo kicherte; nur Bonnie nahm sie ernst und gab das Kommando: »Linker Fuß, rechter Fuß, weitermachen – es macht nichts, wenn man dabei improvisiert – laß mich Louie begleiten, Jo!«

Die Kinder sprangen nun wie wild durcheinander, und Bonnie, die sich einen Stuhl zum Klavier gezogen hatte, versuchte, in der Baßstimme eine kleine Melodie unterzubringen.

»Du kannst nicht tanzen, Lulu, laß es sein«, sagte Sam in scharfem Ton.

»Mach weiter, Liebling«, bat Bonnie und klopfte den Takt. Evie war stehengeblieben und blickte von einem zum anderen. Louie hatte sich in eine Ecke zurückgezogen und drehte sich weiter.

»Hör endlich auf, du Schwachkopf!« rief Sam wutentbrannt. »Willst du dich vollends lächerlich machen? Du hast keine Ahnung, wie du aussiehst, du ekliger Fettmops. Ich will deine Beine nicht sehen, laß dein Kleid herunter. Und sag Henny, daß sie den Saum länger macht.« Mit einer Art heiligem Entsetzen starrte er auf ihre halb entblößten, dicken Schenkel. Louie errötete und bewegte sich langsam auf das Südfenster zu, wo sie ein paar Schritte für sich machte, zögernd und lautlos, wie in Trance.

»Hör auf, du – sturer Esel!« rief Sam, halb lachend. »Sonst muß ich noch handgreiflich werden! Ich kann es nicht ertragen, mit anzusehen, wie Louie sich lächerlich macht«, erklärte er seinen Schwestern. »So ein starrköpfiges Kind habe ich noch nie erlebt.« Spöttisch, wenn auch nicht ohne Charme, sah er sie von der Seite an. »Du wirst deinen Platz in der Welt finden, Lulu, aber was auch immer aus diesem Fettklops werden wird, es wird keine Pawlowa sein!« Selbst Bonnie hielt ihren Mund. »Dein Kopf ist groß genug für eine ordentliche Portion Gehirn, immer vorausgesetzt, es ist nicht völlig plemplem«, sagte Sam gutgelaunt. Dann wandte er sich von ihr ab und runzelte die Stirn. »Ich weiß nicht, woher Lulu in letzter Zeit diese verrückten, flatterhaften Ideen hat.« Allen Anwesenden erklärte er: »Bonafidus war als Kind ein schrecklicher Schwachkopf, sie dachte immer, eines Tages würde sie ein Theater- oder Filmstar sein, und es sollte mich nicht wundern, wenn Lulu vom gleichen Bazillus befallen ist.« Er lachte und riß noch ein paar alberne Witze über Crazy-Daisy und dessen Abenteuer.

Keiner von ihnen hatte bemerkt, daß Henny längst nach Hause gekommen und in ihr Zimmer gegangen war. Sie hatte die Tür nur angelehnt, so konnte sie hören, wie Sam auf der Herrentoilette zufällig ein Gespräch zwischen Craven Day und einem Laufburschen mitbekommen hatte, aus dem hervorging, daß Day an Schmalhänse, Hungerleider und arme Teufel im Ministerium zu Wucherzinsen heimlich Geld verlieh. Samuel war darüber höchst erzürnt gewesen und hatte es, wie es seine Pflicht war, sofort Days Abteilungsleiter gemeldet. »Ein Beamter des Ministeriums, der sich am Elend oder an der Sorglosigkeit seiner Mitmenschen bereichert!« sagte Sam, wenn auch weniger hitzig als damals.

»Ist er Jude?« fragte Jo.

»Nicht mehr als du«, erwiderte Sam. »Aber es ist gut möglich, daß du bald einer wirst, wenn du noch länger von der Miete anderer Leute lebst und dir an den Armen eine goldene Nase verdienst.«

»Meine Nase besteht nur aus Haut und Knochen«, entgegnete Jo bitter.

»Das macht sie auch nicht kleiner«, warf Bonnie ein.

»Jo, die Jüdin«, sagte Ernie ernst. Jo warf ihm einen Blick zu, der alles andere als freundlich war. Doch das brachte Louie dazu anzumerken, sie habe heute persönlich die gekochten Miezekatzen im Haus der Kydds gesehen. Mit einem Mal war Bonnie ganz wach und wollte alle Einzelheiten wissen. Louie erzählte kichernd, sie habe die alte Angela den Katzeneintopf mit einem Stück Speck würzen sehen, aber ihrem Mann, der früher nach Hause gekommen war, um seine Frau zu schlagen und seine Katzen zu essen, sei sie gerade noch rechtzeitig entwischt. Bis zu diesem Augenblick hatte sie die ertränkte Katze völlig vergessen; sie errötete plötzlich und schwieg. Sam grinste über die Fortsetzung seines morgendlichen Scherzes und fragte mit süßlich-gehässiger Stimme, wie denn der Eintopf gerochen habe. In dem Moment wurde Hennys Tür zugeschlagen. Alle schraken zusammen. »Was war das?« Der Wind? Nein, nicht der Wind. Ernie meldete sich mit schleppender Stimme zu Wort.

»Das war Mutting. Sie ist schon seit einer Ewigkeit wieder da!«

»Oh, ich muß Henny unbedingt sprechen«, erklärte Jo aufgeregt. Kaum war sie aufgesprungen, nahm Bonnie den Klavierhocker in Beschlag und sang und spielte in ihrer besten Manier *L'amour est un oiseau.*

Die Kinder klopften bei ihrer Mutter an, stürmten vor ihrer Tante ins Zimmer, wo sie bereits Evie vorfanden, und fragten: »Willst du eine Tasse Tee, Mutter?«

»Möchtest du ...?«

»Wie wär's mit einer Tasse Tee?«

»Ja, über eine Tasse Tee würde ich mich freuen.« Sie zog Tommy aus dem Sessel und stöhnte: »Du und dein ewiges Gebrabbel«, und ließ sich selbst in den Sessel fallen. Lächelnd wandte sie sich an die Zwillinge, die Seite an Seite eine ihrer komischen Nummern zum Besten gaben:

»Eine Tasse Tee, Sir? Nein, Sir! Warum, Sir? Weil ich erkältet bin, Sir! Dann lassen Sie mal hören, Sir! Hust, hust, hust!«

Louie trat vor und bat mit dümmlichem Grinsen: »Sag *Piccadilly*, Mutter.«

Henny gab nach und sagte: »Mir zieht sonntags nix ins Jrüne, ick will lieber uff de Bühne; deshalb hau ick mit mein Willi am liebsten ab ins Pickeldillie.«

Aber als Louie dann noch *The Bath Bun* hören wollten, schwand ihre gute Laune, und sie sagte, sie sollten verschwinden und die Tür fest hinter sich zumachen.

»Kommst du gar nicht raus, um Tante Jo zu sehen?« fragte Tommy, der im Leben noch ein Neuling war.

»Am liebsten würde ich sie auf dem Grund des Meeres sehen«, entgegnete Henny in freundlichem Ton – Jo, die dies von der anderen Seite der Tür hörte, schnaubte gutmütig und legte sich ein Lächeln zurecht –, »und all die anderen verflixten Pollits mit ihr. Und jetzt raus.«

»Wir sind auch Pollits, Mutting«, sagte sie Ernie.

»Tja, dann muß ich euch wohl ebenfalls den Hals umdrehen«, stimmte Henny zu. Lachend liefen die Kinder hinaus. An der Tür stießen sie auf Tante Jo. Sie schnaubte vornehm, um ihre Gegenwart anzuzeigen, und rief fröhlich:

»Henny, meine Liebe, darf ich reinkommen?« Sie schloß sorgfältig die Tür, und Bonnie, die dies hörte, hielt mit dem Klavierspielen inne. Nachdem sie Jo eine Weile lang ununterbrochen sprechen gehört hatte, seufzte sie und spielte weiter, wenn auch mit weniger Schwung. Es war ein Rätsel, dachte Bonnie, daß Jo so gut mit kleinen Kindern umgehen konnte und doch so wenig über die Menschen aller anderen Altersklassen wußte. Sobald die lieben Kleinen die Schwelle zum Grundschulalter übertreten hatten, verwandelten sie sich für Jo in unverständliche, fremde Wesen.

Evie, der Jo den Arm um die Schultern gelegt hatte und die zwischen ihrer Tante und ihrer Mutter stand, schien mit ihren braunen Augen vertrauensvoll aufzuschauen, doch war dieser trügerische Blick voller Auflehnung, Mißtrauen und Abneigung. Evie sah nur die schweinslederne Haut, die langen, blonden, auf den dicken Wangen ihrer Tante klebenden Strähnen, den mit Schweiß verbackenen Puder, das helle Rouge und das luffafarbene Haar; ihr grauste vor den langen, plumpen, unmenschlichen Schenkeln, dem glänzenden, eng über der Haut spannenden Rock, ja, vor allem Mächtigen, Groben, Stolzen, das von dieser großen, ungepaarten Stute ausging. Ihr grauste vor ihren Liebkosungen und den Wellenbewegungen ihrer mit Honig getränkten Stimme. Evie spürte, daß Jo ihre Mutter umwarb. Und der kleinen, dunklen Evie schien ihre dünne, dunkle Mutter viel geschliffener, damenhafter und reizvoller. »Uh«, dachte Evie im stillen, »wenn ich erst einmal eine Lady mit Baby bin, werde ich nicht lauter Dellen und Hubbel haben, ich werde nicht so dick und fett sein, ich werde nicht herumquaken und schreien, ich werde eine kleine Frau sein, dünn und ohne all diese unheimlichen Ausbuchtungen.« Sie schämte sich sehr für Tante Jos Leibesumfang; sie fürchtete, daß die Leute, wenn ihre Tante den Bürgersteig hinunterging, stehenblieben und lachten, bis die ganze Straße auf ihre Tante zeigte und rief: »Wenn sie geht, dann schwabbelt's.« Ganz allmählich, um nicht unhöflich zu erscheinen, wand sich Evie aus Tante Jos Umarmung und legte ihre dünnen, braunen Arme auf die schlanken Schenkel ihrer Mutter.

»Geh spielen, Liebes«, sagte Henny so elegant und liebenswürdig, wie man es nur selten von ihr kannte. Als Evie aus dem Zimmer ging, hörte sie, wie Tante Jo gerade sagte:

»Henny, ich habe alles über diesen Mann herausgefunden! Bonnie hat etwas mit ihm – genau, wie ich es befürchtet hatte. Ich komme einfach nicht darüber weg! Meine eigene Schwester! Aber wir dürfen wohl nicht vergessen, daß Bonnie schon in sehr jungen Jahren ihre Mutter verloren hat«, und damit war Jos Stimme, die nun auf einmal ganz sentimental und fraulich wurde, für Evie nicht mehr zu verstehen, obwohl sie die Tür so langsam wie möglich hinter sich schloß.

Dann mußte Jo wieder gehen. Sie sagte der ganzen Runde Lebewohl, tätschelte Kinderköpfe und winkte liebevoll und fröhlich Henny zu, auch wenn sie ihre Gefühle wieder einmal mit Füßen treten und sich die Frage verkneifen mußte, die sich ihr bei dieser Gelegenheit immer wieder aufdrängte: »Warum hat mich Henny noch kein einziges Mal gebeten, zum Essen zu bleiben?« Henny, die nicht einmal wartete, bis Jo außer Hörweite war, ging in die Küche, um sich Tee zu holen, und rief:

»Diese aufgeplusterte alte Henne! Ich frage mich, warum ich mich überhaupt mit ihr abgebe! Wie kommt sie dazu, hier herumzuhocken und mir eine Stunde lang die Ohren vollzudröhnen? Meint sie etwa, mir läge etwas an ihrer Gesellschaft? Und warum um alles in der Welt rückt sie diesem widerborstigen, häßlichen gelben Heuhaufen auf ihrem Kopf nicht mit einem Kamm zu Leibe? Wirklich unmöglich, diese Frisur, wie ein vom Sturm zerfetzter Reisigbesen. Ich wünschte, sie würde aufhören, mich zu überfallen und zu betatschen. Uhh!« Und die Kinder grübelten einmal mehr über das Rätsel, warum Jos feines Maisfaserhaar so häßlich war.

Unterdessen erklärte Sam nach diesem langen, heiteren Nachmittag, daß es nun endlich Zeit sei, die Segel zu streichen, und ging nach oben, um sich vor dem Abendessen noch etwas auszuruhen. Eine halbe Stunde lang schloß er die Augen, bis eine herrliche Idee sich vor ihm entfaltete und er aufstand, um auf seiner Schreibmaschine einen Plan für seine Pazifikexpedition zu entwerfen. Während dieser halben Stunde hatte er über seine kleine Schwester Bonnie nachgedacht, für die er große Zärtlichkeit empfand. Schließlich hatte sie für seine Kleinjungenträume, Schuljungenprahlereien und jugendlichen Entdeckungen immer ein offenes Ohr gehabt. Würde sie, wenn er fort war, diesem Gauner, dem bösen Wolf namens Holloway, zum Opfer fallen? Sie wußte nichts von der Welt, dachte Sam, und wieder einmal wünschte er, seine Mutter hätte länger gelebt, wenn auch nur um Bonnies willen. Dann dachte er an Henny und ihre Beschäftigungen während seiner Abwesenheit. Obgleich Henny jetzt alt und zäh, sehnig und ausgezehrt war, hatte sie in ihrer Heimatstadt Baltimore einen großen Bekanntenkreis, darunter viele moralisch verwerfliche, wertlose Männer und Frauen, die sich dem Nikotin und dem Alkohol verschrieben hatten.

Sam hatte diese vertrauliche Frage am Vortag beim Mittagessen mit Saul Pilgrim, seinem ältesten Freund, besprochen; Saul hatte ihm den Ratschlag gegeben, der so alt war wie die Welt, und hatte ihm eine Strategie nahegelegt, die schon seit der Antike unzähligen Männern gute Dienste geleistet hatte. Zum zehnten Mal hatte Sam seinem Freund vom zweiten Jahr seiner Ehe mit Henny erzählt. Er hatte einen Mann ins Haus gebracht, der sich als Wurzelfäule fremder Ehen entpuppte. Sam hatte ihm geraten, sich nie wieder blicken zu lassen, aber das Unheil war geschehen: Eine Frau, die Sam geliebt und umworben hatte, der er seinen Namen gegeben und von der er ein Kind bekommen hatte, war nach so kurzer Zeit bereit, einen anderen Mann anzuschauen und möglicherweise noch Schlimmeres zu tun! Dies war nur durch Hennys lästerliche Erziehung, die Vorbereitung auf das Leben einer reichen Prasserin, zu erklären. Wie alle Männer mit guten männlichen Eigenschaften hatte Sam vom zweiten Jahr seiner Ehe an bis heute nicht versäumt zu tun, was alle echten Männer taten: Er hatte seinen geheimen Kummer einer großen Anzahl von Busenfreunden anvertraut und die Wahrheit als Zeugin dafür angerufen, daß es nie einen treueren, leidgeprüfteren Ehemann gegeben habe als ihn und keine leichtfertigere, eitlere, bösartigere Frau als die, mit der er, die gute Seele, sich in seiner Unschuld verbunden hatte. Sicherlich gab es viele Frauen, sagte er, ja, wußte es ganz sicher, die seine Sicht der Treue teilten; er glaubte an die Frauen, er liebte das weibliche Geschlecht, aber die Collyers waren ohne Ausnahme verdorben.

Sam hatte Saul auch von den Freuden seine ersten Ehe erzählt. Das erste wahre Glück, das er auf Erden kannte, glücklicher noch als die Ehe mit seiner ersten Liebe, Louies Mutter, bescherte ihm jedoch die Aufzucht seiner kleinen Tochter Louisa. Vom ersten Tag an hatte er Tagebuch geführt, ihre Erziehung von der ersten Woche an überwacht. Belohnt wurde er, als er sie eines Tages seinen Namen sagen hörte: »Tamma, Tamma!«

In Gedanken an das Glück, das er jedesmal empfand, wenn er einen neuen, noch vollkommen ungeformten Geist aus dem Mutterschoß hervorbrechen hörte, wenn er sah, wie sich die Wolken larvenartiger Beschränktheit auf dem Säuglingsgesicht zerstreuten, wenn er beobachtete, wie der schreckliche pulsierende Fleck auf dem Schädel sich endlich schloß, und er versuchte, von der runden Stirn auf die Zukunft zu schließen, stand Sam mit sibyllinischem Lächeln auf und ging zum Schreibtisch, um den Plan für seine Pazifikreise aufzuschreiben. Auch in der Ferne würde er seine Kinder im Herzen mit sich tragen und immer bei ihnen sein.

In dem Moment sah er Hennys Nachricht, die dort schon seit dem Morgen gelegen hatte, aber von anderen Papieren verdeckt worden war, weil Klein Sam, auf der Suche nach »Das Jahr 3000«

alles durcheinandergebracht hatte. Eine Minute später erscholl sein kräftiger Ruf:

»Henrietta! Komm sofort nach oben!«

Henny knurrte in ihrem Zimmer; es klang wie der heisere Laut eines von grünen Algen bewachsenen Seetiers, das von der eigenen Blindheit auf dem Grund des Meeres gehalten wurde.

»Henrietta! Henrietta!« rief Sam. Henny knurrte wieder. Dann stand sie in der offenen Küchentür, warf den Kopf zurück, drehte die Augen nach hinten, so daß ihre blassen Augäpfel leuchteten – einer ihrer bizarren Tricks –, und sagte laut zu Bonnie:

»Sag dem Vater der Kinder, daß er, wenn er mit mir sprechen will, zu mir herunterkommen kann. Ich bin keine Dienerin!« Dann zog sie sich wieder in ihr Zimmer zurück. Bonnie warf Louie einen unheilvollen Blick zu und flüsterte:

»Geh und sage Daddy, er soll runterkommen und mit deiner Mutter sprechen.« Sie nickte Louie schwermütig zu.

»Henrietta, antworte mir, du Teufelin!« schrie Sam.

Wie ein Geist erschien Henny wieder in der Küchentür. »Louisa, steh nicht herum wie ein angestochenes Schwein! Geh und sag deinem Vater, wenn er mit mir reden will, kann er zu mir herunterkommen, auch wenn er der Allmächtige selber ist.« Zerknirscht und gebeugt von der Schuld der beiden, stapfte das kleine Mädchen nach oben, während Sam noch immer nach seiner Frau rief und Henny ihn weiter beschimpfte. Sam stand in der Mitte seines Zimmers, hielt ein Stück Papier in der Hand und bebte vor Zorn. Er schrie Louisa an:

»Sag dieser verwünschten Teufelin, sie soll gefälligst zu mir kommen und sagen, was sie zu sagen hat, anstatt mir irgendwelche Zettel zu schreiben!«

»Sie meint, du sollst zu ihr kommen, Daddy«, murmelte Louisa, »sie sagt, sie kommt nicht nach oben. Sie sagt, sie kommt unter keinen Umständen die Treppe hoch.« Louie schaute in sein rotes Gesicht und flüsterte hastig: »Schrei sie nicht an, Daddy, es macht sie wütend.« Verzweifelt schaute sie zu ihm hoch, aber er war in unerreichbarer Ferne. Dennoch beherrschte er sich und ging an Louisa vorbei zur Treppe. Auf der obersten Stufe drehte er sich noch einmal um:

»Schau dich mal im Spiegel an und wasch dir das Gesicht.«

Während er hinunterging, lief Louisa zu seinem Rasierspiegel und sah, daß ihr Rotz und Tränen übers Gesicht liefen und sie beides völlig verschmiert hatte. Weinend rieb sie ihre Wangen mit einem Handtuch ab. Draußen zwitscherten laut die Vögel.

Samuel sah Henny in ihrem Ausgehkleid in steifer Haltung auf ihn warten und fand sie – wie er sich in einem Augenblick völliger Überraschung eingestand – anziehend in ihrer stolzen Pose, mit ihrem geröteten Gesicht und dem lockigen Haar. Er reichte ihr den Zettel mit verächtlichem Blick, und sie las sich mechanisch durch, was sie selbst geschrieben hatte:

Samuel Pollit: Ich muß dringend mit Dir über Finanzielles und Deine Tochter sprechen. Es geht nicht an, daß Du mich in einem Haus voller Kinder, aber ohne Dienerschaft allein zurückläßt. Ich brauche Hazel Moore, und ich muß sie bezahlen können. Du mußt ihrer erneuten Anstellung zustimmen und außerdem regelmäßige Zahlungen leisten. Mich kannst Du verhungern lassen, nicht aber Deine Kinder.

HCP

Sie warf den Zettel aufs Bett.

»Was soll das, Henny?« fragte Sam und zeigte auf das zerknitterte Papier. »Schick mir keine schriftlichen Mitteilungen. Ich habe es dir verboten.«

Hennys Stimme knatterte in ihrer Kehle, dann preßte sie die Lippen zusammen, häßlich und bitter. »Dir kommt ganz plötzlich in den Sinn, auf eine Spritztour zu gehen«, sagte sie, »und du erwartest, daß ich hierbleibe, obwohl ich schon jetzt ganz krank bin von diesem großen, windigen Haus, das von Tag zu Tag mehr vor die Hunde geht und bis oben hin vollgestopft ist mit kleinen Kindern. Wie soll ich mich um sie kümmern? Ich habe die ganze Arbeit am Hals, während du dich davonstiehlst, wann immer es dir paßt und du deinen Namen in der Zeitung gedruckt sehen willst. Bei deinen Freunden magst du eine gute Figur abgeben, aber ich weiß, was dahintersteckt.« Sie warf den Kopf zurück. »Du denkst wohl, ich weiß nicht, was du überall von mir erzählst! Was kann man schon erwarten ...?«

Aber Sams Beherrschung wuchs mit jedem Wort, und eine Welle des Mitgefühls, nicht nur mit sich selbst oder mit Henny, sondern mit dem Leid, das alle mit der Sklaverei vermählten Seelen quälte, stieg in ihm auf.

»Weshalb wolltest du mich sprechen, Pet? Was das Finanzielle betrifft, wirst du alles Geld bekommen, das ich habe, und zwar regelmäßig. Ich verstehe, daß es nicht einfach für dich ist, ganz allein zurückzubleiben, und du solltest dir endlich darüber klarwerden, ob du freundschaftlich mit Bonnie unter einem Dach zusammenleben oder dir lieber ein Hausmädchen nehmen willst. Aber ich verbiete dir, Hazel Moore in dieses Haus zu holen. Sie ist eine frömmlerische Betschwester, und sie haßt mich; sie ist eine vertrocknete alte Jungfer, und sie haßt die Kinder. Und ich werde nicht zulassen, daß ein Weiberkomplott meine Kinder gegen mich aufhetzt.«

Henny warf den Kopf zurück und lachte; es war das künstliche Gesellschaftslachen, das man in Tohoga House nur unter großer Belastung hörte und das die Safranhaut und all die Knoten und Falten an ihrem früh gealterten Hals zum Vorschein brachte. Sie sagte:

»Du glaubst doch wohl nicht im Ernst, daß ich mit einer Frau wie deiner Schwester Bonnie zwei kleine Mädchen aufziehe? Hazel ist die einzige, die mir wirklich beistehen kann, und sie ist die einzige, die deine Beleidigungen und die Armut, den Schmutz und den Lärm dieses Hauses erträgt. Ich muß sie hier haben, ohne sie schaffe ich es nicht. Du verpflanzt mich in ein Armenhaus hoch oben auf einem windigen Berg und erwartest, daß ich sechs Kinder großziehe, ohne Geld und ohne Heizung, ohne ordentliche Kleider und ohne anständiges Essen, und das in einer Stadt, die als die teuerste im ganzen Land verschrien ist und in der sonst alle ein Auto und eine vielköpfige Dienerschaft haben. Wieso merkst du eigentlich nicht, daß alle über dich lachen? Nun, im Prinzip läuft es auf eines hinaus – entweder bekomme ich Hazel und genug Geld, um sie zu bezahlen, oder ich gehe heim und nehme die Kinder mit. Und wenn du versuchst, sie mir wegzunehmen, verklage ich dich und lasse deine ganze Trickkiste auffliegen. Ich reiße dir das Grinsen vom Gesicht, das schmeichlerische Lächeln und das heuchlerische Händeschütteln, und ich wische die großen, scheinheiligen Worte aus deinem glattzüngigen Mund.«

Er duckte sich ein wenig, verwirrt von ihrer Härte, und erwiderte: »Ich will Hazel hier nicht haben, sie hetzt meine Kinder gegen mich auf. Das habe ich nicht vergessen«, schloß er mit gedämpfter Stimme und sah Henny vorwurfsvoll an, die schallend lachte.

»Sie hat deine albernen Bücher auf den Boden geschmissen und dich damit fürs Leben getroffen. Glaubst du nicht, daß eine Frau irgendwann einmal genug davon hat, sich dein Geschwätz anzuhören und dich zu deinen Mahlzeiten zu rufen, während sie die ganze Dreckarbeit erledigen muß?«

»Bücher sind mir heilig«, sagte Sam mit Selbstmitleid in der Stimme. »Wer ihnen weh tut, würde auch einem Menschen weh tun; ja, im Grunde ist es noch schlimmer, weil Bücher für die Gedanken der Menschheit stehen.«

»Und für eines deiner dreckigen Bücher würdest du mich töten«, rief Henny und stand auf. »Laß uns damit aufhören. Entweder sie kommt oder ich gehe, so einfach ist das. Überleg es dir.«

»Pet, laß uns nicht wieder in Streit geraten, versuch, mir zu helfen.« Er dämpfte seine Stimme. »Ich mache es doch für dich und die Kinder. Auch wenn du mich haßt, muß dir doch klar sein, welche Vorteile diese Reise hat: eine bessere Position und eine höhere Bezahlung. Du hättest es viel besser haben und ein geselliges Leben führen können, wenn du dazu bereit gewesen wärst. Nach so einem Posten finde ich überall eine gute Stelle. Wenn du von Washington genug hast, können wir vielleicht woanders hinziehen.«

Sie schwieg und entspannte sich etwas, und plötzlich konnte man sehen, daß sie für ihn einmal reizvoll gewesen war. Endlich sagte sie:

»Sei nicht so starrköpfig: Du denkst an niemanden außer an dich selbst. Du weißt, ich komme mit den Kindern nicht allein zurecht. Mir fehlt die Zähigkeit der Pollits. Ich werde dafür sorgen, daß Hazel nichts gegen dich sagt. Darauf kannst du dich verlassen. Und was ihr religiöses Getue betrifft – gehe ich zur Kirche? Du hast es mir längst abgewöhnt! In dieser Hinsicht brauchst du dir keine Sorgen zu machen.«

Sam schlug einen herrischen Ton an: »Ich werde in Gegenwart meiner Kinder kein negatives Gerede dulden. Ich liebe meine Kinder, sie sind immer bei mir, bei Tag und bei Nacht.«

»Ach, Samuel, sei doch nicht so dumm. Was für ein Humbug!« rief sie. »Meinst du, ich hätte Hazel nicht im Griff? Schließlich war sie schon bei mir, als ich noch ein kleines Mädchen war. Laß uns über andere Dinge sprechen. Louisa wird zu groß, um noch geschlagen zu werden. Ich weiß nicht, was ich mit ihr machen soll. Ihre dämliche Großtante hat sie nicht für die Ferien eingeladen, und ich will verdammt noch mal nicht, daß sie mir die ganze Zeit über hier im Haus auf die Füße tritt. Ich möchte ja bloß ein bißchen Frieden und meine Kinder einmal ganz für mich. Sie hat deine überhebliche Art. Und sie ist schon elf und wird bereits eine Frau. Die Vorstellung, daß ich ihr sagen muß, was auf sie zukommt, was sie in Zukunft durchmachen muß, macht mich ganz krank. Warum soll ich das tun? Warum soll ich das auf mich nehmen, wo sie die Tochter einer anderen Frau ist? Ich werde nicht mit ihr darüber sprechen. Das ist deine Aufgabe oder die Aufgabe einer ihrer Tanten. Ich habe kein Interesse daran, sie eigenhändig in den Schmutz der menschlichen Existenz zu ziehen.«

Sam errötete. Sein Gesichtsausdruck verriet erregte Neugier. »Was denn, schon ...?«

Henrietta klopfte ungeduldig mit dem Fuß. »Du mußt mit ihr sprechen und ihr sagen, wie sie sich zu verhalten hat. Ich kann so ein großes Mädchen nicht mehr ertragen. Meine Adern schwellen, und ich falle fast in Ohnmacht, wenn ich ihr gegenübertreten muß. Außerdem solltest du sie nicht mehr schlagen. In ihrem Alter ist das nicht recht. Du weißt nicht, was du tust, auch wenn du dich für noch so schlau hältst. Schreib an die Schwester ihrer Mutter und sag ihr, daß sie deine Tochter nehmen und die Sache regeln muß. Ich tue es jedenfalls nicht.«

Sam senkte den Kopf. »Henrietta, du mußt es tun: Du bist ihre Mutter.«

»Ihre Mutter!« rief Henrietta und sah ihn verächtlich an. »Wenn du nicht du wärst, würdest du sehen, was für ein scheußliches, garstiges Ungeheuer ich bin. Und du würdest ihr das nicht zumuten. Aber Hauptsache, es paßt dir in den Kram. Ich verabscheue das Kind, aber es tut mir auch leid, und das ist mehr, als du zustande bringst. Bring sie weg. Ich kann mich nicht mit ihr abgeben. Oh, Gott«, sie wandte sich von ihm ab, »wenn ich daran denke, daß sie tun muß, was ich getan habe, wissen muß, was ich gewußt habe, und all diese scheußlichen Lügen erst selbst entlarven muß.« Sie sah ihn an. »Deshalb ist es mir auch so egal, was sie über unsere Ehe hört oder weiß. Soll sie doch mit eigenen Augen sehen, worum es geht. Dann wird sie wenigstens nicht an mich zurückdenken und glauben, ich hätte sie hinters Licht geführt. Ich schlage sie, aber ich lüge sie nicht an.«

Sam seufzte. Schließlich sagte er: »Nun, Pet, ich werde natürlich mit Louie sprechen und ihr sagen, daß sie brav sein, dir nach Kräften helfen, sich in der Schule anstrengen muß und so weiter. Aber für alles andere bin ich nicht der Richtige, und ich fürchte, du wirst ihr gegenüber wie eine Mutter handeln müssen. Das ist die Pflicht, die du damals übernommen hast und die du jetzt auch ausüben mußt. Außerdem ist sie noch jung. Wir können hoffen – und das Ganze noch ein Weilchen verschieben!«

Henny rief voller Ungeduld: »Verschieben! Warum schickst du das gräßliche, launische Gör nicht in ein Internat, so lange du fort bist? Was soll ich mit der Tochter einer anderen Frau anfangen? Reicht es nicht, daß ich eine eigene Tochter habe? Wenn ich daran denke, was sie vor sich hat, würde ich am liebsten ins Wasser gehen.«

Sam fragte in tiefem, mitfühlendem Ton: »Warum versuchst du nicht, Louie ein bißchen zu bemuttern?«

Henny sah ihn beleidigt an. »Warum versuchst du es nicht?«

»Ich bin hart zu ihr gewesen Pet, weil ich gehofft habe, es würde dich erweichen.« Sam biß sich auf die Lippen. »Ich habe ihr abgewöhnt, mich zu umarmen oder zu küssen oder auf meinen Schoß zu klettern wie die anderen Kinder, weil es dich am Anfang so wütend gemacht hat – aber ich hoffe, sie schaut noch immer auf mich, wenn es um Rechtschaffenheit und Gerechtigkeit geht! Ich dachte, sie würde sich an dich wenden, um Liebe und Zuneigung zu bekommen. Das ist ganz natürlich. Wäre ich weich zu ihr gewesen, hättest du dich gegen uns beide gewandt.« Seine Stimme zitterte.

»Was hat es für einen Sinn, das alles aufzuwühlen? Wie komme ich zu meinem Haushaltsgeld? Du weißt, daß wir einen neuen Boiler brauchen.«

Er erklärte, sie würde ihr Geld monatlich bekommen, fast sein gesamtes Gehalt, da er hoffte, soweit irgend möglich von seinen Spesen zu leben und von Freunden im Ausland bewirtet zu werden, wodurch sich die Summe weiter strecken ließe.

Als sie hörte, wie viele Leute mitfuhren, schnaubte sie: »Ihr feinen Wissenschaftler kommt wohl nicht ohne eure Sekretärinnen aus. Nimmt sich jeder von euch eine aufgetakelte Achtzehnjährige mit?«

Sein Gesicht wurde streng. »Henrietta!«

»Ja oder nein?«

»Solche Fragen beantworte ich nicht.«

Sie brach in lautes Gelächter aus. »Ich höre deine Antwort auch so heraus. Ich kenne die Männer von deinem Schlag; höhere Beamte verführen junge Mädchen, die Angst haben, ihre Stellung zu verlieren – das ist so alt wie Washington.«

Sam ballte die Faust und schlug auf ihren Frisiertisch, dann beherrschte er sich wieder, wandte sich mit blassem Gesicht zu ihr um und sagte leise:

»Vielleicht habe ich einen Fehler gemacht, aber der Himmel weiß, daß ich mein Ehegelübde gehalten habe.«

Sie kicherte. »Selbst dran schuld!«

Er lief rot an und eilte zu ihr, faßte sie an der Schulter und schüttelte sie heftig.

Mühsam hob sie den Kopf, um ihm ins Gesicht zu sehen. »Du weißt, daß das eine Lüge ist!«

Er schlug sie auf die Schulter und sagte: »Du bringst mich in Versuchung!«

Sie stieß einen spitzen Schrei aus und rief: »Schlag mich nicht, du Satan, wage es nicht, gegen deine Frau die Hand zu erheben, sonst sorge ich dafür, daß morgen die ganze Stadt davon weiß!«

Sie stand auf und ging zum Seitenfenster, das der Vierunddreißigsten Straße und einer leeren Koppel zugewandt lag. In Rufweite gab es keine anderen Häuser, weil ihr Haus den ganzen Block einnahm. Mit Genugtuung spürte sie Sams Hand auf ihrem Mund, schob sie weg, spuckte aus und rief matt:

»Hilfe, Hilfe! Mord!«

Sam sank in sich zusammen. Henny wartete darauf, daß er sprach, aber er sagte nichts. Schließlich drehte sie sich um und ging zu ihrem Stuhl zurück. »Hol mir mein Riechsalz«, sagte sie. »Du bringst mich noch um.« Sie öffnete ihre Handtasche und nahm eine Flasche Pyramidon heraus.

»Pet, nimm doch nicht dieses scheußliche Zeug!«

Lachend ging sie an ihm vorbei zum Waschbecken und holte

sich ein Glas Wasser. Mit erhobenem Glas fragte sie ihn: »Weißt du, was hier drin ist?« Während sie trank, sah sie ihn an und schloß langsam die Augen. »Und jetzt verschwinde«, sagte sie.

Als Sam sich umdrehte, sah er Louie wie eine Göttin der Verdammnis in der offenen Tür stehen. Der besorgte Blick, den sie ihrer Mutter zuwarf, verwandelte sich in Tadel, als er weiter zu ihrem Vater wanderte. Sam streckte die Hand aus und sagte ruhig: »Lulu«, aber sie wich ihm geschickt aus und ging zu Henrietta: »Mutter, kann ich dir etwas holen?«

»Laß mich in Ruhe«, sagte Henrietta, »dein Vater hat mir schon genug angetan. Geh hinaus und schließ fest die Tür hinter dir.« Louie gehorchte. Sam stand unentschlossen im Flur. Als Louie herauskam, murmelte er:

»Lululein!«

Louie sah ihn an, wandte sich um und ging in Richtung Küche.

»Lululein!«

Ihr Schritt verlangsamte sich, doch sie verschwand in der Küche. Mit scharfer Stimme rief er: »Louie!«

Sie erschien in der Tür und ging widerwillig auf ihn zu.

»Warum kommst du nicht, wenn dein armer kleiner Samuel dich ruft?« fragte er.

»Weiß nicht.«

»Ich aber«, erwiderte er mit plötzlicher Bitterkeit. »Weil der Plan deiner Mutter am Ende doch noch aufgeht. Sie hat dich gegen mich aufgehetzt.«

»Nein«, sagte Louie.

Er sah sie mitleidig an. »Doch, du weißt es bloß nicht, Lulu.«

»Warum quälst du sie?« platzte Louie heraus.

»Komm ins Musikzimmer«, sagte er, »ich will mit dir reden. Nein, besser, wir beide gehen ein bißchen raus und machen einen Spatzi-Schwatzi. Kämm dein Haar und zieh dir Schuhe an, dann schauen wir beide mal, was der liebe alte Fischgrund macht.« So nannte er manchmal den Potomac.

Louie ging zurück zur Veranda, wo die Kinder saßen und auf sie warteten. Saul sagte:

»Weiter, Louie, die Geschichte!«

»Ich kann nicht, ich muß einen Spaziergang machen.«

»Die Geschichte, ach bitte, erzähl uns erst die Geschichte zu Ende!« rief Evie.

Louie zögerte, dann begann sie mit belegter Stimme: »Als sie ins Wirtshaus kamen, konnte der mit dem Schweineherz sich nicht an den Tisch setzen, sondern mußte in der Ecke in einer Schüssel schnüffeln.«

Ohne hinzuschauen, spürte und hörte sie den Freudenschauer, der die Kinder durchfuhr. Saul, der wie ein Schwein »oink, oink!« gemacht hatte, erstarrte; mit dem grünen Samtband um den Kopf, das sein kurzes, gelbes Haar hochhielt, wirkte er häßlich und komisch zugleich. Ernies braunes Gesicht glänzte fröhlich.

»Lululein!«

Ernie drängte: »Pad, laß sie zu Ende erzählen, laß sie erst zu Ende erzählen!«

»Heulabo, Kinners, heut abnd!« verkündete Samuel. »Heulabo, jetzt machen Lulumina und Sam der Kühne erst einmal einen kleinen Spatzi-Schwatzi.« Die Kinder stöhnten, rannten aber wenig später schon davon, um sich anderweitig zu beschäftigen. Die Sonne ging unter, und dieser Sonntag-Wonntag ging seinem Ende zu. Sie alle registrierten es mit einer gewissen Trauer: Ein schöner, langer Tag mit unendlich vielen Plänen – wie hatte er ihnen so rasch durch die Finger rinnen können? Morgen war ein Schultag, kurz und abgehackt, in Schulstunden aufgeteilt, mit Spielplatzstreitigkeiten gespickt, öde und ohne jeden Spaß. Kein Tag verging so schnell wie ein Sonntag-Wonntag, wenn Sam zu Hause war.

2 | *Der Meridian des Mordens*

Als sie hinaustraten, versank die Sonne in einem gelben Brei; Sams Neues Jerusalem löste sich in Milchsuppe auf. Nur auf den Georgetown Heights wehte noch ein leichter Wind. Die Wolken stiegen höher, doch jenseits des zarten Dunsts standen schon leblos die Sterne.

»Richte nicht, Lulu«, sagte Sam mit gedämpfter Stimme. »Alles wissen, heißt alles verzeihen. Noch bevor ich Henrietta Collyer heiratete, wußte ich, daß sie und ich niemals hätten zusammenkommen sollen, aber das Ehrgefühl eines jungen Mannes, häufig als altmodische Ritterlichkeit verkannt, hielt mich davor zurück, den Bruch herbeizuführen.« Er legte den Arm um ihre Schultern.

»Aber Mutter hat gesagt, sie wollte dich nicht heiraten«, warf Louie böswillig ein.

Sam überhörte es. »Ich sage es dir ganz offen, Lulu: Ich habe geglaubt, ich könnte ihr Leben umkrempeln, mit meiner Frau und meinen Kindern einen kleinen Kern hervorragender Männer und Frauen schaffen und für die Zukunft arbeiten. Das war und ist mein einziger Traum, die Hoffnung meines Lebens, denn im Grunde bin ich nichts anderes als ein realistischer Träumer. Ich wünsche mir so sehr, daß du mich verstehst, Lulu. Sie hat es nicht einmal versucht.«

Blaß wie eine Kerzenflamme in der Dämmerung stapfte er voran und hielt ihre Hand, während Louie zu den entkräfteten Sternen blickte. So hatte sie als Kind viele Jahre lang den Kopf ihres Vaters gesehen, eine geisterhafte, irdische Flamme vor dem endlosen Himmel. Sam schaute hinunter auf den Mond ihres Gesichts; der letzte Rest des Tageslichts brachte ihre Augäpfel zum Schimmern.

»Du wirst nie verstehen, Lululein, was ich erlitten habe, aber ich habe mich durchgekämpft. Das Schicksal legt allen, die es auf die Probe stellt, Steine in den Weg; bei mir stieß es auf Substanz und ist zufrieden.« Er erzählte ihr, was er erduldet hatte, Wutanfälle, Schreie, Ohnmachtsanfälle, Lügen, Verleumdungen, Belästigungen von Nachbarn und Verwandten mit den abwegigsten Geschichten und schließlich eine Feindin und Spionin in seinem eigenen Haus: Hazel Moore.

»Eines Tages lagen ein paar von meinen Büchern auf dem Tisch, den sie fürs Mittagessen brauchte, und sie hat sie einfach auf den Boden geworfen, so groß war ihr Haß geworden; das traf mich mitten ins Herz, Lulu, zeigte es mir doch, wie sehr die beiden sich gegen mich und alles, was für den Fortschritt der Menschheit und die Freiheit des menschlichen Geistes steht, verschworen hatten. Denk jetzt bloß nicht, daß ich halsstarrig war – im Gegenteil, ich habe ganz ruhig mit den beiden gesprochen, mich auf einen Disput mit dem Teufel eingelassen, wie die alten Christen gesagt hätten.« Dann erzählte er ihr von der »Tyrannei der Tränen«: »Die Männer nennen es die Tyrannei der Tränen, und ich sage dir, es ist eine wahrhaft eiserne Gewaltherrschaft – kein Mann könnte jemals so grausam und so teuflisch sein wie eine Frau mit ihrer Schwäche, ihren Gegenbeschuldigungen, ihren zweckmäßigen Gebrechen, ihren schwachen Nerven und ihren unzähligen Tränen. Angesichts der primitiven Waffen Evas sind wir Männer weich wie Wachs. Anfangs war ich geduldig, viele Jahre lang. Du warst damals noch zu klein, Lulu, du hast nicht gesehen, wie gütig ich war, wie sehr ich auf Besserung hoffte: Steter Tropfen höhlt den Stein. Erst sehr viel später wurde mir klar, daß Härte eher wirkt als Liebe. Die Erkenntnis brach mir fast das Herz – oder sagen wir, sie hätte mir das Herz gebrochen, wenn ich zum Glück nicht noch andere Interessen gehabt hätte. Wenn du erwachsen bist, Lululein, wirst du verstehen, was ich meine, obwohl du diese verräterischen Mittel ganz bestimmt niemals anwenden wirst.«

»Nein«, sagte Louie brav.

Er drückte ihre Hand. »Du kannst nicht wissen, durch welche Hölle ich gegangen bin. Du weißt nicht, was sie nicht nur mir, sondern auch den Kleinen angetan hat: Sie hat sie gequält, gegen mich aufgehetzt, angelogen und mich einen Lügner genannt, ausgerechnet mich, dem sein Lebtag niemals eine Lüge über die Lippen gekommen ist. Lulu, ich will, daß du mir glaubst und dir das immer wieder ins Gedächtnis rufst«, sagte er streng.

»Ja«, erwiderte sie feierlich.

»Ich weiß nicht, wie ich es geschafft habe, ohne zusammenzubrechen, ohne daß mir das Herz zersprungen ist vor Kummer und Scham. Mein Kopfweh und meine Herzschmerzen stammen daher.«

Louie wurde vertraulich, sah gläubig auf in sein beschattetes Gesicht: »Ich habe auch vieles gesehen, Daddy. Ich kann mich an vieles erinnern.«

Sam erwiderte forsch: »Ja, du hast vieles gesehen, und doch kannst du nicht ermessen, was ich meine, wirst dies auf Jahre hinaus nicht ermessen können, vielleicht niemals. Der Kummer, den ich durchlitten habe, während ich mich Schritt für Schritt aufwärts kämpfte, war mehr, als ein Mensch ertragen kann.«

»Ich hatte auch Kummer«, warf Louie ein.

»Ich weiß, Lulu, ich weiß«, antwortete er hastig und drückte erneut ihre Hand. »Wir sind einander sehr nahe. Du bist jetzt fast in einem Alter, in dem du mich verstehen kannst. Ich hatte mir gewünscht, ganz im Reich des Denkens zu leben, und wurde hinuntergezogen, hinabgezerrt auf den Boden – nein, in den Dreck – von einer Frau, die – ohne es zu wissen, glaube ich, das arme Ding – so boshaft ist, wie ein Mensch nur boshaft sein kann, ohne sich strafbar zu machen. Aber es gibt auch Verbrechen gegen den menschlichen Geist.« In seiner Stimme grummelte ein unterdrückter Donner. »Wer den menschlichen Geist befleckt, angreift, bedroht oder haßt, macht sich eines Verbrechens schuldig.« Nach einer Pause fuhr er in düsterem Ton fort: »Und ich bin mir nicht einmal sicher, ob sie nicht tatsächlich manchmal drauf und dran war, eine echte Straftat zu begehen. Wie oft bin ich morgens ins Ministerium gegangen, ohne zu wissen, ob ich dich am Abend lebend wiedersehe! Ja, Lulu, bevor ich zur Arbeit ging, drohte sie mir, dir etwas anzutun, weil sie wußte, die Angst würde mich den ganzen Tag im Würgegriff halten; sie rief mich sogar bei der Arbeit an, um mir zu drohen, weil ihr klar war, daß ich anschließend keinen klaren Gedanken mehr fassen konnte.«

»Ich weiß«, sagte Louie.

»Sie sagte, sie würde dich umbringen und dich im ›Grab‹ im Obstgarten verscharren, weniger um dich loszuwerden, als ins Gefängnis zu kommen und mich endlich los zu sein. Sie sagte, sie würde es sogar in Kauf nehmen, gehängt zu werden, bloß um von mir fortzukommen. Kannst du dir vorstellen, wie mein Leben aussah, Lulu?« fragte er entsetzt, weit fort von seiner Tochter, in der grausigen Vergangenheit. »Mord! Und dann hat sie mir damit gedroht, an alle Frauen, die ich kannte – edel gesinnte Frauen –, beleidigende Briefe zu schreiben, und später sagte sie, sie würde mich vergiften und sich ebenfalls. Sie sagte, sie würde meine Kinder hassen – ihre eigenen Kinder, Lulu, ihre eigenen Kinder!«

»Sie hat versucht, mich zu erwürgen«, sagte Louie in trotzigem Ton.

Sams Stimme klang scharf wie eine Peitsche: »Was soll das heißen?«

»Letztes Mal, als Tommy Krämpfe hatte und ich mit der zweiten Decke kam, bin ich fast in die Wanne mit dem heißen Wasser gefallen, und Mutter hat versucht, erst mich und dann Tommy zu erwürgen. Sie sagte, am liebsten würde sie uns in dem heißen Wasser ertränken, und dann hat sie versucht, sich selbst die Kehle zuzudrücken.«

Sam schwieg kurz und sagte dann, sie hätte keinen Grund, so melodramatisch zu sein, gegen eine schwache Frau wie Henny könne sie sich jederzeit wehren, das gleiche gelte für ihren Bruder. »Deine Mutter ist nicht stark.«

Louie schmollte, dann sagte sie hitzig: »Du hast gesagt, es hinge vom Ort ab, ob es sich um Mord handelt oder nicht.«

»Wovon redest du?«

»Die Polynesier halten es nicht für Mord, das hast du selbst gesagt. Die alten Frauen sammeln Geld und heuern damit einen jungen Mann an, der sie tötet und begräbt. Das waren deine Worte. Du hast gesagt, wenn die Leute in dem fraglichen Land nichts daran fänden, wäre auch tatsächlich nichts dabei.«

Seine Stimme klang jetzt ganz klar. »Oh! Ja, das habe ich gesagt, Lulu, ob es sich um Mord handelt oder nicht, darüber entscheidet ganz allein der Meridian. Die Vielzahl unterschiedlicher Moralvorstellungen, die bei der objektiven Betrachtung ethnischer Unterschiede zum Vorschein kommt, lehrt uns, nicht engstirnig zu sein, was unsere eigenen Vorurteile oder Gesetze betrifft. Nehmen wir zum Beispiel eine Tat, die als besonders verabscheuungswürdig gilt: Mord. Wird ein Krieg ausgerufen, gilt es plötzlich als patriotische Pflicht, andere Leute dazu zu drängen, in den Kampf zu ziehen, zu morden und ermordet zu werden. Die dumme alte Jo, eine von Grund auf gutherzige Frau, hat während der letzten Wirren Dutzende von weißen Federn ausgeschickt, mit anderen Worten: Sie hat sich gewünscht, daß möglichst viele junge Männer in den Krieg ziehen und ermordet werden. Unn dabei hätt sie selbs so 'n schniegeliches junges Mannsbild gut gebrauchn könn. Es war eine seltsame Mischung aus der heiligen Torheit einer ganzen Rasse, kollektivem Selbstmord, gewollter Entsagung und vorsätzlichem Mord. Unn alle hielten sie Jo für 'n patritotisches Musterechsenplah. Vielleicht komms noch soweit, daß sie sich zur Tochter von 'ner amerikanischen Reveluzion ernenn läß, neulich hat sie nemlich schon so 'n ollen Pollit entdeckt, der wo ernshaft inn Bürgerkrieg gezogn is, aber wenn du mich frachs, wett ich zehn zu eins, daß der 'n Rotrock war – was 'n Witz für unsre aame Jo!«

»Mutter hat gesagt, ich soll dich um Geld für ein neues Kleid bitten, Dad«, sagte Louie, als Sams Gelächter verebbt war. »Dieses hier ist voller Flecken«, beharrte Louie.

»Tja, die Fraunsleut haams anscheinz mittem Morden«, sagte Sam. »In der bösen ollen eurepäischen Welt gips noch auf jeem Dorf 'ne Hexe, die wo die Fraun anheuern könn, daß sie ihre Mannsbilder umme Ecke bring, wenn sies satt haam, ihrem Ollen ewich Kaffee zu kochn.«

»Wirklich?« fragte Louie fasziniert.

»Ja, unn nach allem, was ich von manche Fraunsleut, die wo ich kenn, gehört hab«, fuhr Sam kichernd fort, »würden sie so 'ne Hexe gern mal kennenlern. Unn manche Männer eemfalls.« Louie gluckste. »Dann könnten wir unsre ollen Fraun, die wo sowieso immer bloß sauer auf uns sinn unn an uns rumnörgeln wolln, endlich loswern, unn könnten uns 'n paar hübsche kleine Schnuckelchen holn, die wo ers siebzehn sinn.« Louie lachte.

Eine Weile plauderten Louie und Sam noch über das interessante Thema öffentlich gebilligter Morde, dann sagte Sam, der Spaß müsse nun ein Ende haben, Mord sei eine ernste Sache, weil er mit Haß verbunden sei, und Haß sei nun mal für alle Schlechtigkeit der Welt verantwortlich.

»Hätte deine leibliche Mutter zum Beispiel weitergelebt, wäre mein Leben erfüllt gewesen, ein wahres Paradies. Es hätte mir nichts ausgemacht, wenn ihr Geist sich nicht weiterentwickelt hätte, wenn sie bloß meine liebe Frau geblieben wäre, denn sie hätte mir immer Mut gemacht, auf meinem Weg voranzuschreiten. Deine liebe Mutter verstand meine Ziele – oder sagen wir, sie verstand *mich* und unterstützte mich in allem. Ihr war sehr daran gelegen, daß ich mich weiterbilden und vorankommen konnte, nicht um irgendwelcher vulgärer Erfolge willen, sondern weil sie eine wahre Frau war, die ihr Heim liebte, die mich liebte und auch dich – ›mein kleines Entchen‹ hat sie dich immer genannt. Sie wußte von meinem Ehrgeiz, weil ich ihr so oft davon erzählt hatte.«

»Was war dein Ehrgeiz?« fragte Louie mit echtem Interesse. Auch sie war ehrgeizig. Zum Beispiel wäre sie gern wie die Spartaner: Wenn sie zum Zahnarzt ging und keinen Piepser von sich gab, würde sie ganz bestimmt einen großen Eindruck hinterlassen. Und sie wollte gern bedeutend sein. Zur Zeit las sie nämlich nur noch Bücher über bedeutende Gestalten der Weltgeschichte.

»Das weißt du doch längst, Lulu«, erwiderte er mit tiefer Stimme. »Ich will zu denen gehören, die das Licht verbreiten, zu den Kindern des Lichts.«

Auf dem Rückweg war er durch und durch glücklich. Um Louie zu erheitern, erzählte er ihr noch mehr über geduldete Morde, weil er sah, daß sie das Thema amüsierte. In manchen Geheimgesellschaften sei völlig klar, daß ein Verräter von einem anderen Mitglied der Gesellschaft umgebracht wurde, das sei die Übereinkunft, aufgrund derer er überhaupt in die Bruderschaft eingetreten sei. Selbstmord sollte anerkannt und erlaubt sein, schließlich sei jeder Mensch Herr seines eigenen Lebens. Mord an Lebensuntauglichen, Unheilbaren und Geisteskranken sollte ebenfalls gestattet werden. Kinder, die mit geistigen Defekten oder Krankheiten auf die Welt kamen, sollten gleich getötet werden, und keiner dieser Morde wäre wirklich ein Verbrechen, denn die Gemeinschaft ziehe großen Nutzen daraus, und das Wohl des Ganzen sei das Ziel aller – oder sollte es zumindest sein.

»Ein Mord könnte auch etwas Schönes sein, eine Selbstopferung oder die Opferung eines anderen, der einem nahesteht, für das Wohl des Ganzen – ich kann mir so etwas vorstellen, Lulu! Die Auslöschung eines Lebens, wenn viele Leben bedroht sind oder zukünftige Generationen leiden müßten – würdest nicht sogar du das für eine gute Sache halten? Ja, wir könnten Tausende ermorden – nicht wahllos, wie im Krieg, sondern indem wir die Lebensuntauglichen aussondern und schmerzlos in die Todeskammer führen. Diese Maßnahme allein würde der Menschheit enorm nützen, würde den Weg ebnen für eine eugenische Rasse. Es freut mich, sagen zu können, daß einige unserer Staaten bereits Gesetze verabschiedet haben, die für die nahe Zukunft auf eine wahrhaft wissenschaftliche Sicht der Dinge hoffen lassen. Aber du hast recht, Lulu, die alten Wilden haben uns überrundet – die Polynesier sind auf ihre Weise längst vor uns dort angekommen.«

Als sie nach Hause zurückkehrten, war Louie aufgewühlt. Noch nie war sie einem Gespräch über ihre eigenen Ziele so nahe gekommen, und Sam war in kameradschaftlicher Stimmung.

»Du wirst es schon schaffen, Lulu«, schloß er und drückte ihr einen Gutenachtkuß auf. »Du *bist* wie ich. Ich weiß, du kannst gar nicht in die Irre gehen.«

»Ich werde nicht sein wie du, Dad.«

Er lachte. »Du kannst gar nichts dagegen machen: Du *bist* ich.«

Louisa schmollte, sie wollte wie Eleanora Duse sein, nicht wie Sam. »Ich wünschte, ich hätte eine walisische Grammatik«, sagte sie rasch.

»Sei nicht albern! Wozu denn das?« Er lachte.

»Ich würde gern walisische oder ägyptische Grammatik lernen, dann könnte ich die Dichtung lesen, von der Borrow spricht. Und das *Totenbuch*.«

»Lerne erstmal die amerikanische Grammatik«, sagte er gutmütig und tätschelte ihr die Wange.

»Die kenne ich schon«, sagte Louie, »und niemand ist darin so gut wie ich.«

»Und lerne, deine Schultern gerade zu halten«, sagte er, wandte sich von ihr ab und stellte das Radio an. »Weißt du, Lulu, ich wünschte, ich würde eine halbe Stunde bei einem Radiosender und damit einen direkten Zugang zu einem breiten Publikum bekommen – sich vorzustellen, von Küste zu Küste zu unseren Landsleuten zu sprechen ...«

Gekränkt ging Louie nach oben.

»Ich will vergelten«, sagte sie auf der Treppe, blieb stehen und sah stirnrunzelnd übers Geländer zurück. »Mein ist die Rache, spricht der Herr, ich will vergelten, nein, die Rache ist mein, ich will vergelten.«

Im Traum hielt sie eine große Sense mit einer geheimnisvollen Aufhängung in einem riesigen Raum, und in diesem düsteren Raum war Gott, sanft donnernd im Rhythmus eines Pendels, das sich mit der Sense vereinte. Irgendwie gelang es ihr, die Sense zu führen, sie näher zur Erde zu schwingen und Gras zu mähen. Der Herzschlag Gottes wurde immer lauter und sandte lange Wellen aus, wie der Gong im Flur, und sie dachte: »Das ist der Jüngste Tag.« Sie wachte auf. Der Gong im Flur wurde angeschlagen wie morgens zum Wecken, nur daß es draußen noch immer stockfinster war. Unten im Flur kreischte Henny:

»Ich schreie das ganze Haus zusammen. Hilfe! Louie, dein Vater schlägt mich!« Louie hörte, wie Bonnie nach unten lief.

3 | *Konversation*

»Er lebt in einer goldenen Wolke«, sagte Henny zu sich, »schwebt über zahllose Gassen, die er niemals zu sehen bekommt; und ich bin eine Bewohnerin dieser Gassen, wie viele andere kranke Schäflein auch. Wie gern würde ich ihm die Schuppen von den Augen reißen, aber ich traue mich nicht. Er nähme mir die Kinder weg; ich wäre gebrandmarkt, gehetzt wie ein Tier – ich kenne Seine Lordschaft zur Genüge. Ich stehe unter dem Druck seiner Hitze und meiner eigenen Schmerzen. Wahrscheinlich schwebt er viel zu hoch in den Wolken, um zu bemerken, daß die Zahnfüllungen immer seltener werden, seitdem er Dr. Doe dazu verpflichtet hat, seine Rechnungen genauestens aufzuschlüsseln. Connie O'Meara hält sich für eine moderne Frau, und bei Wahlen habe auch ich eine Stimme. Trotzdem bleibt die Tatsache, daß ein Mann mir meine Kinder wegnehmen kann, sobald es ihm gelingt, mir irgend etwas anzuhängen. Wie viele fette alte Jungfern und dürre Weiber Mitte fünfzig sehen tatenlos zu, wie die verfluchten Männer in diesem oder jenem Staat irgendwelche Gesetze erlassen. Vor und nach der Heirat muß ich rein und züchtig sein – für wen bitte? Für Samuel Pollit. Ich taugte schon vorher nichts, und er kann mir hinterher die Kinder fortnehmen. Am liebsten würde er sie sofort an sich reißen und von diesem Ungeheuer Jo aufziehen lassen oder vielleicht auch von seiner wunderschönen Louisa, in Erinnerung an die liebe Rachel, seine große Liebe – egal von wem, solange er sie mir nur wegnehmen kann, weil ich nichts tauge.«

Henny wälzte sich im Bett hin und her und versuchte, für die Zeit während Sams Abwesenheit Pläne für ihre Finanzen zu schmieden. Würde es ihr gelingen, ihre Verwandten zusammenzubringen und einen Aufschub bei ihren Gläubigern zu erwirken, so daß sie entweder durch Besserung und Sparsamkeit ihre Schulden selbst abtragen oder aber ihren Vater oder Hassie doch noch dazu bewegen könnte, sie zu bezahlen? Was würde sie tun, wenn Sams strenge Moral ins Wanken geriete, oder er, durch eine Laune der wissenschaftlichen Neugier oder altmodischen Menschlichkeit getrieben, Nachforschungen anstellte und sich fragte, mit was für einer Frau er eigentlich verheiratet war? Um Henny und ihre Kinder wäre es dann geschehen. Und doch erbebte sie täglich unter dem wilden Drang, ihn einzuweihen und ihm das Schlimmste zu offenbaren. Mit Wut, Neid und Boshaftigkeit dachte sie an seine Unwissenheit, was ihre Schwierigkeiten betraf. Er hielt sie für eine Art ungebildete Dienerin und gab ihr daher fast kein Geld. Er sehnte sich nach Frauen mit akademischen Graden, die über ausreichend Zeit verfügten, um zu den Sitzungen diverser Komitees zu rennen. »Es ist einfach«, dachte Henny, »sich über Friedenskonferenzen Gedanken zu machen, wenn man Diener hat, ein Auto und neue Hüte; ja, dann gibt man zu Hause Teepartys und so weiter, um mit dem neuen Perserteppich und dem teuren Cocktailtischchen zu prahlen. Ich hatte einmal das gleiche vor, ich kann es gut verstehen. Es ist einfach, bei der Nachricht über das neueste fremdenfeindliche Gesetz in New Mexico und das Schicksal von Tagelöhnern Herzklopfen zu verspüren, wenn man nicht den Mut hat, eine Affäre anzufangen, Schulden zu machen oder einen ordentlichen Whisky zu trinken!«

Henny stand auf und begann, auf ihrem Frisiertisch Patiencen zu legen, schob Tiegel und Töpfe zur Seite und blickte in den Spiegel. Das machte sie gern: Es erfrischte und ermutigte sie. »Großer Gott, was für eine häßliche alte Schachtel!« sagte sie, als sie sich setzte. »Wirklich, dieser Bert ist eine gute Seele! Ich muß irgend etwas unternehmen, mein Haar färben vielleicht – aber das sieht bestimmt schrecklich aus! Bei meinen Falten! Eine junge Perücke auf einem alten Gesicht – sehr überzeugend! Mit all seiner Prüderie und Keuschheit hat dieser Kerl mich mehr ausgelaugt als vier Ehemänner.« Sie lachte. »Aber er lebt ja auch wie ein Mormone, hat überall Frauen um sich herum, Schwestern, eine sogenannte Ehefrau, besser wohl Dienerin, Töchter, die für ihn arbeiten – von all den Sekretärinnen und Frauen in der Öffentlichkeit, die ihn bewundern und seine Hand halten, ganz zu schweigen, entfernte Verwandte, die ihn besuchen – und hat doch niemanden in seinem Bett!« Sie knallte gereizt die Karten auf den Tisch. »Wie schnell kann eine Frau doch ihre Chancen verspielen! Arme Wesen, arme, elende Wesen! Und wenn ich erst an dieses arme Mädchen denke, seine Schwester, die für ihn Fußböden schrubbt und nicht einmal den Mann ihres Herzens küssen darf, weil das seinen Namen beflecken könnte.« Sie warf den Kopf zurück und schenkte ihrem Spiegelbild ein lautes, aber falsches Lachen. Der Stapel Karten war verbraucht. Sie hob ein paar Karten an, schaute darunter, zog eine Karte heraus und legte sie an ihren Platz. Noch zwei oder drei Versuche, dann schob sie die Karten zusammen und mischte erneut. Wie üblich hatte sie gemogelt, doch das Spiel war trotzdem nicht aufgegangen. Sie legte die Karten zum zweiten Mal aus. »Wer zum Teufel schert sich darum, ob eine Patience aufgeht oder nicht?« Sie zog den Morgenmantel fester um sich, stand auf und ging hinaus, um sich Tee zu kochen. Die Tür zu ihrem Zimmer schloß sie fest, weil sie die Karten auf dem Tisch liegengelassen hatte. Sowohl Louie als auch Sam hörten die vertrauten Geräusche in der Küche. Louie schlief gleich wieder ein, aber Sam, der schon vorher ruhelos gewesen war, lag wach und grübelte. Vielleicht sollte er jetzt, mitten in der Nacht, zu ihr hinuntergehen und mit ihr sprechen. Oder würde sie einen hysterischen Anfall bekommen und damit die Kinder wecken? Er wälzte sich hin und her, während die Zubereitung des Tees langsam Fortschritte machte; er hatte Angst vor ihren Verwünschungen, Angst vor ihrer Härte und ihrem Leid. Ein Spaten war für ihn ein Vorläufer der modernen Landwirtschaft, während sie von einer Dreckschaufel sprach: Sie besaßen keinen gemeinsamen Wortschatz, mit dessen Hilfe sie sich hätten verständigen können. Er wälzte sich aus dem Bett, rieb zögernd auf seinem Bettvorleger die Zehen aneinander und stand dann unschlüssig auf der obersten Stufe der Treppe. Schließlich tapste er nach unten. Aus der Küche war ein seltsames, rumpelndes Geräusch zu hören. Im Flur unten war es kühler. Sam blieb im Dunkeln stehen und versuchte zu erspähen, was Henny in der Küche tat. Erschrocken sah er, wie sie sich auf einem kippeligen Küchenstuhl weit nach hinten beugte, um ein Springrollo zu reparieren. Er wartete, bis sie das Gleichgewicht wiedergefunden hatte, und rief dann:

»Pet, warum konnte das nicht bis zum Morgen warten? Ausgerechnet dieses alberne Rollo!«

»Oh, mein Gott!« rief sie und drehte sich, eine Hand auf der Brust, zu ihm um. Dann sagte sie wütend: »Du hast mich erschreckt! Wolltest du das? Warum hast du dich nicht bemerkbar gemacht, anstatt dich mitten in der Nacht anzuschleichen? Was willst du hier? Spionierst du mir nach?«

»Pet, warum zum Teufel machst du solche Dummheiten? Die Hälfte aller Unfälle geschehen im Haus, weil irgendwelche Frauen dumm und leichtsinnig sind.«

»Du meinst wohl, es würde mir etwas ausmachen, mir das Genick zu brechen!« Sie lachte, bis alle Flecken und Falten in ihrem Gesicht hervortraten. »Ein gebrochener Arm brächte mir vielleicht ein paar freie Tage, bei einem gebrochenen Rückgrat hätte ich für immer frei.«

»Trink deinen Tee, Henny. Ich bin gekommen, um in Ruhe mit dir über meine Reise zu reden, so lange die anderen schlafen.«

»Das denke ich mir! Aber warum ausgerechnet zur Geisterstunde? Hast du Angst, sie könnten hören, was *ich* dir zu sagen habe?«

»Laß uns reden, Pet, solange wir dazu noch Gelegenheit haben. Wir haben für eine Familie zu sorgen, und wir haben seit Jahren kein Wort mehr miteinander gewechselt.«

»Wessen Schuld das wohl ist?« fragte sie und warf den Kopf zurück, zeigte ihren armen, nackten Hals und ihre Gänsehaut. »Jedes Wort aus deinem Mund ist eine Beleidigung. Ich bin mit dir ausgegangen, bis du mich in aller Öffentlichkeit gedemütigt hast. Ich habe Freunde zu mir eingeladen, bis du über sie hergezogen bist. Aber ich werde nicht zulassen, daß meine Kinder hören, wie ihre Mutter beleidigt wird. Was sollen sie von dir denken, wenn sie eines Tages begreifen, wie du ihre Mutter behandelt hast?«

»Ich wollte nicht in die schwarze Vergangenheit zurück ...«

Sie unterbrach ihn und wandte ihm den Rücken zu: »Wenn du etwas zu sagen hast, heraus damit, und dann laß mich in Frieden.«

»Ich gehe für sechs oder acht Monate fort – wie lange genau, hängt vom Geld und den Ergebnissen ab«, begann Sam bedächtig. »In dieser Zeit bist du natürlich meine Statthalterin, mußt den Haushalt führen und für die Kinder sorgen. Ich hoffe, du wirst versuchen, dich dabei auf ein angemessenes Budget zu beschränken und jede unnötige Ausgaben zu vermeiden. Die Bezahlung ist gut, vielleicht können wir sogar etwas sparen. Wir werden es brauchen, Henny. Wie ich höre, steckt dein Vater aufgrund seiner vielfältigen Verpflichtungen und dem Unterhalt für deine nichtsnutzigen Brüder und ihre großen Familien in erheblichen Schwierigkeiten. In den Händen deiner Brüder hat sein Geld sich innerhalb kürzester Zeit in Treibsand verwandelt. Ich wünschte, es gäbe in deiner Familie mehr Leute von Hassies Format. Aber lassen wir das. Ich möchte, daß du deine Gedanken auf die Zukunft richtest. Vielleicht können wir zu einem besseren Verständnis füreinander kommen. Du weißt selbst, daß wir so nicht weitermachen können.«

»Das denke ich ja auch immer«, sagte Henny verzweifelt, »trotzdem tun wir es immer wieder – das ist ja das verdammte, verfluchte ...«

»Genau diese Sprache ist der Grund dafür«, rief Sam ungeduldig, »daß ich mich mitten in der Nacht herunterschleichen muß. Meinen Kindern sollten solche Ausdrücke erspart bleiben. Von ihrem Vater bekommen sie so etwas jedenfalls nie zu hören. Und ich muß darauf bestehen, daß du, während ich fort bin, deine Zunge hütest. Du weißt, wenn ich könnte, würde ich die Kinder deinem Einfluß entziehen, aber ich kann es nicht. Das Gesetz hält mich erbarmungslos in seinen Klauen, und es bleibt mir nichts anderes übrig, als Tag für Tag zuzusehen, wie sie mir genommen werden, immer weiter von mir entfernt werden durch Hunderte von gemeinen Tricks und Bitterkeiten, und wie mein eigenes Heim immer mehr dem Stil der Collyers verfällt ...«

»Dem Stil der Collyers!« wiederholte sie verächtlich. »Wo wärst du denn ohne den Stil der Collyers? Dr. Allwissend, du! Du hast wohl schon vergessen, wo dein Brot und deine Butter herkommen! Alles andere weißt du, bloß das nicht!«

Sam sah sie unfreundlich an. »Du weißt, zwei getrennte Haushalte kann ich nicht bezahlen, sonst hätte ich es längst getan.«

»Wahrscheinlich tust du das schon«, spottete Henny. »Nein, ich kenne dich; du hast nicht den Mumm dazu. Lieber wurstelst du weiter.«

Sam blieb ruhig. »Ich sehe, du bist nicht in guter Stimmung, ich warte lieber bis morgen früh. Versuch, ein wenig zu schlafen. Bleib nicht die ganze Nacht auf, hör auf zu grübeln und leg dein Gesicht nicht in diese Hexenfalten: Du siehst wie eine Fünfundvierzigjährige aus!«

Sie funkelte ihn wütend an. »Bitte, bitte, ganz wie es dir beliebt!«

Sie wandte sich zum Herd, um sich noch eine Tasse Tee einzugießen, aber ihre Hände zitterten stärker. Sie spürte, daß er noch hinter ihr stand. Rasch drehte sie sich zu ihm um. »Ich kann es dir ebensogut auch jetzt sagen. Warum sich eine weitere schlaflose Nacht damit herumquälen? Es übersteigt meine Kräfte. Es wird mich das Leben kosten: Sam, laß uns auseinandergehen! Ich halte es nicht mehr aus. Du bist nicht glücklich. Ich gehe zurück zu meiner Mutter und nehme die Kinder mit, solange du fort bist, und wenn du zurückkommst, regeln wir die Sache in aller Ruhe. Niemand braucht viel davon mitzubekommen. Deine Reise verschafft uns eine passende Gelegenheit. Wir machen die verdammte, baufällige Bude hier zu, und ich ziehe nach Monocacy. Ich nehme sogar deine stinkenden Tiere mit und achte darauf, daß sie versorgt werden, wenn du willst, daß die Kinder sie behalten. Und Vater kann Tohoga House vermieten, was ihm ebenfalls entgegenkommen wird, wenn er tatsächlich so knapp bei Kasse ist, wie es den Anschein hat.«

Wut und Schrecken blitzten in Sams Augen. »Es wird dir niemals gelingen, mein Heim zu zerstören. Ich weiß, das ist seit vielen Jahren dein Ziel, auf das sich alle deine heimlichen Machenschaften richten. Ich liebe meine Kinder, wie kein Mann vor mir je seine Kinder geliebt hat. Ich weiß, auch andere Menschen lieben ihre Kinder, aber meine sind unauflöslich mit mir verbunden, sie sind ein Teil von mir ...« Atemlos hielt er einen Moment lang inne. »In all meinem Kummer sind sie mir der größte Trost; eine größere Freude als mein eigenes Heim könnte es in der Welt nicht für mich geben. Männer geben ihr eigenes Leben auf, mühen und plagen sich jahrelang für ihre Kinder. Und es gibt Frauen, denen fehlt jedes Verständnis für diese Liebe für die Kleinen, Schwachen, die sich im Herzen eines starken Mannes regt ...« Bewegt hielt er noch einmal inne. »Sie sind für mich das Licht der Zukunft; und das Gesetz würde sie in deine

Verantwortung geben, weil du ihre Mutter bist, ganz egal, was für eine Art von Frau ...«

»Wie kannst du es wagen, so etwas zu sagen! Wie kannst du ...«

»Sei still!« sagte er streng. »Ich werde nichts mehr sagen. Geh jetzt ins Bett. Ich sehe, es gibt einiges zu klären. Ich hätte wissen müssen, daß du solche teuflischen Pläne ausheckst, sobald du deine Chance witterst. Du achtest meine Arbeit nicht; du siehst in meiner Abwesenheit nur eine Gelegenheit, deine Rachlust und Gehässigkeit endlich auszuleben. Eine Frau, die haßt, zerstört Dutzende von Leben, wenn sie damit eine vermeintliche Kränkung rächen kann. Du siehst in dem Ganzen nur die Chance, dein Werk der Auflösung voranzutreiben. Du Satansweib, zerfressen von Rost und Fäulnis und Langeweile. Du wirst meine Familie nicht zerstören. Du wirst deinen Anteil an dieser Vereinbarung bis zum Ende tragen. Du wirst für meine Kinder sorgen ...« Seine Stimme zitterte, und er sagte mit großer Bitterkeit – »unsere Kinder!« Er sammelte sich und wandte sich zur Tür. »Gute Nacht! Wir sprechen uns morgen.«

»Ich werde mich scheiden lassen!« rief Henny. »Ich werde einen Weg finden. Es muß eine Möglichkeit geben. Und meine Kinder nehme ich mit. Sam, der Mann, der seine Kinder liebte! Dein eigenes Kind kannst du mit Kußhand haben. Das ist doch sowieso das einzige, an dem dir wirklich etwas liegt. Dann kannst du endlich mit ihr zusammenleben, ihr könnt gemeinsam euren dämlichen, hochgeistigen Gedanken nachhängen, und du kannst hemmungslos dieser göttlichen Frau nachweinen, die dein Leben in ein Paradies verwandelt hätte. Die Arme! Wie schade, daß sie gestorben ist.«

Sam drehte sich um und rief: »Hüte dich, mein vergangenes Glück in den Schmutz zu ziehen!« Im Haus gab es längst nicht mehr nur leise Schläfer, von ihren Phantasien beseelte Träumer und mißmutige, aber entschiedene Schnarcher. Nur Louie schlummerte noch tief und fest.

»Wenn du zurückkommst, wird es für dich kein Heim mehr geben«, sagte Henny. »Du wirst dir etwas anderes einfallen lassen müssen, um für mich und die Kinder zu sorgen.«

»Sei still!« rief Sam. »Sei endlich still, oder ich bringe dich zum Schweigen.«

»Du hast mich genommen, du hast mich mißhandelt, du hast mich halb verhungern lassen, weil du nicht in der Lage warst, deinen Lebensunterhalt zu verdienen und meinen Vater und seinen Einfluß brauchtest, um dich auf Kosten meines Lebensglücks nach oben zu kämpfen!« schrie Henny voller Wut. »Du hast es dir nicht nehmen lassen, mit deinem Erfolg zu prahlen und zu protzen, obwohl es doch immer nur ich und mein armer, geschundener Körper waren, aus denen du deinen Erfolg gesogen hast. Du hast mir die Knochen und meinen Willen gebrochen und mir deine viehische Liebe aufgezwungen. Ein Tier, ein Wilder, ein unzivilisierter Indianer hätte nicht getan, was du mir angetan hast, wie du dich an mir aufgegeilt und es Liebe genannt hast, mich mit Kindern vollgestopft hast, Monat für Monat und Jahr für Jahr, obwohl ich dich haßte, obwohl ich dich verabscheute und dir die Ohren vollschrie, du sollst mir bloß nicht zu nahe kommen, aber du hast nicht locker gelassen. Im Innersten deines Herzens wußtest du, aus welcher Quelle dein wunderbarer Erfolg sich speiste, sonst hättest du mir nicht befohlen, hier in dieser verrotteten alten Bruchbude zu bleiben, um dir zu Willen zu sein, sonst hättest du mich nicht auf Hände und Knie gezwungen, damit ich deine Böden schrubbe, deine dreckigen Handtücher wasche und deine zerschlissenen Laken flicke. Ich habe Matratzen für dich und deine Kinder gestopft und Essen gekocht für die ganze Bande dreckiger, verfaulter, ungebildeter, aufgeblasener Pollits. In meinem Haus hat es gestunken wie in einem Leichenkeller nach deinem Formalin, auf das du so unglaublich stolz bist. Ich mußte mich abfinden mit deinen widerlichen Tieren und idiotischen Sammlungen und deinem Dünger aus Blut und Knochen im Garten, vor allem aber mit deinem ewigen Geschwätz, deinem Geschwätz, deinem Geschwätz«, schrie sie mit heiserer Stimme, »das mich nur noch gelangweilt hat, bis mir die Ohren überquollen und ich dachte, es gibt nur noch eine Möglichkeit, um dir zu entkommen und endlich Ruhe zu haben vor deiner Welt der großen Bluffs und Drohgebärden und vor allem vor dem endlosen Gequassel, mit dem du die ganze verdammte Menschheit retten willst: mich umzubringen! Ich habe dich und deine stinkige kleine Göre ertragen, die Läuse, die sie aus der Schule mitgebracht hat, die grünen Zähne, die ihr aus den schmutzigen Löchern fielen, deinen Schweiß, deine ewige Besserwisserei. Zehn Jahre lang habe ich das alles erduldet, und das ist entschieden zuviel. Ich habe genug! Pack deine Sachen und verschwinde endlich mit deinem dreckigen Balg. Dies hier ist mein Haus, du kannst ja wieder in das Mietshaus in Baltimore ziehen, in dem du mit all den anderen Sumpfratten, mit denen du aufgewachsen bist, gewohnt hast, ehe du auf dem Schleim im Fischladen meines Vaters herumgerutscht bist. Oder von mir aus zieh doch zu diesem häßlichen Großmaul, deiner großen Schwester, und nimm deine verhurte kleine Schwester auch gleich mit.«

Sam schlug sie mit der flachen Hand auf den Mund. Wütend blitzte sie ihn über die Schulter an, rannte in den Flur, tastete im Dunkeln nach dem Schlegel und schlug damit auf den Gong, schrie nach den Kindern und rief, sie würde alle Nachbarn aufwecken, damit alle wüßten, das Tier habe es wieder auf sie abgesehen. Als sie Bonnie auf der Treppe hörte, lief Henny in die Küche, griff nach dem Brotmesser und ging damit auf Samuel los, schwang es über Arme und Schultern und sein Gesicht, ehe er genug Geistesgegenwart besaß, es ihr aus der Hand zu schlagen und sie zurückzustoßen. Sie stolperte und fiel auf den Boden, wo sie erschöpft und zitternd liegenblieb.

Bonnie und Louisa, die versteinert vor Entsetzen im Flur stehengeblieben waren, liefen in die Küche, weinten und flehten beide an, endlich zur Vernunft zu kommen. Mehrmals über ihr Nachthemd stolpernd, blind vor Tränen und laut schluchzend, kam Louie ihrer weinenden Mutter zu Hilfe, die sich mühsam auf ihren Ellenbogen stützte. Louie wollte ihr aufhelfen, aber Henrietta schob sie weg und rief: »Faß mich nicht an!«, während Bonnie mit einem feuchten Tuch das Blut von Sams Gesicht und Arm wischte, weinte und fragte: »Was ist geschehen, Henny? Was ist geschehen, Sam? Es war doch nicht etwa meinetwegen? Was hast du mit ihr gemacht? Die Kinder ...!«

Sam war unfähig zu sprechen, war voller Zorn, Furcht und Erstaunen. Er schob Bonnie fort und betrachtete seine Wunden. Als er Henny wie einen sterbenden Gladiator auf einen Arm gestützt auf dem Boden liegen sah, sagte er mit seltsamer, unnahbarer Stimme: »Laßt uns allein. Geht wieder ins Bett und laßt uns allein!«

Bonnie sah ihn ängstlich an, entgegnete aber nichts.

Henny sah zu Sam hoch. »Ich will nicht mit jemandem wie dir allein gelassen werden; ich fürchte um mein Leben.« Wie ein von Schmerz gebrochenes Wesen begann sie sich zu bewegen, stand schniefend auf und strich ihr Haar zurecht.

Sam sagte mechanisch: »Das Gas ist noch an!«, und Henny drehte sich um und stellte unter dem brodelnden Kessel die Gasflamme aus.

»Geht ins Bett«, sagte Sam an Louie gewandt mit gedämpfter Stimme. Louie und Bonnie gingen hinaus, zögerlich und voller Zweifel, aber sie wagten nicht, sich einzumischen, spürten, daß dieser Streit eine andere, für sie unerreichbare Ebene berührte. Bonnie blieb auf der Treppe stehen, schickte ihre Nichte ins Bett und flüsterte ihr zu: »Ich werde noch ein Weilchen hier warten, Liebes. Mach dir keine Sorgen, Bonnie paßt schon auf.«

»Henny!« sagte Sam.

»Was willst du denn noch?« murmelte sie weinerlich.

»Sieh mich an!« Er streckte den Arm aus und deutete auf sein Gesicht, auf die noch immer blutenden Messerschnitte.

Sie streifte ihn mit einem kurzen Blick und drückte ihm das feuchte Geschirrtuch in die Hände. »Hier, wisch dich ab. Und steh nicht mit diesem Märtyrerblick da wie ein Heiliger in der Kirche!« Sie sah ihn verlegen an. Nur mit Mühe wandte sie schließlich ihren beschämten Blick von ihm ab.

Er warf das Tuch ins Spülbecken, blickte sie von der Seite an und sagte ruhig: »Das Schlimmste daran ist, Pet, daß du mich auf eine Weise noch immer liebst; alles, was du machst – selbst das hier! – zeigt es mir deutlich. Ich weiß es!«

Henny stand in gebeugter Haltung am Herd, die Arme gekreuzt, den Kopf zur rechten Schulter geneigt, als ihr Blick auf ihre linke, zur Faust geballten Hand und den eisigen Glanz ihres Eherings fiel. Müde betrachtete sie den dünnen Reifen aus Gold, der sie Tag und Nacht begleitete, beim Waschen und Putzen, bei allen Krankheiten und Geburtstagsfeiern der Kinder, ins Badewasser, in die Teigschüssel und zwischen die Falten neuer Baumwollstoffe an der Nähmaschine, auf die Entbindungsstation, zur Maniküre und zur Wahrsagerin, den Goldring, den sie sah, wenn sie mit Bert Cocktails trank oder beim Geldverleiher mit ihrer Unterschrift ihren letzten Cent verpfändete, und der ebenso beharrlich an ihr haftete wie der Mann, von dem sie ihn bekommen hatte, und sie riß sich zusammen. Wenn dieses schlichte, häßliche Bindeglied für eine ausweglose Ewigkeit der Arbeit, der Armut und des frühen Alterns stand, dann auch dafür, daß dieser mächtige Brotverdiener ihr allein sein Geld, seinen Namen und seine Treue schuldete, ihr, seinem Küchenmädchen und seiner Leibeigenen. Nach jahrelanger Pfuscherei verspürte sie auf einmal die gefürchtete Macht der Ehefrauen, sie waren aneinander gekettet bis zum Ende, wenn sie die Münder voller blinder Würmer und Graswurzeln hatten, die sein Posaunengeplärr und ihre Lästerungen gegen die Liebe endlich erstickten. Dieser feige, ruhmsüchtige Schurke würde es niemals wagen, sie abzuschütteln; deshalb hatte sie ihn noch immer in der Hand.

»Ich hatte lange, angstvolle Tage, Henny«, sagte Sam, »an denen es mir vorkam, als wehe der kalte Nordwind ohne Unterlaß, an denen ich an unser Heim hier auf dem Hügel dachte, den Winden unseres Zorns und unseres Hasses ausgesetzt, die Stunde um Stunde, Tag und Nacht, durch unsere Flure und Zimmer tobten. Was wird mich erwarten, wenn ich nach Hause komme? Du wirst niemals begreifen – weil du dich nicht auf diese Weise um mich sorgst –, was ich in der ersten Zeit unserer Ehe durchlitten habe. Du sprichst von deinem Leid, Henny. Und ich weiß zum Beispiel auch, daß das der Grund dafür ist, warum Hassie nicht mehr herkommt. Aber was ist mit mir? Ich habe dich geliebt. Kannst du dir vorstellen, mit welchen Ängsten ich mich stundenlang gequält habe, ehe ich endlich wieder nach Hause kam, Stunden, in denen ich mich gefragt habe, ob ich meine Kinder erschlagen finden würde, wie du es vorher verkündet hattest, oder gar dich selbst in deinem eigenen Blut? Eines Tages kam ich heim und habe dich überall gesucht. Ich rief nach dir. Ich bekam keine Antwort. Der Ohnmacht nahe, hastete ich von Zimmer zu Zimmer; und die ganze Zeit über hast du dich an meiner Schwäche und meinem Entsetzen geweidet, versteckt im Wandschrank unten im Treppenhaus. Als ich die Tür aufriß, fand ich dich stöhnend zusammengekauert in einer Ecke, von deiner eigenen Theatralik völlig erschöpft! Ich wußte nie, wann du es ernst meintest und wann du mich mit schändlicher Täuschung in Atem hieltest. Ich habe geglaubt, mein Leben sei verpfuscht, eine Einöde der Scham und des unsäglichen Schmerzes, zerstört von der Last einer Frau, die im Selbstmord endete! Ich verbrachte all die Jahre in Fieber und Qual, Jahre, die ich so gern meinem Land gewidmet hätte. Wie glücklich ist doch das Männchen, das in ein friedliches Nest heimflattern kann; es gibt keine Mühe, die es für sein Weibchen und seine Jungen nicht gern auf sich nehmen würde. Ein öffentliches Amt ist eine große Verantwortung, und doch schwebte über mir ständig dieses Damoklesschwert. Ich hätte weiter vorankommen können, Henny. Du hättest die Frau eines größeren, besseren Mannes sein können. Aber ausgerechnet ich, von Natur aus der treueste und zärtlichste aller Väter und Ehemänner, wurde um diese einfache Freude betrogen, den einzigen Lohn, den ich mir, außer öffentlichem Respekt und der Zuneigung meiner Freunde, je erhofft hatte.«

Henny hatte sich in der Zwischenzeit am Herd zu schaffen gemacht und schob ihm jetzt über die Küchenplatte eine kleine, weiße Tasse mit frischem Kaffee zu.

»Trink ein bißchen Kaffee, Samuel; der Zucker steht auf der Anrichte.«

»Ich habe lange Reisen unternommen«, fuhr Sam in freundlicherem Ton fort, »habe Brutplätze und Strände erkundet, mich sogar mit dem Forschungsboot eingeschifft, um dir Zeit zu geben, zur Ruhe zu kommen.«

Schweigend saß Henny da, den Rücken ihm zugewandt, und nahm große Schlucke von ihrem Tee. Ihr Gesicht errötete leicht, und ihre Augen begannen zu glänzen.

In klagendem Tonfall brach Sam das Schweigen. »Statt dessen fängst du einen Flirt mit Mark Colefax an. Ich nehme dich beim Wort, daß niemals mehr daraus geworden ist.«

Wortlos zerbrach Henny einen Keks und warf einen ungeduldigen Blick in seine Richtung.

»Ich habe ihm niemals verziehen. Das ist ganz gegen meine Natur«, sagte Sam. »Ich liebe es, anderen zu vergeben, die Vergangenheit soll man ruhen lassen, aber für einen Mann, der das heiligste Vertrauen seines Freundes mißbraucht und versucht, dessen Heim zu vergiften, gelten andere Regeln. Ich bedaure, sagen zu müssen, daß ich noch heute auf die andere Straßenseite gehe, wenn er mir entgegenkommt, und die Orte meide, an denen er verkehrt. Wer wie ein echter Mann fühlt, kann so etwas nicht verzeihen!«

Bei diesen Bemerkungen erschien ein Anflug von Zorn auf Hennys Gesicht, aber sie war vorsichtig genug, es Sam nicht merken zu lassen. Sam registrierte ihr beharrliches Schweigen und versicherte ihr, er habe weiß Gott nicht vorgehabt, die schwarze Vergangenheit ans Licht zu zerren; vielleicht hätten sie ja jetzt den Sturm ein für allemal überstanden; vielleicht würde dieses Gespräch ihr beider Leben verändern. Sie seien älter geworden, ihre Kinder seien größer; durch die Freuden und Interessen einer Familie mit jugendlichen Kindern könnten sie selbst in den Hintergrund treten und an andere denken, an die jungen Leute, die Bürger der Zukunft.

»Ich habe in all den Jahren nichts getan, was eine solche Abneigung, wie du sie zu zeigen scheinst oder zu fühlen vorgibst, rechtfertigen könnte«, fuhr Sam fort, »aber vielleicht wissen wir beide, welchen Quellen solche Gefühle entspringen. Wir sind beide fehlbare Menschen, und in diesem gemeinsamen Selbstverständnis könnte vielleicht der Anfang eines besseren gemeinsamen Lebens liegen.«

»Ich weiß nicht«, murmelte Henny endlich, »worauf du hinauswillst, Samuel. Was soll es für einen Zweck haben, uns selbst zu betrügen? Mit uns hat es nie funktioniert – und es wird niemals funktionieren. Ich weiß nicht, weshalb du unbedingt an mir festhalten willst. Du hättest mich gleich am Anfang gehen lassen sollen. Warum hast du mich damals in Frederick angefleht, dich zu heiraten? Ich hätte einen anderen Mann gefunden.«

»Auch wenn ich nicht religiös bin, ist mir die Ehe heilig«, widersprach Sam. »Selbst unsere Ehe, Henny, ist über die Tumulte des Lebens erhaben, wenn auch nur wegen unserer Kinder. Die Vorstellung, unsere Kinder verstreut zu sehen, aufgeteilt, zwischen widerstreitenden Interessen hin- und hergerissen, während sie verzweifelt versuchen, ihren Vater oder ihre Mutter zu begreifen! Das wäre entsetzlich! Ganz und gar unmöglich.« Sam erschauderte. »Nein, die Jungvögel gehören ins häusliche Nest, bis ihnen Flügel gewachsen sind, stark genug, sie in die Welt hinauszutragen, wo sie sich ihren eigenen Platz im Leben suchen können. Ich hoffe, du und ich haben ein paar würdige Geister und Seelen hervorgebracht, Pet, dein Vater ist ein guter Mann. Ich hoffe, unter den Jungen ist wenigstens ein großer Mann der Wissenschaft, und die beiden Mädchen werden einmal tüchtige Frauen. Ich habe ihnen den Weg gezeigt. Wenn sie sich als nicht so schlau erweisen sollten, wie ich es mir wünsche, können sie sich immer noch ihrem Land verpflichten, in den Dienst der Regierung treten, sich mit mir messen und mir nacheifern. Wenn sie meine Ideale verstanden haben, werden sie nicht locker lassen in ihrer Arbeit für den kommenden Superstaat, der sich auf Ideale gründet, die ihren Keim im ältesten Blut unseres Landes haben – dem Blut der Wissenschaftler, der Sozialisten eines neuen Sozialismus, der Führer der Menschheit! Pet, auch du kannst nicht wollen, daß unsere Kinder auseinandergerissen werden. Meine größte Hoffnung war immer, mächtige Kinder zu zeugen, einen Stamm von Riesen, der mir nachfolgen kann. Und weil du mich danach gefragt hast: Das ist auch der einzige Grund dafür, warum ich dir all diese Jahre der Unzufriedenheit zugemutet habe. Ich tat es bereitwillig, trotz meines eigenen Kummers – und ohne deine Liebe, wie du sehr wohl weißt. Niemand, der mich kennt, könnte meine Motive in Frage stellen.«

Henny schwieg weiterhin und beugte sich über ihre leere Tasse, den Kopf in die Hand gestützt.

»Ich hoffe, daß du mich letztlich doch noch verstehen wirst«, sagte Sam mit sanfter Stimme.

Drückendes Schweigen breitete sich aus; die heiße Luft schien stillzustehen. »Pet«, sagte Sam nach einer langen Pause, »sieh mich an. Laß mich nicht nur deinen Hinterkopf sehen.«

Der Atem des Schlafes zog durch das restliche Haus; Bonnie hatte ihren Posten auf der Treppe längst aufgegeben. Henny, wehrlos durch die Abwesenheit des Hasses in einer jener ziellosen Flauten, die es in jedem Krieg geben muß, wandte sich zu ihm um und sah ihn mit ihren großen, braunen Augen an. Diese Augen mit ihrer Umrandung aus rabenschwarzen Fransen, lang und wohlgeformt unter den hohen, dünnen Brauen, hatten Sam schon immer tief bewegt; selbst wenn sie in einer Laune gefangen war, die er verabscheute, wenn sie einfach dasaß und ins Nichts starrte und mit ihren Trugbildern Zwiesprache hielt, tat ihm die lieblose Schönheit dieser Augen in der Seele weh.

»Pet«, sagte Sam und streckte seine Hand nach ihr aus. »Komm her, komm zu mir. Sitz nicht dort wie eine Fremde, eine Fremde an meinem Herd.«

Henny rührte sich nicht, sondern sah ihn nur grüblerisch an, ihr Mund bewegte sich unbestimmt. Sam führte sie in Versuchung.

»Du wirst lange Zeit hier alleine sein«, sagte er. »Komm jetzt zu mir. Du mußt es wollen.«

Am Ende stand er auf und kam auf sie zu; sie hob die Hände, aber sie küßte ihn, als er sich über sie beugte.

»Mein liebes Mädchen«, sagte er voller Leidenschaft, »laß uns noch ein Kind zeugen, das all unseren Kummer besiegelt. Laß uns mit diesem Kind ein neues Leben beginnen! Ich spüre, wieviel noch vor mir liegt: Nichts kann mich mehr aufhalten. Wenn du die Stärke in mir nur nutzen und zum Guten wenden könntest. Ich will glücklich sein. Küß mich, mein Mädchen: Laß dies unsere feste Burg sein gegen alle Welt. Ich werde dir helfen, mich zu verstehen. Weißt du, Pet«, sagte er sehr leise, »ich brauche eine Frau, die mich versteht. Das ist meine Schwäche. Ich will, daß du mich verstehst.«

Zitternd fuhr sie auf; doch seine lange Treue, derer sie sicher war, berührte sie, trotz aller Vorsätze. Sie begann, die Tassen und Untertassen zusammenzuräumen, und um sich zu rechtfertigen, dachte sie:

»Ich werde jeden Penny meiner Schulden aus ihm herausleiern, ehe er auf Reisen geht; ich werde einen Weg finden. Ich werde nicht leiden müssen«, und ein kleines Rinnsal des Mutes kehrte in ihre Adern zurück.

FÜNFTES KAPITEL

1 | *Keine Verlassene mehr*

In der ersten Woche der Sommerferien verschwand Louie stets auf geheimnisvolle Weise zu den Verwandten ihrer Mutter, die im Tal des Shenandoah lebten, an den blutgetränkten Berghängen bei Harpers Ferry und in der hügeligen Landschaft am oberen Flußlauf bei Charlestown und Winchester mit kleinen Farmen und ausgedehnten Obstplantagen. Einer von ihnen, Reuben Baken, besaß einen Kramladen in Frederick; ein anderer führte ein großes Geschäft für Schiffsausrüstung und Lebensmittel am Marktplatz von Baltimore, gleich gegenüber vom Fischmarkt – dort hatten sich vor vierzehn Jahren Sam Pollit und Rachel Baken kennengelernt. Sie stammten aus Virginia, hatten ihre Wurzeln aber in Maryland, wo sich bald nach dem Unabhängigkeitskrieg ihre aus dem westenglischen Marschland stammenden Vorfahren niedergelassen hatten, und waren seit der Reformation allesamt linksgerichtete Dissenter, unabhängig, erfüllt von der Liebe zum Lamm Gottes, blaßhäutig, schwarzbärtig, hochgewachsen, von Inzucht gezeichnet, gleichgültig oder zumindest frei von Stolz auf das Alter ihrer Sippe, kleine Farmer, Handwerker oder Ladenbesitzer, zurückhaltend, mit melodischen Stimmen, sanft, aber beharrlich, die ruhige Lebensart und klangvolle Sprache von Worcester und Shrewsbury noch in ihrem Blut. Die Familiengeschichte war voller Irrungen, aber es gab nichts zu verbergen: Alles wurde mit biblischer Einfachheit offen dargelegt. Die Pollits behüteten grimmig und mit der Hitzköpfigkeit von Kindern ihre ganz gewöhnlichen Kümmernisse; Henny log und heuchelte und schämte sich vor »dem Kind einer anderen Frau«, die Bakens dagegen sahen nie irgendeinen Grund, sich geheimnisvoller zu geben, als Jesaja es seinerzeit gewesen war. Der Großvater, Israel Baken, war am großen Schicksalstag im Dezember 1859 sieben Jahre alt gewesen und hatte dieses Erlebnis nie vergessen: Die Familie hatte die Geschichte der Union als eine Geschichte der Verkürzung und Abschaffung unfreiwilliger Knechtschaft begriffen, und Israels Vater, der gegen die Sklavenhalter gekämpft hatte, war bei der Eroberung Winchesters durch die Soldaten der Union im Dezember 1862 gefallen. Israel, der älteste von drei Söhnen, hatte acht Jungen und drei Mädchen: Reuben, Simeon, Judah, Beulah, Joseph, Benjamin, Leah, Rachel, Dan, Jacob und Zachariah. Hennys formelhafte Erklärung für ihre Kinder lautete, Louie habe eine Tante, bei der sie den Sommer verbringe, und diese Tante war Tante Beulah, die einmal im Jahr zu Beginn der Sommerferien zu einem höflich-gezwungenen Nachmittagstee bei Henny erschien, um Louie abzuholen.

Rachel, die im Sterben gelegen hatte, als Louie sechs Monate alt gewesen war, hatte ihrer ältesten Schwester zugehaucht: »Kümmere dich um das kleine Mädchen; er ist ein guter Mann, Beulah, aber er hat keine Ahnung von Kindern«, und Beulah hatte versprochen, ein Auge auf das Kind zu halten. Diese Verpflichtung fiel ihr von Jahr zu Jahr schwerer. In den fetten Jahren, in der Blütezeit von Harpers Ferry, war Beulahs Pension den ganzen Sommer über ausgebucht gewesen, und an den Sonntagen waren die Tagesausflügler mit ihren Autos aus Washington gekommen, um Beulahs Hühnchen zu essen. Ihr Mann Charlie war den ganzen Tag über auf der eingezäunten Veranda hinter dem Haus damit beschäftigt gewesen, für die Ausflügler Hühnchen zu schlachten, zu rupfen und auszunehmen, manchmal bis zu zweihundert Stück. Aber dann kam Harpers Ferry aus der Mode, die Leute fuhren lieber zum Skyride hinauf; selbst die Bewohner von Harpers Ferry zogen nach Charlestown und in andere Städte, ihre Kinder bekamen Stellen bei der Regierung, der Fluß trat über seine Ufer und ertränkte die Unterstadt, und so kam es, daß Harpers Ferry schon lange vor der Verlegung der Eisenbahnschienen nicht mehr das Tor zum Süden, der große strategische Angelpunkt für Kriegsparteien und Urlauber war und die Geschäfte immer schlechter gingen. Die großen Sonntagsessen hatte Tante Beulah längst aufgegeben, ihr geräumiges, sauberes, luftiges Haus hielt sie nur noch für gelegentliche Gäste offen. Ihre beiden Söhne standen im Dienst der Regierung, und ihr von Arthritis verkrüppelter Mann konnte sich höchstens noch ein wenig im Garten und rund ums Haus nützlich machen. Zwar half er manchmal in der Autowerkstatt aus, aber ohne Bezahlung. Sie besaßen ein zweites Haus in der hinteren Straße, die zum Friedhof führte, vermieteten es aber nur noch selten. Die Zeiten hatten sich geändert. Und während das Einkommen magerer wurde, wurde Louie größer und dicker, hungriger und träger. Die reichen Pollits – jedenfalls waren sie das für Tante Beulah – hatten nie auch nur einen Cent für Louies zwei- oder dreimonatigen Ferienaufenthalt bezahlt und auch zu den Fahrtkosten nichts beigetragen. Tante Beulah wurde von Mal zu Mal gereizter und versuchte, das große Mädchen dazu zu bringen, sich im Haus nützlich zu machen, schämte sich aber gleichzeitig dafür: Das Kind war gelb wie heller Honig, und doch erinnerte es sie an die blauschwarze Rachel, die nun schon so lange unter den Toten weilte – ihre langen Wimpern jedoch, ihr rebellischer kleiner Mund und ihre hohen Wangenknochen lebten in der kleinen Louie weiter. Jeder wußte, daß Louie im Haus »der Stiefmutter«, in dem es zwar jede Menge Kinder, aber keinerlei Dienerschaft gab, ein ziemlich hartes Leben führte.

Wenn Beulahs blasse Söhne aus dem Männerwohnheim nach Hause kamen, waren sie äußerst nett zu ihrer kleinen Cousine, hängten ihr eine Hängematte auf, gaben ihr Bücher zum Lesen, zeigten ihr, wie man Knoten bindet, Bäume pflanzt und so weiter; gutgläubig und voller Vertrauen trottete Louie hinter ihnen her und war traurig, wenn sie wieder verschwanden.

Hin und wieder schreckte Beulah sie aus ihren Träumereien, ihrer endlosen Lektüre und dem Rezitieren von Versen oder Szenen in irgendeiner abgelegenen Ecke des Gartens auf, um sie zu einem Besuch bei den anderen Bakens zu schleppen. Gleich an erster Stelle kam Onkel Dan, der in Charlestown wohnte sie und mit seinem Auto abholte. Alle Männer der Familie Baken waren hochgewachsen – Großvater Israel maß ein Meter neunzig, trug Wickelgamaschen und hielt sich so gerade, als hätte er eine Eisenstange verschluckt –, aber die meisten waren schlaksig, hager und sehnig. Der einzige von mittlerer Größe war Dan. Alle Männer der Familie Baken hatten fleißige, unzufriedene Frauen – Großvater Israels Frau Mary umwarb und umschmeichelte ihren Mann den lieben, langen Tag und konnte ihm doch höchstens ein paar mürrische Worte entlocken –, aber Onkel

Dans Frau, Tante Rose, war eine gezähmte Xanthippe. Alle Männer der Familie Baken waren gläubig – auch wenn Großvater Israel in seinem rigorosen, revolutionären Glauben viel zu stolz war, um sich irgendwelchen frommen Litaneien anzuschließen. Onkel Joseph lebte sogar in einer geschlossenen Anstalt, wo er von morgens bis abends nichts anderes tat, als Bibelverse zu rezitieren, aber keiner war in seiner Christlichkeit so ekelhaft süßlich wie Onkel Dan. Onkel Dan reiste seit dreißig Jahren als Lebensmittelvertreter durchs Land und glaubte an das Familienidyll von Frühstücksflocken. Dabei war er so süß wie Zucker, jenseits aller Vorstellung für die verlassene Louie, und war – nach der bodenständigen Beulah – stets der erste, der sie willkommen hieß in diesem Gelobten Land, in dem die Wasser zusammenflossen. Als sie das allererste Mal dort war und sich über Tante Roses reizbare Freundlichkeit wunderte, aßen sie gemeinsam zu Abend. An dem großen Tisch saß Dan am Kopfende, Rose ihm gegenüber, neben Dan saß Dan junior, zwei Jahre älter als Louie, und neben Rose saß Rose junior, zwei Jahre jünger als Louie, dazwischen noch zwei kleine Jungen. Neben Louie hatte Tante Beulah Platz genommen. Als der Salat aufgetragen wurde, stand Onkel Dan auf, und die Kinder, Rose, Dan, Klein-Nellie und David, knieten neben ihren Stühlen nieder. Tante Rose eilte derweil in die Küche, wo eine junge Frau mit dem Kochen beschäftigt war. »Nun, Rose«, sagte Onkel Dan gütig, und Rose band wütend ihre Schürze ab, kam zurück und setzte sich an ihren Platz, dann sagte Onkel Dan: »Du brauchst nicht niederzuknien, liebe Louie, aber wenn du möchtest, darfst du es natürlich«, und Louie ging sofort in die Knie, behielt aber die Augen offen und sah, wie Rose und Dan lächelten und sie erwartungsvoll anschauten. Nun ertönte Onkel Dans salbungsvolle, melodische Stimme, während er mit geschlossenen Augen dastand, die langen Wimpern auf die Wangen gesenkt und das feine, ovale Gesicht zur Decke erhoben: »Psalm achtundzwanzig, neun: ›Hilf deinem Volk und segne dein Erbe und weide und trage sie ewiglich.‹ Amen.« Dann ging er zum Gebet über und erwähnte all ihre Namen, »aber zuerst unsere liebe Beulah, die wieder einmal unter uns weilt, und vor allem unsere liebe kleine Cousine Louisa, die wir alle lieben, auch wenn wir sie viel zu selten sehen, Tochter meiner lieben Schwester Rachel, und die ganz gewiß zu

›einer schönen Krone in der Hand des Herrn und einem königlichen Reif in der Hand Gottes‹ heranreifen wird.«

Er hielt inne und wandte sich an das kleine Mädchen, das durch seine Finger zu ihren Cousins und Cousinen hinüberspähte, während diese wiederum durch ihre Finger zurückspähten: »Ja, liebe Louisa, wir sind sehr froh, dich bei uns zu haben.« Dann fuhr er fort, für sie alle zu beten und setzte sich mit einem Witz – »Jetzt haben wir den Salat« – an den Tisch und langte herzhaft zu, während die beiden Tanten Beulah und Rose wieder in die Küche eilten und sofort zu tratschen begannen: »Zwei Tage nach der Geburt ist Eva schon wieder aufgestanden, hat man so etwas schon je gehört?« Nach dem Essen lief die kleine Rose zu ihrem Vater, kletterte auf seinen Schoß, umschlang seinen Hals mit beiden Armen, lachte und schwatzte und bat ihn, am Samstag mit ihr ins Kino zu gehen, und der vierzehnjährige Dan sprach Louie im gleichen klangvollen Tonfall wie sein Vater an und lud sie ein, ihn in den Garten zu begleiten und sich seine Tauben anzusehen. Der kleine David brachte Louie eine Schachtel, einen Guckkasten, den er selbst gebastelt hatte, was die kleine, blonde Nellie dazu animierte, Louie ihre Puppe zu zeigen. In der Zwischenzeit liefen die Frauen hin und her, räumten auf und klatschten über Familienangelegenheiten: »Weißt du, was ich machen würde, wenn sie meine Tochter wäre? Ich würde ihr diese scheußlichen, meterlangen Haare abschneiden, dann wäre sie ihre Kopfschmerzen los.« Anschließend setzten sich die beiden auf die Schaukelstühle auf der Veranda, häkelten und stopften, während Nellie an den Rockzipfeln ihrer Mutter hing und Vater und Sohn Dan Arm in Arm spazierengingen. Immer wenn Louie in Sichtweite kam, nannten sie sie »unsere liebe Louie«, und als es Zeit war, schlafen zu gehen, gab es ein weiteres Gebet. Tante Rose las die Stelle vor, die Dan angekreuzt hatte: »›Danket dem Herrn für seine Güte und für seine Wunder, die er an den Menschenkindern tut, daß er sättigt die durstige Seele und die Hungrigen füllt mit Gutem.‹ Amen.« Dann wurden rundherum Gutenachtküsse verteilt, sogar Louie und der junge Dan küßten sich, ohne zu kichern, und Louie ging im Mädchenzimmer zu Bett, nicht ohne sich ein wenig befangen zu fühlen, weil die anderen beiden noch einmal beteten und sie nicht. Doch obgleich sie spürte, daß ihr Singsang und ihre Liebenswürdigkeit, ihr Niederknien und Geküsse, ihr Beten und ihr liebevolles Getue etwas Albernes hatten, etwas Dümmliches und Zurückgebliebenes, erschien ihr die Luft in dem niedrigen Schlafzimmer mit seinen Holzwänden und den vier mit Läden verschlossenen Fenstern angefüllt mit den Schatten von Mondschein und Bäumen und so rein wie das Wasser eines Flusses, der über Sandstein fließt. Sie war wieder – wie jeden Sommer – eines der Kinder Israels; niemand focht sie an im Hause Jakob, hier war sie keine Verlassene mehr.

Am Morgen schien die Sonne, und das Frühstück begann sehr fröhlich mit einem lächelnden Onkel Dan und einer besorgten Tante Rose, die zu den Kindern an den Tisch eilten. Onkel Dan band seine Krawatte um und sagte: »Guten Morgen, liebe Louie! – Habt ihr eurer kleinen Cousine, die bei uns zu Besuch ist, auch schon einen guten Morgen gewünscht? – Louisa, ich sage zum Frühstück immer den ersten Vers auf, der mir in den Sinn kommt, wenn ich morgens aus dem Bett steige«, und indem er wie ein gütiger Vogelvater mit geneigtem Kopf auf sie hinunterblickte, sagte er: »Kinder!« Erst als alle die Augen geschlossen und ihre Hände gefaltet hatten, rezitierte er: »›Und einer rief zum anderen und sprach: Heilig, heilig, heilig ist der Herr Zebaoth, alle Lande sind seiner Ehre voll.‹« Dann mußte Dan den Text aus Matthäus, Kapitel fünf, aufsagen, den er vor dem Schlafengehen gelernt hatte – sein Spiegel war rundherum mit Versen gespickt –, erst dann begannen sie mit dem Essen, und David fragte vorlaut: »Kann Louie auch einen Vers aufsagen?«, woraufhin Onkel Dan mit seiner ewigen Singsangstimme fragte, ob sie einen Vers aufsagen wolle, und Louie antwortete, daß sie keine Verse kenne. Kaum hatte sie dies gesagt, lachten die Kinder – die untereinander bereits über Louies phantastische Ungläubigkeit getuschelt hatten – und fragten, ob sie keine Sünderin und Gott nicht zornig auf sie sei. Aber Dan wies sie zurecht, und sie verstummten. Später fuhren sie zu Onkel Reuben in Frederick. Die junge, blonde, schlichte und unbedarfte Frau, die Louie unter dem Namen Tante Jeanette kannte und fürchtete, kam kurz herein, um ihr guten Tag zu sagen, zog sich aber gleich wieder mit Tante Beulah ins Geschäft zurück und ließ Louie mit Reuben allein.

Reuben war über einen Meter achtzig groß, von seiner Brusterkrankung gebeugt, hatte ein blasses Gesicht mit großen dunklen, brennenden Augen und spärliches schwarzes, gelocktes Haar. Er war der ansehnlichste Mann, den Louie je gesehen hatte, und auch der sanfteste. Tante Jeanette kam ein paarmal herein, um mit verächtlicher, griesgrämiger Stimme Fragen zu stellen, auf die Reuben mit unendlicher Geduld und Güte, wenn nicht gar Liebe antwortete. Dann ging er zum Regal, um Louie die wenigen Bücher, die er besaß, zu zeigen: *Des Pilgers Reise, Das verlorene Paradies* und Redpaths *Das Leben des Captain John Brown* in der Ausgabe von 1860 mit den herrlichsten Stahlstichen.

»Sein Bein tut ihm heute weh«, erklärte Tante Jeanette währenddessen Tante Beulah im Durchgang zum Laden, nachdem sie wieder einmal kurz ins Zimmer gekommen war. Reuben zeigte keine Anzeichen von Leid; in zögernden Worten erzählte er ihr die Geschichte von *Des Pilgers Reise* und machte dabei ein ernstes Gesicht; gelegentlich hielt er inne, die Augen starr auf sie gerichtet. Plötzlich verzogen sich seine langen, dunklen Lippen zu einem Lächeln, sein Gesicht war nicht mehr das eines an Schwindsucht sterbenden Mannes mit brennenden Augen, sondern das atemlose Staunen menschgewordener Liebe, das durch stimmlose, aber nicht geheime Zeichen zum Innersten des Kindes sprach. Reuben hatte keine Tochter und mochte das einzige Kind seiner Lieblingsschwester von Herzen gern. Er glaubte, falls er in den Himmel kam – falls Gott ihn als würdig erachtete –, würde er als erstes seine Schwester Rachel sehen und froh sein, ihr Nachricht von dem Kind bringen zu können, das sie so früh verlassen hatte, und so verschlang er das Mädchen mit den Augen eines baldigen Toten. Obgleich das Haus ärmlich und das Hinterzimmer, in dem der kranke Mann saß, dunkel, unordentlich und stickig war und die Familie nicht einmal auf die zerbrochenen Kekse aus ihrem schmuddeligen Laden verzichten konnte, wollte Louie nicht gehen.

Doch sie machten weiter ihre Runde bei den vier oder fünf Männern der Familie Baken, die eigene Haushalte hatten – den religiösen und den dichtenden Irren nicht mitgezählt – und kehrten nach sechs Tagen zurück nach Harpers Ferry, wo inzwischen Großvater Israel mit seiner sanften, beflissenen Frau Mary angekommen war, um sich für zwei Monate einzunisten. Israel war über achtzig, hatte kein Geld und quartierte sich reihum bei seinen Söhnen und Töchtern ein. Seine Ankunft wurde stets mit einem geflüsterten »Vater ist da!« angekündigt, sein Bleiben mit einem ebenfalls geflüsterten »Vater ist noch bei mir!« mitgeteilt, und die Antwort darauf beschränkte sich auf ein kurzes Nicken und einen verständnisvollen Blick. Selbst aus einer Entfernung von elf oder vierundzwanzig Meilen wurden die Worte »Vater ist da!« nur im Flüsterton gesprochen.

Israel hatte nie ein Wort an Louisa gerichtet, weil sie der Nachkömmling einer ungehorsamen Tochter und eines Atheisten war. Die emsige, zierliche Mary führte sie Jahr für Jahr zu ihm – in diesem Jahr war Louie größer und breiter als die alte Großmutter – und sagte: »Israel, hier ist Louie, Rachels Tochter«, doch der rastlose Mann, der wie ein Panther ruhelos im Zimmer auf- und abschritt, schob sie schweigend zur Seite, wenn sie ihm im Weg stand, und hob den schmalen, greisen Kopf ein wenig höher.

In diesem Jahr sagte Großmutter Mary, als sie das Kind ins Zimmer zerrte, in leicht mißbilligendem Ton: »Israel, hier ist Louisa. Denk daran, wir sind alt, wer weiß, ob wir sie je wiedersehen!« Der alte Mann blieb einen Moment lang stehen und blickte auf das Mädchen hinab, und Louie, die zu ihm hochsah und sich dabei weniger fremd fühlte als bei den früheren Malen, sah sein schwarzgesträhntes Haar, die lange Nase, den festen, verbissenen Mund und das breite, kantige Kinn, die ungleichen Augenbrauen über den starrenden, grauen Augen und die breite, niedrige Stirn, die mit animalischer Schwere auf die Schläfen drückte und die gesamte Kopfform bestimmte – auf hämische Weise eitel, ja, stolz, enttäuscht, aber unnachgiebig auf den steifen Schultern. In Gegenwart der meisten Erwachsenen fühlte sich Louisa eingeschüchtert, aber als sie diesen alten Mann ansah, der sie nicht mochte, der sie häßlich und abstoßend fand, blieb ihr Blick kühl; sie entdeckte keine Kraft in den grauen Augen, keine Leidenschaft für das eigene Selbst. Die alte Frau betrachtete die beiden aufmerksam, sagte aber kein Wort. Nach einer Minute zog der Mann die Schultern zurück, nahm seinen Schritt wieder auf und ignorierte das Mädchen vollkommen; dann fragte er: »Mary, was ist das für ein Lärm?«, was seine Frau aufschrecken, in die Küche eilen und das Kind mit sich fortziehen ließ.

Es waren die einzigen Worte, die Louisa von dem eisernen Israel jemals zu hören bekam.

Israel lebte bei seinen Söhnen und Töchtern, die er von der Festung des Gästezimmers aus kommandierte, doch er gehörte nicht zu ihnen, ob er nun bei der freidenkerischen Beulah, dem gottseligen Dan oder dem strengen Simeon war – Reuben war zu arm, um ihn aufzunehmen. Er setzte sich nicht zu ihnen, sprach nicht mit ihnen, ging nicht mit ihnen spazieren. Er tat nichts weiter, als niedergeschlagen auf dem Bett zu sitzen und vor sich hinzustarren oder unaufhörlich auf- und abzulaufen, verbittert und bereit, jederzeit zuzuschnappen, wie ein Hund, den man allein zur Bewachung eines Anwesens zurückgelassen hat. Sie ließen ihn in Ruhe, gaben ihm keine Gelegenheit, herumzutoben, aufzubrausen oder zu klagen. Er wollte zornig sein, denn der Zorn war seine Berufung, aber er hatte nichts, an dem er sich hätte entzünden können; die Welt ließ ihn nicht zürnen, das war die größte Ungerechtigkeit, an der er litt. So stolzierte er auf und ab und grummelte ganz vergeblich. Immerhin hatte sein Zorn ihn achtzig Jahre lang jung gehalten, schwarzhaarig und voller Energie. Was seine Kinder betraf, sehnten sie alle insgeheim seinen Tod herbei. Sie dachten nicht an die Gebote der Heiligen Schrift, wenn es um ihn ging, denn er selbst war die Bibel: Was er wollte, war auch der Wille Gottes. So war es immer gewesen. Er hatte selbst eine Armee gegen sich aufgestellt, genoß ihren Haß und verachtete sie, obwohl sie nur aus seinen eigenen Kindern bestand. Er war ein überzeugter Hasser, Zyniker und Verächter, eine mürrische, streitbare, knorrige Kreatur. In dem Monat, den er im Haus seiner Tochter Beulah verbrachte, vernahm niemand je auch nur ein menschliches Wort aus seinem Mund, obwohl sie Mary tagein tagaus begütigend auf ihn einreden hörten; er selbst verständigte sich bloß mit Zeichen und Blicken. Als Beulah ihn nicht länger beherbergen konnte, zumal sie noch Louie zu beköstigen hatte, schrieb sie einen Brief, auf den sie eine rasche Antwort bekam, und es gab eine tränenreiche Szene, in der Beulah erklärte, die Eltern würden bei Rose Aufnahme finden. Die arme alte Frau jammerte und schluchzte, sie würden nur hin- und hergeschoben, niemand wolle sie haben, nein, nicht einmal die Töchter, die sie unter Schmerzen geboren habe; nicht einmal die Frauen, die doch eigentlich wissen müßten, was sie zu ertragen habe. Dann weinte auch Beulah, und Louie, die am Kopfende des Tisches saß, weinte ebenfalls, und nachdem sie geweint hatten, fühlten sich alle drei Frauen in Liebe vereint. Doch selbst dies hielt die Großmutter nicht davon ab, schließlich hinauszugehen. Beschämt, aber entschlossen, folgte ihr Beulah, um die Sachen zu packen, und dann war der alte Mann zu hören, dessen Zorn endlich eine Ursache gefunden hatte; doch was gesagt wurde, und ob dabei menschliche Worte fielen, konnte Louie nie in Erfahrung bringen, weil es hinter geschlossenen Türen geschah. Als die alten Leute abgereist waren, bekam Louisa deren Zimmer zugeteilt.

Dans Kinder, die kleine Rose und der kleine Dan, kamen etwa einmal in der Woche nach Harpers Ferry, um Louisa zu besuchen. In den baumbeschattenen Räumen im Obergeschoß hatten sie reichlich Platz. Louie machte sich nicht besonders viel aus Rose, einem brünetten, dürren, kleinen Drachen, verbrachte aber viel Zeit mit Dan, und wenn Rose anderweitig beschäftigt war, unternahm sie mit ihm lange Spaziergänge, vor der feuchten Schwüle eines von drückenden Wolken verhangenen Himmels oder der klaren Hitze eines strahlenden Hochsommertages zunächst noch von den alten Bäumen an der hinteren Straße zum Friedhof geschützt, einer grasigen Welt der weiten Blicke, wie das Haus des Herrn auf dem Gipfel, wie der Berg, auf dem Dans Herr Zebaoth den Völkern ein fettes Mahl bereiten wollte. Dann nahmen sie entweder den kleinen Pfad hinter dem Jefferson Rock, der die Straße am Fluß überragte, und setzten sich, um über die Schlucht oder den Shenandoah hinauf zu schauen, oder sie rutschten auf der anderen Seite des verwitternden Wärterhäuschens herunter, um den Pfad zu suchen, von dem aus sie bis zum Potomac blicken konnten, der von den Bergen herunterkam, vorbei an ehrwürdigen Schatten und verrosteten Toren, an den Stufen zu Füßen der Berge, an der Reihe kleiner Pappeln und den von der Flut vernichteten Häusern mit ihren gezackten Rissen und durchhängenden Balken, vorbei an üppigen, nutzlosen Gärten und Hinterhöfen mit fetten, vom Hitzschlag bedrohten Schweinen bis hin zum alten Waffenlager und der Ruderfähre. Manchmal gingen sie von dort aus weiter, unter dem Jefferson Rock entlang, und nach einer gefährlichen Kletterpartie zurück zu ihrem Ausgangspunkt. Dan redete wenig, aber er fand an den gleichen Dingen Gefallen wie sie; er war von Natur aus fröhlich und sprudelte in seiner wohltönenden Stimme vertrauliche Mitteilungen hervor. Onkel Charlie nannte die beiden Schwarz und Weiß: »Nun, wie ich sehe, waren Schwarz und Weiß wieder einmal unterwegs auf der Suche nach dem Papierblätterbaum.« Er tat so, als wäre dies ein vielgesuchter, aber niemals entdeckter Baum, und erzählte ihnen dann eine seiner Geschichten:

Eines Tages, als sie gerade ein Haus auf dem Berg errichteten, ein altes Holzhaus mit prächtigen Säulen – zufällig war es einen Tag vor Weihnachten –, kam ein Mann in einer Kutsche mit zwei Pferden angefahren und sagte, wenn sie die Kutsche und die Pferde nähmen und ihm Herberge gäben, würde er ihnen beim Hausbau helfen. Er hatte weder Geld noch ein Zuhause, und so nahmen sie ihn bei sich auf. Er schnitzte die vier Säulen für die Veranda und lebte ein ganzes Jahr bei der Familie, bis er am Weihnachtsmorgen des nächsten Jahres seinen Hut nahm, Lebewohl sagte, seiner Wege ging und meinte, beide Seiten hätten nun den Vertrag erfüllt. Das Haus stand noch immer dort, verfallen, aber mit vier geschnitzten Säulen – das war Onkel Charlies Geschichte. Anschließend forderte er sie auf, die Bäume in seinem Garten beim Namen zu nennen: die englische Walnuß, die japanische Zeder und zwei Colorado-Tannen, die eine bläulich und wie mit weißem Mehl bestäubt, die andere grün, ein Trompetenbaum und eine Dattelpflaume. Dann schlenderten sie langsam durch die tiefgrünen Straßen zum Neger-College mit seinen herrlichen Bäumen und sahen weit hinaus in die blauen, kalkigen, rauchigen Täler. Manchmal legte Dan seinen Arm um Louies Taille oder hielt ihre Hand hinter ihrem Rücken, und die Bakens und die Strenge ihrer Sprache – sie redeten niemals um den heißen Brei herum –, die so direkt war wie die Sprache gläubiger Dorfbewohner, ja einfach alles in diesem Land – das Zusammenfließen der Wasser und die südliche Sonne, die sich über die Berge und ihre brennenden, seidigen Köpfe ergoß, John Brown's Fort, die sternenreichen Nächte, die kreischenden Rutschpartien vom geheimnisumwitterten, bewehrten Belagerungsfelsen, die ruhigen, verlassenen Straßen, die offen zutage tretenden Sorgen über den tiefen Fall der Stadt und ihrer Immobilien –, all das machte das Harpers Ferry ihrer Sommer zu einer

Art von Offenbarung für Louie: Die hochfliegenden, hochgeistigen Himmel der Polliterie waren eingerollt und machten einer Landschaft Platz, die sich bis zum fernen Horizont erstreckte – einem uralten, fruchtbaren Bauernland, dessen Bewohner sich im Schutz anderer Sitten und Stammesidole für die Kinder Gottes hielten, die bei ihren Leisten blieben, den Schöpfer lobpreisten und ihre bescheidensten Taten mit dem Donner mystischer Lieder begleiteten.

Dann kam der Tag, an dem Louie nach Hause zurückkehren mußte. Großmutter war da, für einige Tage von dem tyrannischen Israel befreit, und aus der Küche, wo Tante Beulah und Großmutter sich fragten, warum Louies Eltern kein Geld für die Fahrkarte oder überhaupt irgend etwas anderes schickten als einen Brief, in dem sie auf ihrer Rückkehr bestanden, war beleidigtes Gemurmel zu hören. Aber Louie war satt und verwöhnt von zwei Monaten der Behaglichkeit, sie schwebte auf einer Wolke, war von Lächeln eingehüllt; und da sie die leise vorgebrachten Beschwerden nicht wahrgenommen hatte, bat sie sogar noch um etwas Geld, um ihren Geschwistern etwas mitbringen zu können. Sie freute sich sehr darauf, sie wiederzusehen, und auf die allgemeine Aufregung beim Auspacken der Geschenke. Nie im Leben würde sie nach Hause zurückkehren, ohne ihnen etwas mitzubringen. Die beiden Frauen machten grimmige Gesichter und sagten mit scharfer Stimme: »Du bekommst dein Geld«, um dann wieder leise und mißmutig miteinander zu tuscheln; aber Louie fragte sich, wieviel Geld sie ihr wohl geben würden. Außer bei solchen Gelegenheiten bekam sie niemals Taschengeld.

Dann folgte die kurze Reise durch die felsige Landschaft nach Point of Rocks, mit der sie Reuben und Dan und schließlich ganz Israel in den Bergen zurücklassen mußte. Die noch immer verstimmte Tante Beulah brachte große Beherrschung auf, um Henny honigsüß zu begrüßen, und die Kinder purzelten vor Aufregung übereinander; Louie lief zu ihrer Reisetasche, die Kinder begannen darin zu graben, und Tommy fragte: »Wo ist Louie gewesen, Mutter?«, bis er die altbekannte Antwort hörte: »Bei ihrer Tante, Tommy, draußen auf dem Land.« Im Hause Pollit blieb das Volk vom Hause Baken ungenannt.

2 | *Monocacy*

Die Bäume neigten sich tief in beide Straßengräben, als sie die Cold Spring Lane hinunterfuhren, langsam in die steile Auffahrt einbogen und vor dem verglasten Vorbau aus dem Wagen sprangen. Monocacy, Hennys Elternhaus, war nicht nach dem Dorf, sondern nach dem gewundenen Flüßchen in Frederick benannt. Die beiden kleinen Mädchen in ihren neuen Mänteln freuten sich: Sie liebten das alte Haus mit seinen Bäumen, Wiesen, verwilderten Ecken, alten Ställen, Kuhweiden, Pferdekoppeln und Nebengebäuden; sie liebten den Herbst mit den gefleckten Wäldern, die abwechselnd warmen und kalten Luftströme, den Geruch nach brennendem Laub, die halb abgemähten Wiesen und die plätschernden Bäche. Ein kleiner Fluß durchzog den unteren Teil des Landes, das zu Monocacy gehörte, und wand sich dann weiter in Richtung Eisenbahn. Auf dem Hügel gegenüber lag ein altes Herrenhaus, umgeben von edlen Bäumen und einem verwitterten Zaun, der noch aus den frühen Zeiten der Besiedlung stammte. Auf anderen Hügeln, von der Straße aus nicht einzusehen, standen weitere alte Familiensitze aus Hennys Kindheit, als diese Gegend noch ein abgelegenes Refugium wohlhabender Familien aus Baltimore gewesen war. Inzwischen wuchsen neue Wohnanlagen und dunkle, flachgiebelige Bungalows den Berg hinunter auf das Flüßchen zu, Zweifamilienhäuser rissen klaffende Wunden in die unbebauten Wiesen, und übertrieben künstlerisch konstruierte, moderne Häuser reihten sich an der Landstraße auf.

Die vertrauten Rosen im Park von Monocacy trugen schwer an ihren viel zu zahlreichen Blüten, die Ziersträucher waren unbeschnitten, das Gras stand hoch, eine Tür zum Gewächshaus schwang auf, und die Sonne, die spinnwebartig in das Arboretum fiel, legte einen Dschungel aus Unkraut bloß. »Es gibt keinen Gärtner mehr«, rief Louie bestürzt. Der Wind, der durchs hohe Gras pfiff, kündete von Vernachlässigung; die schmierigen Sonnenspuren auf den ungeputzten Fenstern zeigten leere, staubige und verschlossene Zimmer. In dem großen Pelzmantel, den Hassie ihr geborgt hatte, bezahlte Henny das Taxi, wandte sich dem Haus zu und biß sich auf die Lippen. *Überall fehlt Geld* schien es ihr in riesigen Buchstaben entgegenzurufen. Sie wußte, daß, seitdem Hazel Moore Monocacy im Juli verlassen hatte, um ihr während Sams Abwesenheit zur Hand zu gehen, in dem alten Haus niemand mehr etwas getan hatte, außer einem kleinen Mädchen aus einer Besserungsanstalt in den Slums von Baltimore. »Das Kind der Liebe irgend eines Mannes wie Bert«, dachte Henny, von allem angewidert, als sie in die staubige Eingangshalle trat. »Ach, was hat die Welt für einen Sinn?«

Sie fanden die alte Ellen Collyer im Zimmer der Wirtschafterin, ganz in Schwarz und bis zum dicken, schlaffen Hals zugeknöpft, rundlich und friedvoll, eine grobe Häkelarbeit im Schoß. Die kleinen Mädchen liefen zu ihr hin und küßten sie: »Guten Tag, Ellen«, »Guten Tag, Ellen« – denn sie sagte stets, bei ihren vielen Enkelkindern käme sie sich vor wie die Großmutter der Nation, wenn alle sie *Grandma* nennen würden –, und Henny, die Lippen zu einem Schmollmund verzogen, sagte: »Hallo, Mutter, ist heute nicht ein scheußlicher Tag?«, warf ihren Mantel auf die Anrichte und ließ sich in einen Sessel fallen, nachdem sie an der altmodischen Klingel gezogen hatte.

Die Mädchen liefen gleich hinaus, während Hennys Mutter seufzte: »Ach, immer das gleiche alte Stäbchenmuster.« Und Henny lamentierte: »Das sieht aus wie der Unterrock einer alten Irin«, um Tee und ein Aspirin bat, die ganze Welt verdammte und nickte, ja, sie habe Briefe und Geld von Sam bekommen; wenn er fort sei, könne sie ihn ertragen, je weiter fort, desto besser! Die Mädchen durften sich frei im Haus bewegen, sie konnten in den runden Salon, ins Kinderzimmer und in all die geschlossenen Schlafzimmer der Familie gehen, die nicht mehr im Gebrauch waren, ins Billardzimmer und sogar in das dunkle Schrankzimmer am Fuß der Wendeltreppe, die zum Dach und zum Ausguck führte. Sie liefen durch die Küchen und schauten in die großen Wandschränke; Evie landete im Wohnzimmer mit den Vitrinen voller Porzellanpuppen in Spitzenröckchen, und Louie fand sich in den leeren Ställen mit den blanken Steinplatten wieder, wo es noch immer herrlich nach Heu roch und die Sonne die an dicken Balken hängenden, rissigen Halfter beschien. Nachlässig, hochgewachsen, dunkel gegerbt von der Sommersonne und erfrischt von den Kletterpartien auf dem Felsen in Harpers Ferry, verwirrt vom Aufstieg des Pilgers Christian zum paradiesischen Beulah, sie und Dan als Christian und Hopeful, aus der Burg des Zweifels befreit und in der Ferne, über den bewaldeten Bergen West-Virginias, die Himmlische Stadt erahnend, den goldenen Schlüssel der Verheißung in ihren Händen – doch welcher Verheißung? Der Verheißung, das weite Hochland der Jugend zu erreichen und die Welt endlich zu verstehen. Niemand hatte ihr in all den Jahren auch nur eine einzige Frage über ihre Sommerferien gestellt, und so war diese Welt ihr eigenes, heimliches Mesopotamien, ein von Engeln bewachtes Refugium, das Tal der Felsen, das von Flügeln beschattete Land, alle fernen Länder, Himmel, Sphären und Lieder in einem kleinen Felsen geborgen, den alle anderen nur Bolivar Heights nannten, Louie jedoch als ihren wahrgewordenen Traum erkannte. Neun Monate des Jahres waren angefüllt mit belanglosen Kümmernissen, Selbstzweifeln, Unsicherheiten und all den anderen Widrigkeiten der Vorpubertät, die den Körper ungelenk und schmutzig, die ganze Welt als Mißgeburt, das eigene Moralgefühl als Ansammlung von Skrupeln und den Geist als Sumpf des Zweifels erscheinen ließen. Drei Monate des Jahres jedoch lebte sie in Vertrauen, Liebe und Zuversicht.

Ein vages Bild von der goldenen Leiter im Kopf, stieg Louie die staubige Holzstiege zwischen Stall und Scheune zum Speicher hinauf und traf auf zwei offene Kammern ohne Türen. Auf dem Feldbett in der rechten Kammer lag Onkel Barry mit offenem Mund auf dem Rücken; ein gelber Sonnenstrahl fiel auf sein müdes Gesicht. Er war schlank und dunkel, Henny sehr ähnlich, aber ein Jahr jünger, fünfunddreißig, und Ellens letztes Kind. In Reichweite seiner herunterbaumelnden Hand standen zwei leere Whiskyflaschen, ähnlich denen, die Louie bei den verschiedensten Entdeckungsreisen durch Monocacy in Barrys Zimmer, dem Billardzimmer, dem runden Salon, auf dem Ausguck, hinter dem Misthaufen, auf den Hochsitzen am Rand der Koppeln, ja, sogar auf der Toilette des Stallburschen hinter dem Schuppen gefunden hatte. Gärtner und Stallburschen gab es hier nun nicht mehr, und Barry hatte sich in dem nach süßem Heu duftenden, staubigen Speicher seinen neuen Spielplatz eingerichtet, das Allerheiligste eines Trinkers, das es ihm erlaubte, sich ungehemmt seinem Vergnügen hinzugeben und als König der Einsamkeit zu regieren. Louie beugte sich über den schnarchenden Mann. Er war hochgewachsen und hatte einmal recht gut ausgesehen, in letzter Zeit aber etwas Bauch angesetzt. Louie mochte Barry. Normalerweise war er, wenn sie zu Besuch waren, »gerade ausgegangen«, doch selbst Louie ahnte, daß er irgendeine *Frau* in Baltimore hatte, zu der er ging, *ganz wie der Alte, der Apfel fällt nicht weit vom Stamm.*

Wer hatte es sagen hören? Aber die Kinder wußten es, und es erstaunte sie nicht. Er trank gern. Er hatte große, tief in den Höhlen liegende Augen; er taumelte leicht, lächelte mit bedeutungsloser Ironie in seinen dunklen Schnurrbart und murmelte und raunte Louie mit seiner lieblichen, kaum hörbaren Baltimore-Stimme zu. Er lehnte sie nicht ab, zeigte sogar ein gewisses Interesse an ihr, leichthin und wie aus großer Entfernung; und manchmal erklärte er ihr etwas. Früher, in ferner, undurchdringlicher Vergangenheit, hatte er sich mit dem Färben von Stoffen beschäftigt, weil er die Idee hatte, in eine Hutfabrik in der Stadt einzusteigen; später hatte er mit einem Mann vom Johns Hopkins an einer anderen Idee gearbeitet – dem Drucken obszöner Bücher nach Geschäftsschluß auf einer kleinen Druckmaschine, und sie hatten damit sogar ein wenig Geld verdient. Aber dann hatte er seine Bemühungen um Arbeit ganz eingestellt und sich endgültig dem Trinken hingegeben, das jetzt seine einzige Beschäftigung war. Er hatte Charme, und bei ihm konnte man nicht so schnell ins Fettnäpfchen treten. Louie mochte ihn. Nachdem sie ihn eine Weile im Schlaf beobachtet hatte, wurde es ihr jedoch langweilig, denn es geschah nichts, er schrie nicht, sah keine Schlangen und stand nicht auf. Über die Reitkoppel und durch die leeren Küchen ging sie zurück zum Zimmer der Wirtschafterin.

»... und sagte, sie würde Permanganat nehmen«, berichtete Ellen, »weil Barry sie nicht heiraten wollte, obwohl sie in Schwierigkeiten war. Ich habe weiß Gott genug Ärger erlebt.«

»Erinnerst du dich noch an die arme Unglückliche, wie hieß sie noch gleich? Du weißt schon ... die Sleighs ... Delia! Sie war in einem schrecklichen Zustand, als man sie endlich fand. Sie hatte Lysol genommen?«

»Letztes Jahr haben sie im Gebüsch eine Frau gefunden, die über zweihundert Aspirin geschluckt hatte – Vater im Himmel!«

Henny rutschte ungeduldig im Sessel hin und her. »Es gibt so viele Arten, sich das Leben zu nehmen, Permanganat ist hoffnungslos altmodisch. Meinst du, ich würde zu Permanganat greifen? Ich würde mich doch nicht innerlich verätzen und dann auch noch so lange leben, daß ich die ganze Geschichte erzählen muß. Idiotinnen! Es ist ganz einfach. Ich würde mich ertränken. Warum nicht den Kopf in einen Gasofen stecken? Es heißt, das röche gar nicht so übel. Ich weiß nicht. Ich habe auch schon daran gedacht, meinen Zahnarzt zu fragen, mir was von dem Zeug, dem Lachgas, zu geben. Wenn man zuviel davon nimmt, dämmert man herrlich in den Tod hinüber. Oder wie wäre es mit einer Überdosis Äther? Permanganat, Karbolsäure oder Arsen – wer würde denn so etwas noch schlucken? Es gibt so viele andere Möglichkeiten. Sam zum Beispiel hat immer Zyanid im Haus. Damit tötet man Schädlinge, weißt du, man pustet es in die Löcher. Oder Barry könnte mir was besorgen. An die einfachen Sachen kommt jeder dran. Daß ich zweihundert Aspirin schlucke, dabei wird mich niemand erwischen – mein Herz würde verrückt spielen, und das könnte ich nicht ertragen. Vom Ertränken halte ich auch nicht viel. Ich habe schon mal überlegt, mir im warmen Bad die Pulsadern zu öffnen. Ich habe von einer Frau gehört, die das gemacht hat, aber ich glaube, dazu wäre ich zu schwach. Warum bis zum Schluß noch leiden? Es muß doch andere Möglichkeiten geben. Ich könnte mit einem Arzt anbändeln und ihn dazu bewegen, mir etwas zu geben. Erst läßt du dich mit ihm ein, dann rückst du ihm auf die Pelle, und schon bald hat er genug von dir, du fällst ihm zur Last, du sagst ihm, du bist schwanger und bittest ihn um ein Mittel, er wird dir schon etwas Wirksames besorgen. Oder du besuchst ihn in seiner Praxis, er vertraut dir und läßt dich allein, oder er läßt das Zeug mit Absicht unverschlossen – ach, ich habe mir schon hundert Möglichkeiten ausgedacht. Nur ein dämliches Dienstmädchen wäre so blöd, auf Karbolsäure zu verfallen. Rattengift wäre zu schrecklich und läßt sich außerdem immer nachweisen. Einen Revolver könnte ich nicht nehmen – die Hand würde mir zittern! Ich bin mir sicher, ich wäre eine miserable Schützin, und ich wüßte auch nicht, wo ich es tun sollte. Wenn du in den Wehen liegst, ist das etwas anderes: Du willst sterben, aber du willst auch das Kind sehen. Bei mir war es nie so schlimm, und immer dann, wenn ich ihnen gerade sagen wollte, sie sollten mich und das Kind ertränken, kam es raus, und das gab mir zu denken. Krank genug werde ich irgendwie auch nicht. Jeder sollte doch meinen, ein dünnes Fädchen wie ich, schwach und kümmerlich, würde an der erstbesten Krankheit zugrunde gehen. Aber meinst du, ich kriege mehr als meinen üblichen Husten im Winter? Ich wette, mit all meinen Zipperlein werde ich noch über neunzig. Allein die Vorstellung: weitere fünfzig Jahre mit diesem Großmaul! Kein Wunder, daß ich mir selbst den Garaus machen will. Wer würde das nicht wollen? Du schimpfst, aber wenigstens hat Dad dich in Frieden gelassen, er hat nicht versucht, dich zu Tode zu schwätzen.«

»Eleanor hat keins, Hassie hat nur diesen einen jämmerlichen kleinen Knirps, und du hast einen ganzen Stall voller kräftiger Rangen«, sagte die alte Frau, »und schau dich an – du warst nie anders! Eine Bohnenstange. Aber du warst ein hübsches Mädchen! Ich dachte immer, du würdest diesen Albert heiraten!«

»Ach, sei bitte still, Mutter!«

»Sieh dir Wally an«, erwiderte die alte Frau lachend. »Was ist los mit dir? Warum suchst du dir keinen anderen? Du hinkst ein bißchen hinterher, das ist alles. In deinem Alter könntest du dir noch einen König angeln.«

»Einen König habe ich schon, oder besser: einen Gott, und einer ist mir mehr als genug. Nächstes Mal angele ich mir irgendeinen Bauarbeiter, besser als so ein Professor ist der allemal. Lieber wasche ich für einen Trinker, als so einen eingebildeten Schnösel für mich arbeiten zu lassen. Zumindest ist bei uns immer etwas los. Ja, natürlich, ich bin mir sicher. Es ist schon wieder soweit. Stell dir das vor! Ist das nicht eine Schande? Was soll ich mit noch einem Balg? Ich stecke jetzt schon bis zum Hals in Schulden. Ich fühle mich abscheulich, und auf der Taxifahrt hierher war mir speiübel. Gott, was wir Frauen uns alles gefallen lassen müssen! Und dann erlaubt man mir nicht einmal, mich zu beklagen.«

»Du kennst die Geschichte von dem Arzt, der einen Mann im Flur des Krankenhauses unruhig auf- und abgehen sah und ihn fragte: ›Was ist los?‹ ›Meine Frau bekommt oben gerade ein

Kind‹, sagte der Mann. ›Und warum gehen Sie dann nicht hoch?‹ fragte der Arzt. ›Lieber nicht‹, sagte der Mann, ›wir reden nicht miteinander. Ich möchte kein allzu großes Interesse zeigen, wir haben seit zwei Jahren nicht mehr miteinander gesprochen.‹ ›Und dann ein Kind?‹ fragte der Arzt. ›Das müssen Sie mir erklären.‹ ›Na ja‹, sagte der Ehemann, ›so böse bin ich ihr nun auch wieder nicht.‹ Das erinnert mich an die Frau mit den sechs Kindern, die dem Volkszähler sagte, sie sei eine alte Jungfer, aber nicht von der kleinlichen Sorte. Und hast du von der Frau gehört, die immer zu Dr. Uno gegangen ist, und er hat sie gefragt: ›Wer ist der Vater?‹, und sie hat gesagt: ›Mr. Soundso‹, und der Arzt hat gefragt: ›Warum heiraten Sie den Mann nicht?‹ Und sie hat gesagt: ›Ich mag ihn nicht, Doktor.‹ So bist du auch, Henny, genau so!« Sie schlug lachend mit der Häkelnadel gegen ihr Knie. »Du hast es dir selber eingebrockt. Wozu? Jedenfalls kannst du dem Mann nicht vorwerfen ...«

»Alle Männer sind Schweine«, sagte Henny bestimmt.

»Hör endlich auf, dich von Brot und Sauce zu ernähren, wenigstens mir zuliebe«, sagte die alte Ellen. »Soll das ein richtiges Essen sein? Kein Wunder, daß du dich schlecht fühlst. So hast du es schon gemacht, als du noch klein warst, deshalb bist du auch so ein Hälmlein im Wind. Wenn du ein bißchen mehr Fleisch auf den Rippen gehabt hättest, hättest du diesen ...«

»Ach, Mutter, hör doch auf, jedesmal auf Albert herumzureiten«, erwiderte Henny ungeduldig. »Wann kommt Archie? Ich glaube, ich lege mich noch ein bißchen hin. Wo ist Hassie? Ich hoffe, sie fährt mich zurück, ich kann mir die Taxifahrten nicht leisten. Ohne sie bin ich aufgeschmissen.«

»Wirst du wohl aufhören, so nervös herumzuzappeln?« fragte Ellen.

»Ich habe dieses Muster satt«, grummelte Henny. »Aber alle anderen sind davon begeistert. Letzten Monat habe ich drei Mützen gemacht.«

»Du hast schon immer geseufzt und gestöhnt«, sagte die alte Ellen, »und den Jungen Glubschaugen gemacht. Zurückhaltung kanntest du nie. Erinnerst du dich noch, wie Dunne Legge dich geküßt hat und du mir erklärtest, ihr würdet heiraten. Oh, haha!«

»Das war kein Witz«, erwiderte Henny. »Ich war ganz verrückt nach Dunne – genauso wie nach meinen anderen Flammen.«

»Tja, das ist jetzt alles Vergangenheit.«

»Damals war Dunne im Krankenhaus, und ich habe ihm Bettsocken geschickt, und er meinte, er bräuchte ein Mädchen, mit dem er Spaß haben kann, keine Krankenschwester! Dieser Wichtigtuer! Das ist jetzt schon die zweite Masche, die ich fallenlasse. Es ist zum Verzweifeln. Und auf einmal hatte Vater es so verdammt eilig. Ein Inspektor vom Amt für Fischereiwesen!«

In dem Moment drang Lärm aus der Eingangshalle. Evie stürzte herein, um Tante Hassies Ankunft zu verkünden. Henny und ihre Mutter standen auf und begrüßten Harriet, die hereinkam und fröhlich sagte: »Ratet, wem ich zufällig begegnet bin! Keinem anderen als – Dunne! Und wißt ihr, was er mir erzählt hat? Die arme Connie ist endlich gestorben. Dafür kann man nur dankbar sein. Wie ich gehört habe, hat sie den Arzt unaufhörlich angefleht, ihr zum Tod zu verhelfen.«

»Was hatte sie denn, ich habe nichts davon gehört?« fragte Ellen.

»Krebs, Darmkrebs ...«

»Oh! Und warum hat er ihr keine Überdosis gegeben und sie von ihren Leiden erlöst? Für ein Tier hätte er das ohne weiteres getan, aber wir müssen leiden!« Henny erschauderte. »Das macht mich ganz krank. Ich würde das für die Meinigen sofort tun, das sage ich euch ganz offen. Armes Mädchen!«

»Sie war längst kein Mädchen mehr, sondern eine dicke, kräftige Frau, mindestens so wie ich, ihre Schultern waren sogar breiter als meine«, sagte Hassie. »Aber sie war völlig abgezehrt, hat zum Schluß nur noch wie ein Gespenst ausgesehen. Ich hätte ihren Anblick nicht ertragen. Aber ich habe selbst auch Pech gehabt! Der Junge im Laden hat sich einen Knochen in den Finger gerammt und eine Blutvergiftung geholt, und das nur fünf Wochen, nachdem Pete mit dem Finger in die Wurstmaschine geraten ist.«

»Nichts als Ärger«, erklärte die alte Ellen. »In letzter Zeit häufen sich die Unfälle. Ist das nicht komisch? Irgendwie scheint es dafür eine Art Hochsaison zu geben.«

»Connie war sechsunddreißig, glaube ich«, sagte Henny langsam, »und als Mädchen eine Schönheit. Sie hat nie geheiratet –

ich habe keine Ahnung, warum. Soweit ich weiß, war sie in diesen Senator verknallt. Wenn sie ihn geheiratet hätte, gäbe es jetzt einen Mann und Kinder, die ohne sie verloren wären. Hat es lange gedauert? Wie lange? Ich hoffe, es war nicht allzu schlimm.« Und nach kurzem Schweigen fügte sie hinzu: »Es war nicht meine Absicht, auf diese Weise hundert Dollar zu verdienen – soviel war ich ihr noch schuldig. Wahrscheinlich ist sie mit dem Gedanken ins Grab gegangen, daß ich eine Betrügerin bin.«

»Sie war ein so großes, fröhliches Mädchen«, sagte Hassie. »Sie war in unserer Hockey-Mannschaft. Dann ist sie nach Washington gegangen, um sich dort eine Stelle zu suchen, und hat diesen Mann im Postamt kennenlernt. Später kam dann dieser Freund ihres Vaters, der Senator, schon damals ein verheirateter Mann, aber ... da war etwas ... ich habe nie gehört ...«

»Das hat sie sich selbst eingebrockt!« rief Henny wütend. »Eine Frau, die versucht, einer anderen den Mann auszuspannen, bekommt früher oder später, was sie verdient. Aber ich hätte nicht gedacht, daß Connie zu denen gehört, die einer anderen den Mann wegschnappen ... Man weiß ja nie, wann jemanden der Hafer sticht, aber trotzdem, ich mochte sie. Sie war ein anständiger Mensch. Vielleicht hatte er es auf sie abgesehen ...«

Ihre Stimmen senkten sich zu einem leisen Gemurmel, obwohl die Frauen nicht ahnen konnten, daß sie belauscht wurden, schwollen aber bald wieder an, als Henny weitererzählte. »Sie kam in Schwierigkeiten, Geldschwierigkeiten, das habe ich in aller Ausführlichkeit von ... einem Bekannten gehört, und, um ganz ehrlich zu sein, ich habe selbst gesehen, wie sie zu einem Geldverleiher ging, auch wenn ich mir nie irgend etwas anmerken ließ, und er bestand darauf, daß sie nicht zu Hause blieb, sondern mit ihm herumreiste und sich als seine Gattin ausgab! Irgendwann ist das alles dann seiner Frau zu Ohren gekommen, und sie ist ihm nicht mehr von der Seite gewichen. Ein paarmal hat man sie wegen nächtlicher Ruhestörung in irgendwelchen Hotels auf dem Land vor die Tür gesetzt. Ich habe sie einmal in Washington gesehen, als ich noch jünger war, bei einer literarischen Gesellschaft; sie roch wie ein Salzbergwerk, und ihr Bauch war so groß wie der einer fohlenden Stute, sie war fürchterlich aufgedunsen und aufgebläht und redete nur noch davon, welche

Medikamente sie nahm und wie oft sie zur Toilette mußte. Dann stirbt sie, und was macht er? Er setzt sich hin und schreibt einen Gedichtband über seinen Engel, der schmierige Heuchler, weint und rauft sich die Haare und spielt den Untröstlichen. Natürlich konnte er Connie nicht heiraten. Irgendeine Ausrede gab es immer. Es war ihr eigener Fehler, aber irgendwie hat sie mir auch leid getan. Im nachhinein ist völlig klar, daß nichts anderes dabei herauskommen konnte! Ist das nicht ein verdammtes Pech? Ist nicht alles im Leben ein verdammtes Pech? Wenn ich sehe, was den Mädchen geschieht, möchte ich meine beiden am liebsten auf der Stelle erwürgen oder noch besser gleich auf die Straßen schicken, damit sie es wenigstens schnell hinter sich haben.«

»Sei nicht albern«, sagte Hassie, »und paß auf, daß dich niemand so reden hört, die Leute könnten das mißverstehen.«

»Was?« fragte Henny mit einem kurzen Lachen. »Wo zum Teufel bleibt dieses Weichei Archie? Ich werde verrückt vor Schulden, und er läßt sich nicht blicken und feilscht, zankt, rümpft die Nase und äugt strafend durch seine alberne Brille. Kein Wunder, daß Eleanor von ihm die Nase voll hat.«

»Scht!« sagte Hassie. »Das kannst du doch gar nicht wissen!«

Ellen lachte. »Habt ihr schon das Neueste über Seine Lordschaft gehört? Barry hat mich in dem Korb mit schmutziger Wäsche wühlen sehen, dachte, ich sei die Waschfrau und hat angefangen, meinen Hintern zu tätscheln! Ich bin herumgeschossen wie ein wütender Drachen und hab ihm eine Abreibung verpaßt, an die er noch lange denken wird!«

»Mutter!« sagte Hassie.

»Mutter, Mutter, Mutter. Verteidige du nur deinen Bruder.«

»Ich verteidige ihn nicht, Mutter.«

»Er wird am Strick enden«, sagte Henny kühl. »In einem anständigen Land wäre er schon längst als komischer Vogel abgestempelt worden. So ein Casanova! Ist er immer noch mit dieser Frau zusammen? Ich habe nicht viel übrig für die Männer und ihre Tricks.«

»Ist es wahr, daß Männer beim Erhängen zucken?« fragte Ellen. »Ich wäre schon immer gern mal dabeigewesen, um es mit eigenen Augen zu sehen.«

»Wißt ihr, daß Jenny die Kellertreppe runtergefallen ist und fast gestorben wäre?« fragte Hassie ernst.

»Ich kenne einen Mann, der sich eine Hinrichtung auf dem elektrischen Stuhl angesehen hat«, sagte Henny mit halbgeschlossenem Mund. »Ich weiß nicht, was ihn auf die Idee gebracht hat. Ist deine Brille kaputt, Mutter?«

»Ja, Barrys Freund, der alte Optiker, war seit letztem Donnerstag auf einer Sauftour, und ich wollte nicht, daß jemand anders sie repariert. Man hat ihn im Vollrausch auf dem Bürgersteig liegen sehen, in der Aliceanna Street, den armen Irren. Letztes Mal ist er runtergegangen zur Mahogany Hall, und als er wieder zu Bewußtsein kam, hatte er ein Mädchen im Arm, ›ein süßes kleines Ding‹ hat er sie schamlos genannt, als er mir davon erzählte, und er hat sie gefragt: ›Wo bin ich? Ich muß sofort zur Arbeit.‹ Das Mädchen hat beide Arme um ihn gelegt und gesagt: ›Das geht nicht, du bist mein Mann.‹ ›Das tut mir leid, aber ich muß trotzdem gehen.‹ Aber sie hat ihn weiter festgehalten und gerufen: ›Du bist mein Mann!‹«

»Die Vorstellung, das Kind könnte uns nachspionieren und an der Tür lauschen«, sagte Henny.

»Um Himmels willen!« rief Hassie. »Wo ist sie denn?«

»Mir fehlt die Kraft, sie in den Griff zu bekommen«, seufzte Henny.

Daraufhin zog Louie sich leise zurück, schlich Schritt für Schritt und Zimmerecke für Zimmerecke bis zur hinteren Veranda, die zwischen dem Zimmer der Wirtschafterin und der oberen Küche lag. Genau in dem Moment klingelte es in der Küche, und der Stuhl des neuen Mädchens quietschte auf dem Fußboden. Louie sprang in die eine Stufe höher liegende Speisekammer und tat so, als studiere sie die Etiketten der Einmachgläser. Als das Mädchen zurückkam und sich am Herd zu schaffen machte, schlich Louie auf Zehenspitzen zurück auf ihren Posten, um dem Ende eines Gesprächs über Krampfadern, ungewollt schwangere Fabrikarbeiterinnen und bösartige Knoten in Gehirnen und Herzen zu lauschen. Dann kamen sie plötzlich wieder auf Barry, den Charmeur, zu sprechen, und die beiden jungen Frauen schimpften mit ihrer Mutter, weil sie ihn verzog.

»Ich weiß ja, daß er ein Taugenichts ist. Aber wenn ich mich nicht um ihn kümmere, wer dann?« fragte die alte Frau, und die anderen beiden lachten, vor allem Hassie.

»Was ist eigentlich los mit dir, Hassie? Ich habe dich noch nie so fröhlich gesehen!« sagte Henny, ebenfalls lachend. »Du läßt dich doch sonst immer über Politik aus und bist dir zu gut dazu, über die Witze anderer Leute zu lachen.«

»Wußtest du nicht, daß sie die Kellertreppe runtergefallen ist?« fragte die alte Ellen aufgeregt. »Sie hat sich den Schädel aufgeschlagen.«

Hassie erzählte hastig, was geschehen war. »Pete hatte die ganze Nacht nicht geschlafen, weil er Zahnschmerzen hatte, und machte gerade ein Nickerchen. Er hat mich noch nie zuvor schreien hören und ist völlig verstört aufgesprungen und erschien nur in seinem Pyjamaoberteil oben auf der Kellertreppe ...«

»Sie hat Sterne gesehen!« sagte Ellen.

»Ich hielt mich schon für einen Engel«, lachte Hassie kokett.

»Vielleicht war es die Sache wert«, sagte Ellen.

»Seid nicht albern«, erwiderte Henny wütend.

»Sie war völlig überrascht«, sagte die alte Ellen und hielt sich die Seiten vor Lachen. »Was für eine umwerfende Erfahrung.«

»Dann hat er mich angeschrien, anstatt mir aufzuhelfen, und ist rausgegangen, um dem Mann ordentlich was hinter die Löffel zu geben, weil er die Falltür offengelassen hat.«

»Und hat dich einfach liegen lassen«, stellte Henny nüchtern fest.

Ellen lachte immer noch. »Was hat es ihr schon geschadet? Vielleicht brauchte sie das. Jedenfalls hat sie seitdem nur noch gute Laune.«

»Du solltest zu einem Arzt gehen, Hassie«, sagte Henny streng. »Vielleicht ist es etwas Ernstes. Ich mache mir ja auch Sorgen, wenn die Kinder auf den Kopf fallen. Mit so etwas ist nicht zu spaßen. Ich habe sie auch nie auf den Kopf geschlagen. Samuel würde es nicht zulassen. Höchstens seiner heißgeliebten Tochter habe ich mal eine Kopfnuß verpaßt. Vielleicht ist sie deshalb so dämlich?«

»Ich verstehe nicht, warum er sie unbedingt um sich haben will«, bemerkte Hassie.

»Kein Grund, sich den Kopf zu zerbrechen. Sie wird aufwachsen wie wir alle auch«, sagte Ellen.

»Sie ist so stur, daß sie mich noch in den Wahnsinn treibt. Soll er sie doch zu ihrer eigenen Familie schicken. Wenn sie von dort zurückkommt, ist sie fett wie ein gemästetes Schwein. Neulich hat sie das Auto aus der Garage geholt. Mir wäre es lieber, einem von meinen würde etwas passieren. Ihr Vater würde es mir niemals verzeihen.« Henny hustete, offenbar hatte sie sich verschluckt.

»Viel Lärm um nichts«, sagte die alte Frau. »Was kümmert es dich überhaupt?«

»Es kümmert mich, und dir würde es nicht anders gehen, wenn dir ihr Vater von früh bis spät in den Ohren liegen würde – mit ihrem Aussehen, ihrer Zukunft, ihren Röcken, ihrem Gewicht, ihren gelben Rattenschwänzen, ihrer Unordnung und ihrem Unterricht.«

»Henny, iß nicht die ganze Sauce«, sagte Hassie, »in deinem Zustand wir dir davon bestimmt nur übel.«

»Solange sie auf der Welt ist, hat sie von Gurken, Chilis und Worcestersauce gelebt; Henny bringt so schnell nichts um. Schon in der Schule hat sie lieber eingelegte Walnüsse gemocht als Süßigkeiten. Au! Ich habe mich schon wieder an diesem verflixten Tischbein gestoßen. Warum nimmst du den Tisch nicht mit, Henny? Ich kann ihn nicht gebrauchen. Ich frühstücke sowieso immer oben in der Küche. Da scheint wenigstens die Sonne rein. Du kannst ihn haben, Henny. Wißt ihr, was ich am liebsten täte? Alle Möbel verschenken, bevor Er das nächste Mal nach Hause kommt! Ha-ha! Was für ein Witz! Ich verwette meinen Hintern dafür, daß er auf die Möbel eine Hypothek aufgenommen hat. Willst du sie haben, Hassie?«

»Ich kann sie wahrscheinlich eher gebrauchen als sie«, warf Henny ein. »Soweit ich weiß, ißt Pete sowieso in der Werkstatt. Jedenfalls habe ich ihn noch nie im Haus essen sehen.«

»Er ist ständig in der Kühlschrankfabrik, das ist sein neuester Tick«, platzte Hassie heraus. »Aber mir macht das nichts, wenn er zu Hause ist, quasselt er doch nur, bis mir die Ohren dröhnen.«

Die alte Ellen lachte schallend. »Es ist gefährlich, mit dem eigenen Ehemann nicht mehr zu sprechen. Samuel hat seit vier Jahren oder noch länger nicht mehr mit Henny gesprochen ...«

»*Ich* habe nicht mehr mit *ihm* gesprochen. Oder meinst du im Ernst, irgendeine Macht auf Erden könnte dieses Großmaul zum Schweigen bringen?«

»... und euer Dad hat zweiundzwanzig Jahre lang nicht mit mir gesprochen. Vierzehn Kinder waren das Ergebnis.«

»Dazu ist Sprechen nicht nötig«, sagte Henny bitter. »Können wir noch etwas zu essen bekommen? Diese Sachen hier sind alt und kalt.«

Eine Klingel ertönte. Nellie, das neue Dienstmädchen, kam ins Zimmer und nahm die Bestellung entgegen. Auf dem Rückweg zur Küche sah sie in die Speisekammer und sprach Louie mit frischer, kindlicher Stimme an:

»Warum kommst du nicht in die Küche? Ich gebe dir auch ein Stück Kuchen.«

»Gut.« Louie folgte ihr, aufgeregt grinsend. Die Fenster zum Rasen standen weit offen. Unbeschnittene Teerosen wuchsen davor und neigten gelegentlich die Köpfe zum Fenster herein, als wollten sie sie begrüßen. Während das Wasser langsam zu kochen begann, ließ Nellie sich auf ihren Stuhl am Fenster fallen und griff nach dem Strumpf, an dessen Ferse sie gerade strickte. Sie deutete auf einen Stuhl am Tisch und sagte zu Louie: »Setz dich zu mir.«

Louie gehorchte eifrig und nahm sehr erfreut bei dem blonden, dünnhaarigen Mädchen Platz.

»Kannst du stricken?«

»Nein«, antwortete Louie verlegen.

»Kannst du Französisch?«

»Nein.« Louie sah sie verständnislos an.

»Sag: Parlehwuh frongseh.«

»Was?«

»Das ist Französisch. Parlehwuh frongseh. Sag es.« Mit starrem Blick platzte das kleine Mädchen heraus: »Pawehluh frosseh.« Das Dienstmädchen wiederholte die französischen Worte ernst und forderte Louie auf, sie nachzusprechen.

»Das heißt, sprichst du Französisch. Wenn dich das jemand fragt, sagst du: Wieh, wieh. Los.«

»Hm?«

»Wieh, wieh.«

Mit viel Gekichere und Erröten bekam sie es endlich richtig hin; dann war der Toast angebrannt.

Nellie steckte eine neue Scheibe in den Toaster und fuhr fort: »Wuhsett schohli.«

Rot bis zu den Ohrläppchen, sah Louie sie leutselig an.

»Sag schon: Wuhsett schohli.«

»Was heißt das?« fragte Louie vorsichtig, denn in letzter Zeit waren eine Vielzahl unanständiger Redensarten im Umlauf gewesen, zum Beispiel *Hinsch heißt er, Hinsch heißt er hier, Hinsch heißt er da.*

»Du bist hübsch.«

Louie wurde purpurrot und starrte das Mädchen mit Stielaugen an.

»Das heißt das«, sagte das Mädchen in nüchternem Ton, nachdem sie Louie spöttisch beäugt hatte. Um ihre Verlegenheit zu überspielen, stammelte Louie rasch: »Wahsett schohli!«

»Sehr gut, sehr gut. Du würdest bestimmt schnell Französisch lernen«, lobte das Mädchen sie. Louie fühlte sich ermutigt. Das Mädchen ging hinaus, blieb eine Weile fort, und als es zurückkam, hatte Louie die Nadeln in der Hand und versuchte, das Geheimnis der Maschen zu ergründen.

»Komm, ich zeige es dir«, bot das zuvorkommende Geschöpf ihr an, »dann kannst du dir deine eigenen Tennissocken stricken, wäre das nicht schön?«

»Ja.«

»Sieh her, komm und setz dich neben mich.«

Es folgte eine längere Pause, in der Louie lernte, eine große, unförmige Masche zu stricken.

»Und jetzt muß ich das wieder auftrennen und neu stricken«, sagte das Mädchen. »Die Socken sind für Mr. Barry, er trägt nur handgestrickte.«

»Onkel Barry?«

»Ja, das sind die besten. Aber er ist nicht dein Onkel Barry.«

»Ist er doch«, versicherte Louie. Das Mädchen schien noch nicht lange hier zu sein.

»Nein, er ist der Onkel deiner kleinen Brüder, und Evies Onkel natürlich, aber deiner nicht.«

»Hm«, räumte Louie ein.

»Dann sag auch nicht, daß er dein Onkel ist.«

Louie war verärgert und schwieg.

»Das ist eine Lüge«, sagte das Mädchen, »deine Mutter ist nämlich tot.«

Louie sah sie bestürzt an.

»Und wer lügt, ist ein Bankert«, sagte das Mädchen.

»Ich bin kein Bankert.«

»Bist du doch. Ein Bankert hat weder Vater noch Mutter.«

»Ich habe einen Vater«, sagte Louie wütend.

»Aber er ist fortgegangen und hat dich verlassen«, sagte das Mädchen ruhig. »Du bist ein Weißenkind. Ein Bankert ist ein Weißenkind.«

»Das ist nicht wahr.«

»Ist es doch. Frag Miss Hassie. Oder die alte Mrs. Collyer. Das da draußen ist nicht deine Mutter, sondern deine Stiefmutter. Du hast eine Stiefmutter. Das beweist, daß du ein Bankert bist.«

Louie schwieg.

»Und daß dich niemand mag«, sagte das Mädchen ohne Bosheit, »eben weil du ein Weißenkind bist. Niemand mag dich.«

»Doch, sie mögen mich«, sagte Louie.

»Wer?«

»Alle. Viele Leute.«

»Wer?« beharrte das Mädchen ruhig.

Louie zögerte. »Mein Vater und meine Mutter.«

»Deine Brüder und Evie haben eine Mutter, aber du bist ein Weißenkind. Und dein Vater mag dich nicht, weil er dich schlägt. Ich weiß es. Ich habe es gehört. Ein kleiner Vogel hat es mir erzählt. Ich weiß es. Du bist ein Bankert. Du wirst geschlagen.«

Louie war verwirrt und beschämt.

»Dein Vater will dich nicht. Er schickt dich zu deinen Onkeln und Tanten in Harpers Ferry. Sie sind arm. Jemand hat es mir erzählt«, sagte das junge Mädchen in überzeugtem Ton. »Ich weiß es, mich kannst du nicht täuschen. Sie haben dich fortgeschickt. Du taugst nichts. Und bald werden sie dich zum Arbeiten weggeben.«

»Ich gehe noch diesen Monat zur Highschool«, erwiderte Louie.

»Du mußt in die Besserungsanstalt«, entgegnete Nellie scharf. »Dort schickt man die Bankerts hin. Du wirst schon sehen. Jemand hat es mir erzählt. Du hast im Lebensmittelladen Kekse geklaut.«

»Hab ich nicht, hab ich nicht«, rief Louie empört. »Das ist gar nicht wahr.«

»Du hast Kekse geklaut. Der Händler hat deiner Mutter einen

Zettel geschickt, und die hat es Hazel, dem anderen Dienstmädchen, erzählt, und die hat es Mrs. Collyer berichtet. Du bist eine Diebin.« Louie schwieg. Das Mädchen war unerbittlich. »Du bist eine Diebin, du hast gestohlen.«

»Ich hatte das Recht dazu«, sagte Louie wütend. »Er hat mir den Keks geschenkt. Ich hatte ein Recht auf den Keks.«

»Du bist eine Lügnerin«, sagte das Mädchen zufrieden. »Er hat an deine Stiefmutter geschrieben. Und außerdem hast du bei Mrs. Boltons Blumen geklaut.«

Louie war wie vom Donner gerührt. Tatsächlich hatte sie vor einiger Zeit durch den Zaun ein paar Blumen gepflückt und sie Mrs. Bolton geschenkt, um sie versöhnlich zu stimmen. Aber wie hatte irgend jemand davon erfahren können?

»Du stiehlst alles, deshalb kommst du auch in die Besserungsanstalt. Ich bin selbst ein Weißenkind und weiß darüber Bescheid«, sagte das Mädchen mit ruhiger Stimme. »Du bist auch ein Weißenkind. Sie werden dich zur Arbeit schicken, genau wie mich.«

Mißmutig und rebellisch sah Louie sie an. Nellie sprach fröhlich weiter.

»Wo meine Verwandten leben, gibt es eine Familie, die zwei Klaviere hat. Als sie umgezogen sind, habe ich zwei Klaviere auf der Straße stehen sehen. Und die Mädchen haben sie selbst rausgetragen. Sie sind stark. Sie haben große, stahlharte Muskeln, wie erwachsene Männer. Sie haben alles selbst rausgetragen.«

Mit zu Schlitzen verengten Augen sah Louie sie mißtrauisch an.

»Du glaubst mir nicht?« fragte das Mädchen scharf.

»Nein.«

»Dann nennst du mich also eine Lügnerin. Du hast mich eine Lügnerin genannt; das werde ich deiner Stiefmutter erzählen.«

»Nein, ich glaube dir«, warf Louie hastig ein, und das Mädchen fuhr fort: »Sie trugen keine Socken und auch nichts unter dem Kleid, nur die nackte Haut. Erst dachte ich, sie hätten rosa Hosen an, dann sah ich, daß sie unter den Röcken gar nichts trugen. Sie standen auf der vorderen Veranda und warfen die Beine in die Luft.«

Louie schwieg ungläubig.

»Hast du gehört, was ich gesagt habe? Sie hatten unter ihren Röcken nichts an. Gar nichts.«

»Und wenn schon?« sagte Louie verächtlich. Zu Hause liefen die Kinder nackt herum oder trugen nichts weiter als ihre Latzhosen.

»Es ist nicht recht. Es ist lasterhaft. Glaub mir, die sind schnell bei der Sache«, sagte das Mädchen feierlich. »Sie gehen nackt mit Jungen tanzen.«

Louie schwieg.

»He?« Das Mädchen stieß sie an. »Was sagst du dazu?«

»Wenn es ihnen Spaß macht«, antwortete Louie verlegen.

»Sie gehen schwimmen und ziehen dabei ihre Sachen aus«, sagte das Mädchen geheimnisvoll. »Was hältst du davon? Ist das richtig? Ich wette, du wärst knallrot geworden.«

»Nein«, sagte Louie, »warum sollten sie nicht nackt baden gehen? Wenn sie ohnehin niemand sieht.«

»Aber die Leute sehen sie doch«, sagte Nellie. »Ich habe sie natürlich nicht gesehen, aber ich kenne Leute.« Sie nickte Louie zu. »Ich weiß vieles, sehr vieles. Und was ich nicht weiß, juckt mich auch nicht.« Sie ließ ihr sprödes Kinderlachen hören. »Und was weißt du?«

»Was meinst du damit?«

»Weißt du irgend etwas?«

Louie zögerte. »Ich kann etwas auswendig ...

Aufrührerische Rebellen! Friedensfeinde!
Die ihr den Stahl mit Nachbarblut entweiht!
Wollt ihr nicht hören? Männer! Wilde Tiere!

Nellie lächelte. »Das ist schön. Kannst du es ganz aufsagen?«

»Ja«, sagte Louie. »*Die ihr die Flammen eurer schnöden Wut im Purpurquell aus euren Adern löscht* ... Aber das ist ziemlich lang. Willst du es wirklich hören? Abgesehen davon kenne ich nicht viel.«

»Was denn noch?«

»*Lars Porsenna von Clusium schwor bei neun Göttern den Eid.*«

»Müßt ihr das in der Schule aufsagen?«

»Ja«, sagte Louie.

»Aber du bist ein Weißenkind«, sagte das Mädchen und schüttelte den Kopf. »Du mußt arbeiten gehen.«

Keine von ihnen hatte die nachdenkliche Evie bemerkt, die

auf Zehenspitzen in die Küche geschlichen war. Sie stand an der Tür und lauschte ihrem Gespräch. Einmal entdeckt, trat sie vor und bot sofort ihre Kenntnisse an. »Ich kann tanzen.«

»Lauf, kleine Evie, lauf«, rief Nellie.

»Ich gehe«, sagte Louie rasch. Die Gesellschaft des von Bankerts und Weißenkindern besessenen Mädchens verlor an Reiz, und wegen der Diebstähle hatte Louie ein höchst unbehagliches Gefühl. »Geh nicht«, erwiderte Nellie bekümmert, »bleib hier. Ich habe niemanden, mit dem ich reden kann.«

»Du hast mir nicht die Wahrheit gesagt«, nahm Louie all ihren Mut zusammen.

»Habe ich doch. Sie tragen auch rosa Socken, wenn sie in ihre Betten gehen.« Nellie schnaubte verächtlich. »Sie machen noch alle möglichen anderen Sachen, aber die kann ich einem kleinen Mädchen wie dir nicht erzählen.«

Mit ernster Miene verließ Louie die Küche und zog Evie hinter sich her. Louie war zutiefst verwirrt und voller Schuldgefühle. Doch im Innersten ihres Herzens begann sie sofort, ein Blendwerk der Leugnung zu erfinden, mit dem sich die Kekse und Blumen erklären ließen. Doch wie um alles in der Welt hatte irgend jemand davon Wind bekommen? In ihr dämmerte das Gefühl, daß die Boltons und Middenways kaum besser waren als heuchlerische Spione und herzlose Denunzianten, die versuchten, Louies Ruf anzukratzen. Sie hatte ein Recht auf die Kekse und Blumen, da war sie sich sicher. Was auch immer sie für sich tat, aus eigenem Antrieb, war richtig. Sie würde der Welt schon trotzen. Aber was war mit den erbärmlichen Kriechtierseelen und -hirnen von Erwachsenen, die Kinder ausspionierten und hinter deren Rücken über sie klatschten? Louie war voll rechtschaffener Empörung und bereit, sich ihren Weg freizukämpfen. Doch was die Sache noch geheimnisvoller machte: Niemand hatte die seltsamen Diebstähle ihr gegenüber erwähnt, und in Louie reifte der Gedanke, daß Nellie, das Weißenkind, ebenfalls gelogen hatte.

3 | Des Schicksals Rache für Louie

Die beiden kleinen Mädchen saßen Seite an Seite auf der dritten Stufe, Evie voller Ungeduld, weil sie zu ihren ausgestopften Vögeln und Spieldosen zurückkehren wollte, Louie voller Angst vor zu lauten Schritten, selbstsüchtig in Tagträume versunken, ihr Haar mit Evies kastanienbraunen Locken vermischt.

»Ich frage mich, wo die Mädchen sind.«

»Hier kann ihnen nichts zustoßen. Hör auf, dir Sorgen zu machen.«

»Wißt ihr«, sagte Hassie, »daß Mollys armer Junge neulich gesprochen hat? Sie hörte ihn rufen und wollte ihren Ohren nicht trauen. So schnell sie konnte, ist sie zu ihm gerannt. Er hatte die Augen offen und versuchte, seinen großen, schweren Kopf zu drehen. Als er sie sah, sagte er: ›Mutter, Mutter!‹ In der Nacht hörte sie ihn wieder. Sie weckte Albert, und der hörte ihn auch. Nach zwölf Jahren bitterer Sühne hat Molly ihren Jungen das erste Mal sprechen hören! Mir tut die arme Molly leid.«

»Er wird sterben«, erklärte Ellen. »Das ist ein Zeichen.«

»Es wäre ja auch besser, wenn er sterben würde! Aber die arme Frau hätte dann gar nichts mehr im Leben. Wenn er stirbt, geht auch sie zugrunde. Die Vorstellung, zwölf Jahre an einen auf dem Rücken liegenden Idioten gefesselt zu sein!« Henny seufzte.

»Sie ist auf dieser Erde wahrlich genug bestraft worden«, sagte Hassie.

»Aber es war ihre eigene Schuld«, hielt Henny dagegen. »Ein Baby auf dem Tisch liegen zu lassen und zur Tür zu gehen!«

»Nur eine Minute«, seufzte Hassie, »wirklich, nur eine einzige Minute.«

»Eine Minute! Ich wette, sie hat eine Viertelstunde an der Tür gestanden und getratscht.«

»Diese eine Minute wird sie ihr Leben lang nicht vergessen. Ich finde das tragisch«, sagte Hassie. »Er ist sehr gut zu ihr.«

»Zu Einfaltspinseln und Idiotinnen sind Männer immer gut«, rief Henny ungeduldig. »Nur vor Frauen mit Verstand ergreifen sie panisch die Flucht. Ich frage mich, wo die Kinder sind. Ich muß mal nach ihnen schauen.«

»Du bist ja wie eine Henne mit ihren Küken«, sagte Hassie.

»Wenn ich mir vorstelle«, sagte Henny nach einer Pause, in Gedanken längst bei einem anderen Thema angekommen, »daß so eine Frau aller Wahrscheinlichkeit nach einen Teil unseres Erbes bekommen wird und das Gesetz auch noch auf ihrer Seite steht. Das Leben ist wirklich ungerecht. Falls es wirklich dazu kommen sollte, werde ich zu ihr gehen, ihr die sechs Kinder vorführen, die ich zu füttern und zu kleiden habe, und ihr meine Lumpen zeigen. Selbst wenn sie mich hochkant hinauswirft, wird ihr das zu denken geben. Eher schreie ich das ganze Haus zusammen, als ihr so etwas einfach durchgehen zu lassen. Sie mag eine Mätresse sein, aber wenn sie meine sechs Kinder sieht, die ihretwegen hungern müssen, damit sie sich ein paar hübsche, neue Kleider kaufen kann, wird sie noch tiefer sinken.«

»Ich will nicht, daß in diesem Haus über sie gesprochen wird«, sagte Ellen mit Nachdruck.

»Aber sie stiehlt uns die Butter vom Brot! Sei doch nicht dumm, Mutter, mach einen Skandal. Droh Vater damit, an seinen Club zu schreiben.«

»Auf gar keinen Fall«, erwiderte Ellen. »Mit dem Kämpfen bin ich fertig, mit dem Schimpfen und Schreien ebenfalls, und ich glaube schon lange nicht mehr daran, daß ich zu meinem Recht komme. Ich bin mit eurem Vater fertig, das gleiche gilt für sein Erbe. Solange er mir ein Eckchen gibt, wo ich mit Barry leben kann, gebe ich mich zufrieden. Soll sie den Rest bekommen und genießen: Sie hat ihr Leben noch vor sich. Was zählt schon mein alter, dürrer Kadaver!«

»Kannst du dir vorstellen, daß Archie so etwas hinnehmen würde?«

»Er hat mir erzählt, er habe mit Vater bittere Kämpfe ausgefochten«, sagte Hassie mit leiser Stimme, »aber ... ihr wißt ja ...«

»Ich weiß«, nickte Ellen.

»Man darf ein Kind nicht hungern lassen, auch wenn man manchmal die Grenzen des Erlaubten übertritt«, grummelte Henny.

»Nach all den Jahren des Schweigens bin ich einfach zu alt für so einen Hickhack«, sagte Ellen.

»Für Geld würde ich bis zum letzten Blutstropfen kämpfen«, rief Henny empört. »Oder kannst du von Luft leben? Vater schließt meine Kinder lächelnd in die Arme, spielt den Charmeur, duftet nach den teuersten Wässerchen, und hinterher verschwindet er wieder in sein Liebesnest.«

»Und dein kleiner Pappmessias?« sagte Ellen plötzlich. »Was macht der, wenn du ihm den Rücken zudrehst? Ha, ha! Dein kleiner Pappmessias.«

»Sei still, Mutter«, sagte Henny, »werd nicht albern. Weiß Gott, ich wünschte, du hättest recht. Dann würde ich die Scheidung bekommen. Aber dieses Glück ist mir leider nicht vergönnt. Wißt ihr, wer neulich auf einmal in Lebensgröße vor mir stand? Dunne Legge mit seiner Frau. Sie lief zu Woodward und Lothrop's, und er wartete geduldig hinterm Steuer. Sie ist nicht gerade fett, aber fleischiger denn je um die Hüften, ihr wißt ja, wie sie früher war, inzwischen ist sie zehnmal so umfangreich, und ihre großen Schultern wackeln beim Gehen hin und her, aber sie trug ein vorteilhaftes Korsett, und er hechelte grinsend wie ein Schoßhündchen hinter ihr drein. Sie hat ihn immer gereizt und getriezt, und das ist genau das, was er wollte. Davon hatte ich natürlich keine Ahnung! Ich habe ihn mit seinen Wünschen leider beim Wort genommen! Sie kommandiert ihn herum, und er gehorcht ihr wie ein braver Pudel – genauso will er es haben. Es wäre ein großer Fehler gewesen. Mir reicht es schon, die Knute über den Kindern schwingen zu müssen, geschweige denn über einem ausgewachsenen Mann. Jedenfalls hat er mich gesehen, und ich habe ihn höflich gegrüßt, aber er ist aus dem Auto gestiegen und ist zu mir herübergekommen, redete drauflos und machte mir sogar ein paar ritterlichen Avancen, aber ich wollte nichts davon wissen. Ich kenne den feinen Monsieur. Er denkt wohl, ich könnte mich nicht erinnern! Mich so kühl und distanziert geben zu können, hat mir richtig gutgetan. Dann kam sie auch schon angesegelt, ganz Zucker und Sirup, da bin ich getürmt. Soviel Falschheit auf einmal kann kein Mensch ertragen! Als letztes sah ich noch, wie sie versuchte, ihren großen Leib ins Auto zu zwängen. Tja, da sitzt sie nun, eine Tonne Fleisch, hat Autos und Personal und alles. Ach, das macht mich krank. Das macht mich alles ganz krank. Wozu sich noch Mühe geben? Du verliebst dich bis über beide Ohren in einen

Mann, und es bricht dir fast das Herz, weil er dich sitzenläßt, und Jahre später stellst du fest, daß du mit ihm doch nur unglücklich geworden wärst. Du gehst zu einem Mann, aus dem du dir nichts machst, und mit ihm ist es genau das gleiche. Das ganze Leben taugt nichts. Du wirst doch nur in den Schmutz gezogen. Ach, warum wurde ich je geboren?«

»Es ist zu spät, mich das zu fragen«, sagte Ellen. »Aber beinahe wäre es nicht dazu gekommen.« Sie lachte. »Dein Vater hat mir anonyme Briefe geschickt, damit ich mich von ihm scheiden lasse.« Kleine Lachsalven wogten durch ihren Körper. »Ich habe die Briefe einfach ignoriert, nur um ihn zu ärgern. An ihm selbst hatte ich längst kein Interesse mehr. Aber es war das einzige Vergnügen, das mir noch blieb.« Sie lachte wieder. »Und jetzt kann ich nichts weiter tun, als in der Sonne zu sitzen, Barry beim Saufen zuzusehen und ihm gelegentlich einen Tritt in den Hintern zu geben. In der Sonne sitzen und Säufern zusehen – eine schöne Beschäftigung!«

»Ich wette, das Kind hockt irgendwo und lauscht«, befürchtete Henny.

Bei diesen Worten stand Louie auf und zog Evie vorsichtig hinter sich her. Auf Zehenspitzen schlichen sie ins große Eßzimmer, aber Evie, die den Grund für dieses Manöver nicht kannte, riß sich los, rannte zur Tür des Frühstückszimmers und fragte:

»Mutter, wo ist Onkel Barry?«

»Evie, Evie!« rief Louie.

»Da seht ihr's. Ich wußte es«, sagte Henny.

»Schick das Kind fort«, entgegnete Hassie.

»Laß sie hierbleiben«, befahl die alte Ellen ruhig. »Sie ist schon groß, und Evie ist noch viel zu klein, was, ihr Lieben? Warum machst du dir solche Sorgen?« fragte sie Henny. »Warte, bis du so viele hast wie ich. Auf die eine oder andere Weise bekommen sie ja doch alles mit, und letztlich ist es sowieso egal. Laß sie hierbleiben. Du willst doch hierbleiben, oder, Louie?«

»Ja ... nein.« Louie sah verwirrt von einer zur anderen. Henny lachte gereizt. »Soll sie doch den ganzen Schmutz hören.« Und die alte Ellen lachte. »Willst du den Schmutz hören?«

»Ihre Ohren sind voll von Schmutz«, sagte Henny. Alle lachten. Ellen tat so, als würde sie nicht merken, wie das Kind errötete, und rief:

»Dafür habe ich den Kopf voller Schmutz. Man könnte ihn regelrecht rauskämmen. In stürmischen Zeiten komme ich manchmal sechs Monate lang nicht dazu, ihn zu waschen. Das Leben ist schmutzig, was, Louie? Gib nichts auf das, was sie dir sagen. Wir starren alle vor Dreck.«

Louie hob erleichtert den Kopf und lachte, während Evie sich in Hassies Röcken vergrub. Die alte Ellen sagte laut:

»Aber das ist jetzt alles vorüber; inzwischen bin ich sauber. Am schlimmsten war die Zeit, als sie alle zur Schule gingen, sich in den Ställen herumtrieben, mit dreckigen Schuhen durchs Haus trampelten, sich ständig Sorgen wegen irgendwelcher Frauen machten und mit zerknirschten, mißmutigen Mienen durchs Haus stapften, überall ihre Zigarren- und Zigarettenstummel hinwarfen, eurem Vater die Schlüssel stahlen und sich an den Vorräten Seiner Lordschaft vergriffen.« Sie lachte dröhnend. »Nachts habe ich immer gelauscht, bis Barry heruntergekrochen kam, so wie man auf das Piepsen eines Mäuschens horcht. Er hatte immer eine Taschenlampe dabei, stand bei den Flaschen, kostete und nippte! Was für ein Draufgänger!« Sie lachte. »Inzwischen ist alles anders. Ich bin sauber, kann es mit jeder Waschfrau aufnehmen. Keine Milchflecken mehr auf meinen Blusen, keine Schlammspritzer mehr auf meinen Röcken, nur der Schnupftabakstaub auf meinem Schnurrbart ist mir geblieben.«

Voller Widerwillen blickten die beiden Mädchen in das alte Pergamentgesicht mit den gefurchten Lippen.

»Mutter! Louie, spiel draußen auf der Wiese. Mutter, ich wünschte, du würdest vor den Kindern nicht so reden. Evie, lauf und spiel im Wohnzimmer! Hör damit auf, Mutter! Du bist widerlich.«

Die alte Frau lachte. »Ach, laß sie doch hierbleiben. Eines Tages wird sie ohnehin heiraten, was, Louie?«

Louie sah sie schüchtern und dankbar an.

»Und ich werde ein Baby haben«, warf Evie ein.

»Es wird nicht mehr lange dauern, bis dir ein Mann unter die Röcke greift«, sagte die alte Ellen.

»Mutter, schäm dich!« riefen die beiden Frauen. »Vor kleinen Kindern!«

»Erzählt mir nichts von kleinen Kindern!« entgegnete Ellen. »Beide sind doch schon große Mädchen. In Evies Alter habe ich den Rindern und Pferden zugeschaut und die Kühe brüllen hören, wenn sie sich unter dem großen, gelben Sommermond mit den Bullen vergnügten. Kinder sollten auf dem Land aufwachsen. Wer sie von dem allem fernhält, verzieht sie nur. Louie ist ein großes, vernünftiges Mädchen. Bestimmt kannst du deiner Großmutter viel erzählen. Das Ei ist manchmal klüger als die Henne, was, Louie?«

Louie lächelte vage.

»Mutter, sei still!«

Aber die alte Ellen wurde vom Teufel geritten. »Kennst du noch den alten Witz, den du von der Schule mit nach Hause gebracht hast? Ich habe dir damals den Hintern versohlt, obwohl ich bis heute bei dem Gedanken an diesen Tag lachen muß. Mrs. Jones hatte ein schwarzes Baby, und Mr. Jones ist vor Angst, es den Leuten erklären zu müssen, gestorben.«

»Mutter! Louie, verlaß sofort das Zimmer. Bei dem armseligen Geschöpf aus Highlandtown, das in deiner Küche arbeitet, ist sie besser aufgehoben als in deiner Gesellschaft, Mutter. Verschwinde, Louie!«

Aber die alte Frau ignorierte ihre stirnrunzelnden Töchter und sprach weiter. Louie blieb unschlüssig stehen. »Dann ist das Baby gestorben, sie haben die beiden in einem Sarg begraben, und da konnte jeder sehen, daß er weiß und das arme kleine Ding schwarz war. Ha-ha-ha!«

Mit rotem Kopf sprang Hassie auf. Henny blieb sitzen und sagte streng: »Wenn du nicht sofort das Zimmer verläßt, mach ich dir Beine.«

Auf der Suche nach irgendeinem Halt jammerte Louie: »Mutter, Nellie sagt, daß ich ein Bankert bin.«

Sie alle genossen das nun folgende Geschrei. Ellen hüpfte in ihrem Sessel auf und ab und rief: »Dem Fräulein werd ich's geben«, während Hassie schrie, sie müsse das durchtriebene kleine Luder auf der Stelle vor die Tür setzen, und Henny meinte, das käme dabei heraus, wenn man Barry die Auswahl des Küchenpersonals überlasse. In dem Moment hupte es, und sie sahen Archies großen Sedan hinter Hassies Wagen in die Kieseinfahrt rollen. Henny zog kräftig an der Klingelschnur, und im Flur waren Nellies eilige Schritte zu hören.

Archibald Lessinum näherte sich dem Haus mit tiefen Sorgenfalten, die sich beim Anblick der Damen zu einem höflichen Lächeln verzogen. Mutter, Hassie und Henny wurden begrüßt und geküßt, doch war ihnen ihre Verärgerung anzumerken – drei Matronen mit aufgebrachtem Blick, Henny, die sich mit der Serviette kräftig die Lippen abwischte.

»Habe ich euch erschreckt?«

Archie war ein kleiner, adretter, schmalknochiger, blonder Mann aus einer ehemals wohlhabenden Beamtenfamilie, deren Vermögen während des Krieges geschwunden war. Der alte David Collyer, ein Selfmademan, der ehrgeizige Talente zu schätzen wußte, machte Archie Lessinum zu seinem Angestellten, später zu seinem Anwalt und schließlich zu seinem Schwiegersohn, genauso wie er Samuel Pollit zu seinem Schwiegersohn gemacht und dank seines Einflusses zu einem guten Posten im Ministerium verholfen hatte. Der dünne, schwächliche Archie hatte zunächst an der munteren, verzogenen jungen Henny mit den dunklen großen Augen Gefallen gefunden, aber nach einigen Monaten nahrhaften Essens in sich die Kraft verspürt, es mit der stattlichen, sinnlichen Eleanor aufzunehmen, der Lieblingstochter ihres Vaters, die sich heftig in ihn verliebte – eine Leidenschaft, die seit ihrer Heirat vor sieben Jahren noch immer anhielt.

Hassie, die davon ausging, zur Testamentsvollstreckerin ihres Vaters ernannt zu werden, behandelte Archie ernst und vertraulich wie von Mann zu Mann; Henny versetzte sein Anblick noch heute einen Stich. Eleanor hatte keine Kinder. Und was die alte Ellen betraf, so konnte sie ihn kaum vom Rest der Welt oder ihren eigenen Söhnen unterscheiden; nach den vielen Schwangerschaften und den vielen immer gleich verlaufenen Kinderkrankheiten war für sie ein junger Mann wie der andere. Wie ihre Töchter freute sie sich, Archie zu sehen.

»Du kommst wie immer gerade zur rechten Zeit, Archie«, sagte sie. »Das junge Ding, das für mich arbeitet, hat sich gründlich daneben benommen. Ich möchte, daß du mit ihr sprichst. Was wir Frauen sagen, nimmt sie sowieso nicht ernst.«

»Gewiß, Mutter«, sagte er, nahm sich die Sache zu Herzen und richtete die kleinen, runden Brillengläser auf das Dienstmädchen, das sich gerade durch den hinteren Flur davonmachen wollte.

»Nellie! Komm sofort her!«

Alle machten ernste Gesichter. Archie postierte sich neben den Frauen, die alle drei größer waren als er. »Was ist passiert?« murmelte er Hassie zu, und Hassie berichtete ihm von Nellies Vergehen.

»Was hast du gesagt, Nellie?« fragte er. »Wiederhole das Wort. Du hast zu Louie etwas gesagt.« Als er »Louie« sagte, zuckte er leicht, denn er verabscheute dieses Kind ebenso wie dessen Vater. Es schmerzte ihn, sich den Vergleich mit dem anderen handverlesenen Schwiegersohn gefallen lassen zu müssen. Die unbesonnene kleine Nellie blickte ihn besorgt an; aber sie war verängstigt und gestand alles. Archie sagte:

»Du gehst jetzt in dein Zimmer und packst deine Sachen, Nellie.«

Bei diesen Worten kam Bewegung in die kleine Gruppe. Henny sagte: »Richtig so, ich würde das gleiche tun«, aber Hassie waren ihre Zweifel anzusehen, und Ellen nahm Nellie die Schürze ab.

»Wenn sie sofort geht, muß ich mich selbst ums Abendessen kümmern.«

»Sie kann ihre Kündigung bekommen, aber sie muß bis morgen bleiben«, sagte Hassie. »Mutter kann nicht alleine bleiben, und Barry ist ausgegangen.«

Hilfsbereit sprang Louie ein. »Nein, Onkel Barry ist oben im Stall.«

»Woher weißt du das?« rief Henny.

»Ich habe ihn gesehen. Er liegt oben in der Kammer auf dem Bett und schläft.« Wieder entstand Aufruhr, und Henny erklärte: »Du hattest keine Erlaubnis, dort oben herumzuschleichen. Habe ich dir nicht gesagt, daß du das nicht darfst«, und Hassie rief empört, Henny solle auf ein Mädchen in dem Alter besser aufpassen. Gemeinsam packten sie Louie am Kleid und schoben sie hinaus auf die Veranda. »Geh draußen spielen und mach uns nicht noch mehr Ärger.« Sie waren jedoch zu sehr mit anderen Dingen beschäftigt, um sie noch weiter zu beachten, und Evie, die die ganze Zeit über im untersten Fach des Regals im großen Eingangsflur gesessen hatte, verfolgte unbehelligt das Geschehen.

Schließlich ging Nellie nach oben, um zu packen. Hassie trieb sie durch die Küchen und das enge Dienstbotentreppenhaus vor sich her wie eine junge Färse zum Markt. Mit schweren Schritten ging die alte Ellen zur Vordertreppe, kam zur gleichen Zeit in Nellies Zimmer an und sagte:

»Hör auf zu flennen, Mädchen, und such deine Sachen zusammen, es sei denn, du willst, daß wir für dich packen – das wäre vielleicht auch keine schlechte Idee. Es tut mir leid, daß du gehen mußt, auf deine Weise warst du ein gutes Kind.«

Währenddessen war im Frühstückszimmer, wo Archie mit Henny saß und wohin Hassie zurückkehrte, ein heftiges Gespräch über Nellie entbrannt. Alle Dienstmädchen stahlen, sagte Archie; und Hassie meinte, Ausnahmen bestätigten höchstens die Regel.

»Ich würde auch stehlen, wenn ich so fadenscheinige Lumpen trüge wie sie und irgendwelche reichen Schnösel vor meiner Nase mit ihren Besitztümern protzten«, warf Henny boshaft ein, angestachelt von Archies frömmlerischem Blick und besserwisserischen Bemerkungen. Archie ließ sich nicht herab, darauf zu antworten, warf Henny jedoch einen Blick zu, der zu bedeuten schien, daß er ihr dies durchaus zutrauen würde, aber Henny starrte nur unverwandt zurück.

»Es ist mir peinlich«, gestand Hassie, »wenn ich ihre Taschen durchwühle und nichts finde. Es ist wie ein Schlag ins Gesicht.«

»Du darfst dabei nicht an dich denken«, sagte Archie ernst, »es untergräbt ihre Moral, wenn die Mädchen den Eindruck bekommen, man ließe ihnen alles durchgehen. Wenn sie diesmal nicht stehlen, tun sie es beim nächsten Mal, weil sie damit rechnen, nicht durchsucht zu werden.«

Es lief darauf hinaus, daß Archies männliche Autorität die Oberhand gewann. Kaum hatte Nellie ihren altmodischen Schrankkoffer und ihre Reisetasche heruntergebracht, mußte sie sie in der großen Eingangshalle abstellen und vor ihren Augen öffnen. Henny rümpfte die Nase, erklärte, sie würde sich nicht mit irgendwelchen verlotterten Lumpen aus Highlandtown abgeben, und wandte sich zum Gehen, während Archie seine kleine weiße Hand hob, Henny einen mißbilligenden Blick nachwarf und das Mädchen in strengem Tonfall anwies, die Sachen von ihrer Herrin durchsuchen zu lassen.

»Nehmt wenigstens irgendeinen Stock oder eine Ofenzange«, sagte Henny von der Tür. »Dieses Zeug anzufassen, kann gefährlich sein. Lieber würde ich mich in heißem Öl sieden lassen, als so etwas zu berühren. Wer weiß, was da dran ist – Ungeziefer oder eine Krankheit oder was weiß ich für ein Schmutz? Hier«, sagte sie und streckte Archie die lange Zange mit den Messinggriffen entgegen, die sie vom Kamin im Frühstückszimmer geholt hatte, »hier, Archie, damit könnt ihr die Sachen hochheben!« Aber es wäre eine Beleidigung für Archie, nicht für das Mädchen gewesen. Er wandte sich ab und sagte:

»Mutter, kannst du die Sachen bitte durchsehen?«

Henny zuckte mit den Schultern und gab Evie die Zange, damit sie sie zurück zum Kamin brachte.

Unterdessen beugte sich Ellen schnaufend über den Schrankkoffer und schob die Finger zwischen alte Socken und die Überreste eines aprikosenfarbenen, letzte Ostern für Nellie gekauften Kleids und fischte ein aus Barrys Zimmer stammendes Foto von Barry heraus.

»Und was ist das, mein Fräulein?« fragte sie und streckte es ihr entgegen.

»Du bist eine Diebin!« rief Hassie entsetzt.

»Du weißt, was wir aufgrund dieses Vorfalls gegen dich unternehmen könnten?« fragte Archie feierlich.

Stirnrunzelnd sah Nellie ihn an. Es endete damit, daß sie alles einzeln auspacken und wieder einpacken und anschließend mit ihren beiden Gepäckstücken in Hassies Wagen steigen mußte, damit Hassie sie später in die Stadt bringen konnte. Henny war wütend, weil dies bedeutete, daß sie oder Louie über Nacht bleiben und sich auch noch selbst ums Abendessen kümmern mußten und Hassie bis morgen ein neues Dienstmädchen aufzutreiben hatte; noch wütender machte sie jedoch, daß es sich nun nicht länger aufschieben ließ, daß sie sich sofort hinsetzen und über Hennys finanzielle Probleme sprechen mußten. Die Familie würde Henny ein Darlehen gewähren, damit sie all die überfälligen Rechnungen für die Kleider und Zahnarztbehandlungen der Kinder, von denen Sam nichts ahnte, bezahlen konnte. Und jedesmal, wenn sie von Sam Geld bekam, würde sie einen Teil der Summe bei Archie abbezahlen. Auf ihre dringende, verzweifelte Bitte hin, nach mehrfachen Selbstmorddrohungen und unendlich vielen Tränen hatte Archie zugestimmt, Sam von diesen Schulden nicht zu unterrichten.

»Für ihn wäre es nur ein Vorwand, mir meine Kinder wegzunehmen«, sagte Henny und erzählte, wie Samuel sie geschlagen hatte, als er von den hundertzwei Dollar erfuhr, die sie Middenway, dem Lebensmittelhändler, schuldete. Es wurde erwogen, Samuel wegen der Schläge zur Rede zu stellen, aber insgeheim dachten alle, daß sie ihrer verzogenen Schwester nicht geschadet hatten. Der alte David Collyer hatte Hennys Rechnungen auch dann noch bezahlt, als sie alle schon um jeden Cent hatten kämpfen müssen.

4 | *Schuhe*

Das klare Herbstwetter war da, frisch wie der Frühling; für die Kinder war ohnehin immer Frühling, im verblühenden Sommer ebenso wie während der Zeit, in der sich die Blätter färbten. Dann vereisten die Rinnsteine, und bald darauf warteten sie auf glänzende Knospen und ihre Eierschalen durchpickende Vögel. Das war der Vorfrühling, ein Frühling so jung und übermütig, daß noch kein Gedicht ihn je beschrieben hätte, ein neugeborener Frühling, ein Frühling mit weichem, pulsierendem Köpfchen, leise brabbelnd und spuckend, ein Frühling, dessen Rückgrat noch so weich wie Pudding war.

Louie, die zur östlichen Veranda ging, um nach dem Abwasch die Geschirrtücher und Putzlappen aufzuhängen, sah durch die dünner werdenden unteren Zweige der Bäume das fremde Mädchen, Olive Burchardt, am Zaun entlanggehen.

Olive war bereits vierzehn Jahre alt. Als sie Louie entdeckte, grinste sie und sagte: »Du wäschst bei euch das Geschirr ab?«

Louie errötete und grinste ebenfalls; der Anblick ihrer Verlegenheit gefiel Olive.

»Wie ich sehe, hängst du die Geschirrtücher auf«, erklärte Olive.

»Ja.«

»Du machst die Arbeit«, fuhr Olive fort und hüpfte die Straße hinauf zu den hinteren Stufen, das dunkle, ausgehungerte Gesicht über die Spitzen des Zaunes gewandt. Louie verfolgte sie mit aufmerksamen Blicken. Olive lachte.

»Mr. Middenway sagt, du hast in der Schule von allen am schlechtesten abgeschnitten.«

»Woher will er das wissen?«

»Er ist hingegangen, um zu fragen, warum seine Kinder nicht durchgekommen sind, da hat er es erfahren.«

Olive machte kehrt, ging die Straße wieder hinunter und steuerte ohne ein weiteres Wort, aber mit grinsenden Grimassen auf den Laden der Middenways zu. Louie sah ihr so schmerzerfüllt nach, als zöge Olive ein Stück ihrer Eingeweide über die Zaunspitzen hinter sich her. Sie wußte, Olive würde mit den Middenways über sie und ihre Mutter tratschen; es war bereits allgemein bekannt, daß sie den Middenways eine riesige Summe schuldeten. Louie wußte, daß solche Schulden Auszeichnung und Schande zugleich waren. Dann war da noch der vertuschte Diebstahl. Olive kaufte bei Murchison, dem billigen Fleischer. Obgleich die Burchardts nur um die Ecke wohnten, wußte Mrs. Pollit nichts von deren Existenz.

Hazel Moore, das Dienstmädchen aus Monocacy, steckte den Kopf zwischen den Gardinen in Hennys Zimmer hervor und rief: »Deine Mutter will, daß du reinkommst.«

»Ja, Hazel.«

Louie reckte sich ein letztes Mal nach Olive, die schon außer Sichtweite war, und ging zögernd hinein. Henny sagte gerade zu Hazel:

»Gott, wie ich es hasse, den Kindern Schuhe zu kaufen. Bei ihrem Geschlurfe, Getrample und Gelatsche sind sie sowieso im Handumdrehen wieder kaputt. Im Sommer spielen sie Fußball und fahren Rollschuh, im Winter patschen sie im nassen Schnee herum, bis das Leder durchgeweicht und völlig verrottet ist.«

Von der Treppe aus rief Louie: »Welches Kleid soll ich anziehen, Mutter?«

»Stell keine dummen Fragen. Ich hasse es, sie in dem alten Ding nach Washington mitzunehmen. Sie sieht aus wie ein Sack Kartoffeln. Sag Toddy, er soll meine Schuhe putzen. Autsch, zum Teufel, ich habe mir schon wieder den Hals verbrannt. Wo ist die Creme? Sehe ich nicht scheußlich aus? Wie ein elender Mischling!«

Hazel, das großgewachsene, bläulich-hellhäutige, katholische Dienstmädchen, rief aus dem Schlafzimmer:

»Toddy, putz die Schuhe deiner Mutter.«

»Ernest füttert die Tiere«, rief Evie.

Hazel ging zur Südtür und rief: »Toddy, Toddy!«

»Jawollja?« gab Ernest zur Antwort.

»Putz die Schuhe deiner Mutter, Schätzchen.«

»Momento. Uno Sekundo. Klein Sam hat die Schlange rausgeholt.«

»Was sagst du da? Was hast du gesagt?« Es folgte ein Schrei des Entsetzens. »Henny, der Junge hat die Schlange aus dem Käfig gelassen.«

»Momento!« rief Ernest begütigend. »Ruhig Blut tut immer gut. Komm, du kleine Nitternatter: Husch, husch ins Körbchen.«

Klein Sam konnte vor Aufregung nicht sprechen. Er packte die kalte, beleidigte Schlange am Kopf, und als sie begann, sich langsam um seinen Arm zu schlängeln, hob er sie in Richtung Käfigtür. Vorsichtig streckte die Schlange ihre gespaltene Zunge heraus, zögerte einen Moment lang und glitt dann über das trockene Gras in den Käfig. Unterdessen hatte Henny sich wieder verbrannt, unter dem Ohr, ein häßlicher Fleck an besonders ungünstiger, da nicht von Haar bedeckter Stelle. Die Falltür senkte sich, und die Schlange war wieder zu Hause, lag in der Elf-Uhr-Sonne und zeigte deutlich, daß sie an diesem kühlen Tag nur widerwillig unter den Wachen weilte.

»Beeil dich«, rief Henny.

»Jawoll, Madame, ich komme schon.« Ernest lief über die hohe, vom Gras und Unkraut des langen Sommers zerzauste Wiese und erschien atemlos, froh und versöhnlich unter der hinteren Veranda.

»Ungezogener Junge!« rief Hazel. »Die Schlange rauszulassen!«

»Ich habe den Käfig saubergemacht«, erklärte Ernest. »Dad-Pad hat mir gesagt, ich soll ihn saubermachen. Ich wußte ja nicht, daß Mutting schon gehen will.«

Louie beugte sich aus dem Fenster im Obergeschoß. »Ernie, he! Toddy, Ernesto!«

Ernest reckte den Hals. »Wassissen?«

»Wie geht's dem Opossum?«

»Hinterhältig wie immer. Es hat mich angefaucht.«

»Und schlafen die Schlangen schon?«

»Eine auf jeden Fall, und die zweite hat schon ganz schläfrige

Augen. Sie werden alle täglich träger und fauler!« Jubelnd lief er zurück in die Küche, um die Schuhe seiner Mutter zu putzen. Louie ging langsam in Sams Zimmer, das jetzt ihr ganz allein gehörte, zog sich im Schneckentempo an und dachte dabei über die Hinterhältigkeit des Opossums und den Winterschlaf der Schlangen nach. Auf dem Schreibtisch ihres Vaters lag ein Buch über Parthenogenese, ein ergiebiges und besonders schönes Werk der Metaphysik, wie Louie fand, ein auf das Leben und seine transparenten Geheimnisse gerichtetes Vergrößerungsglas. Gläserne, zarte, aber unendlich große Flügel weit ausgebreitet, schweifte Louie durch die Welt, spazierte durch blumige Labyrinthe der Metaphysik, zog aus, durchdrungen von Schönheit und innerer Bestimmung. Mit dem Ankleiden ging es deshalb nur sehr langsam voran, und so kam es, daß Henny gepudert, gelockt, bemantelt und behütet war, ehe Louie ihr Kleid hinten zugeknöpft hatte.

»Louie, Louie!«

Sie setzte ihren flachen Strohhut auf und ging hinunter. Ihre Schuhe waren alt und an den Hacken abgelaufen, aber heute war ein glücklicher Tag: Sie würde neue Schuhe bekommen. Henny und Hazel standen im Flur und wechselten von Bitterkeit durchzogene Worte; seit Tagen schon lag zwischen ihnen ein Streit in der Luft. Hazel, zwölf Jahre älter als Henny, streng, praktisch und gottesfürchtig, machte kein Hehl daraus, daß sie jede Art von Verschwendung mißbilligte; und Mr. Middenway, der Lebensmittelhändler, hatte einige scharfe Bemerkungen über die offene Rechnung der Pollits gemacht, die Hazel, als sie am letzten Sonntag aus der Messe kam, aufgeschnappt hatte. Der nächste Sonntag stand vor der Tür, und Hazel wünschte inständig, die Rechnung wäre bis dahin bezahlt.

»Ich muß mich um Sie ebenso kümmern wie um die Kinder«, sagte Hazel steif.

»Ach, schieß in den Wind!« entgegnete Henny und rief mit gutgelauntem Grinsen Louie zu: »Kannst du deinen dicken Hintern nicht etwas schneller bewegen? Dieser Fettklops treibt mich noch zum Wahnsinn. Wahrscheinlich hast du mal wieder über irgendeinem Buch geträumt?«

Auf dem Weg nach unten fragte sich Louie, ob Olive noch immer unterwegs war, um Besorgungen zu machen, und ob sie ihr noch einmal begegnen würde. Sie lief so hastig die Treppe hinunter, daß sie über die letzten drei Stufen stolperte, auf die Nase fiel und als Häufchen Elend am Fuß der Treppe landete. Als sie weinend aufstand, sagte Henny:

»Um Himmels willen, jetzt ist sie auch noch ganz blau und schwarz. Ich muß mich ja schämen, mit ihr gesehen zu werden. Bestimmt denken die Leute, ich würde sie verprügeln. Jeder weiß, daß ich die Stiefmutter des Mädchens bin.« An Hazel gewandt, fügte sie kopfschüttelnd hinzu: »Ich werde die Bestellung bei Mr. Hankin selbst aufgeben und ihn gleich bezahlen, und auf dem Rückweg gehe ich bei Middenway vorbei und begleiche meine Schulden. Also hör bitte auf, dir darüber Sorgen zu machen.«

»Das würde ich Ihnen auch raten«, erwiderte Hazel kühl.

Obgleich es ein milder Tag war, trug Henny den schweren Pelzmantel, den Hassie ihr geliehen hatte, und passende, mit Pelz besetzte Stiefel.

»Das sieht sehr hübsch aus, Mutter«, sagte Louie.

»Hilf deiner Mutter und paß auf, daß sie auf dem Schnee nicht ausrutscht«, schärfte ihr Hazel ein.

Ernie schoß herbei, um Henny die Stufen, die er gerade gefegt hatte, hinunterzuhelfen und sie bis zum Tor zu führen. Das übliche Abschiedsgestöber der Kinder begleitete sie den Pfad hinunter.

»Auf Wiedersehen, Muttimutt«, raunte Ernest ihr ins Ohr. Die Zwillinge rauften an einem der oberen Fenster um den besten Platz und piepsten aufgeregt: »Mutting, Mutting!«

»Was ist?« Henny drehte sich um. Louie sprang von einem Fuß auf den anderen und verrenkte sich den Hals nach Olive.

»Auf Wiedersehen, Mutting!« riefen die Zwillinge.

»Auf Wiedersehen«, sagte Evie, den Tränen nahe.

»Auf Wiedersehen, auf Wiedersehen, und zum Teufel mit euch!« rief Henny, winkte und lächelte ihnen freundlich zu. Plötzlich kam Evie den Pfad hinuntergelaufen, schob Tommy und Ernie zur Seite und brachte mit gebrochener Stimme hervor:

»Du hast mir keinen Kuß gegeben!« Henny warf ihr einen Kuß zu und sagte:

»Die ganze Mischpoke bricht in Tränen aus, weil ich nicht

jeden einzelnen erdrücke. Ich werde als erstes zu Hankins gehen und ihn bezahlen, dann kann er die Sachen schicken. Du kannst sechs Pfund Zucker holen, und sag ihm, ich komme ganz bestimmt heute nachmittag vorbei, um alle Schulden zu begleichen.«

Louies Herz zog sich zusammen. Olive Burchardt bog, von der Avenue kommend, gerade in diesem Augenblick in die R Street ein. Sofort entdeckte sie Louie und ihre Mutter und zog die gleiche grinsende Grimasse wie vorher, als wollte sie sagen: *Du arbeitest, du wäschst ab.*

»Kann ich mit Olive reden, Mutter, während du zum Fleischer gehst?«

»Warum denn das?«

»Ich möchte ihr ... etwas sagen.«

Als Henny ja sagte, lief sie über die Straße und wußte doch, daß es zwecklos war. Sie mochte Olive nicht besonders. Olive wartete auf sie. Louie war in diesem Jahr sehr gewachsen, war groß für ihre zwölf Jahre, während Olive klein und schmächtig war – das, was Henny eine dürre Rinnsteinratte nannte.

»Weshalb bist du rübergekommen?« fragte Olive. »Deine Mutter ist zum Fleischer gegangen.«

»Ich weiß.«

»Ich war gerade bei Middenway. Ich habe mit ihm gesprochen. Er sagt, du hast in der Schule als Schlechteste abgeschnitten.«

»Hab ich nicht.«

»Hast du doch.«

»Woher will er das wissen?«

»Er war in der Schule und hat nach seiner Tochter, der doofen Dorothy gefragt. Und da haben sie ihm gesagt, daß du die Schlechteste bist.«

»Sie würden ihm doch nichts über mich erzählen.«

»Sie haben's aber gemacht.«

Es gab eine Pause, in der Louie nervös mit ihren schäbigen Schuhen auf die Bordsteinkante hackte.

»Hast du keine anderen Schuhe?« fragte Olive.

»Ich krieg heute neue.« Sie deutete vage in Richtung des Fleischerladens.

»Du lügst«, sagte Olive neidisch, wartete auf Widerspruch und beobachtete aufmerksam Louies Gesicht, aber Louie war in

Gedanken versunken. Nach einer Weile sagte sie: »Vielleicht kann ich am Montag mit dir von der Schule nach Hause gehen; ich bin in der gleichen Schule wie du.«

Olive wartete einen Augenblick und sagte dann böse: »Ich gehe am Montag nicht in die Schule, und danach auch nicht mehr. Ich ziehe weg.«

Etwas schien Louie zu treffen. In Louies Innerem entriß sich ein neuer Schmerz stechend und blitzschnell dem Fleisch, in das er bis dahin gebettet gewesen war. Einen Augenblick lang war sie sich nur ihrer geschundenen Eingeweide und der Ursache ihres Kummers bewußt, des dunklen, spindeldürren Wesens an ihrer Seite. Ich kann es nicht ertragen, sagte etwas sehr hörbar in ihr. Es war wie der erste stechende Schmerz eines Abszesses, von dem der Leidende sofort weiß: Er wird wiederkommen. Ich kann es nicht ertragen. Sie sah Olive an. »Olive, zieh nicht weg.«

Olive wußte kaum etwas über Louie. Louie war nie mit ihr von der Schule nach Hause gegangen, hatte nie mit ihr spielen dürfen, und da sie so ungeschickt war, hatte sie auch nie zu Olives Clique auf dem Spielplatz gehört. Louie wußte aber auch nichts über Olive, hatte sie bisher nur aus der Ferne gesehen und einmal in einem ganz seltsamen, aus einem Klassenzimmer fallenden Licht, das ihre Haut ganz grün hatte aussehen lassen. Doch Olive hatte den Jagdinstinkt einer Katze:

»Ich ziehe weg. Du wirst mich nie wiedersehen.«

»Ach! Wohin denn? Tu's nicht.«

»Ich gehe arbeiten. Von der Schule hab ich die Nase voll.«

»Wohin denn, Olive?«

»Du könntest sowieso nie da hinkommen. Nach Baltimore.«

»Doch, ich könnte nach Baltimore kommen.«

»Wozu?« fragte das Mädchen und sah sie seltsam an.

»Ich weiß nicht.«

Gemeinsam gingen sie über die Straße auf den Fleischerladen zu, während Olive mehr über ihr neues Leben preisgab und Louie den schwachen Versuch machte, daran Interesse zu zeigen. Vor dem Fleischerladen blieben sie stehen.

»Also, bis dann, ich muß los«, sagte Olive, ohne sich von der Stelle zu rühren.

»Bis dann.«

Louie machte einen Schritt auf die Tür zu, blieb jedoch noch einmal stehen. »Vielleicht könntest du erst am Dienstag gehen?«

»Ich gehe am Montag, um meine Papiere zu holen. Sonst hätte es keinen Zweck. Du bist dann in der Schule«, sagte Olive.

»Also gut.«

»Bis dann.«

Olive schlenderte davon, während Louie ihr von der Tür des Fleischerladens aus traurig nachsah. Sie war erleichtert, daß Olive wegzog, und doch schwirrten die verschiedensten Ideen wie wild durch ihren Kopf; vielleicht geschah in der Zwischenzeit doch noch irgend etwas, und Olive zog nicht fort, vielleicht verschoben ihre Eltern den Umzug auf Ende der Woche oder wenigstens auf den Dienstag, oder sie entschlossen sich, Olive wieder zur Schule zu schicken, oder Olive rief bei Louie an, um auf Wiedersehen zu sagen oder ihr gar eines ihrer Bücher zu schenken. Doch schon eine Minute später, als sie die Straße hinuntersah und noch einmal Olives blauen Faltenrock und die Knöchelsöckchen erspähte, wußte sie, daß das das letzte war, was sie je von Olive sehen würde.

»Komm rein und hilf mir, Louie«, rief Henny mit süßlicher Stimme. Sie lebte wieder in bestem Einvernehmen mit dem Fleischer, der selbst zur Zeit ihrer höchsten Verschuldung Respekt vor dem Ruf ihres Vaters gezeigt hatte. Henny gab sich niemals grob und anmaßend gegenüber Ladenbesitzern und ihren Angestellten, auch wenn die meisten Frauen ihres Schlages glaubten, dazu verpflichtet zu sein; im Gegenteil, sie versäumte es nie, ihnen »um den Bart zu gehen«, wie sie es nannte, und erzählte später von den Komplimenten, die sie ihr gezollt hatten.

Im Laden standen zwei Frauen, rote Flecken aus Sägemehl auf den Wildlederschuhen. Sie trugen ehrbare Pelzhüte, die eine einen senffarbenen, die andere einen roten, und ihre Gesichter strahlten wie zwei Schüsseln mit Pfirsichen und Sahne, wenn sie Henny ansahen, und verwandelten sich in zwei Schüsseln mit schrumpeligen Dörrpflaumen, sobald Louie in ihr Blickfeld trat. Eine von ihnen sagte gerade:

»Ich bin sicher, sie ist Ihnen eine große Hilfe, Mrs. Pollit.« Dann nickte sie Louie zu und fügte hinzu: »Ich bin sicher, du bist sehr kinderlieb, meine Gute. Ganz bestimmt bist du eine große Hilfe?«

Wie versteinert stand Louie vor diesen altbekannten Worten.

»Ist sie kinderlieb?« wandte sich die zweite Dame mit einem mißbilligenden Zucken an Henny, denn wie alle Damen rühmte sie sich eines guten Umgangs mit Kindern. Louie blieb großäugig und stumm. Henny trat ungeduldig von einem Bein aufs andere.

»Ich weiß nicht, sicher doch. Schwer zu sagen, was ihr wirklich gefällt. Sie ist ein verschlossenes Kind.«

»Aber ich hoffe, Sie können ihr die Kleinen anvertrauen«, sagte die erste Dame ernst. »So ein großes Mädchen!«

»Aber gewiß doch, wenn sie bloß nicht ständig die Nase in irgendein Buch stecken würde«, rief Henny aus und verlor die Geduld mit den Frauen, die eines ihrer Lieblingsthemen angeschnitten hatten.

»Zuviel Lesen ist schlecht für die Augen«, erklärte die Frau mit dem senffarbenen Hut sachlich.

»Oh, wir achten sehr auf die Augen der Kinder«, versicherte Henny mit plötzlicher Anmaßung. »Komm, Louie«, und mit einem würdevollen Kopfnicken und einem süßlichen »Danke schön« in Richtung des Fleischers schwebte sie aus dem Laden und sagte: »Beeilen wir uns, ich habe nicht viel Zeit.« Ein paar Schritte weiter rief sie: »Diese albernen alten Truthennen mit ihren Frisuren, die aussehen wie Heuhaufen nach einem Sturm. Eine Frau in dem Alter mit einem gelben Hut auf dem Kopf! Scharwenzeln um mich rum, Mrs. Pollit hier, Mrs. Pollit da. Ich will nicht, daß sie mit ihren dreckigen Nasen meine Kinder beschnüffeln. Und es macht mich wütend, daß ich ein Ungeheuer wie dich in diesem Aufzug mit mir herumschleppen muß, weil dein Vater nicht zuläßt, daß ich dich anständig kleide. Wahrscheinlich tratschen sie jetzt hinter meinem Rücken und nennen mich eine echte Stiefmutter. Es macht mich ganz krank. Was hast du dich so lange mit der dürren Rinnsteinratte herumgetrieben?«

»Können wir beim Zoogeschäft vorbeigehen, Mutter?«

»Als ob ihr zu Hause nicht schon genug stinkende Tiere hättet – heute nachmittag.«

Der Fluß glänzte in der Ferne, als sie die Avenue zur nächsten Haltestelle hinuntergingen. Am Ende der Straße stand ein kahler Baum. Sie sahen das blau angestrichene Zoogeschäft von der anderen Straßenseite, weil Henny sehen wollte, was es im Kino gab. Anschließend überquerten sie, dem hitzigen Wunsch des Kindes folgend, die Straße, und Henny erlaubte Louie, sich die Tiere anzuschauen bis die Straßenbahn kam. Beim Einsteigen rutschte Louie aus, fiel der Länge nach hin und »brachte mich vor aller Augen in eine schrecklich peinliche Situation«, wie Henny später erzählte; ein Gentleman mittleren Alters mit einem sehr freundlichen Gesicht kam ihr zu Hilfe und lüpfte für Henny den Hut. In der Straßenbahn traf Henny eine Nachbarin, Mrs. Bolton, die sie verabscheute und eine aufgeplusterte Vogelscheuche nannte; trotzdem wurden die beiden miteinander sofort aufs Herzlichste vertraut und verstrickten sich in ein langwieriges Gespräch über die Ungeschicklichkeit junger Mädchen, die man leider unmöglich allein in die Stadt schicken könne. Dies diente allerdings nur als Vorgeplänkel für Mrs. Boltons eindringliche Fragen nach dem abwesenden Mr. Pollit. Henny reagierte mit einer Mischung aus Bescheidenheit und fraulichem Stolz, gab Sams grundsätzliche politische Anschauungen wieder und beschrieb seine Arbeit bei der anthropologischen Pazifikexpedition.

»Sie müssen sehr stolz auf ihren Mann sein«, sagte die andere affektiert.

»Und ob ich das bin«, entgegnete Henny würdevoll. »Ich finde, er ist ein bemerkenswerter Mann. Er arbeitet furchtbar hart, und niemand kann ihn von seinen Standpunkten abbringen. Wenn er sich einmal eine Meinung gebildet hat, würde er sie niemandem zuliebe wieder ändern. Samuel macht sich nicht viel aus dem Erfolg, nur die Wissenschaft und die Ergründung der Wahrheit sind ihm wichtig. Ich finde, er ist wirklich ein bemerkenswerter Mann, aber ich nehme an, daß ist ziemlich töricht von mir.«

Mrs. Boltons Leutseligkeit welkte spürbar dahin, dennoch fuhren sie mit ihrem »geschraubten Gerede«, wie Henny es nannte, fort, bis Henny unvermittelt am Weißen Haus ausstieg. Louie fing sofort begeistert an, nach den Eichhörnchen Ausschau zu halten.

»Ich hätte ihr ins Gesicht schlagen können«, rief Henny empört, »diese alte, aufgeplusterte Wichtigtuerin, die das Schnüffeln und Stochern einfach nicht lassen kann. ›Was macht Mr. Pollit eigentlich?‹« imitierte sie den Tonfall der anderen. »Lieber sollte sie sich fragen, was ihre eigene Tochter macht, weil die sich nämlich am liebsten mit den Männern anderer Frauen herumtreibt. Mich wundert, daß sie es überhaupt noch wagt, einer anderen Frau ins Gesicht zu schauen. Wenn ich so eine Tochter hätte, würde ich mich nicht mehr aus dem Haus trauen. Und die Mutter einer solchen Tochter betatscht meine Tochter. Ich habe vor Wut gekocht und mußte mich schwer zusammenreißen, um nicht ausfallend zu werden.«

Der Vormittag war voller Aufregungen und unterschiedlichster Begegnungen. Henny warf sich in unzählige Schlachten, aus denen sie stets siegreich hervorging. Gekrönt wurde dieser ruhmreiche Vormittag davon, daß Henny auf höchst charmante und entwaffnende Art mit einem Schuhverkäufer plauderte und Louie ein Paar wunderschöner Halbschuhe anprobieren ließ. In ihren neuen Schuhen durfte Louie dann ins Museum gehen, um sich eine Ausstellung über die hiesige Fauna und Flora anzusehen, damit sie für den wißbegierigen, in fernen Dschungeln weilenden Sam einen entsprechenden Bericht anfertigen konnte.

Nach langwierigem Gekritzel in ein für fünf Cent erstandenes Notizheft überkam sie ein tödliches Grauen, die unbezwingbare Museumsübelkeit, und der Bericht endete notgedrungen dort, wo ihr unwohl geworden war. Dennoch ging sie, Sams Wünschen gehorchend, noch beim Amt für Fischereiwesen vorbei, um Dr. Philibert, das Alter ego ihres Vaters, in der bekannten Höhle der Aquaria aufzusuchen, wo ihr verschiedene Sagengestalten begegneten, zum Beispiel Crazy-Daisy, der sie anstarrte, aber nicht erkannte, und Dear Old Ratty, der murmelnd auf sie zu kam, ihr die Hand drückte und sich nach seinem »alten Freund Sam« erkundigte. Sein dürrer Hals schwankte auf seinen Schultern hin und her, genau wie Sam es immer nachgemacht hatte. Und nachdem sie Sams Wunsch gemäß »die Kontakte gepflegt«, »ihre eigene kleine Lebensreise der Irrungen und Wirrungen« begonnen und seine Botschaft des guten Willens zu den verschiedensten Vertretern seiner Abteilung getragen – und sich zugleich von der Absurdität dieser Worthülsen gründlich überzeugt – hatte, trat Louie über die alte Rock Creek Bridge und die dick mit Laub bedeckte Pennsylvania Avenue zufrieden den Heimweg an. In Tohoga House war sie bis sechs Uhr für alles ganz allein verantwortlich, bis Hazel gutgelaunt nach Hause kam.

Die achtundvierzigjährige Hazel hatte einen jüngeren Verehrer, und obgleich sie – in Louies Augen – ein zänkisches Weib war, liebte dieser Mann sie seit fast zwanzig Jahren und war seit fünfzehn Jahren mit ihr verlobt. Doch wie jedem, der es hören wollte, ausführlich erklärt wurde, mußte Hazel warten, bis sie keine Kinder mehr bekommen konnte, ehe sie Mr. Gray heiratete, weil er Protestant war und Hazels Priester nicht zulassen wollte, daß ihre Kinder protestantisch getauft wurden.

Als Henny nach Hause kam, sprachen sie und Hazel noch einmal über die ganze Sache, und Hazel verkündete mit hochrotem Gesicht, sie habe eingewilligt, Mr. Gray noch in diesem Jahr zu ehelichen. Sie würden gemeinsam nach Charlestown ziehen, in Hazels Heimatstadt, aus der sie vor vielen, vielen Jahren gekommen war, um als Küchenmädchen der Collyers zu arbeiten, und dort auf Mr. Grays Apfelplantage leben. Der Abend vibrierte von herrlichen Visionen von Hazels zukünftigem Glück und dem friedlichen Lebensabend, den sie als Mrs. Gray inmitten reichtragender Apfelbäume verbringen würde.

»Vielleicht wird es dir leid tun, daß du so lange gewartet hast«, sagte Henny niedergeschlagen zu ihrer alten Vertrauten.

»Nein.« Hazel schüttelte den noch nicht ergrauten Kopf. »Wenn ich sehe, was Sie mit diesem Mann und seiner Kinderhorde haben durchmachen müssen, Henny, glaube ich, daß ich die bessere Wahl getroffen habe. Es war keine Entbehrung für mich.«

»Du wirst nicht immer so denken«, sagte Henny, »warte erst einmal ab.«

»Mit Mr. Gray werde ich alles haben, was ich mir immer gewünscht habe«, sagte Hazel bestimmt.

»Und was ist mit mir? Ich muß wieder allein mit diesen Kindern fertig werden«, sagte Henny, »und das nächste wird nicht mehr lange auf sich warten lassen. Hazel, du mußt mindestens so lange bleiben, bis ich wieder auf den Beinen bin. Was macht das für dich schon für einen Unterschied, wo du so lange gewartet hast?«

Hazel errötete, und einen Moment lang sah es so aus, als würde ein Gewitter aufziehen, aber Hazel beruhigte sich wieder und sagte, Henny würde sich selbst benehmen wie ein ichsüchtiges kleines Kind, dennoch würde sie bleiben, bis Sam wieder nach Hause kam.

»Aber Pollit und seine Sippschaft ertrage ich nicht«, erklärte Hazel, rote Flecken auf den Wangen, »und wenn ich gezwungen bin, mit diesem Mann unter einem Dach zu leben, werde ich ganz bestimmt etwas sagen, was uns allen leid tun wird. Er hat Ihr Leben zerstört.«

Der Strom der Freundschaft zwischen Hazel und Henny floß ruhig und tief. Dennoch kränkte es Henny ein wenig, daß Hazel sich so ungeduldig darauf freute, sie endlich verlassen zu können.

SECHSTES KAPITEL

1 | *Briefe nach Malaya*

Es war ein kalter und windiger Abend im März. Vier der Kinder saßen auf Hockern und Kniekissen rund um ein Holzfeuer im Eßzimmer, in ihrer Mitte Henny, auf rätselhafte Weise wieder zu einer dicken Frau geworden, auch wenn ihre Hände, ihre Füße und ihr Gesicht so klein und schmal waren wie immer. Ernest saß am großen Eichentisch fleißig über seine Schulbücher gebeugt. Neben ihm kopierte die vom Abtrocknen des Geschirrs befreite Louisa ihren neuesten »Georgetown-Bericht« über Vögel, Insekten und Pflanzen – die von ihrem Vater verlangte monatliche Zusammenfassung ihrer Naturbeobachtungen, die jedoch auch diesmal wieder aus dem Museum stammten. Außer in unmittelbarer Nähe des Feuers war das Haus gräßlich kalt. Die Körper der Kinder bildeten eine Art Ofenschirm: Während sie vorne geröstet wurden, liefen ihnen kalte Schauer über die Rücken. Louie trug ihren mittlerweile ziemlich abgewetzten Wintermantel.

Henny, die an dem Ende des Tisches saß, das dem Feuer am nächsten war, bezog eine Kindermatratze mit frischem Drell und heftete ihn mit einer großen Stahlnadel fest. Dabei verfluchte sie die anstrengende Arbeit, die Kälte des Hauses, ihre Armut, ihre Erschöpfung und die schier unendliche Flut all der noch vor ihr liegenden Hausarbeiten. Die an ihre unab-lässigen Tiraden längst gewöhnten Kinder ließen sich vom Schreiben der Briefe an ihren Vater nicht ablenken. Henny ächzte und stöhnte, verwünschte sowohl die kratzenden Stifte als auch Sams Befehle aus der Ferne und rief: »Verdammt!«, wenn sie sich wieder einmal in den Finger gestochen hatte.

»Willst du meinem Brief etwas beilegen, Mutt?« fragte Evie.

»Ich habe Angst, eurem Vater zu schreiben, er meckert ja doch nur an meiner Rechtschreibung herum«, schnaubte Henny.

»Außerdem habe ich anscheinend keine Ahnung von Geographie. Zum Teufel mit seiner aufgeblasenen Hochnäsigkeit!«

Louie hob unruhig den Kopf und sah durch die schmuddeligen Vorhänge im Schlafzimmer ihrer Mutter auf die abendliche, wilde, herrliche Szenerie – die Bäume rund um das Naval Observatory, das Lampenlicht, das über den geflochtenen Drahtzaun des alten Wasserspeichers fiel, das geheimnisvolle, langgestreckte, verschwommene Haus, nach dem sie sich sehnte, das seltsame Haus gegenüber, und darunter das dunstblaue Washington, blaß und glanzlos unter unzähligen Sternen. Wie eine Winterstadt in Afrika, dachte sie. Nach einer Weile kehrte sie zurück und zog wieder den Stift über das Papier.

»Verdammt!« rief Henny wieder. »Sagt Hazel, sie soll mir Tee und ein Aspirin bringen, meine Augen brennen, und mir platzt fast der Schädel.«

Das Geschirrklappern in der Küche verebbte, und sie hörten, wie Hazel die große Waschschüssel an ihren Haken hängte; dann kam Evie hereingelaufen und trug mit beiden Händen das Besteck zur alten, zerkratzten Anrichte. Sie warf es in eine Schublade, drängte sich in den Halbkreis vor dem Feuer und rief:

»Huh, ist das kalt! Ojemine, ich friere so. Wann kriegen wir endlich neue Kohlen, Mutt?«

»Euer geliebter Vater meint wohl, von den grellen Geschichten, die er in seinen Briefen schreibt, könnten wir uns hier ein Feuer machen«, entgegnete Henny. »Aber ich werde uns Kohlen bestellen, nur keine Bange. So, jetzt habe ich aber für heute genug.«

»Warum läßt du mich das nicht machen?« fragte Louie. »Oder wenigstens versuchen?«

»Weil du nicht stark genug bist, mein Fräulein. Um so eine widerspenstige Matratze zu beziehen, braucht man zähe, alte Hände wie meine«, erwiderte Henny. »Warte, bis du erstmal zehn, zwölf Jahre lang für einen Mann geschrubbt und gewaschen hast. Bis dahin werde ich nicht zulassen, daß du dich in ein Arbeitspferd verwandelst. Beschreib die verdammten Vögel, mehr erwartet niemand von dir. Ernie, mein Junge, geh und hol Mutters Tee, ich höre, daß er gerade aufgegossen wird.«

Henny rutschte näher ans Feuer und legte die knochigen Hände auf die heißen, seidigen Köpfe der Zwillinge, um sich zu wärmen. Die beiden wandten ihr die Gesichter zu, zwei gleiche, rotgelbe Äpfel, und Saul sang mit Fistelstimme:

Ich heirat' keinen Fleischer,
auch wenn du noch so murrst;
der macht mich bloß zu Hackfleisch
und stopft mich in die Wurst.

»Laßt Mutter singen«, riefen die Kinder.

»Laßt Mutter in Ruhe«, gab Henny zurück.

Hazel saß in der kalten Küche, in ein schwarzes Häkeltuch eingehüllt, und grübelte vor sich hin. In den letzten Monaten hatten sie und Henny oft gestritten, immer über Geld. Henny tat so, als merke sie nicht, daß ihr Dienstmädchen in der Küche schmollte, und um ihre Gleichgültigkeit noch zu unterstreichen, ließ sie sich überreden und sang: »Ich heirat' keinen Fleischer« – ein Lied, das sie anläßlich des Düsseldorfer Mordskandals wieder ausgegraben hatte.

»Hast du den Brief an deinen Vater fertig, Louie?«

»Fast.«

»Wird aber auch Zeit, du hast den ganzen Abend daran gesessen und deine Schulaufgaben nicht angerührt. Ich verstehe nicht, warum du damit immer bis zum letzten Drücker wartest. Du weißt, er legt großen Wert darauf, und wenn er die Berichte nicht bekommt, gibt er mir die Schuld. Du willst doch nicht, daß ich auf immer und ewig der Sündenbock bin? Und wenn du mit dieser Unmenge an Schulaufgaben nicht nachkommst, die sie dir aufbrummen, gibt er mir dafür auch noch die Schuld. Ich werde wohl mal an den Direktor schreiben müssen.«

Louie schwieg ängstlich und reichte ihr den zweiseitigen Brief, den sie geschrieben hatte. Henny las ihn mit Abscheu, schob ihn ihr wieder hin und sagte: »Legt die Briefe alle zusammen, dann können wir sie heute abend noch aufgeben; und dann will ich von diesem Müll im Eßzimmer nichts mehr sehen.«

Hazel kam mit bitter-beleidigter Miene aus der Küche hereinstolziert, band ihre dunkelblaue Schürze los und fragte mit Feldwebelstimme: »Hat Louie an ihren Vater geschrieben?«

»Ja«, antwortete Louie knapp.

»Haben die anderen auch geschrieben?«

»Ja, Gott sei Dank ist wieder eine Sendung fertig. Wie ich diese Posttage hasse! Ich kriege die Kinder einfach nicht dazu, an ihren Vater zu schreiben.«

Ernest, Hazels Liebling, hob sein weiches Gesicht und sah sie mit großen Augen an. »Das kommt daher, weil alle ihre Briefe gleich anfangen: ›Dear Dad, wie geht es dir, mir geht es gut, Mutter geht es auch gut‹, und dann wissen sie nicht, was sie sonst noch schreiben sollen.«

»Evie hat aus Versehen ›Dead Dad‹ statt ›Dear Dad‹ geschrieben«, rief Saul.

Petze-Petze ging in'n Laden,
wollt für'n Sechser Käse haben.
»Für'n Sechser Käse gibt es nicht.«
Petze-Petze ärgert sich.

Mit diesen Versen wies Hazel Saul zurecht und strich Evie übers Haar. »Ja, mein Kätzchen, du bist Hazels Kleine, mach dir nichts daraus, was die anderen sagen, es ist alles gut.«

»Das Kind bringt kein Wort richtig aufs Papier, und der Vater gibt natürlich mir die Schuld daran«, sagte Henny gereizt.

Traurig und beschämt sah das kleine Mädchen zu Boden.

Die Briefe wurden auf dem Tisch aufeinandergestapelt, jeder einzelne in der krakeligen Schrift des Schreibers adressiert. Alle Umschläge waren umständlich und stolz befingert worden, mit Rotz und Tränen beschmiert.

Als schon keiner mehr an Ernies Besserwisserei dachte, platzte Evie heraus: »Ernie hat heute gar keine Schulaufgaben. Die ganze Klasse hat nichts auf, das hat Miss Morrin selbst gesagt.«

»Natürlich hab ich was auf«, gab Ernie zurück.

Louie sah von ihrem Buch auf und sagte: »Klar doch. Erfundene Hausaufgaben.«

»Na und? Wenn ich sie machen will!« entgegnete Ernie wütend.

»Du ruinierst deine Augen, obwohl du gar nicht dazu verpflichtet bist?« fragte Henny ungehalten. »Ich habe dich nur deshalb eine halbe Stunde länger hier sitzen lassen, weil ich dachte, du müßtest Hausaufgaben machen. Das hast du mir jedenfalls gesagt, du kleiner Schwindler.«

»Unsere Lehrerin hat gesagt, wir sollen die Problemfälle zu Hause lösen.«

»Ihr *könnt versuchen*, sie zu lösen«, korrigierte ihn Louie. Ernie streckte trotzig die Unterlippe vor.

»Ernie ist verrückt«, sagte Klein Sam. »Ständig will er lernen! Ernie ist eine Schwuchtel.«

»Was hast du gesagt?« kreischte Henny. Klein Sam grinste dümmlich, während die anderen Jungen – außer Ernie – feixten. Nach einer langwierigen Diskussion, die ergab, daß Klein Sam das aufgeschnappte Wort für jeden benutzte, der sich nicht gerade als Football-Star hervorgetan hatte, rief Henny gereizt: »Packt zusammen, Kinder, und dann marsch ins Bett. Ich kann euch Nervensägen nicht länger ertragen.«

Gleichzeitig erklang Ernies verächtliche Stimme: »Gibt es etwa ein Gesetz, das mir verbietet, Schulaufgaben zu machen?«

Tommy wimmerte: »Uh, meine Jucki-Muckis«, und kratzte die großen rosa Striemen auf seinen Beinen.

»Nicht kratzen, und sofort weg vom Feuer«, befahl Hazel. Tommy warf den Kopf zurück und sagte: »Nich ins Bett«, kletterte von seinem Stuhl und brach in Tränen aus.

Es fiel ihnen schwer, sich vom Feuer zu lösen und sich der frostigen Luft zu stellen, die überall im Haus auf sie wartete und mit jedem Schritt nach oben eisiger wurde. Die Heizung war seit einigen Tagen abgestellt, weil ihnen die Kohlen ausgegangen waren. An der Tür blieb Klein Sam stehen.

»Erzählst du uns noch eine Geschichte, Louie?« fragte er.

»Nein, ich muß meine Schulaufgaben machen.«

»Ach bitte, mach schon, Louie.« Die Zwillinge stimmten ein durchdringendes Geheul an, und Evie erhob sich erwartungsvoll von ihrem Platz. »Ich gehe so lange in Sauls Bett.«

Vom Treppengeländer her ertönte Hazels Stimme: »Kinder!«

»Louie!«

»Also gut.«

Wie kleine, übereinander purzelnde Eisenbolzen kämpften sie sich die Stufen hinauf. Plötzlich verstummte das Geräusch. Dann kamen sie wieder herunter. »Mutting. Mutting!«

»Ich wünschte, diesen idiotischen Namen würden sie sich bald mal abgewöhnen«, schimpfte Henny über ihrem Strickstrumpf.

»Mutting, Ernie fragt, ob du noch hochkommst und uns

gute Nacht sagst.« Evies kleine Gestalt erschien in der offenen Tür.

»Nein. Und jetzt geh hoch, sonst mach ich dir Beine.«

»Aber es ist so ka-halt«, rief Klein Sam hinter ihr und schüttelte sich.

»Hoch mit euch, oder muß ich euch erst Feuer unterm Hintern machen?« entgegnete Henny. Kichernd tapsten sie zurück zur Treppe.

Dann kam Ernie ins Zimmer, baute sich rund und rosig in seinem Winterschlafanzug vor seiner Mutter auf und begann mit dem ganz persönlichen Ritual, das in seinem zweiten Lebensjahr ganz zufällig entstanden war.

Gute Nacht, Mutter.
Gute Nacht, mein Sohn.
Seh ich dich morgen?
Wenn Du Glück hast, schon.
Ich habe viel Glück.
Dann bis morgen, mein Sohn.
Gute Nacht, Mutter.
Hast du mich auch lieb, mein Sohn?
Ja, Mutter.
Wie lieb?
Sehr lieb.
Wieviel ist sehr, mein Sohn?
Mehr als tausend und eine Million.
Das ist gut. Dann bis morgen, mein Sohn.
Gute Nacht, Mutter.

Es war Ernie, der darauf bestand, dieses Ritual jeden Abend vor dem Schlafengehen zu wiederholen, denn er konnte erst ins Bett gehen, wenn sie ihm feierlich versichert hatte, ganz bestimmt da zu sein, wenn er am nächsten Morgen aufwachte, und manchmal hatte er sogar nachgehakt: »Aber du bist auf jeden Fall da, wenn ich aufwache?« Noch war er an keinem Abend ins Bett gegangen, ohne mit ihr in diesen Wechselgesang einzustimmen – abgesehen nur von den Zeiten, an denen sie, wie sie es nannte, auf eine ihrer »Geschäftsreisen« ging und für zwei Wochen auf der Entbindungsstation verschwand.

Ernie drückte einen Kuß auf die Wange seiner Mutter, lief zur Treppe und jauchzte: »Ich frage mich, was für eine Geschichte Lulu uns heute erzählen wird. Hoffentlich eine Geschichte über Malaya.«

Es entstand ein hitziges Gerangel um die Betten. Als sie sich alle eingemummelt und die Decken bibbernd und kichernd bis zu den Ohren hochgezogen hatten, sagte Louie, die in ihrem Wintermantel auf einem Sessel zwischen den beiden Türen Platz genommen und gewartet hatte, bis das Gezische und Gezanke sich legte und endlich Ruhe einkehrte, feierlich:

»Ich erzähle euch eine Geschichte von Daddy, auch Sam der Kühne genannt. Als er Kuala Tokang in Kelantan verließ, traf er einen Korinchi-Mann.«

Es herrsche atemlose Stille.

»Obgleich es noch heller Nachmittag war, sahen sie, als sie sich auf einer Lichtung mitten im Dschungel einem Dorf aus Pfahlhütten näherten ...«

»*Wer* sah das?« fragte Ernie.

»Daddy und seine Mannen. Sie sahen, daß alle Türen und Fenster geschlossen waren. Es gibt dort keine Fenster, nur Läden aus Holz, und die waren fest verriegelt. Das einzige Lebewesen, das sie entdecken konnten, war ein Zicklein, das man in einem grob zusammengezimmerten Käfig festgebunden hatte.«

»Ein Zicklein?«

»Ein Ziegenjunges«, erklärte Ernie mit verträumter Stimme. »Wie Whiteys kleine Ziege.«

»Der Käfig bestand aus dicken, entrindeten Ästen, und die Tür wurde von dem Stamm eines jungen Baumes offengehalten. Das Zicklein war an einem eingekerbten Pflock im Innern des Käfigs festgebunden. ›Warten auf Tiger‹, sagte Wan Hoe.«

»Wer ist Wan Hoe?« fragte Evie.

»Daddys Sekretär, du Dummerchen«, erklärte Klein Sam, während die anderen zischten: »Psst!«

»Das Dorf war wie ausgestorben«, sagte Louie. »Daddy und Wan Hoe gingen zur nächstbesten Hütte und klopften, und Wan Hoe und einer der Malaien aus Daddys Mannschaft sprachen mit den Leuten. ›Sie wollen nicht antworten‹, sagte der Malaie. ›Frag sie, was hier los ist, mein Freund‹, sagte Daddy.«

»Warum ›mein Freund‹?« wollte Evie wissen.

Feierlich wie ein Pfarrer bei der Predigt antwortete Louie: »Weil Daddy will, daß alle Menschen, ob schwarz oder weiß, seine Freunde sind. Und er erklärt allen, daß er das sagt, weil er Amerikaner ist und aus Washington, der großen weißen Stadt der Brüderlichkeit, zu ihnen gekommen ist.«

»Und dann sagt er, daß er zur *American Smithsonian Field Expedition* gehört«, ergänzte Ernie.

»Ja. Nach einer Weile ertönte aus dem Innern der Hütte ein Stimmengewirr, das losknatterte wie eine ganze Tüte Knallbonbons und ebenso plötzlich wieder verstummte. Der Malaie, obwohl er Mohammedaner und in Mekka gewesen, also ein weitgereister Mann war und Awang Hadschi genannt wurde, schien von unerklärlicher Angst ergriffen, blickte unruhig über die Schultern zum Rand des Dschungels und beäugte mißtrauisch seine Gefährten. ›Korinchi-Mann hier‹, erklärte Wan Hoe.« Louie wartete. Die Kinder warteten. Endlich fragte Klein Sam:

»Was ist ein Korinchi-Mann?«

»Die Korinchi-Männer gehören zu einem herumziehenden Malaienstamm. Es heißt, daß sie Wer-Tiger sind, also Menschen, die sich nachts in Tiger verwandeln.«

»Uh-hu-hu-u!« Sie schauderten.

»Wenn es Abend wird, kommen sie und klopfen an die Tür. Die Leute machen auf und fragen, was sie wollen. Dann sagt der Korinchi-Mann: ›Bitte laßt mich über Nacht hierbleiben, draußen streichen wilde Tiger herum. Wer will schon so grausam sein, einem nackten, unbewaffneten Mann ein Obdach zu verwehren?‹ Auf diese Bitte hin wird der Korinchi-Mann eingelassen, und wenn alle anderen eingeschlafen sind, verwandelt er sich in einen Tiger und frißt sie auf.«

»Uih!« rief Klein Sam erschrocken.

»Aber ist das wahr? Verwandeln sie sich wirklich in Tiger?«

»Natürlich nicht«, sagte Louie, »aber die Leute glauben das.«

»Welche Leute?«

»Die Eingeborenen in den Hütten.«

»Haben die Korinchi-Männer denn keine Hütten?«

»Nein. Sie sind zu arm.«

»Können sie keine Bäume fällen und sich welche bauen?« wollte Tommy wissen.

»Ich weiß nicht«, sagte Louie, »sie streifen einfach wie die Zigeuner übers Land; aber die Leute hassen sie, weil sie keine Hütten haben.«

»Wenn ...«, begann Ernie, aber Louie sprang sofort in die Bresche: »Wenn die Eingeborenen jemanden für einen Korinchi-Mann halten, lassen sie ihn nicht rein. Er muß die ganze Nacht draußen im Dschungel verbringen. Am Morgen finden sie dann häufig Tigerspuren, und der Mann ist verschwunden und kommt auch am nächsten Abend nicht zurück.«

Es entstand eine Pause.

»Oder«, fuhr Louie schließlich fort, »sie sehen an den Spuren, daß der Tiger einen Menschen in den Dschungel geschleift hat.«

Evie und Klein Sam erschauerten und versteckten sich unter ihren Decken.

»Deshalb halten sie es für das Beste, die Korinchi-Männer möglichst am Tag zu fangen und zu töten«, sagte Louie, »zumindest denken das einige. Und weil sie glaubten, daß es unter Daddys Malaien einen Korinchi-Mann gab, ließen sie niemanden herein, und Daddy und seine Leute mußten ihre Zelte im Freien aufschlagen. Die anderen waren ganz aufgeregt und wollten nicht mit dem Korinchi-Mann in einem Lager schlafen, aber Daddy sagte, sie würden das Feuer die ganze Nacht über brennen lassen und ständig Wache halten.«

»Erzähl weiter«, sagte Klein Sam, »erzähl weiter!«

Louie wartete lächelnd.

»Erzähl weiter«, drängte auch Ernie. Sie alle hatten die Geschichte schon mehrfach gehört, und doch wurde die Spannung mit jedem Mal größer.

»In der Nacht hörte Sam der Kühne ein lautes Schnauben vor seinem Zelt, ganz in der Nähe seines Bettes. Er hörte es rascheln und knurren und später dann auch das Zicklein schreien. Am Morgen war das Zicklein verschwunden und der böse Malaie, der Korinchi-Mann, ebenfalls. Die Falle war zugeschlagen, aber sie hatten es mit einem gerissenen Tiger zu tun, der schon seit Jahren Eingeborene fraß und viel zu schlau war, um sich von den Menschen einfangen zu lassen. Daddy und seine Leute mußten zu ihrem Lager zurück und konnten nicht bleiben, um Tong zu suchen ...«

»... Tong, den bösen Malaien ...«, ergänzte Saul.

»... und außerdem wollte sie niemand mehr dort haben, weil die Leute dachten, sie hätten einen Korinchi-Mann mitgebracht. Also mußten sie ohne Tong zurückkehren. Er ist im Dschungel geblieben und hat dort vielleicht den Tod gefunden, denn wer einmal als Korinchi-Mann gebrandmarkt ist, wird nirgends geduldet und muß den wilden Tigern direkt in die Klauen laufen.«

»U-hu-hu-hu«, rief Evie und schüttelte sich, den Tränen nahe.

»Erzähl noch eine Geschichte, die nicht so gruselig ist«, sagte Saul schnell, »damit Evie nicht schlecht träumt.«

Alle lachten und schlüpften schläfrig und entspannt unter ihre Decken.

»Die Geschichte von der goldenen Truhe und dem Glasschlüssel«, verkündete Louie feierlich. »Ach, du lieber Schreck! Ich muß gehen. Schlaft schnell ein. Ich habe vergessen, Mutter den Brief zu geben, den Einschreibebrief aus Malaya.«

Den aufgeregten Ernie dicht auf den Fersen, lief sie zu ihrer Schultasche und zog zwischen ihren Büchern einen länglichen, mit zahlreichen Briefmarken beklebten und mit blauer Schrift an Mrs. Samuel C. Pollit adressierten Umschlag hervor. Damit lief sie nach unten. Henny rief:

»Was ist denn jetzt wieder los? Steht das Haus in Flammen? Zumindest hätten wir es dann warm«, während Hazel ihren Faden weiterspann: »... und weil Barry sie nicht heiraten wollte, hat sie Jod getrunken, und sie haben ihr Eiweiß gegeben, aber es ging ihr furchtbar dreckig – was hast du da, Louisa?«

»Einen Brief von Daddy, Mutter!« verkündete Ernie.

»Gib ihn her! Woher hast du den?« Henny stand auf und ließ ihr Strickzeug auf den Boden fallen. »Woher hast du den Brief? Warum hast du ihn vor mir versteckt?«

»Der Postbote hat ihn gebracht, und ich habe ihn in meine Schultasche gesteckt, um ihn sicher aufzubewahren, und dann habe ich ihn vergessen ...«

Die Kinder purzelten die Treppe herunter und versammelten sich wie samtpfötige, elfenhaarige Geister rund um das Feuer.

»Nach oben ins Bett mit euch«, rief Henny streng. »Was ihr wissen müßt, erfahrt ihr morgen früh.« Enttäuscht trotteten die Kinder zurück in ihre Zimmer.

»Das ist ein höchst wichtiger Brief, ein Brief, auf den ich lange gewartet habe, damit er mich endlich von all meinem Kummer erlöst«, fuhr Henny Louie heftig an, »und du verbummelst ihn einfach und versteckst ihn vor mir. Warum hast du das getan? Hast du den Teufel in dir? Ich sitze hier, steche mir die Finger wund und durchleide endlose Qualen, weil ich mich frage, wo dieser Brief bleibt und was um alles in der Welt damit geschehen ist. Macht es dir Spaß, mich leiden zu sehen? Hast du das mit Absicht getan? Du dicke, unförmige Idiotin. Verschwinde endlich, geh mir aus den Augen, ich will dein blödes Mondgesicht nicht mehr sehen, und hör auf zu flennen!«

»Ist er von Daddy, Mutter?« konnte Louie nicht umhin zu fragen.

»Natürlich, was soll die dämliche Frage. Verschwinde ins Bett, bevor ich dir eine Tracht Prügel verpasse. Wenn ich an die qualvollen Stunden denke, die ich durchleiden mußte, weil du zu faul und zu dumm warst, mir den Brief zu geben, überkommt mich eine unbändige Lust, dich windelweich zu schlagen. Und hör endlich auf zu heulen. Gute Nacht, gute Nacht.«

Auf der Treppe hörte Louie noch, wie sie sagte: »Er hat Geld geschickt. Schau her – fünfhundert Dollar. Gott sei Dank, jetzt haben die Kinder wieder genug zu essen.«

»Am besten geben Sie es mir«, antwortete Hazel grimmig. »Ich verstehe nicht, wie Sie immer wieder so in die Klemme geraten können.«

»Es gibt vieles, was du nicht verstehst!«

Louie errötete freudig. Die Zwillinge rezitierten:

Geht ein Mann die Treppe rauf.
Wo wohnt der Herr Doktor?
Eine Treppe höher.
Klingeln oder klopfen?
Klingeln.
Klingelingeling! Klopf, klopf, klopf!
Guten Tag, Herr Nasemann!

Louie lächelte in sich hinein, stellte sich in die offene Tür und sagte:

Seid still und kriegt keinen Koller:
Im Brief sind fünfhundert Dollar!

In den Betten brach daraufhin ein Höllenspektakel los, und kurz darauf hatte sich der gesamte Kinderchor auf den obersten Stufen der Treppe versammelt. »Mummy, hat Daddy dir fünfhundert Dollar geschickt?«

Henny eilte zum Fuß der Treppe. Ihr alter roter Morgenrock flatterte im dunklen Flur hinter ihr her.

»Louisa, kümmere dich gefälligst um deine eigenen Angelegenheiten! Und ihr geht jetzt endlich ins Bett, und wenn einer von euch die Sache noch einmal erwähnt, schlage ich euch, bis ich mich nicht mehr rühren kann! – Was soll ich mit diesem Gör bloß machen?« stöhnte sie und ging zurück ins warme Zimmer.

»Jetzt können wir neue Röhren fürs Radio kaufen«, flüsterte Ernie Louie zu.

»Hurra, hurra, hurra!« In einem wilden Pantoffeltanz tollte Evie durchs Zimmer. Trotzdem gelang es Louie, sie alle in wenigen Minuten ins Bett zu stecken. Es dauerte nicht lange, bis Tommy eingeschlafen war, die zarten Gesichter der Zwillinge ruhig auf ihren Kissen schimmerten und Evie sich mit wildem Haar und angespanntem, dunklem Gesicht unter ihrer Decke wälzte. Nur Ernie lag noch wach und stellte umfangreiche Berechnungen darüber an, was sie von dem Geld alles kaufen könnten. Louie dagegen hatte die fünfhundert Dollar bald vergessen, lag auf dem Rücken, versank im Halbschlaf und dachte benommen:

»Ich habe geglaubt, es wäre ein Reiter, dabei ist es nur das Blut, das in meinen Schläfen pocht, wenn ich mich hinlege. Aber es ist ein Reiter gewesen, er ist auf- und abgeritten und ... Wampum, Perlenschnüre aus lilafarbenen Muscheln, gefranste Reiterschnecken und die Kammkiemen tief, tief unten in diesem dunklen ... Rot ...« Sie schreckte auf und versuchte angestrengt, sich an die wunderschönen Gedanken zu erinnern, die sie eben noch gehabt hatte, wollte sie zurückzuholen, doch es gelang ihr nicht. Sie schlief ein und wachte schreiend auf, erschrocken von dem alten Alptraum, den sie anderen schon so oft zu beschreiben versucht hatte, »hart-weich, hart-weich«, ein Traum ohne Bilder oder Namen, den ihre Hände ganz von allein träumten, anschwellend und schrumpfend, hart und weich. Sie drehte sich auf die Seite, und der freundliche Reiter – sie stellte sich ihn immer noch als Reiter vor, auch wenn er jetzt nur noch als Phantom existierte – wiegte sie mit seinem *Ker-porrop, Ker-porrop* in den Schlaf.

2 | Sam in Malaya

Es regnete nicht, obwohl es hätte regnen sollen. Keine frische Brise hatte die verbrauchte Luft seit dem Vorabend fortgepustet, die Schwüle klebte an ihnen wie ein großes, feuchtes Tuch, ganze Eimer voller Wasser hingen über ihren Köpfen. Sam, mit bloßem, flachsblondem Kopf, den Panamahut in der Hand und ganz in zerknittertes Weiß gekleidet, eilte mit Naden, seinem indischen Sekretär, die Hintertreppe hinunter und bahnte sich einen Weg durch die vom geschäftigen Fünf-Uhr-Verkehr völlig verstopften Straßen. Die riesigen, offenen Ablaufrinnen, wahre Stolperfallen, wurden alle paar Meter von großen Steinplatten überbrückt. Sam und Naden mußten über diese Platten immer wieder auf die offene Straße springen, um dem Gedränge auf dem Bürgersteig auszuweichen: einer Familie, die sich mit ihren Matratzen und Lumpen auf eine stickige Nacht im Freien vorbereitete; einem sich über mehrere Häuserfronten hinziehenden Hochzeitsfest mit Tischen, Bänken und einhundert Gästen; dem dreizehnjährigen, herausgeputzten, grell geschminkten, mit seinem Vater und seinen Onkeln für das Hochzeitsfoto posierenden Bräutigam. Chinesische Laternen und nackte Birnen waren über den Gehweg gespannt, Fackeln beleuchteten die Tische. Ein chinesischer Hausierer verkaufte Böller, schrille Pfeifen und Trompeten in grellen Farben, doch obgleich Sam und Naden ganz nah an ihm vorbeikamen, konnten sie ihn kaum hören. Ein anderer Straßenhändler irgendwo im Gewimmel rief: »Tschoklets, tschoklets«, doch alles, was sie sahen, waren zwei Füße in Sandalen, die aus einer kugelförmigen Ansammlung von Marktkörben herausragten – Kopf und Körper waren nicht zu sehen, nur seine Stimme drang durch das Geflecht aus Pettigrohr und Schraubenpalmenblättern.

Sam überragte die meisten Menschen um Haupteslänge. Hier

und da lugte ein hochgewachsener Sikh-Polizist mit bärtigem Gesicht, ungeschnittenem Haar und Turban aus diesem Meer aus schmuddeligen, zerzausten, mit Turbanen und Hüten bedeckten Köpfen hervor. Viele von ihnen hatten keine Arbeit, der sie nachgehen konnten, sondern starrten von morgens bis abends träge und traurig vor sich hin, ohne Ziel, ohne Hoffnung und ohne Obdach außer den Unterkünften der wenigen Wohltätigkeitsvereine, schliefen im Dreck und ernährten sich von Abfällen. Diejenigen, die Arbeit hatten, waren kaum besser dran. Die kleinsten Schaufenster, Hinterzimmer, Durchgänge und Nischen dienten als Läden, Werkstätten und Schulen, und so mancher Geschäftsmann war gezwungen, seine Ware in seiner Mütze oder Jackentasche, in seinem Schoß oder seiner hohlen Hand mit sich herumzutragen. Einige hatten auf dem Bürgersteig gekochte Speisen ausgebreitet; es gab Schreiber und Schuhmacher, die im Freien ihre Arbeit verrichteten. Es war eine verrückte, wilde, durstende, eitle, geldverliebte, patriotische Stadt, der ganze Stolz seiner Bewohner, das Tor vom Osten zum Westen und vom Westen zum Osten, der Schlüssel zum Goldenen Chersonesus Aurea.

»Und all diese guten Menschen«, rief Sam, »werden wie Pfannkuchen plattgedrückt von den gutgeölten, faltigen, nackten, vollgefressenen Bäuchen der gelben Gier und ihrer willfährigen Schatzmeister, der britischen Regierung und der chinesischen Handelskammer!«

»Wie bitte, Sir?« gab Naden zurück.

»Mammon«, rief Sam, »Mammon, Naden. Pure Habgier. Britannien und die Gelbe Gefahr gewinnen die Oberhand!«

»Ja, Sir.«

»Ist das nicht die blanke Ironie?« rief Sam, eine Hand an seinen Mund und das Ohr seines Sekretärs gelegt. »Er kann sich nicht genug Gehör verschaffen, um seine Krachmacher zu verkaufen.«

Naden sah zu dem Händler hinüber. »Die taugen nichts, Tuan. Kaufen Sie lieber nichts von ihm.«

»Ich habe dir doch schon gesagt, du sollst mich nicht ›Tuan‹ nennen, Naden.«

»Ja, Sir.« Naden lächelte und verbeugte sich leicht. »Aber wissen Sie, ich kann einfach nicht anders, und ich versichere Ihnen,

Sir, daß das für uns hier ganz normal ist. Meine Frau, Sir, würde sich schämen, wenn ich Sie nicht so nennen würde. Sie hätte Angst, daß ich meine Stelle verliere.«

Sam lachte. »Deine Frau ist noch jung, du mußt sie erziehen. Sag ihr, es gibt keinen Unterschied zwischen dir und mir ... oder dir und einem Geldverleiher ... oder dir und den Männern mit dem ganz großen Geld.«

Naden, der bei dem Lärm kaum etwas verstehen konnte, verbeugte sich wieder. »Ja, Sir! Nur noch zwei Straßen bitte.« Er zeigte nach vorn. »Und es macht Ihnen wirklich nichts aus, wenn einige meiner Freunde da sind?« fragte er im Tonfall eines Mannes, der eine Frage zum wiederholten Male stellt.

»Deine Freunde sind auch meine Freunde, Naden, auch wenn sie dich wahrscheinlich sehr viel lieber mögen«, erwiderte Sam.

Die feucht-schwüle Nacht hüllte sie ein. Immer stärker hatte Sam das Gefühl, als einziger sichtbar zu sein inmitten dieser dunklen Myriaden, die wie ein geballter, sich kreischend auf einem Sims zusammendrängender Schwarm Zugvögel verbissen um einen Halt in dieser Nische des Universums kämpften. Hier und da sahen sie Augen und Zähne schimmern, zitronengelbe Gesichter, Hadschi-Käppchen, lange Mäntel, ausgebleichte Kleidungsstücke. Als sie von der Hauptstraße abbogen, kamen ihnen, von feinem Glockengeläut angekündigt, Bahrenträger mit einer Leiche entgegen.

Dann gingen sie an Händlern vorbei, die noch lebende Vögel und Eidechsen, Fischbällchen und süße Leckereien verkauften. Und als Ursache eines Tumultes unter den Passanten entpuppte sich ein eingeborener Polizist, der gerade einen Mann verhaftete, den er des Mordes verdächtigte.

»Um Himmels willen, Naden«, rief Sam empört, »wie wollen sie in diesem Dämmerlicht ein Gesicht vom anderen unterscheiden?«

»Häufig können sie das gar nicht«, nickte Naden, »aber sie verhaften trotzdem jemanden. Jemanden, den sie kennen. Das ist nur gerecht. Von ihm weiß man, daß er bereits einen Mord begangen hat. Sie würden alle umbringen, wenn sie dazu Gelegenheit hätten.«

»Aber das sind Ihre Leute!« rief Sam.

»Nein, Tuan, das sind sie nicht«, entgegnete Naden. »Wir haben nur den Abschaum gesehen. Ich bin Regierungsbeamter, wenn auch nur in bescheidener Stellung.«

Aber Sam mißverstand den ehrgeizigen Burschen vollkommen und hielt ihn für kriecherisch. »Wenn das die Gerechtigkeit eurer Regierung ist«, sagte Sam, »wärt ihr dann ohne sie nicht besser dran?«

»Nein, Tuan.«

»Glaubst du an die Gerechtigkeit der Herrschenden, die imperialistische Gerechtigkeit?«

»Sie haben viel Erfahrung, Sir. Sie haben mehr gesehen als ich.«

»Nein, Naden, bitte überschätz mich nicht, ich bin nichts Besonderes. Wenn ich dir seltsam vorkomme, liegt das daran, daß ich kein Sozialist bin wie Colonel Willets, mein Vorgesetzter, es einmal war, obwohl er inzwischen eher für die Millionäre ist als für die Millionen. Ich bin auch kein Anhänger der Arbeiterpartei, kein Demokrat oder Mitglied irgendeiner anderen Partei. Ich strebe nach der Vereinigung aller demokratischen Republiken der Welt, nach den Vereinigten Staaten der Menschheit. Schauen wir uns die gute alte Welt doch einmal an, wie sie sich heute gebärdet – deine Heimat, Abishegenaden, Europa oder Asien: Die Welt des Pazifiks ist weder besser noch weiser. Die Männer mit dem großen Geld, die Bankiers und die Bösen, haben sich zusammengetan und unterjochen die arme alte Welt schon seit Jahren. Wir müssen sie abschütteln, Naden, müssen ihnen durch Weisheit das Wasser abgraben, indem wir unter den dunklen Massen das Licht verbreiten. Du bist dunkelhäutig, Naden, aber du besitzt das Licht: Du bist ein gebildeter Mann. Und obgleich du arm bist, mußt du dir sagen, daß du in Wahrheit reich bist, weil du Millionen hast – und zwar hinter dir! Millionen von armen Menschen, die du zu deinen Brüdern machen kannst.«

»Sie sind ein sehr guter Mann«, sagte Naden. Sie waren jetzt in eine ruhige Wohnstraße eingebogen, die von Bäumen und gelegentlich auch ein paar Autos gesäumt wurde und wo die besserbezahlten Regierungsbeamten und jungen Angestellten wohnten. Es war eine herrliche, schwarze, tropische Nacht, deren kräftige Düfte himmelwärts stiegen. Die Vögel in den Bäumen waren noch nicht zur Ruhe gekommen, und die Laternen wurden von Insekten umschwirrt.

»Schau dir meinen armen Lai Wan Hoe an, er liegt in Fesseln, weil er bei einem Geldverleiher Schulden hat«, sagte Sam. »Das ist furchtbar, Naden. Ich habe richtig Angst um meinen wunderbaren Wan Hoe; ich fürchte, es könnte ihm ein Leid geschehen, und alles nur wegen der Extravaganz und der Schreckensherrschaft des Geldes, die uns armen Menschen das Blut aussaugt wie eine große, haarige Spinne, die – genau wie diese Nacht – eine Million Augen hat. Natürlich stürzt sie sich auch auf die Reichen, aber die können das besser verkraften.« Er lachte und blickte Naden in die Augen.

Naden lachte ebenfalls, kam aber nicht umhin zu bemerken: »Ich fürchte, er ist ein Taugenichts, Sir, ganz unter uns gesagt.«

»Und das Hochzeitsfest, Naden«, nahm Sam den Faden wieder auf, »vorhin auf der Straße, mit dem hübschen kleinen Bräutigam, der auf den Schultern seines Vaters saß, den vielen ausgelassenen Verwandten und den fröhlichen Trinksprüchen – so sehr ich das Trinken auch mißbillige! –, den Kuchen und den Süßigkeiten. Naden, das war ein schöner Anblick, ein menschlicher Anblick, nicht wahr?«

»Ja, das war es, Sir!«

»Dafür hat Wan Hoe sich so in Schulden gestürzt: Weil sein Bruder in China ist und er seine Brüder und Schwestern verheiraten, seinen alten Vater versorgen und seine Mutter begraben muß. Er tat es aus Herzensgüte und Pflichtgefühl. Vielleicht werden sie ihn ins Gefängnis werfen – nur, weil er mit menschlichem Großmut nicht gegeizt hat. Ist das nicht grauenvoll?«

»Man ist verpflichtet, Wege und Mittel abzuwägen«, beharrte Naden unbeirrt. »Wer zum Geldverleiher geht, bürdet seinen Enkelkindern Schulden auf.«

Naden blinzelte durch seine Brille, lächelte und deutete mit einer Verbeugung auf ein kleines Haus mit üppigem Garten. Durch die glaslosen Fenster schimmerte Licht. Fensterscheiben würden in diesem Klima bloß Schimmel ansetzen.

»Hier entlang«, sagte Naden mit vor Stolz und Freude geschwellter Brust; würdevoll trat er in das quadratische, von zahlreichen Menschen bevölkerte Wohnzimmer und verkündete:

»Das ist Special Field Commissioner Samuel Pollit, mein hochverehrter Chef.«

Sam schwamm hinauf zur Oberfläche des Flusses aus Feuchtigkeit, der ihn mit sich fortzureißen drohte, ihn fast erstickte, sah in die vielen glücklichen oder fragenden Gesichter, schenkte allen ein Lächeln, sprach zu ihnen und spürte den großen Drang der Liebe zu seinen Mitmenschen in sich aufsteigen. Was für ein Geschenk ihm doch gegeben war, so viele Menschenrassen zu lieben und zu verstehen – und warum? Die Antwort war einfach. Die Menschen waren alle gleich, und alle sehnten sie sich nach Liebe und Verständnis.

In einem Bett vor der Fensteröffnung lag das scheue, schwarze Mädchen, Nadens junge Frau, im Arm ihr erstgeborenes Kind, einen Sohn. Die kranke Frau versuchte, sich aufzurichten, aus Respekt und wohl auch aus Angst, aber Sam deutete zurück auf das Kissen und beugte sich über ihr Bett, schüttelte die winzige Hand des Babys, küßte es auf die Stirn und legte ihm das kleine Band aus Silbermuscheln um, das er wenige Stunden zuvor bei einem freundlichen Antiquitätenhändler erstanden hatte. Die Mutter fiel vor Rührung beinahe in Ohnmacht. Mit einem freundlichen Lächeln zog Sam sich zurück; er beherrschte kein einziges Wort einer ihrer vielen Sprachen. Er mußte nach Hause und sich umziehen, dann bei einem YMCA-Treffen sprechen und zu einer Abendgesellschaft im Hause eines Freundes gehen. Er litt unaufhörlich unter der tropischen Hitze, und seine Prinzipien hielten ihn davon ab, zu alkoholischen Getränken Zuflucht zu nehmen. Das Zimmer in dem verschindelten Haus roch nach Schimmel und Schweiß; Schlangen ringelten sich unter dem Boden, Fledermäuse lebten unter dem Dach, und Schwalben fiepten unter den Dachvorsprüngen – die tausend Insektenarten gar nicht erst zu erwähnen, die selbst für einen Naturforscher neu und nur mit Mühe zu ertragen waren.

Als er auf die Straße trat, wischte Sam sich mit seinem schon triefnassen Taschentuch über den Nacken. »Du hast eine sehr nette Frau und ein wunderhübsches Kind, Naden.«

»Nein, wirklich, Sir, ich schäme mich, sie sind Ihres freundlichen Besuches gar nicht würdig. Sie sind zu gütig, Sir.«

Der von Natur aus gefühlvolle Naden bekam feuchte Augen. Sam versicherte Naden noch einmal, er habe großes Glück. Er, Sam, habe selbst das Vergnügen gehabt, Vater zu werden, fünfmal sogar, und wie groß sei die Freude gewesen, als er bei einer der

Geburten sogar Vater von Zwillingen geworden sei! Er könne nie genug bekommen. Jedesmal, erklärte er Naden, verspüre er einen ungeheuren Stolz, den Glauben an eine grenzenlose Zukunft, an ein sich entfaltendes Universum und neue Hoffnung für die sich vermehrende menschliche Rasse auf diesem Körnchen aus Sternenstaub, diesem unendlich kleinen Winkel im endlos weiten All, trotz alledem.

»Wir waren Affen und wurden zu Menschen. In was werden die Menschen der Zukunft sich verwandeln, Naden?«

»In Götter vielleicht, Tuan. Wer weiß?«

»Du hast recht: gottgleiche Menschen. Ein großer weißer Autor hat einmal ein Buch darüber geschrieben. Und, wie du siehst, hattest du die gleiche Idee. Es sind die Ideen, die uns vereinen. Ich bin so müde, Naden, ich wünschte, ich wäre zu Hause und hätte schon mein neues kleines Baby im Arm, das mich aufmuntern könnte. Bald werde ich mein siebtes Kind bekommen. Ich selbst bin ebenfalls ein siebtes Kind. Und dennoch, Naden, ich wünschte, es wäre auch ein schwarzes Kind unter meinen Nachkommen. Ein schwarzes, ein chinesisches – eins von jeder Sorte. Ich bedauere sehr, daß meine Vaterschaft Grenzen hat.« Er lachte müde und strich mit dem Finger um die Innenseite seines Kragens.

»Männer haben immer wieder darüber nachgedacht, wie sie Väter möglichst vieler Kinder werden können«, fuhr er in seinem Bemühen fort, dem kultivierten Inder die Ideen des Westens nahezubringen. »Manche haben zum Beispiel sogar ihren Samen in Reagenzgläsern aufbewahren und ausgewählte Mütter damit befruchten lassen.«

»Und gibt es in solchen Fällen auch eine Hochzeitszeremonie?« erkundigte sich Naden höflich.

Sam lächelte. »Das glaube ich nicht! Aber das ist ohnehin Nebensache. Momentan sind wir noch sehr rückschrittlich. Selbst ein Mann, der weiß, daß er ein guter Vater mit hervorragendem Erbgut ist, bleibt auf eine Frau beschränkt.«

»Und das finden Sie bedauerlich, Sir?« fragte Naden zuvorkommend.

»Ich bin mir nicht sicher, ob es wirklich so gut ist«, sagte Sam zögernd, offenbar von Zweifeln an seiner eigenen Idee gepackt, »und zwar sowohl für den Mann als auch für die Frau – besonders für die Frau. Viele gute Frauen würden hervorragende Mütter abgeben ...« Er schüttelte den Kopf.

Naden nickte und fragte: »Wollen Sie heute abend, wenn Sie zurückkommen, noch arbeiten, Sir?«

»Nein«, erwiderte Sam knapp. Dann lachte er. »Weißt du, was ich tun würde, wenn ich genug Geld hätte, Naden? Erinnerst du dich noch an das Waisenhaus, das ich neulich besucht habe? Ich würde alle Kinder adoptieren – na ja, vielleicht nicht alle. Aber ich würde ein chinesisches und ein indisches Baby aus dem Heim holen und mit nach Hause nehmen.«

»Und Ihrer Frau, würde ihr das auch gefallen, Tuan?«

»Die Frauen müssen die Windeln waschen, deshalb sind sie nicht ganz so großzügig wie wir, es geht ihnen nicht um die Menschheit, sondern um den kleinen Sam und den kleinen Naden. Wenn ein Mann viele Frauen haben könnte, wären die Frauen vielleicht eher in der Lage, ein Gemeinschaftsgefühl zu entwickeln. Das wäre herrlich, geradezu gottgleich, oder«

Naden lachte. »Sie machen bloß Spaß, nicht wahr, Tuan?«

»Dann glaubst du also, ich könnte mit so vielen Frauen nicht fertig werden?«

»Jeder Mann könnte das«, entgegnete Naden ruhig. »Aber, Sir, wenn Sie erlauben: Sie begeben sich in große Gefahr, wenn Sie nachts allein durch die Straßen gehen.«

»Aber ich war nicht allein. Ich war unter meinen Mitmenschen.«

»Nein, nein, Tuan Pollit, das dürfen Sie nie wieder tun. Als ich Sie letzten Abend gesehen habe, hat mir die Kehle bis zum Hals geschlagen – das Herz, meine ich.«

»Der Mensch darf sich vor seinen Mitmenschen nicht fürchten, mein Freund.«

Naden sah ihn ruhig an. »Sie sind voller Ideale, Sir, Sie sind ein guter Mann. Gott schützt die Gütigen.«

»Trotzdem bleibe ich mit beiden Füßen auf dem Boden, Naden.«

Naden lächelte. Sam, der ihn, weil er keine Antwort bekam, aufmerksam betrachtete, fragte nach einer Weile: »Oder meinst du, ich würde auf tönernen Füßen stehen?«

»Was könnte es Sichereres geben, Sir? Aber, bitte verzeihen Sie, Sie sollten wirklich nachts nicht allein auf die Straße gehen. Sie fallen zu sehr auf. Mit Ihrem feinen, hellen Haar sind Sie der Inbegriff des weißen Mannes. Es gibt Männer aus dem Westen, die dunkel sind und schwarze Haare haben, aber Sie sind weiß, Sie stechen überall heraus. Das macht man hier einfach nicht, Sir, wirklich, Sir. Verzeihen Sie tausendmal.«

»Ah«, sagte Sam, »meine große Liebe, Naden, mein Freund, gilt dem Studium der Menschheit, dem einzig würdigen Fach eines Mannes, und mein Verlangen – ein ungeheures Sehnen, eine Leidenschaft, die größer ist als alle anderen Leidenschaften, die ich in mir verspüre – gilt jener Zeit, in der es nur noch eine große Nation gibt, in der wir endlich alle vereint sein können, Mensch mit Mensch, ohne Rücksicht auf Farbe und Glauben, und dieses Verlangen hat in mir eine ungeheure Mißachtung für das erzeugt, was man nicht tut, denn was *man* nicht tut, kann der *Mensch* trotzdem machen ...«

»Ich bitte vielmals um Verzeihung«, murmelte Naden.

»... und außerdem eine ungeheure Achtung für das, was Menschen zu tun vermögen.«

Naden schwieg.

»Und ganz besonders für dein Volk oder deine Völker, Naden, die ich liebe und achte und von Herzen gern besser kennenlernen würde. Wie könnten wir sie sonst die wenigen Dinge lehren, die wir selbst über den menschlichen Fortschritt erfahren haben? Und wir wiederum haben viel von euren alten Zivilisationen zu lernen, den antiken Kulturen Indiens.«

»Wir sind Kinder, Tuan. Vielen Dank für Ihre Worte, aber uns ist klar, daß wir nicht viel wissen, und das, was wir wußten, haben wir vergessen. Wir sind nicht auf der Höhe der Zeit.«

»Ich wünschte, Naden, du könntest mein Land besuchen. Wie gern würde ich dich als meinen Gast begrüßen.« Sam seufzte. »Du könntest meine Kinder sehen, und du könntest deinen kleinen Sohn mitbringen.«

»Sie sind zu gut, Sir. Sie sind wie ein Gott.«

»Nein, Naden, nur ein Mensch, dem das Recht und das Glück anderer etwas bedeutet.«

»Sir, Sie sind wie die Götter.«

»Ich glaube nicht an Götter, nur an das Gute«, entgegnete Sam. »Götter verlangen Opfer, während das Gute seine Gaben an alle verteilt.«

Naden lächelte still in sich hinein, voller Mitgefühl für den blassen, in seine Träume eingesponnenen Mann. Sein Gesicht wurde ernst.

»Ich glaube an Gott. Ich bin sicher, Gott wird bald kommen, und wenn Sie dann noch hier sind, werden Sie ihn sehen. Dann werden Sie glauben. Und er wird Sie sehen.«

»Weißt du, mein Freund, viel lieber würde ich zu Hause bei meinen Kindern sein, die Ulmen, die Bergahorne und die Zedern rascheln und das dünne Stimmchen der lieben, kleinen Mareta hören, die mich fragt, ob sich ihr Wunsch auch erfüllen wird, und meinen Bericht über die Vögel in Georgetown weiterführen – all das tausendmal lieber, als dem Thron eines Gottes nahe zu sein. Und wenn ich zwischen beidem wählen müßte, würde ich mich sofort für meine Kinder entscheiden. Und du, Naden, würdest das gleiche tun. Einen Vater, der seinem Gott den eigenen Sohn opfern würde, wie es in dieser schrecklichen alten Geschichte heißt, den hat es nie gegeben.«

Naden schwieg, überrascht von dieser Vorstellung. Sam hatte des Gefühl, seinen gläubigen Sekretär vielleicht ein wenig zu grob angegangen zu haben, und fügte daher mit matter Stimme hinzu:

»Vielleicht gibt es aber auch einen schwarzen und einen weißen Gott.« Sie überquerten jetzt die kleine Cavanagh Bridge und konnten unter dem vor dem Aufgang des Mondes langsam blasser werdenden Himmel linker Hand die am Flußufer vertäuten Schleppkähne sehen. Sam blieb stehen und genoß die dünnen Ströme aus kühler Luft, die sich durch die tonnenschwere Schwüle schlängelten wie Rinnsale, die auf einen Riesen stoßen und so lange an ihm züngeln und nagen, bis sich die massige, schlafende Gestalt endlich ein paar Zentimeter weiterwälzt.

»Über Gottes Hautfarbe habe ich noch nicht nachgedacht«, tönte die Stimme des Inders doppeldeutig aus der Dunkelheit.

»Abishegenaden, du bist sehr schwarz!«

»Ja, Sir«, erwiderte er mit fester Stimme.

»Würdest du nicht gern so hell sein wie ich?«

»Nein, Tuan. Ich bin kein Kind des Himmels wie Sie.«

»Das darfst du zu einem armen Sterblichen wie mir nicht sagen«, gab Sam zurück.

Wieder mißverstand Sam den indischen Sekretär, aber sein Irrtum machte ihn sehr glücklich. »Du weißt, der weiße Mann ist so dumm, sich den anderen Rassen überlegen zu fühlen. Was haltet ihr davon?«

»Wir meinen, Sir, daß die dunkle Rasse die älteste ist; es ist noch gar nicht so lange her, daß der weiße Mann seine heutige Machtstellung errang. Seine Sicht der Dinge geht darauf zurück, daß er noch jung in der Welt ist, wie ein Kind, wie mein kleiner Sohn, wenn er zwei Jahre alt ist und mich mit seinen kleinen Ärmchen schlägt. Das kann nicht lange gutgehen. Die Könige von Ägypten waren dunkel, ebenso wie die ganze Welt bis vor kurzem noch dunkel war. Dann kam der weiße Man aus einem Erdloch gekrochen. Über die Zeit vor seiner Ankunft weiß er nichts. Damit ist klar, was wir von ihm halten, Sir. Er ist ein Zufallsprodukt, weiter nichts.«

Diese überraschende Antwort ließ Sam für eine Weile verstummen. Erst als sie durch einen mit alten Bäumen bepflanzten und von weißen Mauern umgebenen Park gingen, antwortete er:

»Was ihr denkt, ist leider falsch, Abishegenaden. Die ägyptischen Könige waren blaß, bestenfalls kupferfarben. Selbst die dunkelsten unter euch stammen letztlich von weißlichen oder blassen Menschen wie den Persern ab. Die Chinesen sind auch fast weiß, die meisten jedenfalls. Wirklich schwarze Menschen sind doch eher selten. Glaubst du wirklich, Naden«, fragte er, »daß die ersten Menschen schwarz waren? Meinst du allen Ernstes, sie waren erst schwarz und sind dann weiß geworden?«

»Vielleicht gab es verschiedene Ursprünge«, sagte Naden.

Singapur wird vor allem von dunkelhäutigen Menschen bewohnt, mit Ausnahme kleiner Teile, die den Europäern überlassen wurden. Die vielen Menschen schwarzer, brauner und senfgelber Farbe entstammen den verschiedensten Rassen vom malaiischen Festland, aus China und Indien, aus Tanah Bugis und Negeri Jawa, aus den Menangkabau-Bezirken Sumatras, aus Burma, Siam und Kotschinchina, gelegentlich trifft man auch auf dunkeläugige Menschen aus der Türkei, Armenien und Portugal oder auf einige Söhne Nippons. Die Briten regieren das Ganze mit Hilfe des Britischen Empire und amerikanischer Inspektoren und Bosse, aber die Chinesen regieren kräftig mit und halten die ganzen Maschinerie in Gang: Zusammengehalten wird Malaya von der chinesischen Handelskammer.

Sams Herz schwoll durch die Berührung mit all den fremden Völkern, er war berauscht von dem generösen Gefühl, das er die Liebe zu seinen Mitmenschen nannte, ja, seine Begeisterung für die Zukunft der Menschheit war in Singapur angewachsen wie ein Riesenbovist. Er versuchte, die Begrüßungsformeln der verschiedenen Rassen zu erlernen und sie, wenn schon nicht an ihren Sprachen, so doch an ihren Akzenten zu unterscheiden. Ganz anders war dies bei Abishegenaden, dem Regierungsbeamten, der, wie alle Bürokraten, mit dem entscheidenden Schritt in den Beamtendienst eine gründliche Verachtung nicht nur für alle übrigen Rassen, sondern auch für alle niedrigeren Dienstgrade entwickelt hatte. Seine Zuneigung zu Sam war vorübergehend und hatte etwas Gönnerhaftes – Sam stand außerhalb des Beamtenapparats und konnte die Feinheiten und strikten Tabus, die ihn beherrschten, daher nicht verstehen. Von außen kamen farblose, seltsame Rohlinge; nur der weiße Mann des Ostens konnte begreifen, was im Innern dieses Apparates vor sich ging. Naden lächelte still in sich hinein. Was konnte ein weißer Mann aus einem fernen Land schon darüber wissen? Naden enthielt sich naheliegender Bemerkungen über Menschen dunkler Hautfarbe in Amerika, dachte aber insgeheim: *Washington hin, Washington her – dieser Mann hat nicht die geringste Ahnung davon, wie sein eigenes Land in Wahrheit regiert wird.*

Als sie die Stufen zu Sams Pension hinaufgingen, wo sein chinesischer Sekretär noch immer an seinen Notizen arbeitete, sagte Sam in guter Absicht:

»Du bist ein braungefärbter Arier, Naden, und ich gehöre zur ausgebleichten Sorte, die zufällig gerade in Mode ist.«

Naden tat so, als habe er es nicht gehört.

Lai Wan Hoe, ein in Singapur geborener Chinese, also ein Baba-Chinese, Sams polyglotter Sekretär, übertrug Sams ebenmäßige, endlos fließende Kurzschrift von einem Notizblock in normalen Text. Er war Sams rechte Hand, ja, er erledigte die meisten Arbeiten für ihn; ohne ihn hätte Sam in diesem erdrückenden Klima niemals irgend etwas zustandegebracht. Sam sank in einen Sessel und lachte traurig.

»Wan Hoe, ich frage mich, warum der weiße Mann so verrückt ist, sich überhaupt darüber Gedanken zu machen, was es in den Tropen gibt, Menschen, wilde Tiere oder Schimmel! Wir sollten das alles viel lieber euch und eurem wunderbaren Volk überlassen.«

»Eines Tages werden Sie das auch, Sir«, sagte Wan Hoe voller Zuneigung. Er wußte, daß es sich hier um eins von Sams Lieblingsthemen handelt und Sam ganz verzückt von allem Chinesischen war: von den uralten Sitten, geistigen Werten, Glanz, Ruhm, Fleiß und der zähen Überlebensfähigkeit selbst in glühendster Hitze.

Naden war, nachdem er Sam sicher abgeliefert hatte, wieder nach Hause gegangen. Er machte nicht gern Überstunden und ließ die beiden Außenseiter am liebsten im Gespräch allein. Während Sam außerhalb des Regierungsapparates stand, rannte Wan Hoe, der dazugehörte, geradewegs in sein Verderben. Naden wußte alles über Wan Hoes Geldprobleme, die sich von Minute zu Minute verschlimmerten. Er hatte zuerst diverse Vorschüsse auf sein Gehalt verpulvert und sich dann um fast eintausend Straits Dollar bei den Geldverleihern verschuldet. In der Behörde wußte jeder davon, und hinter seinem Rücken wurde getuschelt, Wan Hoe habe sich sogar an Regierungsgeldern vergriffen. Längst ging es nicht mehr darum, wer ihn als erster denunzierte – angeschwärzt hatten sie ihn schon vor langer Zeit –, sondern darum, wie lange der Pathan-Geldverleiher noch auf sein Geld warten würde.

Für Sam war diese Geldverschwendung der einzig dunkle Fleck auf der Weste seines edlen Lai Wan Hoe.

»Ein hübsches Mädchen, Nadens Frau, und ein hübsches kleines, schwarzes Baby«, murmelte Sam und lachte: »Ich habe ihn gefragt, ob er gerne schwarz ist, und er hat ja gesagt.«

»Nun, Sir, davon war wohl auszugehen.« Wan Hoe lächelte. »Möchten Sie etwas Tee, Sir? Sie sehen müde aus.«

»Ich bin fix und fertig, Wan Hoe, fix und fertig«, sagte Sam. »Irgendwelche Anrufe?«

»Colonel Willets hat sich gemeldet, Sir, er möchte, daß Sie sofort in sein Hotel kommen.« Er sagte dies so, als wäre es ohne jede Bedeutung.

»Lieber Himmel! Bin ich sein Laufbursche, der in sein Hotel rennt, sobald er schlechte Laune hat? Der weiße Mann in den Tropen degeneriert von Tag zu Tag mehr«, grummelte Sam.

Wan Hoe schwieg mitfühlend.

»Hat er sonst noch etwas gesagt?«

»Er fragte, wann Sie zu der Versammlung sprechen würden, und er war offenbar ziemlich wütend, Sir. Er sagte, die Leute hätten sich an ihn wenden müssen, außerdem hält er das Thema für kompromittierend.«

»Die Gewerkschaftsbewegung ist tabu, nehme ich an.«

»Er meint, das Thema sei für einen Amerikaner unpassend, Sir.«

»Der alte Bock ist bloß neidisch, das ist alles«, erklärte Sam. »Sie haben mich gefragt, weil ich ein guter Redner bin.« Dann fügte er mit weicherer Stimme hinzu: »Colonel Willets ist nur daran interessiert, mit den englischen Offiziellen gleichzuziehen, eine verschnörkelte Einladung zum Sonntagsgottesdienst beim Gouverneur zu bekommen und bei Raffles oder Lady Modore Stengahs einzunehmen. Wie sollte irgend jemand auf die Idee kommen, daß ihn der YMCA interessiert? Er hockt sich allen Ernstes hin und reißt irgendwelche Naziwitze: Es wird Zeit, den Schmelztiegel einzuschmelzen, aber mit dem Schmelzgut bleibt mir bloß vom Hals. Er ist seit vier Monaten hier und hat in der Zeit vor allem gelernt, die Einheimischen genauso abfällig zu behandeln wie die Briten. Konnte der YMCA ahnen, daß ihm daran liegt, menschliches Wissen zu verbreiten?«

»Darum geht es ihm nicht. Er sagt, er sei der Leiter der Expedition.«

»Das ist die reinste Anmaßung«, erzürnte sich Sam. »Wir sind alle auf der gleichen Grundlage hier. Diktatoren unter Wissenschaftlern und Männern des Geistes! Mit dem Waisenhaus war es genau das gleiche – alles nur, weil ich eine kleine Sache für die *Straits Times* geschrieben habe und weil er dachte, ich würde mich um die Bezahlung meines Platzes im Wagen drücken, als ich nach Kuala Lumpur geflogen bin – kurz gesagt, mein Freund, weil er gegen mich ist. Ich stehe für die Jungen im Regierungsdienst, und er steht für die Gerontokratie, die auf den letzten Löchern pfeift. Dieser alte Intrigant sollt sich was schämen! Mit der letzten Post hat er einen Brief über mich nach Washington geschickt. Oh, Wan Hoe, wie müde ich bin! Ich will mich nicht beschweren, aber den größten Teil des Tages habe ich Schmerzen, und ich leide unter Schlaflosigkeit. Ich weiß nicht, wie die anderen das schaffen, immerhin trinke ich nicht und habe auch sonst kein Gift im Körper.«

»Soll ich Colonel Willets jetzt anrufen, Sir, oder soll ich bis zum Morgen warten?«

Sam dachte an die vor ihm liegende Nacht. Kaum würde er auf sein frisches Kissen sinken, würde der Schweiß sofort aus allen Poren strömen, einem Niagarafall gleich, der in kürzester Zeit das Kissen, die Bettwäsche und seinen Schlafanzug durchtränken würde. Fensterläden, kühle Fußböden, offene Türen, häufige Bäder und zweimaliges Umkleiden am Tag konnten gegen die erschöpfende Schwüle nichts ausrichten. Er döste nur und schreckte jede Stunde auf, voller Angst, sein Herz könnte entgleisen und ihn mit seinem bleischweren Kopf in einen bodenlosen Abgrund stürzen. Alles, was er tun konnte, war, den Diener zu rufen, sobald der Morgen dämmerte: »Syce, Tee«, und sich langsam wieder aufzurichten, sich selbst und seinen Kopf vorsichtig ins Gleichgewicht zu bringen. Der Tee half ihm eine Weile, ließ ihn reichlich schwitzen, und er hatte eine halbe Stunde, in der er hoffen konnte, daß der Hitzekopfschmerz an diesem Morgen nicht kommen und ihn bis zum ersten kühleren Lüftchen um vier Uhr nachmittags oder gar bis zur Abenddämmerung begleiten würde.

Sam antwortete nicht, Wan Hoe überließ ihn seinen Träumen und schrieb in seiner säuberlichen Handschrift weiter. Sein Gesicht war dunkel und weich vor Müdigkeit. Mehrere Male hielt er inne, legte den Stift beiseite und sah Sam Pollit an, als wollte er ein für ihn neues, sehr persönliches Thema anschneiden, doch nachdem er Sams ausgelaugte, blasse Wangen und seinen schlaffen Mund eine Weile betrachtet hatte, nahm er stumm seinen Stift wieder auf.

Als Sam vor wenigen Monaten nach British Malaya gekommen war, hatte es ihn schockiert, wie sich die Weißen in den Tropen verhielten, und er hatte sich fest vorgenommen, einen ganz anderen Weg zu beschreiten. Er wollte sich jeden Tag körperlich ertüchtigen, wann immer möglich zu Fuß gehen, um herauszufinden, wie die Leute wohnten und womit sie ihre Zeit verbrachten. Er wollte die Dunkelhäutigen und fremdartig Gewandeten als Brüder behandeln, und er wollte nie in den Bann des Alkohols geraten. Er kämpfte sich nur mit Hilfe von Eiswasser durch die bleierne Müdigkeit der Siestastunden, versuchte, seine Eindrücke in Artikeln für amerikanische Zeitungen festzuhalten – er bewunderte Journalisten, hielt sie für wichtige Unterhändler der geistigen Aufklärung –, und er ging jeden Tag um fünf oder sechs nach Hause, nahm eine Dusche und setzte sich, nur ein Handtuch um die Hüften geschlungen, an seinen Schreibtisch, um Tagebuch zu führen oder seine tägliche Korrespondenz zu erledigen. Doch in diesem Klima führte alles zur Erschöpfung, selbst das Schreiben und das Sprechen. Er, ein Mann, der an Sonntagen zu Hause ohne Mühe zwanzig Meilen wanderte, konnte hier kaum zehn Schritte tun, ohne sich schwach zu fühlen. Dennoch hatte er an seinen Vorsätzen festgehalten, war zu Fuß durch Singapur und die anderen Städte gewandert, hatte sich durch den Dschungel gekämpft, ohne zu klagen, hatte die europäischen Straßen und Läden gemieden, hatte sich unter die ärmsten Einwanderer und Einheimischen gemischt, Menschen ohne Zuhause, die ihre Nächte auf den Straßen verbrachten, und war selbst entgegen allen Warnungen nach Einbruch der Dunkelheit durch die verstopften Straßen gegangen, hatte sich durch Scharen von Menschen gezwängt, deren Gesichter er nicht sehen, sondern durch das Aufleuchten eines Augapfels, eines Zahns oder einer silbernen Kette im Licht einer Glühbirne, eines elektrischen Ladenschilds oder den trüben Glanz eines armseligen, vielleicht von Schimmel überwucherten Schaufensters nur erahnen konnte.

Sowohl Naden als auch Wan Hoe machten sich wegen dieser Angewohnheit große Sorgen und warnten ihn ständig, aber er mischte sich weiter als Riese unter die Kleinwüchsigen, von seiner humanistischen Torheit geschützt. Er ging stets mit bloßem Kopf, weil er glaubte, daß sein wunderbar weißgoldenes Haar, wie man es außer in Friesland oder Norwegen sonst nur selten sah, ihn vor allem Leid bewahrte, weil die Menschen mit ihren kindlichen Herzen in ihm etwas sahen, das einem Gott sehr nahekam. Als Naden ihn mit einem Gott verglich, fand er das nicht im geringsten komisch. Er ging davon aus, daß er dem armen indischen Regierungsbeamten tatsächlich wie ein Gott vorgekommen war; er kannte ihren Aberglauben – wie er anderen erzählte – und wußte, wie leicht Ehrfurcht und Liebe sich bei ihnen in religiöse Verehrung verwandelten. Ruhig erklärte er: »Ich glaube an mich, weil ich weiß, daß ich das Gute liebe, und wie der alte Sünder Thoreau schon sagte: ›In meinem Innersten werde ich das vestalische Feuer niemals ausgehen lassen.‹ Die Leute spüren das vestalische Feuer, und sie spüren, daß der Hüter dieses Feuers heilig ist: Sie würden ihm niemals etwas Böses antun. Er bewegt sich unbehelligt unter denen, die als wild und unberechenbar gelten, weil auch sie das Edelste im Menschen ehren.«

Welche Argumente sie auch immer gegen seine befremdlichen Spaziergänge vorbrachten, er verwies darauf, daß er stets unversehrt zurückgekommen und selbst in die entferntesten Täler wilder Flüsse im Innern Malayas vorgedrungen sei, in die sich vor ihm kein weißer Mann je vorgewagt hatte, und niemals angegriffen worden oder auf Haß gestoßen war. Nur ein einziges Mal hatte ein niederträchtiges kleines Gassenkind im fernen Trengganu verächtlich hinter ihm her gejohlt, ein dreister Junge mit einem gehässigen Rattengesicht. Aber in Kemaman und auch sonst überall hatten sich alle als Freunde erwiesen und waren ihm bereitwillig gefolgt, die Frauen zuerst verlegen und kichernd, doch dann voll staunender Bewunderung über sein weißes Haar und seine weißen, schmalen Füße. Die Straßen einiger dieser Orte erinnerten ihn an die Gassen kleiner, stiller Städtchen in Amerikas Süden, wo die Neger lebten. Häuser, Hütten und Schuppen reihten sich an unbefestigten Straßen dicht aneinander, anstelle der Telegrafenmasten wiegten sich hohe Palmen im Wind und milderten das schreiende Blau des Himmels, die blendenden Schatten und das Feuer der Öfen im Freien. Aber die Neger in Amerikas Süden wären auf Sam niemals so freundlich zugegangen wie diese Menschen. Sein Herz war von einem blauen Meer der Hoffnung überflutet. Die vielen Begegnungen mit den fröhlichen, gutmütigen Einheimischen ließen ihn hoffen, die freundschaftliche Vereinigung aller Nationen der Erde könne ebenso einfach vonstatten gehen: Alles, was man dafür brauche, sei ein wenig guter Willen, wie er ihn an den Tag gelegt hatte, und innerhalb kürzester Zeit wäre alles geregelt.

Schon sehr bald hatte Sam eine heftige Zuneigung zu Malaya erfaßt, sah darin ein wahrhaft großes, unberührtes Land, noch nicht geplündert und von fremden Träumen zerstört, dafür aber bis zum Bersten mit natürlichen Schätzen gefüllt, die seine sanfthäutigen Bewohner reich und glücklich machen könnten. Nötig waren nur Verständnis und die sofortige Vertreibung der Gierigen. Er selbst glaubte, dem Volk von Malaya dadurch helfen zu können, daß er sich Mühe gab, es kennenzulernen und die verschiedenen Typen mit ihren guten und schlechten Neigungen besser zu unterscheiden. Inzwischen vermochte er die einheimischen Malaien von den aus Indien, Kanton und Teochiew eingewanderten auseinanderzuhalten, und er versuchte, in jeder dieser Gruppen einen Freund zu finden. Er fühlte sich wie eine Art Livingstone, der ins Herz des dunkelsten Unbekannten vordrang: das Herz des Menschen. Eines Tages würden sich die reinen Seelen der Erde zusammenfinden, die Guten und Tatkräftigen, vom Verständnis für die Menschen vereint – wie Woodrow Wilson, Franklin D. Roosevelt und Ramsay MacDonald, Upton Sinclair, Nicholas Murray Butler, H.G. Wells und er selbst, Samuel Pollit –, und gerade noch rechtzeitig würde dann das neue Eden, die »große Zeit der Einen Nation« anbrechen. Hätte es eine solche Vereinigung der großen Seelen schon vor fünfhundert Jahren gegeben, glaubte Sam, wäre der Welt vieles erspart geblieben: Kummer, Kriege, Haß, Unverständnis, Klassenkämpfe, Hitler und die Geldverleiher. Und das Goldene Zeitalter, getragen von schlichtem Humor und harmlosen Zeitvertreiben, musikalischen Abenden, Freiluftaufführungen und ganzen Scharen eifriger Naturforscher, die mit offenen Augen durch alle Länder der Erde zogen, hätte bereits eine gutherzige, sanfte Menschenrasse hervorgebracht. Waren nicht seine eigenen Kinder glücklich, gesund und widerstandsfähig, wahrheitsliebend und einfallsreich? Und das allein dadurch, daß sie stets zu ihm aufschauen konnten und mit absoluter Sicherheit wußten, daß er allezeit rechtschaffen, treu und verständnisvoll war?

»Haben Sie von Ihren Kindern gehört, Sir?« fragte Wan Hoe und hielt mit dem Schreiben inne.

»Das ist wunderbar«, rief Sam, »Telepathie, Wan Hoe. Das war Telepathie«, und er erzählte ihm von der Gedankenkette, die ihn genau in diesem Augenblick zu seinen Kindern geführt hatte. Dann vertraute er seinem chinesischen Freund noch einmal an: »Ich leide unter der Hitze, der Feuchtigkeit und der Fremdheit – nicht der schwarzen, sondern der weißen Menschen –, aber am meisten leide ich, wenn ich noch vor der Morgendämmerung unter dem Druck der schweren Feuchtigkeit wachliege und nicht wie zu Hause meine kleine, dunkeläugige Evie, mein Klein-Frauchen rufen kann. Weißt du, wie ich sie rufe, Wan Hoe? ›Mäumeling, Mäumeling, Mäumeling!‹ Das ist ein selbst ausgedachtes Wort, das mich an sie erinnert. ›Mäumeling, tomm unn streichel mein Tomerz weg.‹ Dann stöhnt sie sanft in ihrem Bett – ein Stöhnen, das Musik in meinen Ohren ist! –, richtet sich in ihrem langen, rosa Baumwollnachthemdchen auf, zieht einen Schmollmund und sagt: ›Taddy, laß mich, will noch schlafen!‹ Aber wenn ich die Hand ausstrecke, kommt sie doch zu mir, hopst auf mein Kissen und fährt mit kleinen, weichen Finger in mein Haar, um mich zu massieren, und schon ist mein Kopfschmerz gebannt. Dann rufe ich meine älteste Tochter, Louie, ein dickköpfiges Mädchen, das momentan vielleicht zu viele Probleme wälzt, sich in Zukunft aber als um so klüger erweisen wird, und sie macht den Morgentee. Später rufe ich dann die Jungs, Ernie und meine Gemini, und wir gehen gemeinsam hinaus, pfeifen und plaudern über die Zimmermanns- und Steinmetzarbeiten, die am Haus noch nötig sind. Das nennt man ein glückliches Leben, Wan Hoe. Klein Sam hockt grübelnd auf dem Gartenpfad, hängt den wunderlichen, langwierigen Gedankengängen der Kindheit nach und brütet vage Erkenntnisse aus, die er eines Tages in wissenschaftliche Formeln bringen wird. Saul, vernünftig und beherrscht, geht bohrend und schlußfolgernd seinen Weg, während Ernie, mein kleiner Wunderknabe, ganz gewiß einmal einen großen Mathematiker oder – hoffentlich keinen staubtrockenen – Physiker abgeben wird.«

Dann rief Sam plötzlich lächelnd aus: »Vielen Dank, Wan Hoe, du bist mir ein so guter Freund! Niemals hatte ich bessere Freunde als die chinesischen, die ich hier innerhalb eines halben Jahres kennengelernt habe, und darunter ganz besonders dich. Niemand weiß mehr über das Wesen der Freundschaft als das weise, gute, uralte Volk aus dem Reich der Mitte.«

Wan Hoes empfindsames Gesicht, die sanften Züge eines Jungen, die sich zu einem traurigen Männergesicht ausgezehrt hatten, zuckten mehrmals, und seine Augen lächelten Sam freundlich an. »Ich bin froh, daß Sie uns so sehr mögen, Sir.«

»Die Chinesen besitzen riesige Schätze der Weisheit, zarte Unaufdringlichkeit, unübertroffene Handwerkskunst und eine Strebsamkeit, die wir in unserem Land sehr gut gebrauchen könnten«, sagte Sam mit fester Stimme. »Für mich seid ihr das wunderbarste Volk der Welt.«

Wan Hoe hörte aufmerksam zu und sagte nach einer Weile vorsichtig: »Wenn Sie keine Kinder hätten, Sir, würde ich glauben, daß Sie am liebsten für immer bei uns bleiben würden.«

»Wie glücklich mich das machen würde! Aber ich könnte das Klima nicht ertragen, und ich könnte nicht alle meine Kinder herbringen, Wan Hoe. Nein, du mußt es irgendwie schaffen, mich zu besuchen.«

Wan Hoe schüttelte den Kopf und lächelte wehmütig. Gerade als Sam, der seine Schwierigkeiten wohl ahnte, mit ihm über seine große Schuldenlast sprechen wollte, klingelte das Telefon. Ein erzürnter Colonel Willets wollte wissen, wo dieser Hurensohn von Pollit bleibe und ob er glaube, er, Willets, würde in der Hitze Däumchen drehen und hinter ihm hertelefonieren. Wan Hoe sagte, sobald Sam zurück sei, würde er sich ganz gewiß sogleich in Willets Hotel begeben. Er legte auf und bedauerte, mit Pollit nicht über seine persönlichen Angelegenheiten gesprochen zu haben. Aber Sam hatte das Thema offenbar längst wieder vergessen.

Wan Hoe sah sich vorsichtig um. Sam verausgabte sich völlig sinnlos. Sein Beispiel bestärkte Wan Hoe in der Auffassung, daß außerhalb der asiatischen Welt geborene und aufgewachsene Männer im Grunde Kinder geblieben waren. Andere Männer waren taktlos, weil sie ihre Untergebenen mit Brutalität oder Verachtung behandelten; Sams Taktlosigkeit beruhte auf dem Vertrauen zu seinen Untergebenen. Wan Hoe dachte über die amerikanische Regierung nach und fragte sich, ob sie Sam vielleicht nur deshalb nach Malaya geschickt hatte, um ihn loszuwerden. Jedenfalls mußte Sam wieder einmal Galle schlucken und sich zu Colonel Willet begeben. Was war dieser Colonel schon anderes, fragte Sam seinen Sekretär, als ein eitler, alter Mann, der seine sozialistische Haut vor zwanzig Jahren abgestreift hatte, nachdem er durch Immobiliengeschäfte reich geworden war? All seine Ideale hatte er dem Gott Mammon geopfert, und jetzt dachte er, jeder müsse ihm dafür seine goldenen Stiefel küssen. Überall wollte er unbedingt der Erste sein. »Ich hoffe, daß ich nie alt werde!« sagte Sam.

»In unserem Alter spiegelt sich vielleicht die Entscheidung des Lebens über uns«, erwiderte Wan Hoe, »und die Schuld daran können wir keinem Gott zuschieben. Jeder sieht sich selbst am liebsten noch immer als Kind und kann sich in den Lumpen, dem faltigen Fleisch, dem Gestank und den haarigen Leberflecken des Alters nicht wiedererkennen. Jeder würde am liebsten schreien: ›Schaut her, in Wirklichkeit bin ich ganz anders, ein niedliches Kind mit Pfirsichhaut und himmelblauen Augen, ich bin ein Sonnenjuwel, ich singe, tanze, springe, ich bin ganz anders als dieses alte, verlumpte Überbleibsel, das bettelnd und betrügend, schimpfend und jammernd dem Tod entgegengeht.‹ Die Chinesen sind ein wissendes Volk, und das ist wohl auch der Grund dafür, warum sie das Alter mit einem religiösen Nimbus umgeben. Sie wollen nicht, daß ihre Söhne in die eigene Zukunft schauen. Sie verschließen ihnen die Augen. Wer schon als Junger weiß, daß er alt wird, hat Angst. Und wenn er dann alt ist, kümmert ihn gar nichts mehr – es zählt nicht die Liebe, sondern nur die Bequemlichkeit, nicht die Ehre, sondern nur das Feilschen um ein gutes Plätzchen.«

»Es ist schon merkwürdig«, sagte Sam lächelnd, »ich bin kein Chinese, aber ich ehre das Alter. Und ich hoffe, als alter Mann glücklich zu werden. Meine Söhne werden zu Männern der Wissenschaft herangereift sein, meine Töchter zu verheirateten Frauen, die mir Enkel schenken. Mein Haar wird silbern sein, nicht viel anders als jetzt. Ihr seid ziemlich schwarzseherisch, oder, Wan Hoe? Ich hoffe, ein langes und glückliches Leben zu führen.«

»Glauben Sie, daß das heutzutage möglich ist?« fragte der Sekretär.

Sam sah ihn schweigend an. Aus einigen vagen Hinweisen hatte er geschlossen, daß der in Singapur geborene Chinese ein Revolutionär war und zur Kuomintang gehörte, die von den Briten und den reichen Chinesen gleichermaßen mißbilligt wurde. Anders als die Immigranten konnte er jedoch nicht nach China zurückgeschickt werden. Sam wußte, daß Wan Hoe jeden Augenblick in Ungnade fallen konnte. Doch er hatte es sich zur

Regel gemacht, andere weder nach ihren politischen Aktivitäten noch nach den Gefahren, in denen sie schwebten, zu fragen.

Er stand auf. Ehe er seinen Kollegen aufsuchen konnte, mußte er sich seiner durchgeschwitzten Kleider entledigen, baden und frische Sachen anziehen. Eine seiner Jacken, die er aus Versehen noch in feuchtem Zustand weggehängt hatte, hing, von kleinen, weißen Schimmelflecken übersät, in seinem Kleiderschrank. Der stockige Geruch war aus den Kleidern nicht mehr herauszubekommen.

Im Raffles gab es einen Streit zwischen Sam und Colonel Willard Willets, der endete, wie alle ihre Meinungsunterschiede bisher geendet hatten, nämlich mit einer mürrischen Kapitulation des alten Mannes. Er hielt Sam vor, einen Platz in einem Automobil für den gemeinsamen Besuch eines Pygmäendorfs reserviert zu haben. Normalerweise streiften die Pygmäen auf ihrer Nahrungssuche frei durchs Land, aber diese vierzigköpfige Gruppe war vor einigen Jahren seßhaft geworden. In der Zwischenzeit war Sam vom Gouverneur und dessen Frau eingeladen worden, und seine Gastgeber hatten es so arrangiert, daß er mit einem zu Besuch weilenden britischen Wissenschaftler zu den Pygmäen fahren konnte, und zwar in einem Privatauto, für das er nicht zu bezahlen brauchte. Colonel Willets fühlte sich wieder einmal von Sam zurückgesetzt und befürchtete, die gesamten Reisekosten allein tragen zu müssen.

Obgleich er es sich schwerlich leisten konnte, sagte Sam die Bezahlung seines Anteils an der Reise zu, wollte das Angebot, mit dem englischen Besucher zu fahren, aber dennoch annehmen. Es handelte sich um einen Anthropologen aus Cambridge, und Sam freute sich auf die Gelegenheit, ihn kennenzulernen. Daß Sam bezahlen wollte, besänftigte den Colonel, trotzdem war er gekränkt, weil Sam lieber in anderer Gesellschaft fuhr.

Kaum war Sam zurück in seiner Pension, war Colonel Willets schon wieder am Apparat, um ihn wie einen Laufburschen zusammenzustauchen. »Und außerdem gefällt mir der Katalog der Fotoausstellung nicht«, schrie er Sam wütend an.

»Damit habe ich nichts zu tun«, entgegnete Sam, »beschweren Sie sich bei den Leuten, die den Katalog herausgebracht haben.«

»Aber Ihr Name steht drin«, sagte Willets. »Hier steht's: *Anak Melayu, Menangkabau punya* – Samuel K. Pollit – Smithsonian Expedition! Sie sind nicht der Leiter dieser Expedition. Ich bin der Leiter. Was soll der Quatsch?«

Sam errötete. »Sie haben den Leuten jegliche Fotos verweigert und gesagt, Sie wollten Ihre Aufnahmen lieber für Ihr eigenes Buch aufbewahren. Also haben sie sich an mich gewandt, und ich habe ihnen ein Foto gegeben. Es ist ein sehr gutes Foto. Und es ist mein ganz persönlicher Beitrag zu der Ausstellung. Ich habe sie nicht darum gebeten, die Smithsonian Expedition zu erwähnen, und ich habe mich auch nicht als deren Leiter ausgegeben.«

»Ich werde das nicht dulden«, rief Willets mit dünner, von Tränen des Zorns befeuchteter Stimme. »Sorgen Sie dafür, daß das herausgenommen wird. Damit werden Sie nicht durchkommen. Es ist doch immer das gleiche mit Ihnen: Sie wollen den ganzen Erfolg für sich allein verbuchen. Diese Leute werden von mir hören. Glauben Sie bloß nicht, ich würde bei so etwas stillhalten. Kaum verkehren Sie mit den Briten, sind Sie auch schon mindestens so eingebildet wie sie. Sie können mir alle gestohlen bleiben.« In diesem dünnen, kreischenden, für Sams Ohren kaum zu ertragenden Ton schimpfte er weiter. Irgendwann legte Sam den Hörer auf. Dann steckte er die Hände in die Hosentaschen und durchmaß das Zimmer mit stürmischen Schritten. Er spürte, wie sein Kopf anschwoll und zu schmerzen begann, stickige, süßliche Rosendüfte umwaberten seine Stirn. Er mußte sofort ein Bad nehmen. Dann Eiswasser mit Zitrone und das Abendessen. Spätestens bis dahin würde er wieder durchgeschwitzt sein.

Beim Abtrocknen bemerkte er, daß seine Hände denen seiner toten Mutter immer ähnlicher wurden, sah die gleichen langen, dünnen Finger, eckigen Kuppen und hervorstehenden Venen. Er gedachte ihrer voller Liebe. Bis er Rachel, Louies Mutter, geheiratet hatte, war er wegen des Versprechens, das er seiner sterbenden Mutter gegeben hatte, mit keiner Frau zusammen gewesen.

Er ging in sein Zimmer, um sich anzukleiden. Als er in die frischen Tücher glitt, verspürte er mit großem Wohlbehagen einen kühlen, feuchten Wind; Regen und die kühlfeuchte Nachtluft brachten Erleichterung. Er ließ seine Gedanken von dieser angenehmen Brise in die ferne Vergangenheit wehen. Er dachte nicht mehr so oft daran, denn er wollte nicht sentimental werden, aber in den letzten Wochen hatten ihn diese Gedanken so manches Mal überfallen, sich in seinem Fleisch festgesetzt, ihn wie ein unsichtbares, aber habgieriges Wesen verschlungen. Er hatte einmal – zu sich selbst, den Mächten der Dunkelheit, dem Unbekannten – darum gebetet, Rachels Geist sehen zu dürfen; er hatte versucht, sie zu sehen. Jetzt hatte er das Gefühl, der Geist seiner eigenen unterdrückten Begierden, seine in der Erde versickerte Potenz, sei auferstanden, ein Luftgeist, der ihn umgab, ihn ergriff und ihn vom Pfad der Tugend hinabstoßen wollte in den flammenblättrigen, tropischen Dschungel der Begierde. Er dachte an Rachel, seine zärtlichen Gedanken gingen auf in der Liebe zu allen Frauen; wenig später spürte er entsetzt, wie sein Herz wild und aufgewühlt zu pochen begann.

Er mußte sich eingestehen, daß er seit seiner Ankunft in Malaya mindestens ein halbes Dutzend Frauen gesehen hatte, die er am liebsten geküßt, ja, womöglich vor Lust ganz in seine Arme gezogen hätte.

»Was ist das?« fragte er sich bestürzt. »Etwa das erste Anzeichen des Alters?«

Aber mit achtunddreißig plötzlich zum obszönen Lebegreis zu werden, ist doch ziemlich ungewöhnlich, wies er sich selbst zurecht.

»Daher«, versuchte er sich zu überzeugen, »muß es die reine Liebe sein, die ihren Tribut fordert. Ich bin so lange ohne Liebe gewesen. Zu Hause schlägt mir nur Haß entgegen, und ich lebe in ständiger Furcht um das Leben meiner Kinder. Ja, es muß die reine, zarte, ganz normale Liebe sein.«

Seine Tochter Louie fiel ihm ein, die bald eine Frau sein, selbst neues Leben geben, eigene Kinder bekommen würde.

»Armes, mutterloses Mädchen«, seufzte er.

Bestimmt würde Louie als Frau ihrer leiblichen, sanften Mutter gleichen, eine Quelle des Glücks für ihren zukünftigen Mann. Damit wandte er seine Gedanken von Louie ab, ging zum Abendessen und dachte an das göttliche, bezaubernde Gesicht, das in ihm den Wunsch wachrief, Lady Modore zu küssen. Sam war ein so guter Kerl, wenn er auch nichts über die Frauen wußte. Eines Abends nach dem gemeinsamen Essen zum Beispiel hatte er es für angemessen gehalten, ihr einen Vortrag über scheinbar überflüssige Körperhaare zu halten. Die Haare unter den Achseln, hatte er gesagt, sollten niemals entfernt werden, schließlich habe die Natur sie genau an dieser Stelle vorgesehen, daher müßten sie einen Nutzen haben. »Sie haben zu viele Kinder, Mr. Pollit«, warf sie plötzlich ein.

»Im Gegenteil, ich könnte niemals genug Kinder haben«, entgegnete er ernst und erzählte ihr, wie gern er eine Malaiin zur Frau hätte, eine der Schönheiten, die er auf seinen Spaziergängen mit ihren kleinen Kindern gesehen habe, dazu noch eine chinesische und eine indische Frau – »es gibt so viele hübsche, liebenswerte kleine Weibchen« –, vielleicht sogar eine von den seltsamen Pygmäenfrauen mit ihrem vorstehenden Brüsten, Bäuchen und Hinterbacken. Er lachte. »Und die schönsten Frauen der Welt sind die Singhalesinnen ...«

»Sie wollen doch wohl nicht unter Eingeborenen leben?« neckte sie ihn.

»Warum nicht?« erwiderte er ernst und begann, ihr seine Ideen zu erläutern: Zurück zur Natur, Phalansterium, Friede, Fleiß, Liebe, Gesetzestreue.

»Mein Lieber, lassen Sie uns den Diener rufen.«

Sam trank natürlich nur Ginger Ale. In wenigen Tagen würde er nach Kuala Lumpur aufbrechen, ein Ort, den er liebte, auch wenn er stark unter der dortigen Schwüle litt. Den Rest des Abends erzählte er ihr von seiner Heimat, der amerikanischen Demokratie, den Freiheiten, den Grundrechten und der Chance der Wiedergeburt von Generation zu Generation. Wie immer zitierte er Thomas Jeffersons Ausspruch: Eigentlich sollte es »alle zwanzig Jahre eine Revolution geben«.

»Wie unangenehm!« sagte sie kühl. »Ich glaube, wenn ich Amerikanerin wäre, würde ich auf die Westindischen Inseln ziehen.«

Wunderbar, wenn diese Frauen sich so verächtlich gaben!

Er fragte kokett: »Warum kommen Sie nicht einmal zu Besuch in unser wunderbares Land? Washington ist ein Paradies aus blitzenden Wänden und langen Alleen mit hohen Bäumen, die selbst die Sonne von Sevilla abhalten würden – aber wer fährt schon nach Sevilla? Und die Leute dort haben ein ganz natürliches Interesse an internationalen Angelegenheiten.«

»Und wie sind die Frauen in Washington?«

»Das ist ja gerade das Schöne: Die Stadt ist voll von hochgesinnten, öffentlichen Damen.«

Sie sah ihn erstaunt an. »Wirklich! Oh, ich verstehe, was Sie meinen.« Sie lachte.

»Und mag Ihre Frau die Leute dort?« fragte sie neugierig, denn sie hatte bereits herausgefunden, daß seine Frau eine Erbin aus Baltimore war.

Sam machte ein ernstes Gesicht. »Nein, wie ich zu meinem großen Bedauern zugeben muß. Reden wir lieber nicht darüber. In der ersten Zeit hat sie mich noch zu den Eugeniktreffen begleitet, aber das hatte bald ein Ende.«

Sie warf ihm einen fragenden Blick zu und widmete sich wieder ihrem Stengah. Sie war froh, daß er morgen nach Kuala Lumpur fuhr. Er war vorzeigbar, ja durchaus gutaussehend. Er wußte sich, möglicherweise unwillentlich, bei den besten Leuten einzuschmeicheln, aber er war so ernst! Kein Fünkchen Humor, statt dessen ein endloser Bericht, wie er mit diesem Priester oder jenem Missionar debattiert, der Presse Käuflichkeit vorgeworfen oder zu irgendeiner Vereinigung hochgesinnter, öffentlicher Damen gesprochen hatte. Langweilig, aber für den Augenblick ihrer Klasse zugehörig und daher geduldet.

Als er von dem Treffen zurückkam, wartete Post auf ihn, die Lai Wan Hoe vom Büro mitgebracht hatte. Lai hatte eigens einen Umweg gemacht. Es war ein ganzes Bündel, denn wunderbarerweise hatten alle geschrieben, sogar seine Frau:

Tohoga Place
Georgetown, D.C.
15. März 1937

An Samuel Pollit,

hiermit bestätige ich den Erhalt von fünf Hundertdollarscheinen als Haushaltsgeld.

Henrietta Pollit

Außerdem gab es große Umschläge mit Briefen von den Kindern, eingeschlagen in einen längeren Brief von Louie, seiner Ältesten.

Hungrig stürzte Sam sich auf ihren Brief.

In ihrer steifen Handschrift hatte Louie geschrieben:

Bei uns zu Hause
Georgetown, D.C.
15. März 1937

Lieber Vater,

ich schicke dir hier die Briefe der Kinder und meinen Georgetown-Bericht, von dem ich hoffe, daß er Dir gefällt. Allen geht es gut. Die Kinder vermissen Dich. Mutter geht es nicht so gut. Es war die ganze Zeit über sehr kalt, aber heute abend liegt heller Mondschein auf allen Kuppen und Bäumen, so daß ich die Kälte wenigstens vorübergehend vergessen kann. Aber die Kleinen spüren die Kälte sehr und hätten sicherlich nichts dagegen, ein wenig von Deiner malaiischen Hitze abzubekommen. Ich hoffe, Deine Kopfschmerzen sind inzwischen besser geworden. Tom sagte heute: »Wo ist mein kleiner Bruder?« Ich fragte: »Welcher kleine Bruder?«, und er antwortete: »Mein kleiner Bruder Evie.« Natürlich lachten wir alle und sagten: »Evie ist deine kleine Schwester; Saul und Sam sind deine kleinen Brüder.« Gerade in dem Moment rief Evie nach ihm, weil er sich vor dem Mittagessen noch das Gesicht waschen sollte, und er rief zurück: »Wird gemacht, kleine Schwester.« Ist das nicht lustig? Aber es gab noch eine Fortsetzung. Heute nachmittag sagte Tomkins: »Saul und Sam und Ernie sind meine kleinen Brüder, oder?« Ich sagte: »Ja, Limpopo, da hast du recht.« Er erwiderte ernst: »Aber ich habe noch andere kleine Brüder.« Ich fragte: »Wen denn?« und dachte, er würde die Jungs von gegenüber meinen. Aber er platzte heraus: »Die Brüder Grimm«, hielt sich den Bauch mit beiden Händen und trippelte hin und her, wie er es immer macht, Du weißt schon, und kreischte vor Lachen. Tja, sie haben immer irgendwelche Witze auf Lager, und sie sind nicht ungezogen, obwohl es ganz schön viel Arbeit ist, sie alle für die Schule anzuziehen usw.

Ich muß noch Hausaufgaben machen, einen Aufsatz. »Auf in den Kampf, Luluro!«

Lulu

Sam las den Brief dreimal, legte ihn dann zur Seite und wandte sich den anderen Briefen zu.

Ernie hatte geschrieben:

An Sam den Kühnen,

ich hoffe, Du hast nichts dagegen, wenn ich Dich so nenne. Ich hoffe auch, daß Du viele Laufburschen, Diener und Sekretäre hast, die Dich die ganze Zeit über bedienen, wie Du es in Deinem letzten Brief geschrieben hast. Letzten Samstag haben wir uns unten in der Stadt die Baustelle vom neuen Finanzministerium angesehen. Ich gehe auch gern zum Reflecting Pool und habe herausgefunden, wie das mit der Spiegelung funktioniert. Demnächst wollen wir uns die Experimente in der Akademie der Wissenschaften ansehen, mit unserem Lehrer, Mr. Blake. Ich muß noch Hausaufgaben machen. Gleich geht's los. Schwing dir uffs Pferd, Napoleon, es riecht nach Rejen.

In Liebe, Dein kindischer Sohn
Ernest-Pandit-Piepmatz-Prinzipalis

In der Reihenfolge des Alters kam als nächste Evelyn dran. Ihre großen, klaren, runden Buchstaben erinnerten an die ihrer Mutter.

Zu Hause
16. 3. 37

Dead Dad,

ich hoffe, es geht Dir gut. Hier geht es allen gut außer Mutter. Ich bin froh, daß Du bei einer netten Dame wohnst. Schön, daß Du bald nach Kuala fährst. Gibt es da Tiger? Ich habe Angst, daß Dich ein Tiger frißt. Ich hoffe, Du hast jemanden dabei, der die Tiger erschießt. Kannst du schießen? Mir geht es gut.

Deine Dich liebende Tochter Evie
xxxxxxx (= Küsse)

»Dead Dad« murmelte er und lachte. Dann sagte er traurig: »Das ist fast telepathisch. Ich wette, mein kleiner Mäumeling weiß, wie ihrem armen Dad in Wahrheit zumute ist.«

Die Zwillinge hatten zwei Zettel aneinandergeheftet und mit großen, ungelenken Buchstaben geschrieben:

Von Saul – hieß es auf dem ersten Brief.

Alleinzuhaus
Am sechzehnten

Lieber Vater,

ich hoffe, es geht Dir gut. Uns geht es gut. Mutter geht es nicht gut. Sie ist erkältet. Samolus und ich spielen gut zusammen. Die Schlangen wachen langsam auf und haben großen Hunger. Wir haben ihnen Fleisch gegeben. Ich habe einen kleinen Spatz gefunden. Er ist gestorben. Mehr weiß ich nicht.

Dein Dich liebender Sohn
Säulchen

Und auf dem zweiten Brief stand: *von Sam*

Alleinzuhaus
Am sechzehnten

Lieber Vater,

ich hoffe, es geht Dir gut. Uns geht es gut. Mutter geht es nicht gut. Sie ist krank. Säulchen hat einen kleinen Spatz gefunden, der nicht mehr fliegen konnte. Lulu hat ihn neben den warmen Ofen gelegt. Aber er ist gestorben. Wir sind müde, weil wir heute nachmittag Erbsen und Bohnen gespielt haben, und die Erbsen haben gewonnen.

Dein Dich liebender Sohn,
Samolus

Den Brief des vierjährigen Tom las Sam ohne besonderes Interesse. Er war in einer überraschend klaren, runden Handschrift geschrieben, der Handschrift seiner Mutter, die nur an einigen wenig zittrigen Stellen verriet, wo die kleine Hand unter ihren Fingern ins Stocken geraten war.

Zu Hause
16. März

Lieber Dad,

Wie geht es Dir? Mir geht es gut. Uns allen geht es gut. Es ist kalt. Wir haben ein Feuer an. Es tut mir leid, daß es bei Dir so heiß ist. Wann kommst du nach Hause? Die Schlangen sind schon aufgewacht.

Dein Dich liebender Sohn
Tom

Der Brief, den er als letzten öffnete, stammte von Gillian Roebuck, Dirty Jacks Tochter. Gillian hatte begonnen, Sam in ausführlichen Briefen von ihren naturwissenschaftlichen Interessen zu berichten. Mit ihrem Zuhause zunehmend unzufrieden, hatte sie ganz plötzlich eine Stellung als Hauslehrerin bei einer Senatorenfamilie in Washington angenommen. Ihr mit Maschine geschriebener Brief lautete:

Lieber Mr. Pollit,

Entschuldigen Sie, daß ich nicht schon vorher geantwortet habe – die Wellbeens waren in St. Augustine, Florida, und ich habe sie natürlich begleitet. Es war sehr schön, der Strand ist wunderbar, und der würzige Seewind ist mir viel lieber als die stickige Luft hier im Landesinneren. Wir sind jeden Tag mit dem Auto zum Strand gefahren und haben auch sonst viele Ausflüge gemacht. Ich bin sicher, Ihnen hätte es dort auch gefallen. Die geistige Atmosphäre hätte natürlich besser sein können, aber das lag teilweise auch an mir, wie ich nur allzu gut weiß. Das Wetter ist seit unserer Rückkehr etwas besser geworden, die meisten Tage waren klar und sonnig, nur die Wärme fehlt noch. Meiner Meinung nach sind wir zu früh zurückgekommen. Wie früher gehe ich einmal pro Woche reiten und genieße es, in der Natur zu sein. Ihrem Vorschlag folgend habe ich mir einen Baum ausgesucht, den ich jetzt näher studiere, nämlich den Tulpenbaum, den wunderhübschen *Liriodendron tulipifera*. Wahrscheinlich habe ich ihn wegen seiner Schönheit ausgewählt – oder weil er unser ältester Freiheitsbaum ist. Die ersten Osterglocken und Hyazinthen kommen aus dem Süden zu uns. Ich weiß, Sie mögen den Süden nicht, wegen der Rassenprobleme, aber auch er ist ein Teil unseres Landes und wunderschön. Es gibt Scharen von *Bombycilla cedrorum* und natürlich *Millionen* von Eichelhähern und Rotkehlchen (das ist nicht ganz wissenschaftlich) und unzählige Vogelschwärme auf dem Weg nach Norden. Mit welcher Leichtigkeit sie die lange Reise auf sich nehmen! Ich hätte sehr gern ein Haustier, in seiner Gesellschaft würde ich mich weniger einsam fühlen. Ich beneide Sie um Ihre wunderbare Sammlung in Tohoga House und wünschte, ich könnte ebenfalls so viele Tiere um mich haben. Aber wenn ich allzu schwermütig werde, gehe ich in den Zoo, wie Sie es mir geraten haben. Sie haben recht, die Tiere geben mir immer wieder Auftrieb. Ich war begeistert, als ich neulich einen *Rana sylvatica* gefunden habe. Ich habe seinen typischen klackenden Ruf gehört, und da saß er auch schon vor mir, laubbraun bis grau. Der Frühling ist da. Ich habe viel zu tun. Eines der Kinder ist krank. Trotzdem habe ich nicht abgenommen, ich neige immer noch zur Pummeligkeit und befürchte, das verheißt nichts Gutes für die Zukunft. Aber vielleicht führen harte Arbeit und, wie Sie es nennen, gesundes Leben und edles Denken doch noch dazu, daß ich schlanker werde. Ja, es ist mir ernst mit der Tierwelt. Die Beschäftigung mit den Tieren hat mir ein wunderbares Gefühl für die Natur vermittelt und meinen Horizont erweitert. Dank Ihrer Anregungen liebe ich die Natur jetzt wirklich. Ich meine, es ist echte Liebe. Früher war es nur ein Zeitvertreib. Es ist wunderbar, sich darüber klar zu werden, wieviel die Welt zu bieten hat.

Hochachtungsvoll,
Gillian Roebuck

Der Brief erschütterte ihn auf seltsame Weise. Wie bei einem plötzlichen Erwachen sah er mit einem Mal deutlich, wie interessant diese jugendliche Frische war, die sich ihm da so vertrauensvoll zuwandte, sich aus ihrer alten, dunklen, von Vorurteilen und Tabakrauch stockig gewordenen Heimat im treuherzigen Glauben an seine Ideale offenbarte. Er glaubte, diesem Mädchen helfen zu können, das sich so ganz allein auf die Reise des Lebens begeben hatte.

Sam las alle Briefe mehrmals durch, bis die bleierne Luft ihn niederdrückte, er das Licht ausmachte, unter das Moskitonetz kroch und den Kopf auf sein Kissen bettete. Nach kurzer Zeit war es von Schweiß durchtränkt, sein Blut pulsierte fieberhaft, und sein Kopf schmerzte und schmerzte. Draußen zwitscherten die Vögel auf den Fenstersimsen, Bäumen, Zäunen und Telegrafendrähten und zankten sich um die besten Plätze. Abend für Abend ließen sie sich dort zum Schlafen nieder, nicht ein Zentimeter Draht blieb unbesetzt. Manche hockten sich zum Schlafen sogar auf die Rücken ihrer Artgenossen. Jeder neu gespannte Draht wurde von den großstädtischen, wurzellosen Myriaden auf gleiche Weise in Beschlag genommen. In der Nacht wurde es niemals still. Und selbst in die Straßen dieses vornehmen

Bezirks verirrten sich hin und wieder einige von Singapurs unzähligen Hungrigen und Obdachlosen, die vom dampfenden, brodelnden Gebräu der Stadt in die kleine europäische Siedlung gespült wurden.

Er wachte wenige Stunden später auf, seine Augen brannten, sein Kopf dröhnte, und der unaufhörliche Schmerz und das Fieber der Hitze brachten ihn den Tränen nahe. Wenn er bloß höher hätte wohnen können, wäre manches erträglicher gewesen. Er wollte niemanden stören und stand daher auf, um sich Eiswasser zu holen. Er ging in die Küche, öffnete die Tür des Kühlschranks und hielt seinen Kopf in die erfrischend kühle Luft. Dann ging er ins Bett zurück, aber das stinkende, von Dampf und Schweiß durchtränkte Kissen und die feuchten Laken waren wenig einladend. Er ging zum Kleiderschrank, um einen Sarong zu suchen, den er häufig beim Schreiben trug, ein längliches rot-schwarz-gelbes Tuch, das er sich um die Hüften schlang. Der Geruch von feuchten Kleidern und dem unvermeidlichen Schimmel grüßten ihn. Zerstörerische Natur drang hier überall ein, konnte niemals gebannt werden, machte den Menschen lächerlich.

Er setzte sich, bis auf das Tuch nackt, gesund, breitschultrig, muskulös und unbehaart, und nachdem er sich eine Weile zugefächert und den Kopf auf die Hand gestützt hatte, seufzte er und zog die kleine Reiseschreibmaschine zu sich her. Das geschäftige, leise Klappern der Tasten ging in den Geräuschen der Nacht unter.

»Singapur«, schrieb er, »zwölf Uhr in einer vom Hades aufgestiegenen Nacht.«

Liebes Lulinchen,

Lai Wan Hoe brachte mir heute meine Post, ich habe also alle Eure un-neuen Neuigkeiten erhalten.

Damit meine ich natürlich nicht den Georgetown-Bericht und die Nachricht über das Erwachen der Schlangen – das sind echte Neuigkeiten. Alles, was mit der alten Mutter Natur, unser aller Urmutter, zu tun hat, ist neu; ich weiß, Ihr Kinder seid Euch dessen bewußt, und das ist gut so.

Im Gegenzug habe ich heute etwas für Dich, Luxemburg, weil

ich weiß, daß Du schon immer eine Vorliebe für Mord und Totschlag hattest. Ich habe mir neulich einen Buddhistentempel vor den Toren Singapurs angesehen, und obgleich ich ein Ungläubiger bin, haben sie sich über meinen Besuch gefreut, weil ich zur Buße meiner Sünden am Eingang gleich die richtige Summe bezahlt und mir auch etwas von ihrem Weihwasser mitgenommen habe. Es war ein wundersamer Tempel, voll von heidnischen Göttern, die den absonderlichsten Beschäftigungen nachgehen, wahrhaft göttlich und menschlich zugleich – wenn es denn stimmt, daß wir armen Menschen tatsächlich Abbilder der Götter sind und uns daher gegenseitig betrügen, gegeneinander kämpfen und die fürchterlichsten Grimassen ziehen, wenn wir etwas nicht mögen. Ein entsetzliches Wandgemälde zeigt das Leiden der Verdammten und die Qualen der Hölle, und glaub mir, was ich da gesehen habe, war nicht von Pappe. Bestimmt hat es ein Mann gemalt – in diesem Land, wo die Frauen wie Haustiere gehalten werden, gibt es wahrscheinlich sowieso keine Malerinnen –, um irgendeinen männlichen Gott zu besänftigen. Zwei Frauen, die ihren Ehemänner nicht gehorchten, sind auf einer Bank festgebunden, und zwei Dämonen – männliche natürlich – hacken ihnen die Köpfe ab – oder besser: Ein Kopf ist schon ab und hängt an der Wand, der andere wird gerade abgehackt. Dahinter steckt wohl so eine Art buddhistische Blaubartgeschichte. Und der Ausdruck auf den Gesichtern! Ich habe eine Chinesin gesehen, die beim Betrachten des Bildes ganz blaß geworden ist – weiß wie Elfenbein, aber ganz unnatürlich –, deshalb nehme ich an, daß ihr Mann, der sie begleitet und womöglich aus ganz bestimmten Gründen dort hingeführt hat, eine ganze Weile lang mit ihr keine Probleme mehr haben wird.

Dann gibt es einen Mann, der den Göttern nichts opfern wollte – was für ein schmählicher Schurke! Er wurde ordentlich in einen Holzrahmen gespannt, und zwei Dämonen mit grausigem Grinsen zersägen ihn vom Scheitel bis zur Sohle. Sie sägen ihn so durch, daß sein Rücken von der Vorderseite getrennt wird. Dem Gesichtsausdruck des Mannes nach zu schließen, gefällt ihm diese Behandlung ganz und gar nicht, den Dämonen dagegen scheint es ungeheuren Spaß zu machen. Sie sind gerade bis zu seinem Bauch gekommen und schwingen eine große Säge mit fünf Zentimeter langen Zacken.

Ein anderer Mann wird von einem Hügel in ein großes Feuer geworfen, ein weiterer hockt mit sehr besorgtem Gesicht in einer heißen Pfanne. Da immer nur ein Teil von ihm gebraten werden kann, haben die Dämonen großen Spaß daran, ihn regelmäßig umzudrehen, damit alle Körperteile ihren gerechten Anteil bekommen. Gleich nebenan schaut ein Kopf aus einem hohen Topf mit siedendem Öl – ich weiß nicht, aufgrund welcher Sünde, aber die Buddhisten scheinen eine besondere Vorliebe fürs Kochen zu haben. Die Person im Topf ist eine Frau, vielleicht haben sie aus Anstand ein tiefes Gefäß für sie ausgewählt. Während sie sich noch windet und versucht, aus dem Topf herauszukommen, lachen die Dämonen sie hämisch aus und stoßen sie immer wieder hinein. Wie einen Hummer, der sich partout nicht in eine Hummersuppe verwandeln will. In der gleichen Abteilung gibt es eine andere Frau, die mit dem Kopf nach unten in einen hohen, schmalen Topf mit siedendem Öl gehalten wird. Zwei Dämonen halten sie fest, jeder an einem Bein. Ein Stück weiter wird wieder ein Mann zersägt, diesmal allerdings quer durch die Taille, und in der benachbarten Haken-und-Ösen-Abteilung wird einem anderen mit großen Eisenhaken der Magen herausgezerrt. Anderen Missetätern – kleinen Gaunern, nehme ich an – wird die Zunge herausgerissen, mit glühenden Eisenstangen ein Auge ausgestochen oder bei eher läßlichen Sünden mit riesigen, offenbar eigens dafür konstruierten Kneifzangen Hände und Ohren abgezwackt. Die Leute hier sind auf Messer spezialisiert, wie Du sehen wirst, wenn ich nach Hause komme und Dir meine Sammlung von Dolchen und Krummschwertern zeige. Wieviel Kunstfertigkeit doch in solche gemeine Waffen fließt! Vielleicht sollten wir bei jeder Kunst skeptisch sein, ob sie sich einem solchen Nutzen dienstbar machen läßt. Denk daran, Lulinchen, wenn Du Deine *Stile und Ornamente* und all die anderen albernen Sachen liest, die Du so gern hast, der Herrgott allein weiß, warum!

Aber nun zurück zu der fröhlichen Szenerie, denn ich kenne Dich: Ich wette, du genießt es auf deine ernste, undurchdringliche Weise. Eine Bestrafung ist mit besonderen Freuden verbunden – für die Dämonen, meine ich: Drei Männer sind an den Metallschlot eines Hochofens gekettet – der Modernismus ist auch hier nicht ohne Einfluß geblieben –, ein großes Feuer wütet im Innern des Ofens und wird von einem dämonischen Heizer fleißig weiter geschürt. Die Opfer werden auf dem heißen Schlot schön gar gebrutzelt und zur rechten Zeit gewendet, damit sie rundherum auch überall gleichmäßig braun und knusprig werden.

Natürlich gibt es auch eine ganze Menge auf Speere aufgespießte Sünder, und einer wird zwischen zwei Steinrädern plattgedrückt, aus denen sein Blut und seine Innereien sehr naturgetreu heraustriefen. Es gibt noch viele andere Erfindungen, alle in natürlichen Farben gemalt, und überall Blut und nochmals Blut. Soviel zu den chinesischen Buddhisten: Ich weiß nicht, ob sie rauher als andere Völker und aus diesem Grund so grausam sind oder ob sie schwächer sind als andere und deshalb um so eindringlichere Warnungen brauchen.

Jedenfalls ist das alles ganz hübsch, und die Priester sind erfolgreiche Geschäftsleute und sehen kaum anders aus als die Chetties und die großen dicken chinesischen Fleischer und Bankiers, vielleicht etwas besser gelaunt wegen der Bilder, die an ihren Wänden hängen. Am Eingang zu ihren Geschäftsräumen stehen diverse Statuen des chinesischen Buddha, seiner rosaweißen Marmorfrauen und aller möglichen dämonischen Götter, und einige von ihnen zertreten kleinere Dämonen unter ihren Füßen, genau wie in der Reklame für die Pillen gegen Rückenschmerzen. Es muß mindestens fünfzig verschiedene Götter geben. Du kannst Dir Deinen Gott auswählen, wie die Pillen in der Apotheke, was eine ziemlich tröstliche Vorstellung ist, denn diese Götter stehen in Konkurrenz, und jeder versucht, besser zu sein als der nächste. Eine heilige Schlange in einem Käfig hat es mir besonders angetan. Auch sie kann man verehren, wenn man ängstlich genug ist. Natürlich bin ich hingegangen und habe sie angezischt, aber sie hat sich nicht darum geschert. Wahrscheinlich wußte sie, daß sie über Menschen mit klarem Verstand keine Macht besitzt.

Außerdem werden unzählige Räucherstäbchen verbrannt und Knallkörper abgefackelt. Das ist eine besonders schöne Art der Götterverehrung, weil man für sein Geld etwas geboten bekommt. Ich habe dem Priester einen Dollar gegeben, und er hat ihn als Opfer für Buddha in eine Schüssel gelegt, wobei es mir doch zumindest fraglich erschien, ob der mächtige, großartige Buddha es tatsächlich auf einen mickrigen Dollar abgesehen hat. Jedenfalls gab mir der Priester dafür eine Packung Knallkörper, die ich vor der Buddhafigur knallen ließ, und der große Gott schaute auf mich herunter und grinste mir durch die Rauchschwaden zu. Bestimmt werden die Dämonen der Meere und der Wälder mich jetzt ungehindert passieren lassen – alles nur wegen der Knallerei und des Silberdollars. Sag das meinem kleinen, schwarzäugigen Mäumeling: Die Tiger können mir nichts mehr anhaben, weil der große Buddha mich beschützt.

Bin müde-müde von der Hitze und den ständigen Kopfschmerzen. Werde bald wieder schreiben. Mach Du inzwischen weiter mit deinem Georgetown-Bericht, Lulu, und gib Dir Mühe bei den Hausaufgaben. Ich erwarte später große Dinge von Dir, auch wenn Du jetzt offenbar noch ein wenig dusselig bist.

Dein Dich liebender Vater
Samuel Pollit

P.S.: All dies schreibe ich Dir nicht aus touristischer Vorliebe für alles Sensationelle, sondern weil sich wahrhaftig sagen läßt, daß dies die Schrecken des Aberglaubens sind, von denen Du auf ewig befreit sein mögest!

Dad

P.P.S.: Sag Deiner Cousine Leslie, sie möchte mit dem Heiraten warten, bis ich zurück bin, damit ich bei der Feier dabei sein kann. Wenn sie mich damit über die Grenze lassen, bringe ich ihr auch rosarote Seide mit.

Dad

Sam ging zurück ins Bett und schlief tief und fest. Erst am nächsten Abend borgte er sich im Büro Wan Hoes Schreibmaschine und schrieb an Gillian Roebuck.

In der Stadt des Heiligen Löwen
15. April 1937

Liebe Miss Roebuck,

(da ich Sie nur vor Zeugen meine kleine Gillian nennen darf, weil Sie ja nun eine junge Dame sind):

Ich bin sehr, sehr froh, daß Sie endlich einmal etwas von der Welt gesehen haben. Ja, es ist wunderbar, eine echte Liebe zu finden, eine Liebe fürs Leben, und wenn es dabei um die Natur und den Menschen in der Natur geht, ist das die Krönung von allem.

Hier ist es nicht ganz so spaßig. Das allgegenwärtige und – bewußt oder unbewußt – alles durchdringende Gefühl ist: *Hitze.* Man hat einen herrlichen Ausblick auf Palmen und andere wunderbare Bäume, aber es ist zu heiß, um zu ihnen hinüberzugehen. Man sieht einen herrlichen Berg kristallklar in der Sonne, aber es ist zu heiß, um auch nur zu versuchen, sich ihm um weitere hundert Meter zu nähern – von dem dichten Dschungel, durch den man sich kämpfen müßte, einmal ganz zu schweigen. Man sieht die üppigsten Küstenstriche mit ihren vier Pflanzenetagen, den fünfzehn, dreißig, fünfzig und siebzig Meter hohen Bäumen in allen grünen Schattierungen, die Farn- und Palmwedel, Blätter und Zweige kunstvoll miteinander verwoben, aber es ist zu heiß, um ein Boot zu nehmen und hinzufahren. (Es gibt so eine wunderschöne Stelle am Strait gleich hinter Singapur.) Man entdeckt einen prächtigen See, aber es ist zu heiß, um hinzugehen und darin zu baden. Man wird von einer hübschen Dame eingeladen, aber es ist zu heiß, um das Angebot wahrzunehmen. Man versucht, im Umgang mit irgendeinem dummen, lästigen Plagegeist seine Beherrschung zu bewahren, aber auch dazu ist es zu heiß. Weil es überall *zu heiß* ist. Die Hitze läßt einen verschrumpeln wie ein welkes Blatt, so wie die Kürbisblätter zu Hause in unserem Garten in Tohoga an einem heißen Sommertag. Man zieht frische, saubere Kleider an, und sie zerknittern, sobald man sie berührt, und sie sind schweißdurchtränkt, noch ehe man mit dem Ankleiden fertig ist. Man schwitzt beim Frühstück, man schwitzt beim Mittagessen, und beim letzten Imbiß um acht Uhr abends schwitzt man immer noch.

Man will nirgendwohin gehen, man will nichts mehr sehen, will niemanden kennenlernen. Man hat – auch dies wiederum bewußt oder unbewußt – nur noch einen Gedanken: »Ziehen wir uns splitternackt aus!« Freundliche Einladungen zum Nachmittagstee lehnt man schon deshalb ab, weil die Höflichkeit es einem verbietet, sich im Hause seines Gastgebers die Kleider vom Leib zu reißen – und weil einem der Tee, kaum daß man ihn getrunken hat, auch schon wieder aus den Poren quillt. Zum Mittag- oder Abendessen auszugehen, ist eine Qual, es sei denn, man sitzt unter einem Punkah, und dann friert man am Rücken. Und abends, wenn man spazierengeht, um die vielen interessanten Menschen zu studieren, die in diesen infernalischen Temperaturen ganz unbekümmert leben, kochen und braten, schwitzt man und schwitzt und schwitzt, bis man schließlich wiederum nur das eine studiert, nämlich *die Hitze.*

Die Kleider stinken, und innerhalb eines Tages breitet sich überall Schimmel aus – Hüte kräuseln sich, den Stiefeln wächst ein Pelz, Taschen werden leprös, Brillenetuis verbleichen, Bücher bekommen Ausschlag, Mäntel setzen Stockflecken an. Im Bett steht der Schweiß von Ewigkeiten – eine Ewigkeit beträgt hier ungefähr eine Woche –, und gegen Mitternacht ist das Kopfkissen nur noch ein Schwamm.

Und all das, meine kleine Gillian – ja, ich werde Sie so nennen und im Geiste eine ganze Schar unsichtbarer Zeugen anrufen, da mir keine sichtbaren zur Verfügung stehen –, wäre ganz und gar unnötig, wenn wir Shorts oder einen Sarong trügen wie alle vernünftigen Leute und nicht versuchen müßten, feine Herren zu sein. Wer keine Kleider anhat, schert sich nicht um den Schweiß, der ihm entströmt; ich habe genug dicke, reiche Chinesen gesehen, die froh und zufrieden in ihren Automobilen herumkutschieren, nackt bis zur Taille, mit großen, glänzenden, nackten Bäuchen, bereit, jede Brise einzufangen, die sich zu unserer aller Erleichterung gnädigerweise erhebt.

Und jetzt, Miss Roebuck und Miss Gillian, leben Sie beide wohl. Bald werde ich meine lieben Naturforscher im guten, alten Washington wiedersehen, in unserem neuen Jerusalem, der einzigen gesunden, wahrhaft großen Stadt, die nicht von den hoffnungslosesten Fällen in einem Irrenhaus, sondern nach einem präzisen Plan zu einem präzisen Zweck erbaut worden ist. (Und unter den Naturforschern auch meine kleine Naturforscherin!)

Hochachtungsvoll
Samuel C. Pollit

Als die Heimreise endlich näherrückte, die Arbeit fast erledigt war, ging Sam daran, seine Notizen zu ordnen und seinen Teil des Expeditionsberichts vorzubereiten. Zuerst war er zu krank und überarbeitet, um wahrzunehmen, daß Lai Wan Hoe angespannter war als sonst, und als er es bemerkte, schob er es auf die viele Arbeit, die sein Sekretär in kürzester Zeit zu bewältigen hatte. Colonel Willets hatte beschlossen, die Mission rasch zu Ende zu bringen, denn er war die malayischen Hitzewellen, Sitten und Gebräuche leid. Sam hatte haufenweise Notizen angesammelt, hätte aber ohne das einmalige Wissen seines chinesischen Sekretärs seinen Bericht nicht zustande gebracht.

»Ich werde dir eine Aushilfe besorgen«, sagte Sam, obgleich er seine Ausgaben so gering wie möglich hielt, um das übrige Geld mit nach Hause zu nehmen und damit offene Rechnungen begleichen und für das neue Baby bezahlen zu können. Sam selbst hatte Willets so sanft wie möglich gedrängt, die Arbeiten abzuschließen und die Heimreise anzutreten, denn er wollte unbedingt zu Hause sein, wenn das Baby kam. Außerdem hatte er das Gefühl, kurz vor einem körperlichen Zusammenbruch zu stehen. Wan Hoe bat um Urlaub: »Nur einen Tag, Sir, bitte!«

Sam seufzte. »Also gut, Wan Hoe, obwohl ich eigentlich beim besten Willen nicht auf dich verzichten kann!«

Aber Wan Hoe blieb zwei Tage fort, und am dritten Tag fand Sam eine Nachricht vor, die auf geheimnisvolle Weise auf seinem Schreibtisch gelandet war:

Sir,

mögen Sie mir gütigst verzeihen. Ich mußte fliehen. Ich bin in Schwierigkeiten. Seien Sie mir nicht böse. Es war nicht mehr abzuwenden. Sie hatten recht, was die Geldverleiher betrifft, aber leider war ich nicht fähig, Ihren Rat anzunehmen. Als wir von Port Swettenham zurückkamen, mußte ich feststellen, daß alles herausgekommen ist. Ich habe alles versucht, um nicht zu diesem letzten Mittel greifen zu müssen. Ein entehrter Mann, der sich versteckt halten muß.

Der Brief war in Wan Hoes flüssiger Handschrift geschrieben, trug aber keine Unterschrift. Am gleichen Tag kam die Polizei, um Wan Hoe zu suchen. Der Haftbefehl beruhte auf riesigen Geldbeträgen, die er den Verleihern schuldete, und einer vergleichsweise geringen Summe, die jemand in der Behörde unterschlagen hatte. Sam, der normalerweise nichts zu verbergen hatte und alle Polizisten als seine Freunde betrachtete, als gute, tapfere Burschen, die eine schwierige Pflicht erfüllten, beschränkte sich, einem inneren Impuls folgend, auf knappe Antworten und verschwieg den Brief, den er von Wan Hoe bekommen hatte. Das Verschwinden seines Sekretärs war für ihn ein herber Verlust. Tausende von Notizzetteln lagen im Büro nach einem Ordnungsprinzip verstreut, das nur Wan Hoe durchschaute. Der Versuch, sie durchzugehen, würde für Sam mit seinen Kopfschmerzen und seinen blutunterlaufenen Augen die reinste Qual bedeuten. Es blieb ihm nichts anderes übrig, als zu Colonel Willets zu gehen und ihm mitzuteilen, daß er seinen Teil des Berichts erst später nachreichen könne, entweder an Bord des Schiffes oder in Washington – ein Eingeständnis, das dem Colonel große Genugtuung verschaffte.

Auf seinen abendlichen Spaziergängen sah Sam überall Wan Hoe; seine Gestalt hatte sich in ein allgegenwärtiges Trugbild verwandelt. Immer wenn er die Polizei jemanden verhaften sah, fürchtete er, es sei Wan Hoe. Einmal war er sich so sicher, die angenehmen, sinnlichen Gesichtszüge seines Sekretärs zu sehen, daß er sogar auf einen Chinesen zulief und ihn irrtümlicherweise als Wan Hoe ansprach. Wo verbarg sich Wan Hoe nur? Vegetierte er in irgendeiner jämmerlichen Zelle hilflos vor sich hin? Nachts wälzte sich Sam in Gedanken an Wan Hoe, tagsüber zog er insgeheim Erkundigungen ein, konnte aber nichts in Erfahrung bringen. Seinerseits wurde er von mehreren hohen Regierungsbeamten über Wan Hoes Verhalten und politische Ideen befragt, und der Polizeipräsident höchstpersönlich nahm ihn in ein höfliches Verhör, aber Sam beharrte darauf, von Wan Hoe nur zu wissen, daß er ein chinesischer Patriot sei, nicht mehr und nicht weniger. Dem habe er weiter keine besondere Beachtung geschenkt, da er davon ausgegangen sei, daß jeder Mensch für sein Land einstand, so wie er, Pollit, für Amerika. Wan Hoe sei der beste Sekretär aller Zeiten gewesen. Und als sie andeuteten, Wan Hoe habe das Geld auf Zechtouren durchgebracht, sträubte sich alles in ihm, er empfand es als persönliche Beleidigung.

Gerade als Sam seine letzten Folianten und Manuskripte zusammenpackte, wurde ihm von unbekannter Hand ein kleines, parfümiertes, geschnitztes Kästchen zugespielt, zwanzig mal fünfzehn mal zwölf Zentimeter groß, mit sechs Teetassen, nicht größer als Eierbecher. Jede Tasse bestand aus sechs Segmenten aus geschnitztem Kakaobaumholz und war mit reinem Silber ausgelegt, so weich, daß es sich ganz leicht mit dem Fingernagel eindrücken ließ. Das Kästchen öffnete sich wie eine Vitrine mit zwei Böden, auf denen die Tassen standen. Am folgenden Tag erreichte ihn die Einladung, eine Dozentur für Ichthyologie an der Universität Hankau anzunehmen. Ihm wurde sofort klar, daß beides von Wan Hoes Bruder kam, ebenfalls ein chinesischer Patriot und außerdem Professor in Hankau, und daß Wan Hoe in Sicherheit war. Sam freute sich so, als sei ihm diese Botschaft auf Silberschwingen vom Himmel überbracht worden. Dennoch verfaßte er an die Universität einen behäbigen Beamtenbrief:

Sehr geehrte Herren,

Ihr Brief vom 20. dieses Monats und Ihr freundliches Angebot waren für mich eine große Ehre. Seien Sie versichert, daß mir nichts lieber wäre, als freudig einzuschlagen, und daß ich mich nur mit größtem Bedauern dazu gezwungen sehe, Ihnen eine abschlägige Antwort zu erteilen. Wäre ich in der Lage, den Posten anzunehmen, ginge ein langgehegter Wunsch in Erfüllung, nämlich das Volk, das ich so sehr bewundere und dessen Philosophie ich in vieler Hinsicht als der unseren überlegen empfinde, aus nächster Nähe zu studieren. Nur allzu gern hätte ich mich zu einer der wenigen Nahtstellen zwischen Ihrem und unserem Volk gemacht und versucht, auf meine bescheidene Weise die pan-pazifische Verständigung der Nationen voranzubringen. Ihr Land befreit, Malaya aufgeklärt, die Vereinigten Staaten für den Pazifik aufgeschlossen und das alte Empire seiner Verantwortung bewußt – für diese Ziele habe ich mein Leben lang gearbeitet, und ich hoffe inständig, sie noch mit eigenen Augen verwirklicht zu sehen.

Welch plausiblen Grund könnte ich also für die Ablehnung eines so verlockenden Angebots vorbringen? Einen, den Sie, wie ich zuversichtlich glaube, verstehen werden. Ich bin Vater von sechs kleinen Kindern, die ich von Herzen liebe, und deren Gesundheit, wie ich fürchte, in diesen Breiten leiden würde. Wenn sie älter wären, könnte ich sie mitbringen, zum gegenwärtigen Zeitpunkt jedoch wäre das Risiko zu groß. Außerdem möchte ich nicht, daß sie in einem fernen Land aufwachsen müssen, so sehr ich auch hoffe, daß aus ihnen Weltenbürger werden. Sie sollen zu Patrioten ihres Heimatlandes heranwachsen, genau wie die leidenschaftlichen, bewunderswerten, patriotischen jungen Männer des neuen China. Nur aus diesem einzigen Grund sehe ich mich gezwungen, Ihr großzügiges Angebot abzulehnen

und verbleibe, sehr geehrte Herren,
mit vorzüglicher Hochachtung
Samuel C. Pollit

Nachdem er diesen Brief abgeschickt hatte, blieb Sam nicht viel mehr zu tun, als seine Sachen zusammenzupacken, die Antiquitäten und Kuriositäten, mit denen er schon seit Monaten geliebäugelt hatte, zu erstehen und verschiffen zu lassen, und den alten Willets zu besänftigen, Tag für Tag mit ihm zu streiten, ihm beim Packen zu helfen, sich von Bargong, seinem »Kanonier«, Naden, seinem indischen Sekretär, und Teo Mah Seong, einem chinesischen Hobbyforscher, in dessen Labor er viele Stunden verbracht hatte, zu verabschieden und in letzter Minute das Schiff zu besteigen.

»Verdammt, ich dachte schon, Sie wollten bei den Schwarzen bleiben«, sagte Willets. »Seit einer Stunde lasse ich Sie suchen. Lady Modore war hier, haben Sie sie gesehen? Sie ist aber nur gekommen, um mir eine Nachricht für einen Freund mitzugeben. Nach Ihnen hat sie nicht gefragt, Pollit.«

»Und ich habe nicht nach ihr gefragt«, erwiderte Sam ärgerlich. »Es hat eben einige Zeit gedauert, bis ich allen meinen Freunden Lebewohl gesagt, ihnen meine Geschenke überreicht und ihre Geschenke entgegengenommen hatte.« Er grinste Willets böse an, und der Colonel gab unwirsch zurück: »Die Geschenke sollten Sie wohl besser in Ihrem Bericht erwähnen!«

Sam wandte sich von ihm ab, um einen letzten, langen Blick auf Singapur zu werfen. Er hoffte, diesen Elf-Uhr-Anblick nie zu vergessen, die Berge mit den Regierungsgebäuden jenseits der Stadt, die langgestreckte Küstenstraße, die vielen einheimischen Boote und die Dampfer und Kriegsschiffe in der berühmten Bucht. In der Ferne lagen herrlich grüne Inselchen mit Molen, die das Wasser teilten, die niedrigen Berge zogen sich bis in die Stadt hinunter, und die Stadt wiederum zog sich mit den auf Pfählen erbauten Hütten bis ins Meer hinein. Das Schiff war so prächtig, wie ein Schiff in den Tropen es nur sein kann, mit unzähligen Decks, strahlend weißen Wänden und blitzenden Messinglampen. Die Frauen trugen bunte Kleider aus halbdurchsichtigen Stoffen oder weiße Tropenanzüge, hatten sich Tücher um die Köpfe und um die Taillen geschlungen, und alle waren geschäftig, beschwingt und froh weiterzufahren.

»Ich habe diese Stadt geliebt«, sagte Sam zu Branders, einem der Künstler, die zur Expedition gehörten, »doch das ist jetzt vorbei. Sie ist die Königin von Saba, aber sie ist zuviel für mich.«

»Hier sind wir nun, zwischen dem Golf vom Siam und dem Golf von Bengalen, alle Geheimnisse Asiens liegen vor uns ausgebreitet, und doch müssen wir zum Potomac zurück. Eine fade Aussicht, finden Sie nicht? Zum Glück ist das Leben lang. Vielleicht werden wir alle zurückkehren. Wie wär's mit einem Shandy?«

»Ich nehme eine Limonade«, sagte Sam.

SIEBTES KAPITEL

1 | *Familien-Korroborri*

Jo kam verspätet nach Tohoga Place. Die restlichen Pollits hatten sich schon in Haus und Garten verteilt. Fünf Minuten lang wurde das Musikzimmer zum Schauplatz eines strohfarbenen Feuerwerks. Jo warf Blumen, Schokolade und ihren Hut auf den Tisch, während die anderen vom Flur und durch die offenen Terrassentüren zu ihr hereinströmten, und rief: »Wo ist Sam? Ich will ihn in die Arme schließen! Wo ist mein kleiner Bruder? Wo ist er, wo ist er, wo ist er? Sagt ihm, daß ich da bin! Sagt ihm, Jo ist da! Sagt ihm, Jolly Joker hat ihm seine Schoki mitgebracht! Wo ist er denn bloß?«

Plump wie ein Rhinozeros brach sie aus dem Kreis, sah sich nach Sam um und trampelte durchs Haus, als wäre die gesamte Goldene Horde auf einmal eingefallen. Als sie Sam endlich neben dem Schlangenkäfig fand, fiel sie ihm um den Hals.

»Alter Junge! Samivel! Er ist es höchstpersönlich! Wenn ich Gelegenheit gehabt hätte, zum Zug zu kommen, wäre ich da gewesen, Sam! Aber was hast du gemacht? Du hast abgenommen! Ich habe dein Bild aus der Zeitung ausgeschnitten und im Kindergarten aufgehängt! Du hättest die kleinen Gesichter sehen sollen, als ich ihnen erklärte, daß das mein Bruder ist! Ich bin stolz auf dich! Warum auch nicht? Vater, sag dem Jungen, er soll aufhören! Schluß damit, Sam, hör endlich auf! Du stellst uns alle in den Schatten! Hurra, hurra, er ist berühmt! Er ist ein großer Mann! Wie geht es dir, Samivel?«

»Ganz ruhig, ruhig, altes Mädchen!« sagte Sam und verdrückte ein paar Tränen. »Sei nicht albern, Jo! Ganz ruhig! Und wisch dir die Tränen ab. Außer mir waren auch noch andere dort, so unwahrscheinlich das einer großen Schwester auch erscheinen mag! Ich bin nicht der einzige helle Kopf unter der Sonne. Ein Hurra auf dich! Ein Hurra auf Jo!«

»Du Quatschkopf, du Schnattermaul«, sagte Jo und wischte sich die Augen.

»Gar kein Quatschkopf«, erwiderte Sam, »gar kein Schnattermaul! Wo ist der Rest vom Empfangskomitee? Wie viele werden mir noch bitterlich weinend um den Hals fallen? Was fürn Gedöns! Weib, sach ich, geh heim zu dein Kinners, falls du welche hast! Unn hör auf zu heulen, Holdeste, auch wenn das Leben nix is als wie bloß 'ne Kette von leidichen Mißgeschicken!«

»Quackelfritze«, schniefte Jo.

»Du hast mich also vermißt?« fragte Sam.

»Warum nicht?« gab Jo zurück.

»Es gibt ein Gesetz, das besagt, gelbhaarige Maisstengel würden ihre kleinen Brüder nicht vermissen«, sagte Sam.

»Weißt du, daß Brownells Bruder jetzt Inspektor ist?« rief Jo. »Der Mann im Ministerium, den du nicht leiden kannst. Er hat Karriere gemacht. Er ist ein netter Mann. Er ist letzte Woche vorbeigekommen, und diese dämliche Gray hat sich an ihn rangeschmissen, hat wohl gedacht, er könnte ihr einen besseren Posten verschaffen. Sie ist die ganze Nacht aufgeblieben, hat ein Bild von Rumpelstilzchen gemalt und es mit ›Rembrandt‹ signiert! Sie signiert auch alle ihre Schaubilder und Tabellen. Ein weiblicher Leonardo im Kindergarten! Gray, die Kinderfee! Pff! Die Katholiken helfen sich alle gegenseitig, das ist ein Staat im Staate. Eine Schande ist das. Alle sind aufgebracht. Eine Kindergärtnerin hat ›Gott‹ mit einem kleinen *g* geschrieben, und diese Kuh hat sie angeschwärzt! Nicht daß ich für die Atheisten wäre, aber wir wollen keine von Rom kontrollierten Denunzianten. Sie schnüffeln herum und spionieren alles aus, und ständig sitzt ihnen dabei irgendein Priester im Nacken. Er hat mir Komplimente gemacht und gesagt: ›Die Stunde bei Ihnen war wirklich interessant, Miss Pollit.‹ Er war ehrlich beeindruckt. Auf dem Spielplatz kam er dann auf mich zu und hat vage Andeutungen gemacht. Also habe ich die Gelegenheit beim Schopfe gepackt und ihm gesagt, was ich von dieser Gray halte. Irgend jemand mußte ja mal den Mund aufmachen! Ich sagte ihm freiheraus: ›Ich halte nichts vom Sektierertum in unseren Kindergärten und Schulen. Es verstößt gegen meine Prinzipien, es verstößt gegen die Verfassung, und es ist gegen das Gesetz. Aber es gibt einige, die Ordern folgen, die höher stehen als das Gesetz – und ihre politische oder religiöse Hauptstadt außerhalb der Vereinigten Staaten haben.‹«

Sam setzte sich ins Gras, lachte träge und zupfte am wuchernden Unkraut. »Es ist alles in Ordnung, Jo, alles in bester Ordnung, altes Mädchen, beruhige dich!«

»Ich soll mich beruhigen?« rief Jo und warf den Kopf zurück. »Weshalb?«

»Die gute alte Jo, immer noch auf dem gleichen Kriegspfad«, sagte Sam.

»Lieber einen hitzigen Kopf als kalte Füße«, entgegnete Jo und fuhr mit ihrer Geschichte fort, untermalt von gelegentlichem Geschrei, das vom Haus herüberdrang, wo die anderen Sams Schwägerin Jinny, Louie und Hazel halfen, das Eßzimmer zu schmücken und das Festessen vorzubereiten, zu dem sie sich um sechs Uhr versammeln wollten. Auch Bonnie war da, nicht ganz sie selbst, ein wenig traurig und still, mit ausgezehrtem Gesicht. Sie wohnte inzwischen bei Jinny in Baltimore und half dort im Haushalt mit. Doch nachdem sie Sam stumm umarmt und ein paar Tränen verdrückt hatte, war sie ins Haus zurückgegangen, um sich für seine Party ins Zeug zu legen. In diesem Augenblick probierte sie gerade den Badminton Cup, ihr persönliches Geheimrezept, für das ihr anderer Bruder, der gute Lennie, ihr drei Flaschen Bordeaux und eine Flasche Curaçao mitgebracht hatte. Da Sams Partys bisher stets alkoholfrei gewesen waren, sollte dies die Überraschung des Tages sein. Nachdem Sam so lange im Ausland gewesen war, meinten alle, er müßte nun zu einem Mann von Welt geworden sein, und hofften, dieser an sich doch schmeichelhaften Unterstellung könne er nicht widersprechen.

Allen war aufgefallen, daß Sam sich verändert hatte. Er war zurückhaltender. Er beschwerte sich nicht, strich seinen Kindern mit einem weisen, traurigen Lächeln übers Haar, hatte mehr von einem ganz normalen Vater als von dem Exzentriker, der er vorher gewesen war. Acht Monate lang hatte er nur mit Gleichaltrigen verkehrt, auch wenn er sich gelegentlich mit ein paar chinesischen und malaiischen Schuljungen, den Söhnen des Hobbyforschers und des Antiquitätenhändlers sowie ein paar Dorfkindern angefreundet hatte. Aber er hatte nie frei zu ihnen sprechen können, war stets eine Art Stammesonkel, ein Vertreter der älteren Generation geblieben.

Die Kinder tollten um ihn herum, und während Jos Geschichte sich im stürmischen Drang ihrer Erzählung hob und senkte und endlos weiterwand, winkte er Ernest – der nachdenklicher und distanzierter geworden war und weniger lächelte als Ali Mahmoud, Sams Freund in der City Road von Singapur – und seine Zwillinge, den melancholischen Klein Sam und den grüblerischen Saul, zu sich. Es war ein großer Tag gewesen, dieser Tag des Willkommens, und sie waren froh, neben ihm ins Gras zu sinken und in sein Summen mit einstimmen zu können:

Sie ziehen das Kanonenrohr,
dick wie ein Ahornstamm,
auf einem Karren flott und klein,
ins Feld mit viel Tamtam …

Jo wartete, bis sie fertig waren, und schnaubte gutmütig: »Ihr seid so froh, euren Vater wiederzusehen, daß ihr für mich keine Augen haben könnt. Heute ist eben Vatertag.«

Damit ging sie zum Haus und ließ sie zurück, einen hübschen, auf der Wiese ausgebreiteten Kranz aus Butterblumen. Nach kurzem Schweigen hob Sam die Augen von den Tiefen der Obstplantage zum Himmel, sog das Grün und Blau ein und sagte matt:

»Ihr Kinder habt euch beim Unkrautjäten nicht gerade den Rücken verrenkt, während euer Daddy in fernen Breiten weilte.«

Ernie verteidigte sich: »Das Gewürm wollte nicht arbeiten.«

Die anderen widersprachen: »Er hat uns nicht gesagt, daß wir arbeiten sollen.«

Ihr Vater sagte leise und kummervoll, wie in einem Selbstgespräch: »Der Boiler ist nicht repariert, und es gibt auch keinen neuen Boiler; das Opossum ist gestorben, eine Schlange ebenfalls. Niemand hat nix gemacht. Aam tlein Sam is weggefahrn, und sie ham ihn einfach vergessen. ›Niemals werd ich vergessen, was für ’n herrliches Specktackel sich meim müden Auge bot, als ich von der Bühne schritt mit meim Schürm und Zülünder.‹« Und er fuhr traurig fort, das wuchernde Unkraut, die gesprungenen Plattenwege, die toten Tiere und alle sonstigen Mißstände aufzuzählen. Die Jungen hockten um ihn herum. Ihre Mienen waren genauso kummervoll wie seine. In all den wilden, leeren Monaten, die verflogen waren wie ein alberner, kreischender, stürmischer Urlaub, hatten sie an die Pläne und Ideen ihres Vaters keinen Gedanken verschwendet. Es hatte nichts anderes gegeben als Klein Sams, Sauls und Ernies Ideen, eine große Savanne der Möglichkeiten, in der sie herumstreiften, grasten, tollten, einander gelegentlich begegneten und in immer größer werdenden Abständen von einem fernen Wesen träumten, einem Zaubergeist der Sümpfe, der sich selbst Sam der Kühne nannte – ihrem Vater, der in weiten Fernen weilte und dessen Zauberstab zerbrochen war.

Unterdessen liefen die Pollits emsig die Treppe hinauf und hinunter, klapperten mit Tellern, Gläsern und Bestecken, bis Bonnies fröhlicher Ruf erklang: »Fast fertig, Leute, fast fertig! Rüstet euch! Wer soll anstimmen?« Lennies schriller Dudelsack, den er durch die Vibration seiner langen, schmalen Wangen in Gang setzte, spielte die schottische Hymne *The Campbells Are Coming, Hooray, Hooray!*. Gleich darauf schlug Jo wild entschlossen den Hochzeitsmarsch an, da die frischvermählte Leslie Benbow, geborene Pollit – sehr viel aufgeregter und rundlicher in der Taille, als dies bei einer sechsundzwanzigjährigen Braut zu erwarten war – an der Seite ihres gedrungenen, schon halb kahlen Ehemanns das Zimmer betrat. Leslie hatte ihre Hochzeit Sam zuliebe nicht hinausgeschoben. Vieles war einfach ohne ihn geschehen.

Sie blieben alle im Haus oder auf der Veranda, ließen Sam oben zwischen den Obstbäumen allein mit seinen Kindern – und mit seinen Gedanken, die ganz offensichtlich nicht die angenehmsten waren, jedenfalls nicht so angenehm, wie man es von einem Mann bei der Rückkehr in den Schoß der Familie nach einer ruhmreichen Reise in den Fernen Osten hätte erwarten können. Sam registrierte, daß Leslie, seine Lieblingsnichte, nicht herauskam, um ihn zu begrüßen, und sich auch sonst niemand groß um ihn kümmerte. Er unterhielt sich weiter mit den Jungen, streute von Zeit zu Zeit ein paar Witze ein und versuchte, seinen alten Stil wiederzufinden: »›Die Leute ham mir vielleich 'nen rauschenden Emfang gegeem! Ich hab jetz noch das Geräusch von der Klospülung inn Ohrn.‹« Aber selbst Artemus Ward prallte von seinen Lippen ab, ohne ein Echo auszulösen.

Jetzt hatten sich die Geräusche ein wenig gelegt, die Pollits schienen über irgend etwas zu konferieren. Eine Minute später rief Bonnie:

»Samuel, komm, wir warten auf dich!«

Sam stand auf, streckte seinen Jungen die Hände entgegen und zog sie hinter sich her zum Haus. Vor der hinteren Veranda blieb er gedankenverloren stehen, starrte eine Weile das Holz an und murmelte dann: »Hat dringend einen neuen Anstrich nötig!«

Im Haus warteten schon alle gierig auf ihn, wollten sich sofort auf ihn stürzen.

»Hier kommt unser Sam! Samuel! Sammy, mein Junge! Sam!« Bonnie küßte ihn auf die Wange. Ihre Haut war über den Winter gelb geworden; sie trug zuviel Rouge, und ihr frisch gewaschenes, von bläulichen Strähnen durchzogenes Haar ließ sie noch kränklicher erscheinen.

»Du bist nicht der einzige, der in der Zeitung steht«, rief Jinny voller Begeisterung. In ihrem blauen Kleid sah sie drall und appetitlich aus, ihr rötliches Haar stand widerspenstig in alle Richtungen. »Jo war auch in der Zeitung. Jo hat der *Sun* eines ihrer Gedichte geschickt, und sie haben es abgedruckt.«

»Hast du unsere Dichterin gesehen?« fragte Bonnie. »Jos Gedicht? Hast du es ihm geschickt, Jo?«

»Es ist sehr hübsch«, sagte Leslie auf ihre zurückhaltende Art.

»Ihr schmeichelt mir«, lächelte Jo, »es ist längst nicht so gut, wie ihr behauptet.«

»Es ist sehr gut, Jo«, widersprach Bonnie vorwurfsvoll.

»Du hast ein Gedicht geschrieben, Jo?« fragte Sam mit echtem Interesse.

»In der *Baltimore Sun*«, erklärte Ernie atemlos. »Und sie hat Geld dafür gekriegt.«

»Josephine M. Pollit!« bestätigte Jinny Pollit betont freundlich. Weil es Sams Willkommensfeier war, wollte sie ihren Streit mit Jo überspielen. Aber Jo ließ sich nicht darauf ein und wandte Jinny demonstrativ den Rücken zu.

»Hast du es da, Jo?« fragte Sam.

»Ich habe es«, sagte Bonnie, lief zum Sofa und kramte in ihrer Handtasche. Nach einer Weile zog sie einen schmuddeligen, vergilbten Zettel heraus, den sie entfaltete und Sam mit stolzer Miene überreichte.

»Ich hatte ganz spontan die Idee, es einzuschicken, und sie haben es sofort angenommen«, erklärte Jo leutselig.

»Du könntest damit richtig Geld verdienen«, warf Lennie ein.

»Ist das nicht wunderbar, Sam, eine Dichterin in der Familie?« fragte Bonnie. »Und dazu noch eine, die schon etwas veröffentlicht hat? Du solltest einige deiner Briefe drucken lassen, Sam. Wir haben sie uns gegenseitig aus der Hand gerissen, wir konnten nie genug davon kriegen. Wir haben sie laut vorgelesen. Henny hat uns alle deine Briefe geschickt. Henny war so ein Schatz und so lieb zu den Kleinen. Aber sie ist den Kindern ja auch wirklich eine wunderbare Mutter.«

Schon während ihres Geplappers hatte eine beklommene Stille eingesetzt und sich über die versammelte Polliterie ausgebreitet. Bonnie bemerkte es als letzte und verstummte beklommen. Henny war nicht anwesend. Bonnie sagte matt: »Lies es vor, Sam. Es ist wunderbar.«

»Seid nicht albern«, schnaubte Jo. »So ein Affentheater!«

Die Kinder scharten sich um Sam und betrachteten Jo, diese seltsame Mischung aus Juno und Minerva, mit großen Augen.

»Lies vor, Deddy«, sagte Tommy mit seinem niedlichen Akzent.

Sam lachte traurig. »Nenn mich nicht Deddy. Es reicht schon, was mein kleiner Mäumeling mir geschrieben hat: ›Dead Dad.‹«

Sie kreischten alle vor Lachen. Sam fuhr zärtlich fort: »Und wer hat mich gefragt, ob ich einen Tiger erschießen kann?«

Wilde Heiterkeit breitete sich aus. Die freundlichen Tanten Bonnie und Jinny hielten sich die Hände vor den Mund, und die netten Onkel Lennie und Peter wandten sich ab, weil jeder sehen konnte, daß Evie mit den Tränen kämpfte. Sams alter Vater, der siebzigjährige Charles, saß hinter ihnen auf dem Sofa und lachte aus vollem Herzen, froh, sie endlich einmal wieder alle um sich versammelt zu haben. Die kleine Evie war für ihn nicht mehr als ein Hündchen, das sich scheu in der Ecke versteckt. Sam hob die Hand, um das Gelächter zum Schweigen zu bringen.

»Hört zu, Kinder und Kindeskinder, das hier hat Jo geschrieben, und es ist sehr, sehr schön.«

»Hört zu, hört zu«, flüsterten die Verwandten von allen Seiten. Noch immer lachend, beugte sich der alte Charles Pollit vor. Er konnte besser dichten als sie alle zusammen.

Sam las vor:

In Peggys Augen lacht
Himmelblaue Pracht,
Und ihr Blick verrät,
Unschuld und Bedacht.
In Bach, See und Au
Unter des Himmels Blau
Und in jedem Beet,
Wo Vergißmeinnicht lacht,
Ist vertausendfacht
Ihrer Augen Pracht.

Evie bestaunte ihre Tante Jo mit der köstlichen, scheuen, leeren Bewunderung der Ungeschickten. Ernie sah zu Louie, die hinter zwei Besuchern stand, und bemerkte, wie sie Sam und Jo verächtlich anblickte. Sam hob den Kopf und sah ebenfalls zu Louie. Mit sanfter Stimme fragte er: »Ist das nicht hübsch, Lulu?«

»Es ist schön.«

Sam war zufrieden. »Es ist sehr schön, Lulu. Warum schreibst du nicht auch so etwas? Alle Pollits haben ein Händchen fürs Verseschmieden. Wir alle haben stets einen Reim auf den Lippen. Ich glaube, du könntest das auch, und vielleicht wird es ebenfalls einmal abgedruckt.«

Louie verschlug es die Sprache vor Zorn, was jedoch niemand bemerkte, außer dem wachsamen Ernie. Jo pflichtete ihrem Bruder bei: »Louie ist mir sehr ähnlich. Ich weiß, sie hat Talent. Bestimmt könnte sie schon jetzt einiges dichten, das fast so gut wäre.«

Mit erstickter Stimme sagte Louie: »Ich glaube nicht, daß ich je so ein Gedicht schreiben würde.«

»Na ja, vielleicht nicht gleich, aber bald, eines Tages! Und jetzt Vater, komm her und führ uns dein Kunststück vor!«

Sie traten zurück und bildeten einen großen Kreis, in den der alte Charlie mit so vollendetem Zögern schlurfte, als sei er von Alter und Rheumatismus gebrochen. Sie klatschten und wichen noch weiter zurück, um ihm für sein Tänzchen Platz zu machen. Sprachlos vor Wut, glitt Louie unbemerkt durch die Tür und flüchtete in die Stille nach oben, wo Henny sich für den Tag ins Zimmer der Mädchen zurückgezogen hatte. Schweigend saß sie in einem großen, bequemen Sessel. Die braune, fleckige Haut der fortgeschrittenen Schwangerschaft und der wellige Hals ließen sie verbittert und verhärmt aussehen. Langsam ging Louie auf sie zu.

»Alle sind jetzt da, Mutter.«

Henny schnaubte verächtlich.

»Sie haben Tante Jos Gedicht aus der *Sun* vorgelesen.«

Henny grunzte nur.

»Ich finde es vollkommen schwachsinnig«, sagte Louie und zog einen Schmollmund.

»Die Pollits sind so schrecklich eingebildet«, erwiderte Henny ungeduldig. »Kaum hat mal einer von ihnen zwei Zeilen geschrieben, müssen gleich alle anderen vor Bewunderung beinah in Ohnmacht fallen. Werd bloß nicht so wie sie, das ist alles, worum ich dich bitte.«

»Soll ich das Zimmer aufräumen?« fragte Louie.

»Nein, laß mich allein. Es kommt sowieso niemand hoch. Ich habe strikte Anweisungen gegeben. Ach, ich wünschte, ich könnte mich in ein Taxi setzen und wegfahren, könnte ihre idiotische Party und das ganze alberne Getue, das sie Gott weiß wie klug und witzig finden, einfach hinter mir lassen.«

Von unten war Großvater Charlies gebrochener Bariton zu hören:

Wisch, wasch, mit dem Besen
in die Ecken überall
Ohne weit'res Federlesen
Heut' ist großer Maskenball …

»Willst du nicht ein Weilchen nach unten kommen, Mutter?«

»Nein, lieber steige ich freiwillig auf einen Scheiterhaufen! Wahrscheinlich heißt es jetzt, ich würde ihr herrliches Fest sabotieren. Ach, verdammt noch mal. Geh wieder runter und hilf den anderen, anstatt hier herumzuzappeln und mich anzustarren.«

»Möchtest du frischen Tee, Mutter?«

»Ja, ich glaube, ich muß mal wieder etwas zu mir nehmen. Ich bin so leer. Ich fühle mich wie ein großes Faß, das aufs Meer hinaustreibt.«

Freudig lief Louie nach unten. Immer wenn ihr Zorn sie zu überwältigen drohte, fand sie den Weg zu ihrer Mutter. Dort, hatte sie gelernt, ohne es sich je bewußt gemacht zu haben, gab es eine brackige Quelle des Hasses, aus der sie jederzeit schöpfen konnte, und eine große, gallige Leidenschaft, die tief und still dalag oder in heftigen Strudeln toste, die sich zum Sturm erhob oder seidig und glatt erschien wie ein junger Nachmittag – etwas, das ihre Seele stählte und sie stark genug machte, um der strotzenden Gesundheit und dem unverwüstlichen Frohsinn des Pollit-Clans zu widerstehen.

Es war eine seltsame Zuneigung, die nie in Umarmungen oder Zärtlichkeiten Ausdruck fand, die nie mehr zuließ als einen seltenen, kalten, pflichtbewußten Kuß auf Hennys welke Wangen. Sie entstammte ihrer leiblichen Unverwandtschaft, der Tatsache, daß ihre Wege sich niemals treffen konnten – und aus dem angeborenen Außenseitertum des weiblichen Geschlechts. Als sie in die Küche ging, um Tee zu holen, murmelte Louie:

Mondstrahl, steig aus dem schattigen Tal,
tauch mein brennend' Auge in dein Licht.

Die unermüdliche Jinny reckte sich schnaufend auf der Trittleiter, um eine in Vergessenheit geratene Girlande mit chinesischen Laternen an der vorderen Veranda anzubringen. Im Eßzimmer und im Flur standen die Holzkisten, die Sam aus Malaya mitgebracht hatte. Bisher war noch keine Kiste geöffnet worden, wenn auch seit dem frühen Nachmittag so mancher neugierige Finger über die Schlösser geglitten war. Als Sam erfahren hatte, daß sie eine Überraschungsparty für ihn gaben, hatte er angekündigt, trotz seiner Erschöpfung noch in ihrem Beisein alle Kisten zu öffnen, damit sie alle die Schätze des Ostens bestaunen und ein Geschenk mit nach Hause nehmen könnten.

Als er Louie erspähte, rief der alte Charlie gut gelaunt:

»Großväterchen gibt eine zweite Show! Komm her, mein Enkelchen! Gleich gibt's ›Mr. Wemmick und der Alte‹. Hereinspaziert, hereinspaziert, treten Sie näher, treten Sie näher, die Show wird in Kürze beginnen! Eine wahre Starbesetzung erwartet Sie: Der Regisseur ist Charles Pollit, der Produzent Charlie Pollit, und Souffleur ist Chas Pollit. In der Rolle des Ausrufers können Sie den alten Charlie sehen. Mr. Wemmick wird von Charles Pollit, der Alte dagegen von Charles Pollit gespielt. Sie müssen die Namenshäufung in unserem hochkarätigen Angsambel schon entschuldigen, Ladys und Gentlemen, sollten unter Ihnen Personen dieses Namens sein, aber Pollit ist nun mal ein schöner Name, und es ist doch nett, wenn alles in der Familie bleibt. Geschrieben wurde das Stück übrigens von Charles ... Dickens, dem größten Charlie, den es je gegeben hat!«

»Oh, Vater, du bist der perfekte Ausrufer«, sagte Bonnie. »Großvater spielt euch jetzt was vor«, erklärte sie den Kindern.

»Still, Mädchen!« sagte ihr Vater. »Kein Getuschel auf den kostenlosen Plätzen. Vorhang! Licht! Und los geht's!« Dabei schlug er dreimal mit der Faust auf den Tisch. Atemlose Stille herrschte, als er mit der aus *Große Erwartungen* entlehnten Szene begann.

»›Massiv? Ich glaube schon. Und seine goldende Repetieruhr bringt mindestens einhundert Pfund.‹«

Wie Götzenbilder saßen die Kleinen auf dem Boden oder auf den Schößen der Erwachsenen, ihre Gesichter zu einem tief eingegrabenen Lächeln verzogen, ihre Augen groß und rund. Mit Hilfe eines roten Schnupftuchs, mit dem er sich normalerweise die Nase wischte, wurde aus der Figur in ihrer Mitte abwechselnd Mr. Wemmick und der Alte, während Großvater Charlie durch eine Falltür der Phantasie verschwand, um erst am Ende der Szene plötzlich wieder aufzutauchen und seine Glieder lachend und kreischend zu einem lustigen Wackeltanz zu verrenken. Endlich zogen sie ihn aus der Mitte des Kreises, er sank auf einen Rattansessel und winkte Louie zu sich heran.

»Wie hat es dir gefallen, mein Enkelchen?«

»Gut, du warst sehr gut«, rief sie laut.

Er drehte eine Strähne ihres Haars sanft um seinen Finger und rezitierte liebevoll:

Ihre Augen so blau wie blühender Flachs,
Ihre Wangen wie Rotdorn im Mai,
Ihre Busen so weich wie schmelzendes Wachs,
Ihre Gestalt schlank wie Akelei ...

Sie errötete bis zu den Haarspitzen und spürte, wie das heiße Blut das Wachs zum Schmelzen brachte. Ihr Großvater strich ihr übers Haar und wandte sich dann Evie zu, um von ihrer Verlegenheit abzulenken. Am anderen Ende des Zimmers erhob sich Geschrei, etwas Schwarzes kam durchs Fenster, hüpfte in die Mitte des Zimmers, grinste und ließ die weißen Augäpfel rollen. Es war Cousin Sid, der, schwarz angemalt, seine Negernummer aus dem Repertoire der Yacht Club Boys aufführte. Dann sang Onkel Leonard *Die Grenadiere*, und darauf folgte erwartungsvolle Stille. Ernie hatte sich hinausgeschlichen, und wenig später ertönten auch schon die ersehnten Klänge des Gongs, *Bommm, Bommm*, wie flüssiges Gold, das sich in der Luft verwirbelte und drehte und immer größere Kreise zog.

Der alte Mann stand auf, trat gebieterisch in die Mitte des Zimmers, stampfte und klatschte.

»Lange, lange Riesenschlange!« rief Saul aufgeregt.

In der Reihenfolge des Alters reihten sich sämtliche Pollits hinter dem Großvater auf, die Kinder bildeten den Schlangenschwanz, und nachdem sie gehörig aufgestampft und geklatscht hatten, wanden sie sich durch die Terrassentür ins Freie und sangen aus voller Kehle: »Lange, lange Riesenschlange, wer kommt mit?« Sie umrundeten die Tierkäfige und den Steingarten, schlängelten sich rund ums Haus und kamen durch die Vordertür wieder herein. Die letzte Strophe war gerade verklungen, als der alte Häuptling als erster das Eßzimmer mit der großen Festtafel betrat. »Hurra, hurra, unser Samuel ist wieder da!« trompeteten die Pollits so laut, daß die Dachsparren zitterten. Sam und der alte Mann verdrückten Tränen der Rührung, und so manches andere Auge wurde feucht. Dann gab es ein großes Stühlerücken, ein geschäftiges Hin- und Hereilen der Frauen, ein Drängen und Zwängen um die besten Plätze, ein Hakeln von Ellenbogen und Knien, ein Ächzen und Kichern, bis die ganze Sippe endlich zur Ruhe kam. Der Tisch war um die beiden verstaubten Einlegeplatten vom Dachboden erweitert worden und doch noch immer kaum groß genug. Am unteren Ende stand ein Stuhl leer. Der alte Charles, der neben Sam am Kopfende saß, sah es, erhob sich und sagte: »Wartet, ihr Lieben, Großväterchen geht und holt unsere Henny.« Sam senkte den Kopf und schob die Unterlippe vor, aber die anderen bestätigten den alten Charlie in seinem Vorhaben und riefen mit ehrlicher Begeisterung: »Ja, Vater, frag sie, ob sie nicht kommen will«, und raunten sich gegenseitig zu: »Die Arme, in ihrem Zustand geht es ihr gar nicht gut«, und: »Sie will sich nicht zeigen, wer könnte ihr das verdenken? Daraus kann man der armen Pet nun wirklich keinen Vorwurf machen« und so weiter. Tatsächlich hegte die gesamte Polliterie keinen Groll auf Henny. Zwar ließ sich der eine oder andere von ihnen gelegentlich von der eigenen strotzenden Gesundheit beflügeln, diesem schrecklichen Götzen, dem sie mit Inbrunst dienten, um gegen irgend etwas oder irgend jemanden auf den Kriegspfad zu ziehen, und auf diesem Kriegspfad war ein Pollit ein fremdartiges, furchteinflößendes Wesen, ein Kraftprotz ohne Menschlichkeit, mit einem moralischen Knüppel bewaffnet; aber sie verspürten keine Bosheit gegen die, bei denen sie selbst verhaßt waren; im Gegenteil, sie liebten und bemitleideten die widerspenstige, boshafte Henny.

Nach einer Weile hörten sie Charlies Stimme auf der Treppe, und wenig später erschien er auch schon an der Tür, verbeugte sich galant und führte Henny am Arm herein. Henny hatte sich die Zeit genommen, einen Spitzenkragen umzulegen, ihn mit einer Perlenbrosche festzuhaken und ihr Haar zu bürsten, so daß sie, als sie langsam mit schwingenden Hüften, einem neuen, rosarot geblümten Hängekleid und einem Hauch Rouge auf den Wangen ins Zimmer trat, recht eindrucksvoll wirkte. Ihre Augen sahen eingefallen und ihr Gesicht ausgezehrt aus, aber ihre Zurückhaltung und ihr Stolz verliehen ihr eine matronenhafte Würde. Die Männer erhoben sich, außer Sam, der geistesabwesend wirkte und solche Höflichkeiten ohnehin als »künstliches Getue« abtat. Als sein Vater seinen Arm packte und sagte: »Du stehst auch auf, Sammy«, sah er sich nur gleichgültig um und blieb trotzig sitzen. Leonard, Peter und Saul, seine Brüder, wurden daraufhin um so geschäftiger, schoben Henny den Stuhl zurecht, erkundigten sich nach ihrem Wohlbefinden und schalten eines der Kinder, um Sams ungebührliches Betragen zu überspielen. Gleichzeitig brachen die Frauen in ein emsiges Gezwitscher aus, um jede spitze Bemerkung im Keim zu ersticken und Henny das Gefühl zu geben, daß sie willkommen war. Sam saß schweigend da, bis Henny Platz genommen hatte. Vom anderen Ende des Tisches schickte sie ihrem mißmutigen Gatten einen donnergrollenden Blick; dann warf sie den Kopf zurück, gab vor, Sam zu ignorieren und vertiefte sich in eine höfliche Plauderei mit ihrem Schwager Lennie, rein äußerlich eine schlankere Ausgabe von Sam, in Wirklichkeit aber ein netter Kerl, ein Freimaurer und lebensfroher Cocktail-Trinker.

Henny war nicht zum Bahnhof, auch nicht auf die Veranda gekommen, um Sam zu begrüßen, als er, umgeben von all seinen Kindern, nach Hause zurückgekehrt war. Ihr Unwohlsein, die Erklärungen, die sie ihm wegen des Geldes schuldete, und die Beschimpfungen, die sie angesichts des schlechten Zustands von Haus und Garten fürchtete, verursachten in ihr eine abgrundtiefe Übelkeit, so daß sie ihm, als er zur Tür ihres Schlafzimmers kam, nichts anderes entgegenbringen konnte als stumme, hohle Melancholie. Er wiederum hatte nach einem langen, von zornigen, kläglichen Tränen feuchten Blick nur »Hallo, Henny« gesagt und war wieder gegangen. Es gab so viel zu entwirren, aber Hennys Hände waren gelähmt. Nie wieder würde sie versuchen, auch nur einen Knoten in die lange Kette ihres Ehelebens zu knüpfen. Sie haßte alles, was kommen mußte. Sie war froh, daß die Pollits ihn umschwirrten und durch ihre Anwesenheit die dunkle Stunde hinauszögerten, und doch war sie wütend darüber, wie sie sich über seine Rückkehr freuten, wo doch für sie damit unweigerlich der Tag der Abrechnung verbunden war. Lennie Pollit sah blendend aus, ein erfolgreicher Handelsvertreter für Herrenbekleidung und ein wahrer Engel für seine Frau Jinny. Lennie und Jinny gaben Partys, amüsierten sich gern und hatten ein gutes Auskommen. Warum mußte ich mir ausgerechnet den einzigen Pollit aussuchen, der vor Ehrgeiz halb verrückt und gänzlich unzurechnungsfähig ist? hatte Henny sich häufig gefragt. Doch inzwischen hatte sie die gesamte Pollitterie mit all ihrem Wenn und Aber längst hinter sich. Sie war am Rande des Mahlstroms angekommen und spürte, wie er an ihr zog, wie sie immer tiefer versank, wie die Strudel sie unerbittlich umkreisten. Sie legte eine Hand auf die Kante des Tisches und sah sich nach einem Glas Wasser um, das Lennie ihr eifrig reichte. »Mir wurde gerade ganz schwach«, sagte Henny, »aber jetzt geht es schon besser.« Jinny fragte sie, ob sie sich lieber hinlegen wolle, aber sie lehnte dankend ab. »Jetzt bin ich einmal hier, da kann ich auch ebensogut bleiben.«

Es gab eine zweistöckige Torte mit Zuckerguß, die Jinny zubereitet hatte; Kartoffelsalat mit Eiern und hausgemachter Mayonnaise, ebenfalls von Jinny; Limonade und Appetithäppchen, die aussahen wie Pralinen mit Schokoladentränen, von Henny; Himbeertörtchen von Henny; Hefe-Eierkuchen von Bonnie und eine große Schachtel Pralinen, die Jo gestiftet hatte; die ganze Familie hatte in Form eßbarer Geschenke zu dem Festessen beigetragen; und am unteren Ende des Tisches standen drei große Krüge, der eine durchsichtig, der zweite blau und der dritte rosa, gefüllt mit einer rosenfarbenen Flüssigkeit, in der frische Früchte schwammen. Diesem geheimnisvollen Getränk galt die gebannte Aufmerksamkeit der Kinder. Schluckend staunten sie über die exotischen Glaskrüge. Auf den Plätzen der Kinder standen nur Limonadengläser, während die Erwachsenen Weingläser hatten. Nektar und Ambrosia, vermuteten die Kinder, würden selbst bei dieser Gelegenheit wieder einmal nur über die Lippen der großmäuligen, geldbepackten Ungeheuer fließen, deren Leibeigene sie waren. Warum schändeten die Erwachsenen eigentlich nicht den Tisch, ließen Essen, Besteck und Geschirr zu allen Seiten fliegen, schlemmten und schlürften, schlangen und schmatzten? Wie sie solche brutalen, mächtigen Riesen sein und gleichzeitig gegenüber ihrem eigenen Appetit eine so jämmerliche Knickerigkeit an den Tag legen konnten, war den Kindern ein unlösbares Rätsel. Wären sie erst einmal erwachsen, oder würden sie auch nur über Louies Vorrechte verfügen, sie würden keinen Krümel auf den Tellern und keinen Tropfen in den Flaschen übriglassen. Die Kinder seufzten innerlich und aßen soviel sie konnten, in der Hoffnung, durch ihren Hunger den Geiz der Alten mildern zu können.

»Was ist das?« rief Ernie, der sein Verlangen nicht länger unterdrücken konnte, und zeigte auf die faszinierenden Krüge. »Was ist das, Tante?« Irgendwie mußte die Grausamkeit der Tyrannen ja gebrochen werden.

»Nichts für dich, Tommy Tucker«, antwortete Bonnie rasch und brachte ihn mit einem strengen Blick zum Schweigen.

Auf ein Zeichen von Jinny stand Lennie auf, nahm einen Krug und schenkte reihum den Badminton Cup in die Weingläser.

»Was ist das?« fragte Sam geistesabwesend.

»Badminton Cup«, entgegnete Lennie, und Sam, der noch nie von einem solchen Getränk gehört hatte, schwieg. Als der Glaskrug leer war, begann Lennie, aus dem zweiten einzuschenken. Alle warteten, niemand hatte sein Glas auch nur angerührt. Als alle versorgt waren, kehrte Lennie an seinen Platz zurück, hob sein Glas und verkündete mit seiner feierlichsten Freimaurerstimme:

»Brüder und Schwestern, Söhne und Töchter, noch ehe wir den ersten Schluck nehmen, laßt uns auf die Gesundheit des Mannes anstoßen, den wir heute feiern – auf Sam, unseren heimgekehrten Weltenbummler!«

Alle erhoben sich, außer Henny, die allerdings höflich nach ihrem Glas griff. Mit einem ernsten Lächeln schaute Sam in die Runde und sagte mit gepreßter Stimme: »Nicht doch, nicht doch, ihr seid aber auch wirklich zu gut zu mir!«

Lennie sagte noch einmal: »Auf Sam!«, und die ganze Familie wiederholte einstimmig: »Auf Sam!« Dann kosteten sie von dem Rotweinpunsch, und die jüngeren husteten verhalten. Der alte Charles rief: »Auf meinen jüngsten Sohn, Samuel Clemens Pollit!« und leerte sein Glas in einem Zug. »Nicht schlecht, nicht schlecht!« nickte er Bonnie zu. Sams blutunterlaufene Augen wurden wieder feucht, und wie jemand, der gerne Reden hält, drehte er sein Glas nachdenklich zwischen den Fingern und lächelte vage in die Runde. Jo sprang in die Bresche. »Eine Rede, eine Rede!« rief sie, stampfte auf den Boden und schlug mit der Hand auf den Tisch, daß die Gläser klirrten. Die Kleinen griffen die Idee sofort auf und krächzten wie ein Schwarm junger Krähen: »Eine Rede, eine Rede!«

»Also gut, ihr Lieben«, sagte Sam, woraufhin sie verstummten und sich wieder auf ihre Stühle setzten. Sam stand auf und versicherte ihnen, wie froh er sei, wieder zu Hause zu sein – zu Hause, welch köstliches Zauberwort –, froher, als sie es sich jemals vorstellen könnten, obgleich sie ihn alle gut genug kannten und wußten, wie sehr er sie alle liebte, sie und sein Heimatland, sein herrliches, prächtiges Washington, sein Tohoga House und seine Kinder, die Fleisch von seinem Fleisch waren, etwas ganz Besonderes; und natürlich die Arbeit, die sich ihm hier bot. Er widerspreche nicht, wenn man ihn einen Weltenbummler nenne, denn es sei ihm ein heiliges Anliegen, andere Völker und deren Sitten zu studieren, das eigene Wissen zu erweitern und dieses Wissen wiederum an andere weiterzugeben; und wenn das Schicksal ihm die Hand reiche, habe er es sich zur Regel gemacht, diese Hand zu ergreifen, was auch immer sie für ihn bereithalten möge, denn das Schicksal habe ihm immer eine lehrreiche Lektion erteilt, so wie jedes Buch, das aufgeschlagen zu Boden fiel, jeder Fetzen Zeitungspapier, der im Wind wehte, ja, sogar jedes leuchtende Ladenschild eine Botschaft für ihn habe, weil ihm das Wort heilig sei; wie diese Botschaft auch immer lauten möge, er gehöre nicht zu denen, die sich ängstlich abwandten, im Gegenteil, das Schicksal könne ihn nur zum Lächeln bringen, weil er der festen Überzeugung sei, daß es auf seiner Seite stand.

Darauf erhob er sein Glas und sagte ruhig: »Auf euch alle, meine Freunde, meine Familie, meine Sippe!« Er führte das Glas an die Lippen und kostete vorsichtig, aus Angst, es könnte sich um ein zuckersüßes Gebräu für Frauen handeln. Doch gleich darauf stellte er das Glas wieder ab, sah sich beleidigt um und fuhr Bonnie vorwurfsvoll an: »Bonafidus, was ist das? Ist da etwa Alkohol drin?«

Sie errötete und erklärte trotzig: »Das ist ein Rotweinpunsch, Sam. Er wird dir nicht schaden – er würde nicht mal Tommy schaden. Nur weil wir deine Ansichten kennen, haben wir den Kindern nichts eingeschenkt. Er enthält ganz wenig Alkohol, gerade genug, um diesem festlichen Anlaß den richtigen Rahmen zu geben. Sei nicht so fanatisch. Im Grunde ist es ja nur Fruchtsaft!«

Sam erwiderte streng: »Bonnie, du weißt, ich rühre niemals Alkohol an, und ich dulde auch keinen Alkohol in meinem Haus!«

Über Hennys Gesicht huschte ein sarkastisches Lächeln.

»Aber deine Brüder und Schwestern trinken gern davon!« rief Bonnie.

»Ich bedauere sehr, daß an meinem Tisch so etwas ausgeschenkt wurde«, erwiderte Sam kühl und setzte sich auf seinen Platz. Schmollend griff er nach Löffel und Gabel und stocherte damit in einem Stück Kuchen herum. Wenige Minuten später warf er das Besteck zur Seite und wandte sich vorwurfsvoll an seinen Vater. »Ihr habt mir gründlich den Appetit verdorben. Warum könnt ihr euch nicht daran halten, was ich sage? Ich dachte, ihr hättet die Feier für mich geplant?«

»Ein wenig Toleranz tut niemandem weh«, entgegnete der alte Charlie ein wenig verlegen. Sein Sohn hatte ihn oft genug gescholten, weil er selbst gern einmal ein Gläschen nippte.

»Ich weigere mich, darauf zu antworten«, sagte Sam grob.

Einen Augenblick lang sah der alte Charles ihn mit steinerner Miene an, dann wurden seine Züge wieder weicher, und als er bemerkte, daß die anderen nur zögerlich von ihrem Punsch tranken, rief er in fröhlicher Selbstvergessenheit:

»Bonnie, mein Mädchen, noch mehr von dem Punsch, der fröhlich, aber nicht trunken macht. Schon in der Bibel heißt es: ›Lasset uns essen und trinken, wir sterben doch morgen!‹«, und mit seiner besten Chorstimme fing er an zu singen:

Fährmann, holt die Leinen ein,
Stimmt an ein Lied, schenkt aus den Wein,
Wir woll'n vergnügt und lustig sein!

Sam stocherte noch immer mißmutig auf seinem Teller herum und wollte sich von seinem Groll nicht abbringen lassen, doch die Familie stimmte freudig in den Kanon ein, die verschiedenen Stimmen verteilten sich rund um den Tisch, Lennie führte die zweite Stimme an, und der alte Charles wirkte bei jeder Strophe jünger. Auch Sam konnte dem Reiz des Familiensingsangs, der ältesten Pollit-Sitte, schließlich nicht widerstehen, und als die Reihe an ihn kam, sang er: »Fährmann, holt die Leinen ein«, während Bonnie zu seiner Linken in ihrem hellen Sopran trällerte: »Stimmt an ein Lied, schenkt aus den Wein.«

Auf diese Weise vertrieben sie den Dämpfer, den Sams feste Prinzipien ihrer Fröhlichkeit versetzt hatte. Sie kannten Sams Schwächen und Eigenheiten von früher und verziehen ihm leicht.

Jinny und Bonnie besprachen die Einzelheiten der Punschzubereitung, und der fröhliche Lennie rief: »Wenn mein kleiner Bruder nichts davon will, Bon, springe ich gern für ihn ein«, und in der allgemeinen Heiterkeit erkannte selbst Sam, daß er ganz einfach überstimmt worden war. Bruder Ebby und die anderen sprachen mit Begeisterung dem Festessen zu, plauderten fröhlich, witzelten und lachten, und als Sam sah, daß Henny einen Schluck von dem Punsch nahm, und streng zu ihr hinüberrief: »Henny, trink das nicht, in deinem Zustand«, Henny daraufhin aber nur süffisant grinsend das ganze Glas austrank, nahm kaum jemand davon Notiz, denn bekanntlich kann derselbe Kieselstein im Mühlteich nicht zweimal Wellen schlagen.

Hennys Grinsen wurde breiter, als sie diese wildwüchsige Wald- und Wiesenfamilie, diese billigen Hungerkünstler aus den Slums von Baltimore immer fröhlicher werden sah; als sie Ebby betrachtete, den ärmlichen Schiffszimmermann mit seiner geistesschwachen Frau und seinem ebenso debilen Kind; den zahnlückigen Benbow mit Leslie, diesem Straßenmädchen – wie Henny sie stets nannte – mit ihren beiden einfältigen Jungs; Charles, den alten Säufer; Peter, der eine Autowerkstatt betrieb – und mit einer Schrottkarre mit drei Kuhglocken angefangen und rostige Bettfedern und ausgebeulte Korsetts alter Frauen eingesammelt hatte!; Bonnie – die offenbar mit einem Mann ins Bett gegangen war, der sie hereingelegt hatte; Jinny – deren vorlauter Tochter Essie ein paar Ohrfeigen nicht schaden würden; Jo – deren Frisur an einen Heuhaufen im Sturm erinnerte – und all ihre schmächtigen, widerlichen Kinder, wie sie immer fröhlicher wurden und sich in diesem Misthaufen suhlten, der ihr Leben war. Geboren im Dreck, gediehen im Dreck – und auch noch stolz auf den Dreck! Nun ja, immerhin ist es besser, wenn man nicht weiß, wie schlecht man dran ist! Sollen sie doch alle verrotten, mir ist es egal. Henny hatte sich schon viel zu viele Gedanken über diese Leute gemacht, denen es nichts ausmachte, ein altes Auto zu fahren, denen es egal war, ob sie ein abgeschmacktes Leben führten, und die sich nicht darum scherten, ob ihre Töchter in einer Hutfabrik arbeiten mußten oder ob ihre Cousinen erst heirateten, wenn sie schon im zweiten Monat schwanger waren – solange sie nur fett und wohlgenährt auf dieser Erde krochen! In ihrer Verachtung für sie verachtete Henny sich selbst, weil sie in diese Familie eingeheiratet hatte, weil sie als Schönheit ein Reinfall gewesen war, zu hysterisch und zu dümmlich, um als gute Partie in Baltimore unterzukommen. Arme Henrietta, dachten die Pollits, die nie einen Augenblick lang daran zweifelten, daß sich Henny aufgrund ihrer feinen Herkunft durch sie erniedrigt fühlte. Ebby trug ihr mit ernster Miene den vollen Krug an, und Lennie schob ihr aufmunternd einen Teller mit Gebäckstücken zu, die seine Frau Emma zubereitet hatte. »Iß und trink, Henrietta«, sagte er und schenkte ihr einen freundlichen Blick.

»Sam«, sagte der alte Charlie am anderen Ende des Tisches, »leben und leben lassen. Wir wissen nicht, warum wir hier sind, und bis wir es herausgefunden haben, tun wir gut daran, es zu genießen!« Er nahm einen Schluck von dem Rotweinpunsch, der seine greisen Lebensgeister erst richtig zum Erblühen brachte.

Sam war unglücklich und gereizt. »Vater, du kennst meine Prinzipien. Gegorene Getränke entthronen die Vernunft, schädigen die Moral und rücken gesellige Zusammenkünfte in ein zweifelhaftes Licht. Du weißt, ich stehe zu meinen Prinzipien, komme was da wolle. Ihr alle wißt, ich habe aus dem, was ich für richtig halte, nie ein Hehl gemacht. Warum enttäuscht ihr mich so? Ausgerechnet heute! In Singapur habe ich gesehen, was der Alkohol den besten Menschen antun kann. Der weiße Mann im Osten schwimmt im Alkohol. Kaum jemand, der dort nicht zum Sklaven seiner Leber wird. Und was die Auswirkungen auf die Frauen angeht ... Aus dem gefügigsten Engel wird ein echter Drachen oder ... noch schlimmer! Du mußt schon verzeihen.«

Henny ließ ihn während dieser Rede nicht aus den Augen, lachte kurz, als er fertig war, und hob ihr Glas an die Lippen.

»Henny, du stellst sofort das Glas ab, oder du verläßt das Zimmer. Vergiß nicht, daß meine Kinder anwesend sind!«

»Samuel!« rief Bonnie entsetzt. »Pet!« flehte sie, und Jinny sagte: »Sam, Sam, Sam, mach nicht die ganze Party kaputt!«

»Du hast mich gehört, Henny«, sagte Sam mit hochrotem Gesicht, »ihr habt mich alle gehört.«

Henny lachte hohl und sagte mit erstickter Stimme: »Ja, ich habe dich gehört! Bei mir würdest du so etwas nicht erleben. Über den ganzen Tisch zu krakeelen und deine Gäste zu beleidigen – du mit deinen erbärmlichen Singapur-Manieren!«

Sie schloß die Augen, warf auf ihre häßliche, unglaublich theatralische Art den Kopf nach hinten, riß die schweren Lider wieder auf und bedachte sie alle mit einem flammenden Blick.

»In seinen Briefen nach Hause schreibt er von den feinen Damen, mit denen er dort verkehrt hat, Lady Battersby, Lady Modore, Lady Schickimicki und Sir William Einehandwäschtdieandere. All diesen hochgestochenen Leuten zeigt er seine liebenswürdigste Seite, und zu Hause offenbart er dann sein wahres Gesicht, dieser einzigartige Mr. Großmaul Allmächtig!

Kaum bist du vom Schiff gestiegen, versuchst du schon, mich herumzukommandieren. Wahrscheinlich hältst du mich für den Niggersekretär, den du dort hattest, oder gar für seine Niggerfrau!« Sie lachte derb und nahm einen weiteren Schluck aus ihrem Glas. »Ich würde mich schämen, die Gäste auf meiner eigenen Party so zu beleidigen, vor allem, wenn man bedenkt, daß sie das Festessen selbst spendiert haben – aber das ist ihm egal, er kann von eurem Wein ja sowieso nichts trinken, dafür ist er sich viel zu fein und heilig. Dabei ist er gerade erst von seinen versoffenen Singapur-Schlampen zurückgekehrt, und schon will er mich wieder herumkommandieren, wie er diese armen Bettler, Schlitzaugen und Nigger herumkommandiert hat. So einen Schwindler gibt es in jeder Familie nur einmal.«

Sam sprang so abrupt auf, daß sein Stuhl zu Boden fiel. »Henny, du verläßt sofort das Zimmer!« Seine Brüder und Schwestern erhoben sich ebenfalls, um Sam zurückzuhalten, Henny zu besänftigen und die Kinder hinauszuscheuchen. Sams alter Vater erhob sich mit gebeugten Knien und legte eine knotige, von dicken Venen durchzogene Hand auf den Arm seines Sohnes. Samuel bemerkte ihn nicht, dachte, es wäre eines der Kinder. Henny lachte, stand langsam auf und wischte die Krümel von ihren Knien.

»Schaut mich an! Mein Rücken ist gebeugt von der Frucht meines Leibes. Habt ihr kein Mitleid mit mir? Seht doch, was aus mir geworden ist, und das alles nur wegen seiner Lust! Mein Körper ist so rund wie ein Fußball, der sich von jedem groben Kerl herumstoßen läßt, und das alles nur wegen der unbezähmbaren Wollust dieses feinen, unschuldigen, von allen Lastern freien Mannes, der für die Frauen angeblich keinen Blick übrig hat. Bedauert ihr mich nicht wegen des Zustands, in den er mich mit seiner Begierde gebracht hat? Hat er sich nicht eine geniale Methode ausgedacht, um mich festzunageln, um ganz sicherzugehen, daß mich kein Mann auch nur ansieht, während er sich mit seinen feinen Damen amüsiert? Während du weg warst, Samuel, hat mich garantiert kein Mann angesehen. Ach, was kümmert dich das schon?« sagte sie unter Tränen zu der flehentlich zu ihr aufblickenden Jinny. »Was kümmert es dich, Jinny? Du bist selbst Mutter. Hast du dich nicht auch dreimal für einen Mann in dieses Höllental begeben? Was macht es dir schon, wenn die Zeit gekommen ist? Was macht sich irgendeine Frau aus dem Mann, der sie in eine solche Lage gebracht hat? Was bin ich doch nur für eine gottverdammte Idiotin, daß ich diese ganze Schweinerei noch einmal über mich ergehen lasse, und das für einen Mann, der sich acht Monate lang mit seinen feinen Huren im Sumpf von Singapur suhlt und mich in meinem Elend allein läßt. Ich hoffe, daß ich nie zurückkehre. Ich hoffe, ihr seht dieses verdammte, hilflose, dumme Ding, das immer wieder in die gleiche Falle tappt, heute zum letzten Mal. Ich hoffe, daß ich es nicht überlebe. Ich bin mir sicher, daß ich sterben werde. Ich bete zu Gott, daß er mir das Leben nimmt. Ich kann nicht mehr kämpfen. Ich bin keine Tigerin, deren Leben aus Kampf besteht. Ich bin keine Grenadierin, keine verdammte Schulmeisterin, die sich ständig streitet und zankt. Ihr habt ja selbst gehört, wie er mich beleidigt! Kaum ist er zurück, demütigt er mich vor seiner versammelten Familie! Laßt mich gehen. Warum haltet ihr mich auf? Was habe ich getan? Wie bin ich überhaupt in diese Lage geraten? Ich weiß, ich weiß, durch sein Geplärre und sein Getöne, durch seine abgefeimten Tricks, schnelles Geld zu machen. Für euch ist er etwas Wunderbares. Wenn ihr nur wüßtet, was er für mich ist! Etwas Dreckiges, das in den Ärmel meines Morgenmantels kriecht; etwas Schmieriges, ein Fleck aus Blut oder Abwaschwasser auf meinen Röcken, das ist er, trotz seiner hochtrabenden Reden, trotz des feinen Getues, trotz seiner ach so edlen Prinzipien. Ein lächerlicher kleiner Pappmessias. Ach, laß mich doch gehen, Jinny! Was weißt du schon über ihn? Laß mich gehen. Es war schon dumm genug von mir, es überhaupt so weit kommen zu lassen.«

»Sohn, sprich mit ihr«, sagte der alte Mann. »Du solltest an ihren Zustand denken. Eine Frau ist kein Mann«, und Bonnie flüsterte ihrem Vater zu: »Sam ist fürchterlich müde, laß ihn in Ruhe«, während die völlig verängstigten Kinder Mund und Nase aufsperrten und sich nicht zu rühren wagten. Nur Essie, Jinnys Tochter, ein ungezogenes Ding, das über jeden spottete, Jinnys ganzer Stolz, grinste und stieß Louie an. »Ich wußte ja schon immer, daß sich deine Eltern streiten wie Hund und Katze, aber Tante Henny macht Onkel Sam wirklich die Hölle heiß!« Essie lachte. Schon erschien Jinny, rot wie eine Maifahne, hinter ihrem Prachtstück und verpaßte Essie eine so schallende

Ohrfeige, daß sie weinend in den Flur hinauslief. Das erregte Hennys Aufmerksamkeit, und da sie wegen der Szene, die sie ausgelöst hatte, tiefe Scham empfand, schrie sie Louie an: »Was fällt dir ein, du fettes Schwein, dich so über den Tisch zu lümmeln? Nimm deinen dicken Bauch vom Tisch und gib dir gefälligst Mühe, nicht so auszusehen wie dein schmieriger Vater!« Sie lachte verzweifelt.

»Henny«, sagte Jinny. »Henny, Liebes, komm und leg dich ein wenig hin. Ich hole dir einen Eisbeutel gegen die Kopfschmerzen. Leg dich hin, Liebes!«, und Bonnie runzelte die Stirn und schrie Sam an: »Samuel, wie konntest du? Ausgerechnet heute!«

»Das ist das Zuhause, in das ich heimgekehrt bin«, seufzte Sam und sank auf seinen Stuhl zurück.

Henny legte sich auf Louies Bett im ersten Stock, und Louie brachte ihr zur Beruhigung Tee und ein Aspirin. In Hennys Abwesenheit ging ein Ruck durch die Party, alles ordnete sich neu, die Kinder wurden hereingeholt und zum Lachen gebracht, damit sie den schrecklichen Streit vergaßen. Rund um Hennys Flügel versammelt, die geistesgegenwärtige Bonnie an den Tasten, sangen sie eine gemäßigte Version des »Halleluja«-Chors. Sam war vor die Tür getreten, noch immer ganz außer sich, krank und nicht in gewohnter Verfassung, und war zum sturmzerzausten, von Unkraut überwucherten Steingarten und dem von grünen Moosfetzen bedeckten Fischteich gegangen. Überall sah man Spuren des viel zu späten, erst am Vortag in die Tat umgesetzten Versuchs, Haus und Garten auf seine Ankunft vorzubereiten. Klein Sam und Ebbys Jungen, den gutherzigen, spitznäsigen Sid, hatte er mitgenommen. Von allen Jungen hatte er in seinem Exil am meisten an Klein Sam gedacht, an den strohblonden, stürmischen, sturköpfigen kleinen Jungen mit den unvorhersagbaren Reaktionen und lauten Freuden- und Wutausbrüchen, den Jungen, der ihm am ähnlichsten sah und in dem sich, da war sich Sam ganz sicher, ein junges Genie versteckte, ein großer Wissenschaftler, der das Werk seines Vaters weiterführen würde.

Während er sich noch draußen im Garten die Beine vertrat, kam Evie mit einem Telegramm in der Hand auf ihn zugerannt. »Es ist für Mutter, aber Tante Jinny hat gesagt, du sollst es aufmachen.«

Sam zerriß das Papier und las:
VATER COLLYER HEUTE MORGEN PLÖTZLICH VERSTORBEN BITTE KOMM ZU DEINER MUTTER ARCHIBALD LESSINUM.

»Ich werde mich darum kümmern, nachdem ich die Kisten aufgemacht habe«, sagte Sam. »Zeig es deiner Mutter nicht. Der alte David ist tot. Der liebe alte David ist gestorben.«

2 | *Ans Tageslicht*

Ernest und Tommy wurden als Boten zu ihm geschickt. Völlig außer Atem sahen sie ihn hoffnungsvoll und gleichzeitig verlegen an:

»Daddy, alle wollen wissen, ob du jetzt die Kisten aufmachst.«

»Deddy, zeigst du uns die Sachen, die du mitgebracht hast?«

Sam lächelte. »Klar. Dann fang wir mal los«, sagte er und wandte seine Schritte zum Haus. Die Jungen hüpften um ihn herum, rannten ein Stück vor und wieder zurück, bis Ernie sich losriß und ins Haus lief, um die Neuigkeit zu verbreiten. Atemlose, freudige Bewegung erfaßte die über alle Zimmer verstreuten Pollits. Zu kleinen Schwärmen zusammengedrängt, kreisten sie durchs Haus wie Fische in einem Aquarium.

»Sam macht die Kisten auf. Sam zeigt uns die chinesischen Sachen. Ist das nicht wunderbar?«

»Wirklich?« – »Toll!« – »Ich bin schon ganz aufgeregt, du nicht auch?« – »Was hat Onkel Sam da drin, Mumsy?« – »Pssst, du wirst es gleich sehen.«

Sam ging zum Werkzeugschuppen und kam mit Hammer und Meißel zurück. So vorsichtig wie möglich, um den kostbaren Inhalt nicht zu zerbrechen, zerrten die Jungen und Männer an den Kisten.

Sam öffnete sie eher widerwillig, denn obgleich er von Natur aus großzügig war, hatte er die meisten Sachen mitgebracht, um die großen Zimmer seines eigenen, kahlen Hauses damit zu schmücken. Bis dahin war er sich der eigenen Sinnlichkeit und der Freude, die er beim Anblick des feinen Porzellans, der Seidenstoffe und der Stickereien empfand, der Sehnsucht und der Lust, die ihre Berührung in ihm auslöste, nicht bewußt gewesen. Er hatte sich immer spärlich und modern eingerichtet und war nun im Osten ganz unvermutet auf die Schätze der Vergangenheit gestoßen. Bis dahin hatte er die Vergangenheit verachtet, hatte die Geschichte gehaßt und nur an den heutigen Menschen geglaubt, an ein nüchternes, zukünftiges Reich aller Nationen. Jetzt hatte er über seine Liebe zu den Chinesen auch seine Liebe für die Handwerkskunst, Schätze, Theorien und Persönlichkeiten vergangener Zeiten entdeckt, und die Bekanntschaft mit dem weißen Mann im Osten und seiner Macht hatte seinen Blick verändert. Bis dahin war er so einfältig gewesen, nur Pomp und Prahlerei der wissenschaftlichen Gesellschaften und humanistischen Erbauungsvereine wahrzunehmen, jetzt erst sah er die erlesene Schönheit und Sinnlichkeit all der Dinge, mit denen sich Menschen umgaben, die andere unterjochten. Der Arme dachte, er habe ein neues Prinzip entdeckt, als er Saul Pilgrim erklärte: Auch die Reichen und Mächtigen sind Menschen. Sprich mit ihnen über ein unverfängliches Thema wie die Naturgeschichte und die Fortschritte der Menschheit, und sie erweisen sich als ebenso menschlich, ja, sogar als menschlicher und liebevoller als der von materiellen Dingen besessene Arbeitsmann. Sie hatten viel gesehen und viel begriffen.

Sam spürte, wie sich in ihm ein Groll gegen seine rohen, sinnesfreudigen, armseligen Verwandten regte, als er sah, wie sie dastanden, seinen Erfolg bewunderten und seine Besitztümer unverblümt begafften – gutmütige Aasgeier von seinem eigenen Blut, bereit, über seine Schätze herzufallen, geifernd oh und ah zu rufen und ihn restlos auszuplündern. Aber er würde ihnen nicht viel geben, seine Kinder kamen an erster Stelle. Für sie wollte er ein Nest bauen, einen Hafen, einen Palast, eine Universität, und das alles auf seinem eigenen Grund und Boden, in seinem Haus, seinem persönlichen Phalansterium. Für seine Kinder würde er von nun an Osten und Westen sein.

Als erstes öffnete er die Kiste mit dem Porzellan. Zwei große Vasen lagen in Scherben, doch mehr als ein Dutzend Cloisonné- und Lackvasen in den verschiedensten Größen waren heil geblieben. Alle halfen mit, die Sachen auf den Tisch, den Kaminsims und den Flügel zu stellen, wie eine Dorffeuerwehr, die mit Wasser gefüllte Eimer zur Brandstelle weiterreicht. Die teuren Scherben wurden gesammelt und in den Ascheneimer gelegt. In der zweiten Kiste lag zuoberst ein himmelblaues, mit goldenen Fäden durchwirktes Mandaringewand, das Sam für Louie mitgebracht hatte. Louie, die sich von der kurzsichtigen Welt nichts erwartete, war über dieses Geschenk vollkommen verblüfft.

Ihr Vater hob die müden Augenbrauen und sah sie an: »Das habe ich für dich erstanden, Louie. Ein echter chinesischer Prinz, ein Flüchtling, hat es verkaufen müssen, und mein Freund hat es mir sehr günstig überlassen, weil ich ihm sagte, daß es für meine älteste Tochter sei.«

Mit düsterem, gesenktem Blick, aber mit leichtem Erröten nahm Louie ihr Geschenk in Empfang und schritt damit die Reihen der Pollits ab, die sie mißgünstig beäugten und den Stoff neugierig befingerten. Louie breitete das Gewand auf dem Sofa im Eßzimmer aus. Als sie damit allein war, überwältigte sie ein Triumphgefühl – *meins*, dachte sie, *meins*, und strich mit beiden Händen über die steifen Falten. Befangen schlich sie zu den anderen zurück, aber es nahm niemand Notiz von ihr. Zwei gewöhnliche, mit Stickerei und Goldfäden verzierte chinesische Morgenmäntel aus Seide lagen auf einem Stuhl, und Tante Bonnie sagte aufgeregt: »Die sind für deine Mutter, Liebes. Warum fragst du sie nicht, ob sie wieder herunterkommen will?«

»Ich bringe sie ihr hoch«, erwiderte Louie.

Henny hatte ihren stürmischen Ausbruch bereits bereut und betrachtete die Morgenmäntel mit melancholischem, weichem Blick. »Leg sie dort hin und danke deinem Vater.«

»Die anderen fragen, ob du nicht wieder nach unten kommen willst, Mutter.«

»Nein, ich möchte lieber allein sein.« Louie zog sich zurück.

Sam hatte eine weitere Kiste mit Seidenpyjamas und -morgenmänteln, Schals und einem großen, roten Festtagsbanner ausgepackt. Aus der nächsten Kiste kamen kleine Nippsachen aus dunkler, heller und weißer Jade, Schnupftabaksdosen, kleine Tiegel und Serviettenringe zum Vorschein. Die Möbel im Zimmer waren längst unter einer bunten Last aus Porzellan, Bronze, Messing, Seide, lackiertem Holz und Kork begraben. Sam wies die Jungen an, einen leichten Holztisch von der Veranda hereinzutragen. Darauf stellte er die kleinen Kunstwerke, damit alle sie bewundern konnten.

»Nun«, sagte er und räusperte sich, »es ist für jeden etwas dabei. Kommt, wir machen die Stühle frei und tragen das Zeug ins andere Zimmer. Dann können sich alle hinsetzen, und jeder kann sich von den Sachen auf dem Holztisch etwas aussuchen.«

Ernie, der sich rasch umschaute, sah das Unbehagen seiner Verwandten. Sie, die Armen, sollten nur Kleinigkeiten bekommen. Sie waren keine Fachleute, und sie waren fasziniert von den polierten Vasen, den roten Lackmalereien, den Seidenstoffen und den Bannern. Die kleinen Jadestücke erschienen Ihnen nur von geringem Wert. Auch Sam hatte die Enttäuschung seiner Brüder und Schwestern und ihrer Familien bemerkt. Er grinste verlegen und trieb seine Jungen mit den Bündeln zur Eile an. Die gute Bonnie, die sah, wie die Dinge standen, plapperte fröhlich drauflos: »Während ihr euch alle hinsetzt, singe ich euch etwas vor« und schmetterte übergangslos *Funiculi, Funicula.*

Die Aufteilung begann. Sam überreichte den Nippes persönlich, ein Nadeldöschen hier, ein Schächtelchen dort, einen Serviettenring nach links, eine Schnupftabaksdose nach rechts, und wieder ein Nadeldöschen, je nachdem, was die anderen sich jeweils ausgesucht hatten. Die herrlichen Stabpuppen freilich – ein Dämon, ein Prinz, eine Prinzessin, mehrere kleine Teufelchen und eine kleine Bühne – waren für seine eigenen Kinder bestimmt. Das gleiche galt für die chinesischen Instrumente, auf denen er zwischendurch für sie spielte, um den peinlichen Auftritt durch einen grotesken Anstrich zu retten. Vielleicht würden sie seine Knauserei bald vergessen, sich verstreuen und erst wieder zusammenkommen, wenn die Erinnerung an die Nadeldöschen längst verblichen war.

Es gab noch weitere sieben Kisten auszupacken. Bis zu den Hüften watete Sam in einem See von Schätzen, von seinen Werkzeugen und seinen Verwandten umgeben. Nachdem er einmal begonnen hatte, konnte er nicht mehr aufhören, rief Bonnie nur einmal kurz zu: »Bon, Tass Kaff«, und arbeitete sich ohne Pause unermüdlich voran. Endlich war er bei der siebten Kiste angekommen. Sie enthielt alle möglichen Metallgegenstände, vor allem aber Messer mit ziselierten und mit Einlegearbeiten verzierten Klingen und kunstvoll geschnitzten Griffen aus Ebenholz, Elfenbein, Silber mit Messing-Einlegearbeiten und so weiter, ein doppelschneidiges chinesisches Schwert, einen Kris und einen Streitkolben. Ganz unten befand sich etwas, das er nur unter Schwierigkeiten herauszog und selbst ganz überrascht auspackte: ein großer, im Durchmesser mehr als sechzig Zentimeter messender, reich verzierter chinesischer Gong. Er schlug ihn an, und es erklang ein langes, fernes, mildes Grollen, kein einzelner Ton, sondern eine ganze Klangmeditation.

»Jetzt wird mir klar, warum er die Kiste selbst verpackt hat«, sagte Sam. Der Gong ist ein Geschenk meines Freundes Abdul Jamid ben Ali. Ja, jetzt erinnere ich mich, Abdul Jamid sagte: ›Ich hoffe, daß nichts zerbricht, aber ich bin sicher, es gibt etwas, das niemals zerbrechen wird!‹ Das ist sein Geschenk! Unvergleichlich, diese Freundschaft im Osten!«

Louie sagte:

Eine gelbe Pflaume bekam ich und gab einen Topas dafür,
kein Gegengeschenk aus Höflichkeit, sondern Zeichen der Hoffnung,
daß unsere Freundschaft das Grab überdauern mag.

»Äh? Was ist das?«

»Ein Gedicht nach Konfuzius!«

Sam hütete sich, sein Erstaunen allzu deutlich zu zeigen. »Ich bin froh, daß du die Konfusion hinter dir gelassen hast und bei Konfuzius angekommen bist. Abduls kleinen Jungen Mahmoud«, fuhr er, an seinen Vater gerichtet, fort, »habe ich jeden Tag auf seinem Schulweg getroffen. Ein intelligenter Bursche mit rascher Auffassungsgabe, der hervorragend Englisch sprach und für jedermann ein Lächeln hatte.«

Die Pollits streiften durch die Zimmer und bewunderten Sams Schätze in gedämpftem Plauderton. In Gedanken versunken, stand Louie vor der pfirsichblütenfarbenen Seide, die Sam für Leslie mitgebracht hatte, trat unerwartet einen Schritt vor und deklamierte:

Einen Pfirsich bekam ich und gab einen Rubin dafür,
kein Gegengeschenk aus Höflichkeit, sondern Zeichen der Hoffnung,
daß unsere Freundschaft das Grab überdauern mag.

Ihre Cousine Essie, die mit den kleinen geschnitzten Wasserträgern und Büffelkarren spielte, schenkte ihr einen kurzen Blick und wandte sich dann wieder den Holzfiguren zu. Niemand sonst nahm von ihr die geringste Notiz, außer Klein Sam, der neben ihr saß und sie fragend ansah. Groß-Sam achtete nicht auf sie. Das schien Louie zu ermutigen, und sie fuhr fort:

Einen Mispelzweig bekam ich und gab einen Smaragd dafür,
kein Gegengeschenk aus Höflichkeit, sondern Zeichen der Hoffnung,
daß unsere Freundschaft das Grab überdauern mag.

Sam hielt inne, beugte sich vor und betrachtete mit langen, hageren Wangen seine Tochter Louie, die sich in den acht Monaten seiner Abwesenheit so sehr verändert hatte, daß er sie kaum wiedererkannte. Oder hatte ihm seine Phantasie einen Streich gespielt, das heiße Klima sein Gedächtnis verzerrt? War dieses hochgewachsene, kräftige Mädchen mit dem ernsten, zerknirschten Gesicht tatsächlich seine Louie, sein Kind der Liebe? Aber jetzt zuckten in ihrem Gesicht clowneskes Vergnügen und ernste Selbstgefälligkeit, es wirkte sowohl komisch als auch weinerlich. Am liebsten hätte Sam ihr ins Gesicht geschlagen, um diese abscheulich bizarre, tragikomische Fratze auszulöschen, die ihm nur Schande zu bringen schien. Sam sah sie streng an, bis sie verstummte, so daß die Grimasse erstarrte, traurig, viel zu alt, umspült von Wasserfallhaar. Dann riß er plötzlich den Mund auf und lachte hart.

»Ha-ha-ha-ha-ha, he-he-he, ha-ha! Eine Stinkbombe bekam ich und gab einen Heringsschwanz dafür, kein Gegengeschenk aus Höflichkeit, sondern Zeichen der Hoffnung, daß unsere Freundschaft das Grab überdauern mag.«

Die Pollits kamen zur offenen Tür und grinsten breit. Sie wußten nicht, worüber er lachte, aber sie waren froh, Sam endlich gutgelaunt zu sehen. Sie sahen Louie und Klein Sam, Essie und die anderen und hatten keine Ahnung, wie das Ganze begonnen hatte.

»Ha-ha-ha.« Sam wiegte sich in den Hüften und deutete auf Louie – eine Geste, der die Neuankömmlinge mit erstaunten Blicken folgten. »Einen alten Stinkstiefel bekam ich und gab einen Heringskopf dafür, kein Gegengeschenk aus Höflichkeit, sondern Zeichen der Hoffnung, daß unsere Freundschaft das Grab überdauern mag! Einen Nachttopf bekam ich und gab eine Kloschlüssel dafür, kein Gegengeschenk aus Höflichkeit, sondern Zeichen der Hoffnung, daß unsere Freundschaft das Grab überdauern mag!«

Die erstaunten Pollits drängten herein, grinsten und blickten verwirrt von einem zum anderen, während Tante Jo ahnungslos rief: »Einen Hochzeitskuchen bekam ich und gab einen Unterrock dafür, kein Gegengeschenk aus Höflichkeit, sondern Zeichen der Hoffnung, daß unsere Freundschaft das Grab überdauern mag!«

Ernie, der sehr wohl Bescheid wußte, grinste anzüglich, machte einen Freudensprung und platzte heraus: »Ein räudiges Hündchen bekam ich und gab eine alte Blechdose dafür, kein Gegengeschenk für das Hündchen, sondern Zeichen der Hoffnung, daß unsere Freundschaft das Grab überdauern mag!«

»Louie hat damit angefangen«, erklärte Essie den anderen. »Louie hat irgendwelche Verse aufgesagt!«

Aber Sam eroberte sich das Terrain zurück und sagte ärgerlich: »Wenn das Konfuzius ist, freß ich einen Besen.«

»Das ist Konfuzius«, entgegnete Louie, »ganz bestimmt. Du kennst es bloß nicht. Hör zu:

Laß mich voll Ehrfurcht sein, Ehrfurcht und Dank,
Auch wenn des Himmels Wege liegen blank
Und sein Ziel sich so spielend vereiteln läßt.

Bonnie ignorierte das alles und rief: »Laßt uns noch ein Liedchen singen, ehe wir auseinandergehen, nicht zu laut, aber auch nicht zu leise.«

»Ja«, stimmte der alte Charles eifrig zu, »ja.« Er zog die Schnupftabaksdose aus der Strickweste mit den Katzenaugenknöpfen, die er trug, seitdem er einmal von Neuseeland aus auf einem Segelboot um die Welt gefahren war, und bot sie seinem ältesten Sohn Ebby an, dem einzigen Sohn, der »Vaters widerliche Angewohnheit« – wie seine Töchter es nannten – mit ihm teilte. »Ja«, sagte er wieder und stimmte an: »*For he's a jolly good fellow, and so say all of us.* Wie geht's unserm Sammy? Unserm Sammy geht's gut!«

»Unser Sammy kommt ganz nach dem Vater«, strahlte Bonnie, und der alte Mann kicherte vergnügt.

»Unserm Samivel geht's gut«, sagte er, hob die Tabaksdose auf Augenhöhe und begutachtete die etwas gewagte, aus zwei am Strand sich räkelnden Meerjungfrauen bestehende Verzierung. Er hob die Dose höher, deutete damit in die Runde und rief lachend: »Samivel macht so 'nem komischen alten Ka-Ka-Kauz wie mir sehr viel Freude.«

»Aber Vater!« rief Jo empört, als die Kleinen zu kichern begannen: »Kacka, kacka!«

Er ließ die Dose zurück in seine Tasche gleiten: »Soll ich meinen berühmten Twist vorführen?«

»O nein, Vater«, sagte Jo. »Nicht jetzt.«

Der alte Charles wandte sich an die Kinder und zog dabei sein großes rotes Schnupftuch aus der Hosentasche. »›Das hab ich doch wohl nich notwendich, mich mit dem auf kein Gespräch nich einzulassen‹, antwortete der komische alte Ka-Ka-Kauz.«

»For he's a jolly good fellow«, sang Bonnie vom Flügel aus.

»For he's a jolly good fellow«, fiel Ebby ein.

»And so say all of us«, schloß Jo.

»Nicht doch«, sagte Sam, »nicht doch, ihr Lieben«, aber seine Augen schimmerten feucht, und zur Überraschung der Kinder sah er auf einmal viel älter aus. Seine Augen hatten neue Krähenfüße, und der müde obere Teil seines Gesichts mit den eingesunkenen Schläfen erinnerte an die wettergegerbten Mahagonizüge des alten Charles.

»Und warum nicht?« rief Jo wohlmeinend. »Bist du etwa nicht unser aller Smithsonian? Unser Familiengenie? Ja oder nein?«

»Ja, ja!«

»Und zwar unser einziges«, fuhr Jo fort.

Louie senkte den Kopf. Durch einen seltsamen Zufall sah Jo sie direkt an, und Louie glaubte, ein hinterhältiges Grinsen zu sehen.

»Aber du, Jo, bist du nicht auch unser aller Genie?« fragte Bonnie leutselig. »Na ja, ich schätze, wir sind alle kleine Fische, wir wissen es bloß nicht, alle außer Sam.« Sie wirbelte auf dem Klavierstuhl herum.

»Singt weiter«, rief Großvater und begann mit spröder, kratziger Stimme *The Gang's All Here.*

»Laßt Vater ran«, sagte Ebby erfreut und sah seinen Vater mit sanften, grauäugigen Blicken zärtlich an. »Was soll es sein, Vater?«

Der alte Mann lief in die Mitte des Zimmers, beulte seine Hose aus, zerzauste sich das buschige, graue Haar und kniff sich in die Wangen. Wie auf ein Kommando riefen alle, sie wollten *Den kühnen Fischer* hören. Aus seiner Hosentasche kam das rote Schnupftuch zum Vorschein, das er sich in den offenen Kragen seines blauen Hemdes steckte. Die kleinen Jungen schämten sich ein wenig für die Beulen in seinem Hosenband, für die Falten in den Hosenbeinen, für die Schnupfspuren auf dem roten Tuch und besonders für den Eifer, mit dem er ihnen unbedingt etwas vortragen wollte. Aber Großvater Charles war es gewohnt, vor anderen aufzutreten, und er hatte zu viele Kinder und Kindeskinder, um sich um die bleichen Gesichter kleiner Jungs in kurzen Hosen zu kümmern. Er stürzte sich mit Inbrunst in sein Lied, und die unermüdliche Jugendlichkeit ihres Großvaters büßte vorübergehend etwas von ihrer schockierenden Wirkung ein.

Ein kühner Fischer aus Billingsgate setzte Segel und ging auf Jagd
Nach Räucherhering und Makrelenfilet, fuhr hinaus, noch ehe es tagt'.
Doch als er kam nach Pimlico, erhob sich ein Sturm sofort,
Sein kleines Boot, das wackelte so, und Platsch! ging er über Bord.

Darauf folgte ein hinreißend improvisiertes Parlando, das Großvater auf seinem Akkordeon, »meinem Schifferklafünf«, wie er es nannte, »der Muhsick auf zwei Beinen«, begleitete. Er war großzügig mit seinen Darbietungen und sang drei Strophen hintereinander. Sie hatten kaum aufgehört zu lachen, und der wilde, lange Applaus war kaum verklungen – Henny schlurfte gerade mühsam an der offenen Tür vorbei in die Küche –, als Großvater in eine Ecke des Zimmers lief und hinter das Sofa zu fallen schien. Sie wollten gerade fragen, ob er Hilfe brauchte, als er auch schon wieder vor ihnen stand und ihnen strahlend sein altes Banjo präsentierte. Erneut brachen sie in Beifall aus. Der alte Charles machte dazu einen ziegenartigen Freudensprung und rief: »Einen Stuhl für den fahrenden Sänger!«

Nun gab es für ihn kein Halten mehr. Die Kinder waren begeistert, und nur die Geistesabwesenden bemerkten, wie

Henny während des nächsten Liedes mit elefantöser Grazie ins Eßzimmer wankte, um eine silberne Zuckerdose zu holen. Dann übernahm Ebby das Banjo und spielte *One Evening in the Month of May.* Bonnie sah, wie Henny sich mit finsterem Blick zur Treppe schleppte, und hörte sie langsam hinaufgehen.

Weitere Erfrischungen wurden gereicht, und in der allgemeinen Betriebsamkeit kam Henny wieder nach unten. Sie hatte sich den neuen, rosafarbenen Morgenmantel übergeworfen.

»Ich fühle mich so satt wie eine vollgesogene Zecke«, sagte Henny mutlos, »aber ich muß irgend etwas zu mir nehmen, ich weiß, ich bin völlig leer.« Sie setzte sich mit Jinny an den Küchentisch und stürzte hungrig und schweigend zwei Tassen Tee hinunter. Dann stand sie auf und wandte sich wieder der Treppe zu.

»Wir werden bald gehen«, sagte Jinny freundlich. »Ich werde sie schon rausscheuchen, Pet!«

»Ach, das macht mir nichts aus. Ich bin selbst so verdammt unruhig, daß es mir ganz egal ist, was die anderen machen. Ich höre sie kaum«, erwiderte Henny. »Ich gehe hoch, um mich auszuruhen. Oje, jetzt grummelt mein Magen! Wie dumm von mir, alles durcheinander zu trinken. Sag Louie, sie soll mir das Natron bringen.«

Sie schleppte sich nach oben. Unten sangen die Pollits wie wild:

»The flowers that bloom in the spring, tra-la, have nothing to do with the case.«

»Ich nehme an, Collyer hat Henny und dir das Haus hinterlassen?« erkundigte sich Lennie bei Sam.

»Er hat es versprochen«, antwortete Sam. »Aber laß uns lieber nicht darüber reden, Len. Ich mochte den alten Knaben sehr gern und er mich auch.«

»And that's what I mean when I say and I sing«, schmetterten die Pollits, rund um den Flügel versammelt, einer auf die Schultern des anderen gestützt.

»Hast du es Henrietta schon gesagt?«

»Nein, ich glaube, sie ist zu müde. Ich habe angerufen und erklärt, daß ich es ihr morgen früh sagen werde. Ich werde zum Begräbnis gehen. Es wird mein allererstes Begräbnis sein. Ich hasse Begräbnisse, aber bei dem lieben alten David ist das etwas anderes. Ich bedauere sehr, daß ich ihn nicht mehr gesehen habe. Ich bereue es bitterlich. Ich habe den alten David geliebt.«

Sie gingen zur Flurtür.

»Pet wird sich sehr aufregen.«

»Natürlich! Ihr Vater!«

Louie kam im Eilschritt die Treppe herunter. »Daddy, Mutter geht es nicht gut, sie sagt, wir sollen den Arzt rufen.«

Henny stöhnte laut.

»Sie hätte den Wein nicht trinken sollen«, erwiderte Sam, »und die Aufregung hat ihr bestimmt auch nicht gutgetan. Siehst du, ich kann es ihr unmöglich heute sagen.«

»Verdammt!« rief Henny von oben.

Sam runzelte die Stirn.

»Louie!« rief Henny. »Louisa! Bonnie!«

»Ich werde gehen«, sagte Sam.

»Laß Tante Bonnie gehen«, entgegnete Louie. »Tante!« Die Pollits grölten: »*The music goes round and round*!«

»Tante!« rief Louie und suchte in allen Zimmern. Wenig später kam Bonnie etwas verwirrt, aber fröhlich, mit einer Zeitung in der Hand aus dem Badezimmer. »Übrigens, Sam, was sagt man in Singapur eigentlich zu Wally? Ich habe ganz vergessen, dich danach zu fragen? Was sagt das britische Empire zu unserer amerikanischen Schönheit?«

»*And it comes out here*!« kreischten die Pollits und brüllten vor Lachen.

Louie sagte rasch: »Tante, Mutter fragt, ob du zu ihr kommen kannst!«

»Louie!« schrie Henny, wütend vor Verzweiflung. »Louie, sag diesem verrückten Haufen, er soll endlich Ruhe geben!«

Leonard wandte sich um. »Scht! Scht! Henny geht es nicht gut!«

»Ich scheuche sie raus«, rief Jinny und eilte zum Flügel.

Plötzlich schrie Henny: »Samuel! Sag diesen verdammten Idioten, daß sie gehen sollen«, und dann hörten sie, wie sie zu stöhnen begann. Jinny sprang sofort in die Bresche, verwandelte sich in ein Dutzend Jinnys, zupfte hier, tätschelte dort, schob die anderen zur Tür, zeigte ihnen, wo ihre Mäntel hingen, entschuldigte sich und erklärte, Henny sei übermüdet von der Aufregung und müsse jetzt mit ihrer Familie allein sein.

Henny rief, heiser vor Wut: »Samuel! Samuel!«

Schnaubend wie ein Kavalleriepferd kam Louie wieder nach unten. »Daddy, Mutter sagt, es ginge ihr so schlecht, daß sie es nicht mehr aushalten kann!«

»Die Nerven«, erwiderte Sam müde. »Aber ich nehme an, das ist ganz normal. Die arme Pet wartet. Dieses schreckliche Warten am Ende.«

Großvater eilte auf Samuel zu. »Was ist los? Das ...«

»Nein«, sagte Sam. »Dafür ist es noch vierzehn Tage zu früh. Reine Hysterie.«

Der alte Charles murmelte hastig mit schamvoll-flehentlichem Gesicht: »Samuel, bisher hat noch keiner von euch ein Kleines nach mir benannt – wenn es also doch schon kommen sollte und ein Junge ist, wirst du ihn Charles nennen? Ich werde Henny selbst noch einmal darum bitten, mein lieber Junge, wenn die Zeit gekommen ist. Mir bleibt nicht mehr viel vom Leben. Ich würde gern noch so ein kleines Kerlchen sehen, das den Namen seines alten Großvaters trägt.«

»Also gut, Vater.« Sam lachte ein wenig. »Du hast deine Ansprüche geltend gemacht.«

»Hier ist dein Mantel, Lennie«, sagte die geschäftig hin- und herlaufende, bereits vollständig angekleidete Jinny. »Gehst du raus und läßt den Wagen an? Ich hole die Kinder.«

Bonnie kam die Treppe herunter. »Ich verstehe das nicht, es sei denn ...« Sie sah besorgt von einem zum anderen. »Ruf den Arzt, Samuel.«

»Geht sie immer noch zu Doktor Rock?« fragte Sam stirnrunzelnd.

»Natürlich!«

»Also gut!«

Bonnie ging zum Telefon.

Wieder hörten sie Henny von oben.

Die Pollits eilten davon, flohen durch die offenen Türen, schüttelten Hände, schlüpften in ihre Mäntel, rückten ihre Hüte zurecht, riefen: »Auf Wiedersehen! Bis zum nächsten Mal! Wir sehen uns auf der Witzseite wieder!«, folgten geflüsterten Anweisungen ihrer Väter und Mütter, stolperten über eigene und fremde Füße und strömten hinaus zu ihren Wagen oder zur Straßenbahn. Die Nachbarn in den kleinen Backstein-Doppelhäusern gegenüber traten auf ihre Veranden, um sich das Schauspiel anzusehen.

Niemand stieg die Treppe hinauf, um sich von Henny zu verabschieden, von der es hieß, es ginge ihr schlecht. Henny hörte von oben, wie sie stolpernd und trampelnd das Haus verließen. Mit schmerzerfülltem Blick saß sie auf einem Stuhl neben Louies Bett. Als Louie nach der Verabschiedung wiederkam, sagte Henny ruhig:

»Sag deinem Vater, er soll zu mir kommen!«

Samuel ging nur widerwillig hinauf, und Louie, die am Fuß der Treppe wartete, hörte seine Vorhaltungen und Hennys wütende Antworten:

»Wie hätte ich vorsorgen sollen? Ich hatte kein Geld. Es wird eben hier zur Welt kommen!«

»Kein Geld? Und wo ist all das Geld geblieben, das ich dir geschickt habe? Ich habe es mir für dich und die Kinder vom Munde abgespart.«

»Willst du wirklich in meinem Zustand mit mir einen Streit anfangen? Ruf lieber Doktor Rock.«

»Habe ich dir nicht gesagt, du sollst nicht mehr zu Doktor Rock gehen? Er hat einen schlechten Ruf.«

»Es ist mir völlig gleich, was für einen Ruf er hat. Ich bin mit ihm zufrieden. Er ist ein guter Arzt. Muß ich dich erst anschreien, damit ich bekomme, was ich brauche? Kaum bist du zu Hause, geht es hier zu wie im Irrenhaus. Muß ich erst laut werden? Ruf den Arzt! Bonnie! Louie! Sagt diesem Idioten, diesem Schwachkopf, daß ich einen Arzt brauche! Ruf endlich den Arzt, du gräßliches Ungeheuer! Daß eine Frau in meinem Zustand überhaupt irgend etwas erklären und bitten und betteln muß!«

Louie lief zum Telefon und wählte Doktor Rocks Nummer. Die ruhige, wie ihr schien unverschämt ruhige Stimme des Arztes fragte: »Was ist los? Was hat sie gesagt?«

»Daß Sie so schnell wie möglich kommen sollen.«

»Ich schicke die Schwester vorbei.«

Der Streit im ersten Stock ging weiter, wenn auch in gedämpftem Ton. Als Sam schließlich nach unten kam, wirkte er ernst und still. Teilnahmslos murmelte er Louie zu: »Sorg dafür, daß die Kinder keinen Lärm machen. Mutter geht es nicht gut.«

»Ich weiß«, erwiderte Louie grob.

Er betrachtete sie kühl. »Wenn du so gut Bescheid weißt, dann paß auf, daß sie ruhig sind. Ich selbst bin auch ganz krank, Lulu«, fügte er, plötzlich ganz weich, hinzu. »Ich habe das Gefühl, daß ich jeden Moment zusammenklappe.«

Er stolperte durch das in völligem Durcheinander zurückgelassene Eßzimmer, stieg über die groteskesten und absonderlichsten Gegenstände und ließ sich im Musikzimmer aufs Sofa fallen.

»Lululein«, rief er in kläglichem Ton, »komm und sprich mit mir.« Sie ging zu ihm.

Oben hörten sie Henny ächzen und stöhnen.

»Wir haben eine lange Nacht vor uns«, sagte Sam. »Ich möchte, daß du den Kindern hier unten Betten machst. Mutter will oben schlafen.«

»Ist sie sehr krank?« fragte Louie ängstlich.

»Das kommt von dem neuen Leben, das mit aller Macht auf diese Welt drängt«, antwortete Sam. »Morgen früh, wenn die Sonne aufgeht, werden wir ein Kind mehr in der Familie haben.«

Louie sah ihn an, als traue sie ihren Ohren nicht. »Ein Kind mehr?«

»Das Stöhnen, das du hörst, ist nur der Anfang des allergrößten Dramas auf Erden, der menschlichen Geburt.« Er sah sie mit leuchtenden Augen an und fügte im Tonfall eindringlicher Beschwörung hinzu: »Wenn der neue Morgen heraufzieht, wird Samuel Pollit der Vater eines neuen Sohnes oder einer neuen Tochter sein.«

Louie lief von Kopf bis Fuß rot an.

»Und dabei bin ich selbst so krank, Lululein, daß ich mich kaum freuen kann, ganz anders als sonst bei der Geburt eines Kindes. Die ganze Größe der Menschheit, das wunderbare Aufflammen neuer Sterne, die Herrlichkeit des expandierenden Universums – all das findet Ausdruck in dem Geheimnis, dem Wunder und der Tragödie der menschlichen Geburt. Mich hat das schon immer über alle Maßen gefesselt. Und da liege ich nun mit gummiweichen Knochen und bin völlig fertig. In den letzten Nächten in Singapur war ich so müde, daß ich, wenn ich die Augen schloß, blaue und gelbe Flammen sah und Bilder, so deutlich wie Fotografien, nicht die üblichen Visionen. Und in meinem Traum saß ein Drache auf meinem Bett. Erzähl das niemandem, Lulu, schon gar nicht Henrietta. Ich möchte nicht, daß sie sich zusätzlich Sorgen macht.«

Louie sah ihn beklommen an.

»Auch ein Riese hat seine Schwächen«, lachte Sam.

Louie sagte:

Zerstört ist der Zerstörer jetzt!
Der Sieger ist geschlagen!
Der andern ihr Geschick gesetzt,
Muß bang ums eigne fragen!

Sam sah sie verwirrt an. »Warum hast du das gesagt?«

Ihr Gesicht verzog sich zu einem Grinsen. »Es ist mir gerade so eingefallen.«

»Laß mich schlafen. Geh hoch und sieh nach, ob deine Mutter irgend etwas braucht.«

Als Louie nach oben kam, stellte sie fest, daß Doktor Rock bereits von Bonnie eingelassen worden war.

»Hol mir ein paar saubere Handtücher, Louie«, sagte Henny und rang mühsam nach Luft.

Der Arzt wandte sich ungeduldig zu Louie um.

»Geh schon, Liebes«, sagte die arme Henny freundlich.

Bonnie machte Louies Bett.

»Du wirst heute unten schlafen müssen«, fügte Henny hinzu.

Der Arzt funkelte Louie böse an.

»Das Wasser läuft aus, Doktor.«

Der Arzt durchbohrte Louie mit einem stechenden Blick. »Geh schon! Hau endlich ab!«

3 | *Der neue Morgen*

Das Gesicht von der Sonne gerötet, die Haare ausgebleicht, wartete Sam Pollit auf die Geburt seines siebten Kindes. Er hatte die ganze Nacht nicht geschlafen. Louie dagegen war, nachdem sie einige Zeit an der Tür des Geburtszimmers gewartet hatte, gemeinsam mit Evie unten in Hennys großem Bett eingeschlafen. Die hilfsbereite Bonnie war über Nacht geblieben. Und die an Windgeheul und Geschrei gewöhnten Jungen schliefen tief und fest auf ihren Matratzen im Musikzimmer, genau wie 1933, am Tag des großen Sturms, als Sam befürchtete, die Schornsteinköpfe könnten herunterstürzen. Zwar wachten sie gelegentlich auf und hörten ihre Mutter schreien, deuteten es aber als Zeichen des üblichen Ehezwists, drehten sich um und schliefen wieder ein. Es gab Folterungen im Himalaya, Wirbelwinde im Grand Canyon, und die Richter am Supreme Court gerieten in einen heiligen Zorn. Was konnten kleine Jungen wie sie da schon an den Meinungsunterschieden zwischen den beiden Pfeilern ihres Heims, Mutter und Vater, ändern? Sie lauschten eine Weile, dann zogen sie sich die Decke über den Kopf und schliefen weiter.

Gegen vier Uhr wurde der Himmel heller, und nach und nach regten sich die Vögel. Einige klangen wie rostige Winden, andere wie quietschende Türangeln, wieder andere wie zu schnell abgespulte Angelruten, und einer hörte sich an wie Wasser, das einen verstopften Abfluß hinuntergluckst. In Sams Ohren sangen sie alle Lobeshymnen auf den heraufziehenden Morgen, gratulierten sich zu ihrer Brut und ihm zu seinem neuen Kind. »Die Natur ist hellwach«, dachte Sam, als er die kleinen Kiefern am unteren Rand des Obstgartens betrachtete, »und mein Kleinster im funkelnagelneuen Adamskostüm will ebenfalls die Morgendämmerung begrüßen.« Um halb sechs erhob sich die vielfach angekündigte, flammend rote Sonne aus der Mitte des Horizonts und stieg mit jeder Minute höher. Kein noch so laues Lüftchen raschelte in den hundertjährigen Ulmen auf dem nach Süden gelegenen Felsvorsprung vor Tohoga Place. Über ihm erstreckte sich ein endlos weiter, zarter Frühlingshimmel. Knospende Bäume, deren Wurzeln unter dem Unkraut schon nicht mehr zu sehen waren, säumten den Hügel an allen Seiten. In der Ferne erhoben sich die Bäume, Senken, niedrigeren Hügel und blasenartigen Kuppeln Washingtons aus der Dämmerung; die ganze Welt war eine milchige Kamee. Der verwilderte Garten mit all seinen Pflanzen strebte der neuen Sonne entgegen – Guaven, Pfirsiche, Magnolien, Forsythien und wilde Narzissen, die so üppig und grün auf den Gräbern der Opossums sprossen.

Vom Schlafzimmer der Mädchen, das nach Süden in Richtung Virgina lag, trugen die aufsteigenden Lüfte immer häufigere und lautere Schreie seiner Frau an Sams Ohr. Zweifellos hörten auch die Nachbarn mit ihren kleinen, verkniffenen Dumpfbackengesichtern, die in ihren Schlafzimmern in der Reservoir Street krampfhaft die hellen Flecken auf ihren schmutzigen Laken mieden, ebenso wie die Eindringlinge, die auf den alten Grund und Boden von Tohoga House vorgerückt waren, die Hinterzimmerbewohner in den Slums der Fünfunddreißigsten Straße, die ihre müden Augen auf Tohogas grüner Wildnis ruhen ließen, sofern sie wach waren, Hennys Schreie. Die Luft war still und reglos. Mit großen Schritten eilte Sam zum Haus zurück.

»Es geht dem Ende entgegen«, sagte Sam. Beide Flügel der großen Südtür standen offen, um die feuchte Morgenluft hereinzulassen. Sam lief durch den Flur in Hennys Zimmer, wo die beiden Mädchen noch fest schliefen. Ziegelfarbenes Licht fiel durch die Läden der Verandatüren auf die Decke und wanderte in hellen Streifen weiter ins Zimmer. Die Hitze vom Vortag und der nächtliche Schweißgeruch mischten sich mit der taunassen Morgenluft, die durch die Schlitze der Läden drang. Alle Fenster standen offen. Louies langes Haar lag in einem Fächer ausgebreitet auf dem Kissen, und die zerknitterte Decke war auf ihrer Seite ganz ans Fußende gedrückt, während sie Evie noch halb umfangen hielt. Sam pfiff Louies Melodie. Als sie die Augen aufschlug, sagte er rasch: »Hol die Kinder aus dem Bett und zieh sie an, Lulu. Ich möchte, daß sie hören, wie das neue Baby kommt.«

»Ist es schon da?« fragten die Mädchen benommen.

Sam zeigte nach oben. »Es kommt, es kommt. Beeilt euch. Ich wecke die Jungen.«

Louie rüttelte Evie an der Schulter und sprang aus dem Bett.

»Meinfrauchen, Meinfrauchen, mach schnell, mach schnell«, sagte Sam. »Ein neues Bimbo, ein neues Bambino wartet auf dich!«

Evie setzte sich auf, ihr Gesicht zu einem grotesken Grinsen verzogen. »Wir haben ein neues Bambino?«

»Noch nicht. Aber es kommt, es kommt bald!« Er beugte sich zu ihnen und küßte sie. »Klein-Bimbo hat's nämlich sehr eilig, will Klein Sam und Kleinfrauchen sehen.«

Evie sah sich um. »Wo, Taddy?«

»Noch bei Mutter«, antwortete Sam liebevoll.

Dann ging er die Jungen wecken. Ernie schoß wie ein Blitz aus dem Bett und riß sich seine Pyjamahose herunter. Sein Gesicht wirkte angespannt und ernst. Das Hemd halb über den Kopf gezogen, mit großen Augen wie Bruder Hoppeldihopp aus seinem Kaninchenbau blickend, erstarrte er bei einem erneuten Schrei von oben und sah Groß-Sam fragend an. Aber der antwortete nicht. Statt dessen warf er sich auf die Matratzen. »Steht auf, steht auf«, rief er und zog und zerrte an Armen und Beinen, während die Zwillinge schlaftrunken ächzten und murmelten: »Steh doch selber auf, Erno, oder ich hau dir eine«, bis sie die Augen aufschlugen und voller Freude Sam erblickten, der aus Malaya zu ihnen zurückgekehrt war.

»Daddy!« riefen sie beide.

»Steht auf, steht auf!« flüsterte er geheimnisvoll. Sie rappelten sich hoch und hüpften auf ihren Matratzen. Die Sonne strahlte, aber oben schien es nicht voranzugehen. Anstatt ein langes Gesicht zu machen, war Sam erfüllt von Jubel und Heiterkeit; in seinen Augen tanzte das Lächeln zahlloser Elfen, funkelte und erlosch, um gleich wieder aufzublitzen; seine müden, gelblichen, erschlafften Wangen färbten sich rot, und seine häßlichen, blutunterlaufen Augen, in der tropischen Sonne faltig und schmalschlitzig geworden, blinzelten und grinsten sie an, als wollten sie ihnen eine wunderbare Zukunft verheißen.

»Neues Bimbo«, flüsterte Sam, »neues Bimbo, macht euch bereit, macht euch bereit.« Und zu Louie, die sich hastig ihre Kleider übergeworfen hatte, sagte er lachend: »Zieh sie an, Lulu.«

Klein Sam stand aufrecht da, Augen und Ohren angestrengt auf die Geschehnisse im oberen Stock gerichtet, während Louie vor ihm kniete und ihm seine Sandalen anzog. Helle Sonnenstrahlen streiften ihre Köpfe, bananengelb die Blonden und kupferrot die Brünetten. Sie waren alle erstaunt und nüchtern, musterten Louie und Sam kritisch und aufmerksam. Sam war unbesorgt. Er lächelte, beugte sich zu Evie hinunter, küßte sie und gurrte sanft: »Ming! Mäumeling! Meinmäumeling! Was bis du so ernst? Was kämpfs du mit den Tränen? Mummy kricht 'nen neuen Rangen, Daddy kricht 'nen neuen Fratz, Evie kricht 'n neues Wickelbaby, Tommo kricht 'nen kleinen Bruder, unn

Louie kricht ’nen kleinen Schreihals, mit dem sie *eidi-deidi* machen kann!«

Evie hob ihr weiches Kätzchengesicht, schaute nachdenklich in sein Gesicht und versuchte, sich auf all das einen Reim zu machen. Er sah sie voller Bewunderung an und hob sie mit plötzlichem Schwung in seine Arme.

»Meinfrauchen! Hätts mit tlein Sam nach Malaya komm solln, dann hätts du alle gesehen – die kleinen braunen, bronze-, kupfer-, schwefelfarbenen, maisgelben, goldbraunen Wickelbabys, hätts sie alle in deim Aam wiegn könn, hätts nich so weit weg bleim solln von deim aam tlein Sam.«

Evie warf den Kopf zurück wie Henny und lachte ärgerlich. »Aber du hast mich nicht mitgenommen, du hast mich nicht mitgenommen!«

Von dem Zimmer direkt über ihnen drangen drei gellende Schreie zu ihnen herunter. Evie war verängstigt. Sams Gesicht spannte sich. Er setzte sie auf den Boden.

»Schnell, schnell, alle Mann an Deck!«

Wie ein Schäferhund seine Herde trieb er sie zum unteren Ende der Treppe, wo sie stehenblieben und mit gespannten Gesichtern erwartungsvoll nach oben sahen.

Sam beugte sich über sie, legte die Hände auf ihre Schultern, schob sie noch dichter zusammen und sang mit leiser Stimme:

Trotz der großen Kinderriege braucht Mutting ’ne neue Wiege!
Daddy und sein Mäumelind krieg ’n neues Wickelkind!
Und Louie kriegt, wie du weißt, einen neuen Plagegeist!

Die Kinder kicherten und gluckstèn, wie eine Sommerwelle, die über Strandkies streicht, dann hielten sie mit offenen Mündern inne, um auf Henriettas wilden, heiseren Schrei zu lauschen, einen Schrei, den sie ihr niemals zugetraut hätten. Louie sah sich erschrocken zu Samuel um, dachte, Henny sei wahnsinnig geworden. Evie begann zu weinen. Sam wurde ernst und hob die Hand.

»Kinder, hört gut zu: Sie hat die ganze Nacht geschrien, aber das geht jetzt zu Ende, und ihr werdet bald einen ganz neuen Schrei hören. Das wird das neue Baby sein. Hört zu, hört gut zu!«

Die Kinder lauschten angestrengt. Sam sagte sanft: »Das ist der erste Sonnenaufgang und der erste Tag für ein Mitglied unserer Familie. Sieh nach, wie spät es ist, Lulu.«

Es war halb sieben. Der Schrei des Babys war zuerst kaum auszumachen. Sam steckte eifrig sein Gesicht zwischen ihre Ohren und flüsterte: »Horcht, jetzt, jetzt, das ist das neue Baby.« Freude und Stolz ließen ihn erröten. Sie hörten Stimmen, das Stöhnen ihrer Mutter und dann, frei und losgelöst, einen langen, dünnen Klageschrei.

»Viertel vor sieben«, rief Louie.

»Hast du das gehört, Mäumeling«, fragte Sam. »Hast du das gehört?«

»Ja, Taddy, ich hab es gehört.«

»Was ist das?« fragte Tommy.

»Das neue Baby, hört ganz genau hin. Das ist das neue Baby.«

»Wir haben es gehört«, verkündete Saul für die Zwillinge.

Sie waren verwirrt, aber sie glaubten an ihn und waren überzeugt, ein Baby sei auf wundersame Weise auf dem Dach ihres Hauses angekommen. Kurz darauf hörten sie ihre Mutter wieder normal sprechen. Ein Mann antwortete ihr.

»Und wer ist das, Taddy?« fragte Tommy.

»Geht und sagt Bonnie Bescheid«, befahl Sam in spöttischem Ton, denn Bonnie hatte sich unter Tränen und zahlreichen Einwänden standhaft geweigert, mit ihnen an der Treppe zu warten, und war auf die hintere Veranda gegangen, um sich abzulenken.

Im nächsten Augenblick ging oben die Tür auf, und ein fremder, strenger Mann erschien auf der Treppe, betrachtete sie voller Widerwillen und sagte unfreundlich zu Sam: »Mrs. Pollit wünscht, Sie zu sehen.«

Sam drängte sich sofort nach vorn, schob seine Kinder mit beiden Händen zur Seite, löste die langen Glieder aus dem Knäuel kleiner Arme und Beine und sprang die Stufen hinauf. Der Arzt verschwand. Auf der letzten Treppenstufe blieb Sam stehen, drehte sich noch einmal zu ihnen um und sagte mit breitem Grinsen:

»Wartet, Kinder, wartet, bis ihr es selber seht!«

Die Tür ging zu. Sie hörten die Stimmen ihrer Eltern.

»Ist es ein Baby?« fragte Klein Sam zum wiederholten Male ungläubig.

»Natürlich, du Schwachkopf, Daddy hat's doch gesagt«, wies

ihn Evie zurecht. Sie hatten überhaupt nichts verstanden, außer daß Mutter wütend war und irgendwie gelitten hatte, es ihr jetzt aber wieder besser ging, und das war eine große Erleichterung. Sie liefen im Flur herum, nachdem Louie ihnen verboten hatte, Sam nach oben zu folgen. Plötzlich war Sam wieder da, von einer neuen Liebe ergriffen. Er legte den Zwillingen die Hände auf die Schultern und sagte aufgeregt: »Kinder, ihr habt einen kleinen Bruder.«

Die Kinder sahen einander an. »Wie heißt er?« fragte Klein Sam.

»Er hat noch keinen Namen«, sagte Groß-Sam verschmitzt; er wußte, wie seltsam ihnen das erscheinen mußte. »Wir müssen ihm erst einen Namen geben. Wie wollen wir ihn nennen, Kinder?«

»Sam«, antwortete Saul wie aus der Pistole geschossen.

Die anderen lachten, mit Ausnahme von Sam, Sauls Zwilling. Sie schlugen verschiedene Namen vor, wollten das Baby nach Freunden in der Schule oder in der Straße benennen; und dann kam eine fremde, unheimliche Frau, die offenbar spät in der Nacht noch eingetroffen war, die Treppe herunter und sagte mit freundlicher Stimme: »Mrs. Pollit möchte Tommy sehen.«

Der verängstige Tommy trat zögernd einen Schritt nach vorn.

»Darf ich? Darf ich?« riefen alle durcheinander.

»Sie will mich sehen«, widersprach Tommy und schritt tapfer die Stufen hinauf. Aber er schlug die angebotene Hand der Schwester aus und zog ein mürrisches Gesicht, als sie ihm mit professionellem Pathos verkündete, er sei jetzt ein großer Junge und habe einen kleinen Bruder, auf den er aufpassen müsse.

»Charles Franklin«, sagte Groß-Sam, »so werden wir ihn nennen, nach Grandpa und nach dem Präsidenten, dem größten Mann unserer Zeit, dem Daniel unserer Tage. Möge der kleine Charles Franklin es ihm eines Tages gleichtun.«

»Ihm und Grandpa«, warf Ernie ein.

»Grandpa ist in Ordnung, aber Grandpa ist Grandpa. Als junger Mann hatte er hart zu kämpfen, da seid ihr Kinder heute besser dran. Als Grandpa amerikanischen Boden betrat, besaß er nichts außer einer Blechkiste mit seinen Kleidern. Charles Franklin hat günstigere Ausgangsbedingungen, wir leben heute in einer viel besseren Zeit. Seit der Jugend eures Grandpas hat sich die Welt sehr verändert. Grandpa hat mich eigens darum gebeten, das Baby nach ihm zu nennen. Es ist nichts weiter als eine kleine, sentimentale Geste. Grandpa ist alt, wir können es ihm schlecht verwehren.« Er nickte ihnen freundlich zu und schickte sie nach draußen zum Spielen, bis Bonnie und Hazel das Frühstück vorbereitet hatten.

»Wie wollt ihr heißen?« fragte Evie, die mit den Zwillingen »Familie« spielte.

»Ippa-pa-tixit!« verkündet Saul. »Mr. Ippa-pa-tixit!«

»Mrs. Ippa-pa-tixit«, korrigierte Evie. »Du bist Sams Mutter. Und wie willst du heißen, Ernie?«

»Ach, halt doch den Mund«, sagte Ernie, der an einem Bleistiftstrich am Pfosten der Veranda seine Körpergröße maß.

»Du bist eine Lady«, erklärte Evie Saul und ignorierte den widerspenstigen Ernie, ihren ewigen Gegenspieler. »Sam, du bist sein neues Baby. Deine Mutter hat ein neues Baby, und die Lady da drin hat auch ein neues Baby. Sie heißt Mrs. Arch.«

»Wer ist Mrs. Arch?«

»Mrs. Aasch«, sagte Ernie. Die Jungen lachten, Evie runzelte die Stirn.

»Die Lady da drin mit dem weißen Kittel, die Krankenschwester«, erklärte Evie. »Ich habe auch ein neues Baby, und Mutter heißt Mrs. ... Hab's vergessen.«

»Aasch«, sagte Ernie.

»Mrs. Lockenstab«, schlug Saul vor.

»Mrs. Müllbottich«, sagte Ernie.

»Mrs. Lockenstab, und Tante Bonnie heißt Mrs. ... was meinst du, Saul?«

»Mrs. Müllbottich«, sagte Klein Sam.

»Mrs. Bottich!« entschied Evie.

»Mrs. Bottich macht Mrs. Lockenstab eine Tasse Tee, und dann geht sie nach oben, um sich das neue Baby anzusehen. Und Mrs. Lockenstab sagt: ›Wie geht's Ihrem neuen Baby, Mrs. Bottich?‹«

So spielten sie weiter und warteten auf Sam – der wieder ins Haus gegangen war, um nach Tommy zu sehen – und darauf, daß sie an die Reihe kamen, ihre Mutter zu besuchen. Bonnie lehnte aus dem Vorderfenster und konnte nicht umhin, sie in ihrem Spiel zu unterbrechen. »Warum heiße ich ausgerechnet Mrs. Bottich und nicht Mrs. Knoblauch oder Mrs. Pferdedung?« Aber sie hörten sie nicht, so sehr waren sie damit beschäftigt, einander zu besuchen und sich nach der Gesundheit ihrer jeweiligen Babys zu erkundigen. Deshalb hörten sie auch nicht, wie Bonnie sich bei Louie beschwerte, sie hätten sie wenigstens Mrs. Zugposaune oder Mrs. Teppichstange nennen können, anstatt ausgerechnet Mrs. Bottich, »Greta Gärbottich, Toni Toilette«, sagte sie und lachte traurig. »Wahrscheinlich, weil sie mich immer mit dem Müllbottich und dem nassen Mopp herumziehen sehen. Da sieht man, was naive, unschuldige Kinder mit mir verbinden!«

»O nein, das ist nicht wahr«, widersprach Louie. »Bottich ist für sie einfach ein lustiges Wort. Sie verbinden dich mit fröhlichem Singen und Tanzen und den vielen Kostümen, die du in deiner Truhe hast!«

»Meinst du?« war Bonnie versucht zu glauben. »Mrs. Strip Tease?«

Plötzlich kam Sam nach draußen gerannt.

»Gas, Gas, ich rieche Gas! Lulu, Bonafidus, *Gas!* Hazel! Ernie, sag den verflixten Frauen, daß es nach Gas riecht. Alle den Abhang hinunter!«

Ein schwacher Wind schleppte sich durchs Haus wie eine kranke Frau in langem Morgenmantel und brachte den Geruch des unter dem Porrdige flammenlos ausströmenden Gases mit. Der Himmel schimmerte grünlich. Die Kinder hörten auf zu spielen und streiften durch das hohe Büffelgras. Seit Daddys Rückkehr und der Ankunft des neuen Babys hatten sie keinen Gedanken an die Schule verschwendet. Damit es im Haus nicht so laut war, sollten sie draußen frühstücken. Die Zwillinge waren nach oben gegangen, um ihre Mutter zu besuchen, aber man hatte sie an der Tür abgewiesen; ihre Mutter sei zu müde, um mit irgend jemandem zu sprechen. Und so kamen sie wieder zurück, Hand in Hand, niedergeschlagen, weil das neue Baby für sie noch immer unsichtbar war.

»Meine Mudder sprach immer von Gottes Sonntagsbrise«, sagte Sam wohl schon zum tausendsten Mal und ahmte dabei den Akzent seiner Großmutter nach. »Unn meine Großmudder sprach immer: ›Lütt Sammy, komm bei mich bei! Deine Mudder, mein leif Döchding Mary, hat zwar ’nen ganzen Slappenstall voll Kinder, aber da is ein mang, das is mein Allerlewster, unn das is mein lütt Sam!‹«

Sam ließ sich auf der hinteren Veranda nieder und schwelgte in weiteren Erinnerungen an seine frühe Kindheit und an den Dialekt seiner Großmutter, die, wie er ihnen versicherte, eine kräftige, stämmige Frau gewesen war, die vor keinem Mann Angst gehabt hatte, und seiner Mutter, einer stattlichen, gutaussehenden Frau, wenn auch ein wenig knochig, eine gute Frau und sehr religiös, »aber keine Frömmlerin, sondern mit dem Herz auf dem rechten Fleck«. Sam erinnerte sich an die Morgendämmerung seines eigenen Lebens, als er, der Benjamin, von lauter großen, furchterregenden Brüdern und Schwestern und einer kränkelnden Mutter umgeben, durchs Haus sprang, die Welt erforschte und über die Geheimnisse der Natur nachgrübelte, den langen, weitschweifenden Gedanken der Jugend nachhing und ganz für sich allein die Geheimnisse der Natur entdeckte. Und er erzählte ihnen, wie er sich schon damals an Ort und Stelle, der segensreichen Unwissenheit der Kleinkindzeit kaum entrissen, in die Natur verliebte und beschloß, von dieser Liebe nie wieder zu lassen. Und daß er hoffte, es würde ihnen eines Tages allen so gehen, auch klein Charles Franklin, wenn er erst einmal auf seinen kleinen Beinchen stand.

»Es ist nie zu früh, nachzudenken«, sagte Sam, »aber leider gibt es nur wenige Erwachsene, die nachdenklichen Kindern genug Raum für ihre Ideen lassen. Was könnte verheißungsvoller sein als ein nachdenkliches Kind? Bewahrt euch eure Nachdenklichkeit, Kinder! Auch Lavoisier ist einmal ein Kind gewesen, Newton ebenfalls, Joseph Herny war einmal genauso klein wie Charles Franklin heute, und selbst der große Thomas A. Edison hat einmal in seiner Wiege gelegen und gespuckt.«

Ein paar weiße Wolken erschienen am Himmel. »Heute könnte die Kindheit eines neuen Agassiz beginnen«, sagte Sam.

»Schon wieder Gas? Oder Gassi?« fragte Ernie.

»Auch im Westen hellt sich jetzt der Himmel auf«, sagte Sam.

Freudig erregt von dem neuen Licht und der frischen Luft, sprangen die Kinder über die Wiese. Von drinnen war das Klappern von Töpfen und Tassen zu hören. Ein Schwarm Stare flog über sie hinweg.

»Ein Gartentrupial«, rief Ernie von den Obstbäumen, »Samulum, Sam der Kühne!«

»Ach«, rief Sam und seufzte tief, »Jungs, Jungs, endlich bin ich zu Hause. Wieviel mir das bedeutet. Ihr wißt, wie sehr ich die weite Welt liebe. Aber wie froh ich bin, wieder bei euch zu Hause zu sein, das kann keiner von euch auch nur ahnen.«

Er warf sich der Länge nach auf den Boden und griff sich büschelweise weiches, frisches Frühlingsgras. »Nach Hitzeschweiß in Singapuh – endlich daheim, juchhuh, juchhuh!«

Plötzlich drehte er sich um und schniefte. »Gas, Gas!« platzte er heraus, »Ernest-Paine, Gas! Säumling, lauf und sag Lulu Bescheid. Gas, Gas!«

Ernest lief zur Küche und rief: »Lulu, Gas! Daddy sagt Aggasiz!« Der Gasgeruch wurde stärker. Sam stand auf, ging zum Haus und versuchte, durchs Küchenfenster hineinzusehen. »Gas, Gas in der Küche, sagt es Bonnie. Kinnings, sagt's den Frauen.« Die Kinder hüpften um ihn herum, lachten und schrien wie wild: »Gas, Gas!« Nach einer Weile erschien Louisas Kopf im offenen Küchenfenster. »Der Tee ist fertig.«

»Es riecht nach Gas«, erwiderte Sam. »Wollt ihr mit Gewalt die Rechnung nach oben schrauben? Ihr steckt wohl mit dem Gaswerk unter einer Decke? Vereinigte Freunde und Verbündete der Gasanstalt.«

Louisa lachte. »Die Flamme unterm Porridge war so niedrig eingestellt, deshalb ist sie immer wieder ausgegangen.«

»Laß nichts verkommen, dann wird's dir frommen«, verkündete Sam. »Tee ist fertig, Kinder. Kleinfrauchen – jetzt Großfrauchen –, der Morgentee! Syce, mein Tee, mein Tee!« Er sah sich nach seinem nicht vorhandenen Diener um und ahmte dessen Antwort nach: »Ja, Tuan! Gleich, Tuan!« Wieder rief er: »›Syce, *teh pagi-pagi* – den Morgentee.‹ ›Ja, Tuan!‹« Er grinste die Kinder an, die sich gerade daran gewöhnten, ihren großen Spielgefährten und Brigadegeneral wieder unter sich zu haben, und platzte heraus: »*Hantar-kau barang barang saya ka-Raffles Hotel.* – Schicken Sie meine Sachen ins Raffles Hotel.« Aber sie sahen ihn nur gelangweilt an.

»Immer wenn ich in ein Dorf kam, habe ich ein paar Sätze heruntergerasselt, um die Jungen und Mädchen freundlich zu stimmen«, erklärte Sam. »Außer mir gab sich kein Master, kein weißer Mann, mit ihrem Kauderwelsch ab. Weil ich es wenigstens versuchte, schlossen sie mich sofort in ihr Herz. Sobald ich eine kleine Pfütze sah, fragte ich: ›Gibt es da drin Krokodile?‹

Oder ich sagte: ›*Panasnya sangat terek.*‹ – Die Hitze ist fürchterlich. Die Kinder sind mir alle sofort nachgelaufen. Wartet, bis ich meine Taschen auspacke. Sam der Kühne wird neun Monate brauchen, um euch alles zu erzählen, was er erlebt hat; nein, ich werde euch nicht einmal ein Zehntel berichten können. Aber was soll's, ihr seid bei mir, sperrt Augen, Münder und Ohren auf, und ich kann zu euch sprechen, Gott – den es nicht gibt –, dem Himmel – der nur ein Gasgemisch ist – und der Erde – auf der wir mit beiden Beinen stehen – sei Dank.«

Dann teilte er höchstpersönlich die Teetassen aus, zählte dabei auf malaiisch *satu, dua, tiga, ampat* ... und forderte sie auf, ihm nachzusprechen.

»Auf die Weise kann ich mit meinen kleinen malaiischen Freunden in Tohoga zusammen sein«, sagte er und lächelte breit. Alles mußte einen malaiischen Namen bekommen, und er überschüttete sie mit seinem neuen Wissen, ertränkte sie gurgelnd und blubbernd, indem er in kürzester Zeit alles über sie ergoß, was er gelernt hatte. Als sie mit dem Tee fertig waren, ließ er sie in der Reihenfolge ihres Alters antreten und durch den Garten marschieren. Er rief:

»Ermy-Paine, Evie-Zwergböckchen, Gemini-Gemini, Limpopo, folgt Tuan Pollit ins Reich der Tiere, links-rechts, links-rechts! Backfuß, Steuerfuß!«

Er dirigierte sie im Gänsemarsch auf die Tierkäfige zu und sang dabei: »Am Morgen im hellen Tageslicht, wenn die Sonne sich in den Zweigen bricht, hörst du die Neger in der Ferne, sie singen leise, oft und gerne.« Dann pfiff er die verschiedenen Erkennungsmelodien der Kinder, ließ sie darauf antworten und klagte in weinerlichem Ton: »Wie oft habe ich eure Melodien gepfiffen, Kinder, in all den frühen Morgenstunden, weit, weit fort im tiefsten Malaya, aber von euch ist nie eine Antwort gekommen. Habt ihr euren Sam nicht übers große Meer nach euch pfeifen hören?«

Er grinste und vollführte einen kleinen Freudentanz. »Aber jetzt muß ich mir eine neue Melodie ausdenken, eine für Charles Franklin.« Er probierte eine Weile verschiedene Melodien aus, bis er plötzlich vom unteren Ende des Abhangs den Gartentrupial ganz allein vor sich hinträllern hörte. »Das ist für mich! Der Vogel schickt mir sein Lied! Das wird Charles Franklins Erkennungsmelodie«, und er ging noch einmal alle ihre Melodien durch und fügte zum Schluß das hübsche Geträller an, das er von nun an »den Charles-Franklin-Pfiff« nannte.

Als sie vor dem Schlangenkäfig standen, sagte er: »Kinnings, letzte Nacht lag ich, während Bonafidus bei Mutter war, dösend auf Bonafidus' Bett und hatte meinen Schlangentraum. Große, dicke Schlängelschlangen krochen durch die Küch, bis aus einer meiner Kisten zwei herrliche, gefleckte Katzen sprangen, zwei Ozelote, *Felis pardalis*, was mich grunzipiell schon mal sehr erleichert hat, weil sie sich sofort auf die Slangen stürzten, aber dann hatte ein Ozelot mit einem Mal eine Slange um den Hals und fauchte mich an und versuchte, durch die Hintertür zu kommen, und ich habe mich mit aller Kraft dagegengestemmt und vor Angst laut geschrien, aber die Tür ging langsam immer weiter auf, und zu meinem Erstaunen sah ich, daß sie direkt nach Washington führte! Die Hauptstadt lag unter mir, ihre Marmorbauten schimmerten wie ausgebleichte Knochen. Ich hing am Rande eines Abgrunds und hatte nur die Wahl: entweder die Schlange oder der Knochenhaufen!«

Er lachte müde. »Kinnings, ihr seht, das Schicksal wird dem armen Sam ein weiteres Nest von Feinden bescheren, denn Schlangen bedeuten Feinde. Das Schicksal liebt mich, Kinder, sonst würde es mir nicht so viele Hürden in den Weg stellen. Das Schicksal will meinen Kampfgeist stärken. Manchmal wünschte ich nur, es würde sich weniger wie eine beängstigende, alles verschlingende Mutter betragen.«

Er senkte die Stimme, blickte zum Haus und sagte: »Erzählt es bloß nicht eurer Mutter, und sagt auch Bonafidus nichts davon, aber auf der Heimreise habe ich mir wegen diesem dämlichen Willets solche Sorgen gemacht, daß ich nachts rund um mein Bett lauter Drachen lauern sah.« Er blickte ängstlich zu den Mansarden des Hauses hinauf, als erwartete er jeden Moment einen chinesischen Drachen, der über den taubenblauen Himmel auf ihn zugeflogen kam.

Anschließend erzählte er ihnen mit sanfter Stimme, daß der arme alte David gestorben sei, in diesem Augenblick nur noch reglos daliege und auf sein Begräbnis warte, aber das alles bedeute nichts, jedenfalls nicht mehr als der Tod des armen Vulpecula, des australischen Opossums. Schon bald würde der alte

David in guter, fruchtbarer Erde liegen. Narmizissen würden aus der Erde wachsen, ein frischer Wind würde durch die Blumen fahren und alles, was an dem alten David sterblich war, durch die Lüfte verbreiten. »Unn an dem alten David hats, wie ihr wißt, nix Unsterbliches gegeem«, erklärte Sam den Kindern, »nur die Liebe, die ihr für ihn in euren kleinen Herzen tragt. Das ist die einzige Unsterblichkeit, die wir je erringen können. Ich zum Beispiel besitze schon ein kleines Stück Unsterblichkeit drüben in Singapur im Herzen von Lo Tschu Teng, meinem wunderbaren chinesischem Freund, dem Antiquitätenhändler. Er hat mir ein ziemlich ungewöhnliches Geschenk gemacht, einen geschnitzten chinesischen Sarg – ein echter Schatz; er wird mir nachgeschickt. Und außerdem wohnt für mich ein Stück Unsterblichkeit in der Brust von Mohammed bin Hassan, meinem malaiischen Freund, und seinem kleinen Jungen, Ali, und im Herzen von Lai Wan Hoe und manchen anderen. Dieses kleine Fünkchen Unsterblichkeit besitzt euer armer kleiner Sam, weil er die Menschen liebt. Tut es ihm gleich, Kinder. Denn jetzt wißt ihr es: Bis zu dem Tag, an dem ihr sterben werdet, lebt der alte David in euren Herzen und Erinnerungen weiter – ja, vielleicht sogar noch länger, denn ihr werdet euren Kindern von dem guten alten David erzählen, und sie werden ihn ebenfalls liebhaben.«

Dann ließ er sie ein Lied für den guten alten David singen, die kleine Weise, die ihr Großvater ihnen immer vorgesungen hatte, *Always Merry and Bright!* So war der schmerzliche und für sie alle so folgenschwere Tod des alten David Collyer in wenigen Minuten abgehandelt, wie der Tod einer Stechmücke oder einer Biene, viel weniger dramatisch als der jämmerliche, federzerzauste Tod eines armen kleinen Vogels im hohen Gras von White Field.

Sam gab sich große Mühe, aber er konnte nicht vor ihnen verbergen, daß der distanzierte, autoritäre Sam, der aus Malaya zurückgekehrt war, ein anderer war als der unbeschwerte Sam, der sich vor Monaten von ihnen verabschiedet hatte; er war strenger, europäischer geworden, vieles gärte in seinem Kopf.

Am Frühstück nahm auch Miss Putnam, die Krankenschwester, teil. Sie hatte ein knochiges Gesicht, helle Augen und schiefe, fragend auf- und abhüpfende Augenbrauen. »Mr. Pollit, würden Sie mir etwas Kaffee einschenken, bitte?« fragte sie, ein wenig zu geziert vielleicht für Sam, der die Kaffeekanne in ihre Richtung schob, aufstand, ihr den Rücken zukehrte und unhöflich grummelte: »Schenken Sie sich doch selbst ein, Schwester Putnam!« Alle waren peinlich berührt, doch Sam ging hinaus in den Flur und raunte Bonnie zu:

»Ich habe keine Lust, mich von einer Entbindungsschwester umsäuseln zu lassen; soll sie ihren Charme doch auf Dr. Rock verschwenden. Wäre es nach mir gegangen, hätte Louie diesmal ihrer Mutter geholfen. Welch bessere Schule könnte es für ein junges Mädchen geben?«

»Samuel«, rief Bonnie, »das meinst du doch nicht ernst.«

»Malaya ist voll von braunen, kerngesunden Babys, und in den Dörfern helfen alle jungen Mädchen ihren Müttern. Ich habe nicht die Absicht, eine schwache, verweichlichte Generation von Frauen heranzuziehen. Wenn Pet und ihr verflixter Aberglaube an die Medizin und all die anderen Errungenschaften unserer Zivilisation nicht gewesen wäre, hätte ich überhaupt keinen Arzt kommen lassen. Pet weiß besser als jeder Mediziner, wann es soweit ist, und ihre Mädchen sind kleine Frauen. Dieser Nimbus vom Medizinmann mit Universitätsdiplom ist sowieso der reinste Humbug. Ich verabscheue alle Diplome. Das mönchische, vom Alltag völlig abgehobene universitäre Leben widerspricht den Grundsätzen der Demokratie. Ich will, daß meine Mädchen genauso werden wie die sanften braunen Frauen des Ostens. Die Mädchen dort sind Schönheiten, sind meinen überlegen, weil sie als Mädchen schon Frauen sind.«

Bonnie, die mit frischem Toast aus der Küche kam, sah ihn nachdenklich an und sagte knapp: »Du hast keine Ahnung, wovon du redest.« Dann lief sie mit hochroten Wangen weiter ins Eßzimmer, beugte sich diensteifrig über die verwirrte Schwester und sagte: »Mein Bruder hat seine eigenen Vorstellungen, Schwester, am besten, Sie achten gar nicht darauf.«

Aber die Schwester, ein gutmütiges Mädchen mit Fohlengesicht, das in jedes Fettnäpfchen trat – wie Bonnie später erklärte –, lachte milde und sagte: »Ich kenne einen Mann, der seine älteste Tochter dazu gezwungen hat. Sie hat sehr jung geheiratet und mit achtzehn einen Sohn bekommen. Es hat sie also nicht im geringsten abgeschreckt. Ist das nicht komisch?«

Bonnie biß sich auf die Lippen und versuchte, die gedankenlose Schwester mit einer stummen Kopfbewegung auf die lauschenden Kinder hinzuweisen. Schließlich sagte sie steif: »Sagen Sie das bloß nicht meinem Bruder, sonst nimmt er Sie noch beim Wort. Das Kind weiß jetzt schon genug und hatte in seinem Leben genug auszuhalten.« Sie deutete auf Louisa, die gerade mit rotem Gesicht von einem Besuch bei dem neuen Baby zurückkam. Ohne irgend etwas um sich herum wahrzunehmen, platzte sie heraus: »Das neue Baby heißt Albert Charles, sagt Mutter.«

Alle wandten sich zu ihr um.

»Es heißt Charles Franklin«, rief Sam von der Tür des Eßzimmers aus, wo er die ganze Zeit über gelauert hatte. »Mein Benjamin heißt Franklin, und eigentlich sollte ich noch Phoebus Apoll hinzufügen, um die dummen alten Griechen nachzuahmen, die glaubten, unsere geliebte Sonne sei ein junger Mann, und ein gutaussehender dazu. Charles Franklin wurde bei Sonnenaufgang geboren, und ich habe ihm vor seinem Fenster gerade ein Ständchen gegeben, auch wenn er es jetzt noch nicht hören kann. Der Morgen ist heilig, alle großen Ideen werden am frühen Morgen oder beim Mitternachtsläuten geboren. Der neue Morgen beschert mir Gedanken, die mir sonst verborgen bleiben. Die meisten Dichterlinge besingen den Sonnenuntergang; das ist auch der Grund dafür, warum ich keine Gedichte lese. Ihre Liebe zur Natur ist nicht groß genug, um sie morgens früh aus dem Bett zu treiben. Aber am Morgen sind alle gleich alt, Vater und Kind, Ming-Mäumeling und Limpopo, Illumina Louisa und Samuel Tuan Pollit, alle haben das gleiche Alter. Ja, selbst Lulu, die die Last der Welt auf ihren Schultern trägt, was nur gerecht ist, weil sie der armen Welt auch ziemlich viel Gewicht aufbürdet, und Schwester Putnam und Bonafidus haben am Morgen das gleiche Alter.«

»Dann sind wir alle gerade erst geboren«, rief Evie erstaunt.

»Charles Franklin ist noch nicht aufgestanden, deshalb ist er alt«, erklärte Klein Sam grinsend.

»Lulu steht nie früh auf«, krähte Saul, der sich dafür ein Lob erhoffte.

Sam sagte matt: »Kinder, kein Sarkasmus bitte. Sarkasmus ist mit Haß verwandt. Noch Kaffee, Mäumeling! Bring deim klein Daddy noch mehr Kaff. *Kop kopi, syce.*«

Er sah prüfend in die Runde, hielt sich aber zurück, sie für ihr Fehlverhalten, ihre schlechten Manieren, ihre Grimassen und ihre verschwenderischen Angewohnheiten zu kritisieren. Einen Augenblick lang konnte er nicht verbergen, daß er ein ernsterer Mann geworden war, die Scherze und komischen Spitznamen kamen ihm nur noch schwer über die Lippen.

»Ich möchte, daß ihr euch eine Idee anhört, die sich mir heute offenbarte, während euer kleiner Bruder zur Welt kam. Die Natur kennt nur wenige Gesetze, aber diesen folgt sie unausweichlich; sie gehorcht den Gesetzen, die sie selbst aufgestellt hat. Sie kann gar nicht anders. Und das wichtigste Gesetz der Natur, dem Pflanzen ebenso wie Familien und das Universum unterworfen sind, lautet Expansion, Wachstum, sei es durch Verwandlung oder durch Aneignung.«

»Und was ist mit dem Tod?« fragte Louie.

»Der Tod ist nichts anderes als Verwandlung. Und ich glaube, daß es sich mit dem Universum ganz genauso verhält. Ich glaube an ein expandierendes Universum, und eines Tages werdet ihr erleben, daß irgendwelche großen Männer das auch beweisen. Ich greife diese Ideen aus der Luft, und doch habe ich auch ganz stichhaltige Anhaltspunkte, denn alles auf der Welt funktioniert nach dem Prinzip der Analogie. Das ist der Geist der Neuen Welt nach Mark Twain: nüchterner Verstand und strenge Analogieschlüsse.

Vielleicht expandiert es auch manchmal und zieht sich dann wieder zusammen, wie Lulu wohl andeuten will, denn der Tod ist ein vorübergehendes Schrumpfen, wie wir es auch von den Gezeiten, von Metallen und unseren Barguthaben her kennen, im Ganzen gesehen aber schreiten wir unermüdlich fort, vom Reichtum zu größerem Reichtum, vom Verständnis zu tieferem Verständnis, denn auch das Leben der Menschen unterliegt den Gesetzen des Fortschritts.

All das hat aber nicht das geringste mit Mystik zu tun, nein, es folgt einem unerbittlichen Gesetz. Denkt an meine Worte!«

»Woher weißt du das alles?« fragte Louie.

»Wenn du einmal älter und klüger bist«, sagte er, »wirst du wissen, daß dein Dad schon immer recht hatte. Schließlich kann ich es auch regnen lassen, oder, Kinder?«

»Ja«, riefen die Kleinen eifrig.

»Wenn ich der Sonne sage: ›Du kannst scheinen‹, dann scheint sie auch, oder etwa nicht?«

»Sie scheint, sie scheint«, riefen sie freudig im Chor.

»Wenn ich sage: ›Regen, von mir aus kannst du regnen, aber nur eine halbe Stunde, dann mußt du aufhören‹, dann gehorcht er mir doch?«

»Ja, er gehorcht dir, Daddy.«

»Unn nixdestetrotz denkt unsre Lulu, ich hätt kein blassen Duns, unn is nur drüber nach am Grübeln, wie sie ihrn klugn Vater reinlegn kann.«

»Du kannst es nicht regnen lassen«, sagte Louie. Interessiert sahen die Kinder von einem zum andern. Sam bemerkte ihr Zögern.

»Kinder?« fragte er vorwurfsvoll.

»Du kannst es nicht«, rief Ernie sofort.

»Wirklich nicht, Kleinfrauchen?«

Verwirrt sah das Mädchen sich um. »Weiß nich, Taddy!«

Sam ging zum Fenster, studierte den Himmel eine Weile lang aufmerksam und ging dann hinaus. Nachdem er die Luft geprüft hatte, kam er wieder herein und sagte feierlich: »Weil so viele böse Kinder um mich versammelt sind, hab ich dem Regen gesagt, morgen früh könne er ruhig regnen, wenn's geht, auch schon heute abend.«

Kleinfrauchen sah ihn ängstlich an und dachte mit Schrecken an ihre eigene Ungläubigkeit. Louie lachte. »Du tust doch bloß so. Du weißt, daß es wahrscheinlich regnen wird, das ist alles.«

»Die Sonne läßt das Wasser verdunsten, das Wasser bildet Wolken, und wenn die Wolken kalte Luftschichten erreichen, kommt es zum Niederschlag«, sagte Ernie. »Unser Lehrer hat uns das ganz genau erklärt.«

»Wozu hättest du auch sonst hinter der Tür eine Regentabelle, wenn du es jederzeit regnen lassen kannst?« fragte Louie.

Sam grinste, aber er würde nicht nachgeben, und um den Einfluß seiner beiden ältesten Kinder, die das Alter des Widerspruchs erreicht hatten, zu zerstören, fing er eine große Schmeißfliege, die er schon eine Weile auf dem Tischtuch beobachtet hatte, nahm sie zwischen Finger und Daumen und schnipste sie in Louies Gesicht. Die Kinder prusteten vor Lachen. Louie sah ihn verächtlich an, schwieg und vergrub die Nase in ihrem Milchglas. Ihr Vater lachte und sang: »Langnase, Lumpenbase, Lulublase, Luluna, warum lachst du nicht? Lulu Blaustrumpf wurde von einer Schmeißfliege getroffen!« Klein Sam hielt sich lachend den Bauch und rollte auf dem Gras vor und zurück. Aber Louie saß ganz ruhig da, und dieses ungewohnte Verhalten ließ die Kinder schneller verstummen, als Sam erwartet hatte.

Sam wurde sofort feierlich. »Durch ein Lächeln können wir Teufel in Engel und Feinde in Freunde verwandeln; der Giftbecher wird zum Liebestrank.«

»Ich habe keine Feinde«, erklärte Louie ernst.

»Eines Tages wirst du mehr über die Welt wissen«, erwiderte Sam, noch immer unfähig, seinem Fleisch und Blut die Skepsis zu verzeihen.

»Ich weiß schon jetzt etwas«, entgegnete Louie. »Ich weiß, daß es Menschen gibt, die anders sind als wir, nicht so wirrköpfig wie wir, besser als wir.«

»Was meinst du damit?«

»Und ich weiß noch etwas: Aus dem Chaos wird etwas anderes entstehen. ›Man muß noch Chaos in sich haben, um einen tanzenden Stern gebären zu können!‹ Das hat Nietzsche gesagt.«

Sam errötete und sagte sanft: »Du meinst, aus der Verwirrung werden wir Klarheit schaffen.«

»Nein«, rief Louie, »nein, du verstehst gar nichts. Leute wie wir verstehen nichts. Ich kenne Leute in der Schule, die besser sind als wir, klüger ...« Zutiefst verlegen hielt sie inne. Die Kinder hingen an ihren Lippen, versuchten zu begreifen, was sie herausgefunden hatte – etwas, nach dem auch sie schon vage getastet hatten.

»Schon gut, Lulu«, sagte Sam sanft, »schon gut.«

Fünf Minuten später trug er ihnen eine Fortsetzung seiner Saga vor, während er Evie in einen chinesischen Seidenanzug kleidete und einen Sarong um ihren Kopf und ihre Schultern schlang.

»Klein *perempuan Melayo, Singapura punya*, sitzt unter einem Schirm und verkauft östliche Näschereien, die schwarzen Augen feucht wie die einer Antilope, dazu ein ovales Kupfergesicht, volle, breite Lippen, mein Kleinfrauchen, meine kleine malaiische Schönheit!« Er umsäuselte jeden von ihnen, während er sich an ihnen zu schaffen machte, sie in die herrlichsten Tücher und Sarongs wickelte: in einen Kelantan-Schal aus gewebter Seide in Königsgelb und Malaiischrot, in einen javanischen Sarong aus gebatikter Baumwolle, blau und in der Mitte nußbraun und weiß, in ein großes Tuch aus malaiischroter Seide, mit Goldfäden durchwirkt und in der Mitte mit bläulichroten und gelben Stickereien verziert, in einen blaugoldenen Seidensarong aus Trengganu und in viele andere schöne, exotische Kleider, die er für seine Frauen zu Hause, für Henrietta, Louisa und Evelyn, erstanden hatte. Das Land der Fülle, der Schönheit und der Farbe hatte ihn, der bis dahin alles Sinnliche verachtet hatte, zu einem Frauenliebhaber werden und eine zukünftige Besessenheit von schönen Dingen ahnen lassen.

Außer dem alten Familienteller, den er bei seiner Eheschließung mit Henny erworben hatte, und den Hochzeitsgeschenken hatte er bis dahin keine weltlichen Güter besessen und sie stets mit puritanischer Strenge abgetan; doch kaum hatte er die uralten Küsten des Ostens betreten, wo niemand vor Ehrfurcht vor seiner westlichen Moralität erstarb, war diese Härte von ihm abgefallen und dem unwiderstehlichen Drang gewichen, sich so viel von der phantastischen Vielfalt östlicher Handwerkskunst anzueignen, wie es ihm aufgrund seines Geldbeutels oder seiner Überzeugungskraft nur möglich war. Er hatte gelernt zu lächeln, zu betteln und zu sammeln und die Großzügigkeit seiner Freunde in Anspruch zu nehmen. »Mein Lächeln hat mir all diese schönen Dinge eingebracht«, sagte er zufrieden, und: »Sie wissen, daß ich sie liebe.«

Mrs. Smith kam vom Volta Place herauf, um sich nach Henrietta zu erkundigen. Sam, der sie für eine gute, aufrichtige Frau hielt, war hocherfreut, ihr seine noch immer über mehrere Zimmer verstreuten Schätze zeigen zu können. Dann kamen die White-Jungen schüchtern herein – »Wie groß ihr geworden seid!« rief Sam –, um im Namen ihrer Mutter nach Henriettas Befinden zu fragen. Das neue Baby und die malaiische Pracht ließen dies für ihn zu einem Morgen der Genugtuung werden. Sam spürte, daß seine Rückkehr in der Nachbarschaft als großes Ereignis galt. Auf dem Sofa ruhend, in einer Woge aus Seide und Baumwolle versunken, den Kopf auf die Hände gestützt, verdrückte er eine Träne für den alten David Collyer und begann, sich seine Zukunft auszumalen. Tohoga House würde ihm gehören, und für Henrietta und vielleicht auch für eines oder mehrere seiner Kinder würde es vierteljährliche Zahlungen aus dem Nachlaß geben.

»Das sind niedere Gedanken«, ermahnte er sich selbst, aber bei dem Sonnenschein, dem frischen Wind und der Milde des Klimas, das diesen Morgen soviel angenehmer machte als all die drückenden Stunden in Malaya, konnte er nicht umhin, fröhlich zu sein. Nach einer Weile kam die Krankenschwester herunter und forderte ihn lächelnd auf, zu Mrs. Pollit hinaufzugehen. Mit einem winzigen roten Seidenanzug, den er für das Baby erstanden hatte, und einem feinen Kranz künstlicher, orangefarbener Blüten – für das kleine Mädchen, auf das er gehofft hatte –, mit dem er Hennys dunkles Haar schmücken wollte, stieg der glückliche Vater die Treppe hinauf. Das Haar des neuen Babys hatte ein fast unsichtbares Blond.

»Siebtes Kind eines siebten Kindes«, sagte Sam und grinste die Schwester an.

»Mit einer Glückshaube geboren«, erwiderte die Schwester und grinste zurück.

Als Sam wieder nach unten kam, rief er seinen Schwager an, den Musterknaben Archie Lessinum, um der Familie die Geburt zu melden und mit ihm die Pläne für das Begräbnis zu besprechen.

4 | *Das Rad dreht sich*

David Collyer war nicht besser als andere Millionäre: Als er starb, war sein Nachlaß auf geradezu skandalöse Weise kleiner, als irgend jemand vermutet hatte; und da er Kinder viel zu gern mochte und viel zu viele Kinder hatte und sie auch dann noch, als ihm längst klar war, daß sie samt und sonders Schwächlinge waren, viel zu gut behandelte, hinterließ er bei seinem Tod noch weniger, als selbst die böseste Zunge je hätte voraussagen können. Das einzig Nennenswerte, was er seinen Erben vermachte, war ein riesiger Schuldenberg, den abzutragen seine Testamentsvollstrecker viele Jahre brauchen würden. Monocacy, Tohoga

House, ein großes, noch unbebautes Grundstück an der Cold Spring Lane, eine Häuserzeile in South Baltimore, ein Haus von zweifelhaftem – das heißt: zweifellos schlechtem – Ruf in Highlandtown sowie seine gesamten Aktien und Anteile standen zum Verkauf, aus dem eine gewisse Summe ins Geschäft zurückfließen sollte. Dieser Teil des Geschäfts würde als einzig sicherer Vermögenswert dazu herhalten müssen, allen kranken, ausgezehrten und finanziell darnieder liegenden Mitgliedern des vielköpfigen Collyer-Clans kleine, vierteljährige Dividenden auszuzahlen. Der alten Ellen war nichts weiter geblieben als ein kleines Cottage, in dem sie mit Barry ihre letzten Tage fristen konnte.

Sam Pollit kam mit hängenden Schultern von der Testamentseröffnung zurück. Nichts anderes hatte seit dem Tod seiner ersten Frau Rachel seinen federnden, langbeinigen Gang lähmen und sein gerades Rückgrat beugen können. Immer wieder dachte er, es sei vielleicht nur ein böser Traum. Hatte der alte David wirklich in dem Bewußtsein sterben können, seine jüngste, verschwenderische Tochter mittellos in einer kalten Welt zurückzulassen, ohne Zuflucht und ohne Obdach für sie und ihre Kinder? Das Haus, das Sam in Tohoga Place umgetauft, immer wieder ausgebessert und mit neuen Anstrichen versehen hatte, auf dessen Grundstück er seine Steingärten und all seine Zukunftsträume gebaut hatte, mußte unter den Hammer. Und da es in seinem jetzigen Zustand unverkäuflich war, würde man das Land zerstückeln und das Haus abreißen und durch eine Reihe ungesunder, dicht aneinander gedrängter Häuser ersetzen müssen, wie sie bereits zu allen Seiten den Berg hinaufwuchsen. Sam wußte nicht, wohin sie sich wenden sollten. Wahrscheinlich würde ihm nichts anderes übrigbleiben, als sich in die große Schar der Pendler einzureihen, die Tag für Tag von Virginia aus in die Hauptstadt kamen, und sich in irgendeiner häßlichen, neuen Bürokratenvorstadt niederzulassen, in der es keine Bäume und statt alter Gärten nur frisch aufgewühlte Lehmhaufen und unansehnliche Garagen gab. Er würde in einem modernen Bungalow leben, einen Dirty Jack auf der einen und einem Ratty-Matty auf der anderen Seite, selbst ununterscheidbar geworden von der Masse der Regierungsangestellten und ihrer jeder neuen Mode verfallenden Nachkommenschaft. Er fühlte sich verletzt.

Er hatte sich immer für den Lieblingsschwiegersohn des alten David gehalten und fest daran geglaubt, daß der alte David ihn lieber mochte als seine eigenen Jungen, weil er sich aus eigener Kraft emporgekämpft hatte.

Henny lag noch im Bett, erschöpft und mit roten Augen. Ihr Haar war zurückgekämmt und zu zwei Zöpfen geflochten.

»Ich war da«, sagte Sam.

Mit bitteren, schwarzen Augen erforschte Henny sein Gesicht, aber ihre Bitterkeit galt nicht ihm, sondern all den Schlägen, die sie kommen spürte, von der Familie und von der Welt. Sie hatte die Schmerzen des Todes durchlitten, und sie hatte das Gefühl, daß es völlig gleichgültig war, ob sie den freien Himmel jemals wiedersehen würde oder nicht. Wie oft hatte sie sich gewünscht, man hätte auch sie an diesem Tag begraben, zusammen mit dem armen »Charmeur der Neunziger«, ihrem fröhlichen, gutherzigen Vater, der sie verzärtelt und verzogen und damit ihr Leben zerstört hatte.

»Tja«, sagte sie nach einem Seufzen, »ich nehme an, du hast schlechte Nachrichten, sonst hättest du mir längst erzählt, was passiert ist. Er war natürlich pleite.«

»Ja. Ich fürchte, der alte David steckte tiefer in der Kreide, als wir alle es uns haben träumen lassen. Deine Mutter bekommt das Cottage.« Er hielt inne. Er wußte, aus diesen Worten würde sie sich alles andere zusammenreimen können. Aber sie warf ihm einen wütenden Blick zu und rief:

»Was? Er hat mir das Haus nicht hinterlassen? Was machen wir denn jetzt mit all den Kindern? Da kam er ja genau zur richtigen Zeit«, sie deutete auf den schlafenden Säugling. »Ein Kind mit Glückshaube. Ein schönes Glück, das er uns da gebracht hat! Armer alter David, armer Dad. Mit seiner Lebensart, mit seinem großartigen Stil und seinen Höhenflügen. Fünfzehn Haushalte hat er unterstützt. Ich hätte es wissen müssen. Ich *wußte* es! Aber wir alle waren viel zu feige, um genauer hinzusehen. Ich wußte es! Warum bin ich nicht öfter zu ihm gegangen, ehe er so krank wurde?« Sie schenkte Sam einen traurigen Blick. »Ich bin hingegangen. Aber er war zu krank. Ehe er mit dieser Frau zusammenlebte. Er hat mich abgewimmelt. Und Archie hat mir auch nichts gesagt. Er muß es gewußt haben! Warum hat er mir nichts gesagt?«

Sam saß vornübergebeugt da, ließ Schultern und Arme hängen.

»Es ist ein herber Schlag, jeder Irrtum ist ausgeschlossen. Wir haben zwei Monate Zeit, um auszuziehen.«

»Ich wünschte, ich könnte es diesem Mann heimzahlen«, sagte Henny in Gedanken an Archie Lessinum. »›Aber das Gesetz ist eine Gottheit, die über der Gerechtigkeit steht!‹ Dad war von ihm wie verhext. Er hat ihm in allem freie Hand gelassen. Er hat ihm Eleanor gegeben und ihn zu seinem Testamentsvollstrecker gemacht. Wenn ich daran denke, wie er früher herumgelaufen ist, mich mit großen Kalbsaugen angestarrt und gesagt hat, er sei ein Mystiker, und das Gesetz sei so etwas wie eine mystische Idee. ›Wie interessant!‹ habe ich ihm geantwortet. Und jetzt sitze ich hier mit sieben in Lumpen gehüllten Kindern, während er die mystische Idee von Dads Nachlaß in den Händen hält.«

»Was soll das bringen, Henny?« fragte Sam. »Denk nicht mehr daran, Henny. Warte, bis du wieder auf den Beinen bist. In der Zwischenzeit werde ich mich nach einem Haus umsehen.« Auf dem Kaminsims stand der feine Kranz aus orangefarbenen Blüten. Zerstreut nahm er ihn in die Hand, drehte ihn eine Weile zwischen den Fingern hin und her und sagte seufzend: »Ich werde einmal ausprobieren, wie er zu Kleinfrauchens Haaren paßt. Er war für eine kleine Braut von vierzehn Jahren gedacht, aber ich habe ihn dem Mann abschwatzen können.« Er hatte völlig vergessen, daß er Henny den Kranz geschenkt hatte. Mit bitterem Blick sah sie ihm nach, als er aus dem Zimmer ging, aber sie sagte nichts.

Bald zog Sam eine Spur seines Unglücks hinter sich her. Zuerst erzählte er es Louie, dann weihte er Ernie ein, und schließlich nahm er die drei kleinen Jungen mit zum Schlangenkäfig und erklärte ihnen, diese Hänge und Gärten, die ihre Knospen einem neuen Frühling entgegenstreckten, müßten sie für immer verlassen, alles würde verkauft werden. Dann hätten andere Kinder das Recht, hier herumzutollen. Die Kinder waren bedrückt – bis auf Kleinfrauchen, die, den orangefarbenen Kranz im Haar, zu ihren Freunden und Nachbarn eilte, mit ihrer Schönheit prahlte und ihre weichen Rehaugen vor Freude und Aufregung überlaufen ließ, während sie ihnen erzählte, sie würden Tohoga House verlassen und nach Virginia ziehen. Am nächsten Morgen gegen zehn Uhr hatte jeder, der Sam kannte, davon gehört, und im Ministerium herrschte große Aufregung. Er hatte also doch nichts aus dem alten Mann herausquetschen können, hatte sich für die Fleischtöpfe Ägyptens verkauft, nur daß sich in diesen Töpfen nichts weiter befand als Löwenzahnsalat. Der alte Schmeichel-Sam zog also doch nicht von Triumph zu Triumph. Irgendein böswilliger junger Mann brachte die Frage auf, ob es nicht seltsam sei, daß Sam zehn Monate von zu Hause fort gewesen und doch gerade rechtzeitig zur Geburt eines Sohnes zurückgekehrt sei, aber das habe sicherlich alles seine Ordnung, könne nur das Ergebnis eines seltenen gynäkologischen Ausnahmefalles sein. Obgleich es sich um eine Lüge handelte, waren alle davon entzückt, und bei Einbruch der Dunkelheit war es kein Witz und auch kein Märchen mehr, sondern der Ausgangspunkt eines wahren Skandals, Schlaglicht auf die dunkle Seite im Privatleben eines gesellschaftlichen Aufsteigers, eines grinsenden Pharisäers, dem Schoßhündchen eines reichen Mannes. Noch vierundzwanzig Stunden zuvor hatte Sam als aufsteigender Stern des Beamtenapparats gegolten, jetzt eilten die Leute von Schreibtisch zu Schreibtisch, um über ihn herzuziehen und ihn als Kriecher, als Milchgesicht und als Tugendbold zu verlachen. Trotz seiner ständigen Bekenntnisse zur unfehlbaren Wirkung eines festen Händedrucks und eines offenen Lächelns hatte Sam sich aus den verschiedensten Gründen reichlich Feinde gemacht – kleine Feinde, Leute, die hinsichtlich ihres Dienstgrads und ihres Einkommens unter ihm standen, Leute, die versöhnlich zu stimmen er sich nie die Mühe gemacht hatte. Er hatte sich stets geweigert, religiöse Parteilichkeit an den Tag zu legen oder sich irgendwelchen Bruderschaften anzuschließen. »Keine Vetternwirtschaft«, hatte er verächtlich gesagt und hatte fröhlich und vom naiven Glauben an sein Glück getragen an irgendwelchen albernen Kampagnen gegen rangniedrigere Angestellte teilgenommen und seine Reden mit kränkenden Spitznamen gespickt.

Seine lange Abwesenheit hatte seinen Rivalen und Feinden die Chance gegeben, die anderen gegen ihn aufzuwiegeln. Schließlich hätte man argumentieren können – und es wurde auch so argumentiert –, daß Sam den ihm anvertrauten Posten zugunsten einer schwammigen, undefinierbaren Mission im

Ausland verlassen habe. Warum sollte er nun, da er ohnehin überall ausgezeichnete Aussichten habe, überhaupt auf seinen alten Posten im Ministerium zurückkehren müssen? Um all dem die Krone aufzusetzen, kamen die zahllosen Beschwerden von Colonel Willets aus Singapur gerade recht. Er saß im Raffles Hotel oder als Gast in irgendeinem Bungalow und schrieb oder diktierte Briefe und Aktennotizen, die nur so strotzten von endlosen Klagen über alles und jeden, vor allem aber über diesen Schlangenbeschwörer und größenwahnsinnigen Sternschnuppenzähler, Mr. Samuel Clemens Pollit. »Er wollte allen Ruhm allein einheimsen, er überschlug sich förmlich, um in die offiziellen Kreise vorzudringen, er kroch vor den englischen Offiziellen, hielt ständig irgendeiner Dame den Schirm – kurz, er tat alles, was er konnte, um Colonel Willets den Rang abzulaufen und sich bei fremden Regierungen einzuschmeicheln, ja, er bewarb sich sogar um Stellen an fremden – chinesischen – Universitäten, pflegte Umgang mit Mitgliedern der Kuomintang und begünstigte Beamte, die Gelder veruntreut hatten.« Es gab nichts, was Colonel Willets in seiner Boshaftigkeit nicht in Erfahrung gebracht hatte. Seine Korrespondenz mit Washington fügte sich zu einer wunderbaren östlichen Romanze voller Haß und Intrigen. Aber Colonel Willets verachtete auch nicht den Einfluß von Lobbyisten oder Senatoren, von denen er stets ein paar in petto hatte, wie er vor ausgewähltem Publikum gelegentlich durchblicken ließ. Als mit etwas Glück David Collyer, der Bruder des Eisenbahnmillionärs Bradford Collyer und die Säule, auf der Sams Karriere ruhte, hochverschuldet starb, beschloß Colonel Willets, die Gelegenheit zu nutzen und sich des lästigen jungen Mannes zu entledigen. Er hatte dafür keinen besonderen Grund, der psalmensingende Sam – wie er ihn zu Unrecht nannte – ging ihm einfach auf die Nerven. Sam machte ihn lächerlich. Sam bot ihm die Hand der Freundschaft an, obwohl Colonel Willets ein Schlag auf die Nase lieber gewesen wäre; er lächelte ihn an, wenn Colonel Willets sich mit ihm streiten wollte; ja, mit seiner unerbittlichen Liebenswürdigkeit forderte er ihn geradezu auf, seiner glänzenden Karriere ein Ende zu bereiten. Sollte Sam doch zu den Gelben und Braunen zurückgehen, die es ihm offenbar so angetan hatten, sagte Willets.

Die Washingtoner Zeitungen waren voll von der Rückkehr der Expedition und dem von Colonel Willard Willets vorgelegten Bericht. Auch die anderen Mitglieder der Expedition wurden erwähnt, darunter Samuel Pollit vom Amt für Fischereiwesen, Organisator und jetziger Leiter der Naturschutzbehörde, wobei – sehr zu Sams Erstaunen – angedeutet wurde, daß er sich bald nach einem neuen Betätigungsfeld umsehen würde. Da die Naturschutzbehörde Sams liebstes Kind war, auf das sich aber auch die Begehrlichkeiten zahlreicher anderer richteten, die sich für qualifizierter hielten als ihn, gab ihm dieser Absatz in der *Post* ein mulmiges Gefühl. Ihm fielen wieder die Schlangenträume ein, die er seit seiner Rückkehr gehabt hatte. »Untiefen voraus«, sagte Sam in einer mittäglichen Konferenz mit seinem alten Freund Saul Pilgrim, »aber ich stehe unverwüstlich an Deck, mich werden sie nicht torpedieren. Das ist Crabby Willets' Werk. Die Einwohner von Virginia und Maryland dürfen ihre Fangnetze im Potomac auswerfen, nicht aber im Ministerium.«

Aber die örtlichen Zeitungen, ausgehungert nach einem saftigen Skandal in einem der Ministerien, stürzten sich gierig auf die romantische Geschichte und breiteten sie mit vorgeschobener, pikanter Liebenswürdigkeit vor ihrer Leserschaft aus, nicht ohne dabei auf die besondere Mischung aus Intuition und knapper Charakterstudie zurückzugreifen, wie sie für die Hauptstadt des Journalismus typisch war, diese Stadt, die sich damit brüstete, täglich eine halbe Million Worte in alle Welt hinauszutelegraphieren. Plötzlich hackte jeder auf Samuel herum, alle hatten auf einmal eine Meinung über ihn, selbst die ehrbaren Frühstücksgäste in der S. & W. Cafeteria, die patriotisch beflaggten Besucher unter den von Senatoren gesäumten Wänden im Occidental, die Fischvertilger im O'Donnell's, die notorisch friedlichen Mieter am Franklin Square, ja, selbst die Löwen, die einen Käfig im Zoo ergattert hatten. Täglich kamen neue Vorwürfe hinzu: Unfähigkeit, Bürokratismus, Feigheit, selbst über Veruntreuung wurde gemunkelt. Sams glatte Stirn umwölkte sich, wurde dunkelrot, wurde blaß. Er eilte von Freund zu Vorgesetztem, lief allen, von denen er wußte, daß sie seine Feinde waren, so oft wie möglich über den Weg, ging in den Fluren auf sie zu, streckte ihnen die Hand entgegen, fragte sie, warum sie ihn verfolgten, sprach zu ihnen von Beamtentreue und Nächstenliebe, Menschlichkeit und Dienst am Volk: »Jedes öffentliche Amt ist mit öffentlichem Vertrauen verbunden.« In gewisser Hinsicht hatte er mit dieser Taktik Erfolg, da er seine Feinde damit unendlich beschämte. Sie wichen ihm aus, verbargen ihre Gesichter hinter Hutkrempen und Mantelkrägen. Sie überquerten die Straßen, sobald sie ihn erspähten, und schlichen sich auf Umwegen ins Büro. Doch nichts konnte die Schlinge weiten, die sich um seine Kehle zuzog. Als Sam sah, wie schlecht es um ihn stand, als er begriff, in welchem Maße jene, die er »die Werkzeuge des Bösen« nannte, »die Feinde des Gemeinwohls, in denen der Teufel, jene primitive Schreckgestalt unserer Ahnen, wieder leibhaftig geworden war«, Oberhand gewannen, und als er voller Zorn und ebenso großer Hilflosigkeit mit anhören mußte, daß offen über seine Entlassung gemutmaßt wurde, ging er zu seinem Schwager und bat ihn, den Verkauf von Tohoga House um einige Monate zu verschieben, bis die Dinge sich geregelt hatten. Archie Lessinum, der sich jetzt, wo der hochfahrende Sam Pollit sich im Staub wälzte, nur allzu gern großherzig zeigte, stimmte bereitwillig zu; und anstatt nach einem Haus in Virginia zu suchen, begann Sam über seine Aussichten im heimatlichen Baltimore nachzudenken. Besorgte Freunde im Ministerium, darunter der arglistige, hämische, aber irgendwie auch väterliche J. Cappie Larbalestier, warnten Sam, seine Tage seien gezählt.

»Ich bin unschuldig«, rief Sam, »meine Amtsführung ist makellos, ich bin ein beispielhafter Beamter. Ich verwehre mich schärfstens gegen den Versuch, mir irgendeinen Skandal anzuheften.«

»Sie werden Sie herausdrängen, sobald sie können«, sagte der junge Brownell, der sich dem unter Verdacht stehenden Mann freundschaftlich genähert hatte. Aber Sam sah in dem jungen Brownell einen Agenten des Bösen und ein Sprachrohr seiner Feinde. Jetzt zögerte niemand mehr, Sam beiseite zu nehmen und ihm mit einem offenen Schulterklopfen die nüchterne Wahrheit ins Gesicht zu sagen, seine Versäumnisse seien diese und jene; Soundso sei ein Wurm, der an seinem Stuhl nage; und seitdem der alte David Collyer gestorben sei, habe er natürlich seinen stärksten Protegé verloren. Noch nie hatte Sam solche Lust verspürt, einen Kollegen niederzuschlagen, wie in den Momenten, in denen diese Bemerkung fiel. Schließlich hatte Sam sich immer damit gerühmt, in seinem Leben ohne jede Protektion ausgekommen zu sein und sich seinen Weg durch den Granit der öffentlichen Gleichgültigkeit und Ignoranz aus eigener Kraft gehauen zu haben.

»Das habe ich ganz allein geschafft«, pflegte er zu sagen. »Gott hilft denen, die sich selbst helfen« und »Denen, die den Herrn lieben, dienen alle Dinge zum Besten«, wobei er unter »dem Herrn« bloß ein obskures Wesen seiner Phantasie verstand, »das öffentliche Wohl« vielleicht oder einfach nur seinen eigenen Willen.

Sams Lage verdüsterte sich von Tag zu Tag, und während sein Herz stündlich tiefer in bitteren, heimlichen Meeren des Kummers versank, erfuhr er etwas, das er sich in seinem Leben niemals hätte träumen lassen – den Triumph übler Verleumdung. Immer wieder sagte er seinen Freunden und Kindern: »Die mit Füßen getretene Wahrheit wird wieder auferstehen, Gottes Ewigkeit gehört ganz allein ihr«, aber der verräterische Gedanke, daß er es nicht mit Gottes Ewigkeit, sondern nur mit einigen wenigen Jahren des menschlichen Ruhms zu tun hatte, kroch mit jedem Tag stärker voran, wie eine Maus durch eine immer morscher werdende Tür. Er unterdrückte diese Gedanken und beschloß, seine Hände niemals mit dem Schlamm zu beschmutzen, der über ihm ausgegossen wurde, sondern weiter unbeirrt auf dem Pfad der Güte voranzuschreiten, seinen Feinden ein Lächeln zu schenken und so weiterzumachen, als sei nichts geschehen. Er würde sich keine Parteigänger suchen, würde sich nicht an die Spitze einer Schar von Zeugen setzen, sondern einfach bei der reinen Wahrheit bleiben, und diese reine Wahrheit würde in ihrer Schönheit alles andere überstrahlen, auch die schwarzen, aufgebauschten Lügen, die von »bösen Zungen« verbreitet wurden. Sam gab ein oder zwei nüchterne Interviews, weigerte sich jedoch, an die Zeitungen zu schreiben und die Briefe von Amtsträgern und Privatpersonen zu beantworten, die sich über seine Art und seine Persönlichkeit ereiferten.

»Wenn du den christlichen Märtyrer spielst, bist du dem Untergang geweiht«, rief Saul Pilgrim zornig und doch zugleich auch augenzwinkernd. Sein kantiges Gesicht mit der großen Nase, eine schärfere Variante von Sams eigenen Zügen, und die langen, schwermütigen, faltigen Wangen zeugten davon, daß er von Kindheit an Bekanntschaft mit Niederlagen geschlossen hatte. Aber Sam entgegnete ebenso zornig und nicht im geringsten augenzwinkernd, mit der Kirche habe er nichts im Sinn, er richte sein Handeln stets nur am Guten aus, und das Gute würde siegen, weil es siegen müsse.

»Und wenn es nicht siegt?« fragte Saul. »Sam, du nennst mich einen Zyniker, aber ich bin auch Schöpfer, bin selbst ein Gott. Ich habe eine kleine Welt erschaffen, nebst den Wesen, die darin leben. Seit Jahren kämpfe ich dafür, das Gute triumphieren zu lassen, aber der Kampf ist noch immer unentschieden.«

Damit spielte Saul auf seine Fortsetzungsgeschichte *Wenn der Tag kommt* an, die in einem kleinen Anzeigenblatt in Alexandria erschien, das Saul seit siebzehn Jahren betrieb. *Wenn der Tag kommt* hatte vor siebzehn Jahren mit Teil eins, Kapitel eins in der ersten Ausgabe des Blattes begonnen. Sie war die einzige, die der Fortsetzungsgeschichte in der *Sun* jemals Konkurrenz machen konnte, und war bis heute nicht abgeschlossen – aus dem einzigen Grund, weil die Zeitung noch immer erschien. Saul hatte sich nie dazu durchringen können, ein glückliches, aber unwahrscheinliches Ende zusammenzuschustern, hatte aber auch kein Interesse daran, sich mit einem traurigen Ende unbeliebt zu machen, und hatte deshalb einfach weitergeschrieben, Ereignis an Ereignis gereiht und gehofft, das Problem würde sich irgendwann von allein lösen.

»Es ist genau wie im Leben«, dachte Saul erstaunt im stillen, wenn er über das letzte Kapitel von *Wenn der Tag kommt* sinnierte. Auf abgeklärte, menschliche Weise verstand er durchaus, in welcher Klemme sich Sam befand. Er bewunderte Sam für seinen glorreichen, messianischen Glauben an sich selbst, an die Welt und an die anderen Menschen und wünschte, er hätte ein ähnliches Temperament, gleichzeitig fühlte er sich genötigt, Sam einige Wahrheiten des Lebens zu sagen, als ob Sam eine der Figuren aus seiner Geschichte wäre.

»Saul«, sagte Sam, »was ich dir sage, mag schwach und halsstarrig klingen, aber dem ist nicht so. Vielmehr handelt es sich um den innersten Kern meines Glaubens an mich selbst und an das Wesen des Menschen. Meine kleine dumme Louie hat sich ein Motto auf ein Stück Papier geschrieben und an ihr Bücherregal gepinnt: »›Bei meiner Liebe und Hoffnung beschwöre ich dich: Wirf den Helden in deiner Seele nicht weg!‹ Darin zumindest zeigen sich auch in ihr die Kraft, die Stärke und der Ruhm ihres armen Sam. Auch sie fängt langsam an, das Licht zu sehen. Aber das ist nicht, was ich sagen wollte, mein lieber alter Saul. Es gibt einen Glauben, durch den wir Menschen leben; er ist tief in mir. Ich kann ihn nicht besudeln, indem ich mich in die Arena der öffentlichen Debatte begebe, so sehr ich auch davon überzeugt bin, daß in einer Republik alles im Licht der Öffentlichkeit ausgetragen werden sollte. Ja, Saul, selbst Fremde, die einer ganz anderen Kultur angehören, spüren diese Größe in mir. Naden bin Tahir, mein indischer Sekretär, fragte mich, ob ich an meinen weißen Gott glaube. ›Nein, mein Freund‹, sagte ich, ›ich brauche keine Gott, weil ich an das Gute glaube.‹ ›Tuan‹, sagte er, obwohl ich ihm viele Male erklärt habe, ich sei nicht Herr, sondern Diener des Volkes, ›Ihre Antwort erstaunt mich, weil Sie ein Kind des Himmels sind.‹ ›Nein, Bruder‹, erwiderte ich, ›ich bin ein einfacher Mensch, der seine Mitmenschen liebt.‹ ›Aber ich bin mir sicher, Sir‹, sagte mein treuer schwarzer Freund, ›daß Sie zum Himmel auffahren werden. Gott wird bald auf die Erde kommen‹, sagte Naden, ›jeder kann das an den Schwierigkeiten, die wir durchmachen, deutlich sehen. Und wenn er kommt, wo auch immer Sie dann sein werden, Sir, wird er Sie im Schutz seiner hohlen Hand hinauftragen und auf einen himmlischen Teppich neben seinem heben.‹ ›O Naden‹, entgegnete ich, ›am liebsten würde ich den Herrn beim Jüngsten Gericht bitten, ein Stück von meiner Erde übrigzulassen und mich als Sterblichen dorthin zu versetzen, dann würde ich unter einer großen, grünkronigen Ulme sitzen, die kleinen sterblichen Vögel betrachten und vollkommen zufrieden sein. Ich will nicht in den Himmel, ich will Kinder um mich haben, Kinder und abermals Kinder, treue Erwachsene und eine gute, zufriedene Frau. Das ist alles, worum ich bitte, nicht um das Paradies. Die Erde ist mir Paradies genug. Und weil ich glaube, daß die Erde der Himmel ist, kann ich auch alle meine Schwierigkeiten überwinden und meine Feinde überzeugen.‹ Das war es, was ich ihm gesagt habe, Saul. Diesem armen schwarzen Beamten, der nichts weiter besaß als seinen unbeugsamen Ehrgeiz und seinen Aberglauben an das bevorstehende Erscheinen eines grausamen Jehova, habe ich gesagt, was ich wirklich glaube. Die Erde ist Gottes Fußschemel, hat meine liebe gute Mutter immer gesagt. Wenn es wirklich so ist, bin ich zufrieden, auf ewig bei den Zehen Gottes zu verweilen.«

»Sam«, erwiderte Saul voller Leidenschaft, »wenn du sprichst, erschaffst du eine neue Welt. Ich lebe in einer wundervollen Illusion, besonders wenn wir abends spazierengehen, fällt es mir schwer, an die Alltagswelt zu glauben! Es kommt mir dann ganz unwahrscheinlich vor, daß du es bist, der zu mir spricht. Du hast so einen wunderbaren Glauben.«

»Glauben«, sagte Sam, »ja, den habe ich. Das ist das größte Geschenk, das ich von meiner lieben guten Mutter bekommen habe: den Glauben an das Gute.«

»Aber warum hält dieser Glaube dich davon ab, den Vorwürfen entgegenzutreten, die gegen dich vorgebracht werden?« fragte Saul.

»Wer sich mit Dreck abgibt, beschmutzt sich selbst«, antwortete Sam.

»Du wirst alles verlieren, Sam, deine Stellung, dein Einkommen, deine Pension. Was ist mit deinen Kindern?«

»Ich werde mich niemals herablassen, zu so niederträchtigen Vorwürfen Stellung zu nehmen«, erklärte Sam, hochrot vor Empörung, »und wenn meine Kinder in tiefster Armut leben müssen, hoffe ich doch, sie würden jederzeit genauso entscheiden. ›Süß ist die Frucht der Widerwärtigkeit, die, gleich der Kröte, häßlich und voll Gift, ein köstliches Juwel im Haupte trägt‹«, hat der dumme alte Broadway Willy Shakespeare gesagt. Ich gebe nicht viel auf das Wort eines Dichters, aber er war ein Mann, und er hatte Rückgrat, wie sich in manchen seiner Verse zeigt.«

Saul lachte herzhaft, sah seinen Gefährten aus den Augenwinkeln zweifelnd an, erwiderte aber nichts.

ACHTES KAPITEL

1 | *Von Tohoga nach Spa*

Fremde begannen, weiße Vermessungspflöcke in den Garten von Tohoga Place zu schlagen, und schließlich waren alle froh, das Haus zu verlassen. Auf der Suche nach einem passenden Nest für seine Kleinen hatte Sam seit Wochen die Gegend durchstreift. Er konnte es – wohl auch in Anbetracht seiner unsicheren Lage – nicht über sich bringen, eines der teuren, unpassenden Häuser in den häßlichen, neuen Schlafstädten rund um Washington zu mieten oder zu kaufen. Jetzt, wo der Collyersche Ruhm verblaßt war, sehnte er sich nach seiner Heimat, nach den altmodischen, abwechslungsreichen Ausblicken vom Ende der Chesapeake Bay.

All die vielen Exilanten aus Baltimore – ob es sie nun ganz in die Nähe nach Washington oder ganz in die Ferne nach Heidelberg verschlagen hatte – werden niemals müde, ihre Heimatstadt so genüßlich zu schmähen, daß ihr Drang, Baltimore zu verlassen, und ihre andauernde Besessenheit mit ihrer Heimatstadt Fremden unweigerlich Appetit auf Baltimore macht. Baltimore hat viele Gesichter, es besitzt die reizvolle Schmuddeligkeit eines Fischerdorfes und die alptraumhafte Kulisse einer großen Industriestadt, es ist alt, heruntergekommen, traditionsverhaftet und stolz, es ist sich für keinen Handel zu schade, es ist nicht fanatisch, und es besitzt eine Eigenständigkeit, die man sonst nur von den Städten des alten Europa kennt und die selbst in den häßlichen, gelben, brachliegenden Buchten mit Hunderten von verlassenen Schuppen, der labyrinthischen Gleichförmigkeit der schäbigen Straßen und dem Handel mit ehrbaren ebenso wie mit ehrenrührigen Vergnügungen spürbar wird. Baltimore liegt am Ende eines Binnenmeers, erstreckt sich zwischen natürlichen, auf Meereshöhe liegenden Parks und dicht bewaldeten Bergen. Es hat nichts Einengendes. Die Natur ist in Maryland nicht an staatliches Gesetz gebunden. Zwei menschliche Kulturen treffen hier aufeinander, die nördliche und die südliche. In der Mitte zwischen den Sandstränden im Südosten und den Bergkämmen der Appalachen mischen sich zwei Lebenszonen mit ihren jeweiligen Bäumen und Pflanzen, Vögeln und Fischen.

Sam liebte seinen Heimatstaat heiß und innig. Befreit von dem, was ihm jetzt vage als Unterjochung unter die Collyersche Vorstellung vom finanziellen Erfolg vorkam, hatte Sam in den letzten Wochen voller Liebe und Sehnsucht Baltimores Wohngebiete durchstreift, bis er das richtige Zuhause für seine Kinder gefunden hatte. Wohnblocks, städtische Slums und moderne, schlampig zusammengezimmerte Neubauten kamen für ihn nicht in Frage. Selbst wenn er auf seinen alten Posten als Leiter des Amtes für Naturschutz – den er längst leid war – zurückkehren sollte, beschloß Sam, Tag für Tag nach Washington zu pendeln, eine Sache von höchstens fünfzig Minuten, und seine Kinder an den Ufern aufzuziehen, an denen er selbst schon als kleiner Junge nach Gründlingen gefischt hatte.

Henny weigerte sich, irgendein Interesse an der Haussuche zu zeigen. Sie sagte bitter, sie hoffe nur, er würde sie nicht mitten ins scheußliche alte Baltimore verschleppen, wo sie direkt neben einer aufgedonnerten Schulfreundin wohnen müsse, die es millionenmal besser getroffen habe als sie. Henny hatte noch immer einen gewissen Glauben an Sams Fähigkeiten und sein Talent, ungestraft davonzukommen, wie sie es nannte, aber sie sah auch, wie in ihm eine Treibhausblume des Idealismus aufplatzte, die er, solange der alte Collyer noch am Leben war, als Knospe im Zaum gehalten hatte. Seit seiner Pazifikreise hatte er einen gigantischen Plan gefaßt. Er hege die berechtigte Hoffnung, in einigen Monaten zu einem der amerikanischen Mitglieder der Internationalen Pazifikkommission für Fischereifragen berufen zu werden, und er habe schon ziemlich genaue Vorstellungen, die er bedauerlicherweise auf der Walfangkonferenz im Juni in London nicht vortragen könne. Aber es gebe ja noch das viertägige Septembertreffen des Nordamerika-Rats und später gemeinsame Konferenzen beider Gremien.

Sam, ein eifriger Verfechter der von Roosevelt eingeführten Arbeitsprogramme, die im Rahmen der Works Progress Administration und Civilian Conservation Corps zum Schutz der Wald- und Wasserreserven beitrugen und neue geschützte Brutplätze in

North Carolina, Massachusetts, West-Virginia, Pennsylvania, Indiana, Texas und anderswo geschaffen hatten, verfolgte mit Freude, daß immer mehr Staaten sich bereit erklärten, wichtige Bereiche des Naturschutzes unter die Kontrolle des Bundes zu stellen. Er sah Präsident Roosevelt als ersten großen sozialistischen Herrscher, bedeutender und verantwortungsvoller als alle europäischen Führer, da er nur so kurze Zeit regierte. Sam bevorzugte einen bürokratischen Staatssozialismus mit größtmöglichen Machtbefugnissen und dauerhafter Administration, eine komplex organisierte, einheitliche Bürokratie, die sich nach und nach all die großen und kleinen Mächte einverleibte, die heute noch das weitverzweigte Gebilde ausmachten, das Sam hochtrabend »Staatsgewalt« nannte. Die Beziehungen der einzelnen Staaten zur Bundesregierung sollten von eigens zu diesem Zweck bestimmten Kommissionen neu verhandelt werden. Sam hatte bereits einen fertigen Plan für eine Verknüpfung aller einzelstaatlichen und bundesweiten Maßnahmen zum Naturschutz. Sie sollten in einer riesigen nordamerikanischen Konferenz verschmelzen, die als Vorläufer der allamerikanischen Republik fungierte; und an der Spitze all dessen sollte eine Internationale Naturschutzliga stehen, die durch Regulation und Bewahrung statt Raubbau und Vergeudung Kriege verhütete und die ausreichende Ernährung der Menschheit sicherte.

Diesen Plan, der die Einrichtung einer Vielzahl von Räten, Unterräten und regionalen Kommissionen vorsah, hatte Sam vor seiner Abreise schriftlich niedergelegt, in der Hoffnung, er würde in der Zeit seiner Abwesenheit Früchte tragen, so daß er, Sam, nach Ablauf einiger Jahre in die Oberste Naturschutzkommission berufen werden könnte. Roosevelt, der »vom Volk« geliebt wurde, konnte alles bewerkstelligen, wenn er es nur wollte. Sam meinte, es sei der Widerstand gegen diesen großartigen sozialistischen Plan gewesen, der während seiner Abwesenheit im Ministerium gegärt hatte – und gegen seinen Vorschlag, diesen neuen Zweig der Bundesregierung gleich von Anfang an mit einer Portokasse von einer Viertelmillion Dollar auszustatten. Vor seinem geistigen Auge sah er Zwischenstaatlichkeit und Überstaatlichkeit, sah alle Einzelaufgaben der Bundesregierung zum Gipfel einer höchsten Entscheidungsinstanz zusammenstreben, die in einem einzigen Zimmer untergebracht war, einem

Zimmer aus Glas mit Fenstern zur ganzen Welt. Jeder Zweig der Regierung sollte unabhängig und doch in ein großes Netz wechselseitiger Abhängigkeiten eingebunden sein. Sam hatte seinem großen Plan seit seiner Begegnung mit dem Britischen Empire zahlreiche Ergänzungen hinzuzufügen – nicht daß er diese Regierungsform bewundert hätte, er hielt das amerikanische System für viel moderner, aber ihm gefielen das Wort *weitreichend*, die *weitreichenden Ziele naturschützerischen Handelns*, und die *gesellschaftliche Notwendigkeit zur Schaffung eindeutiger Prioritäten*. Sam war ein vage eklektischer Sozialist, und manches von dem, was er schrieb, erschreckte seine Freunde mehr, als er nachvollziehen konnte; nicht zu vergessen, daß er, wo er ging und stand, den fairen Wettstreit der Systeme proklamierte und verkündete, dem System der Sowjetunion wohne zweifellos auch etwas Gutes inne, ebenso wie den Ideen des Konfuzius etwas Heiliges.

»Ich wünschte, ich könnte für meine Ideen ins Gefängnis gehen«, brach es mehr als einmal leidenschaftlich aus ihm hervor, »dann könnten die Spötter – denn selbst meine aufrichtige Ernsthaftigkeit ruft Spötter auf den Plan – sehen, wie tief ich diesen Ideen verbunden bin.«

All dies im Sinn, machten Sam die gegenwärtigen Angriffe auf seine Person weniger Angst als seinen Freunden. Es war das übliche, vom Bösen ersonnene Lügengespinst, das hastig zusammengezimmerte Pseudo-Bollwerk der Feinde des Volkes, das, von der Flamme der Wahrheit entfacht, im Nu zu Asche verbrennen würde. Außerdem besaß Sam mächtige, der Wahrheitsliebe verpflichtete Freunde.

Einiges davon, wenn nicht gar alles, erzählte er seinen Kindern, während der alte Sedan der Pollits Washington verließ und auf der Straße nach Annapolis durch die bewaldeten Hügel glitt. Als sie immer ländlichere Gegenden erreichten, wechselte er das Thema und begann, ihnen vom Freistaat Maryland vorzuschwärmen, der von nun an ihre Heimat sein würde, der erste, beste, reichste amerikanische Bundesstaat mit den größten Visionen und natürlichsten Küstenstrichen, die wegen der vielen Sümpfe und Wasserläufe von den weit im Binnenland erbauten Straßen nahezu unberührt geblieben waren. Kein Anblick auf Erden sei mit dem des Mondlichts auf dem Choptank zu vergleichen, sagte er und erging sich in zahllosen ähnlichen Bemerkungen, die bewiesen, daß er sich nur nach strengster Prüfung aller anderen Bundesstaaten den Freistaat Maryland als Geburtsort ausgesucht hatte. Dann sang er ein Lied über die Bäume seines Heimatstaates, über Eichen, Roteichen, Schwarzeichen, Weißeichen, Mooreichen und Weideneichen, Stieleichen und Pfahleichen, Schindeleichen und Leiereichen und all die anderen – Ulmen, Ahorn, Hickory, Hartriegel, Persimonen und Kiefern –, von Rising Sun bis Snow Hill, von Port Tobacco bis Port Deposit, von Liberty Town bis Bohemia Manor, von Fox Hill Levels bis Deep Creek Lake, von Spaniard's Neck bis Indian Head, von Love Point bis West Friendship, von Cole bis The Bunker, von Governor's Run bis Cover, von Humphrey bis Pumphrey und von Beaver Dam bis Bivalve – ein Sprechgesang, den er schon vor Jahren und Monaten für sie erdacht hatte, als er ihnen die Karte erklärt und die verschiedenen Bezirke darauf gezeigt hatte. Als sie nach Anne Arundel County kamen, wies er sie auf die Böden und Bäume des Bezirkes hin, der ihre zukünftige Heimat sein würde, und sprach die Hoffnung aus, daß sie ihn in kürzester Zeit übertreffen und die hiesige Natur in- und auswendig kennen würden, weil sie noch jung waren und umherschweifen konnten, während er, ihr vielbeschäftigter Vater, die Brötchen und die Limonade für sie verdienen mußte.

Zu alledem sagte Henny, deren ausgezehrtes Gesicht in der frischen Sommerluft ein wenig weicher wirkte, nichts, sondern hielt nur stumm das Baby im Schoß und ermahnte von Zeit zu Zeit einen der kreischenden Jungen zur Ruhe.

Doch je weiter sie fuhren, desto weniger war ihre überschäumende Begeisterung im Zaum zu halten, so daß alle paar Sekunden einer von ihnen fragte: »Sind wir jetzt da?« – »Wie sieht das Haus aus?« – »Wann kommen die Tiere nach?«, und: »Ist der Möbelwagen schon da?« Sam beantwortete freudig jede einzelne Frage und runzelte kein einziges Mal die Stirn über die kleinen Erdenbürger. Die Sonne brütete, die Vögel sangen, sie sahen zwei kleine Kaninchen am Straßenrand sitzen und schreckten einen Fasan aus seinem Mittagsschlaf. Für sie begannen die schönsten Ferien, die sie sich vorstellen konnten. Sie alle hatten die Schule vor Ende des Schuljahrs verlassen und würden sie erst nach den Sommerferien wieder besuchen müssen.

Auch Henny dachte an die Ferien und sorgte sich um zwei Dinge: Wer würde ihr helfen, das neue Haus in Ordnung zu bringen, und wie würde sie es ohne Louie über den Sommer schaffen? Sie war fest entschlossen, Louisa wieder nach Harpers Ferry zu schicken.

Sam ging weiterhin Tag für Tag ins Ministerium, hatte aber in Hennys Hörweite – sie sprachen immer noch nicht wieder miteinander – eingestanden, es würde darüber gesprochen, ihn vom Dienst zu suspendieren, bis die Kommission, die den undurchsichtigen Vorwürfen nachgehen sollte, einen Abschlußbericht vorgelegt hatte. Natürlich seien die Vorwürfe völlig aus der Luft gegriffen, Machenschaften jener »Feinde« und »böswilligen Menschen«, die Sam schon seit Jahren immer wieder erwähnt habe.

Dann sahen sie Hinweisschilder auf verschiedene Ferienlager, halb fertiggestellte Neubausiedlungen auf frisch gerodeten Lichtungen und die ersten älteren Häuser am Rande von Annapolis. Schon ganz wild vor Aufregung und nach der Erhabenheit Washingtons zugleich enttäuscht von dem, was sie sahen, umrundeten sie den State Circle, ohne sich für das begeistern zu können, was Sam so zu bewundern schien, den kolonialen Charme des State House und die hübsche Abgeschiedenheit des St. John's College – auch wenn sie sofort das kleine schwarze Kätzchen erspähten, das sich dort in den Büschen versteckte. Doch als Sam sie langsam die College Avenue zur King George Street hinunterkutschierte und sie die Marine-Akademie zu sehen bekamen, kreischten sie aufgeregt, obgleich die Jungen sofort erklärten, mit den aufgeblasenen Offizieren wollten sie nichts zu tun haben, aber wenn die Orioles gegen die Navy spielten, würden sie das trotzdem gern einmal sehen. Diese Aussicht ließ Annapolis plötzlich in einem viel schöneren, ruhmreicheren Licht erscheinen, ja, die Stadt erstrahlte plötzlich in den prächtigsten Farben. Angesichts der Wirkung, die er mit seinem kleinen Abstecher erzielt hatte, lächelte Sam und fuhr durch die kopfsteingepflasterte Randall Street zum Marktplatz zurück, von wo aus die Docks zu sehen waren. Die ganze Zeit über riefen die Kinder wild durcheinander: »Wo ist unser Haus, Pad?« – »Wo werden wir wohnen?« Sam lenkte den Wagen durch die Compromise Street zur Eastport Bridge. Bis zu diesem Augenblick hatte

Henny keine allzu großen Bedenken gegen den Ort gehabt, an dem sie ihre Brut würde aufziehen müssen. Sie war als junges Mädchen oft in Annapolis gewesen und mochte die Stadt, auch wenn sie altmodisch und abgelegen war, aber sie wußte, sie konnte ihren alten Freunden dort aus dem Weg gehen und sich nur dann mit ihnen treffen, wenn sie es wollte. Sie hatte gehört, daß ihr zukünftiges Haus direkt am Wasser lag und von zwei Morgen Land umgeben war, und sie hatte sich eine der alten Villen draußen am Spa Creek oder eines der prüde-koketten Backsteinhäuschen unten am Hafenbecken vorgestellt. Die Aussicht dort war etwas ganz Besonderes: Das stille, glitzernde Wasser machte besonders am Abend selbst Seen mit internationaler Postkartenberühmtheit Konkurrenz. Doch jetzt überquerten sie die Eastport Bridge. In Eastport war das Ufer schlammig, der Chesapeake seicht und alles andere als malerisch. Die niedrige, ungelenke, behelfsmäßige Eastport Bridge sah aus, als hätte irgendeine Armee sie in großer Eile erbaut und anschließend dort vergessen. Auf der anderen Seite, nach Annapolis hin, wurde Spa Creek von modernen, teuren Häusern gesäumt, in Eastport jedoch waren nur ein paar Helligen, Bootsschuppen, heruntergekommene Wohnhäuser und bröckelnde, von dickem Gras bewachsene Uferböschungen zu sehen. Auf der anderen Seite gab es Molen, Gärten, Yachten und Motorboote. Eastport dagegen war ein Ort für Bootszimmerer, Wattgänger und Angelrutenwerfer, auf alle anderen wirkte er schmuddelig, schäbig und naß. Sam gehörte zur ersten Sorte, Henny zur Mehrheit der Bevölkerung.

Die Kinder saßen im Wagen und reckten die Hälse wie die Puten zu Thanksgiving aus ihren engen Kisten, deuteten schnatternd auf die Yachten und Molen und kreischten: »Welches Haus ist unseres, Dad?«, denn sie wußten, daß es in der Nähe der Brücke und direkt am Wasser lag. Sie faßten ein ordentliches Haus mit Bootssteg zur Linken ins Auge, aber Ernie deutete auf ein großes, baufälliges, zweistöckiges Gebäude, das auf der rechten Seite, am seichten Ufer neben der Brücke lag.

»Ja«, rief Sam aufgeregt, »ja, Ermy, du hast recht, ummedingt recht: Das isses, Kinnings, unser Haus. Zwölf Schuß Salut, feuert die Kanonen!«

»Gehört das Haus uns, Taddy?« Erschrocken sah Evie zu dem Haus hinüber, das so ganz anders war als Tohoga House. Henny starrte auf den häßlichen Kasten mit den unzähligen Zimmern und dem völlig verwilderten Garten und sah aus, als würde sie weinen, auch wenn kein Laut zu hören war, bis schließlich Charles Franklin zu wimmern begann. Henny murmelte: »Kein Wunder!« Die Zwillinge riefen: »Dürfen wir auf dem Balkon schlafen?«, und Ernie tadelte sie: »Wartet doch erstmal ab, bis wir da sind, ihr Idioten!«

»›Trotz und alledem ein historischer Moment des geschichtlichen Augenblicks‹«, nahm Sam Zuflucht zu der eigentümlichen Sprache Artemus Wards. »Kinnings, hier gips 'n pomforzionösen Obstgarten voller Äpfel, 'nen orndlichen Misthaufen, Sämlingskästen unn alles, was unser Herz begehrt. Hier könn wir so richtig losgärtnern. Wolln wir's wagen?«

Evie piepste mit Puppenstimme: »Darf ich's wagen, Frau von Hagen, Ihn'n zu sagen: Da sitzt 'ne Schmeißfliege auf Ihrm Kragen.«

Ernie sah sie verächtlich an: »Du gibst mir noch den Rest!«

Evie sah sich bei ihrem Vater nach Beistand um, aber Sam war zu sehr darauf aus, Hennys unausgesprochene Meinung zu dem neuen Haus zu erfahren, um auf die Zankereien in Liliput zu achten.

Auf der Severn Avenue war Sam ziemlich schnell gefahren, in der Hoffnung, sie würden nicht allzu sehr auf die verwitterten Hütten achten. Dem Haus konnte man sich auf zweierlei Weise nähern: mit dem Boot von Spa Creek aus oder von hinten über einen langen, kurvigen Feldweg, der auf der einen Seite von einem kleinen Bach und auf der anderen Seite vom Obstgarten gesäumt wurde. Am Wegrand standen sehr hohe, alte Bäume, alle möglichen Ahornarten und eine Ulme. Die Einfahrt lag links hinter einer Haarnadelkurve. Neben der verglasten, mit Wein bewachsenen Tür blieben sie stehen. Zum Wasser hin lag eine halbkreisförmige Wiese mit Büschen, dahinter kam das Ufer mit großen Bäumen, Schilf und einem schmalen Sandstrand. Ein morsches Ruderboot lag halb versunken im Sand. All dies entdeckten die Kinder innerhalb einer Minute, sprangen aus dem Wagen, liefen hin und her und schrien wild durcheinander.

»Unser Haus, Kinder«, rief Sam, »unser neues Zuhause. Spa House. Gleich morgen malen wir ein Schild mit der Aufschrift ›Spa House‹ und ›Zutreten verboten‹.«

»Hier werden hier wohnen?« fragte Evie ungläubig, nachdem sie Veranda und Balkon, die alten, bröckelnden Wände und die morschen Bretter betrachtet hatte.

»Ja, Liebes, *e pluribus unum in proprietor persony*!« rief Sam fröhlicher, als ihm in Wahrheit zumute war, denn als er die Seitentür aufmachte, sah er Hennys wütenden Blick über die durchhängenden Balken und schmutzigen Scheiben wandern. Das Haus hatte ein Jahr leergestanden, und Sam hatte es zu einem besseren Preis bekommen, als er erwartet hatte. Er hatte mit einer entsprechenden Hypothek kaum mehr als 5000 Dollar dafür bezahlt, weil er keine Reparaturen verlangte – das könnten er und die Jungen machen, und Onkel Lennie und Onkel Ebby würden ihnen bestimmt dabei helfen – und weil die Häuser in Eastport wegen der neuen Bebauungspläne und der unbeliebten Lage ohnehin schlecht verkäuflich waren. Das Gebiet wurde von der fortschrittlichen Bevölkerung nur noch naserümpfend erwähnt: Die moderne Stadt wuchs in Richtung Westen, wo auch die Highschool stand und die Bungalows und neuen Straßen gebaut wurden. Die Offiziere der Marine-Akademie sollten bald aus ihren Wohnblöcken in Einfamilienhäuser umziehen, und in eigens dafür entworfenen Siedlungen sollten Regierungs- und Staatsbeamte aus Baltimore angesiedelt werden. Die alte Stadt rund um die Akademie war im Sterben begriffen. Auch das Schicksal des St. John's College war ungewiß, und der alte Stadtkern konnte auf nicht viel mehr verweisen als auf die Besucher beim Austern- und Krebsfestival sowie eine mögliche Wiederbelebung in Kriegszeiten. Jedenfalls gab es in ganz Annapolis keinen Hausbesitzer, der in Eastport mehr sah als einen Schandfleck übelster Sorte, den man am besten plattwalzen und neu bebauen sollte. Ein Stück weiter standen die Überreste einer Siedlung aus großen Häusern auf heruntergekommenen Grundstücken – irgendein Bauunternehmer hatte wohl gedacht, Eastport könnte vielleicht doch noch einmal in Mode kommen –, wo Negerfamilien und ihre armen weißen Nachbarn in größtem Elend lebten. In der davorliegenden, kleinen Bucht dümpelten die abgewracktesten, rattenzerfressensten Kähne in der Geschichte der Seefahrt traurig vor sich hin.

Ehe sie noch das obere Stockwerk erkundet hatten, sahen sie auch schon den ersten Möbelwagen in die Einfahrt einbiegen.

Die Kinder wurden in den Garten geschickt, und Henny nahm auf einem verwitterten Schaukelstuhl Platz, der auf der Veranda stehengeblieben war, und blickte nach Annapolis hinüber. Nur ein paar hundert Meter von hier lag das glitzernde Hafenbecken, ein kleines Como. Henny hatte einen Blick in die Küche von Spa House geworfen, den eingebauten Eisenherd und den alten Gasherd, die fleckige Spüle und den wurmstichigen Holzfußboden gesehen und war schweigend wieder hinausgegangen. Schon bei ihrer Ankunft hatte sie ein seltsames, unendlich trauriges, aber neues Gefühl verspürt, doch erst, als sie jetzt auf dem Stuhl saß, wurde ihr klar, was es bedeutete. Am gegenüberliegenden Ufer lag ein Hausboot, eine auf einem Floß erbaute Hütte, auf der zwei oder drei junge, dickliche Mädchen in hautengen Satinanzügen und ein paar schlaksige Jungen fröhlich herumkletterten. Dahinter, in der Shipwrights' Street, parkten mehrere Autos. Ein paar Moskitos summten um die feuchten Dachbalken der Veranda, ohne sie im milden Sonnenlicht zu belästigen. Außer Louie waren alle Kinder bereits zum schmalen Strand hinuntergelaufen, Henny hörte ihre Stimmen durch das Schilf. Gegenüber sprang ein Mädchen vom Hausboot ins Wasser, ein Mann mittleren Alters mit einem sandfarbenen Haarkranz um den kahlen Schädel ruderte lässig in einem selbstmörderischen Boot vorbei, zwei Marinekadetten waren in den Creek eingelaufen und klammerten sich an ihr knatterndes Segel. Henny hörte, wie die Männer etwas Schweres hineintrugen und ihr Mann mit matter Stimme sagte: »Lulu, Tass Kaff!« Der Geruch von ewig nassem Unkraut, brackigem Wasser und dem feuchten Boden unter der Veranda stieg ihr in die Nase. In der Nacht hatte es leicht geregnet. Louie, die so tat, als hätte sie Sam nicht gehört, kam ums Haus geschlendert, lehnte sich hinter den Weinranken an einen Verandapfosten und kaute auf einem Grashalm. Ihre leise gemurmelten Worte waren dennoch deutlich zu verstehen: »Oh, wie die Haut des Wasser küstenwärts kriecht und die fleckigen Himmelsstrahlen vom mal laut, mal leise ächzenden Kanal bis zu den schmutzigen Rändern erdwärts fallen.« Es war gerade Gezeitenmitte, die Wasseroberfläche war trübe, und es blies ein lauer Wind.

In diesem Augenblick erwachte Henny aus einer verstockten Geistesabwesenheit und wußte auf einmal ganz deutlich, was mit ihr geschah: Ihr brach das Herz. Es brach in diesem Augenblick, für immer und ganz und gar.

»Hör auf mit dem Quatsch«, fuhr sie Louie an und erschreckte das Mädchen damit zu Tode. »So einen verdammten Unsinn habe ich ja noch nie gehört. Geh und mach Kaffee. Ein großes Trampeltier, das sich an einem Tag wie diesem an einem Verandapfosten festhält!« Mit taktvoll leisen Schritten verschwand Louie hinter den Ranken, und kurz darauf hörte Henny sie sagen:

»Dad, das Gas geht nicht an. Wahrscheinlich ist die Leitung verstopft.«

Die Männer gingen hinein und hinaus, schnauften und stöhnten. Nach einer Weile kam Louie mit einer Tasse Tee für ihre Mutter auf die Veranda – Henny vertrug keinen Kaffee. »Mutter, Daddy fragt, wohin du die Sachen haben willst?«

»Was zum Teufel kümmert mich das? Von mir aus kann er sie auf einen Haufen in den Garten stellen und daraus ein Feuer machen. Stellt sie, wohin ihr wollt«, sagte sie, etwas weniger schroff. »Ist dies mein Haus? Es war die Idee deines Vaters. Macht, was ihr wollt. Alles, was ich will, ist ein ruhiges Plätzchen für mich und das Baby. Sag ihm, ich werde keinen Finger rühren, um seine stinkende Baracke auf Vordermann zu bringen. Selbst die Tiere haben bessere Käfige. Geh schon. Steh nicht herum und starr mich nicht so an!«

Louie, die nicht im geringsten beleidigt war, sondern die vielen Mängel des Hauses, die ausgeleierten Fenster, die unverschließbaren Riegel und schiefen Böden nur noch um so deutlicher sah, ging hinein, um ihrem Vater zu sagen: »Mutter sagt, ihr sollt die Sachen stellen, wohin ihr wollt.«

Nur allzu erfreut rief und pfiff Sam sofort nach seiner Brut und befragte jeden einzelnen nach seinen Wünschen. Es war nicht schwer, die meisten davon zu erfüllen.

2 | *Sam vom Amt suspendiert*

Während des nächsten Monats, bis Mitte Juli, auf dem Höhepunkt der Bienenzeit, schallte Spa House von sechs Uhr morgens bis zum Einbruch der Dunkelheit wider von Sams Pfiffen und dem Geschrei der Jungen, von Hämmern, Sägen und Klopfen. Gemeinsam mit den Jungen nahm Sam das Haus auseinander und setzte es nach einem neuen Plan wieder zusammen. Er wollte auf eigene Faust die Heizung erneuern, den Schornstein ersetzen, die Badezimmer herausreißen, einen Duschraum einbauen, neue Stufen gießen, die baufällige Veranda instandsetzen, die gebrochenen Scheiben austauschen, Putz und Anstrich ausbessern und viele andere Reparaturarbeiten durchführen. Das große Vorhaben erfüllte ihn mit Freude. »Mit meiner eigenen Arbeiterschaft«, sagte er zu den Kindern, »bin ich von allen anderen unabhängig: keine Streiks, keinen Ärger, und die Arbeit geht zügig voran.«

»Du zahlst nichts«, sagte Ernie trotzig. Nach Henny spürte er als erster, wie knapp sie bei Kasse waren. Es gab für ihn keine Vergünstigungen mehr, und da die Verwandten aus Baltimore sich – nach einem ersten Besuch, zu dem Henny nicht aus ihrem Zimmer gekommen war – von ihnen zurückgezogen hatten, bekam er auch keinen Nickel oder Dime mehr geschenkt. Sein reicher Großvater war tot, und Henny hatte ihm grimmiger und strenger denn je verboten – »und es spielt auch überhaupt keine Rolle, was dein Vater dazu sagt« –, Botengänge für den Lebensmittelhändler zu erledigen, fremden Leuten die Stiefel zu putzen oder zu irgendwelchen anderen Mitteln zu greifen, auf die seine Phantasie in dieser Situation hätte kommen können. Henny lebte völlig zurückgezogen und weigerte sich, mit den minderbemittelten Nachbarn auch nur ein Wort zu wechseln. Seit ihre letzten Hoffnungen sich in Luft aufgelöst hatten, sah Henny vieles klarer. Sie schämte sich für alles, vor allem für ihren Ehemann, der zu jeder Tageszeit rund ums Haus zu sehen war und sich wie ein gewöhnlicher Handwerker benahm. Warum war er nicht bei der Arbeit? hätten die Nachbarn sich fragen können. Henny schämte sich plötzlich auch dafür, so viele Kinder zu haben, denn jetzt, wo der alte Collyer tot und sein Vermögen in alle Winde zerstreut war, stellten die Leute ihr ganz alltägliche Fragen.

»Meine Chancen sind vertan, sie halten mich für eine von ihnen«, klagte Henny ihrer Freundin, der alten, alleinstehenden Miss Orkney. »Ich schäme mich, aus dem Haus zu gehen, und komme mir wie eine ganz gewöhnliche irische Dienstmagd vor.« Sie war froh, sich in der Wildnis von Spa House verstecken zu können.

Das Ministerium behandelte Samuel schmählich. Nachdem er zunächst drei Monate lang weiter sein Gehalt bezogen hatte, war er jetzt ohne Bezahlung suspendiert, und obgleich die Untersuchung seines Falles noch nicht abgeschlossen war, warnten ihn seine Freunde, es sehe alles danach aus, daß er endgültig gehen und ohne einen Penny auf der Straße sitzen und ohne seine Pension auskommen müsse.

»Das ist unmöglich«, entgegnete Samuel tapfer, »ich bin schuldlos. Aber ich werde sie nicht mit ihren eigenen Waffen bekämpfen. Ich werde keinen Widerstand leisten – ich selbst errege ja Widerstand. Wenn sie sehen, wie selbstlos ich bin, stachelt das den wahnsinnigen Zorn und die Eifersucht meiner Feinde erst richtig an. Meine Abwesenheit ist vorteilhafter, als jede noch so große Zahl von Eingaben oder irgendwelche entwürdigenden Kuhhändel es sein könnten. Man hat mir vorgeworfen, von den politischen Freunden des alten David unterstützt zu werden. So etwas sollte nie jemand über einen Pollit sagen dürfen! Ich werde nur noch nach Washington fahren, um meine Freunde zu besuchen. Die Machenschaften dieser Leute sind unter meiner Würde, am besten gebe ich mich erst gar nicht damit ab.«

Henny hörte seine Worte mit Schrecken, aber sie hatte sich völlig der Verzweiflung hingegeben. Sie sagte nichts, und es schien ihr, daß sie – jetzt, wo sich die Wolken verzogen hatten – ihren Mann zum ersten Mal klar und deutlich sah: Sie hatte ein Kind geheiratet, dessen einziges Talent in einem hilflosen Gehabe bestand, das ihm den Schutz mancher gutherziger Menschen sicherte – den von Saul Pilgrim zum Beispiel, der selbst keinen Penny besaß, den von ein paar mittellosen, alten Sozialisten und, früher einmal, den ihres eigenen Vaters.

»Warum binde ich mir nicht gleich einen Stein um den Hals und werfe mich draußen ins trübe Wasser?« fragte sie traurig Louie, wenn das Gehämmere einmal nachließ und sie Sams weitschweifige Erklärungen anhören mußte. Geld floß jetzt spärlicher denn je aus seinen Taschen, und Henny – die wegen der Großzügigkeit ihres Vaters ohnehin nie mehr als zehn oder zwanzig Dollar pro Monat von ihm bekommen hatte – gab er gar nichts mehr. Wenn sie Louie deshalb mit empörten Forderungen zu ihrem Vater schickte, antwortete Samuel kühl, sie würde »bald ihre vierteljährliche Zahlung aus dem Nachlaß ihres Vaters bekommen, bis dahin müßten sie alle die Gürtel enger schnallen«. Henny ließ ihm daraufhin – von der gleichen Botin – ausrichten, er solle »sich schämen, auf Kosten eines Toten zu leben«, worauf Sam in finsteres Schweigen verfiel oder höchstens wütend murmelte, ohne die teuflische Extravaganz einer verwöhnten Idiotin, die man für nichts anderes als für den Heiratsmarkt erzogen hätte, würden sie alle mit seinen Ersparnissen sehr gut auskommen. Dies war eine ständige Quelle des – stets über Boten ausgetragenen – Streits, so daß die Kinder unweigerlich das meiste über die finanzielle Situation ihrer Familie mitbekamen.

Louie, von ihren Eltern ständig in diese Streitigkeiten hineingezogen, war ein hitzköpfiger Mensch, der sich über die Ungerechtigkeiten, die der eine dem anderen antat, heftig empörte; und die Ungerechtigkeiten, die ihr selbst angetan wurden, stauten sich in ihr zu einem dräuenden Wirrwarr an Rachegelüsten, zu einem Sturm, den sie nur mühsam zurückhielt und den loszulassen sie sich für einen vagen Zeitpunkt in der Zukunft aufsparte. Zu ihrem großen Erstaunen schienen ihre Geschwister, immerhin Hennys leibliche Töchter und Söhne, nicht das geringste Interesse an dem wüsten Drama zu zeigen, das sich tagtäglich vor ihren Augen und Ohren abspielte, statt dessen flitzten sie wie kleine Fische, die vor dem eintauchenden Ruder davonstoben, sofort nach draußen oder versteckten sich in irgendeinem abgelegenen Winkel des Hauses. Wenn sich wieder einmal ein Streit anbahnte – auf dessen Höhepunkt Henny und Sam einander auch direkt anschrien – und grundlegende Wahrheiten herausgebrüllt wurden, legte sich tiefe Stille über das Haus. Und wenn Henny empört nach Luft schnappte und Sam sich in seinem Zorn auf die Lippen biß, hörte man die Spatzen tschirpen, den Eisvogel knarzen, ein Ruder ins Wasser tauchen oder die Fähre tuten. Es waren einmalige Augenblicke. Dann brach der Tornado wieder los. Was für ein seltsames Leben die stillen Kinder in diesem überschatteten Haus jetzt führten, in dieser Laube aus hohen Bäumen mit einem sonnendurchfluteten Obstgarten, einem ruhigen Himmel und seidig glattem Wasser, an einem Ort, an dem draußen die Sonne schien und drinnen der Wahnsinn tobte. Denn Sam hatte in seinem Zorn schon längst jede menschliche Güte vergessen, warf seiner Frau die abscheulichsten Beleidigungen an den Kopf und hielt ihr alles vor, was überhaupt ihr Leben genannt werden konnte. Henny zahlte es ihm mit gleicher Münze heim, und doch verlor sie, verlor jedesmal. Von dem Augenblick an, als sie nach Spa House gekommen war, hatte Henny in diesem Krieg an Boden verloren. Sie wich zurück, Schritt für Schritt, und es schien, als ob Sam, während die Armut sich immer enger um sie schloß, Schritt für Schritt dazugewann. Armut war für ihn etwas Schönes, etwas, in das er hineingeboren worden war, etwas, womit er sich auskannte; für sie war Armut schlimmer als der Tod, war völlige Erniedrigung und schmähliche Selbstzerstörung. Sie beneidete jedes Geschöpf, das sie zu Gesicht bekam, wenn sie nicht sofort voller Bitterkeit dachte: »Das arme kleine Ding hat keine Ahnung, was auf es zukommt«, oder: »Es ist zu töricht zu erkennen, was für ein Leben es führt.« Mit solchen Bemerkungen war sie in Gegenwart der Kinder stets freizügig. Häufig sagte sie zu ihrer Stieftochter: »Dein Vater hat mir erst das Herz gebrochen, dann hat er meinen Körper mit Hausarbeit zerschunden, und jetzt geht er auch noch meinen Kindern an den Kragen. Ich habe kein Geld – wie soll ich mir noch helfen? Warum muß er trotzdem ständig auf mir herumhacken? Dieser große, unwissende, brüllende Irre! Laß mich sterben.«

Es war ein schöner Sommer. Sam hoffte noch immer, »die mit Füßen getretene Wahrheit würde wiederauferstehen« – womit er meinte, daß er seinen Fall gewinnen würde. Er ersann tausend Theorien, um zu rechtfertigen, daß seine Kinder Margarine statt Butter und Bohnen, Nudeln und Fisch statt Fleisch zu essen bekamen. Er überwachte das Kochen persönlich, tadelte sein Kleinfrauchen für seine ungeschickten Kochversuche und leitete es in der Küche an, weil sich seine Mutter in dieser Hinsicht seiner Meinung nach nicht genug Mühe gab. Offenbar kannte er eine edelmütige Frau in der Naturschutzbehörde, die irgendwelche Pamphlete übers Kochen verfaßt hatte, jedenfalls redete er ständig über ihre Rezepte und probierte sie bei jeder Gelegenheit aus. Er besorgte gallonenweise Erdnußöl, Maisöl, Fischöl und alle möglichen anderen Ölsorten und führte damit in der Küche Experimente durch, die das Holzhaus mit ätzendem Gestank erfüllten und Sam in allerbeste Stimmung versetzten. Er wetterte gegen Hennys Düfte, erzeugte aber, wenn er in seinem Element war, selbst einen so durchdringenden, verheerenden Gestank, daß man ihn noch auf der anderen Seite von Spa Creek riechen konnte. Während er darauf wartete, daß sein Fall entschieden wurde, konnte er die Welt vergessen und glücklich sein.

»Wie schade«, sagte er wohl tausendmal zu seinen Kindern und grinste, »daß das Gesetz euch dazu zwingt, zur Schule zu gehen. Kinder mit einem Vater wie dem euren brauchen keine Schule. Überlegt doch mal, was ich alles mit euch anstellen würde! Ihr würdet durch praktisches Handeln lernen, würdet Häuser bauen, Wände verputzen, Holzgeländer reparieren – vieles davon könnt ihr schon jetzt. Ihr wärt tüchtige Maurer und Zimmerleute, und die Frauensleute würden wir zu guten Köchinnen und Näherinnen erziehen. Wir würden uns die besten, modernsten Maschinen besorgen, jeden Vorgang im Haushalt von neuester Technik erledigen lassen, und all das hätte nichts von dem archaischen, unzeitgemäßen Dreck, dem Schmutz und der Unordnung, die Henny überall um sich verbreitet, weil sie noch aus einer alten, längst überholten Welt stammt. Mein Heimathafen Baltimore ist einmal in der ganzen Welt für seinen Handel, ja, sogar für seine Banken berühmt gewesen – obwohl ihr wißt, daß ich von den Gierigen, den durch Geld mächtig Gewordenen nichts halte. Die Brown Brothers genossen selbst noch im fernen London, dieser Hauptstadt des Bösen, einen hervorragenden Ruf. Und doch hat das schmutzige alte Baltimore noch ein zweites Gesicht, seine schändliche Liebe zum Laster. Nicht nur haben die in Seidenroben gekleideten ›großen Damen der Gesellschaft‹ – wie sie sich selbst gern nannten, obwohl sie nichts anderes als alberne junge Dinger waren – Sklaven gezüchtet und sie zur Arbeit unter grauenvollsten Umständen weiterverkauft, sie selbst sind auch für die Heirat mit reichen Männern aus der Heimat oder aus der Fremde herangezüchtet worden. Und es gibt andere Dinge in Baltimore, die noch viel schlimmer sind, eine lasterhafte Unterwelt, die – rätselhafterweise – später werdet ihr das vielleicht einmal verstehen – als Oberwelt, als gute Gesellschaft gilt – eine durch und durch verderbte Lebensart, die sich immer mehr ausbreitet und vom Trinken, vom Kartenspiel und vom Pferderennen lebt. Baltimore hat seine Schönheiten, doch welche Verderbnis verbirgt das häßliche alte Mädchen noch unter seinem Sonnenschirm? Aber lassen wir das. Baltimore ist schön, weil es zwischen dem größten Wasserloch der Natur und den wunderbaren Blue Ridge Mountains liegt. Allein dadurch wird es gerettet.«

Die Kinder lauschten jedem Wort, das er sagte, schließlich waren sie von der Wiege an darauf getrimmt. Nur Louie, die viel Stoff zum Nachdenken und, seitdem Sam nicht mehr zur Arbeit ging, weniger Aufgaben im Haus zu erledigen hatte, stahl sich immer wieder davon, lauerte noch einen Moment lang an der Tür und verschwand dann träumend und summend im Garten oder lief hinunter zum Strand. Henny dachte, Louie schleiche sich fort, um sich vor der Arbeit zu drücken; sie hatten jetzt kein Hausmädchen mehr. Sam mißtraute Louies Gedanken. Was konnten das für Gedanken sein, die seine Tochter nicht mit ihm teilen konnte? Höchstens unangenehme oder gar verderbte. Er fürchtete sich vor dem Dahinschwinden des Heiligen, Sauberen, vor den dunklen Nischen der Pubertät, und obgleich auch Jungen diese Zeit der Veränderung durchlaufen mußten, wünschte er vor allem, Kleinfrauchens Unschuld könnte sich ganz direkt in strahlende, reine Weiblichkeit und in die sanfte Nüchternheit einer neunzehn- oder zwanzigjährigen Gillian Roebuck verwandeln. Die schwellenden Schenkel, breiten Hüften, kräftigen Brüste und dicken Wangen, die mit Louies Alter verbunden waren – sie war dreizehn, hatte die meiste Zeit an der frischen Luft verbracht und sich von Hennys reichhaltigen Mahlzeiten ernährt und sah wie fünfzehn aus, auch wenn ihre Manieren teilweise noch ungeschliffen und kindlich waren –, wirkten abstoßend auf Sam: Er wünschte sich ein schlankes, scheues Mädchen, das seine Geschlechtlichkeit schamvoll verbarg.

Louisa war außerdem sein erstes halbwüchsiges Kind. Die

weibliche Pubertät, die er in seiner eigenen, prüden Knabenzeit gar nicht wahrgenommen hatte, war ein großes Rätsel für ihn. Er legte sich wissenschaftliche und moralische Ausreden zurecht, um in Louisas Leben herumzuschnüffeln, schlich sich in ihr Zimmer, wenn sie nicht zu Hause war, und las die Sprüche, die sie an die Wand geheftet hatte.

Bei meiner Liebe und Hoffnung beschwöre ich dich:
Wirf den Helden in deiner Seele nicht weg!
Nietzsche

Er untersuchte ihre Laken und zitterte vor Scham, wenn sie Worte aussprach, die er als aufreizend empfand. Ihre Sprache war seiner spröden Vorstellung nach zu wild, zu heftig und zu reißerisch. Er verbot ihr zu sagen, daß sie »mit etwas schwanger« ginge, weil dies eine Anspielung auf das ungeborene Leben sei, oder Worte wie »Inbrunst« auszusprechen, weil sie an »brünstig« erinnerten, oder Zitate anzuführen, deren Bedeutung sie nicht völlig erfaßte. All dies tat er mit stetig nachlassender Güte und einer skrupulösen Empfindlichkeit, die sie überraschte und zugleich abstieß. Seine liebenswerte kleine Louisa, aufgewachsen mit den staubtrockenen Sprüchen von Philosophen, die Sam für den Hausgebrauch zurechtgestutzt hatte, und für das heilige Leben der Wissenschaft vorgesehen, war, wie er jetzt erkannte – auch wenn er noch so fest die Augen schloß –, ein brennender Stern, gerade erst dem glühenden Fleisch der Muttersonne entrissen, ein Geschöpf der Leidenschaft. Das also hatte sich unter all den Jahren der Übellaunigkeit verborgen, kein ruhiges und geduldiges Wesen wie das ihrer Mutter, sondern sie war streng, selbstsüchtig und eitel wie ihr Großvater. Die zornige Saat Israels war aufgegangen.

Sam versuchte alles. Er gab ihr ein Foto ihrer Mutter und forderte sie auf, es sich übers Bett zu hängen.

»Was soll mir so ein Foto schon bedeuten?« fragte Louie frech. »Mutter ist meine Mutter« – womit sie Henny meinte. Er gab ihr ein Foto von sich selbst, mit dreiundzwanzig Jahren kurz vor seiner Hochzeit aufgenommen, mit einem unglaublich milden, strahlenden, engelsgleichen Gesicht, hell wie die Sonne, entrückt und nachdenklich. Er ging alle ihre Bücher, Zettel und Notizhefte durch, um sie leiten und auf den rechten Weg bringen zu können. Den Gedanken, sie auf den tückischen Riffen der Jugend Schiffbruch erleiden zu sehen, konnte sein pochendes Herz nicht ertragen. Ihr zuliebe las er deshalb auch alle Bücher über die Pubertät, derer er habhaft werden konnte, und sein Entsetzen wuchs von Tag zu Tag. Satans unsichtbare Welten waren ihm, dem blutleeren, von Grünzeug und Leitungswasser lebenden Jüngling, verborgen geblieben. Jetzt plötzlich erwies sich die Jugend als eines der schlimmsten Ungeheuer aus der Offenbarung, gefährlicher noch als die Sonne. Er erschauderte bei dem Gedanken, daß seine tapfere, selbstbeherrschte Louie all dies über sich ergehen lassen mußte. Warum? Mit der entsprechenden Schulung, fern jeder schlechten Gesellschaft, sorgfältig überwacht und in ständigem Austausch mit der geistigen Welt der Erwachsenen würde sie das Ganze unbefleckt und ohne Narben überstehen. Er selbst würde ihr ständiger Gefährte sein. Sie würde alle ihre Gedanken mit ihm teilen, und er würde sie letztlich auf seine Seite ziehen.

Innerlich sich die Lippen leckend, folgte er ihr bis in ihre geheimsten Augenblicke. Wenn sie Papiere und andere Abfälle zu verbrennen hatte – Louie war immer gerade dabei, ihre »Schubladen aufzuräumen« –, entfachte sie am Rande des Obstgartens ein kleines Feuer, stand traumverloren daneben, sog den Rauch ein, versuchte, die verschiedenen Gerüche von verbranntem Gras, Papier, Stoff, bedrucktem Karton und so weiter zu unterscheiden, und fütterte das Feuer mit der Berauschtheit einer Drogensüchtigen, um den Duft so lange wie möglich zu erhalten. In diesem Augenblick schlich er sich von hinten an, wollte herausfinden, was sie tat, was in dem Feuer war und wieso der zähe Rauch sich so geheimnisvoll kräuselte.

Genauso machte er es auch mit den anderen Kindern, vor allem mit Ernie, der immer verschlossener und düsterer wurde, und Klein Sam, der schon immer ein in unergründliche Gedanken versunkenes und dann wieder in plötzliche, qualvolle Stürme ausbrechendes Kind gewesen war. Er spürte, daß etwas vor sich ging, eine Art Verschwörung, ein Zauber vielleicht, von dem er nichts wußte. Er versuchte, sich in seine eigene Jugend zurückzuversetzen, konnte sich aber an nicht viel mehr erinnern als an unterdrückte Schamgefühle und hochmoralische Gedanken. Aber er ließ nicht locker und hoffte, durch die Liebe zur Wissenschaft und zu seinen Kindern die Geheimnisse um sich herum zu enträtseln. Dann wieder überwältigte ihn ein unerklärliches Gefühl der Verlegenheit, er lachte laut auf, lief auf das Kind zu, das er gerade beobachtete, schubste es, pikste die Jungen mit dem Zeh oder stocherte mit trunkener, fragender Miene in Louies Feuer herum. Louie errötete, trat das Feuer aus und wandte ihm ohne ein Wort den Rücken zu. Ernie zuckte vor dem zudringlichen Zeh zurück. Klein Sam ließ den Kopf hängen, lief hochrot an und schlug ungeschickt um sich. All das amüsierte und faszinierte den unschuldigen Vater, und es wurde für ihn zu einer Art Spiel, seine Kinder in stillen Augenblicken plötzlich zu überfallen. Früher hatte er gedacht, ihr Schweigen sei von langwierigen, hochfliegenden Gedankengängen durchdrungen, doch jetzt waren sie dafür zu alt, er wußte, es könnten gefährliche, schmutzige Gedanken darunter sein. Er war ihr Schirm und Schild, er war da, um sie vor alldem zu schützen.

So flink und geschickt sich Louie auch davonstahl, von nun an mußte sie immer damit rechnen, Sam innerhalb kürzester Zeit im Rücken zu spüren oder von einem der Kinder – von der Böschung, falls sie am Strand war, oder vom Pfad unter den Obstbäumen, falls sie sich in eine ihrer Höhlen im Obstgarten zurückgezogen hatte – zurückgerufen zu werden. Häufig nahm sie eines der jüngeren Kinder mit, Saul, der in allen Stürmen sein Gleichgewicht nicht verloren zu haben schien, oder Tommy, das hübsche Kind mit den üppigen Locken und rosigen Wangen, das ihr besonders ans Herz gewachsen war. Sie wiegte ihn in ihren Armen, hielt ihn zwischen Lenden und Brüsten fest und spürte mütterlich die süße Qual seines Gewichts. In solchen Momenten gab Tommy sich völlig hin, sank zurück in ihr warmes, festes Fleisch, ein Junge, der die Frauen liebte und sie niemals in Zweifel ziehen würde. Wenn Sam, der den beiden gefolgt war, sie so sah, drehte er zufrieden ab, oder er blieb stehen und fragte mit ruhiger, väterlicher Stimme: »Kinnings, was macht ihr?«, wartete auf die Antwort und verschwand.

In diesem Sommer würde Louie nicht fortgehen. Ihre Verwandten in Harpers Ferry waren es leid, sie durchzufüttern, ohne dafür von den reichen Pollits auch nur einen Penny zu bekommen. Sie selbst waren, da die Gesundheit der verschiedenen Familienvorstände zu wünschen übrig ließ und sich die männlichen Nachkommen noch auf der Suche nach geeigneten Berufen und Ehefrauen befanden, ebenfalls ärmer geworden. Bradford Collyer dagegen besaß ein prächtiges, halb verwildertes Anwesen in Montgomery County mit uralten Bäumen, Tausenden von wilden Vögeln, einer Farm mit kleinen, preisgekrönten Mastschweinen, Rindern, Vollblutpferden, Feldern mit Futterpflanzen und ausgedehnten Obstplantagen. Völlig sich selbst überlassen, aber gut genährt und freundlich aufgenommen, hatte Louie dort mehrere Sommer verbracht, ohne tagsüber irgendein anderes Kind oder gar einen Erwachsenen zu sehen. Alle Familienmitglieder waren schon alt: Eine Tochter lebte in einem Sanatorium, die andere war in Baltimore verheiratet. Bradford Collyer pendelte zwischen Baltimore, Washington und dem Süden hin und her, und Mrs. Bradford, eine Schönheit und Gesellschaftsdame im Ruhestand, erquickte ihren wirren Geist in komfortabler Abgeschiedenheit.

Mrs. Bradford, Hennys Tante Phoebe, hatte sich bereit erklärt, ihrer Nichte das Kind im Sommer 1937, David Collyers Todesjahr, noch einmal abzunehmen. Danach kühlten sich die Gefühle jedoch deutlich ab, selbst für wohltätige Gesten war Hennys Familie inzwischen zu kleinlich geworden. Außerdem wäre das Haus ohne Louie Sams Jungenbande und Kleinfrauchens Kochkünsten überlassen gewesen! Hazel hatte geheiratet und lebte jetzt als Mrs. Gray in Charlestown, West Virginia, und die unersetzliche Bonnie galt als verschollen – kein Pollit hatte in letzter Zeit etwas von ihr gehört, und wenn die Sprache auf sie kam, senkten sie ihre Stimmen und sahen sich ängstlich an. Sam hatte kein Geld für ein Hausmädchen, dessen Anwesenheit ihn ohnehin nur der Freizügigkeit innerhalb seines eigenen Hauses, wo die Kinder nackt herumliefen und er an heißen Tagen nichts weiter als ein Paar Shorts trug, beraubt hätte. Nein, es war besser so, und seine beiden Frauen, Louie und Kleinfrauchen, würden Henny, die sich in ihrer schlimmsten Laune der Bitterkeit, Trägheit und Schwäche befand, schon ersetzen können. So sehr sie sich auch anstrengte, Henny schaffte es nicht, mit den nötigen Arbeiten hinterherzukommen, die Kleider der Kinder zu richten, die Matratzen auszubessern, die Teppiche auszuklopfen, Sams Sommeranzüge zu waschen und zu bügeln und die

Strümpfe zu stopfen. Sam hörte nicht auf, mit seinen schludrigen Haushälterinnen zu hadern und an die strahlende Schönheit der Häuser erstklassiger, im Licht der Öffentlichkeit stehender Frauen zu denken, mit denen er in Washington befreundet war. Aber das war kein Grund für ihn, nicht fröhlich zu sein. Alles lief wie geschmiert, ein gutes, altes, zuverlässiges Getriebe. Die Kinder waren glücklich und frei. Louie zog sich zurück, so oft sie konnte – sie hatte ein echtes Talent zur Einsamkeit und schaffte es, selbst in diesem Trubel noch den Trost des Alleinseins zu finden. Sie sei faul, sagte Henny; sie sei verschlossen, sagte Sam; doch Louie, die sich mit eigener Kraft aus dem schrecklichen Sumpf der Niedergeschlagenheit, des Zweifels und der ständigen Unstimmigkeiten zog, der sie mit lockenden, schlammigen Lippen immer wieder einzusaugen drohte, erlebte lichte Augenblicke, in denen das Universum wie durch einen Blitz vom Himmel bis zur Hölle aufriß und sich in diesem Spalt alle Herrlichkeit auftat, ein Sinnenrausch, in dem sich ihre Welt offenbarte. Sie stand am Strand, sah über das hohe, trockene Gras, das an den feuchtesten Stellen des Ufers wuchs, und dachte:

Mag denn etwas Gutes sein
an dieser Seelentötungspein?

Und im plötzlichen Blitzlicht dieses Augenblicks begriff sie, daß ihrer aller Leben in dem ewigen Wettstreit vor die Hunde ging und die Feindschaft zwischen Henny und Sam ihre Moral zersetzte. Sam, der sich früher mit großem Pathos bescheiden gab, konnte jetzt kaum noch von Henny sprechen, ohne sie eine »Teufelin« zu nennen. »Diese miese Teufelin, diese verdammte Teufelin«, sagte er in seinem Schmerz immer wieder, und selbst im Spaß war er dazu übergegangen, auch die halsstarrige Louie eine »gemeine, sturköpfige Teufelin« zu nennen, obgleich er für sie noch immer den tänzelnden, trunkenen Blick eines bösen Jungen aufsetzte, der den Dorftrottel hänselt, und sie beide wie die allerbesten Freunde gemeinsam durch Eastport zogen, die Autostraßen entlangwanderten und mit dem Ruderboot flache, hufeisenförmige Buchten erkundeten. Sam hatte nichts zu sagen, was Louie nicht schon verstanden hätte.

Die neue Innigkeit mit seinen Kindern und die umfangreichen Reparaturen an seinem neuen Haus ließen Sam seine Schwierigkeiten in Washington vergessen. Zeitungen las er nur noch, wenn ein Freund ihm eine Ausgabe schickte, in der er die neuesten Angriffe angestrichen hatte, oder ihm in einem empörten Brief davon berichtete. Wenn Sam überhaupt daran dachte, pochte sein Herz so schnell und sein Kopf tat so weh, daß er weder schlafen, essen noch arbeiten konnte. Die einzige Alternative bestand für ihn darin, gar nicht mehr daran zu denken.

Henny sah mit Schrecken, daß Sam nicht vorhatte zu kämpfen. Er ließ sich treiben, und niemand schien mehr zu wissen, woher das Geld für die Familie kam. Sam machte vage Andeutungen auf »die vierteljährlichen Schecks eurer Mutter« und merkte an, daß »Henrietta nun auch zu den Kosten des Haushalts beitragen« müsse. Die Kinder, die von Henny oft genug gehört hatten, daß »die paar kümmerlichen Dollar« ihr ganz allein gehörten, hielten Sam für ungerecht, gierig, sogar räuberisch. Sie sahen ihre Mutter in Lumpen und konnten nicht verstehen, warum ihr Vater nicht mehr arbeiten ging.

Wenn morgens die Post kam, saß Sam mit ungewaschenem Gesicht am Frühstückstisch, zeigte Ernie und Louie die Artikel mit den neuesten Angriffen und sagte: »Seht ihr, seht ihr, da! So niederträchtig können Menschen sein. Und dennoch müßt ihr lernen, nicht zu hassen, sondern zu verstehen: Alles verstehen heißt, alles verzeihen.« Aber Louie und Ernie riefen verzweifelt: »Antworte doch auf die Briefe. Warum beantwortest du die Briefe nicht?« Und Sam hob zu einer langen Verteidigungsrede an, in der er ihnen Punkt für Punkt auseinandersetzte, was an den Angriffen falsch war und welche Interessen seine jeweiligen Feinde inspirierten.

»Warum schreibst du das nicht, Dad? Warum schreibst du nicht alles auf und schickst es hin?« rief Louie und rang die Hände. »Warum läßt du überhaupt zu, daß sie so etwas über dich verbreiten?«

Und Ernie, ebenfalls ängstlich und wegen seiner finanziellen Berechnungen – woher sollte das Geld kommen? – ganz besonders besorgt, fügte hinzu: »Schreib ihnen, Dad! Bitte schreib ihnen. Warum erklärst du nicht alles? Wenn es so einfach ist, ihnen nachzuweisen, daß sie Lügner sind, warum tust du es dann nicht? Bitte schreib ihnen, Dad. Warum tust du es nicht?«

Aber Sam, trauriger und blasser denn je, schüttelte nur den Kopf und sah seine Kinder mit blauen, tränenfeuchten Augen an: »Gegenwärtig haben die, die mit dem Teufel im Bunde stehen, großen Auftrieb. Wir müssen warten, bis ihr Stern wieder am Sinken ist, aber wir werden sie in die Flucht schlagen.«

»Aber wie? Wie?«

»Wer in Ruhe abwarten kann, erreicht am meisten.« Sam lächelte schmerzlich. »Lulu, sei nicht so ungeduldig. Wir dürfen den Feind nicht mit seinen eigenen Waffen bekämpfen.«

»Aber du kämpfst überhaupt nicht, Dad«, rief Louie. »Du erklärst *uns* das alles, warum kannst du es dann nicht auch *denen* erklären? Sieh doch, es steht alles in der Zeitung: Alle werden ihnen glauben. Ich kann einfach nicht verstehen, warum du nichts dagegen unternimmst.«

Die Kinder glaubten jedoch, daß Sam gänzlich unschuldig war, was ja auch stimmte, denn was die Kenntnis der Menschen, der Geschäftswelt und der Politik betraf, war er tatsächlich vollkommen unbeleckt, ein vertrauensseliges, wohlbehütetes Kind, das sich in die Sphäre öffentlicher Belange verirrt hatte.

Die Kinder wurden von Tag zu Tag besorgter, jedenfalls diejenigen, die zu alt waren, um sich durch Arbeit und Spiel ablenken zu lassen. Woher sollten sie ihr Essen bekommen? In Collyer's Seafood Business in der Aliceanna Street waren umfangreiche Reparaturen und Bauarbeiten fällig, so daß Henny mindestens zwei Jahre lang keine Dividenden bekommen würde. Mutter konnte ihnen nicht wie früher im Laden des alten David Kleider auf Kredit besorgen. Und Sam hatte sich inzwischen ausgedacht, daß Louie die Schule verlassen, als seine Sekretärin wirken und abends Bürokurse besuchen sollte. Kleinfrauchen sollte die Schule ebenfalls so früh wie möglich verlassen, Koch- und Hauswirtschaftskurse belegen und sich um die Küche kümmern.

»Selbst wenn es hart auf hart kommt, Kinder«, rief Sam fröhlich, »ihr werdet sehen: Sam der Kühne wird es schon richten! Nur nicht aufgeben! Sam der Kühne läßt sich nicht unterkriegen. Den Bösen mögen derzeit Flügel wachsen, doch wenn der Himmel aufklart, wird Sam der Kühne sie selbst in den Lüften besiegen.«

Während der großen Ferien ging Henny mit zusammengepreßten Lippen und fest entschlossener Miene ans Werk. In ihren ärmlichen Kleidern machte sie stundenlange Ausflüge, fuhr nach Baltimore, um ihre Schwester Hassie oder Onkel Archie zu besuchen. Ab und zu streckte ihr Onkel Archie Geld auf die zu erwartenden Dividenden vor, dann fand Sam auf seinem Schreibtisch einen kleinen Stapel Geldscheine mit einem Zettel:

»*Sam Pollit:* Für Haushaltsausgaben«, oder: »*Sam Pollit:* Kauf dir ein neues Hemd.«

Niemand wußte, wie sie über die Runden kamen. Doch als die Schule wieder begann, wurde Louie in einer neuen Flanellbluse, einem schäbigen alten Sergerock von Hassie und einem zimtbraunen Mantel von Tante Jo zur Annapolis Highschool geschickt. Sie fühlte sich ziemlich armselig, bis sie in die Schule kam und die anderen Mädchen sah, von denen mindestens die Hälfte aussah wie ein Wurf junger, in einen Sack genähter Hunde. Und da sie gar nicht erst versuchte, sich der Gruppe der Hübschen und Klugen zuzurechnen, sondern sich still den Unscheinbaren, schlecht Gekleideten zugesellte, tummelte sie sich bald mit beharrlichem Selbstvertrauen in ihrem neuen Revier.

3 | ***Miss Aiden***

In der Schule gab es mehrere neue Lehrerinnen, zwei davon frisch von der Universität. Die eine war eine atemberaubende Schönheit, schwarzhaarig, blauäugig, mit einem hübschen, frischen Teint. Die andere war hochgewachsen, geschmeidig, hatte tiefgoldenes Haar, eine muntere, volltönende Stimme und trug immer den gleichen eleganten roten Mantel. Eine dritte Lehrerin war ebenfalls neu, wenn auch längst nicht so glamourös: Ihr Haar war unscheinbar, ihr Gesichtsausdruck stets besorgt und ihre Kleider in ewigem Grau und Braun gehalten. Sie war schüchtern und brach in Tränen aus, sobald die Mädchen zuviel Lärm machten. Die leicht zu beeindruckenden Schülerinnen teilten sich sofort in zwei Lager auf: in diejenigen, die für die Schönheit (Miss Bellmore) waren, und in diejenigen, die zu der jungen Frau im roten Mantel (Miss Aiden) hielten. Und außer ein paar scheuen, einfallslosen Seelen gaben sie alle gemeinsam ihr Bestes, um der Unscheinbaren (Miss Paramore) das Leben zur Hölle zu machen. Louisa, die bisher in der Schule eher schlecht abgeschnitten hatte, entdeckte hier innerhalb weniger Tage ungeahnte Begabungen. Mehrere Mädchen verkündeten stolz, Louisa Pollits Freundinnen zu sein, und bestanden auf ihrer Gesellschaft. Kaum hatte Louisa den Mund aufgemacht, als ihr Miss Aiden auch schon das verständnisvollste, liebenswürdigste Lächeln schenkte, und kaum waren Miss Aiden, Miss Paramore oder Miss Bellmore auf der Bildfläche erschienen, als die Mädchen auch schon zu lachen anfingen und sich mit Vorschlägen, Parodien und Zitaten geradezu überschlugen. Alle Schülerinnen waren in wenigen Tagen aus ihren Kleidern herausgewachsen oder sahen zumindest so aus, und schon bald schälten sich Grüppchen mit unterschiedlicher Denkweise heraus: Mädchen, die ganz offen redeten, aber jede Gemeinheit vermieden, Mädchen, die über schmutzige Witze kicherten und ständig an Männer dachten, Mädchen, die sich darüber ereiferten, was in den Zeitungen stand, herausgeputzte Mädchen, die nur über Kleider sprachen, und traurige Streberinnen, die nichts anderes im Sinn hatten als ihre Hausaufgaben. Es war wunderbar, und es war neu – es war Arkadien. Wenn Louies Blick auf Miss Aidens Gesicht mit dem rotgeschminkten Mund und dem gutherzigen Lächeln fiel, sprudelte sie nur so über vor lustigen Einfällen und Phantasien, und als sie das erste Mal bei ihr im Unterricht saß, konnte sie dem Geschehen kaum folgen, sondern verspürte den unwiderstehlichen Drang, sich die ganze Komik vom Herzen zu schreiben, und das kam dabei heraus:

»Im Zirkus gibt es ein Hochzeitsfest! Der Hermaphrodit heiratet die Dame mit Bart, der Riese den Zwerg, der Mann ohne Knochen die Frau ohne Unterleib, der Clown in Schlabberhosen die Jongleuse im engen Trikot, das Rhinozeros einen Floh, der Tiger eine Lilie, das Zelt einen Mast, der Wind eine Hose, der kahle Mexikaner eine Haarwasserflasche, die Schmeißfliege ein Pony, der Dollar einen Schein, der Wahrsager einen gezinkten Nickel, der Spann einen Rist, der Knipser eine Karte, der Schotte eine Freivorstellung, der Husten einen Heiser, der Hals eine Schlinge, der Elefant einen Porzellanladen, das Nasshorn ein

Trockenhorn, die Grille einen Zirp, der Zauberer ein Kaninchen, das Quadrat ein Trapez, das Ungeheuer ein Ungetüm. Wer mir das erzählt hat? Die Leute von heute. Was für Leute? Die große Meute. Wer kommt zum Feste? Die Gäste. Wer macht ihnen die Tür auf? Ein Spalt. Wer schenkt ihnen Blumen? Ein Rosenmatz. Wer backt ihnen Kuchen? Ein Doppelbäcker. Wieviel Bleche? 'Ne große Fläche. Wann sind sie fertig? Gegenwärtig. Was gibt's für Obst? Adamsäpfel, Abrißbirnen, Grislybeeren. Wer kommt sie abholen? Das soll der Teufel machen. Wer zieht die Kutschen? Schusters Rappen. Wer sitzt drin? Drei hin, vier im Sinn. Wann soll die Hochzeit sein? Im Sternenschein am Meilenstein.«

Dieser Erguß, der Louie am allermeisten erstaunte – denn sie hatte keine Ahnung, wie sie es geschrieben hatte und warum es ihr mit solcher Leichtigkeit aus der Feder geflossen war –, folgte all den anderen Briefchen und fliegenden Zetteln, die während des Unterrichts im Klassenzimmer kursierten, und löste solche Stürme idiotischen, mit leisem Kichern beginnenden und über heftiges Prusten in unbeherrschbare Krämpfe mündenden Gelächters aus, daß Miss Pollit sich, alle Blicke auf sich ziehend, innerhalb weniger Minuten vorn am Pult der Lehrerin wiederfand, während Miss Aiden zunächst stirnrunzelnd und dann grinsend ihre Geschichte las.

»Hast du das geschrieben, Louisa?«

»Ja, Miss Aiden.« Kichern.

»Wann?«

»Gerade eben.« Flüstern.

»Kommst du dafür in den Unterricht?«

»Nein, Miss Aiden.«

»Nein, Miss Aiden«, bestätigte die Klasse in verschiedenen Stimmhöhen, Tonarten und Flötenregistern.

»Geh an deinen Platz zurück«, sagte die Lehrerin streng. Louie rechnete mit dem Schlimmsten: Miss Aiden würde sie heute später nach Hause gehen lassen. Aber zu ihrem großen Erstaunen wurde sie nicht bestraft, sondern saß mit rotem Kopf an ihrem Platz und dachte an das hübsche, liebenswerte Wesen, das sich im Besitz ihres Zettels befand und dadurch Einblick nahm in den leeren, nichtssagenden Kern ihrer Einfalt.

»Ich werde es nie wieder tun«, dachte Louisa immer wieder

und trauriger als je zuvor, so als wäre einer jener schrecklichen Träume, in denen sie sich nur mit Hut und Mieder, aber ohne Rock und Schuhe mitten auf der Straße wiederfand, Wirklichkeit geworden. Sie wagte es nicht, Miss Aiden anzusehen, und schmollte ängstlich bis zum Ende der Stunde, als Miss Aiden göttliche Gnade bewies und ihr den Zettel wiedergab.

Zu Hause herrschte tiefste Qual. Alles, was geschah, selbst ein vergessener Nagel, an dem sich die Kinder die bloßen Füße hätten aufreißen können, reizte Henny zu wütendem Geschrei. Das kurze Bündnis zwischen Louie und ihrer Stiefmutter war längst zerbrochen. Jetzt wollte Henny sich »schon beim Anblick dieses großen, plumpen Ungeheuers« die Haare ausreißen, »beim bloßen Gedanken daran, wie Ernie herumschlurft, als hätte er Bleiklumpen an den Füßen« in den Fluß springen und »beim dreisten Tonfall der Jungen, die Evie unverschämt anraunzten, bloß weil sie frühstücken wollte«, ihre Sachen packen und sie alle für immer verlassen. Es war nicht einfach zu Hause, und wenn sie tatsächlich einmal nachsitzen mußte, war das eine Wohltat für Louie. Es gab ihr Gelegenheit, auf dem Heimweg zu trödeln, anstatt mit dem Bus zu fahren, und mit ihren Freundinnen zu plaudern. Zwei Mädchen, Leana und Edie, hatten sich ihr angeschlossen. Ihr besonderes Interesse galt jedoch einer Klassenkameradin namens Clare, die sich selbst als »Revoluzzerin« bezeichnete – was auch immer das heißen sollte –, einem großen, lebhaften, gelbhaarigen Mädchen mit frechen Jungenlocken und einem wunderschönen Medaillongesicht. Clare war gekleidet wie die Tochter eines Lumpensammlers und schlurfte in einem komischen Stolpergang daher – teils, weil es ihr Spaß machte, teils, weil sie Lumpensammlerschuhe trug, an denen entweder die Spitze, die Ferse oder die Sohle fehlte. Ihre Baumwollstrümpfe in ausgewaschenen Dreckfarben waren faltig, schmutzig und voller Löcher; ihre Bluse trug sie ungebügelt und verkehrt herum, und ihr ausgefranster Rock war fleckig. Ihre schönen, geschickten Hände waren dreckig, und auf ihrem Gesicht zeigten sich höchstens, wenn sie weinte – was sie manchmal in aller Öffentlichkeit tat – ein paar saubere Spuren. Zum Mittag aß sie ein Sandwich oder trockenes Brot, und wenn in der Schule Geld eingesammelt wurde, hatte sie nie welches dabei.

»Ihr kennt doch Clare Meredith«, sagten die anderen Mädchen in vielsagendem, aber letztlich teilnahmslosem Ton. Clare vertrödelte ständig ihre Zeit, tuschelte immer mit irgendeiner Mitschülerin, hatte den großen, hübschen Lockenkopf an einen anderen Kopf gelehnt, führte stets einen neuen Witz auf den Lippen und schickte kleine, mit unglaublich feiner Handschrift beschriebene Zettelchen durchs Klassenzimmer. Ihre Hausaufgaben hatte sie nie dabei, und auf Fragen war sie auch nicht vorbereitet, aber sie lachte den Lehrerinnen mit dem gutmütigen Lachen einer überzeugten Schlampe fröhlich ins Gesicht.

Eines Tages erhielt Louie im Unterricht eine Botschaft zugestellt.

»Laß mich dir die Füße küssen, ich schwöre, ich bin dir untertan«, und am anderen Ende des Klassenzimmers kicherte und grinste Clare wie ein gelocktes Mondkalb, wippte auf ihrem Stuhl und zeigte lachend ihre starken, weißen Zähne – ein weiblicher Caliban. Mit ernstem Blick griff Louie nach ihrem Stift und schrieb mit gleicher Post zurück:

»Beim Sonnenlicht, ist das ein dummes Ungeheuer. Ich und Angst vor ihm? Ein wahrhaft jämmerliches Ungeheuer.«

Clares gellendes Gelächter steckte die ganze Klasse an, und selbst die Lehrerin, Miss Bellmore, lachte und sagte mit ihrer distanzierten, silbrigen Stimme: »Mädels, Mädels!«

Louie wurde zu Miss Aidens glühendster Verehrerin. Wenn sie nach Hause kam – ihr Schritt wurde immer langsamer, je mehr sie sich dem Tor von Spa House näherte, und sie blieb lange in der schattigen Einfahrt stehen, denn die häuslichen Stürme waren unerträglich geworden –, kümmerte sie sich als erstes um das Gemüse, murmelte dann etwas von dringenden Hausaufgaben, lief nach oben, schloß sich in ihr Zimmer ein und arbeitete fieberhaft an einem Gedicht oder einer Szene für den nächsten Tag. Sie hatte sich geschworen, den Schulhof niemals ohne einen Vers oder eine Theaterszene zu Ehren von Miss Aiden zu betreten. Leana, Edie und bald auch Clare lachten freundschaftlich über sie, warteten morgens am Schultor und fragten: »Hast du heute ein Sonett?« Louie hatte sich ein großartiges Projekt vorgenommen: den Aiden-Zyklus. Dieser Zyklus bestand aus einem Gedicht in jeder denkbaren Form und jedem denkbaren Metrum, jedes einzelne davon zu Ehren von Miss Aiden verfaßt.

Einen Teil des Aiden-Zyklus bildeten *Die Sonette*, »der einzigen Muse« gewidmet, eine kurze Folge von Gedichten, die Miss Aidens Vorzüge natürlich nur unzulänglich zu preisen vermochten. In der ganzen Highschool gab es nur eine derartige Fanatikerin, und so rückte Louie rasch an die Spitze der Aiden-Anhängerinnen auf. Clare schwärmte eher für Miss Bellmore und verfaßte für sie sogar ein – komisches – Sonett, aber sie hatte großen Respekt vor der völlig verzückten Louie und der Intensität des Gefühls, das sie ihrer Lehrerin entgegenzubringen schien. Aber dann war sie auch schon wieder dabei, ausgiebig mit ihrer alten Freundin zu plaudern, oder sie legte sich auf eine Bank, zog sich ihren zerfetzten Strohhut über den Kopf und ließ sich von der Sonne bescheinen. Meistens sah man sie jedoch mit Louie in lange und ernste Gespräche vertieft. Sie versuchte, Louie davon zu überzeugen, Sozialistin zu werden und *Progress and Poverty* zu lesen, aber Louie hatte keine Zeit für andere Leidenschaften. Wenn sie in der Schule den roten Mantel nahen sah, war sie von freudiger, triumphaler Liebe erfüllt, und zu Hause hatte sie alle Hände voll zu tun, um ihre Stücke zu lernen und an ihren Gedichten weiterzuschreiben. Erst mit der Zeit wurde ihr klar, wieviel harte Arbeit mit einem solchen Zyklus verbunden war, aber sie gab nicht auf. Gleichzeitig begann sie, *Das verlorene Paradies* auswendig zu lernen. Warum? Sie wußte es selbst nicht genau. Vielleicht, weil es ihr eine weitere, spektakuläre Möglichkeit bot, Miss Aiden zu huldigen.

Sam und Henny beschwerten sich bitterlich über die vielen Hausaufgaben, die einem heranwachsenden Mädchen aufgebürdet wurden, hielten die Lehrer für völlig übergeschnappt und drohten ständig damit, an die Schule zu schreiben. Eines Tages ordnete Samuel an, Louie habe von nun an ihre Hausaufgaben unter den Augen aller anderen Familienmitglieder im Eßzimmer anzufertigen – auf diese Weise käme sie nicht in Versuchung zu trödeln und könne außerdem lernen, sich besser zu konzentrieren, denn wer mitten im Chaos arbeiten kann, bringt es überall zu besten Leistungen. Das war Sams Theorie. Außerdem witterte er die Chance, seine neuesten Vorträge und Predigten loszuwerden – sobald die anderen zu Bett gegangen waren –, und Louie dadurch wieder näher an sich ziehen zu können. Louies schlechtem Beispiel folgend, hatte auch Ernest sich mehr und mehr von

Sam zurückgezogen, aber Sam hatte das Gefühl, die Sache mit Louie ausfechten zu müssen, in diesem Machtkampf ging es um Jetzt oder Nie.

Die Kinder hatten bald alles über Miss Aiden herausbekommen und versuchten, ihre älteste Schwester damit aufzuziehen, aber Louie war zu ernst und zu begeistert und rezitierte ihnen stundenlang aus ihren Werken, so daß sie bald mit rosigen, gierigen Gesichtern aufgereiht dasaßen und andächtig lauschten. Dann schauspielerte Louie, erzählte ihnen, wie es auf der Bühne zuging und versuchte, sie zum Mitspielen anzuspornen. Manchmal stahl sich Sam unerwartet in ihr grünes Theater am Rand des Obstgartens, stand stumm im Hintergrund und staunte über seine Tochter. Einzig bei diesen Gelegenheiten beschlich ihn eine Art von Demut, und Louie, die dies sah, versuchte, ihn mit ihrer Rede zu treffen oder warf ihm einen Blick zu, der deutlicher als alle Worte sagte: »Ich bin der Sieger, ich herrsche hier.«

4 | *Clare*

Wenn Miss Rosalind Aiden Louies himmlische Liebe war, war Clare ihr Alter ego. Alle wußten über sie Bescheid. Die Älteren hielten sie für eine verrückte, vorlaute Göre, die Jüngeren fragten sich, wer wohl tatsächlich hinter diesem schmutzigen, verlumpten Aufzug steckte. Ohne ihren Hut – der inzwischen völlig zerfetzt war – kam sie durchs Schultor geschlurft, streifte ihren schäbigen Mantel ab, deutete auf das zerschlissene Futter und die ausgefransten Säume, strich die brüchigen Nähte glatt, pries seine Schönheit und bot ihn dann zur Versteigerung an: für einen Dollar, fünfzig Cents, zehn Cents ... Einmal bot ihr eine von den jüngeren Schülerinnen zehn Cents, und sie gab ihr den Mantel, nahm die Münze und weigerte sich, den Mantel zurückzunehmen – nein, er sei nun einmal unter den Hammer gekommen und ordnungsgemäß versteigert worden, und dabei müsse es bleiben. Unbeirrt trottete sie an diesem grauen Novembertag bei unangenehmem, feuchtem Wind und drohendem Schneefall ohne Mantel nach Hause in einen Hinterhof in der Compromise Street und kam am nächsten Tag in einem Männermantel zur Schule, den ein Nachbar, ein alter Mann, ihr geborgt hatte. Sie war zu ihm gegangen und hatte gefragt, ob sie den Mantel benutzen könne, bis er ihn wieder bräuchte. Die halbe Schule versammelte sich um sie, als sie die Taschen umdrehte, Bindfäden, alte Fahrkarten und ein vollgeschneuztes Taschentuch, das sie mit einer großartigen Geste der Verachtung weit von sich schleuderte, zum Vorschein brachte und sich dabei köstlich über sich selbst amüsierte.

»Schaut euch das an – ein Stück Bindfaden, an dem ich mich aufhängen kann. Aber mein Hals ist zu dick, daran hat der gute Mann nicht gedacht! Und die Innentasche – wo ist die Innentasche? Autsch! Das war wohl mein Knie – ich spüre mein Knie in der Tasche. Aber hat denn irgend jemand etwas von Innentaschen gesagt? Schaut nur, es gibt nichts als Luft – dieser Mantel ist mit Luft gefüttert. Aber das ist jetzt der feine Stil, der letzte Schrei. In dieser Saison gibt es mehr Taschen und Futter aus Luft als aus Seide. Wer schert sich denn schon um diese Marineschönlinge mit ihren goldbetressten Ausgehröcken? Der beste Teil der Menschheit trägt Mäntel, die ganz aus Luft gemacht sind. Zuunterst ein Anzug aus Haut, dann eine Verzierung aus Haar und zu guter Letzt ein Mantel aus Luft!«

Damit schlurfte sie fort, und Louie, die das Geschehen grinsend, aber auch mißgestimmt und gelegentlich eher streng verfolgt hatte, nahm ihren Arm und sagte: »Clare, Clare!«

»Was denn, Louie?«

»Clare ...« Louie wußte, daß Clare sich nur dann so benahm, wenn ihr Elend sie am meisten bedrückte. Daß Clare in Armut lebte, war kein Geheimnis – sie stammte aus einer hoffnungsvollen Familie, die nach dem Tod von Vater und Mutter in die Klauen einer armen, halsstarrigen, alleinstehenden Tante geraten war. Ihre älteste Schwester mußte schon arbeiten gehen und zum Unterhalt der beiden jüngeren Schwestern und ihres kleinen Bruders beitragen. Sobald Clare die Schule hinter sich hatte, würde sie einen Teil dieser Last übernehmen müssen. Oft genug war nicht einmal klar, ob Clare überhaupt ein Dach über dem Kopf haben würde. Was gab es da zu sagen? Clare lächelte zerknirscht und nahm ihre Hand.

»Ach, Louie, was macht mir das aus? Ich werde schon irgendwie Geld verdienen. Aber ob ich jemals vorankommen werde? Es gibt ja immer noch meine Schwester und meinen Bruder und zwei Hypotheken – das einzige, was mir wirklich Sorgen macht, sind die Jungen. Sie nehmen die Armut ganz anders als ich! Was macht es schon, was aus mir wird?«

Louie schwieg, dann sagte sie etwas ungeschickt:

»Du bist erst vierzehn, Clare ...« Clare streckte die Arme aus und ließ die losen Lumpen flattern, eine Geste, die Louie an die gegen die Küste schlagende Brandung denken ließ, die Brandung der Zeit oder die Brandung der Kümmernisse.

»Schau mich an. Werde ich jemals anders aussehen?«

Clare weigerte sich beharrlich, Louie zu Hause zu besuchen oder überhaupt die Brücke nach Eastport zu überqueren, aus Angst, mit Louies Eltern und Geschwistern zusammenzutreffen. Sie sah zu Boden und lächelte in sich hinein, auch wenn Louie den Grund dafür niemals auszumachen vermochte.

»Du willst mich nicht wirklich dort haben, Louie. Wir sehen uns in der Schule.«

Eines Tages, kurz vor Weihnachten, zog sie an einem Fuß einen völlig kaputten Schuh hinter sich her. Aus den Löchern in den Socken lugten ihre Zehen hervor. Einige der Mädchen, die auf dem Schulhof standen, lachten und zeigten auf sie, andere liefen herbei und machten ein Riesengeschrei. Clare blieb abrupt stehen, schüttete sich aus vor Lachen über diesen grandiosen Spaß, zog den Schuh aus dem Schneematsch und schwang ihn am ausgestreckten Arm über den Kopf. Plötzlich machte der Schuh sich los, schien in den Himmel zu fliegen und landete auf dem Dach. Während die anderen noch dastanden, kreischten und sich die Bäuche hielten vor Lachen, lief Clare ins Hausmeisterzimmer, holte eine Leiter, stieg aufs Dach und begann, dem Schuh hinterher zu klettern. Es rieselte reichlich Schnee herunter, doch Clare stieg vorsichtig weiter auf Händen und Knien voran. Vom gesamten Schulhof aus war ihre geflickte, fadenscheinige Unterwäsche zu sehen. Eine ältere Lehrerin – Clare war ihr Schützling – lief herbei und befahl ihr mit hoher, strenger Stimme, sofort herunterzukommen, während der Hausmeister mit einem langen Stock nach dem Schuh zu stochern begann. Clare sah sich um, grüßte ihr Publikum mit einem nervösen Lachen und machte sich an den Abstieg. Der Schuh glitt auf sie zu, sie schubste ihn vom Dach und ließ ihn zu Boden fallen. Sie blickte zufällig zu ihrer Freundin, Miss Harney, und sah, daß der Schuh die alte Lehrerin ins Gesicht traf. Miss Harney zuckte zusammen, sagte aber nichts, sondern errötete nur und rieb sich das Gesicht. Dann bückte sie sich, hob das unglückselige Ding auf und hielt es in der Hand, bis Clare den Boden erreicht hatte. Die erschreckten Schülerinnen waren verstummt, und als Clare verlegen auf die Frau zuging und sagte: »Es tut mir leid, es tut mir leid«, bemerkte sie, daß die Lehrerin weinte. Sie nahm Clare am Arm und führte sie nach oben in ihr Zimmer. Louie trottete hinterher, und da Miss Harney ihr wohlgesonnen war, durfte sie bleiben.

»Hast du keine anderen Schuhe?«

»Nein, Ma'am«, antwortete Clare unbekümmert.

»Warum nicht?«

»Kein Geld, Ma'am.«

»Nenn mich nicht Ma'am, Clare.«

»Nein, Ma'am ... Miss ... Ma'am ... Miss ...«

Miss Harney zuckte mit den Schultern. »Ich werde dir ein Paar Schuhe besorgen.«

»Nicht nötig, Ma'am, wirklich nicht nötig, aber vielen Dank.«

»Mach dich nicht lächerlich, Clare.«

»Nein, Ma'am, ich meine, ja, danke vielmals.«

Die hochgewachsene, hagere Miss Harney mit Brille und eisengrauem Haar kämpfte mit einem Lächeln. »Clare, warum tust du dir das an? Ich werde deiner Tante schreiben. Du hast Freunde hier. Wir helfen dir gerne.«

»Ich will aber keine Hilfe, Ma'am«, erwiderte Clare.

Die Lehrerinnen taten sich zusammen und kauften Clare eine Bluse, einen Rock und so weiter, mit dem Erfolg, daß Clare am nächsten Tag aus purem Stolz in ihren alten Lumpen erschien – aber ihr Widerstand hielt nicht lange an. Sie zog die besseren Kleider an, und Miss Harney hielt den ganzen Winter über ein Auge auf sie, denn Clare hatte sich einen bösen Husten geholt. Natürlich machte sie auch über den Husten Witze, er wurde für sie zu einer unerschöpflichen Quelle der Inspiration.

Als die Prüfungsergebnisse ausgehängt wurden, erschien Clare in den meisten Listen ganz an der Spitze oder schnitt zumindest als Zweitbeste ab. Meistens war sie am Tag vor einer Klassenarbeit »krank«, oder ihre Tante litt eine Woche vor den Abschlußprüfungen plötzlich unter unerklärlichen Beschwerden und durfte auf keinen Fall allein gelassen werden. Am Morgen der Prüfung tauchte Clare dann wieder auf, abgerissen, aber mit einer sauberen Bluse und fröhlich wie immer. Sie warf zerknüllte Zettel durchs Klassenzimmer, schrieb ohne Unterbrechung, fing früh an und gab als Letzte ab. Louie dagegen verbrauchte soviel Zeit und Energie dafür, ihrer Liebe zu Miss Aiden Ausdruck zu geben, daß ihre Zensuren, obgleich sie nicht weniger arbeitete als alle anderen, mittelmäßig blieben. Nur in den Aiden-Fächern war sie selbstverständlich unübertroffen. Wenn es um literarische Themen ging, kam es niemandem in den Sinn, sich mit der glühenden Liebhaberin zu messen. Im Lehrerzimmer wurden ernste Klagen laut: Louie strenge sich nur bei einer Lehrerin an, und ihr Beispiel finde unter den Jüngeren zu viele Nachahmerinnen. Die verschiedensten Kulte bildeten sich, regelrechte Geheimgesellschaften wurden gegründet. Als erste hatte Louie zusammen mit Leana eine Geheimgesellschaft gegründet, die man an weißen Bändern mit den goldenen Buchstaben GGVA (Geheimgesellschaft für die Verehrung Aidens) erkennen konnte, aber im Laufe der Zeit zogen die passiven Mitglieder sich immer mehr zurück. Die Eltern beschwerten sich über die seltsame Geheimniskrämerei und verdächtigten ihre Kinder dunkler Pläne und übler Gedanken. Innerhalb weniger Wochen wurden auf Anordnung der Direktorin alle Geheimgesellschaften verboten. Einige wenige hielten noch standhaft aus, verliefen sich angesichts der allgemeinen Ächtung jedoch letztlich im Sande. Als die Geschichte von Louies Aiden-Zyklus an die Öffentlichkeit drang, brach ein wahres Lyrikfieber aus. Überall in den Klassenzimmern, Fluren und abgelegenen Ecken des Schulgeländes sah man großäugige, blasse Mädchen eifrig in ihre Hefte kritzeln. Manche schickten nach langem Zögern die Ergebnisse an Louie, um sie nach ihrer Meinung zu fragen. Das Aufheben, das die Schülerinnen dabei um Miss Aiden machten, war den anderen Lehrkräften natürlich ein Dorn im Auge. Miss Aiden wurde von den älteren Lehrerinnen ermahnt, ihre Verehrerinnen zur Räson zu rufen. Doch wer hätte dieser Ermahnung folgen können? Welche Lehrerin kann gegen ihre eigene Beliebtheit vorgehen? Es war zuviel verlangt.

Als die Geheimgesellschaften längst geschlagen waren, zeigte Sam ein wachsendes Interesse an Louies Freundinnen und an Miss Aiden. Im lauten Vormittagsgetümmel eines Sonntag-Wonntags schickte er die Kinder mit immer neuen Fragen zu Louie:

»Was macht die aidonitische Krankheit?«, oder: »Daddy fragt: Läßt sich das Leiden an Miss Aiden nicht vermeiden?«, oder: »Daddy will wissen, wen du lieber hast, ihn oder Miss Aiden?« Jeden Tag drängte er sie, Claribella oder Clärchen-Märchen, wie er sie abwechselnd nannte, mit nach Spa House zu bringen. Clare und Louie trafen sich in der Compromise Street an der Ecke Duke of Gloucester Street und spazierten gemeinsam durch Annapolis. Anschließend gingen sie bis zur Mitte der Brücke, wo sie stehenblieben und auf Spa House hinunterblickten, während Louie Clare die verschiedenen Bereiche des Hauses erklärte und die Namen jener Pollits nannte, die sich zufällig sehen ließen. Über diesen Punkt ging Clare niemals hinaus. Sam wußte natürlich, daß es sich dabei nur um die Schüchternheit eines kleinen Mädchens handelte, und bat Louie, Clare die liebevollsten Botschaften auszurichten. »Sag Clarigold 'nen schönen Gruß von Sam dem Kühnen, nächsten Samstag muß sie ummedingt komm unn helfen, die Veranda streichen.« Oder: »Sag Clärchen-Märchen, sie soll komm unn ummen Wunschbaum gehn.« – Sam hatte auf der Wiese vor Spa House einen neuen Wunschbaum gepflanzt, um das kleine Volk von Eastport Village anzulocken.

Den ganzen Winter über konnte man Sam nach der Schule oder nach dem Abendessen mit einem seiner Kinder über die Feldwege von Eastport wandern, den Fluß hinauf- und hinabrudern oder lange Spaziergänge durch Annapolis unternehmen sehen. An den Samstagnachmittagen, wenn die häuslichen Aufgaben erledigt waren, fuhren sie manchmal mit den Zug nach Severnside oder gar bis nach Jones und zogen in die Berge, um Vögel und Insekten zu beobachten, bis auf den Wangen der Kinder große Rosen blühten und ihre Finger und Zehen zu erfrieren drohten. An den Sonntagen jedoch gingen Sam und Louie ganz allein auf Tour, damit Louie auch einmal aus dem Haus kam und ihr Fett abtrainieren konnte. Sie war inzwischen so rund wie ein Schmalzfaß – wie alle sagten –, und es gab keinen groteskeren Anblick auf Erden als »Louisa mit grauen Dornenaugen, langem Eselsgesicht, dicken Pferdelippen, riesigen Körpermassen, mürrischem Blick und albernem Grinsen« – wie Henny es formulierte –, die beim bloßen Gedanken an Miss Aiden in Ekstase geriet und ständig irgendwelche Liebesverse schmiedete.

»Was geht in deinem Kopf sonst noch vor außer diesen Dummheiten?« fragte Sam häufig, freundlich und ernst. »Du mußt doch auch noch an irgend etwas anderes denken?« Louie schwieg. Sie versuchte, sich an Gedanken zu erinnern, die nicht mit Miss Aiden zusammenhingen.

»Du denkst doch noch über Sachen nach, so wie ich es dir beigebracht habe, Lululein?«

»Ja, natürlich«, murmelte sie verlegen.

»Wenn du dazu bereit bist, wirst du mir von deinen Gedanken erzählen«, schloß Sam, der sie nicht verärgern wollte. Wenn er nicht mit den Kindern zusammen war und von seiner Schwäche, auf jedem Spielplatz den Anführer spielen zu müssen, zum albernen Herumtollen gezwungen war, gab er sich so freundlich wie möglich und erklärte Louisa:

»Es ist nur natürlich, daß ich mir deinetwegen Gedanken mache, Lulu, aber ich sage nichts. Ich weiß, es ist eine Phase, und sie wird vorübergehen, sie gehört zu deinem jetzigen Lebensalter. Später wirst du das alles hinter dir lassen, zurückschauen und über dich selbst lachen – wie wir alle.«

Wie tief das Mädchen errötete! Sicherlich gingen in ihrem Kopf Dinge vor, von denen er keine Ahnung hatte, aber er beherrschte sich und überließ sie sich selbst.

Nach einer kurzen Pause fügte er zweifelnd hinzu: »Ich kann dir vertrauen, Lulu, ich weiß, ich kann meinem Mädchen vertrauen. Du wirst bald eine Frau sein, und ich weiß, du wirst mir sehr nahestehen. Auch wenn du dich jetzt noch widerspenstig zeigst, wirst du dich bessern – den Erbteil deiner lieben Mutter kannst du nicht leugnen.«

Eines Sonntags Anfang April machten sie einen ruhigen Spaziergang auf grasbewachsenen Wegen, die zu Buchten mit verrotteten Schiffsrümpfen führten. Sam begrüßte jeden, den sie unterwegs trafen – er kannte halb Eastport mit Namen – und tätschelte die Köpfe der Negerkinder, als sie an den löchrigen, muffigen Hütten vorbeikamen, in denen die Neger hausten, gestrandete Kähne aus wurmzerfressenem, zerfurchtem Holz, die jeden Augenblick im Sumpf zu versinken drohten, schrecklicher als Coleridges Geisterschiff, grauenvoller als Arthur Gordon Pyms kieloben treibendes Wrack. Verständlich, daß dieser Anblick, ebenso wie ganz Eastport, für die feinen Bürger von Annapolis abstoßend war, doch mit den Häusern verdammten sie gleichzeitig auch deren Bewohner. Brennend vor Scham, hatte Sam bereits drei Denkschriften eingereicht und ein Pamphlet mit dem Titel: »Das Elend von Eastport: Ein totes Wasser am Chesapeake« vorbereitet, das sein Freund Saul Pilgrim auf seiner kleinen Presse drucken und vertreiben wollte. Wenn man ihn auf schändliche Weise aus dem Ministerium schmeißen sollte, sagte Sam, war das nur ein raffinierter Trick des Schicksals, denn das Land hätte auf andere Weise dazugewonnen: Er bräuchte seine Energien nicht mehr in offizielle Kanäle zu leiten, sondern könnte frei und ungezwungen die drängenden Fragen der Zeit aufgreifen, seine Stellungnahmen publizieren und so das Denken der Menschen und das Mitgefühl der Verantwortlichen beeinflussen. »Ich fange vor der eigenen Haustür an«, sagte Sam im Hinblick auf sein Pamphlet.

Sie kamen gerade von einer schlammigen, kleinen Bucht zurück, wo sie mit den Ryatt-Jungen, die einen alten, motorisierten Segelkahn flickten und mit einem neuen Anstrich versahen, ein paar Worte gewechselt hatten. Auf dem Rückweg hatten sie noch dem Besitzer des Ladens an der Straßenecke und »Sarg-Jim«, James Lomasne, guten Tag gesagt und waren jetzt auf dem Rückweg zur Eastport Bridge. Beim Gedanken an den skurrilen Jim mußten sie noch immer lachen. Er war ein in Connecticut geborenes Überbleibsel des Florida-Booms, hatte sich nach dem Zusammenbruch langsam weiter nach Norden vorgearbeitet, war jedoch über Eastport niemals hinausgekommen. Seine Särge und Ruderboote hatte er schon an allen toten und lebenden Wasserstraßen und in allen abgetakelten Badeorten der Küste verkauft. Die Särge kamen bei Begräbnissen von Negern und armen Weißen zum Einsatz; eigentlich waren sie höchstens zehn Dollar wert, aber Lomasne nahm – wie er schamlos jedem erklärte, der es wissen wollte – siebzig Dollar dafür und hatte nach und nach ein hübsches Sümmchen auf die hohe Kante gelegt. Im Vergleich dazu lief das Bootsgeschäft ziemlich mau, und Jim war entschlossen, das Land mit dem wackligen Bootsschuppen und das gesamte Geschäft an den Meistbietenden zu verkaufen. Er hatte versucht, Spekulanten für das lukrative Sarggeschäft zu interessieren, doch wie Sam nicht unfreundlich bemerkte, würde nicht einmal ein auf besonders abscheuliche, vorsintflutliche Gewächse spezialisierter Johns-Hopkins-Fanatiker oder ein Syphilidologe »Sarg-Jim« Lomasne auch nur mit einer zehn Meter langen Pinzette berühren. Er hatte zwei Beine und kroch dennoch über den Boden; er hatte ein Rückgrat, aber es war so biegsam wie eine Weidengerte; er besaß Kleider, die nicht schmutziger aussahen als die der anderen Bootsbauer an der Küste, aber sie schlackerten an ihm wie alte Grabgewänder und rochen, wenn nicht nach Schweiß, so doch nach Unmoral. Obgleich es »Sarg-Jim« trotz des harten Lebens in den abgelegensten Sumpfgebieten nicht an Körpermasse mangelte, klebte das Fleisch an seinen Knochen wie Totenwachs. Wer Lomasne anschaute, sah einen servilen, fünfzigjährigen Habenichts, doch sobald er ihm den Rücken zudrehte, wurde er das Gefühl nicht los, einen leichenfleddernden Dämon erblickt zu haben. Sam amüsierte es, mit der alten Sumpfschildkröte zu plaudern, und noch beim Überqueren der Brücke witzelten sie über »Sarg-Jims« unmoralische Vollkommenheit.

Nach einem ruhigen, warmen, blauen Tag hatte sich der Himmel am Nachmittag zugezogen, das halb abgelaufene Wasser war voller Quallen. Sie blieben stehen, um sie zu zählen.

»Die sind früh dran«, bemerkte Sam. »Erkennst du sie, Lulu? Mal sehen, ob du dich noch erinnern kannst.«

Sie errötete, dann sagte sie zögernd: *»Dactylometra?«*

»Dactylometra quinquecirrha im Chrysaora-Stadium mit zweiunddreißig Marginallappen; die achtundvierzig Lappen und vierzig Tentakel findet man nur in Gegenden mit höherem Salzgehalt. Weißt du, Lulu, ich glaube fast, wir sollten den Salzgehalt unseres armen kleinen Bächleins hier festhalten! Warum solltest du nicht in Selbornes Fußstapfen treten und das *Spa House Journal* oder die *Naturkunde von Spa House* verfassen? Unn wenn du schomma am Schreim bis, kanns du auch die menschlichen Tiere erfassen, was hier die Geegnd bewohn tun, kanns neembei gleich 'n bißchen menschliche Ökologie betreim.« Er lachte ihr ins Gesicht, und der alte Hexenmeister blitzte auf: »Lu, wir zwei beiden, du und ich, wir gehn überallhin, wenn sichs denn für uns

lohnen tut. Und jetz paß acht: Soweit ich weiß, hat die Menschheit diese Qualle zu dieser Jahreszeit hier noch niemals nich gesehn, unn wenn ich dazu mal meine bescheidne Meinung äußern darf, spricht das alles für 'ne abnorme Strömung in dieser Bucht. Wir werden sehn. Die Tochter von meim Freund verdient sich ihre Brötchens damit, tächlich die Wasserhöhe vom Shenandoah zu messn. Wie würde dir so 'ne Ahbeit gefalln, Lulu?«

»Ganz gut!«

Sam lachte. Bis auf ein paar lange, splitterförmige Wellen war die Wasseroberfläche glatt. Die schmalen Rümpfe der Ruderboote lagen schräg zu den aus nackten Pfählen und Brettern zusammengezimmerten Stegen. Zwei hübsche Yachten und ein kleiner Zweimaster ankerten in der Nähe. Über den niedrigen Häusern und kahlen Bäumen erhob sich das Kuppeldach der Bancroft Hall. Hier drehte sich alles um Boote, Schiffahrt und das Meer. Links waren die Häuser, die das Ufer säumten – darunter auch Spa House –, und grasbewachsene Feldwege, die zu den baumbestandenen Klippen führten.

»Herrlich«, schniefte Sam, »herrlich. Der Nordostmonsun mag über uns hereingebrochen sein – aber er hat uns in einen ruhigen Hafen geweht. Trotz all der Schwierigkeiten, die ein Leben beschatten, das eigentlich nur eitel Sonnenschein sein sollte, wird es uns hier gutgehen.«

Sie spazierten weiter in Richtung Marktplatz, dann schwenkte Sam plötzlich nach links.

»Wo willst du hin?« fragte Louie.

Sam lächelte. »Stell keine Fragen nich, dann hörs du auch keine Lüge.«

»Du willst zu Clare«, sagte sie erschrocken. Sam lächelte.

»Ich bin hier nur ganz gemütlich meiner Nase am Folgen, und du folgst deim aam tlein Sam.«

Louie griff nach seiner Hand. »Nein, Dad, nicht. Sie will uns nicht bei sich haben, sie ist zu arm. Sie will nicht, daß wir zu ihr kommen.«

»Armut ist keine Schande«, widersprach Sam. »Ich muß schon sagn, Lululein, manchesmal bis unn bleibs du mir 'n schleierhaftes Rätsel. Du kanns doch keine Freundin ham, was so dumm is, daß sie das nich weiß.«

Mit ganzer Kraft zog Louie an seinem Arm. »Dad, bitte, laß uns nicht hingehen.« Sie war tiefrot angelaufen. »Bitte, nicht.«

Sam geriet in Wut und grummelte: »So etwas Dummes habe ich ja noch nie gehört. Darf ein Vater nicht einmal die beste Freundin seiner Tochter sehen? Ich will deine Claribella kennenlernen. Ganz bestimmt ist sie ein nettes Mädchen, jedenfalls habe ich, als du mir erzählt hast, daß sie Waise ist und so weiter, sofort gedacht, das ist die richtige Freundin für Lulu, die ihr ein paar Flausen austreiben kann.«

Louisa schmollte. Als sie zu der verwitterten Hütte kamen, ging Sam durch das kleine Holztor und klopfte an die Tür. Louie, die auf der Straße wartete, sah Clares Umriß im dunklen Flur. Kurz darauf lehnte sie auch schon lässig in der offenen Tür. Sie war barfuß und trug nichts weiter als einen zerlumpten Pullover und einen Rock; ihre bis zu den Schultern nackten Arme waren von Seifenlauge bedeckt.

»Ich bin Louies Vater«, erklärte Sam freundlich, »und Louie hat mir schon soviel von dir erzählt, daß ich dachte, ich komme mal vorbei und lade dich zu einem Eisbecher ein.« Clare schien sich zu freuen, überlegte, warf Louie einen kurzen Blick zu und erklärte dann, sie käme gerne mit, es dauere nur einen kleinen Augenblick, sie müsse ihre Mütze holen und ihren Schal. Das Ganze war grauenhaft, dachte Louie. Sie hatte nicht die geringste Lust, Clare mit ihrem Vater zu teilen. Aber Sam strahlte vor unerbittlicher Vaterschaft, er war seiner kleinen, vom Nordostmonsun so hart gebeutelten Tochter nicht nur Hand, Ohr, Auge, Weisheit und Tugend, sondern auch bester Gefährte, unverbrüchliche Freundschaft, Eissalon und gemütlicher Samstagnachmittag. Es gab nichts, was er für Louie nicht getan hätte, um ihre beiden Welten miteinander zu verbinden.

»Ich mag deine Clare«, sagte Sam. Louie hackte beharrlich mit den Schuhen auf die Bordsteinkante ein.

Dann gingen sie in ein italienisches Eiscafé an der Main Street. Sam war bester Stimmung, nannte den Kellner flüsternd einen »speckigen, spillerigen Spaghettifresser« und sagte alles, was ihm einfiel, um Clare zum Lachen zu bringen. Als das Eis kam und sie eifrig zu löffeln begannen, wurde er ernst und fragte Clare, womit sie später einmal ihr Geld verdienen wolle. »Das ist mir egal, Hauptsache, das Geld reicht für die Miete«, antwortete

Clare. Sam sagte darauf, er wisse nicht, was Lulu – bei diesem Namen riß Clare erstaunt die Augen auf und lächelte in sich hinein – einmal machen würde, »weil sie zur Zeit sowieso an nix andres denkt, als irgn so 'n verworrnes Zeugs aufzuschreim, aber keine Anx, das wird sich schon geem.« Die beiden Mädchen kicherten und wechselten über ihr Eis hinweg vielsagende Blicke. Ermutigt, weiterzusprechen, betrachtete er lächelnd ihre gebeugten Köpfe und sagte: »Lulu is ewich nur am Wälzen vonne dicksten Lexikönner, damit sie noch hochgestochnere Wörter ausspuckn kann, unn der Seelenfriedn von ihrm klein Vanillchen is ihr ganz egal.« Clare blieb über ihr Eis gebeugt, begann aber gefährlich zu schlucken. Sam wertete es als Zustimmung und erklärte: »Tazache is, Louie hängt sich noch viel doller ins christliche Märtyrertum rein als wie die ollen Itaker – anwesende Römer natürlich ausgeschlossen –, unn ich glaube, in echt liechts an diesem Jo Bunyan, der hat schon Onkel Dan dazu gebracht, zwei Nummern zu große Schuhe anzuziehn, unn jetzt hat er sich auch noch in Lulus Gehirn eingenistet.« Louies Gesicht verfinsterte sich, und sie funkelte den glücklichen Sam wütend an. Clare grinste über ihrem Eis weiter in sich hinein.

»Das sage ich dir alles nur, Clare«, sagte Sam geziert und ließ seine Artemus-Ward-Nummer vorübergehend fallen, »weil ich weiß, daß du Lulus beste Freundin bist, und ich hoffe, daß du ihr vielleicht etwas Vernunft in den sturköpfigen Schädel bleuen kannst, auch wenn ich bezweifele, daß das überhaupt möglich ist.« Grinsend richtete er seine blauen Augen auf Louisa, in der Erwartung, sie von seinen Späßen amüsiert zu sehen, und war erstaunt, daß es ganz anders war. Er versuchte es mit Fragen, blickte von einer zur anderen, erkundigte sich, wie es Aidoneus ginge, ob Clare die göttliche Aida ebenso verehre wie Lulu und ob Clare Addis Abeba nicht nur für eine umwerfende Schönheit, sondern auch für eine gute Seele halte, »denn Schönheit lebt von menschlicher Güte«, und aus der lyrikbesessenen Lulu sei kaum etwas anderes herauszubekommen als Mondschein und Rosen.

»Magst du sie, Clärchen-Märchen?« fragte er besorgt. »Denn ich verlaß mich auf dich. Ich sehe, du hast ein ebenso schnelles und sicheres Urteil wie ich.«

»Sie ist in Ordnung«, antwortete Clare.

»Sie ist in Ordnung, das ist gut, das ist beruhigend. Bleibt nur die Frage, was du unter ›Ordnung‹ verstehst?«

Das Gespräch versiegte. Nach kurzem Zögern lud Sam Clare zu einem zweiten Eisbecher ein. Nach einigem Sträuben nahm sie dankend an, Louie bestellte sich ebenfalls noch ein Eis. Die ungewöhnliche Schlemmerei war ein Fest für Louie, in diesem Augenblick liebte sie ihren Vater. Als er in seiner leisen, summenden Cellostimme und dem zärtlichen, liebevollen Gesichtsausdruck, den er immer bekam, wenn er zu einer seiner Lobreden oder Klagegesänge ansetzte, wieder zu sprechen begann, lauschte sie ebenso aufmerksam wie Clare.

»Wenn ich zu bestimmen hätte – wenn ich ein Stalin oder Hitler wäre, Clarigold –, würde ich die Schule für Kinder wie dich und Lulu ganz abschaffen und in eine Gemeinschaft mit einem Führer wie mir – einem natürlichen Führer – umwandeln, denn der Mensch lernt nur in der Gemeinschaft mit anderen, er ist ein geselliges Tier. Ich liebe Kinder, und was mir am besten, am allerbesten gefallen würde, Claribella, wäre, Eastport oder Annapolis in ein großes Jugendlager umzuwandeln und einen völlig neuen Lehrplan einzuführen. Die Kinder würden frei durch Wald und Flur streifen und deren Bewohnern, der Fauna und Flora der Ströme, Dickichte und Ebenen ganz von selbst nahekommen und so lernen, die Natur und die Vögel zu lieben. – Du brauchst nicht zu denken, ich würde Lulus dumme kleine Leidenschaft nicht verstehen, die Liebe an sich ist nichts Schlechtes, sie muß nur in die richtige Richtung gelenkt werden, aber ich bin nicht so herzlos, wie sie sich das in ihrem großen, sturköpfigen Schädel zusammenreimt! – Das System, das wir jetzt haben, taugt bestenfalls dazu, Straßenbauer, Beamte und Schulmeister hervorzubringen. Nicht daß ich etwas gegen Schulmeister hätte, sie haben die edelste Aufgabe der Welt zu ihrem Beruf erwählt! Aber sie müssen dem Lehrplan der Natur folgen. Sie müssen ihre Liebe zu den Vögeln, der Natur, dem Wasser und den Fischen entdecken, sie dürfen sich nicht an starre Richtlinien klammern, die Natur selbst muß *sie* lehren, sie zu lieben und in ihren Schatzkammern zu graben, bis sie langsam, ganz allmählich – aber ach, mit welchem Staunen! – die unbeschreibliche Schönheit ihrer Geheimnisse – die eigentlich keine Geheimnisse, sondern für jedermann offen zugänglich sind – gewahren. Wir alle erfassen unbewußt die meisten ihrer Gesetze, doch es geht darum, sie uns bewußt zu machen, sie noch tiefer zu ergründen und ihnen zu folgen. Dann erwächst uns eine andere Generation, eine neue Freiheit für unsere Künste und Wissenschaften, die ungehinderte Entfaltung natürlicher Talente, freie Rede, möglichst wenig Rechtsvorschriften, eine frei gewählte, in regelmäßigen Abständen wechselnde Regierung, Phalansterien allerorten und ein Leben im Herzen der Natur, das die Naturkunde und die Naturpoesie sich frei entwickeln läßt. So wird es kommen. Und bis dahin ist es mein Bestreben, Lulu mit den größten Geistern der Menschheit in Berührung zu bringen. Ich habe viel über sie nachgedacht. Ich kann ihr das Licht und viele verwandte Seelen zeigen. Was für einen schrecklichen Verlust erleiden wir doch in unserem dümmlichen, völlig erstarrten System, das dem natürlichem Genie unbedingt einen Regierungsstempel mit einer Nummer aufdrücken will. Dabei spreche ich natürlich nur von den öffentlichen Schulen – andere Einrichtungen, die einzig und allein dem Klassendünkel, der Gier und dem Snobismus dienen, beziehe ich gar nicht erst in meine Überlegungen ein. Du und ich und Lulu, Clarigold, könnten die Welt neu erschaffen. Es wäre eine glorreiche Welt, eine Welt von Männern und Frauen guten Willens. Das wollen wir, und es gibt andere, die das gleiche wollen. Warum sollte es uns nicht gelingen? Ja, wir werden diese Welt erschaffen, werden sie vielleicht noch selbst erleben. Wichtig ist nur, daß wir endlich von diesem staubtrockenen System fortkommen, das jede Inspiration, Zuversicht, Vision und Hoffnung der Jugend zerstört.«

Mit ernster Miene blubberte Clare durch den Strohhalm in den Grund ihres leeren Eisbechers.

»Trotz ihrer Düsterkeit und ihres Starrsinns«, sagte Sam mit Sehnsucht in der Stimme, »beginnt Lulu, mich zu verstehen, ob sie es nun will oder nicht – auch wenn ich bis heute nicht begreife, warum sie gegen mich kämpft –, aber es kann gut sein, daß sie dir, Clare, ihrer besten Freundin, ein wenig von den kleinen Schwierigkeiten erzählt hat, die wir beide hatten – nebensächliche Problemchen, kaum der Erwähnung wert, wenn man das gesamte Leben sieht, aber eben doch kleine Stolpersteine, die das Schicksal uns beiden in den Weg gelegt hat, weil wir aus einem Holz geschnitzt sind. Sie denkt, wie ich denke, oder beginnt zumindest, so zu denken. Und das ist alles, worum ich dich bitte: dein Verständnis, Clare«, fuhr er flehentlich fort, »weil ich sehe, daß Louie vom Weg abgekommen ist. Sie hat eine gute Wahl getroffen: Du bist die richtige Freundin für sie, und ich hoffe, du und Lulu, ihr werdet noch viele vertrauliche Gespräche miteinander führen und ausführliche Spaziergänge zusammen unternehmen. Denn im Grunde findet jegliche Bildung außerhalb, nicht innerhalb des Klassenzimmers statt.«

Clare machte ein sehr ernstes Gesicht und zog die Muster auf dem nassen Tischtuch nach. Einmal hob sie die Augen und sah Louie neugierig an, aber Louie erwiderte ihren Blick nicht. Sam seufzte zufrieden.

»Nun«, sagte er und streckte sich, »ich glaube, wir sollten uns lieber noch ein wenig die Beine vertreten und unsere Köpfe auslüften. Was meint ihr? Sollen wir noch ein Stück marschieren?« Er wich keinen Augenblick von ihrer Seite, führte sie munter rund um den State Circle und durch die stillen Grünanlagen des St. John' College und kommentierte alles, was ihm vor die Augen kam – ein herrenloser Hund brachte ihn auf die grausamen Überfälle streunender Hunde auf mühsam gezüchtete und in der Wildnis ausgesetzte virginische Wachteln, den Federwildbestand in Maryland im allgemeinen, die Notwendigkeit, alle Hunde abzuschaffen oder zumindest einen Leinenzwang einzuführen, schließlich hätten Hunde noch viele andere Nachteile, schleppten Bandwürmer ein, brachten Läuse ins Haus, bissen Menschen, heulten nachts, verunstalteten die schönsten Landschaften mit ihren wölfischen Räuberbanden, trieben in anständigen Straßen die abscheulichsten Dinge, verschmutzten die Bürgersteige, schleckten ihr eigenes Erbrochenes auf, stanken zum Himmel und scharwenzelten um die Menschen herum, wie kein anständiges Tier dies jemals tun würde! Dann fiel sein Blick auf die große Freiheitseiche, und er dröhnte ihnen sofort die Ohren voll mit einer Ode an die Eiche. So ging es ein, zwei Stunden weiter, in denen Clare höchstens einmal etwas murmelte und manchmal grinste und Louie mit steinernem Blick geradeaus oder verzweifelt zur Seite sah.

Dann mußte Clare nach Hause, und Sam nahm Louies Arm und ging langsam mit ihr nach Eastport zurück. Louie war in tiefstes Schweigen versunken, und Sam redete, flehte, dröhnte, schwadronierte und versuchte alles, um ihr Mitgefühl und ihre Begeisterung zu erregen.

»Bald wirst du vieles verstehen, Lululein.«

Sie lächelte säuerlich.

»Du wirst wie ich sein!«

Sie grinste. »Woher willst du wissen, daß ich so sein werde wie du?« Sie waren auf der Eastport Bridge stehengeblieben und blickten auf Spa House hinunter. Ernie und die Zwillinge planschten im Wasser, liefen zum Strand, zitterten, wedelten mit den Armen und flüchteten zurück ins wärmere Naß. In dem Moment kam Henny angelaufen, winkte wild und rief sie aus dem Wasser.

»Ich will ja gar nicht, daß du so wirst wie ich«, rief Sam verärgert, »stell dich nicht immer so dämlich an, Louie. Ich will nur, daß du so denkst wie ich – und auch das nur, wenn du für deine Überzeugungen wirklich gute Gründe hast.«

Louie grinste spöttisch. »Das sagst du nur so. Trotzdem versuchst du ständig, mich dazu zu bringen, so zu denken wie du. Was ich nicht kann.«

Er ließ ihre Hand los und ging weiter, stumm, in würdigem Schritt. Sie schämte sich schrecklich: Wie konnte sie nach den vier Eisbechern für Clare und sie so unfreundlich sein? Aber sie wußte genau, sobald er den Mund aufmachte, würde sie wieder wie ein Prometheus zu ächzen und sich zu winden beginnen. Mit einem entschuldigenden Lächeln sagte sie: »Das liegt nun mal in der Natur der Dinge.«

Ein wenig besänftigt, sah Sam auf sie hinunter: »Warum mußt du immer so ein sturköpfiger Esel sein?«

»Weiß nicht.«

»Ich habe so große Träume für dich, Lulu. Warum widersprichst du mir immer? Ich erdulde schon genug Widerspruch. Warum redest du nicht ganz offen mit deinem Dad? Warum sagst du mir nicht, was du wirklich denkst? Du kannst mir alles sagen. Einmal habe ich schon gedacht, die Dämonin habe ihr Werk vollbracht, die sündhaften Mächte des Bösen hätten mir meine Tochter entrissen, und daß du jetzt vom Mädchen zur Frau wirst, hätte dich noch bitterer gemacht. Aber die Liebe, die du für deine Lehrerin zeigst, sagt mir, daß du nicht so bist: Es ist nur ein vorübergehendes Stadium, ein Sturm – sagen wir, eine Art Komplize der Pubertät. Ich weiß, du hast Problemchen, die für dein Alter und für dein Geschlecht üblich sind und dich sehr beschäftigen. Und dann ist da noch die Situation zu Hause.«

Louies Lippen bebten. »Wenn ich mich dem Haus nähere, fange ich am ganzen Körper zu zittern an – ich weiß nicht, warum. Ich habe nie jemandem davon erzählt, wie es bei uns zu Hause ist.«

»Das ist schon in Ordnung, Lulu. Ein fröhliches Herz kommt überall davon. Es gibt nichts, was wir nicht vergessen könnten, wenn wir nur ein hohes Ideal ganz fest vor Augen haben.«

In rebellischem Tonfall entgegnete sie: »Das ist nicht der Grund. Ich sage es nur deshalb nicht, weil es mir sowieso niemand glauben würde!«

5 | *Was wird dich je zum Schweigen bringen?*

Der Frühling kam, und Sam war ruhelos. Wochenlang liebte er Gillian Roebuck, dann besuchte er Saul Pilgrims Schwester, Mrs. Virginia Prescott, eine Witwe in der Francis Street, ganz in der Nähe von Druid Hill Park. Sie hockte zwischen den vielen kostbaren Möbeln, die ihr der verstorbene Mr. Prescott hinterlassen hatte, »plante« Festessen für Bekannte und vermietete Zimmer. Gelegentlich gab sie auch Musikstunden. Für Sam war sie eine wunderbare kleine Frau, und sie bewunderte ihn ebenfalls, wenn auch stets auf ehrbare, respektvolle Weise. Sie war rundgesichtig, dunkeläugig und dunkelhaarig – wie alle Frauen in Sams Leben –, hatte hübsche falsche Zähne, einen kurzen, dicken Hals, kleine, feste Brüste und eine schmale, eingeschnürte Taille. Sie war von mittlerer Statur und wirkte leichtfüßig und flink. Sam liebte sie nicht, aber wenn seine Gefühle für die naturbegeisterte Gillian allzu stark zu werden drohten, ging er zu Virginia und sprach mit ihr. Er konnte sich mit Gillian nicht treffen, sie fürchteten beide, sowohl in Baltimore als auch in Washington zuviel Aufsehen zu erregen, und Sam verabscheute alle zwielichtigen Zusammenkünfte: Sie waren unter seiner Würde.

Doch an diesem Frühlingssamstag, als er mit den beiden jungen Mädchen spazierenging, schoß das Verlangen nach Gillian in seine Adern wie hohes Fieber. Nur durch Sprechen, nur durch ständige Ablenkung konnte er sie vergessen, sein Lächeln bewahren und sich vor der Verzweiflung retten. Und so versammelte er, als er nach Hause kam, sofort alle seine Kleinen um sich, riß sie aus ihrer jeweiligen Beschäftigung, setzte sie an den langen Tisch im Eßzimmer, von dem aus man zum Spa Creek hinunterschauen konnte, und erzählte ihnen alles, was er an diesem Nachmittag erlebt hatte – von der Wanderung mit Louie, der em-pörenden Baufälligkeit der Negerhäuser, dem reizenden kleinen Schweizerdorf mit Vögeln, Puppen, Märchenfiguren, Häusern und Palisadenzäunen, das ein Neger aus Holz geschnitzt und liebevoll angemalt hatte, den *Scyphomedusae,* von Clare und allem, was er Clare und Louie gesagt hatte, in immer neuen Varianten. In der Zwischenzeit richtete Louie das Abendessen. Henny, die wegen starker Zahnschmerzen und Neuralgien dem Wahnsinn nahe war, lag weinend in ihrem Zimmer, den Kopf in Tommys altes Flanellnachthemd gehüllt. Mit einem Blick auf Louie, die in ihrem hübschen, blaugeblümten Kleid, das sie gerade neu für die Schule bekommen hatte, mit dem Abendbrotgeschirr eifrig hin- und herlief, sagte Sam liebevoll zu seinen Kindern:

»Als Blauschnäblein noch ganz winzig war und kaum sprechen konnte, haben wir uns ganz oft nur über Gedankenpost, auch Telepathie genannt, verständigt. Eines Tages hatte sie ein blaues Kleid an, genau im gleichen Blau wie das Kleid, das sie jetzt trägt – Rachel, ihre liebe Mutter, hatte es aus einem ihrer alten Kleider genäht, denn wir waren sehr, sehr arm und hatten kein Geld. Jedenfalls fuhren wir hinaus nach Annapolis – ist das nicht komisch, Kinder? Und Luchsäuglein – damals nannte ich sie ›Entchen‹ – spielte mit ihren Bauklötzchen. Das konnte sie sehr gut, und sie war so ernst dabei, daß nichts sie stören konnte, nicht der lauteste Schrei, nicht der Milchmann, nicht die Straßenbahn. Ich stand da und dachte an den armen Onkel Ebby, der damals noch gar nicht so alt und verbraucht aussah, obwohl er Probleme hatte, ganz schöne Probleme sogar, und mein Entchen schaute plötzlich auf und sagte: ›Was is mit Onkel Ebby, Daddy?‹ Später probierte ich dann mit ihr die verschiedensten Experimente aus, und sie klappten immer. Ich wußte sofort, wann du krank warst«, sagte er, an Louie gewandt, die gerade mit einem Glas Wasser ins Zimmer gekommen war, »und das Tolle ist, Kinder, ich weiß noch heute immer, was Blauschnäblein gerade denkt.«

Die Kinder kicherten über den neuen Namen.

»Aber ihre Nase ist doch gar nicht blau«, warf Klein Sam nachdenklich ein.

Louie lachte. Sam dachte, ihr würde der neue Name gefallen: »Was lachs denn so, Blauschnäblein?« fragte er vergnügt.

»Du weißt immer, was ich denke!« sagte sie und schüttete sich aus vor Lachen.

»Du glaubst, Sam der Kühne kennt deine hochwohlgeborenen Gedanken nicht?«

»Genau.«

»Unn warum lachs du dann über dein aam tlein Sam?«

»Weil du nicht immer weißt, was ich denke.« Sie lachte noch lauter.

»Sei nicht albern, Blauschnäblein.«

Louie konnte nicht aufhören. »Weil du dich für so unendlich klug hältst«, brachte sie mit Mühe zwischen zwei Lachsalven heraus.

Sam runzelte die Stirn. »Hör endlich auf mit diesem hysterischen Gelächter, Lulu.«

Allmählich beruhigte sie sich; die Kinder kicherten, und ihre kleinen Bäuche und Schultern bebten.

Sam sagte feierlich: »Ich werde immer wissen, was Blauschnäblein denkt, ihr ganzes Leben lang.«

Ernie platzte heraus: »Aber ich wette, du hast keine Ahnung, was in ihrem Tagebuch steht.«

Sams Gesicht klarte auf. Erstaunt sah er Ernie an. »Ein Tagebuch? Lulu, du führst also doch ein Tagebuch. Ich weiß, daß ich es dir geraten habe, aber ich wußte nicht, daß du dich daran gehalten hast.«

Louie versuchte, es abzustreiten, aber Ernie war schon diensteifrigst auf dem Weg in ihr Zimmer und kam, obgleich Louie ihm nachlief, wenige Augenblicke später zurück, schlüpfte an ihr vorbei, entzog sich ihrem verzweifelten Griff und streckte Sam das billige Notizbuch hin, das er unter ihrem Kopfkissen hervorgezogen hatte. Sam lachte wiehernd wie ein Esel, und die begeisterten Kinder hüpften und wippten auf und ab wie die Zielscheiben einer Schießbude. Nur Ernie machte ein ernstes Gesicht.

»Du kannst es nicht lesen«, erklärte er seinem Vater.

Wie eine Steinsäule stand Louie an der Tür und starrte ins Zimmer.

»Was ist das, Lulu?« fragte Sam sanft und schob Ernest von sich fort.

»Ein Notizbuch.«

»Das sehe ich!« Er hatte es nicht aufgeschlagen. »Und was steht drin? Notizen über die Natur?« Er war sehr gütig.

»Nein.«

»Was dann?«

Louie errötete tief. »Es ist in Geheimschrift. Ich habe mir eine Geheimschrift ausgedacht, damit es niemand lesen kann.«

»Deinem armen kleinen Dad kannst du es aber doch zeigen«, quengelte er, zwinkerte den Kindern zu, die gespannt die Ohren spitzten, und fuhr in seinem schmeicherlischsten Tonfall fort: »Es steht doch nichts drin, was mir zu zeigen du dich schämen würdest, oder? Siehst du, Lulu, du denkst zwar, ich sei zu blöd, um dich zu durchschauen, aber ich weiß doch mehr, als du denkst.«

Es machte Spaß, Louisa aufzuziehen, weil sie in jede Falle tappte.

»Ich habe nie gesagt, daß du blöd bist.«

»Tja, wenn ich nicht blöd bin, kann ich doch bestimmt auch deine prachtvollen Aphorismen sehen.« Wieder zwinkerte er den Kindern zu, denn in den letzten Wochen hatte Louie sie ständig mit La Rochefoucaulds Aphorismen gefüttert – das Ergebnis der Lektüre einiger aus der Bibliothek ausgeliehener französischer Bücher. Nach kurzem Kampf brach sie in Tränen aus und gab unerwartet nach. Erst jetzt schlug er das zusammengerollte, mit zahllosen Eselsohren geschmückte Heft auf – er war ehrenhaft, er tat das nicht ohne ihre Erlaubnis! Die erste Seite enthielt nur einige wenige Zeilen:

I. 820 h3f43 53q7r9 r1t35
II. jy eyh I/2;,v yjlhyp!, I/2pyy ez I/2j! !;!jnh, e! I/2j! jez rfpqqjq jI/2jq jez +qejI/2jzyqe,vhjr ez -j-jzapqh jezjy !pzzjy bzd jezjq +qpb ujyhe!!hj a;qhj ypqe,vh, jenj nj::j nb ije!jz bj-ezzh

III. jda yfvydtqa asnzqsflv has yacjs asldajsdvy edtq

IV. Ii7i5iiizi7ii8ii IiiiIi 4iiiIiii7ii7ii ziiRiir8iiIiii, 7ii2iiIiii7i 2ii6i4iii 4iii2ii4iziRiiIi, Rii0i 4izi6i4iii 8iiIiii0i 5iii3iRii4i4iIiii4i, 8iiIiii3i Ii2ii4i4iIiii Rii4i8ii 8iiIiii3i 4iii7i4iiiIiii4i Ii6i4iiiIiii Rii4iIiii zu schauen, erst gestern wurde mir klar, daß es bloß Träume waren

Die Geheimschriftexpertin war der langsamen Schreibweise offenbar überdrüssig geworden und hatte den fünften Eintrag einfach in ihrem Schulfranzösisch niedergeschrieben: »*Dans les moyen – ges les parents envoyaient les enfants à les étrangers.*«

»Was heißt das?« fragte Sam, nachdem er die Zahlen und Buchstaben nachdenklich betrachtet hatte, und deutete auf den vierten Eintrag. Die Kinder drängten sich neugierig um ihn herum, während Ernie, der zusammen mit einem Schulfreund ebenfalls an Geheimschriften tüftelte, so tat, als würde er es völlig ignorieren. Aber Louie konnte ihre eigenen Einträge nicht entziffern und mußte erst in ihr Zimmer gehen und verschiedene Zettel holen, die sie so hielt, daß Sam sie nicht sehen konnte. Dann las sie langsam vor: »Sobald es hell wurde, lief ich, um nach dem Brunnen, der Spinne und der hohen Scheune zu schauen, erst gestern wurde mir klar, daß es bloß Träume waren.«

Sam war verwirrt: »Was soll das? Was hat das zu bedeuten? Ein Traum?«

Nein. Noch ehe sie sprechen konnte, erklärte sie, habe sie von einem Brunnen im Hof geträumt und nie verstehen können, warum er nicht da war; sie habe versucht zu fragen, aber niemand habe sie verstanden. So sei es auch mit anderen Dingen gewesen. Die Suche nach den Schätzen im Traum faszinierte Sam, der auf einer Übersetzung der restlichen Einträge bestand – die Zahlen bezogen sich auf verschiedene Codes mit den Kennziffern eins bis vier, nicht auf die Reihenfolge der Einträge. Nach schwerer Arbeit, die ihr Schweißtropfen auf die Stirn trieb, las Louie schließlich vor:

»I. Ich werde niemals lügen«

»Nun, das ist mal etwas anderes, das ist gut«, sagte Sam, grinste und zwinkerte, und sein Lächeln spiegelte sich auf all den kleinen, um ihn versammelten Gesichtern wider.

»II. Es ist doch seltsam, daß in dem Moment, in dem ein Pfarrer oder ein Friedensrichter in Gegenwart eines Mannes und einer Frau bestimmte Worte spricht, eine Zelle zu keimen beginnt.«

Dieser Satz rief bei Sam, als er ihn endlich verstand, sowohl Heiterkeit als auch Bestürzung hervor, denn obgleich er Louie ein Buch gegeben und Henny mit ihr ein ernstes Gespräch geführt hatte, glaubte sie offenbar, daß die Eheschließung für die Empfängnis ausschlaggebend war und daß, wenn der Braut und dem Bräutigam kein geheimnisvolles Pülverchen verabreicht wurde – sie hatte in dieser Hinsicht vorsichtig Erkundigungen eingezogen: Bekamen sie an ihrem Hochzeitstag irgend etwas Besonderes zu essen? –, während der Hochzeitszeremonie ein wunderbares, magisches Ereignis stattfand. Bestätigt wurde ihr dies durch die Lektüre diverser gefühlsseliger Geschichten, in denen der Bräutigam nach einer überstürzten Heirat abreisen und die Braut am Altar allein zurücklassen mußte und trotzdem ein paar Monate später ein Baby auf der Bildfläche erschien. Verlegen, aber ehrlich erklärte sie es Sam, der hinter vorgehaltener Hand prustete und sich fast in einen Lachkrampf hineinzusteigern schien. Die Kinder dagegen schauten traurig drein und standen vor einem Rätsel, denn sie konnten an Louies Theorie nichts Komisches entdecken. Lachend bestand Sam darauf, daß Louie mit dem nächsten Eintrag weitermachte, obwohl sie sich mit hochrotem Gesicht dagegen zu sträuben versuchte. Schließlich las sie vor:

»III. Die tägliche Erfahrung des Leids erniedrigt mich.«

Sam machte ein langes Gesicht. Nun blieb nur noch der ungrammatische französische Satz: »Im Mittelalter gaben Eltern (ihre) Kinder in (die Pflege) Fremder.«

Das alles kam Sam höchst seltsam vor, und während des Abendessens hörte er nicht auf, darüber nachzugrübeln. Als Louie in ihr Zimmer gehen wollte, »um Hausaufgaben zu machen«, bestand er darauf, daß sie unten blieb und ihre Arbeiten im Gemeinschaftszimmer – wie er es nannte – erledigte. Er sagte, er hoffe, sie beabsichtige nicht, vor den Augen ihrer kleinen Geschwister irgend etwas zu tun, für das sie sich schämen müsse. Louie stapfte daraufhin voller Wut durchs Haus, so daß Henny oben ihre Tür aufriß und rief, sie werde gleich herunterkommen, um das große Trampeltier zu erwürgen, dem es offenbar Spaß mache, einen solchen Lärm zu veranstalten.

Als die Kinder ins Bett gingen, begleitete Louie sie nach oben, um ihnen eine Gutenachtgeschichte zu erzählen. Sam blieb unten im Gemeinschaftszimmer, und als Louie zurückkam, um ihre Bücher zusammenzupacken, saß er noch immer da, mit verschwommenen Augen und grüblerischem Gesicht.

»Gute Nacht«, sagte sie in beleidigtem Ton.

»Schon so früh ins Bett, Blauschnäblein?« fragte Sam freundlich.

»Ja.«

»Setz dich, Blauschnäblein. Sam der Kühne will mit dir reden. Was meinst du damit, wenn du sagst, das Leid würde dich erniedrigen? Was weißt du denn schon über das Leid?«

»Ich meine das Leid hier zu Hause.« Sie wußte, es war grausam, und sie hätte es noch tausendmal gesagt, um es tausendmal grausamer zu machen. Sam schwieg, schließlich sagte er: »Setz dich.«

Sie sank auf einen Stuhl und sah ihn stirnrunzelnd an. Er hob die Augen von dem Tisch, auf den er mit einer Messerklinge trommelte.

»Nun, Louie, da du allmählich beginnst, manches zu verstehen, und offenbar gelegentlich sogar ein echter Gedanke durch deinen dicken, fetten Schädel streift ...« Nach dieser beleidigenden Einleitung, von der sie wußte, daß sie nur dazu diente, seine Scheu zu überspielen, begann er, ihr von seiner Jugend zu erzählen, wie er trotz Armut und mangelnder Bildung und einer Kindheit mit einem lebenslustigen, ausschweifenden Vater und einer todkranken Mutter mit seinen wissenschaftlichen Experimenten begonnen und sich seitdem stetig nach oben gekämpft hatte.

»Deine Mutter liebte mich von ganzem Herzen, und in ihrem kurzen Leben«, fuhr er weinerlich fort, »opferte sie jede Handlung, jeden Gedanken nur für dich und für mich. Sie war eine herzensgute Seele, und ich hoffe sehr, du wirst einmal so sein wie sie. In der Liebe müssen wir immer Opfer bringen – die Liebe ist ein Opfer, und das ist auch der Grund dafür, warum ich mein gesamtes Leben der Liebe zu meinen Mitmenschen gewidmet habe, und wenn ich tausend Leben hätte, würde ich es ohne Zögern sofort wieder tun. Ich liebe, mein ganzes Leben war und ist von Liebe erfüllt, Liebe ist meine Welt – die Liebe zur Natur, zu meinen Mitmenschen und zu dem Guten, das der Menschheit innewohnt. Der Mensch ist von Natur aus gut, auch wenn böse, von der Gier nach Macht und Reichtum verdorbene, eher Tiere als Menschen zu nennende Artgenossen ihn gelegentlich in die Irre führen. Doch wenn die Zeit gekommen ist, wird der Mensch verstehen und sich zum Licht erheben – dazu bedarf es keiner Revolution, nur einer weisen Führung, nur der Kraft der Evolution und guter, von wissenden Menschen angewandter Gesetze, dann wird es gelingen, eine bessere Welt, das goldene Zeitalter aufzubauen. Ich hörte dich neulich vom Augusteischen Zeitalter sprechen, Lulu. Tja, das war eine schlimme Zeit. Ich wünschte, sie würden euch gar nicht erst mit der Geschichte behelligen, denn das Buch der Menschheitsgeschichte ist blutbefleckt. Nur durch das Gute in uns und um uns herum können wir Gutes tun. Und selbst wir sind nicht rein.«

Louie hatte ihre Zettel auf den Tisch gelegt und kritzelte geistesabwesend darauf herum. Sam hielt einen Augenblick inne, um ihre Aufmerksamkeit auf sich zu lenken, doch da sie schwieg, fuhr er mit weicher Stimme fort: »Später einmal wirst du dann andere zum Verständnis führen. Aber erst mußt zu selbst dorthin gelangen. Dies kann niemals nur durch harte Studien gelingen, sondern nur, wenn du versuchst, die Motive der Menschen in ihrer ganzen Tiefe zu durchdringen, aber ich glaube fest, daß du das schaffst.«

Draußen waren das Plätschern der ansteigenden Flut und das Kreischen junger Leute auf dem kleinen, erleuchteten Hausboot am Ende der Shipwright's Street zu hören. Sie lauschten dem Wind, der durch kahle, noch nicht belaubte Zweige fuhr.

»Das Jahr ist jung und ahnungslos«, dachte Sam im stillen, »wie meine arme Lulu, die noch so wenig von sich und von mir weiß.« Mit leiser Stimme sagte er: »Woran denkst du, Lulu?«

Rasch erwiderte sie: *»Es ist Nacht, und alle Brunnen sprudeln lauter, so wie mein Herz, das wie ein Brunnen überströmt.«*

»Was ist das?« Sie antwortete nicht.

Nach kurzem Schweigen fuhr er fort: »Du weißt, ich spreche von mir selbst gern als Agnostiker; vielleicht wird es bei dir einmal ganz ähnlich sein, Lulu. Und doch glauben wir beide, daß das Gute eines Tages siegen und sich durch alle Nationen verbreiten wird, vielleicht mit Hilfe des Radios. Ich habe schon immer gesagt, es könnte sein, daß mit dem Radio ein zweiter Christus kommt, der zu der ganzen Menschheit spricht – auch wenn wir dafür eine universelle Sprache bräuchten, kein verrücktes Frongsäh mehr und kein hartes, kehliges Deitsch. Ja, ich glaube fest, es wird sich selbst bis zu den wilden russischen Tartaren herumsprechen – aber vielleicht hat Lenin bis dahin schon längst Hackfleisch aus ihnen gemacht ...«

Er wartete auf ihr Lachen, aber es kam nicht. Louie saß am anderen Ende des Tisches und schrieb weiter vor sich hin.

»Ich persönlich mache mir keine Sorgen darum, was jeder einzelne glaubt, solange er sich an die wichtigsten Prinzipien hält, die du von mir so oft gehört hast, daß du sie inzwischen bestimmt schon auswendig kannst.«

Sie hob ihr leeres, gequältes Gesicht.

»Was schreibst du da, Lulu? Machst du dir Notizen über das, was dein Dad dir erklärt?«

Sie sagte nichts, nur ihre Schultern krümmten sich leicht. Zwei Blätter waren ganz mit ihrer kleinen Schrift bedeckt. Sie saß da, ohne sich zu rühren. Er beugte sich über ihre Schultern und las:

»Sei still, sei still, sei still, sei still, sei endlich still, ich kann dein ewiges Gefasel nicht mehr ertragen, oh, was für ein Schwätzer du bist, was wird dich je zum Schweigen bringen, sei still, sei still.« Und so weiter *ad infinitum.*

Er war zutiefst gekränkt, wollte seinen Augen nicht trauen. Er packte sie an den Schultern, riß sie herum und sah ihr ins Gesicht. »Was ist mit dir los? Du bist gemein und voller Haß. Du liebst den Haß. Ich denke an Liebe, und du hast nur Haß im Sinn. Wie du schon dasitzt – wie ein gemeiner, jaulender, im Dreck schnüffelnder Straßenköter, wie eine ganz gewöhnliche Rinnsteinratte. Deine teuflische Stiefmutter hat dich verdorben. Was soll ich mit einem Mädchen wie dir bloß anfangen? Du siehst nach nichts aus, doch anstatt dein griesgrämiges Gesicht mit einem Lächeln aufzuhellen und die Menschen anzustrahlen, wie es meine Art ist, sitzt du da und starrst finster vor dich hin. Geh mir aus den Augen. Geh ins Bett. Ich verstehe dich nicht.«

Halb lächelnd und völlig verwirrt erhob sich Louie, sammelte ihre Papiere ein und ging nach oben in ihr Zimmer.

Sam ließ sich in seinen Sessel fallen, stand aber kurze Zeit später wieder auf und ging hinaus. Louie hörte die Vordertür zuschlagen und spürte im Herzen einen Stich. Sie setzte sich aufs Bett, griff mechanisch nach Stift und Papier und versuchte, das morgige Sonett für Miss Aiden vorzubereiten, aber sie saß nur da und starrte auf das leere Papier. Sie legte den Kopf in die Hände und schluchzte, ohne zu weinen: »Was soll ich tun? Was soll bloß aus mir werden?«

Als Sam lange genug unter den alten Ulmen und Ahornbäumen auf und ab gegangen war, kam er ins Haus zurück. Louisa saß am Eßtisch und wartete auf ihn.

»Möchtest du Kaffee, Dad?«

»Ja, Lulu.« Er schenkte ihr einen mitleidheischenden Blick.

Sie holte ihm eine Tasse Kaffee, setzte sich, faltete die Hände und sagte: »Ich nütze dir sowieso nichts. Warum läßt du mich nicht zu den Bakens nach Harpers Ferry ziehen? Ich könnte dort zur Schule gehen. Was hätte es für einen Sinn, wenn ich bliebe? Du und Mutter, ihr streitet ja doch nur ständig meinetwegen.«

»Gütiger Himmel, ich versuche, dir näherzukommen, und dir fällt nichts besseres ein, als nach Harpers Ferry zu verschwinden. Aber das darf nicht sein, Louie – eine Frau darf das Heim ihres Vaters nicht verlassen, bis sie zu ihrem Ehemann zieht. Dazu bin ich schließlich hier: Ich werde mich auch weiterhin um dich kümmern.«

»Aber diese ständigen Streitereien – wir verstehen uns einfach nicht«, sagte Louisa traurig.

»Doch, wir verstehen uns, Lululein«, antwortete er sanft, »wir verstehen uns. Das sind nur Stürme im Wasserglas, die gehen vorüber.«

»Nein, ich muß gehen. Du mußt mich fortlassen«, beharrte Louie ruhig. »Es hat keinen Sinn – es hat keinen Sinn.«

Sam errötete. »Wenn du gehen würdest, Lululein, würde ich deine Mutter mit Vorwürfen überhäufen. Ich würde alle Schuld der Welt auf ihre Schultern laden, weil sie dich aus dem Haus getrieben hat. Es war schon immer ihr Ziel, mein Heim zu zerstören, und ich habe immer für die Unverletzlichkeit meiner Familie gekämpft. Willst du, daß ich *ihr* die Schuld gebe?«

»Nein.«

»Dann gibt es nichts mehr dazu zu sagen.«

NEUNTES KAPITEL

1 | *Wieder Sonntag, wieder Wonntag*

Es war Mai, vollster Frühling, und die ganze Woche schon war Henny heiter und vergnügt: Für den achtzehnten Geburtstag von Cathleen, Hassies einzigem Kind, kleidete sie eine Puppe ein. Cathy hatte tiefgoldenes Haar, weiche, zarte Haut und leere, sanftblaue Augen unter rötlichen Brauen. Ihr Gesicht war oval und glatt und von nichts anderem gezeichnet als kleinkindlicher Erfahrung. Bedauerlicherweise lenkten ihre knochigen Schultern von ihren hübschen, runden Brüsten ab, und mit ihrer schmalen Taille und den dünnen Beinchen und Ärmchen sah sie sehr zerbrechlich aus. Sie schlang sich ein Badetuch um den Bauch, ehe sie sich ankleidete, mied kurze Röcke und trug ausschließlich langärmelige Blusen. Die aktuelle Mode hatte für Wespentaillen nicht viel übrig, und ihre stämmige Mutter lag ihr ständig in den Ohren, die heutigen Männer hätten keinen Gefallen daran, ein Steichholz zu umarmen. Cathleen schämte sich ihrer Figur, hielt sich krumm, um sie zu verbergen, und klammerte sich um so stärker an ihre Mutter. Von jeher war sie eines jener seltenen Kinder gewesen, die sich für Puppen interessieren: Ihre einsame Kindheit hatte sie damit verbracht, für ihre Puppen zu sorgen und von ihnen zu träumen. Zu jedem Festtag – Geburtstag, Weihnachten, Neujahr (dem Tag des großen Familientreffens der Collyers in Monocacy) – und vielen verschiedenen anderen Gelegenheiten im Jahr hatte sie eine neue kostbare Puppe bekommen. Nicht nur Hassie, sondern auch alle Verwandten hatten Cathleen Puppen geschenkt. Mit ihren achtzehn Jahren besaß sie eine wertvolle Sammlung und plapperte mit kindlicher Begeisterung über ihr einziges Interesse im Leben. Hassie, die sie innig liebte und sie dennoch bei jeder Gelegenheit nicht ohne Bosheit herabzusetzen verstand, begleitete sie noch immer überallhin. Ein junges, in der vornehmen Tradition des mittleren Südens aufgewachsenes Mädchen – David Collyer stammte aus Cloucester, Massachusetts, seine Familie aus Biddeford, Maine, wohin seine Vorfahren aus Devonshire ausgewandert waren –, durfte nirgends allein hingehen. Henny und Hassie waren die allerbesten Freundinnen und hatten sich für Cathleens achtzehnten Geburtstag eine große Überraschung ausgedacht: Cathleen sollte sechs unterschiedlich gekleidete Puppen bekommen.

»Ich finde, das ist eine wunderbare Idee«, erzählte Hassie allen ihren Freundinnen. »Auf diese Weise bleibt Cathy weiter mit ihren Puppen verbunden, und sie hat immer etwas zu tun. Falls sie heiratet, kann sie die Puppen ihren eigenen Kinder geben, und falls sie ledig bleibt – man weiß ja nie, Männer mögen keine dünnen Frauen mehr, sie glauben, die hätten kein Stehvermögen –, hat sie immer noch ihre kostbare Sammlung. Die wird schon einiges wert sein. Jeder Stich der vielen Puppenkleider ist von Hand genäht. Für ein Mädchen ist das eine wunderbare Sache, sage ich immer.«

Manchmal raunte Henny Louie nicht ohne Besorgnis zu: »Völliger Blödsinn, einer ausgewachsenen Frau, die sich längst nach einem Mann umschauen sollte, Puppen zu schenken. Sie meint wohl, sie könne sich Cathy ewig als Hätschelkind erhalten?«

Aber Henny verstand sich gut mit Hassie, hatte viel Spaß mit ihr und zog mit ihr an einem Strang. Von den drei Frauen konnte Henny am besten nähen. Ihre langen, starken Finger verliehen ihr Kraft und das nötige Feingefühl. Sie fertigte die herrlichsten Madeirastickereien, ihre Stopfflicken hätten jedem altmodischen Handarbeitsbuch zur Ehre gereicht, und am liebsten säumte sie von Hand mit winzigen Stichen. Sie war sehr stolz auf ihre Kunst und hatte in den letzten Jahren sogar Louie das Nähen und Sticken beigebracht. Jeder in der weitverzweigten Verwandtschaft lobte »Hennys hervorragende Handarbeiten«. Jetzt gab sie ihr Bestes für die Ausstattung einer dunkeläugigen, biskuithäutigen Porzellanpuppe – die altmodischen Porzellanpuppen waren ihr immer noch lieber als die neuen Kunststoffdinger mit ihren seltsam hochstehenden, neumodischen Augen. Henny und Hassie konnten sich endlos über Traditionen und moralische Grundsätze im Umgang mit Puppen auslassen: Puppen sollten stets teuer und geschmackvoll gekleidet sein; ab ihrem elften Lebensjahr sollten Mädchen Babypuppen mit echten Windeln bekommen; kleine Kinder sollten mit Stoffpuppen spielen – Henny hatte für die gesamte Verwandtschaft auf ihrer Maschine unzählige Stoffpuppen genäht; bis zum Alter von acht Jahren sollten Jungen ebenso wie Mädchen Puppen haben; Papierpuppen regten auf lehrreiche Weise zu ersten Handarbeiten an und so weiter. So debattierten sie stundenlang über die Puppenfrage, legten Gesetze fest und klagten über die moralischen Verirrungen, die aus einem zu späten oder gar falschen Einsatz von Puppen entstehen konnten.

Mit ihren Näharbeiten beschäftigte sich Henny nur in der Abgeschiedenheit ihres Zimmers. Wohl ein dutzendmal pro Woche sagte sie: »Ich habe kein Heim mehr – man gestattet mir hier gerade mal ein Zimmer, aber wenigstens ist es *mein* Zimmer.« Die kleinen Mädchen durften es nach höflichem Anklopfen betreten. Sie schlichen auf Zehenspitzen herein und hielten, fasziniert von Hennys Zauberkunst, den Atem an. Wenn sie nicht nähte, schnüffelte sie an ihren Riechsalzen, nahm Aspirin, besserte Wäsche aus oder las. Auf jeden Fall tat sie immer etwas mit ihren Augen, die mit jedem Tag dunkler und müder wurden, und war mit Dingen beschäftigt, die nur sie allein angingen. Sie war eine reizende, liederliche Hexe: die Hexe von Spa House. Alles, was sie tat, war richtig und ihr gutes Recht. Ihr Leid erlaubte ihr, alles einzufordern, und die Kinder glaubten fest an ihre Rechte.

Das ganze Haus war eine Höhle dunkler Schrecken, von heulenden Winden durchweht. Wenn Sam den ganzen Tag zu Hause war, suchte Henny das Weite. Sie klagte nicht mehr über ihre schäbigen, schlechtsitzenden Kleider, ihr wirres, graues Haar, ihren häßlichen, alten Hut. Wann immer sie konnte, floh sie aus dem Haus, »um dem verdammten Hämmern und Pfeifen zu entgehen« und sich in der Stadt »mit Hassie zu treffen«. Sie sah viel älter aus als noch in Washington, sie war härter geworden und hatte sogar das letzte bißchen Respekt vor Sam verloren, aber sie war jetzt auch fröhlicher. Monatelang hatte sie mit den »Sumpfratten« von Eastport kein Wort gewechselt, doch als Tommy seinen ersten Schultag hatte, begleitete sie ihn, um mit seiner Lehrerin, einer netten, kleinen alten Jungfer namens Miss Lake, »Konversation zu treiben« und »die anderen Eltern kennenzulernen«. Den Anspruch auf mittelständische Eleganz hatte sie längst aufgegeben. Sie sei eine der bankrotten Collyers von Baltimore, verspottete sie sich selbst, zeigte lachend auf ihre alten, fleckigen Kleider und sagte, sie sei ein alter Witz, genau wie das Leben.

Die Kinder waren glücklicher mit dieser Henny. Zwar beleidigte sie Sam auch weiterhin bei jeder Erwähnung, aber sie lachte dabei und schien damit zu sagen, daß er nicht wichtiger sei als der Fleischer an der Ecke oder der dreckige alte Jim mit seinen Billigsärgen. Henny wußte bald über alle Leute der Gegend Bescheid, und so wie sie früher die Nachbarn in Georgetown verhöhnt hatte, spottete sie jetzt über die hiesige Bevölkerung. Die Kinder hatten inzwischen mit einigen »Sumpfratten« Freundschaft geschlossen, und Henny unternahm nicht einmal den Versuch, sie von den Kindern der Fischer und Bootsbauer fernzuhalten. »Wir sind alle Sumpfratten«, sagte sie zu den Kindern, die sich um ihre gebeugten Schultern drängten, um ihre Satinstiche oder Lochstickereien zu bewundern, »sie und ich und meine Kinder ebenso wie die ihren. Ich bin nicht stolz. Außerdem ist mir völlig egal, was aus euch einmal wird, ich habe mein Bestes gegeben, und wenn euch das nicht reicht, müßt ihr es eben anderswo probieren.« Aber dabei hob sie den Kopf und lachte sie freundlich an. Sie verwandelte sich immer mehr in eine vertrocknete, dürre, schrullige alte Frau. »Ich bin eine alte Frau, eure Mutter ist eine alte Frau, also was soll's? Ich tue, was mir gefällt.«

Manchmal kam Hassie mit dem Auto nach Annapolis, aber die Fahrt dauerte fünfundvierzig Minuten, und sie konnte den Laden tagsüber selten allein lassen. Henny fuhr daher meistens mit dem kleinen Bummelzug, der von Baum zu Baum und Vorort zu Vorort ratterte – wie Henny es formulierte –, bis er endlich Camden Station erreichte, wo Hassie sie bereits erwartete. Die Dividenden kamen rascher und regelmäßiger, als erwartet, und Henny gelang es, dem ihr nicht unfreundlich gesonnenen Lessinum gelegentlich gewisse Summen abzuschwatzen, so daß Hassie und Henny auf den Spuren groß annoncierter »Gelegenheiten«, »Sonderangebote« und »Räumungsverkäufe« ausgiebige Einkaufsbummel unternehmen konnten. Erschöpft, aber glücklich kehrte Henny von diesen Ausflügen heim, vollbepackt mit

Paketen und Tüten, die sie sich, zum Leidwesen der ungeduldig um sie herumtanzenden Kinder, manchmal auch nachschicken ließ. Zwar hatte Sam sich endlich dazu durchgerungen, um eine Stelle als Biologe bei der Naturschutzkommission des Staates Maryland nachzufragen, obwohl er sich auch weiterhin standhaft weigerte, seine Arbeitskraft »der korrupten Presse« oder »der machtgierigen Privatwirtschaft« zur Verfügung zu stellen, aber ihm war das Geld ausgegangen, und sie lebten jetzt vollständig auf Kredit, von Hennys Versprechungen, Lügen und Schlichen und von ihren Dividenden. Wenn Henny völlig abgebrannt war, borgte ihr Hassie manchmal etwas Geld – »bis der nächste Scheck eintrifft«. Dann kehrte Henny einmal mehr liebevoll lächelnd zu ihrer Brut nach Hause zurück und verteilte die schönsten Überraschungen: Kleider für die Kinder, manchmal sogar auch ein Kleidungsstück für Sam, dessen Garderobe inzwischen völlig verschlissen war, neues Spielzeug und seltene Delikatessen – kandierte Veilchen, eingelegten Ingwer, gesalzene Walnüsse –, hübsche kleine Stoffreste und winzige Tüten mit Konditoreizutaten, die sie für Schul- und Kirchenbasare aufbewahrte. Denn obgleich Henny nie selbst zu Schulversammlungen und Gottesdiensten ging, liebte sie es, Selbstgemachtes zu Festen und Basaren beizutragen. Viele der Nachbarn, und ganz besonders die Frauen, wußten dies sehr zu schätzen und brachten ihr große Achtung entgegen, weil Henny – obwohl sie aus einer so vornehmen Familie stammte – überhaupt nicht eingebildet war, und weil sie sich – obwohl es die arme Frau so schwer hatte, die Mäuler all ihrer lieben, wohlerzogenen Kinder zu stopfen – stets als großzügig erwies. Henny war tatsächlich ein Genie, wenn es darum ging, trotz größter Not über die Runden zu kommen, und dank ihres Einsatzes schafften sie es, irgendwie zu überleben. Wann immer sie konnte, mißachtete Henny Sams Anweisung, teure Lebensmittel durch billigere zu ersetzen – Butter durch Margarine, Olivenöl durch Maisöl, rotes Fleisch durch Schweinefleisch und Bohnen –, denn ihre Kinder sollten sich, wie sie sagte, nicht von Abfall ernähren müssen und zu ausgehungerten »Sumpfratten« verkommen, bloß weil sie einen albernen, aufgeblasenen Versager zum Vater hatten. Sam ignorierte ihre Giftpfeile und tat so, als wisse er nicht, woher das Haushaltsgeld stammte, er fand es auf seinem Schreibtisch mit dem üblichen Zettel: »*Samuel C. Pollit*: Für die laufenden Kosten.« Gleichzeitig wurde er nicht müde, von ihrer Armut zu sprechen und seine Eleganz im Elend zu preisen: »Mein gutes Aussehen kann mir niemand nehmen, der billigste Fetzen wirkt an mir wie ein Achtzig-Dollar-Anzug, dabei könnte ich mir ganz allein wegen der Schlechtigkeit dieser Welt nicht einmal einen Fünfundzwanzig-Dollar-Anzug leisten.« Wenn es um Geld ging, blieb er, wie bei anderen Themen, vage und sentimental. Doch in wenigen Monaten würde er wieder Geld verdienen, und in der Zwischenzeit sei es »nur recht und billig, daß die Mutter etwas zur Versorgung ihrer Nachkommenschaft beiträgt«. Henny, die dies hörte, sagte nur: »Hmff!«, oder: »Dieser verdammte Schwachkopf!«, oder: »Das mache ich doch längst, oder etwa nicht?«

Wie aufregend waren die Tage für die Kinder, wenn sie Henny schon vor dem Frühstück aufstehen hörten und nicht in ihrem Morgenmantel, sondern vollständig angezogen in der Küche vorfanden! Sie scharten sich um sie und kreischten: »Gehst du in die Stadt, Mutting? Bringst du mir einen neuen Anzug mit? Hast du schon das große Loch in meinen Schuhen gesehen?« Henny schob sie mit beiden Händen von sich weg und lachte: »Ja, ja, ja, und jetzt seid still und schreit nicht so laut, sonst kommt Mr. Großmaul noch auf die Idee, Fragen zu stellen und uns eine Predigt über die Verwerflichkeit der Verschwendungssucht zu halten.« Glücklich kichernd erröteten die Kinder, wichen zurück und erkundigten sich flüsternd, ob Klein Sam einen neuen Gürtel haben könne und ob sie Saul einen Baseballhandschuh kaufen würde. »Abwarten«, sagte Henny, »abwarten!« Damit eilte sie hinaus und ließ eine herrliche Ruhe zurück. Die Sonne fiel auf ungefegte Böden und staubige Möbelstücke. Es war eine reizvolle Schlampigkeit, ein himmlischer Schmutz für die gequälten Kinder, die Henny dafür um so mehr liebten.

Unterdessen zog der Opern schmetternde und populäre Schlager pfeifende Sam eine Spur von Sägemehl und Backsteinstaub, Zementklumpen und Kittkrümeln hinter sich her. Er zeigte ihnen keine chemischen oder physikalischen Experimente, arbeitete mit ihnen nie irgendwelche Bücher durch, sondern erzählte ihnen mit sanfter Entrücktheit vom »guten Leben« und von »großen Chemikern«, von seiner eigenen schönen Seele und seiner bewegenden Lebensgeschichte. Er sagte, er habe vor, den Staat, ja, die ganze Welt zu reformieren, weil er kraft seiner Liebe mehr wisse als alle Politiker zusammen. Und doch mußten ihm die Kinder seltsamerweise ständig helfen, mußten ihm sagen, was Tommy, Evie oder Louie in der Abgeschiedenheit ihrer Zimmer oder all der Winkel und Nischen trieben, die sie in Haus und Garten für sich erobert hatten. Mit welch freudigem Erstaunen er all diese Informationen seiner liebenden Spione aufgriff, ihnen an diesen Beispielen verschiedene Charakterzüge aufzeigte, aus allem moralische Schlüsse zog! Ja, er und die Kinder waren sich sehr nahe: Sie führten ein ideales Leben, und Sam beteuerte ständig, wie leid es ihm tat, daß er sie bald verlassen und sich in den Kampf zurückbegeben müsse, denn als Kinderführer eigne er sich doch eigentlich am allerbesten. Er hoffe, sie alle würden später einmal ihrem Volk dienen, manche von ihnen vielleicht sogar andere Kinder unterrichten, denn die Jugend zu führen, sei etwas Wunderschönes, und Lehrer hätten immer einen sicheren Posten und seien überall hochangesehen. Die Kinder, die sich um seine Arbeit und ihre Zukunft große Sorgen machten, hörten es mit Erleichterung – besonders Ernie, der alle ins Haus kommenden Rechnungen studierte, seinem Vater ständig mit der Frage nach seinen monatlichen Einkünften in den Ohren lag und sogar die Dividenden seiner Mutter auszurechnen versuchte, was aber ein recht mühsames Unterfangen war.

An diesem Sonntag im Mai wollte Henny in die Stadt zu Cathleens Geburtstag. Das ganze Haus summte freudig seit dem frühen Morgen, denn heute trat zwischen allen Bewohnern des Hauses ein »New Deal« in Kraft: Henny würde die Sonntage freibekommen, heute würde ihr erster freier Sonntag sein. Sam würde die Hausarbeiten beaufsichtigen und den Kindern zeigen, wie diese durch ein wenig »System« und »wissenschaftliche Planung« ganz leicht zu bewältigen sei. Die Mädchen würden kochen, und die Jungen würden sich um die üblichen Aufgaben zur Instandhaltung des Hauses kümmern, den Garten hacken, Unkraut jäten, die Veranden wischen und schwere Gegenstände schleppen. Henny verließ das Haus schon recht früh, und sobald sie gegangen war, scharten sich die Kinder um ihren Vater, der unverzüglich daranging, »die Maschinerie in Gang zu setzen«.

»Die Männer arbeiten, und die Frauen fegen«, erklärte Sam den ersten Grundsatz seines wissenschaftlichen Regiments. »Kleinfrauchen, Tass Kaff! Und dann zeige ich euch, wie man Geschirr abwäscht.« Von seinem Ehrenplatz hinter der Kaffeetasse aus gab er die Kommandos, ließ Kleinfrauchen und Lulu das Geschirr auskratzen und in der Spüle stapeln und anschließend Geschirrtücher, Spültuch, Spülbürste und Spülmittel holen, während er sie mit seiner Philosophie und seinen Plänen für die Rettung der Welt unterhielt.

»Der Philosoph am Frühstückstisch«, verkündete er selbstgefällig. »Über das rohe Ringen um Vorherrschaft, den Kampf bis aufs Blut, sind wir längst erhaben. Heute geht es um einen Kampf zwischen Menschentypen, Gehirnen, Philosophien. Ein Oberster Rat von Wissenschaftlern muß die Welt regieren ...« Dann erzählte er ihnen, was er tun würde, »wenn ich Autokrat aller Nationen wäre, wenn ich uneingeschränkte Macht besäße und das Leben aller, das Leben der Welt in meinen Händen hielte«. Beispielsweise könnte es nötig werden, die Tötung von neun Zehnteln der Menschheit zu veranlassen, um für die Tüchtigen Platz zu machen. »Dies könnte durch Gasangriffe auf ahnungslos in ausgewählten Gegenden, sozusagen eugenischen Konzentrationslagern lebenden Menschen geschehen, die davon niemals etwas erfahren und ganz schmerzlos in die Ewigkeit eingehen würden. Andere würden freiwillig die Todeskammer betreten und nicht den geringsten Schmerz verspüren.«

»Aber dich selbst würdest du natürlich am Leben lassen«, warf Louie unfreundlich ein.

»Der entscheidende Punkt beim Geschirrspülen«, sagte Sam, »besteht darin, das Wasser bis kurz vorm Siedepunkt zu erhitzen, das Geschirr vorher sauber zu kratzen und unter dem laufenden Wasserhahn von überschüssigem Fett zu befreien. Dann braucht man die Teller bloß noch einzutauchen und hat damit keine zusätzliche Arbeit mehr. Durch den Einsatz wissenschaftlicher Methoden ließe sich die Hausarbeit auf ein absolutes Minimum reduzieren. Wenn ich an Hennys Stelle diesen Haushalt führen würde, könntet ihr es mit eigenen Augen sehen. Alle Verbesserungen der Haushaltstechnik sind nämlich von Männern erfunden worden. Daß die Fraunsleut nix im Hirn ham, is ja längs bekannt. Unn, Lulu, blubberts Wasser schon?«

»Ja.«

»Dann laß mal Sam den Kühnen ran! Frisch gewagt unn nie verzagt! Ihr werdets sehn: Schneller als wie 'n totes Lamm mit seim Schwanz wedeln kann, sinn wir mit die Tellers fertich. Ermy?« Er pfiff die verschiedenen Erkennungsmelodien der Kinder und ließ sie dem Alter nach mit frischen Geschirrhandtüchern antreten. »Ein Geschirrtrockner zu erfindn, dazu hab ich noch keine Zeit nich gehabt, aber billge Arbeitskräfte organisiern, das kann ich immer.«

Unter Geschrei und Gedrängel säuberten und trockneten sie den größten Teil des Geschirrs. Dann schob Sam die schmutzigen Töpfe und Pfannen unter die Spüle, verkündete, darum könnten sich »bei nächster Gelegenheit die Frauen kümmern«, zog sich von seinem wissenschaftlichen Führungsposten zurück und ging hinaus in die Sonne. »Nur weil unsre Fraunsleut so 'n Chaos produziern«, sagte er, »darf ich die Segnungen des großen Sonnengotts nich verpassn.« Als die Kinder ihm nachliefen und ihm vorhielten, daß er entgegen der Abmachung nicht arbeite, lachte er nur und streckte sich ins hohe Gras. »Ich ahbeit eem mim Kopf, für alles andre hab ich mein Fußvolk, das tut den Rest für mich erledchen«, erklärte er und ließ sich lang und breit über die Arbeit aus, die er mit seinem Kopf verrichtete, auch wenn er die Augen geschlossen hielt. Die Kinder waren sowohl verärgert als auch amüsiert, schwärmten jedoch, während er sich ausruhte, bald zu den verschiedensten Beschäftigungen aus und dachten nicht mehr an die Küche.

Tommy hatte sein Talent zum Schnitzen von Holzbooten entdeckt: Er baute Skiffe, Rennboote und sogar die *Reina Mercedes* nach. Die Fischer und Bootsbauer entlang der Küste schenkten ihm geeignete Holzstücke und zeigten ihm, wie man Rümpfe und Buge formt und die Masten setzt. Am Beispiel eines seiner Werke, einer speerfischbäuchigen Yacht, hatten sie ihm sogar beigebracht, wie man ein Flossenkiel anbringt. Er trug ein kleines Beiboot um den Hals, das Louie ihm an einer Kordel befestigt hatte. Sam sagte ihm sofort eine große Zukunft als Schiffbauingenieur voraus. »Vielleicht kannst du spezielle Beobachtungsboote für das Amt für Fischereiwesen oder die Zentralverwaltung der Chesapeake-Bay entwerfen, die ich aufbauen werde.« Doch sobald Tommy fort war, um sich mit seinen heißgeliebten

Hafenarbeitern, Bootsbesitzern und Seeleuten zu beraten, sagte Sam kopfschüttelnd zu den anderen: »Ein feiner Bursche, unser Tommy, aber kein Grips, kein Oberbau. Ein hübscher Rumpf, aber kein Kapitän auf der Brücke. Aber was soll's, ist ja auch egal, wir können nicht alle Philosophen und Wissenschaftler werden: Es muß auch die geben, die Holz hauen und Wasser schöpfen.«

Die Stimmung war heiter, wenn Henny außer Haus war: Der Morgen floß dahin wie die klare, auslaufende Flut. Sam schmiedete mit den Kindern Pläne, sie lauschten den Vögeln und fragten sich, wo die Trauertaube ihr Nest gebaut hatte. Sie stellten Tränken auf und hängten Nistkästen in die dicken Bäume, die auf die Vögel besonders einladend wirkten. Eine Ecke des Obstgartens, wo uralter Efeu, Waldrebe und Geißblatt den wackligen Zaun überzogen, ließen sie unberührt, um den Heckenbewohnern und Insektenjägern, die es liebten, hin- und herzuflattern und auf den schwankenden, kräftigen Trieben zu schaukeln, den Stieglitzen und Fliegenschnäppern, eine Heimstatt zu geben. Auf der Veranda an der Seite des Hauses klebten fünf Nester unter den Balken, zwei Hauszaunkönigs- und drei unordentliche Spatzennester, die sie zerstörten, damit sie die Zaunkönige in Ruhe ließen. Es war eine prächtige, wild wuchernde, dicht besiedelte Wildnis, in der so mancher Amateurforscher einen ganzen Tag allein mit Zuschauen hätte verbringen können. Und aus dem frauenlosen Haus kamen keine Hilferufe, keine dringenden Aufforderungen, Eier zu schlagen, Bohnen abzuziehen, Kartoffeln zu schälen oder Nachttöpfe zu leeren. »Frieden, vollkommener Frieden«, seufzte Sam wohl ein dutzendmal an diesem Vormittag.

Als er sich genug in der Sonne gewärmt hatte, begann er, über die Nachbarn zu spotten, über die er genauso viele komische Anekdoten parat hatte wie über die Leute in Georgetown. All diese Legenden standen und fielen natürlich mit dem unheimlichen »Sarg-Jim« Lomasne. Über ihn wurden die schauerlichsten Geschichten erzählt: Er war eine böse Wucherspinne und lockte dumme, schwache, bedürftige Fliegen in sein Netz. Bei dieser Gelegenheit erzählte ihnen Sam auch von dem armen Lai Wan Hoe, der von den Wucherern derart ausgenommen worden war, daß er Gelder veruntreuen und schließlich fliehen mußte, und all das nur wegen der Habgier anderer Menschen. Und Sam ermahnte die Kinder, solche Leute niemals mit einer Krake zu vergleichen, denn eine Krake sei im Vergleich zu ihnen ein liebes, sauberes Tier, dessen rosafarbenes Fleisch sie schon alle genossen hatten – wem dagegen würde es schon einfallen, den schaurigen Lomasne zu verzehren? Eine Krake sei so flink wie ein Schatten, ein äußerst feinfühliges Chamäleon, tapfer und klug und eine wahre Kämpfernatur – wer dagegen hätte das schon von »Sarg-Jim« Lomasne sagen können? Dann dachten sie sich noch wildere Geschichten über Jim Lomasne aus, beschworen tote Matrosen, die um Mitternacht aus seinen billigen Särgen stiegen, und sagten voraus, daß sich eines Nachts der glucksende Sumpf unter ihm auftun würde, um ihn in den schwarzen Abgrund zu ziehen, wo die armen, aus ihren billigen Särgen gequollenen Leichen lagen; doch weil er zu böse und völlig unverdaulich war, würde selbst der Sumpf ihn wieder ausspucken. Überdies sei Lomasne so knauserig, sagte Sam – der diese Geschichte frei erfunden hatte –, daß er seine eigenen Ausscheidungen in einem Erdloch aufbewahrte und auf seine Gemüsebeete verteilte. Die Kinder kreischten und japsten vor Lachen und liefen tiefrot an, denn normalerweise waren solche Witze in Spa House strengstens verboten. Sam erklärte feierlich, daß »Sarg-Jim« sich allmählich selbst dünnflitzbraun verfärbte, seine Kleider seien aus gestohlenen Leichentüchern und seine Mütze aus einem geraubten Kerzenlöscher einer Totenwache gemacht. Er gäbe seiner Frau Kerzen zu essen, die er den Totenwächtern gestohlen habe, ansonsten käme bei ihnen nur Löwenzahnsalat auf den Tisch. Warum lungerten so viele Ratten und Katzen vor allem nachts rund um »Sarg-Jims« Haus? fragte Sam sich laut. Und wo versteckte er sein vieles Geld? Er glaube fest, das Geld sei in einem der Särge versteckt, und dann malte er sich »Sarg-Jims« Ende aus: Eines Nachts um eins, alles lag in tiefstem Schlummer, rund um Jims Haus gluckste und blubberte der Sumpf, der ihn schlucken wollte, aber nicht verdauen konnte ... Um diese Stunde kamen die armen Neger, unsichtbar in der schwarzen Nacht, kamen und holten Jim Lomasne ab, legten ihn in eines seiner Sargboote und ruderten ihn hinaus bis zu den unergründlichen Tiefen des Chesapeake, und so trat er in die Ewigen Jagdgründe der verstorbenen Susquehannocks ein. Die Schattenkrieger häuteten ihn, rösteten ihn am Pfahl und schnitten ihn in kleine Stücke, um damit die Geister der Haie zu füttern, die davon so wild und räuberisch wurden, daß sie alle anderen überfielen und es zu einem Armageddon in der Schattenwelt kam – und das alles nur, weil noch im Tod nichts und niemand gegen »Sarg-Jims« Gift gefeit war.

Friedlich lauschten die Kinder dieser wunderbaren Geschichte über »Sarg-Jim« Lomasne und glaubten halb, was ihr Vater ihnen erzählte. Um ihn zu einer weiteren Wundergeschichte anzustacheln, kamen sie auf einen von Sams wunden Punkten zu sprechen: Warum hatte man die Austragung der örtlichen Post einer Hilfskraft übertragen, und zwar ausgerechnet einem jungen Menschen namens Popeye Banks? Popeye Banks war ein abstoßendes Wesen von siebzehn Jahren mit entsetzlich vorstehenden Glubschaugen. Meist trug er Augenblenden, manchmal aber auch nicht. Zu allem Überfluß sei er auch noch strohdumm, erklärte Sam, und der Himmel allein wisse, was er sonst noch auf dem Kerbholz habe! Wahrscheinlich stahl und spionierte er, auf jeden Fall aber grinste er anzüglich und hinkte fürchterlich. Wie viele gutaussehende Menschen fühlte sich Sam von Verunstaltung und Häßlichkeit nicht nur abgestoßen, sondern sah darin auch das Wesen des Bösen – und war es nicht das Böse, das ihn, Sam Pollit, seines öffentlichen Ansehens beraubt hatte?

»Kommt zur Marine, und ihr seht die Welt! Und was haben wir gesehen? Nur Wasser und das Himmelszelt!«, sang Ernie.

Sofort stürzten sich die Jungen Hals über Kopf in eine aufgeregte Diskussion über die diesjährigen Sportereignisse an der Marine-Akademie, debattierten über Baseball und Plebs-Baseball – ein Ausdruck, über den Sam die Nase rümpfte –, Mannschaften und Arenen und verspotteten »die Waschlappen« von der Akademie. In den Jungen war ein neues Interesse erwacht: Sie vermißten die Hauptstadt der Nation keinen Augenblick und spürten, daß sie jetzt im Herzen der Vereinigten Staaten lebten. Dartmouth, Harvard, Princeton, Cornell, Columbia, die Universitäten von Virginia, Pittsburgh und natürlich die ihrer alten Heimatstadt Georgetown kamen hierher zu Besuch. Ihr Leben war voll von leidenschaftlichen Debatten. Sie dankten Sam dafür, daß er sie ans Ufer von Spa Creek gebracht hatte und ihr beschauliches Jungenleben so gründlich durcheinandergewirbelt hatte. Selbst Ermy war weicher geworden: Mit seinen mathematischen Fähigkeiten könnte er eines Tages vielleicht sogar auf die Akademie gehen. Wie die kleinen Jungen ihn dann bewundern würden! Viele ihrer Schulkameraden waren – ebenso wie die von Louie – Kinder des Akademie-Personals, und die Jungen brachten reichlich Klatsch mit nach Hause: Soundso sei ein Stinker – »nicht so drastisch«, mahnte Sam –, und sie seien allesamt Waschlappen, weil sie ihre Kleider selbst zusammenfalten und flicken und ihre Stuben ausfegen müßten – wie Mädchen! Und die Mannschaft würde dieses Jahr ganz bestimmt gewinnen – kein College aus Baltimore habe gegen sie auch nur den Hauch einer Chance – denn ihr Patriotismus war auf Spa Creek beschränkt, und die Marine-Akademie der Vereinigten Staaten war nun einmal ein Teil davon. Sam war sehr glücklich, als er sah, daß seine kleine Bande, die er jetzt manchmal seine »Plebs« nannte, so fröhlich war. Zwar waren die »kleinen Frauen« unzufrieden, aber schließlich war auch er ein Mann, und sie lebten nun einmal in einer Männerwelt. Alle Mädchen waren unzufrieden, bis sie heirateten, Ehemänner und Kinder hatten.

Sowohl Sam als auch Henny stellten jetzt offene, wenn auch voneinander unabhängige Spekulationen darüber an, welche Art von Mann Louisa wohl einmal heiraten würde. Henny ging zu Hassies Wahrsagerin, die ihr prophezeite, ihre Stieftochter würde einen Offizier der Marine-Akademie in Annapolis heiraten. »Es war ein Wunder«, erzählte Henny überrascht allen ihren Freundinnen und sogar Louie. »Die Frau hat mich gestern zum ersten Mal gesehen.«

Sie glaubte nun fest daran, daß Louisa tatsächlich einen Marineoffizier heiraten würde, betrachtete Louisa mit völlig neuen Augen und schenkte sogar deren ständiger Bitte um eine Dauerwelle und ein Tanzkleid endlich Gehör. »Wenn du erst einmal anfängst auszugehen«, sagte Henny zuversichtlich, »wird dein Vater seine albernen Ansichten über das Tanzen und all seine anderen verrückten puritanischen Ideen aufgeben müssen. Ein Mädchen in deinem Alter, und noch nie in der Tanzstunde gewesen!« Sie ging sogar so weit, Sam einen Zettel zu schreiben: »*Samuel C. Pollit*: Du mußt dafür sorgen, daß deine Tochter Tanzstunden und ein passendes Kleid bekommt.« Diese Aufforderung erzürnte Sam über alle Maßen, sah er darin doch nur einen weiteren Versuch einer »Frau, die in der Sklavenhaltergesellschaft Baltimores aufgewachsen ist«, seine Tochter zu verderben. Er verbat Louisa ein für allemal, je an solchen Orgien teilzunehmen oder überhaupt nur einen Gedanken daran zu verschwenden. Henny, häßlich wie die Sünde mit ihrer safrangelben Haut und ihren grimmig zusammengepreßten, fast violetten Lippen, hatte auf einem ihrer Einkaufsbummel ein passendes Kleid gefunden, das ihr in jungen Jahren ganz bestimmt gute Dienste geleistet hätte, ein pfirsichfarbenes Kleid aus seidig-glatter Baumwolle mit drei Rüschen an den Schultern und einer Rosenranke an der Taille.

Das Ganze endete damit, daß Louie nicht zum Tanzen ging und dafür um so heftiger für Miss Aiden »schwärmte und schwülstete«, bis die ganze Familie sie für nicht mehr ganz zurechnungsfähig hielt und Hassie ihrer Schwester Henny erklärte, sie müsse schon früh nach einem Mann für Louie Ausschau halten, sonst könnte mit dem großen, aufgeschossenen Kind noch ein Unglück geschehen. Obgleich sie sich reichlich altmodisch vorkam, begann Henny daraufhin, sich insgeheim in Baltimore nach einem Ehemann für ihre Stieftochter umzusehen. Natürlich hatte sie noch viel Zeit, Louie war erst vierzehn, aber sie sah aus wie siebzehn, und Henny dachte: »Ich muß sie retten, ehe er aus ihr einen Blaustrumpf macht, den kein Mann mehr haben will!«

Sie lebten in einer seltsamen Welt. Sam ging noch immer nicht zur Arbeit, obwohl ihm inzwischen eine Stelle als Biologe zugesichert worden war; Henny zauberte aus dem Nichts irgendwelches Geld hervor; Louie hatte diese Erde ganz verlassen und schwebte irgendwo zwischen Inferno und Elysium; Ernie war zum »Spinner« geworden, und die kleineren Kinder waren untrennbar mit einer labyrinthischen Welt aus Vögeln, Blumen, Winden und Gezeiten verwoben. Sam war dem Glück so nahe, wie er es nur sein konnte. Seine Hauptsorge galt jetzt Ernie und dessen »Knauserigkeit«. Eine stehende Redensart in der Familie lautete, Ernie werde später bestimmt ein furchtbarer Geizhals sein, was sowohl als Vorwurf als auch als Witz gemeint war. Vor kurzem hatte Sam sich außerdem dazu entschlossen, den Stier bei den Hörnern zu packen und Louisas beunruhigend »unwissenschaftlicher« Vorstellung von der Fortpflanzung der Menschen so nüchtern wie möglich zu begegnen. Als Louisa gerade im Badezimmer damit beschäftigt war, ihr langes Haar zu waschen, war er zu ihr gegangen, hatte sich vorsichtig nach allen Seiten umgesehen, um sicherzugehen, daß »die Kinnings« nicht in Hörweite waren, und hatte ihr drei Bücher in die Hand gedrückt – Shellyes *Gedichte* (um ihrer Lyrik auf die Sprünge zu helfen), Frazers *Goldener Zweig* (um die anthropologische Seite abzudecken) und James Bryces Buch über belgische Greueltaten (um zu erklären, warum wir in den Krieg eingetreten sind und Amerika als Oberaufseher der Welt fungieren muß). Und so kam es, daß Louie jetzt eine Sammlung seltsamer, in der Wirklichkeit spielender Märchen las, die viel grausamer waren als alles, was die Brüder Grimm in all ihren schauerlichen Geschichten über Menschenfresserei und Morden in dunklen Wäldern jemals aufgezeichnet hatten. Die beiden letzten Bücher füllten Louies Tag- und Nachtträume mit den Geheimnissen männlicher Gewalt – gekreuzigte Frauen, ihre ungeborenen Kinder ihren Leibern entrissen, junge Mädchen, mit ganzen Horden von Soldaten in abgelegene Scheunen geschickt, Soldaten, die die Haare der Frauen um ihre Säbel wanden und sie so zu Boden zwangen, um ihre bestialischen Triebe an ihnen zu befriedigen.

Es war ein reichlicher Vorrat an Grausamkeiten, und während der warme Frühling voranschritt, wurde Louie immer nachdenklicher und grüblerischer. Sam mochte noch so wettern gegen ihre Sturköpfigkeit, sie hatte einfach zuviel Stoff zum Träumen. »Damit du Gut von Böse unterscheiden und allem aus dem Weg gehen kannst, was du aufgrund deines eigenen Gewissens als falsch erkennst«, hatte Sam ihr innerhalb weniger Wochen den unbeschreiblichen Wahnsinn der Sinnlichkeit in vergangenen Zeiten und verborgenen Phantasien vor Augen geführt, ohne selbst ein Wort darüber verlieren zu müssen. Ganze Nationen hatten dies verbrochen, Armeen, große Namen, ruhmreiche Künstler, und ihr Vater hatte ihr das sorgfältige Studium dieser Bücher mit den rätselhaften Worten anempfohlen: »Der Vater soll seinen Töchtern als Schlüssel zur Erwachsenenwelt dienen, die Jungen haben Gelegenheit, das alles selbst herauszufinden.« Daraufhin hatte Sam sich schüchtern umgedreht und es seitdem vermieden, auch nur ein weiteres Wort zu all diesen Themen zu sagen, ja, er war ihr sogar aus dem Weg gegangen, und wenn ihr verdunkelter Blick zufällig den seinen traf, sah er weg, als schämte er sich. Doch je mehr sie in diesen Büchern las, desto schuldiger fühlte sie sich, und sie begann, Sam mit erwachsener Leidenschaft zu verabscheuen und zu verdammen.

In einem abgelegenen Teil des Bezirks war in den letzten Wochen ein äußerst unschöner Tatbestand aufgedeckt worden. Ein junges Mädchen war schwanger, ihr Vater, ein arbeitsloser Hafenarbeiter, wurde des Inzests verdächtigt. Das Mädchen kam in ein staatliches Heim, aber der Vater, nur durch Hörensagen und die verwirrte Aussage des Kindes belastet, lebte weiterhin unbehelligt in seinem Haus. Die Zeitungen sprachen von einem Skandal und berichteten von geheimnisvollen Vorwürfen, die von den Kindern eifrig gelesen, aber nicht verstanden wurden. Sam standen die Haare zu Berge, und von plötzlichem Zorn entflammt, griff er schreiend nach einem Stock und erklärte, an Ort und Stelle einen Trupp anständiger Väter und Bürger zusammenstellen zu wollen, um den Herausgeber der Zeitung den Zorn des Volkes spüren zu lassen. »Ich bin ein Mann des Friedens«, rief Sam aufgebracht, »aber in diesem Fall müssen wir uns auf das Recht des Bürgers berufen, sich notfalls selbst zu schützen. Dieser jämmerliche, feige Teufel wagt es doch tatsächlich, einen Vater in seinem eigenen Heim anzugreifen! Zusätzlich zu all der Trauer, die er empfinden muß, wenn er feststellt, daß seine Tochter in Schwierigkeiten ist – ein kleines Mädchen, das ein Baby erwartet, stell dir das einmal vor, Lulu, ein Mädchen, das zwei Jahre jünger ist als du, das arme Kind –, muß er sich auch noch gegen einen so unsäglichen Vorwurf wehren. Womöglich kommt es sogar noch soweit, daß er aufgrund dieser Anschuldigungen vor Gericht gestellt wird«, Sam fuchtelte mit seinem Spazierstock, »und weil er arm ist und in einem windschiefen Schuppen wohnt, können sie ihn ungestraft an den Pranger stellen. Jeder anständige Mensch muß sich darüber empören. Ich bin ein Mann des Friedens, aber ich würde höchstpersönlich hingehen und diese dreckige Kanaille auspeitschen!« Und so wütete ein furchterregender Taifun, ein Sturm mit grellgelben und kupferfarbenen Flammen, die um sie herum zischten, züngelten und tobten.

Aber Sam machte sich nicht auf den Weg. Er beschränkte sich darauf, den Herausgeber der Zeitung zu verfluchen und jeden

Tag aufs neue gegen ihn zu wettern, bis das Thema schließlich langweilig wurde. »Eine Tochter, die den eigenen Vater beschuldigt! Das arme Ding«, sagte Sam streng, »muß von einem skrupellosen Anwalt angestiftet worden sein. Ganz bestimmt würde sich vor euch, Lu und Ernie, wenn ihr nur hinter die Kulissen dieser Geschichte blicken könntet, ein Abgrund der Korruption auftun: ein Hauswirt vielleicht, der versucht, den Mann zur Räumung zu zwingen. Zweifellos ist er ein guter Mann, der den Kräften des Bösen bisher tapfer entgegengetreten ist, und dies ist nun die grimmige Rache. Meine Jungen und Mädchen, merkt euch das – und merkt euch auch all die anderen Dinge, auf die ich euch aufmerksam mache! Euer Vater regt sich nicht umsonst auf. Die Welt ist voll von Korruption, und wenn die ruchlose Presse, die Heimstatt der Gier, das Sprachrohr der zu Geld gekommenen Gosse, die Hure der Welt, jemanden aufs Korn zu nehmen beginnt und plötzlich irgendwelche moralischen Reden schwingt, könnt ihr sicher sein, daß die Dinge anders sind, als sie zu sein scheinen, und daß man versucht, einen Skandal zu vertuschen, anstatt ihn aufzudecken. Wenn ein Mann arm ist«, sagte Sam feierlich, drehte sich zu Ernie um und goß seine ganze wütende Glut in Ernies ernste, runde Augen, »haßt ihn die Welt. Darauf mußt du immer gefaßt sein, Ermo. Du magst noch so sehr dagegen ankämpfen, wie auch ich es getan habe: Für einen armen Mann, der es wagt, sich für die Wahrheit einzusetzen, halten sie die ganze Skala des Hasses und der Lügen bereit. Deshalb wollten sie auch mich loswerden. Sie fürchteten mich, weil das Böse immer voller Furcht vor der Wahrheit ist.«

Ernie sah ihn an, glitt langsam vom Rand der Veranda, auf der die versammelte Kinderschar in Sams helle Flamme starrte, und ging. Sie sahen seinen runden, braunen Kopf zwischen den Büschen in Richtung Strand verschwinden. Sam zwinkerte, stieß Louie an und sagte mit gedämpfter Stimme: »Denken! Ein nachdenklicher Kopf! Kein großer Kopf, aber ein Gehirn mit vielen Falten!« Er lächelte und nickte. »Ein guter Junge!«

Es war erstaunlich, daß Louie, obgleich sie mit Darwins *Entstehung der Arten* und Cuviers *Tierreich* und unzähligen anderen naturwissenschaftlichen Werken aufgewachsen war, keinerlei greifbare Vorstellung von all den Handlungen hatte, die unter dem Begriff »Sexualverkehr« zusammengefaßt wurden. Doch nach dem schrecklichen Geschehen in einem der fernen, häßlichen, auf gelbem Sumpf erbauten und von gewaltigen schwarzen Bethlehem-Stahlrohren beherrschten Vororte, über deren farbloses, ausgedörrtes Gras nur unbefestigte Fahrrinnen führten, gewann sie den Eindruck, auf eine der Schlechtigkeiten des Universums gestoßen zu sein, ein infernalisches Schreckensreich, das nur sie ganz allein ertragen konnte. Sam wetterte, und die Kinder sahen sie fragend an, wenn sie mit ihren unförmigen Gedanken herausplatzte, und so war sie sich sicher, daß nur sie wirklich *spürte*, was unter der Oberfläche der sichtbaren Welt vor sich ging. Unter den ewig hervorbrechenden, schwarzen Orgelpfeifen aus Bethlehem-Stahl lag der See der Scheußlichkeiten, der ein Feuer aus Qualen bedeckte, ein Ungeheuer wie Grendel verbarg, die schmerzerfüllten Gedärme eines Ätna oder den Krebs eines Prometheus, und in diesem See befand sich auch der häßliche Vater mit seinem noch lebenden, von der schwellenden Frucht seines Leibes aber schon halb erstickten Kind.

In Louies Hirn brodelte es bei Tag und bei Nacht, und jeder Witz von Sam, jede alberne Stichelei ließ sie in mörderischer Rachlust entflammen. Immer wenn sie beide zu Hause waren, murmelte sie ihm zu: »Die Rache ist mein, ich will vergelten.« Den Gegenstrom dazu bildete ihre unheimliche Leidenschaft für Miss Aiden, kindlich in ihrer Unwissenheit, erwachsen in ihrer Tiefe. In der Schule schwebte sie im Himmel, zu Hause schmachtete sie in einer Folterkammer. Die Kinder musterten sie oft aufmerksam, sie schienen zu wissen, daß sie jetzt in einer eigenen Welt lebte. Sam dagegen kam sie bloß »noch verworrener« vor, »obwohl ich gehofft hatte, daß sie klüger würde«. Um Sam zu entkommen, stahl sie sich so oft wie möglich mit einem Buch aus dem Haus, meist mit dem Gedichtsband von Shelley – sie wollte einen Mann heiraten wie Shelley –, las und lernte die Verse auswendig. *Die Cenci*, Shelleys berühmtes Versdrama, hatte sie wochenlang gemieden, weil ihr sein Thema zu bedrohlich erschienen war, doch als sie dann endlich begann, darin zu lesen, geriet sie ins Staunen, denn es schien, daß sich Beatrice und sie – von der düsteren, großartigen Szenerie einmal abgesehen – in einer ganz ähnlichen Lage befanden. An dem Samstag vor Hennys Ausflug in die Stadt mit der Puppe für die arme Cathleen hatte sie auswendig gelernt:

... Wenige Jahre
Voll Trauer lebt' ich nur; es war mein Los,
Daß mir ein Vater des erwachten Lebens
Stunden zu Tropfen machte, deren jeder
Der Jugend Hoffnungen vergiftete.

Es war schon später Nachmittag, als sie Louie vom Strand zurückkehren sahen: Die blutgoldene Sonne säumte Gras, Blätter und Louies frisch gewaschenes Haar.

»Jetzt wißt ihr, wohin Lulu so ganz allein verschwunden ist, um ihren Gedanken nachzuhängen«, sagte Sam zu den Zwillingen, die sich neben ihm im Gras rekelten. »Immer grübelt sie, immer träumt sie, es ist wirklich ein Jammer, daß sie ihre leibliche Mutter nicht wenigstens ein paar Jahre länger hatte, dann wäre sie heute besser dran. Ich glaube, ich habe einen Fehler gemacht, als ich sie so lange Bonafidus' Einfluß aussetzte, denn eure Tante hat ihr die alberne Vorstellung in den Kopf gesetzt, eines Tages zur Bühne zu gehen, deshalb führt Lulu am liebsten Selbstgespräche.« Und in ihre Richtung rief er fröhlich: »Luchsäuglein? Bis du mit dir selbst am Reden oder sachs du mal wieder Gedichte auf?«

Louie blieb stehen, sah auf sie herunter und sagte stolz: »Ich sage Gedichte auf, wenn du es unbedingt wissen willst.«

»Komm und trag sie uns vor«, forderte Sam sie auf und streckte sich. Ohne zu zögern, trat Louie auf sie zu und deklamierte Cencis Rede:

Gott, erhöre mein Gebet!
Wenn diese schönste Masse Fleisch, die du
Zu meiner Tochter machtest, dies mein Blut,
Dies Teilchen meines Wesens, oder eher
Ein Gift und eine Krankheit, deren Anblick
Mich ansteckt und vergiftet; dieser Teufel,
Der meines Daseins Höllenschlund entsprang,
Zu etwas Gutem nur berufen ist ...

Sam starrte sie an, seine Augen verengten sich, aber der Anblick des Buches, das er ihr selbst geschenkt hatte, beruhigte ihn. Louie fuhr fort:

... Wenn ihrer wundersamen Reize Glanz
Der Erde Nacht mit Licht erfüllen soll ...

Sam wiederholte mit sanfter Stimme: »Wenn ihrer wundersamen Reize Glanz der Erde Nacht mit Licht erfüllen soll«, und wartete geduldig lächelnd darauf, daß Louie weitersprach, doch sie sagte stolz: »Du machst dich bloß über mich lustig!«, und wandte sich zum Gehen.

»Bleib doch, Lulu«, bat Sam.

»Nein. Nicht, wenn du dich über mich lustig machst.«

»Dummkopf«, rief Sam erstaunt. »Lulu, Nachmittagstee im Gemeinschaftszimmer.«

Als sie das klirrende Tablett hereintrug und am Ende des langen Tisches abstellte, saßen Sam und die Jungen vor einer entzündeten Kerze, und Ernie, der sich sehr für Physik interessierte, erklärte ihnen, daß sich im Zentrum der Flamme nichts weiter als ein kühler Fleck befinde. Wenn man dort ein Streichholz hinhielte, sagte Ernie, würde es sich nicht entzünden. Kichernd vor Aufregung begannen die Kinder, ihre Finger durch die Flamme zu ziehen, um den kühlen Fleck zu spüren. Ernie hielt seinen Finger einen Augenblick zu lang hinein und zog ihn mit einem komischen Schrei wieder zurück, dann streckte Sam seinen großen gelblichen Zeigefinger in die Flamme, um ihn gleich darauf wieder zurückzuziehen und großes Aufhebens um seinen Schmerz zu machen. Lulu stand da und betrachtete die blasse Ähre aus Kerzenlicht neben dem staubigen, durchs Fenster fallenden Sonnenstrahl.

»Lulu soll es auch versuchen«, sagte Ernie und wandte sich zu ihr um. »Versuch's, Lulu«, denn Ernest war stets eifrig darauf bedacht, alle von seinen Erkenntnissen zu überzeugen. Mit einem leichten Lächeln streckte Louie den kleinen Finger ihrer rechten Hand aus und hielt ihn in die Flamme. Die Gesichter der Kinder erstarrten vor Staunen, ihre Augen weiteten sich, und Sam, wie immer zu einer fröhlichen, höhnischen Bemerkung bereit, sah sie fragend an und rief: »Lulu, laß den Blödsinn!«, während Tommy sagte: »Uih, du tust dir weh.« Ernie warnte: »Lulu, tu das nicht.« Ein häßlicher Gestank nach verbrannter Haut stieg in ihre Nasen. Louie zog den Finger zurück, zeigte ihnen kurz die verkohlte Haut und verließ ungerührt das Zimmer, um ihren Finger mit Öl einzustreichen. Evie und Klein Sam kreischten, und die anderen waren bleich vor Angst, während Sam mehrmals wütend wiederholte: »Lulu ist eine sture, störrische Eselin! Lulu hat nicht ein Fünkchen Verstand unter der Schädeldecke!« Er stand auf, ging zur Küchentür und fragte aufgebracht: »Tut es nicht weh, Lulu?«

»Es tut nicht weh«, erwiderte sie steif.

»Aber es muß doch weh tun.«

»Nichts tut mir weh, wenn ich es nicht will«, entgegnete sie. Er zuckte mit den Schultern und trollte sich ratlos. Wie sollte er dieses Kind je verstehen? Er beschloß, Ernie niemals so außer Kontrolle geraten zu lassen. Und was Evie betraf, würde er sie nicht auf die Highschool schicken. Er war fest davon überzeugt, daß die höhere Schule »Lulu das letzte bißchen Verstand ausgetrieben« hatte, wie er jetzt seiner kleinen Familie grummelnd verkündete. Eher würde er einen Besen fressen, als zuzulassen, daß sie aus Kleinfrauchen auch so einen mürrischen Sturkopf machten.

Ernie schlich in die Küche und fragte leise: »Tut es wirklich nicht weh, Louie?«, worauf Louie mit einem Lächeln antwortete: »Doch, natürlich tut es weh, aber es macht mir nichts aus.« Wenn sie mit den Kindern zusammen war, war sie vollkommen ruhig; all die Stürme ihrer Leidenschaften tobten über deren Köpfe hinweg. An diesem Abend ließ Sam sie in der Kühle ihres Zimmers allein, und während sie den dunkel schimmernden Himmel und den tiefstehenden Jupiter betrachtete, kam ihr eine wunderbare Idee: Im Juni hatte Sam Geburtstag, dafür würde sie ein Stück schreiben, das die Kinder gemeinsam aufführen konnten. Sie holte Stift und Papier heraus, und anstatt neue Verse für Miss Aiden zu schmieden, schrieb sie für sich selbst, nicht für die Kinder, ein merkwürdiges kleines Stück. Als es fertig war – es hatte kaum mehr als zwanzig Zeilen –, übertrug sie es in eine gerade erst erfundene Geheimsprache. Diese Idee begeisterte sie besonders: Damit sie schreiben konnte, was sie wollte, würde sie eine umfassende Sprache erfinden, die es ihr ermöglichte, jede Nuance ihrer Gedanken und Empfindungen auszudrücken. »Jeder Mensch will seine eigene Sphäre in Worte fassen, da ist es klar, daß unsere jetzige Sprache niemals jeden intimen Gedanken ausdrücken kann.« Aber sie blieb der gleiche Schwächling, der gleiche geistige Zwerg, der sie schon vorher gewesen war, das neue Vokabular kam nie über ein paar hundert Worte hinaus, und es wurde auch nie mehr als ein Stück damit geschrieben! Ein lauter Plumps und ein Schrei von Chappy – Charles Franklin – riß sie aus ihren Gedanken, und als sie ihm zur Hilfe eilte, hörte sie Sam mit wehleidiger Stimme zu Evie sagen: »Warum ist Mutting den ganzen Tag fort? Warum ist Henny-Penny nicht bei ihren Kinnings-Linnings? Will sie denn gar keine Verantwortung tragen? Wies aussieht, Kleinfrauchen, muß ich wohl bald dich zu meiner Ehefrau neem.«

»Ja, Taddy«, antwortete Evie von der Verandatür. Sie sah, daß Chappy schluchzend in Louies Armen lag, lief herbei und fragte. »Was is los, Chappy? Hass dir weh tetan?« Sam kam, nahm Louie den kleinen, butterblonden Jungen ab, warf ihn mehrmals in die Höhe und lief aus dem Haus, um mit ihm unter lauten Hallorufen eine Runde durch den Garten zu drehen. Sie hörten Chappy juchzen und japsen.

»Daddy hat gesagt, ich kann seine Frau werden«, sagte Evie zu Louie und schaute vertrauensvoll zu ihr auf, nicht sicher, ob sie lachen und nicken würde. Louie wandte ihr abrupt den Rücken zu, und Evie machte eine langes Gesicht.

2 | *Miss Aiden zu Gast*

Seit Mai waren die Jungen mit einer echten Angelausrüstung in den nahen Flüssen und Buchten zusammen mit Sam fischen gegangen. Sam sagte einen großartigen Sommer voraus. Saul Pilgrim, der eine Angelkolumne für eine Washingtoner Zeitung schrieb und Gedichte übers Angeln an verschiedene Zeitungen verkaufte, sollte an Sams Geburtstag, dem dreiundzwanzigsten Juni, auf seinem Weg nach Ocean City zum Auftakt der Hochsee-Saison nach Spa House kommen. Die Jungen hatten zahlreiche kleinere Fische, Gründlinge, Elritzen, sogar Hechte und Sonnenbarsche gefangen und drängten Sam, sie mit den Fischern nach Winter Quarter Shoals oder Tide Rips hinausfahren zu lassen, um den König der Fische, den Marlin, zu fangen, der zur Mittsommerzeit dort den nördlichsten Punkt seiner Wanderschaft erreichte. Aber Sam erlaubte es nicht, und die Jungen fanden zu ihrem Kummer heraus, daß selbst die Fischer erzählten, der Marlin sei kein schlapper Hecht, kämpfe bis zu fünfzehn Stunden um sein Leben und töte seine Jäger, wann immer er könne. Die Fischsaison war jetzt das Gesprächsthema in der Bucht, und viele Männer, die während des übrigen Jahres ohne Arbeit waren, hatten von Mai bis November viel zu tun. Um die dreihunderttausend Menschen kamen im Sommer zum Sportfischen an die Chesapeake Bay, und für etwa dreihunderttausend Dollar wurden sechshundertdreißig Boote gemietet – eine enorme Einnahmequelle für die Küstengegenden Marylands. Gleichzeitig flossen für Krabben jeder Größe, Köder zum Fangen von Forellen, Umberfisch und Quakfisch, fünfzig Cents bis zwei Dollar pro Dutzend in die Taschen der Krabbenfischer, und neben den größeren Booten waren alle Arten von Ruder- und Segelbooten, Kanus und kleinen Kähnen auf dem Wasser zu sehen. Die Jungen freuten sich auf einen aufregenden Sommer. Aufgrund bestimmter Anzeichen – frühes Schwärmen und eine ungewöhnlich gewittrige Wetterlage – sagten Sam und die anderen Fischer einen großen Fang voraus, und die Kinder schnappten zahllose Geschichten und Gerüchte auf, die Sam mit einem unerschöpflichen Vorrat an moralischen Hinweisen garnierte. Er ließ sich endlos über den Raubbau am Krabbenvorkommen, den Einsatz bartloser Haken, die Demokratisierung des Sportfischens und die Verschwendung und mögliche kommerzielle Nutzung der Hochseefische aus. »Der Marlin ist ein außerordentlich ölhaltiger Fisch«, sagte Sam. »Zweifellos ist sein Fleisch ungenießbar, und doch sollten wir diese wertvolle Ölquelle nutzen, anstatt sie ungenutzt ins Meer zurückzukippen. Das Fangen können ja ruhig auch weiterhin die reichen Sportfischer auf ihre Kosten für uns übernehmen«, erklärte er und tüftelte Pläne aus, wie man den Marlin nach Größe und Gewicht registrieren, das Öl herausfiltern und den Rest als Dünger nutzen könnte. »Wir beginnen allmählich, die Notwendigkeit der Wiederaufforstung zu begreifen«, sagte Sam, »warum sollten wir da die Schätze des Meeres vergeuden?«

Das Haus hallte von seinen Predigten wider – Sam war ganz in seinem fischigen Element! –, und durch sein Beispiel konnten seine Söhne und Töchter mit Haken, Rute und Senker bald ebenso kundig umgehen wie mit Bohrer und Winde, Schraubenzieher und Zwinge. Die Jungen waren kaum zu Hause, sondern trieben sich mit den Männern am Wasser herum, wo sie im Tausch für ihren Eifer die letzten Neuigkeiten erfuhren. Schon lange kamen keine Freunde mehr, um Sam in seinem Haus zu besuchen. Nur Saul Pilgrim, Autor des unendlichen Fortsetzungsromans, zeigte Geduld und Mitleid und ging ohne falschen Stolz in Spa House ein und aus, ohne die Hausherrin weiter zu behelligen oder gar um eine Mahlzeit zu bitten. Fröhlich betrat er den dunklen, schmalen Korridor, der so ganz anders wirkte als der großzügige Eingangsflur in Tohoga House, und noch während Louie seinen Hut entgegennahm, begann er, Gedichtchen aufzusagen:

Der Hering ist ein salzig Tier,
er kommt an vielen Orten für.
Des Abends geht er in die Stadt
und macht die alten Weiber satt.

Und:

Wir geben einen Ball, sprach die Nachtigall.
So? sprach der Floh.
Was werden wir essen? sprachen die Wespen.
Nudeln! sprachen die Pudeln.
Was werden wir trinken? sprachen die Finken.
Bier! sprach der Stier.
Nein, Wein! sprach das Schwein.
Wo werden wir tanzen? sprachen die Wanzen.
Im Haus! sprach die Maus.
Auf dem Tisch! sprach der Fisch.

Und er fragte Louie sehr feierlich: »Kannst du Griechisch? Dann kannst du das vielleicht für mich übersetzen:

maenaebte hoi?
aebtemaenie hoi,
aebte beten!

Wenn Henny mit düsterem Blick nach unten kam, murmelte er ein paar Höflichkeiten und machte sich rar, bis sie wieder gegangen war. Wenig später ließen er und Sam sich bei Tee oder Kaffee und Keksen nieder, und dann gab es für sie nichts anderes mehr als Köderwürmer, Krabbenspinnen, künstliche Fliegen, Schleppnetzfischer, Wasserverschmutzung durch die Bergwerksindustrie, Conowingo-Damm, Regenbogenforellen und *Tetrapturus albitus*. In früheren Zeiten hatte Saul Pilgrim von Sam zahlreiche Hinweise für seine Kolumne bekommen, und auch heute noch half Sam ihm in fachlichen Dingen auf die Sprünge, denn Saul Pilgrim war auf den ungeordneten Geist und die verstreuten Erfahrungen eines Literaten beschränkt. Die Kinder hockten um die beiden herum, warfen Fragen ein und lauschten ihren wundersamen Geschichten – wie der von den geheimnisvollen Thunfischen, die so pünktlich, daß man den Kalender nach ihnen stellen konnte, Jahr für Jahr am fünfzehnten Mai vor den Bahamas auftauchten und weiter nordwärts schwammen, bis sie am fünfzehnten Juli in Nova Scotia eintrafen, um dann für fast ein Jahr völlig von der Bildfläche zu verschwinden und genau am fünfzehnten Mai wieder vor den Bahamas aufzukreuzen, wo man mit Booten und Flugzeugen Jagd auf sie machte. Sie erzählten von den großen Tiefen vor den Bahamas, wo das Meer jäh von vierhundert auf viertausend Faden abfiel – im Dunkeln sahen diese Stellen aus wie flache Inseln und hatten schon so manches unbesonnene Flugzeug in die Irre geführt –, von den unbekannten Tieren, die in diesen tiefsten Abgründen lebten, und den Geheimnissen der Sargasso-See. Dann spannen sie das uralte Seemannsgarn, das die Kinder schon von der Wiege an kannten, dem sie jedoch immer wieder gerne lauschten, von den Aalen, die ihre Geburtsstätte eintausend Meilen vor der Küste in den Tiefen der Sargasso-See hatten. Durchsichtig wie Glas, schwammen sie auf die Küste zu, um sich ganz allmählich zu verfärben und in Gelbaale zu verwandeln.

»Gerade in diesem Augenblick«, sagte Sam und wandte sich den staunenden Kindern zu, »nähern sich wieder Tausende von Gelbaalen unseren Küsten, schwimmen in unsere Buchten und Mündungen an der gesamten Küste von Golf zu Golf und wandern als olivgrüne Steigaale unsere Flüsse hinauf. Bis zu zwanzig Jahre lang, bis sie viel älter sind als ihr jetzt, viel älter noch als

Lulu, bleiben sie dort, dann entschließen sich die Weibchen, wieder stromabwärts zu schwimmen, wobei sie tagsüber schlafen und bei Nacht weiterreisen, sich schwarz verfärben und mit den Männchen ins Meer hinaus ziehen. Fernab unserer Küsten sind sie, wie so viele wandernde Meereslebewesen, unseren Blicken entzogen; niemand weiß, wie sie reisen – ob in großen Schwärmen wie die Menschen bei der Völkerwanderung in Asien, oder zu zweit auf einer langen Hochzeitsreise. Ihre Nachkommen findet man jedenfalls draußen über den wäßrigen Abgründen zwischen den Bahamas und Florida. Und die Alten scheinen dort zu sterben. Draußen in der Mitte des Ozeans treffen sie mit den europäischen Aalen zusammen, kommen aber niemals auf die Idee, mit den Franz-Aalen und Tommy-Aalen auf und davon zu schwimmen – nein, meine Herrschaften, ihre Nachkommen wissen ganz genau, wohin sie gehören, und schlängeln sich fein und durchsichtig durch das schwere, dunkle Meerwasser nach Amerika zurück.«

Die Kinder grinsten von einem Ohr zum anderen, und Saul, der nur beim Angeln vor seiner zänkischen Frau Frieden fand, grinste ebenfalls, wandte sich dann aber wieder ganz ernst an Sam und fragte, ob er meine, daß sich die wandernden Thunfisch- und Marlinschwärme möglicherweise an den Golfstrom hielten, da sie immer wieder in der Nähe des Stroms gesichtet würden, was allerdings immer noch nicht erklären könnte, wie sie die einzelnen Jahreszeiten unterschieden.

»Kommen sie auch in Schaltjahren genau am fünfzehnten Mai?« fragte Ernie mit offenem Mund, als wolle er die Antwort mit den Lippen aufschnappen. Ach, sie verbrachten zusammen viele, lange Stunden, und die Kinder bekamen einen anderen Mann zu Gesicht, einen zutiefst demokratischen Mann, der nicht an Dienstränge, an Hypotheken oder die große wissenschaftliche Zukunft seiner Söhne dachte – nein, sie bekamen Sam, den Fischer, zu sehen. Und dann erklärte Sam, daß Ackerfrüchte und Vieh Privatbesitz seien und selbst die Vögel und Süßwasserfische von den Landraffern beansprucht würden, das Meer jedoch als Gemeinschaftseigentum gelten müsse, die Fische des Meeres seien für alle da, und es sei eine Schande, wenn jemand sich erdreistete, Sonderrechte zu erwirken, um auf der freien, demokratischen See nur für seinen privaten Vorteil zu fischen. Die

Fische müßten allen gehören, die ganze Nation, die gesamte Welt könnte sich von den Früchten des Meeres ernähren, wenn sie diese nur richtig zu nutzen verstünde. Wie unbesonnen wir jedoch auch in dieser Hinsicht vorgehen! Als Captain John Smith in die Chesapeake Bay kam, konnte er die Fische noch mit der Bratpfanne aus dem Wasser schöpfen – mit einer Rute zu angeln, hatte er gar nicht nötig. Zu Hiawathas Zeiten wimmelte es nur so von Fischen in den großen Seen, aber wir sind so unwissend, daß wir, wenn der Staat nicht Inspektoren und bewaffnete Wächter einsetzt, die ganze riesige Bay von allen eßbaren Fischen, Schalentieren und Muscheln leerfischen und alles, was dann noch übrig ist, mit den häßlichen Ausdünstungen des Kapitalismus ersticken! »Wir sind alle Söhne des alten David Collyer«, sagte Sam, ohne sich die Mühe zu machen, seine Stimme zu dämpfen, »wir stopfen uns die Mäuler voll, befriedigen jede noch so extravagante Laune, richten unser Vermögen zugrunde und wühlen auf der verzweifelten Suche nach irgendwelchen verwertbaren Überresten auch noch den Boden um. Wir sind wie die Heuschrecken. Das Landwirtschaftsministerium sollte Flugzeuge ausschicken und mit Gasbomben all die gefräßigen Ungeheuer an unseren Küsten zerstören, die nichts anderes im Sinn haben, als die Vorräte unserer großen, guten Mutter Natur zu dezimieren.« Quasi als Fußnote erwähnte Sam seine Idee, die Menschheit selbst zu dezimieren, so daß sich das übriggebliebene Zehntel zu einer neuen, am Schutz der Fische besonders interessierten Rasse vermehren könnte.

»Würdest du jeden töten?« erkundigte sich Klein Sam nachdenklich. Die Kinder waren fasziniert von dieser Vorstellung der universellen Zerstörung. Aber Saul Pilgrim machte sich nichts aus sozialen Ideen und kam auf einen anderen Plan zu sprechen. Er wollte mit Sam eine Kolumne für die Zubereitung von Fischen ausarbeiten, »um den normalen Gierschlund und die gewöhnliche Hausfrau, die sich nur über ihre Mägen erreichen lassen, für den Schutz unserer wunderbaren Tierwelt zu gewinnen«.

Wenig später führte Tommy ihn heimlich zum Waschhaus, um ihm die beiden dort versteckten Boote zu zeigen, die er für Sams Geburtstag geschnitzt hatte, ein Walfängerboot und ein großes Kanu. Das Walfängerboot unterschied sich nur wenig von seinen üblichen Kähnen, aber Louie würde es für ihn mit einer Kordel verzieren und ihm damit den letzten Schliff verleihen; und dem Kanu würde Louie drei Segel aufsetzen und ihm dabei helfen, es mit kleinen Muscheln zu füllen, so daß es aussah, als würde es eine schwere Ladung Austern transportieren. Klein Sam hatte seit Wochen die Gegend durchstreift und einen ganzen Murmelsack voller Drahtreste, Nägel, Stahlstifte, Reißnägel und Krampen »gefunden«, von denen die meisten noch ganz neu oder höchstens ein wenig fleckig waren. Saul hatte Zeitungen verkauft, war mit seinem hübschen, rosigen Gesicht und dem strohblonden Haar in Überschuhen gegen den Schlamm kreuz und quer durch die Gegend gerannt, um Geld einzutreiben und seinem Vater eine neue Bohrerwinde kaufen zu können, aber sein Verdienst reichte höchstens für einen neuen Spachtel oder zwei Scharniere für das Tor, das sie aus Treibholz für die Einfahrt bauten. Saul hoffte, mit dieser Geschichte Mr. Pilgrims mitfühlenden Taschen ein paar Nickel entlocken zu können, hatte aber keinen Erfolg. Unterdessen lauerte Ernie mit der gleichen Idee ungeduldig im Hintergrund. Ernie war von allen am tiefsten verunsichert; seine Moral hatte sich »verschlimmbessert«, wie Sam es nannte, er zeigte einen traurigen Hang zu Collyerscher Verdrießlichkeit und brach zunehmend in Tränen aus, wenn er verspottet wurde. Um ihn von seiner Weinerlichkeit zu heilen, hatte Sam sich angewöhnt, ihn »Glanzäuglein« zu nennen.

Glanzäuglein hatte vorgehabt, seinem Vater ein neues Stahlwinkelmaß zu kaufen – wenn er doch bloß nicht seit längerem schon unter Geldknappheit leiden würde! Er hätte sich niemals freiwillig von seinen Ersparnissen getrennt, aber Henny hatte mehrmals für ihre Ausflüge in die Stadt und andere Kleinigkeiten Geld von ihm geborgt, konnte sich aber nicht nur keine Zinsen mehr leisten, sondern zahlte auch die ausgeliehenen Beträge kaum noch zurück. Selbst wenn sie einen Scheck bekam, gab sie das Geld meist in wenigen Tagen aus, und was dann noch übrig war, mußte an den Fleischer oder Lebensmittelhändler gehen, um ihn bei Laune zu halten. Henny erlaubte ihrem ältesten Sohn nicht, sich in der Nachbarschaft mit kleinen Arbeiten Geld zu verdienen, aber Ernie hatte einen großen Vorrat an leeren Flaschen, alten Bettfedern, Eisen und Blei erbettelt und an den heruntergekommensten Ecken der Bucht »gefunden«. Wann würde er endlich genug Geld besitzen? fragte sich Ernie. Wann würden sie ihn gehen und eine richtige Arbeitsstelle antreten lassen? Der alte David war tot. Die alte Ellen lebte in einer winzigen Hütte zusammen mit Barry, der kaum noch genug Geld besaß, um sich etwas zu trinken kaufen zu können, und sogar seiner Mätresse den Laufpaß geben mußte – alle wußten es, und Ernie hatte mit Schrecken gesehen, wie die alte Ellen reglos in ihrer Küche gesessen hatte: die dicken Pergamenthände auf den Knien gefaltet, das altmodische, schwarze Kleid bis zum schlaffen Hals zugeknöpft, die großen, alten Augen jeder Entschlußkraft beraubt. Der Nachlaß war fast vollständig verkauft, die Firma mit Schulden belastet. Onkel Norman Collyer hatte sich mit dem Rest der Familie verkracht, die meisten Familienmitglieder waren verschuldet und arbeitslos – jetzt, wo der alte David tot war, konnte die Firma sie nicht mehr beschäftigen –, und Onkel Philip hatte sich erschossen.

All das wälzte Ernie in endlosen Stunden in seinem Kopf hin und her. Viele Tage lang bedrängte er Henny mit seinen Berechnungen und seinen Fragen. Von allen Kindern wußte er als einziger, daß Daddy sich seine Lebensversicherung hatte auszahlen lassen, daß es keine Brandversicherung gab und eine zweite Hypothek auf das Haus aufgenommen worden war. Er wußte, daß sich Daddys neue Anstellung verzögerte, und er hatte Sam bereits vorgeschlagen, den breiten Streifen Wildnis entlang des Zufahrtwegs zu verkaufen oder zumindest zwei Garagen darauf zu bauen, die sich vermieten ließen. Da er so wenig Geld besaß, wollte Ernie sein Blei nicht kleckerweise für ein paar Cents verkaufen, sondern es so lange anhäufen, bis er schließlich eine größere Summe erzielen konnte. Wenn seine Mutter ihm nur erlaubt hätte, Zeitungen zu verkaufen, wäre er glücklicher gewesen. Die anderen witzelten ständig über Ernies Blei, und selbst Henny grummelte fortwährend über die »verdammten Klumpen, die doch nur Staub ansetzen und auf dem Boden unter dem Bett Rostspuren hinterlassen«.

Während die Kinder Saul Pilgrim ihre Geschenke zeigten, hielt sich Sam klugerweise vom Waschhaus fern. Da er nichts Besseres zu tun hatte, ging er ins Zimmer der Jungen, um sich selbstzufrieden zuzulächeln und die Maße einer Dunkelkammer abzuschreiten, die er in einer Ecke des Zimmers errichten wollte. Als er Ernies Bett beiseite schob, bot sich ihm ein erstaunliches Bild: Neben altem Eisen und leeren Flaschen lagen fünf oder sechs große und mehrere kleine, offenbar mit einem Hammer bearbeitete Bleiklumpen. Sam war seit mehreren Wochen nicht mehr im Jungenzimmer gewesen und konnte sich kaum vorstellen, wie es Ernie gelungen war, soviel Blei zusammenzuklauben. Beim Verrücken des Bettes hatte er einen Nachttopf umgestoßen, und der Anblick von Urin, Blei und Rostspuren auf dem Boden ließ ihn in einer Mischung aus Aufregung, Vergnügen und Schreck laut nach den Kindern rufen. Auch Saul Pilgrim mußte hereinkommen, um zu bezeugen, wie es in diesem Haus um elf Uhr morgens aussah. Dann verließ Sam zusammen mit Saul wieder das unordentliche Zimmer, rief, kaum daß er draußen war, laut *Pff!* und *Pah!* und *Puh!* und *Pfui!,* während die kleinen Jungen kichernd um ihn herumtanzten, und Ernie, die Ursache des ganzen Aufruhrs, weinerlich danebenstand, bis Sam ihn »Glanzäuglein« nannte und er davonlief, mit kummervoller Miene nach einem Stock suchte und seinen Namen in den Sand schrieb: »Ernest Paine Pollit.« Noch am Wasser hörte er Sams Schreie: »Pfui Teufel! Was für ein Saustall!« Und dann die Befehle: »Mädchen, macht gefälligst diesen Stinkstall sauber! Es ist ein Saustall! Ein Sumpf! Eine Müllhalde! Chicago ist dagegen eine Veilchenfarm!« Darauf erscholl wieder das Gekicher der Jungen und eine Bemerkung von Saul Pilgrim, bis Henny aus einem der oberen Fenster rief: »Was ist denn da unten los?« und Sam ihr tatsächlich antwortete: »Sag deinen liederlichen Töchtern, sie sollen auf der Stelle diesen Saustall saubermachen!« Henny erwiderte darauf über die Büsche und Sträucher hinweg: »Zehn Dienstmädchen könnten den Dreck nicht wegmachen, mit dem du tagtäglich das Haus überziehst!« Mit wachsender Erregung schrie Sam: »Kümmere dich gefälligst um mein Haus und meine Kinder, sonst wird das noch ein böses Ende nehmen«, und Henny rief zurück: »Wenn ich zehn Hände und zwanzig Augen hätte, könnte ich dein liederliches Kind nicht im Zaum halten. Du kannst ihr ja nicht einmal abgewöhnen, in der Nase zu bohren!« (Erst vor zehn Minuten hatte es einen erbitterten Streit zwischen Henny und Louie gegeben.) Es folgte eine unheimliche Stille, dann begannen die Mädchen schluchzend das Zimmer auszuwischen und die Betten zu lüften, während Sam mit leiser, trauriger Stimme den Jungen draußen einen Vortrag über die weibliche Schlampigkeit hielt und ihnen einschärfte, ihre zukünftigen Frauen sorgsam auszuwählen. »Als ich sah, daß mein erstes Kind ein Mädchen war«, fügte Sam schwärmerisch an, »bin ich vor Freude in die Luft gesprungen, ich hatte mir ein kleines Mädchen gewünscht ...«

»Warum hast du dich nicht gleich in Luft aufgelöst?« rief Klein Sam kühn und hielt augenblicklich erschrocken inne. Nach Monaten der Stummheit – man dachte schon, er litte an Mutismus –, platzte er plötzlich mit irgendeiner seltsamen, unverschämten Bemerkung heraus, die er um nichts auf der Welt zurückhalten konnte. Sam war es gewohnt und versetzte ihm nur einen sanften Tritt. Aber er war auch geistesgegenwärtig genug, um auf dem Gesicht seines Freundes ein kleines Lächeln zu sehen, also nahm er ihn am Arm, führte ihn herum, zeigte ihm die neuen Aquarien und kehrte anschließend mit ihm ins Zimmer der Jungen zurück, um ihn wegen der Dunkelkammer um Rat zu fragen. Saul war ein alter Hase und wußte, daß keine Einladung zum Mittagessen zu erwarten war. Daher kündigte er gegen halb zwölf an, sich verabschieden zu müssen – allerdings nicht, ohne vorher noch zu versprechen, Sam »pünktlich am nächsten Dienstag« einen Marlin zum Geburtstag zu schicken. Die Kinder sahen ihm ohne Bedauern nach. Daß er für Zeitungen Gedichte übers Angeln schrieb, ließ ihn in ihren Augen als albernen alten Kauz erscheinen: Er hatte keine Nickel ausgeteilt, er stand unter dem Pantoffel einer alten Furie – wie Sam ihnen schon tausendmal erzählt hatte –, und unter den Kollegen wurde er nur »Köder«-Pilgrim genannt, selbst Sam nannte ihn oft »Köder« oder »Krabbe«. Als er gegangen war, trug Sam den Kindern auf: »Sagt Glanzäuglein, er soll kommen und sich im Tragen von Lasten üben. Noch vor dem Mittagessen will ich das Blei im Waschhaus sehen.«

Ernie hat 'nen Klumpen Blei
Unter seinem Bett, juchhei!
Ernie hat auch Eisen,
Kann er mit verreisen.

sang Klein Sam und tanzte dazu.

Und in allen Taschen
Hat er alte Flaschen

stimmte Sam mit ein.

Mit gequältem Gesicht trottete Ernie über die kleine Anhöhe, die Sam »Spitzkuppe« nannte.

»Blei raus, Ermi-Maus!« rief Sam.

Ernie lächelte gezwungen. »Aber ich sammle das Blei.«

»Dann sammel's drauß' im Gartenhaus.«

»Ich sammle das Blei.«

»Ach, Erminäus, laß es uns doch lieber raus ins Waschhaus bring«, sagte Sam mit Schmeichelstimme, »da is noch soviel Platz. Wer wird denn schon mit dein paar Tonnen Blei durchbrenn? Zwei Cents die Tonne, was für 'ne Wonne, aber im Krieg wird daraus 'ne dicke Kanonne!« Er hielt kurz inne, um in ernsterem Tonfall fortzufahren: »Was ich dir sache, is nix wie die Waaheit, Ermy. Wir sammeln kein Blei nich. Geht dir nich die Hutschnur hoch, wenn du hörs, daß sie vom Fliechzeuch aus mit Bomben auf Enten am Zieln sinn? Damit wolln wir nix zu tun haam, unn deshalb wolln wir das Blei auch loswern, unn zwar so schnell wie möchlich.«

Ermi-Maus schlägt sie zu Brei
mit 'nem großen Klumpen Blei

trällerte Klein Sam.

»Wir werden es los, aber erst, wenn ich es verkaufe«, sagte Ernie. »Laßt mich in Ruhe! Ihr wollt euch ja doch nur bei Pad einschmeicheln.«

»Nein, sag das nicht, Ermy«, erwiderte Sam vorwurfsvoll. »Sie lieben ihren Vater. Meinst du, die Gemini möchten in ihrem Zimmer auf einem Bleiberg sitzen?«

»Laß mich in Ruhe«, sagte Ernie.

»Ruhig, Erminäus, ganz ruhig!«

»Wenn ich ruhig sein soll, dann laß mich auch in Ruhe«, gab Ernie beleidigt zurück.

Sam sah edel, ja, geradezu vergeistigt aus, als er Ernie tadelte. »Ich möchte nicht, daß du die Beherrschung verlierst, Erno. Du bist ganz in Ordnung, du bist ein guter Junge, aber manchmal ziehst du dieses Collyer-Gesicht, und dann möchte ich dir am liebsten einen Tritt in den Hintern versetzen.«

Ernie versuchte, nicht wie ein Collyer auszusehen. Als das Mittagessen vorbei war, ließ das Blei seinem Vater jedoch noch immer keine Ruhe. Er sagte freundlich zu Ernie und klopfte ihm dabei auf die Schulter: »Unn nu, Kinnings, noch ein bißchen Ahbeit, bevors ans Lesn, Schreim unn Rechn geht. Ers mal schleppn wir das Blei ins Waschhaus.« Die Zwillinge sprangen voraus in ihr Zimmer, das nach hinten zum Obstgarten lag, krochen unters Bett, kreischten und zerrten. »Da ist es, da ist es!« Klein Sam grabschte nach einem riesigen, unförmigen Klumpen. Ernie, der ihm nachgelaufen war, gab ihm einen Klaps und sagte: »Laß das Blei los, sonst dreh ich dir den Hals um.« Sam beugte sich vor und streckte die Hand aus. Ernie schrie wütend: »Laß das Blei los, ich sammele es«, und begann, Sam zur Seite zu schubsen.

»Was?« rief Sam überrascht. Er verpaßte Ernie eine Ohrfeige und zog unbeirrt das Blei unter dem Bett hervor. Ernie trat ihn gegen das Schienbein. Sam war so erstaunt, daß es ihn fast freute. »Stellt euch vor, euerm Dad so was anzutun! Erminäus! Kinnings, Ermy hat doch waahaftich seim aam tlein Dad weh getan.«

Ernie grinste verlegen. »Laß mein Blei los, dann bin ich ganz friedlich.«

»Du wirst auf jeden Fall friedlich sein«, sagte Sam und versetzte ihm einen harten Schlag. Ernie drehte sich wütend um. Sam war es gelungen, alle schweren Klumpen herauszuziehen. Aufgebracht fragte er seinen Ältesten: »Ernest, wenn du das Blei sowieso zu Geld machen willst, warum um alles in der Welt verkaufst du es dann nicht?«

»Am Donnerstag war der Mann schon da, aber Ermy wollte nicht«, riefen die Kinder.

»Er will es behalten. Er kann sich nicht davon trennen«, riefen die Zwillinge.

»Er ist verliebt in sein Blei«, kicherte Evie und legte ihre dicke braune Hand vor den Mund.

»Er liebt sein Blei«, sagte Sam und lächelte in sich hinein.

»Oh, mein Blei, wie ich dich liebe«, rief Saul mit Fistelstimme. »Oh, Blei, ich will dich heiraten.«

Ernie grinste schwach. Sam lächelte und befahl: »Alle Mann

helfn, Blei raustragn.« Die Kinder gehorchten und hievten unter großem Schnaufen und Stöhnen alles heraus, über die Veranda und über den Rasen, den Sam eines Tages in einen Tennisplatz verwandeln wollte, zum Werkzeugschuppen. Ernie stand abseits, rührte keinen Finger, verweigerte Sam den Gehorsam und wartete grimmig, bis das letzte Stück verstaut war. Sam sah ihn tadelnd an und gab den Kindern mit einer komischen Pantomime zu verstehen, daß sie mit ihren Hausaufgaben beginnen sollten. Ernie blieb an einer Ecke der Veranda stehen. Sam verschwand im Obstgarten, spähte aber durch die Zweige, um zu beobachten, was Ernest tun würde, und bei Bedarf einzugreifen und ihm einen letzten Stoß zu versetzen, wie ein Angler, der mit seiner Beute spielt und auf den günstigsten Augenblick wartet. Sobald die Kinder das letzte Stück verstaut und sich in alle Winde verstreut hatten, begann Ernie, das Blei wieder zurückzuschleppen. Sam ließ ihn zwei Klumpen ins Haus tragen, ehe er über ihn herfiel.

»Bring das sofort zurück!«

»Es ist mein Blei!« Unbeirrt zog Ernie einen weiteren Klumpen aus dem Schuppen.

»Du tust, was man dir sagt!« Sam entwand ihm das Blei, ließ es laut über den Hof kollern und auf die Tür des Waschhauses zurollen. Ernie begann zu weinen, erst kläglich, dann brüllend und voller Zorn, aber er blieb hartnäckig und ging auf seinen Vater los wie ein Bullenkalb.

»Es gehört mir, faß es nicht an. Es gehört mir, ich habe es gesammelt. Es gehört mir!« Er schlug blind mit beiden Fäusten auf Sam ein. Sam faßte ihn grob an den Handgelenken und drehte ihn so herum, daß er sein Gesicht sehen konnte. Ernie hielt den Kopf gesenkt und versuchte erneut, auf seinen Vater loszugehen.

Sam gab ihm einen leichten Tritt und sagte streng. »Sam der Kühne hat gesagt: ›Ins Waschhaus.‹«

»Es gehört mir.«

»Dann mußt du es verkaufen. Wozu hebst du es auf?« Angelockt von dem Geschrei, versammelte sich die restliche Familie zaghaft in einiger Entfernung und spähte durch das Gitter der Veranda herüber. »Wozu hebst du es auf?«

»Es ist für deinen Geburtstag, Pad!« sprang Saul ein. Sofort ließ

Sam Ernies Arm los und sagte sanft: »Du tust das alles für Sam den Kühnen?«

»Ich spare es auf!«

»Ist es für mich, Erminäus?«

»Ich spare es auf!«

Sam lächelte. »Dafür brauchst du dich nicht zu schämen.«

»Ich spare es auf!«

Plötzlich des Kampfes müde, ließ Sam sich ins Gras fallen und streckte die langen Beine aus. Von der Veranda flüsterte Klein Sam verwundert: »Pad, er trägt alles wieder zurück.« Sam nickte. »Sicher. So sicher wie du am Leem bis. Ermy hat eem 'nen starken Willn! Herrje! Unn ihr meint, das macht er wirklich alles für mich?«

»Ja«, bestätigten die Kinder eifrig.

Sam lachte erfreut, schwenkte fröhlich die Zwillinge herum und ließ sie im Gleichschritt marschieren. »Auf geht's«, rief er, »zum Markt zwo drei, kauft ein Schwein zwo drei, kommt zurück zwo drei, oinki-oink juchhei!«

Louie begann, das Mittagessen aufzutragen, blieb mit einer Schüssel in der Hand stehen und fragte albern grinsend: »Dad, kann ich Miss Aiden mal zum Essen einladen?«

»Aidoneus?« rief Sam voller Begeisterung. »Die hohe Dame soll unsere Tafel beehren? Aber selbstverfreilich! Wie wärs am Dienstach, wenn ich Burtstach hab? Waahaftich! Ja, Lululein, lad Aidoneus nexten Dienstachaamt zum Essen ein.« Louie lief rot an und fiel vor Freude fast ihn Ohmacht. Die Kinder spotteten ein wenig, verstummten aber rasch, denn sie waren selbst ganz wild darauf, die vielgerühmte, vielgeliebte Schönheit endlich mit eigenen Augen zu sehen. Henny, die in der Küche war, grummelte zuerst, lenkte aber schnell ein und sagte nur: »Solange sie mit dem vorliebnimmt, was es gerade gibt ... Denk bloß nicht, so einer eingebildeten Lehrerin würde ich irgend etwas Besonderes auftischen.«

»Sie ist nicht eingebildet, Mutter. Sie ist eine wunderbare Frau, gütig und verständnisvoll und sehr, sehr nett. Eine wunderbare Frau.«

»Daran zweifele ich nicht«, entgegnete Henny. »Und wenn sie so wunderbar ist, werden ihr, wenn sie herkommt, gleich ein paar Lichter aufgehen.« Louie zweifelte keinen Moment daran, daß

Henny sich Mühe geben würde, für Miss Aiden etwas besonders Gutes zu kochen, zumal es ja auch Sams Geburtstag war. Ernie dagegen war besorgt wie ein Majordomus und lief am Sonntag, Montag und Dienstag mehrmals täglich zu Henny, um sie mit Fragen zu bestürmen: »Mutter, was werden wir Miss Aiden servieren? Wirst du einen Braten machen? Was gibt es zum Nachtisch? Haben wir auch eine saubere Serviette für Miss Aiden? Mutter, willst du meine Löwenmäulchen oder vielleicht Sauls Goldlack auf den Tisch stellen? Das Linoleum auf den Türschwellen ist so abgetreten, daß man das Muster nicht mehr sieht.«

Henny knurrte Antworten wie: »Soll sie es doch sehen! Wer ist diese wunderbare Frau denn in Wirklichkeit schon? Was kümmert mich das? Mach mich nicht verrückt! Ihr Kinder bringt mich eines Tages noch ins Irrenhaus! Hör auf mit dem Quatsch! Ist mir doch egal, und wenn wir vom Boden essen müssen!« Auch wenn Louie zu blind war, um es wahrzunehmen – nachdem sie Miss Aiden in Baltimore angerufen und deren Zusage bekommen hatte, war sie in einem Delirium der erwartungsvollen Liebe versunken –, traf Henny nicht einmal für Sams Geburtstag besondere Vorbereitungen. »Sollen seine Kinder ihn doch unterhalten«, sagte sie zu Louie, die von dieser unheilverkündenden Bemerkung allerdings nicht mehr Notiz nahm als von allem anderen, was um sie herum geschah. Henny glaubte insgeheim, wenn sie »an einer Slum-Ratte wie Louie« Interesse zeige, könne Miss Aiden kein ganz so schlechter Mensch sein, und sie beschloß, die Lehrerin ruhig sehen zu lassen, welches Leben das kleine Mädchen, die großartigen Pollits und sie, »die Mutter so vieler Kinder«, tatsächlich führten.

Sams Geburtstag begann mit einem herrlichen Morgen, und die ganze Familie war früh auf den Beinen. Draußen war alles von Tau überzogen, die Seidenschwänze taten sich an den Maulbeeren gütlich und veranstalteten ein regelrechtes Bombardement auf das Wellblechdach des neuen Schuppens, auf das die verschwenderischen kleinen Tierchen die angebissenen Beeren zu Hunderten hinunterprasseln ließen. Über allem lag Dunst, Tautropfen glitzerten auf den Ameisenhügeln, und die tatkräftigen, beharrlichen Wespen waren schon bei der Arbeit, kratzten mit feinem Raspeln Holzfasern von der alten Holzbank, surrten taumelnd damit zu ihrem Nest und kleisterten verbissen daran herum. Alles war so dunstig und gedämpft, daß selbst die Vögel schwiegen; außer dem Gezirpe der räuberischen Seidenschwänze und dem fernen Krah-Krah der schwarzen »Teufel der Luft« war nichts zu hören. Der Himmel war grau vor Feuchtigkeit, man konnte die Sonne mit bloßem Auge betrachten, ein Topf voll gelber Flüssigkeit, eine Schüssel mit strahlenden Löwenmäulchen, und die Blätter der Bäume sahen vor diesem Himmel so scharf und klar aus wie auf einem Stahlstich. Henny, die sich schon früh in der Küche zu schaffen machte, um den Tee zuzubereiten, »damit die Kinder um ihren Vater herumscharwenzeln können«, erklärte, sie fühle sich wie auf heißen Kohlen. Louie betrachtete den trübsinnig-seidigen, sepia- und graubraunen Glanz auf dem Wasser und fühlte sich an die Schatten unter bleichen Frauenbrüsten erinnert; es war eine so stille, brütende, nach innen gewandte, feuchte Stimmung, daß es den Anschein hatte, als würden sich jeden Augenblick neue, kräftige Sprossen aus der Erde schieben; die Erde war wie eine Braut, die mit einem Kind schwanger ging, fruchtbar und schwer. Louie konnte kaum die Beine heben, als Henny mit strenger Stimme nach ihr rief, aber sie kam pünktlich in die Küche, und Henny war sehr nett zu ihr, fragte, ob die Kinder auch alle ein Geschenk für ihren Vater hätten und was sie vorbereitet habe; verstohlen und beschämt gab Henny ihr ein kleines, in Seidenpapier gewickeltes Päckchen für ihn mit; es enthielt ein Paar handgestrickte Strümpfe, die er am liebsten hatte und an die sich neue Fersen und Spitzen besonders leicht anstricken ließen. »Und dein Geschenk?« flüsterte Henny. Louisa sagte: »Ich habe ein Theaterstück geschrieben.« Henny sah sie neugierig an und wunderte sich, daß Louie sich so billig aus der Affäre zog, sagte aber schließlich: »Das wird deinem Vater ganz bestimmt gefallen«, und schickte sie mit dem Tee nach oben, wo bereits ein großes Hallo im Gange war.

»Ist das ein Geschenk für Sambo den Großen?« fragte Sam und nahm das Seidenpapierpäckchen vom Tablett.

»Von Mutter«, sagte Louie.

Sam sah belustigt in die Runde, wickelte das Päckchen aus und sagte, nachdem er die Strickerei begutachtet hatte: »Nu, ihr Jungs unn Mädels, dazu sach ich nich nein. Pümpfe sinn Pümpfe.

Aber ich liebe nu mal neue Schahniere, Nägl und Häkeldeckchen, auch wenn sie noch 'n bißchen schief unn krumm sinn, vor allm, wenn sie von Kleinfrauchen komm, unn Walfangboote und Kanus, mit den ich heut abnd Austern fischen kann, unn das Rasierpinselchen, das mir Charles Franklin geschenkt hat, das lieb ich auch ...« Er sah Louie an.

»Louie hat ein Stück für dich geschrieben«, sagte Ernie und tanzte vor Aufregung auf einem Bein. Louie zögerte beschämt. »Es ist eine Tragödie und besteht aus einer einzigen Szene.«

»Klah, daß es 'ne Tragödche is«, entgegnete Sam. »Unn Zähne hat sie auch? Wo is sie denn?«

»In meinem Zimmer«, sagte Louie widerwillig, »aber das Gewürm ...«, sie deutete mit der Hand auf Ernie und Evie, die ihren üblichen Zwist ausnahmsweise einmal ruhen ließen und einander mit sanfter Bewunderung anschauten, »das Gewürm kann es auswendig. Sie werden das Stück für dich spielen.«

»Wir haben alles auswendig gelernt«, platzte Evie heraus. Tiefrot und aufgeregt blickte sie um sich. »Du kannst es bloß nicht verstehen.« Sam sah sie grinsend an. Er freute sich wie ein Schneekönig über das große Geheimnis, das schon eine ganze Woche in ihnen geschwelt hatte.

»Wir wissen auch nicht, was es bedeutet«, sagte Ernie.

»Ernie ist der Vater, und Evie ist das kleine Mädchen«, erklärte Saul. »Das heißt, daß es um einen Vater und ein kleines Mädchen geht.«

Sie waren alle verwirrt und aufgeregt. Sam sagte: »Was soll das heißen? Klein Sam, iß deinen Porridge, und dann sehen wir uns das geheimnisvolle Stück mal an.«

In größter Eile löffelten die Kinder ihr Frühstück herunter, aber Sam bestand darauf, daß sie alle ihre Teller blank leckten, ehe es endlich losgehen konnte. Dann wurde Kaffee ausgeschenkt, und Louie überreichte Sam einen Zettel und trug dann höchstpersönlich den Prolog vor, der einem Gedicht von Longfellow, *Die Maske der Pandora,* entnommen war:

Jede Schuld in sich verborgen
Birgt das Samenkorn der Sorgen,
Der Vergeltung ew'ge Pein.

Sam starrte derweil mit offenem Mund abwechselnd auf seine Tochter und das Blatt Papier, auf dem er in sorgfältig gemalten Großbuchstaben las: TRAGOS: HERPES ROM, JOST 1.

Als Louie fertig war, fragte er verwirrt: »Was ist das, Louie?«

Mit ernster Miene deutete Louie auf das Papier. »Das heißt: Tragödie: Der Schlangenmann, Erster Akt. Das Stück hat nur einen Akt«, erklärte sie. »Ich dachte, wir könnten es heute abend, wenn Miss Aiden kommt, noch mal aufführen.«

Die beiden stolzgeschwellten Schauspieler platzten fast vor Aufregung.

»Und warum ist das Stück nicht in einer verständlichen Sprache geschrieben?« fragte Sam wütend.

Louie wußte nicht, wie sie es erklären sollte, also schimpfte sie: »Jetzt halte die Kinder nicht länger hin. Du kannst den Text auf dem Zettel mitlesen.« Die anderen scharten sich um ihn und reckten die Hälse, um ebenfalls einen Blick auf das Papier werfen zu können. »Es gibt zwei Charaktere«, erklärte Louie, »einen Mann, ›Rom‹, namens Anteios und seine Tochter, ›Fill‹, namens Megara. Evie ist Megara, und Ernie ist Anteios.«

»Warum kann das Stück nicht in ganz normaler Sprache sein?« fragte Sam schwach. Louie lächelte ausdruckslos, wie ein Kleinkind: »Ich weiß nicht ... Ich dachte ... Wie auch immer, laßt uns anfangen. Anteios! *Ia deven ...*«

Der Junge und Evie begannen mit dem Vortrag:

ANTEIOS: *Ia deven de ib galen sigur. A men ocs esse ib me iuna innomen tach crimened. Sid ia ib por solno iuna hora solen lass grantach ib.*

MEGARA: *Men grantach es di solentum.* (»*Men juc aun*«, flüsterte Louie.) *Men juc aun.* (»*Ben doc es it bizar di ia solno iu den asoc crimenid paten*«, sagte Louie, und Evie wiederholte es schließlich nach mehrmaligem Vorsagen.)

ANTEIOS: *Corso!* (rief Ernie mit Begeisterung). *Ib timer ibid rom.*

An dieser Stelle brach Evie, von ihrem Gedächtnis im Stich gelassen, in Tränen aus. Louie machte aus ihrem Mißfallen keinen Hehl, schob Evie brüsk hinter sich auf einen Stuhl an der Wand – wo Evie eine Minute lang vor sich hinschluchzte, um dann mit dickem, braunem, tränenbenetztem Gesicht wieder aufzuschauen – und verkündete: »Ich werde Megara spielen. Evie hat ihren Text vergessen.«

MEGARA: *Timer solu ib iu rom essen benov den fill heinid wessen.*

»Ich habe nicht die geringste Ahnung, worum es überhaupt geht«, sagte Sam mit gequältem Gesicht.

Ernie sprach unbeirrt weiter:

ANTEIOS: *Ke aben ia fecend.*

MEGARA: *Tada jur tada rapen ib ia vec tarquinid trucs men solno juc men pacidud. Ben hodo mu ia men solentum telu. Me iuna alienis. Sen nom es hein. Vad por wodu ib ihu vase timer ia di ocs wodu ib ov di blog sturzen.*

ANTEIOS: *Ib esse asenen – asenen – men libid fill.*

MEGARA: *Sid ia pod wodu ia ib ov di vod chassen wiu elego di fills re Lear.*

ANTEIOS: *Roffendo! Ke tafelis!*

Die Kinder kicherten. Ernie wiederholte noch einmal etwas lauter: »*Roffendo! Ke tafelis!*«, und die Kinder riefen: »*Roffendo! Ke tafelis!*«

»Wissen die anderen denn, was das bedeutet?« fragte Sam völlig entgeistert.

In vorwurfsvollem Ton erklärte Louie: »Ja. Es bedeutet: ›Furchtbar! Welche Teufelin!‹«

Sam riß die Augen auf, konnte aber nicht weitersprechen, weil Ernie sie mit seinem Stichwort – »*Ke tafelis! Ke tafelis!*« lautstark zum nächsten Einsatz zwang.

MEGARA: *Iuna incrimen acu di plangid ibid tortor martar aben. Mat aben dic sid sia cada ia esse dendidud. Ma it esse di incrimendud di ia dendi aben. Ke soc ia tol sid solno di aspir de prim as grantach gel? Ia vase ib esse volid ia men aspi men prim men illumino te rapen. Ma di alienis wiu ib mort.*

ANTEIOS: *Ke alienis? Esse ib immen? Ke tol ib? Brass ia men fill.*

MEGARA: (leise kreischend) *No ia! Suppo! Di alienis garrots ia! Ib herpes!*

ANTEIOS: *Ke alienis? Abend ib di reson lorn? Ke tol ib? Oss ia brass ia!* (beiseite) *Di herpes?* (An diesem Punkt begann Ernie, sich zu winden und zu zischen, dem Publikum seine Zunge entgegenzustrecken und eine Schlange nachzuahmen.)

MEGARA: (kreischend) *Ia mort. Ib esse di alienis! Ib mort ia. Occides! Occides! Mat!*

ANTEIOS: *Ia oss ib solno. Men libid fill.* (Während er Megara umarmte, zischte Anteios wieder wie eine Schlange.)

MEGARA: (heiser kreischend) *Mat, rom garrots ia. Occides!* (Sie stirbt.)

Nach diesem bemerkenswerten Ende sah Sam blaß und verärgert zu Louie und fragte, was zum Teufel es denn bringen würde, ein Stück auf Kauderwelsch zu schreiben. Was für eine Sprache das überhaupt sei? Und warum sie das Ganze nicht auf Englisch habe schreiben können?

»Hat Euripides etwa auf Englisch geschrieben?« gab Louie vorlaut zurück, überreichte ihrem Vater aber die Übersetzung, so daß er die *Tragödie vom Schlangenmann* wenigstens nachlesen konnte.

Vater – Anteios und *Tochter – Megara*

ANTEIOS: Ich muß mir deiner ganz sicher sein. In meinen Augen bist du mit einer namenlosen Schuld beladen. Wenn ich dich auch nur eine Stunde allein lasse, sündigst du.

MEGARA: Meine Sünde ist die Einsamkeit. Meine Freude ebenfalls. Und doch ist es seltsam, daß ich mich nur in deiner Gegenwart schuldig fühle.

ANTEIOS: Natürlich! Du fürchtest deinen Vater.

MEGARA: Fürchten solltest du, ein Vater zu sein und von deiner Tochter gehaßt zu werden.

ANTEIOS: Was habe ich getan?

MEGARA: Tag für Tag raubst du mir mit schurkischen Schlichen meine einzige Freude, meinen Seelenfrieden. Und jetzt muß ich meine Einsamkeit teilen. Mit einem Fremden. Sein Name ist Haß. Geh, denn würdest du ihn sehen, fürchte ich, die Augen würden dir aus dem Schädel fallen.

ANTEIOS: Du bist krank, meine geliebte Tochter.

MEGARA: Wenn ich könnte, würde ich dich aus dem Hause jagen wie einst die Töchter König Lears.

ANTEIOS: Furchtbar! Was für eine Teufelin!

MEGARA: Ich bin ein unschuldiges Mädchen, das zu lange deine Folter erlitten hat. Mutter hat recht, wenn sie sagt, ich sei verdorben. Aber es ist die Unschuld, die mich verdorben hat. Was kann ich tun, wenn schon das Atmen des Sonnenlichts als Sünde gilt? Ich sehe, du bist entschlossen, mir meinen Atem, meine Sonne, mein Licht zu rauben. Aber der Fremde wird dich töten.

ANTEIOS: Welcher Fremde? Bist du wahnsinnig? Was machst du? Küß mich, meine Tochter.

MEGARA: (ringt nach Luft) Nicht mich! Hilfe! Der Fremde würgt mich. Du Schlange!

ANTEIOS: Welcher Fremde? Hast du den Verstand verloren? Was machst du da? Umarme mich, küß mich. (beiseite) Die Schlange? (Aus seinem Mund dringen Zischlaute.)

MEGARA: (schreit) Ich sterbe. Du bist der Fremde. Du tötest mich. Mörder! Mörder! Mutter!

ANTEIOS: Ich umarme dich nur. Meine geliebte Tochter. (Er zischt wieder.)

MEGARA: Mutter, Vater erwürgt mich. Mörder! (Sie stirbt.)

Sobald Sam fertiggelesen hatte, legte Louie die Vokabelliste neben seinen Teller, um zu beweisen, daß Übersetzung und Text ganz korrekt waren. Mit vor Stolz brennenden Wangen und dem Trotz der Schriftstellerin erwartete sie sein Urteil. Sam fragte zögernd: »Und wo ist der zweite Akt?« Louie antwortete knapp: »Die ganze Handlung ist im ersten Akt untergebracht.« Die Kinder kreischten seltsam aufgeregt, und nach einem kurzen Seitenblick lief Louie aus dem Zimmer. Sam blätterte in den Papieren und murmelte: »Ich verstehe das nicht. Ist das ein schlechter Scherz?« Er fragte die Kinder: »Hat Lulu es euch erklärt? Wißt ihr, was sie sich dabei verflixt noch mal gedacht hat?«

Ernie erklärte: »Sie hat gesagt, am liebsten hätte sie es auf Französisch geschrieben, aber sie kennt sich noch nicht gut genug mit der Grammatik aus. Deshalb hat sie eine eigene Sprache erfunden.«

»Etwas so Dämliches habe ich ja noch nie gesehen«, beklagte sich Sam und starrte verständnislos auf die Vokabelliste. »Lulu, komm sofort zurück. Komm her und hör auf zu flennen! Zum

Teufel, heute ist mein Geburtstag. Führ dich nicht wie die letzte Idiotin auf!« Zögernd trottete Louie herein. Die Kinder beäugten sie niedergeschlagen. Evie, sichtlich beschämt, weil sie ihren Text vergessen hatte, quetschte sich mit Tommy in den Sessel ihrer Mutter und legte einen Arm um Tommys Schultern.

»Setz dich, Lulu«, sagte Sam. »Menschenskind! Wenn ich bloß wüßte, was mit dir los ist! Anstatt dich zu bessern, benimmst du dich immer alberner.« Er fing plötzlich an zu schreien: »Wenn Euripides oder irgendein anderer Kanakenschreiber dir solche Flöhe ins Ohr setzt, solltest du besser die Bücher zuklappen, auf den Boden der Wirklichkeit zurückkehren und dich um deine Geschwister kümmern. Und das alles bei so einem Vater – ich kann das einfach nicht verstehen! Ich hätte darauf bestehen sollen, daß du dich ausschließlich mit Naturwissenschaften beschäftigst. Natürlich konnte der Einfluß deiner Stiefmutter nicht ohne Wirkung bleiben, aber du hattest vom ersten Augenblick an meine volle Liebe und Zuwendung, und ich habe wirklich alles andere von dir erwartet als solche Albernheiten. Du warst das Kind einer großen Liebe, Louie.« Er seufzte. »Es wird sich schon auswachsen.« Er seufzte noch einmal. »Wenigstens hoffe ich das. Du wirst das alles hinter dir lassen. Gehen wir einfach davon aus, daß es eines Tages wieder besser wird.«

Louie wand sich hin und her, streckte unbewußt eine Hand nach ihm aus und rief: »Ich bin so unglücklich und arm, so mies, so widerlich, so melodramatisch. Ich weiß weder aus noch ein. Ich weiß nicht, was ich tun soll. Ich kann das tägliche Elend nicht mehr ertragen. Ich halte es hier nicht mehr aus.« Sie brach weinend über dem Tischtuch zusammen, ihre Schultern zuckten, und ihr langes, loses Haar klebte an ihrem roten Gesicht. »Kein Wunder, daß mich alle auslachen«, rief sie. »Wenn ich die Straße hinuntergehe, sehen mir alle nach und tuscheln über mich, weil ich so schrecklich aussehe. Meine Ellenbogen sind spitz, ich habe keine Schuhe, und ich bin schrecklich groß und dick. Das wird sich niemals ändern. Aber ich kann nichts dafür, ich kann nichts dafür!« Louie stand auf und stolperte hinaus. Mit ihren weichen Fäusten schlug sie auf die halboffene Tür ein und rief mit gebrochener Stimme: »Ich kann nichts dafür!«

Sam sagte ernst: »Hör auf! Du steigerst dich in reine Hysterie hinein.«

»Alle lachen mich aus«, rief Louie. »Alle lachen mich aus! Ich kann es nicht mehr ertragen.«

Völlig unerwartet brach Ernie in Tränen aus, sein braunes, fröhliches, ovales Gesicht schmerzlich entstellt, sein breiter Mund zu einem Rechteck verzogen. Louie drehte sich zu den anderen um und ging auf sie zu, die Augen tränenüberströmt, das Haar wirr und feucht, das Gesicht von Rotz und Tränen verschmiert, und fragte, als sie sich dem Tisch wie einer Geschworenenbank näherte, mit etwas festerer Stimme: »Was soll aus mir werden? Wird das Leben immer so weitergehen? Werde ich immer so sein?« Flehend wandte sie sich an Sam: »Ich bin immer so gewesen, aber ich kann doch unmöglich so weiterleben?«

Sam rief gereizt: »Wie denn? Wie weiterleben? Was soll der Quatsch? Mein Lebtag habe ich noch keinen solchen Blödsinn gehört. Geh und halte deinen dicken Kopf unter die kalte Dusche. Liegt es daran, daß Miss Aiden kommt, daß du dieses gräßliche ..., dieses dümmliche ... ich finde kein passendes Wort, um es zu beschreiben. Wie kannst du dich bloß so abscheulich benehmen?«

Louie drehte sich um und ging hinaus, aber sie weinte nicht mehr, sondern setzte sich stumm auf das ungemachte Bett in ihrem Zimmer. Aus der Küche war Hennys Fluchen zu hören.

»Ein netter Anfang für einen schönen Tag«, spottete Henny. Um die Kinder abzulenken, stimmte Sam ihre Beschwörung des Freistaats Maryland an: »Mit ...«, begann er, und die Kinder stimmten ein:

»*Mit* Susquehanna, Pushmataha, Tuscarora, Octoraro, Cohongoroota,
Und Assawoman, Mattawoman, Chesapeake, Matapeake, Choptank, Tonytank, Tuckahoe, Piscataway,
Und Nassawango, Conowingo, Annemessex, Honga,
Und Wicomico, Rewastico, Chicamacomico, Chaptico,
Und Pohick!«

Ein grobschlächtiger Sprechgesang, der die Stimmung hob und die gute Laune wieder herstellte. Als sie fertig waren, verließen sie ihre Posten, und Sam ging frohen Mutes daran, die neuen Scharniere anzupassen und das Walfängerboot und das noch nicht ganz fertiggestellte Kanu zu Wasser zu lassen. An seinem vierzigsten Geburtstag gab Sam den Kindern schulfrei.

»Weil neemlich«, sagte Sam, »wenn ich schon mal Pfirsich werd unn euch nich alle um mich haam kann, wozu hätt ich euch dann überhaupt kriegn solln? Sacht euern Lehrern, das solln sie sich hinter die Ohrn schreim. Weil neemlich, wenn ich euch nich gekriegt hätt, dann wärn sie heut ahbeitslos. Hinter die Ohrn solln sie sichs schreim, unn zwar mit Tinte und mit Blei.« Die Kinder lachten.

Louie weigerte sich, am Geburtstag ihres Vaters zu Hause zu bleiben, und eilte wie gewohnt zur Schule, in Gedanken schon bei ihrer Freundin Clare. Am Vortag war sie Clare aus dem Weg gegangen. Clare hatte grinsend mitgespielt und ihr im Unterricht nur einen Zettel geschrieben: »Dumpfes Stöhnen aus der Tiefe der Erde«, eine ihrer unsinnigen Kritzeleien, die Louie zum Lachen brachten und erleichterten. Heute rechnete Louie fest damit, daß Clare am Schultor stand und auf sie wartete. Louie wollte Clare unbedingt das seit einer Woche geprobte Stück *TRAGOS: ROM HERPES* zeigen. In den letzten Tagen hatte sie sich geziert wie eine Klosterschülerin, jetzt hätte sie es selbst dem nächstbesten Tischbein vorgetragen, wenn es auch nur das geringste Lebenszeichen von sich gegeben hätte. Außerdem hatte sie einen Strauß Goldlack für Miss Aiden gepflückt, um die Zeit bis zum Geburtstagsessen am Abend zu überbrücken. Und anstatt für Miss Aiden ein weiteres Sonett zu schreiben, hatte sie ein Stück mit dem Titel *Fortunatus* begonnen, in dem ein Schüler allein in seinem mondbeschienenen Zimmer sitzt, den müden Kopf von seinen Büchern hebt und mit den – natürlich an Rosalind, seine Marguerite gerichteten – Worten beginnt:

FORTUNATUS: *Das unvergess'ne Lied, das einzigart'ge Lied,*
ach, junges Herz in einer ewig alten Welt,
auf frühlingsfrischem Rohr gesummt, trägt's mich hinfort
in ungewisse Sphären, himmelwärts erhellt …

Louies Sinne waren berauscht von der Liebe; es war warm. Und am Tag zuvor, als Louie während einer Stunde im Freien kühn vorgetragen hatte:

Geist der Schönheit, der Du mit heil'gen Farben
alles weihst, was Du mit deinem Strahl benetzt …

hatte Miss Aiden mit sanftem Lächeln bemerkt: »Liebe erzeugt Gegenliebe, heißt es nicht so?« Für einen Augenblick durchrieselten glückliche Empfindungen Louie wie ein warmer Sommerfluß, später jedoch war sie ein wenig von Miss Aiden enttäuscht: Für eine Göttin schickte es sich nicht, sich herabzulassen.

Miss Aiden wußte wohl nicht – vielleicht, weil sie gerade erst vom College gekommen war –, daß die besten Götter ganz aus Stein waren und ewig schwiegen. Jedenfalls hatte Louie den Eindruck gewonnen, daß das Stück über *Fortunatus* Miss Aiden auf edlere und selbstlosere Weise huldigte als ein bloßer Sonettzyklus. Auf dem Weg zur Schule, während der Fahrt im Bus, ging sie hastig den Stoff der Botanikstunde durch, doch dank Sams nimmermüdem Mitteilungsdrang war die Botanik für sie zur zweiten Natur geworden.

Unterdessen fühlte Sam sich zu Hause im Kreise seiner bewundernden Spielgefährten so wohl wie Äneas in seinen glücklichsten Augenblicken. Seiner Göttin, der Natur, immer wieder Liebe und Dankbarkeit zollend, schritt er zufrieden seinen Grundbesitz ab. Dabei kam ihm die glorreiche Idee, die Zwillinge in alle Häuser der Nachbarschaft zu schicken: Alle ihre kleinen Freundinnen und Freunde sollten am Nachmittag um drei nach Spa House kommen, Eis essen und um den neuen Wunschbaum laufen, um Sam Pollits Geburtstag zu feiern.

»Unn ich wünsch mir so sehr«, sagte Sam, »die kleine Marita könnt eemfalls komm, unn Whitey unn Borden, überhaupt alle, das kleine Zicklein von mir aus auch.«

Als Louie aus der Schule zurückkam, war die Wildnis von Spa House voll von Nachbarskindern, die in verlockende Nischen und Winkel vordrangen, am Strand herumplanschten und auf die knorrigen, verwilderten Obstbäume kletterten. Mit der Morgenpost hatte Sam einen Brief von Saul Pilgrim bekommen: »Es sieht nach einem guten Fang aus, zwar muß ich mein Geschenk um eine Woche verschieben, aber du kannst trotzdem mit einem mordsgroßen *Tetrapturnus* rechnen.« Jetzt unterhielt er einige der Kinder mit der Geschichte, was er tun würde, wenn er den versprochenen, mordsgroßen Marlin bekäme: Er würde ein Zelt auf dem Strand aufschlagen und einen Cent Eintritt nehmen, sie allerdings würden den Riesenfisch umsonst sehen dürfen, vorausgesetzt, sie würden alle einmal um den Wunschbaum laufen. Dann würde er den Marlin so lange kochen, bis außer dem Öl nichts mehr davon übrig war, und sie dürften alle eine kleine Flasche mitbringen und sich zwei Unzen abfüllen, sich damit die Arme einreiben, um ihre Muskeln zu kräftigen, ihre Fahrräder schmieren, ihre unter trockener Haut leidenden Mütter beschenken ... Ja, vielleicht ließen sich mit dem Öl sogar Fahrzeuge antreiben, auch wenn Sam das noch nicht mit Sicherheit sagen könne. Auf jeden Fall habe er vor, das gesamte Universum mit dem Fisch zu ölen und den müßigen Speerfisch dazu zu zwingen, endlich etwas zum Wohl der Menschheit beizutragen.

Um Punkt vier Uhr begann er, das eimerweise bestellte Eis auszuteilen. Er befahl den Kindern, sich in einer langen Reihe aufzustellen, und zwar der Größe nach, die Kleinen zuerst. Was für ein Vergnügen war das für die winzige Doreen Monks aus der Hütte am Ende der Second Street, und wie wütend funkelten Red Lomasnes Augen, weil er als letzter an der Reihe war! Nachdem alle ihren Teil bekommen hatten, äugte Butch Brewer in einen der Eimer und fragte, ob er noch etwas für seinen kleinen Bruder mit nach Hause mitnehmen dürfe, worauf die Mädchen aufgeregt kicherten und hungrig nach den Eimern schielten, während die Pollit-Kinder, die gehofft hatten, es würde eine Extraportion für sie übrig bleiben, mit leicht verbissenen Gesichtern abseits standen, aber Sam ließ sie auf der Stelle alle noch einmal antreten und verteilte einen kleinen Nachschlag an alle, so daß sich niemand ungerecht behandelt fühlen konnte ...

Louie blieb im Haus, polierte Silber und putzte Gemüse, während Henny nach oben ging, um sich umzuziehen. Als die anderen Kinder – einige von ihnen enttäuscht, daß sie keine Geschenke bekommen hatten, weil ihnen nicht ganz klar geworden war, um wessen Geburtstagsparty es sich eigentlich handelte – nach Hause liefen, kam Ernie, sehr zu Louies Freude, zu ihr in die Küche und stellte ihr Hunderte von Fragen: Wo war Miss Aiden jetzt? – In der Teestube mit einer anderen Lehrerin.

Bei Sonnenuntergang begann Louie, den Tisch zu decken, und auch jetzt wich Ernie nicht von ihrer Seite. Als erstes kam die fadenscheinige Damasttischdecke – Henny hielt farbige Decken nach wie vor für vulgär und hielt verbissen an ihrem irischen Damast fest –, das Tuch war unzählige Male geflickt worden, hatte aber immer noch Löcher und Kaffeeflecken. Auf den Flecken verteilte Louie geschickt die Fläschchen mit Essig und Öl – die allerdings nicht zusammenpaßten, eines davon war ein kostenloses Werbegeschenk – und die Butterschale. Es gab eine saubere Serviette für Miss Aiden. Der Wasserkrug war letzte Woche zerbrochen und mußte durch einen großen Milchkrug ersetzt werden. Zum ersten Mal bemerkte Louie, daß sie nur ein Wasserglas hatten. Sie suchte überall, fand aber nur alte Senf- und Erdnußbuttergläser. Ihr dämmerte, daß es in ihrem Haushalt schon seit langem keine Gläser mehr gab, dann rief sie sich ein langsames, sich über die Jahre hinziehendes Dahinschwinden irdischer Güter ins Gedächtnis. Sie erinnerte sich, daß sie einmal ein Dutzend geschliffener Wassergläser besessen hatten. Das einheitliche Mäandermuster hatte sie jahrelang begleitet. Später waren schlichte Gläser aus dem Trödelladen an ihre Stelle getreten – jene mit dem Blumenmuster hatte Henny verächtlich abgetan –, gefolgt von Werbegeschenken, die man mit großen Teepackungen bekam, bis sie schließlich auf der ganzen Welt nur noch ein einziges richtiges Glas ihr eigen nannten. Aber sie war von dem Gedanken an das bevorstehende Abendessen viel zu verzückt, um sich zu schämen, und fuhr ruhig mit ihrer Arbeit fort. Zwar wurde ihr erst jetzt klar, wie arm sie wirklich waren, aber es machte ihr nichts aus, denn sie dachte im stillen: »Über die Frage, was wir besitzen und was nicht, ist Miss Aiden sowieso erhaben«, aber sie zählte darauf, daß Miss Aiden die wunderbare Lage am Wasser bemerkte und den Schluß zog, sie seien »vorübergehend in Not geraten«. Wie Henny hatte sie zuviel zu tun, um sich in Gedanken mit Einzelheiten aufzuhalten.

Aber Ernie war anders. Er ging zum Tisch, zählte die Plätze und sah nach, ob auch alles da war, Löffel, Gabeln und Messer. Dann fiel sein Blick auf das Glas, das ganz allein dastand wie ein Leuchtturm auf einem Atoll. Er stöberte überall herum und suchte nach den anderen Gläsern, bis er sich eingestehen mußte, daß es keine gab. Das lenkte seinen Blick auf die Vase mit Klein Sams Goldlack, eine häßliche, dicke Röhre aus dem Trödelladen. Mit großen Schritten, das rosige Gesicht ganz ernst, eilte er die

Stufen hinauf, trat in Hennys Zimmer, wo seine Mutter gerade Aspirin schluckte, und fragte: »Wo ist die große Silbervase? Wir hatten doch zwei große Silbervasen?«

»Hör auf herumzuschnüffeln!« rief Henny. »Ich habe sie weggeschafft.«

»Aber Mutter, heute abend könnten wir sie doch auf den Tisch stellen, oder?«

»Wer zum Teufel ist diese Frau denn?« entgegnete Henny. »Ihr tut gerade so, als käme Eleanor Roosevelt zu Besuch! Das ganze Silber liegt in Tante Hassies Tresor.«

»Aber warum denn, Mutter?«

»Verschwinde endlich. Mir brummt der Schädel.«

Ernie war bestürzt. Nachdenklich ließ er sich auf Hennys abgewetztem Polsterschemel nieder, und während er den Blick durchs Zimmer schweifen ließ, drängte sich ihm eine beängstigende Wahrheit auf – es war nichts da, nichts mehr von all den schönen Dingen aus dem alten Haus, die ihn durch all die Jahre seiner Kindheit begleitet hatten. Er sprang auf. »Mutter, wo sind die Sachen, die immer auf deinem Frisiertisch lagen?«

»Was ist heute abend mit dir los? Du hast dich doch wohl hoffentlich nicht auch noch in diese sagenhafte Frau verliebt? Jedenfalls hüpfst du herum wie ein rastloser Floh.«

»Aber Mutter, du hattest siebenunddreißig Silbersachen ...« Besorgt ging er zum Frisiertisch, in dessen drei abgeschrägten Spiegeln in früheren Zeiten ein Silbertablett mit Bürsten und Kämmen, ein Schmuckkästchen, verschiedene Döschen und Duftfläschchen und andere damenhafte Utensilien aus geputztem Silber geglänzt hatten. Jetzt lagen dort nur Bürste, Kamm und Spiegel aus billigem Bakelit. Selbst die Kristallfläschchen und die hübsche kleine Automatikuhr waren verschwunden. »Mutter, warum hast du all die Sachen in den Tresor gebracht?« fragte er und kam zurück zu ihrem Sessel. »Hast du die Ringe auch fortgeschafft?«

»Ja«, antwortete sie mürrisch, »alles.«

Ernie wandte sich zu der hohen Schlafzimmerkommode um, die einmal die Kleider seines Vaters enthalten hatte, und sah sich nach den Sachen um, die früher auf der Kommode gestanden hatten, aber außer einer staubigen Leinendecke und einem alten Briefumschlag war dort nichts mehr zu sehen. Henny sah ihm mit grimmiger Miene schweigend zu. Einem inneren Impuls folgend, ging Ernie zum Kleiderschrank seiner Mutter und zog die Tür auf, hinter der sie sonst immer ihre Hüte aufbewahrt hatte. Doch wo waren die Hüte, die drei schwarzen Straußenfedern, die sie von ihrer Kusine bekommen hatte, der silbrige, zehn Jahre alte Abendmantel? Wo war die Postkartensammlung mit Briefmarken aus aller Welt, die sich früher hier befunden hatte – auch wenn er sich nicht erinnern konnte, wann er zuletzt damit gespielt hatte, es war lange her. Er ging zurück zu ihrem Sessel und blickte auf sie hinunter, während sie ihm grimmig lächelnd in die Augen sah, die ebenso dunkel waren wie ihre eigenen. »Mutter, warum hast du all die Sachen weggeschafft? Hast du auch die Hüte und Federn und alles andere zum Tresor gebracht?«

»Nein«, grinste Henny, »sie sind bei deinem Onkel.«

»Bei Onkel Barry?«

»Ach, laß mich in Ruhe ...« Henny stand auf, ging zum Frisiertisch und bürstete ihr jetzt fast vollständig ergrautes Haar.

»Willst du sie nicht zurückholen? Warum können wir sie nicht hierbehalten?«

Henny drehte sich verzweifelt um. »Hör zu, mein Sohn, quäl deine Mutter nicht. Ich habe sie verkauft! Aber untersteh dich, irgend jemandem davon zu erzählen, sonst werde ich dir eigenhändig den Hals umdrehen. Wenn du willst, daß dein Vater mir die Hölle heiß macht, brauchst du nichts weiter zu tun, als es ihm auf die Nase zu binden. Mister Großmaul Allmächtig ist viel zu sehr von sich eingenommen, um mitzukriegen, was um ihn herum vorgeht. Deshalb höre ich mir sein Geschwätz über Margarine und Bohnen und den ganzen anderen Rattenfraß auch gar nicht erst an. Ich bezahle das Essen, also gibt es, was mir schmeckt. Wenn er wüßte ...« Sie hielt inne und lauschte den Rufen der Kinder, die rund ums Haus in ihre Spiele vertieft waren. »Er kann für die gesamte verdreckte Nachbarschaft Eiskrem besorgen!« Sie sah auf ihren hochgewachsenen zwölfjährigen Sohn hinunter, der wie angenagelt auf dem abgewetzten Hocker saß. »Ernie, mein Junge«, fuhr sie in scharfem Tonfall fort, »Mutter hat alles verkaufen müssen, was sie je besessen hat und was sich zu Geld machen ließ. Ich habe die letzten Fetzen verkauft, die ich noch auf dem Leib trug. Die Möbel und Teppiche blieben nur deshalb verschont, weil sie so groß sind, daß er es merken würde. Aber wer weiß, vielleicht täusche ich mich gewaltig. Vielleicht weiß er längst alles und ist nur allzu bereit, mich an seinen Lebensmittelrechnungen zugrunde gehen zu lassen, solange er nur seinen Schweinefraß hat, mit dem er sich den Bauch vollschlagen kann. Im Grunde ist er mehr Kind als du, du armer Wicht. Worauf kann ich schon hoffen? Ich glaube nicht, daß du es je zu etwas anderem bringen wirst als zu einem kleinen Buchhalter – mit so einem Vater hast du keine Chance, irgendwann einmal das große Geld zu verdienen. Und wer soll deine Ausbildung bezahlen? Hör zu, Ernie, mein Junge, Mutter hätte schon tausendmal mit ihrem Leben Schluß gemacht, wenn du nicht gewesen wärst, wenn ich nicht gedacht hätte, dieses Großmaul würde irgendwann doch noch mal einen gutbezahlten Posten bekommen und dir einen guten Start verschaffen, damit du später einmal für deine Mutter sorgen kannst. Als ich sah, daß du ein Junge bist, war ich so froh, auch wenn ich vorher durch die Hölle gegangen bin. Aber ich dachte: Ich werde meinen kleinen Jungen aufwachsen sehen, und wenn er groß genug ist, werde ich mit ihm fortgehen und vielleicht ... Ach, was soll's, ich will nicht jammern wie der große Schmerzensmann. Ernie, mein Junge, hör nicht auf das, was man über deine Mutter sagt. Halte zu mir, mein Kleiner, sonst kann ich gleich ins Wasser gehen. Ich habe kein Geld mehr für dich oder die anderen. Er hat mir alles genommen, er und seine unzähligen Babys, die er aus mir herausgequetscht hat. Ich weiß nicht, was ich tun soll. Warte, bis er sieht, was ich dieser feinen Schulmamsell heute abend vorsetzen werde: Irish Stew und Brotpudding. Louie wird es gar nicht merken. Sie hat vor lauter hochtrabenden Ideen Tomaten auf den Augen, genau wie ihr wunderbarer Vater – die beiden gleichen sich wie ein Ei dem andern. Ihr wird es völlig egal sein, was sie ißt. Ich wünschte, ihr dämlicher Vater würde endlich merken, in was für einen Schlamassel sie sich da hineinreitet. Hast du gehört, was es heute zum Abendessen gibt, obwohl wir einen so vornehmen Gast erwarten, eine feine Dame, die in einer Woche soviel bekommt wie ich in einem ganzen Jahr? Irish Stew! Du ...«

»Mutter, es gibt nur ein einziges Glas.«

»Meinst du, das wüßte ich nicht? Weil wir uns kein gottverdammtes Dienstmädchen leisten können, irgendein Gör, das zur Handelsschule geht, noch nicht mal Lomasnes verlauste kleine Tochter, bleibt mir nichts anderes übrig, als dieser großen, dicken Sumpfratte das Geschirr zu überlassen, auch wenn dabei das letzte Glas und der letzte Teller draufgeht. Und ihr anderen seid auch nicht besser, begafft beim Abtrocknen mit offenen Mäulern seine unsäglichen Faxen und laßt dabei alles fallen. Wundert es dich da noch, daß ich euch ständig anschreien muß? Jedes Tuch ist in Fetzen, jedes Stück Geschirr in tausend Stücke zerschlagen. Aber was kümmert ihn das schon? Solange er nur faseln und schwafeln und sich mit seinen Erfolgen brüsten kann.«

Ernie sah Henny aus runden, traurigen Augen an und trottete mit hängendem Kopf zur Tür. Er machte sich sofort daran, das ganze Haus zu durchsuchen: Alle Gegenstände von einem gewissen Wert waren verschwunden. Niedergeschlagen wankte er in das Zimmer zurück, das er sich mit den Zwillingen teilte, hob die von ihm gelockerte Diele hoch, unter der er seine Sparbüchse aufbewahrte, und setzte sich nachdenklich auf den Boden. Es waren noch zwei Dollar und achtundsiebzig Cents in der Büchse. Er schüttelte sie und begann, nach dem Geld zu fischen. Bald darauf fiel eine Münze in seine Hand. Ungläubig starrte er sie an. Sie war messingfarben. Er fragte sich, ob er träumte, denn es war kein amerikanisches Geld, sondern das Ein-Franc-Stück aus der Sammlung ausländischer Münzen, mit der er so oft im Zimmer seiner Mutter gespielt hatte. Sie hatte sie immer in einer der offenen Schubladen ihres Frisiertisches aufbewahrt. Ein riesiger alter englischer Penny war darunter gewesen, viel größer und schwerer als die heutigen Münzen, ein Sixpence, einige italienische und chinesische Münzen, ein Ein-Franc-Stück und ein Zwei-Franc-Stück, alles in allem eine Sammlung von geringem Wert. Ernie hatte immer geträumt, in Wahrheit handele es sich um einen verkannten Schatz, aber Sam hatte nur gelacht und erklärt, die Münzen sei so wertvoll wie »Omas olle Brosche aus handgeschnitzter Trauerweide«, womit er sagen wollte, daß sie rein gar nichts wert waren. Ernie schüttelte weiter, und diesmal ergoß sich ein ganzer Regen kleiner Münzen – einige Cents, der Silberpenny, ein Drei-Penny-Stück – in seinen Schoß. Ernie schauderte. Irgendwelche Feen oder bösen Geister hatten ihm einen schrecklichen Streich gespielt. Dann drängte sich ihm das Bild von der gähnend leeren Schublade auf, und ihm wurde ganz kalt vor Angst, jemand – Henny? – könnte sein gutes Geld gegen billigen Klimperkram vertauscht haben. Er schüttelte immer wilder, doch bei allem Geklapper kam nur wertloses Traumgeld heraus, und als er die letzte Münze herausgeschüttelt hatte und die Büchse stumm blieb und so leicht war wie eine Feder, wurde er blaß. Er breitete die Münzen vor sich aus, um ängstlich nachzusehen, ob vielleicht doch noch echtes Geld darunter war, aber abgesehen von einigen wenigen Cents war alles wertlos. Er hörte jemanden kommen und beugte sich hastig vor, um das Geld zu verdecken, und als er errötend aufschaute, sah er seine Mutter. Mit großen, hohlen Augen stand sie da und starrte auf ihn herunter. Sie hatte sich ihren alten roten, jetzt völlig zerschlissenen und schmuddeligen Morgenmantel umgeschlungen. Erschrocken betrachtete Henny die auf dem Boden ausgebreiteten Münzen. Ernie folgte ihrem Blick. Plötzlich füllten sich seine Augen mit Tränen. »Mutter«, begann er mit erstickter Stimme, »jemand ...«, und brach in verzweifeltes Schluchzen aus.

Mit hohlen Augen sah Henny ihn an, sackte in die Knie, bedeckte das Gesicht mit beiden Händen und stöhnte laut. Ernie beachtete sie nicht, sondern blieb zwischen den traurigen Überresten seiner Ersparnisse sitzen, glitt mit den Fingern über die Münzen und weinte anklagend. Henny nahm die Hände vom Gesicht, kroch schluchzend zu ihm und sammelte das Geld in ihre hohle Hand. Ohne hinzuschauen, streckte Ernie seine Hand nach dem Geld aus, spürte aber nichts als Luft und hob fragend das Gesicht.

»Ernie, mein Junge«, sagte Henny feierlich, »weine nicht. Mutter wird dir dein Geld ersetzen.«

»Wirklich?« fragte er. »Wirklich?«

»Ja, Liebes. Ganz gewiß.«

»Wann?«

»Sobald ich wieder Geld bekomme. Nächste Woche.«

»Warum hast du die Münzen in meine Sprachbüchse getan, Mutter?«

»Ich wollte nicht, daß du enttäuscht bist, Schätzchen.«

Ernie stand auf und sah zu, wie Henny sich mühsam aufrichtete und ihren Morgenmantel zurechtzog. Die falschen Münzen nahm sie mit, auf dem Boden blieb nur die leere rote Sparbüchse liegen. Ernie verstand sie nicht. Die leere Büchse dort zu sehen, bedeutete für ihn das Ende seiner Welt. Seinen »letzten Dollar« verloren zu haben, war für ihn das gleiche, wie nachts im Dunkeln aufzuwachen, keine Uhr, keine Grille und kein Seufzen zu hören und nicht zu wissen, ob die Nacht gerade erst begonnen hatte oder bald schon zu Ende war. In solchen Augenblicken brach ihm der Schweiß aus, und ihm schien ungewiß, ob die Sonne jemals wieder zur gewohnten Stunde aufgehen würde – Ängste, von denen er wußte, daß sie unsinnig waren, die ihn aber mit unendlich großer Sehnsucht nach dem Ticken einer Uhr erfüllten, das dem Leben Halt verlieh. Mutter hatte geglaubt, ihn mit dem wertlosen Geld täuschen zu können. Wußte sie denn nicht, daß sie alles zerstört hatte, woran er sich festhalten konnte? Er hörte, wie sie nach unten ging, hob die Sparbüchse auf und verstaute sie wieder unter der Diele. Erst jetzt wurde ihm klar, daß Mutter die lose Diele entdeckt, sie hochgehoben, sein Geld gestohlen, die wertlosen Münzen hineingetan und die Sparbüchse wieder in ihrem Versteck verstaut hatte – und das alles mit der Absicht, ihn zu täuschen. Übelkeit stieg in ihm hoch, doch da er nicht benennen konnte, was in ihm vorging, blickte er aus dem Fenster, sah den letzten Nachbarskindern bei ihrer wilden Jagd um den Wunschbaum zu, stapfte mit leerem Kopf nach unten und antwortete sofort mit: »Ja, Dad!«, als er den Pfiff seines Vaters vernahm. Den ganzen Abend über, während sein Vater endlos redete, dachte er jedoch etwas Seltsames – er wußte bloß nicht, was es war.

Um fünf Uhr band Sam das Sternenbanner am Wunschbaum fest – das vereinbarte Zeichen, an dem Miss Aiden, wenn sie von der Eastport Bridge kam, Spa House sofort erkennen konnte. Louie, die aufgeregt am Vorderfenster lauerte, sah Miss Aiden bereits am Bootshaus am Ende der Duke of Gloucester Street und rief: »Mutter, sie kommt!« Dann stürzte sie aus dem Haus und lief Einfahrt und Straße hinauf in Richtung Brücke. Bei der Tankstelle verlangsamte sie ihre Schritte, aber es war zu spät, ihr Gesicht war bereits puterrot. Sie hatte ein Durcheinander aus brüderlichem Gelächter, väterlichen Ermahnungen, quengelnden Kindern, glotzenden Nachbarn und bellenden Hunden hinter sich gelassen, doch als sie nun zur Brücke kam und noch einmal zurücksah, stand die gesamte Familie außer Henny auf dem Rasen vor dem Haus aufgereiht und starrte neugierig in Richtung Brücke. Verlegen stolzierte Louie über den breiten Steg, richtete ihre Blicke überallhin, nach oben, nach unten, auf Bancroft Hall, das Wasser, das Bootshaus, die Fähre, während das Grinsen auf ihrem Gesicht immer weiter anschwoll, bis sie das Gefühl hatte, jeden Augenblick über ihren eigenen Mund stolpern zu müssen. Miss Aiden stand am anderen Ende der Brücke anmutig ans Geländer gelehnt, ließ die Aussicht auf sich wirken und wartete auf Louie.

»Guten Tag, liebe Louie«, sagte sie und sah dem tief erröteten Mädchen strahlend entgegen. Es war das erste Mal, daß Miss Aiden sie »liebe Louie« nannte, und Louie war höchst verzückt. Ihr großes Glück machte sie still und ruhig. Dann löste sich ihre Zunge, sie zeigte Miss Aiden das Haus und alle anderen Stellen, die im Leben der Familie eine Rolle spielten, ja, sie deutete sogar auf »Sarg-Jim« Lomasne, der vor seiner Bruchbude stand und interessiert zu der von den Pollits gehißten Flagge hinüberäugte, und erzählte ihr alles über ihn und seine Särge und daß er in der Familie nur »die Sumpfschildkröte« hieß.

Louie hatte dasselbe schmuddelige Kleid an, das sie auch schon zur Schule getragen hatte. Miss Aiden stellte es nicht ohne Kränkung fest, offenbar hatte sie einen etwas feierlicheren Empfang erwartet. Aber sie fühlte sich geschmeichelt von der Flagge, den auf dem Rasen aufgereihten Familienmitgliedern und den neugierigen Augenpaaren, die schon von fern nach ihr Ausschau hielten. Es sei ein nettes, altes Haus mit wunderbaren großen Bäumen und einem hübschen kleinen Badestrand, versicherte sie Louie, sie alle müßten sich dort sehr wohl fühlen, besonders im Sommer. »Gibt es Stechmücken?« fragte sie. – Ja, aber sie wüßten sich zur Wehr zu setzen, nur Ernie und Tommy litten sehr unter den Stichen. – »Ihr braucht nicht wegzufahren, um Urlaub zu machen«, sagte Miss Aiden. – Nein, und doch hoffe Louie, im Sommer nach Harpers Ferry fahren zu können, jemand aus der Verwandtschaft habe ihr versprochen, mit ihr im Kanu den Fluß hinunterzufahren, falls es nicht zu trocken sei. – »Ein weibliches oder männliches Mitglied der Verwandtschaft?« fragte Miss Aiden kokett. »Mein Cousin, er heißt Dan.«

Miss Aiden war das erste Mal in Eastport. Es war eine ziemlich ärmliche Gegend, die Häuser waren heruntergekommen, zum Teil auch verfallen, aber es gab herrliche alte, verwilderte Gärten, aus denen man durchaus etwas machen könnte, auch wenn der Boden nicht viel herzugeben schien. Nach Spa House führte ein kurzer, schlammiger Weg, gesäumt von Fischerhütten mit Wasserkübeln und Wäsche auf den Holzveranden. Ein neues, breites Palisadentor mit der frisch gemalten Aufschrift »Spa House« zeigte an, daß sie Louies Heim erreicht hatten. Das Tor war angelehnt. Sie schoben es auf und schritten unter den herrlichen Bäumen die gebogene Einfahrt hinauf. Auf der Westseite waren das nahe Ufer und ein Ruderboot zu sehen.

Ein Empfangskomitee erwartete sie: zuerst ein großer, gelbhaariger, rotgesichtiger Mann mit glänzenden, selbstzufriedenen Augen, einer ausgeprägten Nase, fülligen Wangen, ordentlichen Zähnen und einem Mund, dessen Züge etwas Religiöses hatten – ein Mann, der einen guten Dissenterprediger abgegeben hätte, dachte Miss Aiden –, gefolgt von einem ganzen Schwarm von Kindern, von denen keines an Louie erinnerte, zwei blonde und zwei brünette Jungen und ein auffallend hübsches kleines, dunkelhaariges Mädchen. Miss Aiden wußte nicht, ob sie alle zur Familie Pollit gehörten. Von der Mutter war nichts zu sehen. Miss Aiden hatte noch nicht viel Erfahrung mit den Müttern ihrer Schülerinnen und trat ihnen nicht ohne Befangenheit entgegen. Später kam sie aufgrund ihres fröhlichen, gutmütigen Wesens sehr gut mit ihnen aus.

Louie war schrecklich aufgeregt. »Wollen Sie nicht hereinkommen und Ihren Hut ablegen?« warf sie in jede noch so kleine Pause ein. Aber das Gespräch erlahmte nicht. Mr. Pollit schien ein lebhafter, angenehmer, bescheidener Mann zu sein, der viel wußte und das auch unbedingt anbringen wollte, außerdem hatte er Humor, und so begann Miss Aiden schon bald, mit ihm auf eine Weise zu lachen, die, wie sie bemerkte, Louie nicht zu gefallen schien. Schließlich ging sie mit dem Mädchen hinein. Sie betraten das Haus über eine brüchige Seitenveranda mit einer bis zu den Dielen abgelaufenen Kokosmatte und kamen in einen dunklen, dreckigen Flur, der mit altem, unansehnlichem Linoleum ausgelegt war. In dem Moment, als sie in Louies Zimmer trat, um ihren Hut abzulegen, revidierte Miss Aiden ihren Eindruck vom Heim der Pollits: Die ärmliche Familie war für die Einkünfte des Vaters einfach zu groß, kämpfte aber dennoch beharrlich darum, ihrem Leben einen unverwechselbaren Stempel aufzudrücken. Nicht die übliche Schlampigkeit der Jugend, sondern die Armut ihrer Familie war schuld daran, daß Louie so unordentlich und schmuddelig gekleidet war. Miss Aiden war enttäuscht. Mrs. Pollit hatte sie sich als verlebte, blonde Schlampe mit lässigen Manieren vorgestellt, ein älteres Abbild von Louie – sie hatte keine Ahnung von den genaueren Familienverhältnissen –, und war dann so erschrocken, daß sie einen Augenblick zögerte, als sie eine schwarzäugige Hexe mit viel zu rot geschminkten Wangen und graumeliertem, zu einem festen Knoten zusammengebundenem Haar ins Zimmer treten sah. Louie sagte hastig: »Das ist Miss Aiden. Miss Aiden, meine Mutter.«

»Louie«, sagte die Erscheinung im Tonfall süßlicher Ermahnung, »führ Miss Aiden in mein Zimmer, dort ist es gemütlicher.« Mrs. Pollit wies ohne Zweifel Spuren von Vornehmheit auf, doch in der jetzigen Lage schien ihre Liebenswürdigkeit sie wie ein lästiger Juckreiz zu plagen – sie stieß ihre Nettigkeiten mit gereizter Stimme hervor und kämpfte mit dunkleren Gefühlen. Und doch spürte Miss Aiden, daß sie ihr nicht grollte, weil sie gekommen war. »Häusliche Zerwürfnisse«, diagnostizierte Miss Aiden. Sie war erstaunt über die Walnußmöbel in Mrs. Pollits Zimmer. Auf dem Bett lag eine zerschlissene Tagesdecke, und die Tischtücher waren alles andere als frisch. »Vergangene Pracht«, dachte Miss Aiden, »im schlimmsten Zustand des Verfalls!«

Abgesehen von ein paar einzelnen Möbelstücken lebten die Pollits in einer Armut, die für Miss Aiden bis dahin unvorstellbar gewesen war. Es mangelte an allem. Als man sie ins Badezimmer führte, fand sie sich in einem Holzverschlag mit einem groben Zementfußboden wieder. In der einen Ecke stand die ein Meter fünfzig lange und neunzig Zentimeter breite Badewanne aus selbstgegossenem Zement. Ihre Oberfläche war so rauh wie ein Kokoskuchen. Miss Aiden erschauerte bei der Vorstellung, ihr weiches, zartes, verwöhntes Fleisch in diese grauen, kratzigen Klüfte hinabzulassen, und sah sich nach einer Gummimatte um – irgend etwas mußten sie doch haben, um beim Baden den Zement abzudecken. Alles war selbstgemacht, grob und nur am praktischen Nutzen ausgerichtet. Anstelle von Toilettenpapier gab es kleingeschnittene Zeitungsblätter; keine weiche Badematte, sondern ein Gewirr durchnäßter Holzlatten bedeckte den Boden. »Ich hatte keine Ahnung«, dachte Miss Aiden, »daß es auf dieser Welt etwas so Primitives gibt«, und sie fragte sich, wie man in dieser Umgebung überhaupt leben konnte.

Höchst enttäuscht von ihrem Besuch, folgte sie der aufgeregten Louie hinaus in die Wildnis des Obstgartens, einem hübschen Spielplatz mit einem dichten, mit unzähligen kleinen Früchten gesprenkelten Blätterdach. Durch das Fenster sah Miss Aiden die dunkle, hagere Frau in der Küche über einen Topf gebeugt. Als sie vorübergingen, nickte sie ihnen teilnahmslos zu. Miss Aiden konnte sich die Frage nicht verkneifen: »Kocht deine Mutter gern?«

»Oh, nein! Sie hat zuviel zu tun«, antwortete Louie mit unüberlegter Offenheit.

»Du hast viele Brüder und Schwestern«, hakte Miss Aiden nach.

»Nur eine Schwester«, erwiderte Louie. »Das kleine blonde Mädchen ist Mr. Lomasnes Tochter. Ja, Mutter sagt immer, daß sie viel zu viele Kinder hat.« Sie lachte.

»Aber sie hat sie sich doch sicherlich alle gewünscht«, wandte die Lehrerin zartfühlend ein.

»Nein, sie wollte nicht so viele haben, und der Arzt hat gesagt, sie soll nur zwei bekommen – aber sie kamen trotzdem.« Louie lachte wieder.

Die Lehrerin sah sie scharf an, aber Louie blickte ihr unbefangen lachend entgegen. Es muß seltsam sein, zur gleichen Zeit alles und doch nichts zu wissen, dachte Miss Aiden.

Das Abendessen sollte Miss Aiden nie vergessen, denn ihr bisheriges Leben hatte sie, auch wenn sie es selbst für durchaus rebellisch hielt, in Wirklichkeit recht bieder und im Rahmen eines gehobenen Wohlstands verbracht. Obgleich sie ihr Englischstudium mit Auszeichnung abgeschlossen hatte, beurteilte sie – wie Sam – Wahrheit, Schönheit und Fortschritt nach den Maßstäben billiger Groschenromane. Im Grunde genommen war sie eine attraktivere, anmutigere, liebenswertere und jüngere Ausgabe von Tante Jo.

Aus dem heruntergewirtschafteten Haus ertönte der Klang eines wunderbaren Gongs, der an die Tempelgongs in Kinofilmen erinnerte. Dann tauchten überall aus der grasigen Wildnis spielende Kinder auf, von denen zwei – die Miss Aiden bis dahin ebenfalls für Pollits gehalten hatte – zum Tor hinaus nach Hause eilten. Mr. Pollit, der sich weder die Hände gewaschen noch eine Jacke übergezogen hatte, begann mit einem seltsamen Pfeifkonzert, auf das die herumtollenden Kinder eifrig antworteten: »Ja, Dad. Ja, Taddy. Jawollja, Dad-Pad« und so weiter. Mit grinsendem, verwirrtem Gesicht führte Louie sie in ein langgestrecktes Zimmer mit nackten Dielen, schmutzigen Vorhängen, einer ramponierten Anrichte, selbstgeschreinerten Wandregalen und einem großen Eichentisch, über den ein zerschlissenes Tischtuch gebreitet war. Der Tisch war mit fleckigen Messern, Löffeln und Gabeln gedeckt. Eine dünne Glasvase, schmierige Servietten in Ringen und ein Wasserglas mit einem eingravierten Mäandermuster zierten die Decke. Außerdem standen Öl- und Essigfläschchen auf dem Tisch, und neben einer Schale mit einer dicken Scheibe Butter lag ein Laib Brot. Miss Aidens Platz war der mit dem einzigen Wasserglas. Mr. Pollit stieß einen eigenartigen Pfiff aus, und die ganze Mannschaft ließ sich auf die Stühle fallen, außer Louie und Mrs. Pollit, die in der Küche auf der anderen Seite des Korridors mit Tellern und Schüsseln hantierten. Dann trug Louie mit Irish Stew gefüllte Teller herein. Miss Aiden bekam den ersten, Mr. Pollit den zweiten, dann ging es bei den Kindern in der Reihenfolge ihres Alters weiter.

»Könnte ich wohl ein Glas Wasser bekommen?« fragte Miss Aiden süßlich, und Louie griff sofort nach dem Milchkrug und goß ihr Wasser ein. Niemand sonst bekam etwas zu trinken. Schließen nahmen auch Louie und ihre Mutter Platz. Sobald Mrs. Pollit Messer und Gabel erhob, folgten alle anderen ihrem Beispiel und machten sich schweigend über das Essen her. Tischgespräche während des ersten Gangs galten in dieser Familie offenbar nicht als schicklich. Doch als Sam Pollit aufgegessen hatte, fragte er Miss Aiden, ob sie gern fischen ging und wisse, daß die Chesapeake Bay der beste Fischgrund der Welt sei, er selbst habe schon im Alter von sechs Jahren dort seine Angel ausgeworfen, und wenn sie Interesse an einem Fischzug habe, würden die Jungen sie jederzeit mit hinausnehmen, ohne ihr wie die Betreiber der Touristenboote fünfzehn Dollar dafür zu berechnen. »Vielleicht baut uns Tommy, wenn er groß ist, ja ein Touristenboot, und dann sind wir alle reich – jedenfalls für drei

Monate im Jahr.« Diese glückliche Aussicht löste rund um den Tisch Gelächter aus.

»Aber Tommo ist erst sechs«, wandte Ernie ein, »und außerdem muß man erst ein Boot haben, die Ausrüstung kostet zweihundert Dollar, und dann noch das Benzin ...«

»Unser Boot betreiben wir sowieso mit Marlinöl«, erklärte Sam, »das kostet uns gar nichts! Und wenn diese großen Kerle erst den öligen Geruch ihrer Brüder riechen, wird es rund um unser Boot nur so wimmeln von Fischen.«

Louie war empört über dieses albere Geplänkel, das sie für weit unter Miss Aidens Würde hielt. Ernie brachte nicht einmal die Spur eines Lächelns zustande. Mrs. Pollit blieb die ganze Zeit über stumm, ermahnte nur gelegentlich Tommy: »Kipp den Teller nach außen, mein Junge!«, oder flüsterte Evie zu: »Nimm *beide* Hände, wenn du dir den Mund abwischst!«

In einer peinlichen Pause, in der Louie immer zwei leere Teller gleichzeitig in die Küche trug, sagte Mr. Pollit in einem seltsamen, distanziert väterlichen Ton zu seiner Frau: »Haben wir keinen Salat, Henrietta?« Die Frau errötete zornig, senkte aber nur den Kopf über ihren Teller und antwortete nicht. Miss Aiden sah erstaunt von einem zum anderen, dann wandte sie sich an Klein Sam, der direkt neben ihr saß: »Bist du der Bootsbauer?« Sam biß sich auf die Lippen und wiederholte noch einmal seine Frage: »Gibt es keinen Salat, Henrietta?« Daraufhin erhob sich Henny von ihrem Platz, lächelte Miss Aiden an und sagte: »Entschuldigen Sie bitte, aber ich bin hier gleichzeitig auch die Köchin«, zog Evie hinter sich her auf den Flur und raunte ihr zu: »Sag deinem Vater, die Schnecken haben den Salat aufgefressen, und ich hatte kein Geld, im Geschäft welchen zu kaufen!« Evie kehrte zurück und überbrachte die Nachricht mit ernstem Gesicht ihrem Vater. Die Kinder starrten Miss Aiden an, um zu sehen, wie sie darauf reagieren würde. Die Mutter holte den Nachtisch und teilte ihn aus: Brotpudding mit eingemachten Beeren vom letzten Jahr. Henny meisterte die schwierige Situation mit bewundernswerter Gelassenheit, wie Miss Aiden nicht umhin konnte, sich einzugestehen. Und doch fragte sie sich: »Warum haben sie mich überhaupt eingeladen?« Louie ging hinaus, um Kaffee zu kochen, nachdem sie ihre Mutter leise, ihren Vater laut und Miss Aiden in schmachtendem Ton gefragt hatte, was sie trinken wollten. Mr. Pollit hätte die Mahlzeit offenbar gern hinausgezögert, nach dem Kaffee wurde er erst richtig redselig und lebendig, aber Mrs. Pollit, die ihn mit haßerfülltem Blick anstarrte und sich von ihrem Platz erhob, zwang ihn zum Schweigen. Als Louie und Evie sich ebenfalls erhoben, fühlte sich Miss Aiden veranlaßt, es ihnen gleichzutun. Da sie kein Küchenmädchen gesehen hatte, bot die Lehrerin an, beim Abwasch zu helfen, aber Sam sagte: »Nein, das können die Mädchen machen, während ich ihnen die herrschaftlichen Ländereien zeige, Miss Aiden«, und lotste sie emsig wie ein Hütehund hinaus in den Garten, wo er sich bei ihr unterhakte, auf dieses und jenes deutete und »wie ein Wasserfall« auf sie einredete, wie Henny bemerkte.

»Da hast du ja tolle Chancen, ein Wort mit deiner geliebten Miss Aiden zu wechseln«, sagte sie. Louie standen Tränen in den Augen. Der schönste Augenblick ihres Lebens lag unwiederbringlich hinter ihr. Er war verstrichen, während sie mit Miss Aiden zwischen den Bäumen im Obstgarten auf- und abgegangen war. Doch die ganze Zeit über hatte sie sich innerlich gehetzt gefühlt, hatte ihre Sinne nicht zusammennehmen können, weil sie wußte, daß ihre Zeit knapp bemessen war. Selbst als Miss Aiden stehenblieb, ihr ernsthaft in die Augen schaute und sie dringlich bat, den Sommer über hart zu arbeiten, weil sie die Chance habe, einmal ganz berühmt zu werden – sie hatte tatsächlich »ganz berühmt« gesagt, obwohl Louie inzwischen glaubte, es könne sich nur um eine Art Halluzination gehandelt haben –, machte Louie sich Sorgen, weil die Zeit so knapp war und Miss Aiden bald wieder fortgehen würde. Deshalb hatte Louie auch gar keine Gelegenheit, über das Haus groß nachzudenken. Insgesamt war sie zufrieden damit – sie waren arm, aber das Haus war geräumig, und ihre Erwartungen waren grenzenlos. Sie hatte von einem Buch mit dem Titel *Große Erwartungen* gehört und nahm an, obwohl sie es nicht gelesen hatte, daß es von ähnlichen Erwartungen handelte, wie sie selbst sie hegte: daß sie sich irgendwann wie eine riesige Silvesterrakete in den Himmel erheben und alle anderen Sternbilder überstrahlen würde. Außerdem war sie so an das Gerede von der reichen Familie ihrer Mutter und der intellektuellen Überlegenheit ihres Vaters gewöhnt, daß sie glaubte, ihre gesellschaftliche Stellung sei beneidenswert. Sie war in Washington aufgewachsen, und wenn die Nation erst von Sams wahren Fähigkeiten erführe, würde sie seine Dienste in Anspruch nehmen – was hätten sie sich sonst noch wünschen können? Eifersüchtig beobachtete sie Sam, der immer alles an sich riß und ihr jetzt auch noch Miss Aiden auszuspannen versuchte. Sam redete schon eine halbe Stunde auf sie ein. Was mochte er ihr wohl sagen? Was, wenn es ihm gelänge, sie ihr abspenstig zu machen und ganz für sich zu gewinnen? Miss Aiden würde denken: Was für einen klugen, großartigen Vater Louie hat – dagegen mußte Louie natürlich verblassen! Tiefe Enttäuschung nagte an ihr. Als sie hinausging, um die Abfälle zur Mülltonne zu bringen, machte sie einen Umweg, um das Gespräch zu belauschen. Sie hörte, wie Sam sagte: »Aber meine kleine Lulu – damals nannte ich sie noch ›Entchen‹ – ließ schon im zartesten Alter eine halsstarrige Haltung erkennen. Deshalb wende ich mich an Sie, denn ich weiß, wieviel sie von Ihnen hält ...« Lulu! Entchen! Oh, welche Höllenqualen! Louie kehrte in die Küche zurück und brach in Tränen aus.

»Was zum Teufel ist denn jetzt schon wieder los?« fragte Henny ohne jede Bosheit.

»Er redet mit ihr ... Er erzählt ihr alles ...«

Henny zuckte mit den Schultern und trocknete weiter das Besteck ab. »Sie ist keine schlechte Frau, und wenn sie keine vollkommene Idiotin ist, wird ihr klar sein, wie ich in diesem Haus behandelt werde.«

Auf Louies Gesicht erschien ein Lächeln der Dankbarkeit. »Oh, Mutter, gefällt sie dir wirklich?«

»Ja, sie gefällt mir.«

»Oh, Mutter!«

»Deshalb brauchst du nicht gleich in Ohnmacht zu fallen«, sagte Henny gereizt und unterdrückte ein Lächeln. Endlich gelang es Louie, sich loszureißen, aber Sam bestand darauf, Miss Aiden bis zum Tor zu bringen, und redete bis zum letzten Augenblick unverdrossen auf sie ein. Louie durfte Miss Aiden bis zum Bahnhof begleiten, ein Fußmarsch von etwa einer Meile. Als sie die Eastport Bridge erreichten, hörten sie ein leises Rufen, und als sie sich umwandten, standen die Pollits wieder vor dem Wunschbaum aufgereiht und schwenkten das Sternenbanner.

»Dein Vater ist sehr amüsant«, sagte Miss Aiden leutselig. Und zum ersten Mal fand Louie den Hauch einer Spur des Makels an Miss Aiden.

3 | *Verspätete Post*

Nachdem er sich seiner tiefempfundenen Gefühle wieder einmal so gründlich entledigt hatte, war Sam bester Laune und streifte unternehmungslustig durchs Haus, immer auf der Suche nach neuen Welten, die es zu erobern galt. »Das isses!« verkündete er. »Ich bau Zulu-Lulu 'n neues Bücherbord. Jetzt, wo sie lesn unn schreim kann, braucht sie ummedingt was neues! Aidoneus is 'n nettes Mädchen! Jeenfalls, ich mag sie, unn wenn sie mich zweimal fragn tät, ich tät sie glattwech heiraten.« Die Kinder bebten vor Lachen wie Butterblumen im Wind. Einige von ihnen widmeten sich anderen Beschäftigungen – betrachteten zum Beispiel noch einmal die Geschenke, mit denen sie Sam im Laufe des Tages beschert hatten –, die Zwillinge jedoch blieben bei Sam, der jetzt in Louies Zimmer ging, um das alte, etwa drei Meter hohe Regal abzunehmen und die Wand für ein neues Bord abzumessen. Beim Abstauben stieß er auf alle möglichen Dinge – ein vergessenes Nadeletui, eine Pillenschachtel mit kleinen Nägeln, zwei Stricknadeln und ein altes Tagebuch mit einer Aufschrift in feinsäuberlichen Großbuchstaben: DER AIDEN-ZYKLUS.

»Aber was hammer denn da!« rief Sam und schüttelte den Kopf. »Also, ich fress 'n Besen, wenn das kein Dichtkrams is. Tja, Kinnings, Lulu kann eem verdammich noch mal tausendmal besser dichten wie ich. Aber, Klein Sam, das wirs du wohl kaum beurteiln könn? Säulchen, lauf schnell und hol die annern Kinnings. Wenn Lulu vom Spatzi-Schwatzi mit ihrer geliebten Miss Aiden nach Hause komm tut, soll sie sehn, wie wir uns an ihrem Geschreibsel ergötzen. Nu mach schon, lauf schnell!«

Die Kinder strömten zum Haus zurück. Es war ein herrlicher Abend, und die dankbaren, von der Party noch ganz begeisterten Nachbarskinder drückten sich am Tor und an den Zäunen herum, streckten die Köpfe herein und unterhielten sich wehmütig mit den glücklichen Wilden von Spa House.

»Herrje«, stöhnte Ernie, »immer müssen wir nach seiner Pfeife tanzen.«

»Geh schon«, rief Henny, die ihn gehört hatte, »sonst fängt er tatsächlich noch an zu pfeifen, und das könnte ich heute abend nicht mehr ertragen.«

Bald waren sie alle in Louies Zimmer versammelt, während Sam, der mit dem Buch in der Hand auf einer kleinen Trittleiter stand, lauthals rezitierte:

In dir ist, außer Ungeheuern, Natur ganz.
Je ungeheurer sie, je weniger bist du
Natur: Natur entbehrt deine besondre Mehr-
Natürlichkeit: du Unnatürliche wirfst Glanz
Auf uns Allzunatürliche – doch find ich Ruh
In dieser Übernatur nur, die ich verehr.

»Was für 'nem völlich verwirrten Geist könnte sowas wohl entsprungn sein?« fragte Sam. »Hört sich an wie 'n Kreuzworträtsel. Verflixt und zugenäht, hier is noch eins:

Perlmutt, Perle und Koralle,
Roter Wampum, Indigo,
Edle Steine und Metalle
Im Schatzhaus, in der Königshalle –
Du, Rosalind, zählst mehr als alle.

Oh, Rosalind, oh, küß mich, meine Rosalind!«

Tommy, der vom Fenster aus in die Dämmerung hinausgespäht hatte, rief: »Sie kommt, sie kommt, ich sehe sie auf der Brücke.«

»Oje«, seufzte Evie, »sie wird sehr böse auf dich sein, Daddy.«

»Hör lieber auf, Pad«, pflichtete ihr Ernie bei.

»Sie ist verliebt in Miss Aiden, oh, meine Rosalind«, trällerte Sam unbekümmert und wand sich dabei auf der Leiter hin und her. Die Kinder stimmten ein.

»Rosalind, ich bete dich an«, rief Klein Sam schrill. »Oh, wie ich dich liebe, meine Rosalind.«

»Psst!« machte Sam und beugte sich geheimnisvoll vor, während er in dem Buch blätterte. »Tommo! Geh zum Tor und sag Bescheid, wenn Lulu kommt. Und dann sag Lulu, daß ich ihren Dichtkrams vorlese. Mal sehn, was sie dazu sagt, hm?« Es gab Zeichen von Zustimmung und Ablehnung, aber Tommy war schon unterwegs.

Louie ließ sich auf ihrem Nachhauseweg Zeit, sog tief den Geruch des nahen Wassers ein; Fledermäuse flatterten, Grillen zirpten. Sie war froh, daß niemand bei ihr war, denn sie hätte niemandem etwas zu sagen gehabt, nicht einmal Miss Aiden – höchste Entzückung läßt sich nicht in Worte kleiden.

»Louie, Louie!« rief Tommy vom Tor.

»Was willst du?«

»Louie, Dad liest alle deine Gedichte vor!«

Tommy sah die blasse Gestalt auf sich zustürzten. »Wo?« rief sie und packte ihn an den Schultern. Er spürte ein Beben der Angst und der bösen Vorahnung.

»In deinem Zimmer ... Er wollte ...« Aber Tommy war schon wieder allein, als eine große, dunkle Gestalt in der Einfahrt erschien. Er duckte sich unter das Geländer. Als er zurück zur Haustür lief, sah er zwei weiße Rechtecke auf dem Rasen liegen, zwei Briefe. Er hob sie auf und lief hinein. Licht drang aus den beiden Fenstern von Louies Zimmer, und er konnte die Kinder sehen, Sams lachenden Mund und das Buch in seiner ausgestreckten Hand, während er mit lauter Stimme rezitierte. Die Mienen der Kinder wirkten eher desinteressiert. Als Tommy am offenen Fenster vorbeikam, sagte Sam: »Hier ist noch eins – wo ist Lululein?«

In diesen Mauern wohnt ein krankes Herz,
Wund von den Liedern, die es täglich singt ...

Louie platzte ins Zimmer.

»Da ist Louie, da ist Louie«, riefen die Kinder.

»Gib das her!« rief sie. »Gib das sofort her!«

»Nein! Laß mich doch noch 'n bißchen lesen«, sagte Sam mit Schmeichelstimme. »Oder gips da was drin, was dein aam tlein Sam nich sehn darf, Lululein?«

Ich muß gesteh'n, ich lieb' dich,
Lieb' dich auf meine Art,
Und diese Liebe hat sich
Mit Leidenschaft gepaart …

»Gib mir das Buch«, kreischte das Mädchen, »oder ich nehme es dir ab.« Die Kinder machten ihr Platz. Louie trat auf die erste Stufe der Leiter und griff nach dem Buch, doch Sam hielt es einfach höher und winkte ihr damit höhnisch zu. Er sah gut, ja, geradezu magisch anziehend aus, war niemals so attraktiv wie in den Augenblicken, in denen er andere quälte. »›Ich muß gestehn, ich lieb dich.‹«

Louie stieg von der Leiter, sah zu ihm auf und sagte: »Gib mir das Buch, gib es endlich her!«

Im düster'n Schatten blitzen
Die Federn eines Stars
Goldblau wie dein Auge …

»Hier«, sagte er und warf ihr das Buch zu, so daß es auf den Boden fiel, »nimm es und bring es weg. Und hör endlich auf, so einen widerlichen Schwachsinn zu schreiben. Ich habe nichts dagegen, wenn du unbedingt etwas schreiben willst, aber solches ekelerregendes Zeug möchte ich von dir nicht mehr lesen. Ehrlich, Louie, ich hätte nicht gedacht, daß du so dumm wärst, in irgendwelche albernen Schwärmereien für eine Lehrerin zu verfallen. Ich hätte dir mehr zugetraut.«

»Lulu«, fuhr er, an die Kinder gewandt, fort, »will ummedingt hochgestochnes Dichtkrams schreim, unn das alles ohne amtlichen Dichtschein, dafür müßt sie einglich Strafe zahln oder ins Gefängnis gehn. Ers neulich sacht Georgie, der alte Fischer, zu mir, Sam, sacht er, unn macht 'n ziemlich betretnes Gesicht, weil er kein blassen Schimmer hat unn sich schämt für seine Unwissenheit, ganz anners als wirs hier von unserm Tommy gewöhnt sinn, unn hat dabei offenbar so 'ne Art Führerschein im Kopp – oder wodrin der dicke Georgie auch immer seine Gedanken ausbrütn tut –, jeenfalls sacht er: ›Mr. Pollit, wozu geem sie diesen Dichterlingen einglich 'ne Lizenz, wenn sie dann doch alles falsch ausdrückn tun?‹ Unn während er so weiterredet, wird mir klar, Georgie denkt, Dichter hätten 'nen Dichtschein, so wie Fischer ihrn Angelschein, vielleich sogar vom Verkehrsministerium, damit die bekloppten Spinner, die den aamen, dicken Fischerjungs die Schulzeit vermiesn wolln, ihr Zeuchs wenichstens mit 'ner ordntlichen Lizenz drucken könn. Vielleich solln wir Lulu irgnd 'nen andern Schein besorgn, 'nen Hundeschein vielleich ...«

Tommy, der mit offenem Mund zugehört hatte, schob sich nach vorn und schwenkte die Briefe in der Hand. »Mutting sagt, zwei Briefe für dich, Pad. Ich hab sie im Gras gefunden.«

»Was?« rief Sam und nahm ihm die Briefe ab. »Dieser völlig unfähige Popeye Banks schon wieder! Ich muß unbedingt ans Postamt schreiben. Daß die einen Schwachkopf wie den als Briefträger einstellen! Ich verstehe nicht, warum man solche Jungs nicht einfach in die Todeskammer schickt – oder besser noch, sie werden gleich bei der Geburt erstickt. Die zwischenmenschliche Kommunikation sollte uns doch das Allerheiligste sein. Wenn wir nicht gerade damit beschäftigt wären, am laufenden Meter Kriegsschiffe zu bauen«, erklärte Sam wütend, »hätten wir auch mehr Geld für ein besseres Postsystem. Und wenn man dann noch gezwungen ist, in einem Dreckloch zu wohnen und dafür verachtet wird ... Ich werde mich beschweren und dafür sorgen, daß dieser unfähige Mensch entlassen wird.« Er hielt inne und betrachtete das dreieckige, aus der Zeitung vom Vortag geschnittene Blatt, das er aus dem Umschlag gezogen hatte. Auf die Ränder waren mit ungeschickter Schrift Beleidigungen gekritzelt, der Rest der Nachricht war quer über den gedruckten Text geschrieben.

»Was ist das, Dad?«

Er hielt das Blatt gegen das Deckenlicht und entzifferte mühsam die einzelne Worte:

»Du doppelzüngiger Hurensohn wenn du wissen willst wer der Vater deines Jüngsten ist brauchst du dich nur im Finanzministerium umzusehen dann wird dir ein Licht aufgehen deine Frau hat dich reingelegt du mieser Dreckskerl während du es da unten mit den Schlitzaugen getrieben hast du Trottel alle wissen das außer dir warum bist du auch zehn Monate weggeblieben ich bin froh daß sie dich hochkant rausgeschmissen haben auch wenn deine Frau bei mir und jedem andern Einwohner der Stadt noch felsenhoch in der Kreide steht.«

»Was ist das, Dad?«

An seinem Gesicht konnten sie sehen, daß in dem Brief etwas Ungeheuerliches stand.

»Das ist die gemeinste, hinterhältigste ...« Er versuchte noch immer, die Buchstaben zu entziffern, wohl in der Hoffnung, noch etwas anderes herauszulesen. Seine Hand begann zu zittern.

»Pad ...«

»Raus mit euch!«

Sie stürmten aus dem Zimmer und schauten mit erschrockenen Augen über die Schultern zurück.

»Megalops!« rief Sam – Megalops, »Krabbenlarve«, war sein Kosename für Charles Franklin. Mit gespitzten Ohren versteckten sich die Kinder im Flur, doch nach diesem Ausruf verstummte Sam. Er saß reglos auf Louies Bett, offenbar in Gedanken versunken, während die Lichter brannten und die Stromrechnung in die Höhe trieben.

Es war ein seltsamer Abend: Sie wurden in aller Eile ins Bett gebracht, und Louie hockte mit roten Augen zwischen ihnen und erzählte ihnen die Geschichte von Hawkins, dem Nordwind.

Evie sagte: »Nein, lieber *Das Frühlingshaus*. Bitte!«

Unten herrschte großes Geschrei: Henny und Sam, die sich lautstark stritten. Henny rief: »Du bist ein Schnüffler und warst es schon immer«, und Sam erwiderte etwas von »wahllosen sexuellen Beziehungen«, aber die Kinder achteten nicht darauf.

Tommy rief: »Nein, *Die indischen Geister*«, während Klein Sam *Die unsichtbare Schlange* hören wollte. Aber Louie hatte sich fest vorgenommen, ihre allerneueste, gerade erst erfundene Geschichte loszuwerden, und so blieb es bei *Hawkins*.

»Eines Abends im Oktober arbeitete ein schwarzer Mann auf seinem Kartoffelacker in Jones, drüben bei Rugby Hall. Die Sonne brannte wie ein Leuchtfeuer in den Bäumen, fast schien sie Funken zu sprühen. Das lag daran, daß es so kalt war. In dem Moment kam ein Reiter auf einem alten, warzigen Pferd den Berg herauf. Die Sonne war so rot und ausgebrannt wie ... Ich weiß nicht, wie.«

»Wie meine Sparbüchse«, warf Ernie ein, »die ist auch rot und ausgebrannt.«

»... wie Ernies Sparbüchse. ›Peaslop‹, sagte der Mann auf dem Pferd, ›ich habe Hunger, und ich habe Durst, aber ich muß heute abend noch zum Wasser hinunter.‹ *Zu welchem Wasser?* ›Zum Severnside.‹ *Dann reitest du wohl am besten gleich weiter.* ›Nein, mein Pferd hat Nachtaugen.‹ *Dann bleib zum Abendessen.* ›Was gibt es denn?‹ *Mehr als genug.* Rund um die Hütte hingen Knoblauchzöpfe, Maiskolben, Bohnenbüschel, Walnußkränze, gesalzene Trockenfische, geräucherte Heringe, Schinken und schwarze Wildkirschen. Ambrose, der Mann auf dem Pferd, strich sich mit der Hand über den Mund, so: *Wrisch!* Tja, Mrs. Peaslop, bei Ihrer Kochkunst wird ein Mann mit leerem Magen wohl satt werden. Peaslops Frau streckte ihren schwarzen Kopf aus dem Fenster und rief:

›Mir fehlt eine Zutat zum Braten, Peaslop.‹

›Was könnte das sein, liebe Frau?‹

›Ein paar Handvoll Pferdemähne, lieber Mann.‹

Der Mann ging hin, schnitt dem Pferd die Mähne ab und warf sie durchs Küchenfenster. Man hörte, wie es in der Pfanne brutzelte. Eine Minute später lehnte sich die Frau wieder zum Fenster hinaus und rief: ›Mir fehlt noch eine Zutat zum Braten, Peaslop.‹

›Was könnte das sein, liebe Frau?‹

›Ein Stücken Pferdeschwanz, lieber Mann.‹

›Das haben wir gleich.‹

Der schwarze Mann griff sich den Pferdeschwanz, schnitt ihn ab und warf ihn durchs Küchenfenster. Der Reiter war inzwischen eingeschlafen und schwankte – *nicknock, nicknock* – im sanften Abendwind. Dann kam die Frau wieder ans Fenster und rief, obwohl man sie nicht mehr sehen konnte, so dunkel war es geworden:

›Eine Zutat fehlt mir immer noch, Peaslop.‹

›Was könnte das sein, liebe Frau?‹

›Ein paar Warzen vom Pferd, lieber Mann.‹

›Nun, davon haben wir genug‹, sagte Peaslop, schnitt dem Pferd die Warzen ab und warf sie durchs Küchenfenster.

Inzwischen war es so dunkel, daß man außer Peaslops rollenden Augäpfeln nichts mehr sehen konnte.

Die Frau rief: ›Eine Zutat würde mein Essen erst so richtig schmackhaft machen, Peaslop.‹

›Was könnte das sein, liebe Frau?‹

›Das Pferdefell, lieber Mann, das bräuchte ich.‹

Also nahm Peaslop sein Häutemesser und häutete das schlafende Pferd so rasch und geschickt, daß das Tier gar nichts davon merkte, obwohl es vor Kälte zitterte.

›Mein Pferd erkältet sich‹, sagte der Mann auf dem Pferd – Ambrose, meine ich. ›Es klappert schon mit den Zähnen.‹

›Pferdezähne!‹ sagte Peaslop. ›Die würden dem Essen meiner Alten genau die richtige Würze geben‹, und er zog die Zähne heraus, so daß sie nicht mehr klappern konnten.

›Die Knie meines armen Gauls schlackern ganz fürchterlich‹, klagte Ambrose, ›und seine Rippen rasseln.‹

›Pferderippensuppe! Das gäbe eine gute Brühe‹, sagte Peaslop. Und ohne ein weiteres Wort stahl er jede einzelne Pferderippe und auch gleich noch die Schienbeine und Knie, nur einen Hüftknochen ließ er Ambrose übrig, damit er weiter darauf sitzen konnte.

›Freund Peaslop‹, sagte der Reiter, ›das Fleisch meines Pferdes zittert und bebt wie ein großer Wackelpudding, und ich habe Angst, daß es heute nacht noch kälter wird.‹

›Dann gib mir das Fleisch, meine Alte wird daraus einen guten Braten machen‹, sagte Peaslop und schnappte sich den ganzen feinen Braten unter Ambrose weg, ließ ihm aber den einen Hüftknochen zum Sitzen.

Tja, wer weiß, was das für ein Fest in der Küche war, ein Braten und Backen und Dünsten und Grillen und Kosten und Schlürfen, bis alles fertig war. Vielleicht hätten sie Ambrose auch über Nacht beherbergt und ihm sein Pferd am nächsten Morgen gesund und munter wiedergegeben, aber in diesem Augenblick war ein leises Seufzen zu hören.

Ambrose, der Reiter auf dem Hüftknochen, sah sich um. Er sah die Sterne und die Wipfel der Bäume, das schimmernde Wasser unten im Tal, er sah den Pfad, der sich hell in den Wald schlängelte, er sah das Lampenlicht, das durch das Fenster fiel, und er hörte das Braten und Brutzeln, aber er sah keinen Peaslop mehr.

›Peaslop? Bist du's, alter Junge?‹ fragte er. ›Bist du das, der da weint und stöhnt?‹

›Nein, bei meiner Seele, Ambrose, das bin ich nicht‹, erwiderte Peaslop. Aber es war so dunkel, daß man nicht einmal mehr Peaslops rollende Augäpfel sah. Dann war ein anderes Stöhnen zu hören und hörte gar nicht mehr auf. Es kam aus der Tiefe der Schlucht und schwoll immer mehr an, bis es wie ein hohes Wimmern klang, wie ein Zug, der am Fuß eines Berges entlangfährt.

›Das ist wohl der Zug, der runter nach Annapolis braust‹, sagte Ambrose, aber Peaslop antwortete nicht. Er atmete nur schwer im Dunkeln, ruderte mit den Händen und tanzte wild. Das Brutzeln in der Küche wurde allmählich leiser.

›Mir ist kalt, Freund Peaslop‹, sagte der Reiter. Die ganze Zeit über ging das Ächzen und Stöhnen weiter. Es wurde lauter, und kleine Tiere begannen, durchs Gras zu trippeln. Das war nicht der Wind, das waren die Tiere: das Murmeltier, das Wiesel, die Maus und das Stinktier. Aber vielleicht war es auch Peaslop, der weitertanzte und mit den Armen fuchtelte. Jetzt hörte das Brutzeln völlig auf, und auch die Frau im Haus schien auf das Stöhnen zu lauschen. Es wurde immer lauter und drängender, und schließlich wurde ein ohrenbetäubendes Kreischen daraus.

›Hawkins ruft‹, schrie die Frau vom Fenster.

›Hawkins ruft‹, schrie der Mann vom Kartoffelfeld. Er schnappte sich den Hüftknochen, eilte damit zur Veranda und schlug die Tür hinter sich zu. Seine Frau schloß mit einem Knall das Küchenfenster, und die Tiere liefen in den Wald, nur Ambrose saß weiter im Dunkeln und spürte den kalten, fremdartigen Wind. Sein Pferd war fort, und er mußte in dieser Nacht noch zum Fluß hinunter. Er ging zur Tür, klopfte und lauschte, aber es war nichts zu hören. Dann sagte eine Stimme: ›Was ist?‹

›Hier ist Ambrose‹, antwortete er.

›Was willst du?‹

›Mein Pferd.‹

›Komm nächsten Sommer wieder‹, rief Peaslop, ›dann werden wir die Beute mit dir teilen.‹

In dem Augenblick dachte Ambrose, sein Pferd wieherte im Kartoffelfeld, dann glaubte er, es unter den Bäumen schnauben zu hören, und im nächsten Augenblick hörte er es den Berg hinuntergaloppieren. Doch als er sich umdrehte und wieder an der Tür klopfen wollte, war die Hütte verschwunden.

›Peaslop!‹ rief er.

›Hawkins‹, antwortete eine Stimme.

›Peaslop‹, rief Ambrose und rang die Hände.

›Nächsten Sommer‹, raunte die Stimme.

Und dann kam der große Nordwind über die kränklich-gelben Wälder, brüllend und kreischend – *Hawkins*!«

Während die Kinder eingekuschelt in ihren Betten lagen und sich den Mann, der unter den Sternen auf dem Rumpf seines Pferdes saß, bildlich vorstellten, tobte unten ein Sturm, der es in seiner Eigenartigkeit und seiner Macht mit *Hawkins* allemal aufnehmen konnte. Natürlich war es nicht Hawkins, sondern Henny, die brüllte und kreischte, und Daddy versuchte, Charles Franklin irgendwie loszuwerden.

»Er ist nicht mein Kind!«

»Er ist dein Kind, das habe ich dir schon tausendmal gesagt.«

»Wie lange geht das Ganze schon?«

»Sei kein Idiot! Ich halte das nicht mehr aus. Ich setze meinem Leben ein Ende. Drehst du jetzt völlig durch? Kein Wunder, daß sich alle über dich lustig machen, wenn du jedem Fetzen Papier, der ins Haus flattert, Glauben schenkst.«

»Aber es muß doch irgendeine Grundlage dafür geben. Ist Megalops mein Kind? Du hast mir bisher nicht direkt geantwortet.«

Warum versuchte Daddy, Megalops loszuwerden? Sie konnten sich keinen Reim darauf machen, doch nachdem sie eine Weile zugehört hatten, waren sie zu müde, um noch weiter über die Launen ihres wundersamen Vaters nachzudenken, und nacheinander schliefen sie zufrieden ein. Es war ein langer, glorreicher Tag gewesen – Daddys Geburtstag, die Party mit den Nachbarskindern, die Jagd um den Wunschbaum, ihre Geburtstagsgeschenke, für die sie so lange gespart und gearbeitet hatten, und Miss Aiden, die gekommen war, um sie zu besuchen. Bald würde es Ferien geben, und es würde ein herrlicher Sommer werden, vor allem, weil Sam noch zu Hause war, und er hatte versprochen, mit ihnen einen Ausflug nach Ocean City zu machen, um sich dort die Leute und die Fischer anzusehen.

»Du hast in Washington noch immer Schulden? Megalops ist ziemlich früh geboren – wer ist der Mann?«

Die Kinder schliefen, außer Ernie und Louie. Louie stand an ihrem Fenster, lauschte lange Zeit dem allmählich leiser werdenden Streit ihrer Eltern und kroch dann ins Bett. Nach einer Weile zündete sie die Kerze an, die sie sich heimlich aus der

Küche mitgenommen hatte, zog ihr Tagebuch, das sie nun überall mit sich herumzutragen gedachte, unter ihrem Kopfkissen hervor und schrieb: »Durch Not vermählt, durch Haß gezeugt, die Frucht nichts als Geschrei, von Kränkung genährt.« Müde und zufrieden blies sie die Kerze aus, als sie hörte, wie Evie sich stöhnend hin- und herwälzte. Evies Bett war hinter dem Schornstein versteckt. Vorsichtig stand Louie auf und spähte um die Ecke. Evie saß aufrecht in ihrem Bett. »Evie, warum schläfst du nicht?«

Evie schniefte nur. Louie fragte in scharfem Ton: »Evie, was ist los?«

»Will krank sein«, sagte Evie und begann zu weinen.

»Ist dir schlecht?«

»Nei-hei-hein!«

»Dann hör auf mit dem Quatsch!«

Evie schluchzte und hob den Kopf wie ein kleiner, heulender Hund. »Nei-hei-hein!«

Louie wurde wütend. »Sag mir, was los ist! Wie soll ich dir helfen, wenn du es mir nicht sagst?«

»Ich weiß es ni-hi-hicht.«

»Dann gehe ich jetzt wieder ins Bett!«

»Ich bin so müde! Und es ist so laut!«

Louie setzte sich auf Evies Bett, legte einen Arm um ihre Schultern und küßte sie auf den Kopf. »Scht, scht! Schlaf ein. Heute war ein aufregender Tag. Scht!«

Aber Evies Schleusen waren nun einmal geöffnet. »Ich kann nicht, ich kann nicht.«

»Scht! Ich erzähle dir auch eine Geschichte.«

Das hatte keine Wirkung. Rasch fuhr Louie fort: »Ich erzähl dir die Geschichte vom bösen Wolf: Und das kleine Mädchen machte pitsch-patsch, pitsch-patsch!« Evie merkte auf, denn das war ihre Lieblingsstelle. »Uh-huh!« schluchzte sie. »Und der Wolf machte gripsch-grapsch, gripsch-grapsch. ›Guten Abend, mein Kind!‹ ›Guten Abend, Wolf!‹«

Endlich erklärte sich Evie bereit, sich wieder hinzulegen, und obgleich sie der Geschichte nur widerwillig lauschte, hörte sie doch auf zu weinen. Sobald Evie wieder eingeschlafen war, ging Louie in ihr Bett zurück, denn sie brauchte Zeit, um in Ruhe über Miss Aiden nachzudenken.

Das seltsame Paar unten beschimpfte einander immer noch.

»Ich war ein attraktives Mädchen, bevor ich dich traf!«

»Sei still. Vielleicht sind die Kinder noch wach!«

»Gibt es denn irgend etwas, das sie noch nicht gehört haben? Du erzählst ihnen ja wohl genug über deine Frauen. Warum sollen sie nicht hören, was ich zu sagen habe?«

»Weil ich ein unschuldiger Vater bin und du eine schuldige Ehefrau bist.«

Ein gackerndes Lachen war zu hören, dann sagte Henny: »Das ist eine dreckige Lüge. Wer außer einem dreckigen Lügner schreibt denn schon anonyme Briefe?«

»Henrietta, ich gebe zu, ich verachte anonyme Briefe und ihre Verfasser ...«

»Aber dieser hier paßt dir zufällig in den Kram, weil du nämlich selbst mit einer deiner kindlichen Seelen gespielt hast, einem dieser unschuldigen Mädchen, die mit den Männern anderer Frauen ausgehen.«

»Henrietta, ich verbiete dir, so zu reden! Das sind die schmutzigen Phantasien einer Frau, die sich in fragwürdiger Gesellschaft herumtreibt!«

»Du meinst wohl, ich wüßte über Gillian Roebuck und deine gesammelten Sekretärinnen nicht Bescheid?« An dieser Stelle war Hennys hohes, chromatisches, künstliches Lachen zu hören.

Louie schlief ein. Als sie einige Zeit später aufwachte, lag eine seltsame Stille über dem Haus. Durch die offene Tür konnte sie sehen, daß unten noch Licht brannte. Hatten sie einander umgebracht? Sie stand auf und schlich zur Treppe. Tatsächlich schien es eine Art Rauferei zu geben. Louie lehnte sich an die Wand neben der Treppe und lauschte in heiligem Schrecken. Würden sie einander endlich den Garaus machen? Würde sie nach unten kommen und sie tot in einer Blutlache finden? Louie hoffte es. Eifrig begann sie nachzudenken: Woher würden sie Nahrung und Unterkunft bekommen, wenn ihre beiden Eltern tot waren? Tante Hassie würde Evie und Chappy, den Jüngsten, nehmen. Ernie wurde von allen gemocht und würde ganz bestimmt ein neues Zuhause finden. Und die alte Ellen würde auch eines der Kinder nehmen. Sie würden alle unterkommen. Nur die Zwillinge waren ein Problem – wer wollte sich schon zwei Jungen auf einmal aufhalsen? Sie selbst würde natürlich zu den Bakens ziehen, an den Ufern des Jordan – des Shenadoah – leben, sich mit der Beobachtung des Wasserpegels Geld verdienen und nie wieder in ihrem Leben einen Gedanken an die Pollits oder Collyers verschwenden.

Henny brach in gereiztes, hysterisches Gelächter aus. »Ach, laß mich in Frieden, du machst mich ganz krank.« Es folgte wieder einen heftiger Kampf, dann hörte sie Sam stöhnen. Jetzt ist es passiert! Vorsichtig schlich Louie nach unten. Sie stellte sich vor, wie Henny im hell erleuchteten Gemeinschaftszimmer auf den Knien lag, Sams altmodisches Rasiermesser in der Hand, und vor ihr Sam, auf dem Boden ausgestreckt, eine klaffende Wunde am Hals. Aber das Zimmer war leer. Eine zerbrochene Cloisonné-Vase lag auf dem Boden. Eine Weile stand Louie mit pochendem Herzen an der Tür zu Hennys Zimmer. Sie hörte Henny weinen, traute sich aber nicht, hineinzugehen und herauszufinden, ob und wie der Mord geschehen war. Statt dessen ging sie hinaus in den Garten, ließ das atmende, warme, blutige Haus hinter sich. Als sie nach einigen Minuten zurückkehrte, ging sie gleich nach oben und kroch in ihr Bett. Sie würde am Morgen nachsehen. Sie würde die Leichen als erste entdecken. Jetzt war sie einfach zu müde, um das Melodram der Entdeckung und der Fragen durchzustehen. Beim Einschlafen stellte sie sich vor, wie sie am Morgen die Kinder tröstete, zu den Nachbarn lief, Telegramme aufgab. Ja, sie war sich dieser Rolle so sicher, daß sie, als sie am sonnigen Morgen erwachte und Sams feste, fröhliche Stimme im Garten hörte und das frische Feuer in der Küche roch, dachte, sie träume noch. Sie lauschte, während ihr Herz wieder zu pochen begann. Die Geschehnisse der Nacht waren also nur ein Traum gewesen. Sie stieg aus dem Bett und sah aus dem Fenster: Ja, da war Sam in voller Lebensgröße, wie ein großer rotgelber Apfel, lebendig und prall.

Als Louie nach unten kam, wartete ein Brief von Clare auf sie – obwohl sie Clare noch am Vortag gesehen hatte und auch heute in der Schule sehen würde. Clare hatte den gesamten Umschlag mit ihrer kleinen, eigenwilligen Schrift vollgekritzelt. In eine Ecke stand: »Eile, Post, eile!«; in der zweiten: »Oh, Louie, die Nacht ist lang!«; in der dritten: »Das Herz schmerzt mir bei dem Gedanken, daß du im fernen Spa House weilst!« Und rund um die Briefmarke hatte sie mit winzigen Buchstaben geschrieben: »Briefmärkchen, ojemine, mein Arm tut mir vom Schreiben weh, doch eins muß ich noch schreiben: Auch wenn sie beim Schicken dich stempeln und knicken, sollst du kleben bleiben!« Auf der Rückseite stand:

Die arme Clare! Sie macht sich Qualen
Mit Pfandbriefsorgen, Mietezahlen.
Nicht so Lou! Wenn der Vorhang sich hebt!
Tritt Louie auf, und die Welt bebt!

Die Kinder drängten sich um sie wie Krabben um einen Köder, schielten auf den Brief und lachten über Clares wohlbekannten Humor. Sam kam herein und sagte: »Was muß dieses Mädchen für ein Schwachkopf sein, wenn sie dir am Abend schreibt, obwohl sie dich schon am nächsten Morgen wiedersieht! Was könnte so dringend sein, daß es nicht bis heute warten kann? Und du bist genauso verrückt: zwei verliebte Schwachköpfe!« Woraufhin sich alle ausschütteten vor Lachen. Auch Louie lachte, bis ihr die Tränen über die erröteten Wangen liefen. Sie lachte, um weiteren Fragen vorzubeugen und nicht erklären zu müssen, daß sie Clare gestern in der Schule einen Brief geschrieben und selbst auf dem Heimweg bei ihr eingeworfen hatte. In diesem Brief hatte sie Clare geklagt: »Alle denken, ich sei mürrisch, mißmutig und mies gelaunt, doch in Wirklichkeit bin ich beide Hälften ptolemäischer Fabeleien, das verlorene, vom Meeresgrund aufgestiegene Atlantis, die westlichen Inseln der Seligen und die goldenen Äpfel der Herperiden. Ich reise täglich nach Kythera, der Insel der Schlangenbäume und der reichen Schatten mit riesigen Blättern und tropfenden Säften und einer Frucht, die mein Herz ist, und doch hängen davon eintausend auf allen Bäumen, ja, mein Herz tropft an jedem Zaunpfahl herab. Ich verfluche mein Herz, das in dieser Welt viel zu heftig schlägt und sich in jedes Bild, das sich in ihm spiegelt, aufs neue verlieben will.« Alles Dinge, wie Louie sie häufig an Clare schrieb, Worte fast ohne Sinn, die doch für sie den ganzen Sinn ihres Lebens enthielten und Clare wohl ein Dutzendmal ausrufen ließen: »Oh, Louie, wenn ich deine Briefe bekomme, kann ich kaum glauben, daß du es bist. Und in der Schule seh ich dich dann ganz erstaunt und sprachlos an!«

Louie ließ den Kopf hängen und erwiderte darauf: »Ach, Clare, ich habe Angst, daß ich den Verstand verliere. Ich glaube, ich werde wahnsinnig«, worauf Clare entgegnete: »Ich würde meinen Kopf für den Wahnsinn deines kleinen Fingers geben.«

Diese Antworten erfüllten Louie mit Melancholie, wurde ihr doch plötzlich klar, daß sie nichts zuwege gebracht hatte und nicht wußte, ob sie jemals etwas zuwege bringen würde. Sie sah ein riesiges Theater vor sich, größer als die ganze Welt, in dem sie selbst eine große Wurfbude, die Zielscheibe von einhunderttausend Schreien, Rufen und obszönen Witzen war, ein großer, häßlicher Klops, ein viel zu dickes Mädchen, von Schlamm bedeckt. Ganz anders als die diplomatischen Schmeichlerinnen, die Streberinnen und die koketten Schönheiten verausgabten sich Clare und Louie immer wieder in inbrünstiger Aufregung um nichts.

4 | *Ein Sommermorgen*

Eine halbe Stunde verbrachte Louie grinsend, grübelnd und Grimassen schneidend mit Clares Brief und vergaß dabei, den Porridge aufzusetzen, sich zu waschen oder sonst irgend etwas vorzubereiten. Selbst das Teewasser kochte noch nicht. Henny hatte sich in ihr Zimmer zurückgezogen. Als Louie endlich mit dem Tee kam und an die Tür klopfte, rief Henny: »Laß mich in Frieden!«

»Dein Tee ist fertig, Mutter!«

»Stell ihn vor die Tür und verzieh dich!«

»Laß ihn nicht kalt werden!«

»Wenn du nicht endlich verschwindest, kipp ich ihn dir in dein schmieriges Gesicht.«

Louie schlich davon, ihr war klar, daß Henny einen ihrer schlimmsten Tage vor sich hatte. In schwermütiger Stimmung kochte sie den Porridge und machte sich für die Schule bereit. Evie spürte den Sturm ebenfalls, und als Ernie sie beleidigte – wie er es ständig tat, zwischen ihnen herrschte ein ewiger, untergründiger Groll –, begann sie leise zu schluchzen. Sam ging derweil draußen im Garten spazieren, reckte den Kopf in die Luft und schien über etwas sehr Trauriges nachzudenken. Sein erstes fröhliches Hallo war längst verklungen. Er ging ins Haus zurück und stellte sich neben Louie, die im Porridge rührte, und sagte in seinem weichsten Violoncelloton: »Mir und dir fällt es leicht zu verstehen, welche seelischen Erschütterungen die arme Henny durchmacht. Haß oder Vergeltung haben in unseren Herzen keinen Platz!«

»Warum müssen wir das alles über uns ergehen lassen?« fragte Louie.

»Wir haben ein Heim – du hast Brüder und Schwestern! Das ist das einzige, was für mich zählt«, entgegnete Sam.

»Warum wolltest du so viele Kinder?« Louie drehte sich um und sah ihm ins Gesicht.

Er schüttelte den Kopf. »Lulu, eines Tages wirst du das verstehen. Schon Wochen vor der Hochzeit wußte ich, daß es eine hoffnungslose Verbindung war, doch die Ideale eines jungen Mannes von Anstand und Ehre sind so übermächtig, daß es mir unmöglich war, mein Versprechen nicht zu halten. Also beschloß ich, daraus wenigstens eine fruchtbare Verbindung zu machen und aus dem Elend reiches Kinderglück und hervorragende Männer und Frauen entspringen zu lassen. Die Frau würde dabei nicht weiter wichtig sein, dachte ich. Ich nahm mir vor, einfach zu vergessen, was sich nicht ändern ließ.«

»Ich verstehe nicht«, murmelte Louie, »warum du sie überhaupt geheiratet hast, wenn du schon damals solche Zweifel hattest. Mutter hat mir erzählt, daß sie dich auch nicht heiraten wollte.«

Sams Miene verfinsterte sich, doch nach einer Weile sagte er: »Außerdem habe ich an dich gedacht, Lulu. Du warst ein mutterloses kleines Kind, und Henny schien dich zu mögen.«

»Das ist mir egal, das ist mir völlig egal«, brach es aus Louie heraus.

Sam sah sie erstaunt an. »Was meinst du damit? Bist du nicht froh, daß ich mich um dich gesorgt habe? Machst du dir nichts aus all den Jahren meiner Qual, die mein geistiger Ruin und spiritueller Tod hätten sein können? Ist es dir wirklich egal, durch welche Hölle ich gegangen bin – und ›Hölle‹ ist dabei noch ein sehr gemäßigtes Wort!«

Louie begann zu weinen. »Ich habe es zu oft gehört, ich habe es zu oft gehört!«

Sam entgegnete ernst: »Ich freue mich auf den Tag, an dem du endlich erwachsen bist. Ich war so glücklich, als du geboren wurdest – ein kleines Mädchen, dachte ich, wäre leicht zu erziehen und würde fest an mich glauben.«

»Ach, ich habe es einfach zu oft gehört!«

Mit einem wütenden Achselzucken wandte Sam sich ab. »Beherrsch dich, Lulu. Du wirst in letzter Zeit immer gleich so hysterisch. Wenn du dich bloß nicht in diese ganze künstliche Aufregung mit deiner albernen Clare – *sie* hätte ich wirklich für vernünftiger gehalten! – und diese blödsinnige Schwärmerei für deine Lehrerin hineinsteigern würdest! Wieso kannst du nicht wie alle anderen Mädchen in deinem Alter an Jungen denken? Ich kann es kaum ertragen, dich anzusehen! Mach dich für die Schule fertig!«

»Du verstehst das nicht, Dad. Ich fühle ja mit dir, aber ich habe es zu oft gehört. Ich halte es einfach nicht mehr aus.«

»Du denkst immer nur an dich selbst, das ist die Wahrheit«, gab Sam mißgelaunt zurück, ging hinaus und schritt wieder im Obstgarten auf und ab. Um zu zeigen, daß er der Welt nicht grollte, pfiff er die Kinder zu sich, obwohl sie sich bitterlich darüber beklagten, daß sie halb angezogen zu ihm in den Garten hinauslaufen mußten.

Plötzlich trat Henny aus ihrem Zimmer, die leere Teetasse in der Hand. Kaum fiel ihr Blick auf Louie, stürzte sie sich auch schon auf sie und beschimpfte sie wegen ihres Aussehens, ihres dreckigen Kleids, ihrer geflickten Strümpfe und abgelaufenen Schuhe, ihres unordentlichen Haars – »wie das deiner widerlichen Tante Jo« – und ihres atemlosen Gesichtsausdrucks – »Du siehst aus, als hättest du die ganze Nacht mit sündiger Selbstbefleckung verbracht, ich werde dafür sorgen, daß dein Vater ein Wörtchen mit dir spricht«. Sie lief ins Mädchenzimmer, in der Hoffnung, dort ein sauberes Kleid für Louie zu finden, gab aber rasch auf, schoß wieder heraus und rief, sie würde dieses große, stinkige Ungeheuer, diesen weißgesichtigen Elefanten mit den grünen, verfaulten Zähnen und den schäbigen Dreckklamotten eigenhändig erwürgen. Eher würde sie Louie das wirre, schmierige Haar an den Wurzeln einzeln herausziehen, als sie in diesem

Aufzug in die Schule gehen lassen, sonst würden am Ende noch alle denken, sie hätten nicht einmal Kamm und Bürste im Haus. Der große Samuel Pollit, der sich so gern als Lehrer der gesamten Pollit-Brut aufspielte, sollte sich lieber mal seine eigene stinkige Tochter anschauen, die, weil er ihr nichts anderes anzuziehen gab, in den erbärmlichsten Lumpen herumlaufen müsse, bis sie sogar zu dreckig waren, um in »Sarg-Jim« Lomasnes schwarzem Sumpfloch zu verschwinden. Ob Sam überhaupt klar sei, daß die Kleider seines hübschen Genies vor Dreck starrten und daß das viel zu groß geratene Gör mit den großen Hoppelbrüsten aussah, als hätte es sich im Schweinestall herumgewälzt? Schon bei dem Gedanken an das Blut, das aus ihrem dicken Bauch floß, würde ihr ganz schlecht, er würde dafür sorgen müssen, daß sich jemand um diese mißratene Kreatur kümmerte.

Sam war ins Haus zurückgekommen, als Henny zu zetern begann, und glotzte stumm vor sich hin, während Louie, die immer blasser wurde, vor Schreck und Stolz wie versteinert in der Küche stand, ihren Vater vorwurfsvoll ansah und darauf wartete, daß er Henny endlich Einhalt gebot. Doch Sam starrte ausdruckslos geradeaus, wie ein unbedeutender Wicht, der sich heimlich eingeschlichen hatte, um den Eleusinischen Mysterien beizuwohnen, verängstigt und sich doch die Lippen leckend. Henny griff zu den schlimmsten Beleidigungen, die ihre lebhafte Phantasie hergaben, bis Louie nach oben lief und so laut zu weinen begann, daß Sam schließlich hinausgehen und durchs Fenster hinaufrufen mußte, wenn sie nicht sofort aufhören würde, müsse er hochkommen und sie schlagen, auch wenn sie noch so ein großes Mädchen sei, ihr Geheule sei ja noch auf der anderen Seite der Bucht zu hören. Dann wurde es Sam zuviel, er ging in die Küche, nahm einen Schluck Tee und verließ das Haus, ging die Allee hinauf und verschwand in Annapolis' Straßen, nachdem er leise hinauf in Louies Zimmer gegangen war und ihr gesagt hatte, es würde sich ganz bestimmt alles beruhigen, wenn er erst einmal gegangen sei; Henny würde ihn so sehr hassen, der ganze Ausbruch hinge mit ihm zusammen. Er hatte seine Hand auf Louies Schulter gelegt, um sie zu trösten, aber sie hatte ihn abgeschüttelt und ihn mit solchem Haß angeblickt, daß er zurückgewichen und mit feierlich-vorwurfsvollem Blick hinunter in den dort tobenden Tumult und schließlich aus dem Haus gegangen war.

Unterdessen kam Ernie, fertig für die Schule, wie er dachte, in einem schmuddeligen Hemd ins Eßzimmer. Kreischend stürzte sich Henny auf ihren Sohn und versetzte ihm einen Schlag, der ihn laut aufheulen ließ. Und als sie das von ihr ausgelöste Jammern hörte, überwältigte sie das Gefühl, ihr Leben und ihre Kinder nicht länger ertragen zu können, und sie ging wieder auf Ernie los, begann, ihn auf den Kopf zu schlagen und schrie: »Stirb endlich, stirb, warum sterbt ihr nicht alle und laßt mich auch sterben oder meinetwegen für meine Missetaten hängen. Stirb endlich, was kümmert es mich? Den eigenen Sohn zu erschlagen kann auch nicht viel schlimmer sein als das, was ich sonst im Leben zu ertragen habe«, und mit diesen Worten drosch sie hemmungslos auf den Jungen ein, während ihr die Augen aus dem Schädel traten und ihr Atem immer schwerer wurde. Sie konnte kaum stehen, sondern mußte sich am Stuhl festklammern, um sich zu stützen, und schrie: »Ich erschlage meine eigenen Kinder, ihr macht mich wahnsinnig, ich prügele euch alle zu Tode.«

Der völlig verängstigte Ernie kam gar nicht auf den Gedanken, sich zu wehren, er fiel auf die Knie, schluchzte und flehte mit gebrochener Stimme: »Mutter, nicht, nicht, Mutter, Mutter, Mutter, Mutter, Mutter, bitte nicht, bitte, Mutter, Mutter!« Aber die Schläge hörten nicht auf, bis Louie, die es nicht länger ertragen konnte, nach unten gelaufen kam und ihre Mutter am Arm packte. »Mutter! Nicht! Was machst du denn da?« Und Henny, die auf einmal aus ihrem schrecklichen, mörderischen Delirium erwachte, sah Louie an, als wollte sie zu einer Erklärung ansetzen, und wurde ohnmächtig. Louie holte ein Kissen und legte es unter ihren Kopf, dann ging sie zu Ernie, der noch immer schluchzend am Boden lag. »Komm schon, Ernie«, sagte sie zu ihm, »steh auf.«

»Mein Kopf tut so weh«, jammerte Ernie und wollte nicht aufstehen, aber Louie gelang es doch, ihn hochzuziehen und ins Jungenzimmer zu schleppen, wo sie ihm das Haar kämmte und seine Kleider ordnete. Als Henny wieder zu sich kam, stand sie langsam auf und strich sich mit dem Handgelenk übers Gesicht. Ihre Augen wirkten hohler und schwärzer denn je, als sie wie in

Trance zum Telefon ging und sich nach den Kosten für einen Anruf nach Washington, D.C., erkundigte. Sie rief tatsächlich in Washington an, erreichte aber niemanden und murmelte, sie werde es am Abend noch einmal versuchen, sie müsse mit jemandem reden, der sie verstand. Dann scheuchte sie die Kinder zur Schule, sagte, heute könne sie keinen von ihnen im Haus ertragen, ihr Anblick führe höchstens dazu, daß sie sich selbst etwas antun würde, Louie sollte ihnen allen etwas zu essen machen.

Anderthalb Stunden später schleppte Louie sich schließlich zur Schule. Ihre Wangen waren glutrot, ihre Augen blutunterlaufen. Als sie gerade noch rechtzeitig zur letzten Stunde vor der Mittagspause durchs Schultor schlich, hatte sie auf dem ganzen Weg vor sich hingeweint und dabei gar nicht bemerkt, daß die Menschen, die ihr begegneten, sie erstaunt ansahen und sich über ihr Aussehen wunderten. Vom leeren Pausenhof ging sie direkt weiter in den zufällig von Miss Aiden gehaltenen Unterricht und sah noch immer nicht, wie die wenigen Mädchen, die ihr entgegenkamen, sie anstarrten. Langsam betrat sie das Klassenzimmer, während Miss Aiden und die anderen Schülerinnen sich entgeistert zu ihr umdrehten. Ihre schmutzige Bluse, an der mehrere Knöpfe fehlten, stand offen und gab den Blick auf ihre zerschlissene Unterwäsche frei; an ihrem fleckigen Rock hatte sich der Saum gelöst; ihre Strümpfe waren mit Schlamm bespritzt; ihr langes, normalerweise zu festen Zöpfen geflochtenes Haar hing in feuchten Strähnen herunter, und ihr tränenüberströmtes Gesicht war puterrot und aufgedunsen.

»Was ist denn los?« fragte Miss Aiden leise, nachdem sie die Mädchen strengstens angewiesen hatte, sich wieder ihren Büchern zuzuwenden.

»Nichts«, sagte Louie.

»Ich glaube, du hast geweint, Louie.«

»Meine Mutter ist krank.«

»Geh an deinen Platz«, sagte die Lehrerin hilflos und ordnete mit sauberen, langen Fingern Louies Kleidung. In der Mittagspause rief sie das Mädchen zu sich ins leere Klassenzimmer und nähte mit geborgtem Nähzeug ihren Rocksaum fest.

5 | *Lebe wohl, Bert Anderson*

Sam blieb den ganzen Tag über in Baltimore und kam auch zum Abendessen nicht nach Hause. Gegen sieben rief Henny noch einmal in Washington bei Bert Anderson an und verabredete ein Treffen für den nächsten Tag. Louie, die gerade in der Küche Messer polierte, erklärte sie mit grimmigem Gesicht:

»Ich fahre nach Washington, um mich mit einem alten Freund zu treffen. Wenn ich jemals aus diesem Schlamassel herauskommen will, muß ich mich rechtlich beraten lassen. Erzähl also bitte deinem Vater nichts davon, sonst bringst du mich in noch größere Schwierigkeiten. Hast du gehört?«

»Ja, Mutter.«

Dann rief sie Hassie an und fragte, ob sie sich gleich morgen früh in Baltimore treffen könnten, sie müsse etwas sehr Wichtiges mit ihr besprechen. Henny besaß eine Dauerkarte für die Zugfahrt nach Baltimore, und was den Weg zum Bahnhof betraf, »würde ich notfalls auf allen vieren hinkriechen«, sagte Henny wütend, »wenn ich kein Geld fürs Taxi bekomme«. Sie hinterließ auf Sams Schreibtisch eine Nachricht, in der sie ihn um Geld für eine Fahrt nach Baltimore bat, da sie sich mit ihrem Anwalt treffen wolle, aß ein aus kaltem Fleisch und Rosinen zusammengerührtes Curry mit Chutney und Tee, schloß sich in ihr Zimmer ein und kündigte an, nicht eher wieder herauszukommen, bis es Zeit war, nach Baltimore zu fahren. »Ich kann und will solche Szenen nicht mehr ertragen«, erklärte sie.

Später machte sie sich noch etwas Tee und ging ins Bett, um eine Familiensaga über vornehme Landbesitzer in Georgia zu lesen, die sie schon dreimal angefangen und wieder beiseite gelegt hatte, weil sie, wie sie sagte, auf »große, fette Nigger, die ihren Herrschaften die Stiefel lecken« keine Lust hatte, und auch diesmal legte sie das Buch verärgert weg. Wo sollte sie, Henny, Helden finden, die ihr in ihrer Not beistanden? Wie sollte sie sich bei ihrer verschwenderischen Art jemals finanziell über Wasser halten können? »Ich bin nichts weiter als ein einziger Mißerfolg«, sagte Henny, »warum schreiben diese Schriftsteller nicht über solche Versager wie mich? Wahrscheinlich, weil es sich schlecht verkaufen ließe!« Gegen fünf, in der Morgendämmerung, schlief sie endlich ein, und als sie aufwachte, war Sam schon nach Washington aufgebrochen und hatte ihr weder Geld noch irgendeine Nachricht dagelassen.

Es blieb ihr nichts anderes übrig, als wütend zu Fuß zu gehen, an den ärmlichen Hütten, der Tankstelle, den heruntergekommenen Geschäften und Bars und den Bootsschuppen vorbei, die Brücke und den Marktplatz zu überqueren, bis sie hinter dem State House endlich zum niedrigen Bahnhofsgebäude kam, vor dem einige Autowracks müßig vor sich hin dösten und ganz gewiß nicht von irgendwelchen Fahrplänen träumten. Der Zug fuhr pünktlich los und zockelte durch die verstreuten Siedlungen, über den Severn und an den waldigen Hügeln vorbei, die Henny aus tiefstem Herzen haßte, um nach knapp einer Stunde in Baltimore einzutreffen. Vor dem Bahnhof sah Henny das treue grüne Auto stehen und humpelte darauf zu. Wie ihre Beine schmerzten! Die ehrliche Hassie, nachgiebiger denn je, wartete, bis ihre spinnenbeinige Schwester eingestiegen war und fragte:

»Nun, meine Liebe, in welchen Schwierigkeiten steckst du diesmal? Ich nehme an, du möchtest einen Drink. Für mich ist es noch zu früh, aber wenn du willst, können wir ins Hi-Ho gehen.«

»Ich will Geld, und ich will nach Washington, und wenn ich es irgend verhindern kann, will ich diesen heuchlerischen Schwätzer niemals wiedersehen«, erklärte Henny in ihrer üblichen direkten Art. »Und ich will, daß du mir soviel Geld borgst, wie du kannst, Hassie. Ich sitze in einer teuflischen Klemme.«

»Wann hast du jemals nicht in irgendeiner Klemme gesessen?« fragte Hassie ruhig. »Wo brennt's denn diesmal?«

»Irgend so ein Mistkerl hat diesem Hanswurst, mit dem ich verheiratet bin, einen anonymen Brief geschickt, einen Fetzen Zeitungspapier, auf den er gekritzelt hat, er solle sich damit – entschuldige – den Allerwertesten abwischen, Charlie sei gar nicht sein Kind! Am liebsten würde ich den Mann ausfindig machen und eigenhändig nach Alcatraz verfrachten. Solche Leute sollten die härteste Strafe bekommen, die das Gesetz erlaubt.«

Hassie schwieg, während sie den Wagen um eine enge Kurve lenkte, dann erwiderte sie sanft: »Nun, meine Liebe, nicht daß mich das etwas angehen würde, aber was ist an der Sache dran?«

»Meinst du, ich bin so dumm und lasse mir von einem dieser berufsmäßigen Junggesellen ...?« antwortete Henny wütend.

»Ich weiß nicht, Henny. Du hast in deinem Leben schon genug Dummheiten gemacht.«

»Was würdest du denn an meiner Stelle tun, wenn ich fragen darf? Kompromisse schließen? Mit wem? Mit einem Mann, der nicht zu fassen ist? Mit Mr. Überall-und-Nirgends? Soll ich die nächsten zwanzig Jahre in Gesellschaft eines selbstgefälligen Philisters verbringen, bei dem es nicht einmal zu einem anständigen Ehemann reicht? Hast du vielleicht ein Geheimrezept? Du hast kein Recht, so hochtrabend daherzureden. Du hast keine Ahnung, wovon du sprichst.«

»Lieber Himmel«, seufzte Hassie, »ich habe ja gar nichts gesagt. Du hast keinen Grund, gleich wütend zu werden. Du und Sam hättet niemals heiraten sollen, das ist alles.«

»Bei mir wäre jede Ehe in die Brüche gegangen«, entgegnete Henny höhnisch und warf den Kopf zurück. »Für ein ruhiges Leben bin ich einfach nicht geschaffen.«

Hassie brachte den Wagen zum Stehen. »Komm, wir ertränken unseren Kummer im Alkohol. Eigentlich sollte ich ja im Laden sein, aber jetzt erzählst du mir erst einmal, was eigentlich passiert ist. Was hat dieser Mensch in seinem Brief geschrieben? Und wie kommt er überhaupt auf so eine niederträchtige Idee?«

»Ich verwette meinen letzten Dollar, daß der alte Middenway dahintersteckt, dieser lüsterne, alte Bock«, sagte Henny und starrte wütend auf den nackten Tisch in der kleinen Nische. »Ich habe ihn noch nie ausstehen können, trotzdem mußte ich ständig vor ihm einen Kotau machen und mit dem Dienstmädchen, das er zu seiner Frau gemacht hat, irgendwelche affigen Gespräche führen, weil ich es nie geschafft habe, seine verdammten Rechnungen zu bezahlen. Als ich weggezogen bin, schuldete ich ihm noch vierundneunzig Dollar, wenn du es ganz genau wissen willst. Die brauche ich jetzt auf der Stelle. Wenn ich ein Gewehr hätte, würde ich hingehen und die Ratte eigenhändig erschießen. Ich wünschte, ich hätte einen echten Mann und keinen mit so hochtrabenden Worten wie ›verfassungsmäßige Rechte‹ und ›Fortschritt‹ bedruckten Waschlappen! Hast du je erlebt, daß ich in meinem Leben irgend etwas richtig gemacht habe? Mich hätte man schon als Junges ersäufen sollen.«

»Du wirkst irgendwie fiebrig«, bemerkte Hassie. »Was hast du gemacht? Hast du getrunken? Deine Augen glänzen! Geht es dir auch gut?«

Henny warf den Kopf zurück. »Woher zum Teufel sollte ich wohl Geld für Alkohol bekommen? Ich koche innerlich vor Wut, ich habe das Gefühl, daß ich wahnsinnig werde. Auch wenn ich nach außen kühl und ruhig erscheine, innerlich glüht und brodelt es. Ich bin kurz davor, durchzudrehen.«

»Unsinn, Henny«, entgegnete ihre Schwester. »Wenn du nicht gerade einen deiner Wutanfälle hattest, hast du dich immer zusammengerissen. Du darfst dich nur nicht in die Sache hineinsteigern.«

Henny deutete auf ihre Wangen. »Ich habe die ganze Nacht über wach gelegen und überlegt, was ich machen soll. Bei dem schönen Wetter letzte Woche habe ich immer wieder daran denken müssen, wie wir früher herumstolziert sind und uns für die Crème de la crème hielten. Ich hätte damals irgend so eine Sumpfratte oder einen Bootsbauer heiraten sollen, dann hätte ich mir eine Menge Arbeit und Sorgen und einen Riesenumweg erspart. Ich hätte die gleichen Kinder und wäre in der gleichen Gosse gelandet.«

»Meinst du nicht, daß jeder Probleme hat?«

»Vielleicht, aber manche Leute haben eine Million Dollar.«

»Wieviel Schulden hast du?«

»Vergiß es. Ich möchte nicht auch noch die letzte Freundschaft riskieren.«

»Es gefällt mir nicht, daß du dich mit diesem Mann treffen willst, Pet. Das führt nur in die nächste Katastrophe, da bin ich mir ziemlich sicher. Ich weiß doch, wie leichtsinnig du bist. Du richtest dich selbst zugrunde. Du hast selbst erlebt, was bei solchen Sachen herauskommt. Was könnte dieses Treffen dir schon bringen? Ich verstehe dich nicht.«

Henny lachte höhnisch. »Ich muß alles probieren. Wenn er mir kein Geld gibt, wird er mich wenigstens über Nacht in sein Zimmer sperren, bis ich wieder bei Sinnen bin!«

»Aber das ist doch genau das, worauf Sam nur wartet«, erwiderte Hassie scharf. »Die Kinder würden auf immer und ewig ihm zugesprochen. Bist du verrückt geworden?«

»Er ist mein einziger Freund«, beharrte Henny stur und wischte sich eine Träne aus dem Gesicht. »Er war es jedenfalls.«

»Im Palais Royal ist heute Schlußverkauf«, lenkte Hassie ein, »da fahre ich hin. Du kannst dich meinetwegen mit diesem Burschen treffen. Ich hole dich anschließend ab, wo immer du willst, aber ich werde dich nicht allein mit ihm in Washington zurücklassen, das ginge einfach zu weit. Ich werde auf dich warten. Ich verstehe zwar immer noch nicht, wozu das Ganze gut sein soll, aber ich will nicht, daß du dich herumtreibst und unangenehm auffällst, und ich weiß, du würdest vor nichts haltmachen.«

»Also gut«, nickte Henny, »dann komm eben mit. Wir brauchen nicht länger hier herumzusitzen. Ich werde die Gelegenheit nutzen und mir einen neuen Hut kaufen, ehe ich mich mit ihm treffe. In diesem Ding sehe ich wie eine hundertjährige Hexe aus. Ich bin nur noch Haut und Knochen, wahrscheinlich weiß er gar nicht mehr, wer ich bin. Niemand wird mich wiedererkennen.«

Fünfzig Minuten später waren sie in Washington. Henny verbrachte viel Zeit damit, fieberhaft die Grabbeltische im Palais Royal und mehreren anderen Geschäften durchzuwühlen. Ein kleiner Einkauf, sagte sie, würde ihr Auftrieb geben und ihren Wangen Farbe verleihen.

»Wenn ich mich so richtig mies fühle, kann ich mich immer damit trösten, daß ich mir etwas kaufe.«

Hassie erstand für sie eine billige Bluse und einen neuen Hut, so daß sie zur Mittagszeit, als sie mit Bert Anderson in Maynard's Ship Bar in der Eye Street verabredet war, einen getüpfelten Schleier trug, der ihre ausgezehrten Züge verbarg. Hinter dem Schleier brannten fiebrig ihre großen Augen.

Bert kam genau wie in den alten Zeiten fröhlich hereingetänzelt, streckte ihr beide Hände entgegen und sah sich gleichzeitig nach einem Platz um, wo er seinen Hut ablegen konnte. »Henny, Henny, hallo! Wo hast du bloß die ganze Zeit gesteckt?«

»Hallo, Bert«, erwiderte sie und dachte vage, daß er das bessere Los gezogen hatte – er war noch immer jung und stark, rosig und frei.

Sie ließen sich zweimal die Hausmarke kommen, die Henny jedoch nicht sonderlich gut bekam. Sie sah, wie Bert sie mit argwöhnischen Blicken musterte.

»Jedenfalls hast du den Winter nicht mit den müßigen Söhnen der Reichen in Florida verbracht, das ist doch immerhin etwas«, sagte Bert mit leiser Stimme. »Möchtest du auch etwas essen? Ich muß unbedingt eine Kleinigkeit zu mir nehmen. Du bist doch heute nicht etwa mit dem Großen Häuptling nach Washington gekommen? Ich habe nicht gewagt, mich bei dir zu melden, ich dachte, es sei ...«

»Es muß sehr schmerzlich für dich gewesen sein«, sagte Henny.

Er sah rasch auf, um erleichtert ihr Lachen aufzufangen. »Ja, ja, ich mußte zur Näherinnengewerkschaft gehen, um mir die Fäden ziehen zu lassen. Aber dich, du armes Ding, dich hat es hart getroffen, oder nicht? Bist du einkaufen gewesen?«

»Irgend jemand hat ihm einen anonymen Brief geschrieben und ihm die Sache mit dir und mir gesteckt«, murmelte sie hastig.

Berts Gabel verharrte auf halbem Weg zu seinem Mund, er riß erschrocken die großen braunen Augen auf. »Oh«, schluckte er, »oh, Henny, das ist gar nicht gut!« Er senkte die Stimme. »Wer könnte dieser Mistkerl gewesen sein? Oh, Henny, siehst du, jede Sünde kommt mal an den Tag, das hat schon mein alter Lehrer in der Schule gesagt, als ich die Toilettenwände beschmiert habe. Was stand denn in diesem Brief?«

»Ich habe ihm gesagt, ich hätte immer gedacht, er würde sich rühmen, über solchen Dingen zu stehen. Aber er wurde fuchsteufelswild, und ich bin selbst so wütend geworden, daß ich ihm gesagt habe, er könnte mich mal.« Sie zuckte mit den Schultern. »Ich bin fertig mit ihm.«

»Oh, Henny, das kannst du nicht, das darfst du nicht. Die Kinder, Liebes?«

»Erst hatte ich vor, ihn zu vergiften, aber dann habe ich gedacht, vielleicht könnte ich irgendwie zu Geld kommen und fortgehen. Warum sollte ich nicht zu den Pryors nach Frederick ziehen und dort eine Weile bleiben? Warum sollte ich auf ewig an ihn gekettet sein?«

»Lieber Himmel«, sagte Bert, »ich wollte dich nicht in Schwierigkeiten bringen, Henny. Er war doch hoffentlich nicht gemein zu dir? Hat er dich geschlagen?« Er grinste verlegen, setzte aber rasch eine ernstere Miene auf, als er ihrem düsteren Blick begegnete. »Arme alte Henny, das ist ja wirklich schlimm!«

»Hör zu«, preschte sie mit nervöser Stimme vor, »erinnerst du dich, daß du mal gesagt hast, du wünschtest, ich wäre frei? Ich könnte ein wenig Freundschaft jetzt dringend gebrauchen. Wenn ich diesen Mann heute abend wiedersehen muß, werde ich wahnsinnig. Ich wäre zu einer Verzweiflungstat fähig.«

Er betrachtete sie mit einem langen, forschenden Blick. »Liebes, was soll ich deiner Meinung nach tun?« fragte er sanft. Er schlug auf seine Taschen. »Geld? Ich habe selber keins! Ein Heim? Ich besitze kein Haus! Jemand, der dir hilft? Was hätte ich dir zu bieten, Henny? Lieber Himmel, du warst einmal so reich!« Er schüttelte langsam den Kopf. »Und daß etwas durchsickert, kann ich mir wirklich nicht leisten. Nicht deinetwegen, sondern weil ich an meine Arbeit und an meine Mutter denken muß – du weißt, wie altmodische Damen sind.« Er nickte mitfühlend. »Jemand muß dich aus diesem Schlamassel befreien. Wahrscheinlich solltest du wirklich für eine Weile nach Frederick gehen. Aber wir dürfen uns nicht sehen – das ist sehr wichtig. Lieber Gott, ich hoffe, es ist niemand ...« Er sah sich vorsichtig um. »Natürlich, Henrietta, vor langer Zeit habe ich einmal daran gedacht, lange bevor ...« Er nickte. »Aber ich hatte damals schon Angst, und das habe ich dir auch gesagt. Wir waren einfach zu auffällig. Verstehst du, wenn du jemand anders wärst und ich kein Regierungsbeamter – aber so, wie wir in der Öffentlichkeit stehen, können wir uns nun mal nicht in irgendeinem Mauseloch verkriechen.« Er zwang sich zu einem Lächeln. »Die Hauptsache ist, daß du jetzt nicht den Kopf verlierst. Du hättest nicht herkommen sollen, Liebes. Es könnte eine Falle sein. Vielleicht ist er dir gefolgt.«

»Ach, Bert!« Sie hob den Blick von ihrer Tasse. »Ach, was für ein Leben! Was für ein Mann! Du machst mich krank, Bert! Du bist groß wie ein Elefant, aber du hast die Seele einer Maus.«

Er runzelte die Stirn. »Sieh es doch mal aus meiner Sicht, Henny. Lieber Himmel, es geht einfach nicht. Du weißt, wie gebunden ich bin. Meine Mutter ist krank, ich gehe seit Wochen Tag für Tag von der Arbeit direkt nach Hause. Wirklich, ich habe kein bißchen auf den Putz gehauen, ich bin ein ganz braver Junge geworden, und wenn Sam irgendein Verfahren anstrengen würde, wäre das dann nicht alles mit einem Streich zunichte gemacht? Was hättest du davon? Am besten, du fährst direkt nach Frederick, Henny. Warte, bis der Sturm sich gelegt hat. Solange er uns nicht zusammen sieht, kann er auch nichts beweisen. Alles andere ist bloßes Gerede. Er wird darüber hinwegkommen. Hast du schon Dividenden gekriegt?«

»Und wenn schon?«

»Wenn du welche kriegst, brauchst du es ihm ja nicht unbedingt auf die Nase zu binden.«

Sie lachte. »Laß uns einen Scotch mit Soda trinken, Bert! Ich habe mich schon so lange nicht mehr richtig amüsiert. Und ich glaube, du auch nicht. Du setzt eindeutig Rost an.«

Er lachte ebenfalls und streckte die Brust heraus. »Da hast du wohl recht. Den braven kleinen Jungen zu spielen, läßt jeden einrosten. Aber es kommen ja ganz bestimmt auch wieder bessere Zeiten. Ich bereue es nicht, zur Abwechslung mal auf dem schmalen Pfad der Tugend zu wandeln. Es ist amüsant. Eine ganz neue Erfahrung!«

»Ich wette, wenn ich erst einmal tot bin, wirst du herumhuren wie eh und je«, versetzte Henny bitter und schwenkte ihr Glas. »Willst du dir nicht den Nachmittag freinehmen und mir an meinem möglicherweise letzten Tag auf Erden ein paar schöne Stunden bereiten? Willst du das nicht für mich tun?« Mit glühenden Augen sah sie ihn flehentlich an.

Er wurde verlegen. »Tja, Henny, Liebes, du weißt, das würde ich liebend gerne tun, wir sind wirklich immer gute Freunde gewesen und bestens miteinander ausgekommen. Du weißt, worauf es ankommt. Du bist in Ordnung. Aber ich muß zurück zu meiner Arbeit. Du willst doch nicht, daß Bert deinetwegen zum Fußabtreter des öffentlichen Dienstes wird?«

»Bert!« flehte sie.

»Ich wünschte, es gäbe eine Ausweg, wirklich, Henny, glaub mir«, sagte er beklommen.

»Triffst du dich dann heute abend mit mir?« fragte sie nervös.

»Tja, das wäre nicht recht, du weißt, das alte Mädchen erwartet mich. Nein, ich glaube nicht, daß das möglich ist, Henny. Tut mir leid, Liebes, tut mir wirklich leid.«

Sie schenkte ihm einen seltsamen Blick. »Du hältst mich wohl für eine Zwei-Dollar-Bekanntschaft, was? Ich habe schon immer vermutet, daß für dich zwischen mir und einem Straßenmädchen im Grunde kein Unterschied besteht.«

»Bitte, Henny«, sagte er vorwurfsvoll.

»Weil ich mein Geld verloren habe«, murmelte sie, wie zu sich selbst. »Weißt du, der Gedanke ist mir heute morgen schon durch den Kopf gegangen. Schämst du dich nicht ein bißchen?«

»Wofür?« fragte er.

»Daß du mir an meinem letzten Tag auf Erden nicht Gesellschaft leisten willst.«

»Ich verstehe dich nicht. Warum versucht du, mir eine Szene zu machen? Hast du das etwa geplant?«

Sie wollte sich eine Zigarette anzünden, aber ihre Hand zitterte so stark, daß er sich über den Tisch beugen und das Feuerzeug für sie halten mußte. »Arme Henny! Du mußt dich zusammenreißen.«

»Gute Ratschläge zu geben, kostet dich keinen Cent, was? Du bist ein Lump, Bert, so ist es doch, oder?«

»Lieber Himmel, wenn du wüßtest, wie gern ich dir helfen würde, Henny!«

»Ein tolles Ende meiner großen Liebesaffäre!« sagte Henny. Sie drehte das fahle, gelbliche Gesicht zur Seite und bedeckte die Augen mit einer Hand. Er hörte sie flüstern: »O Gott, o Gott, das ist fürchterlich!«

»Henny, Liebes, du hattest mich, und ich hatte dich, aber jetzt hat es keinen Sinn mehr, es ist vorbei. Wir können die Zeit nicht zurückdrehen. Ich kann dir nicht helfen. Und ausgerechnet ich habe dich in diese schlimme Lage gebracht! Da siehst du, wie nützlich ich dir bin! Sei vernünftig, Henny.«

»Das ist doch alles überhebliches Geschwätz.«

Er zuckte mit den Schultern. »Mag sein, daß ich überheblich bin. Ich stamme aus der unteren Bourgeoisie, meine Liebe.«

Ihre Brust hob und senkte sich heftig unter ihren schmerzhaften Atemzügen. Er sah sie fragend an. »Weshalb bist du gekommen, Henrietta? Wie konntest du etwas so Tollkühnes tun? Bist du wirklich so verzweifelt?«

»Ich bin innerlich völlig zerrissen«, sagte sie mit ungewöhnlich tiefer Stimme und sah ihn unverwandt an. »Ehrlich gesagt, ich weiß nicht genau, warum ich gekommen bin. Ich wußte ja, wie du bist: nicht schlecht, aber auch nicht gut. Du bist eine abscheuliche Kreatur! Aber das wußte ich. Ich gebe dir keine Schuld. Als ich dich das erste Mal in deiner Unterwäsche sah, bin ich fast ohnmächtig geworden. Jetzt hast du dich moralisch vor mir entblößt. Es paßt alles zusammen. Glaube bloß nicht, daß du mir weh tust. Das kannst du gar nicht. Ich bin unerreichbar für deine feigen Tricks. Du hast dich nie wieder gemeldet, nachdem du gehört hast, daß ich schwanger bin. Und als ich dich anrief, hast du mir, obwohl wir uns verabredet hatten, offen ins Gesicht gesagt, daß du ein anderes Mädchen zum Abendessen bei dir hast. Du hast mir in der ganzen Zeit keinen einzigen Brief geschrieben. Du wußtest von meinen Geldproblemen – habe ich dich je um einen einzigen Cent gebeten?«

»Ganz ruhig, Henny, ganz ruhig. Um bei der Wahrheit zu bleiben: Ja, du hast mich um Geld gebeten. Aber wir hatten damals auch eine feste ...«

Sie biß sich auf die Lippe. Dann, nach kurzem Nachdenken, blickte sie auf ihre gefalteten Hände und sagte ruhig: »Ich habe darauf gewartet, daß das Telefon klingelt, daß die Tür aufschwingt, um dich einzulassen. Nachts träumte ich, ich würde deine Schritte hören, würde hören, wie du zu mir kommst.«

»Lieber Himmel, Henny«, murmelte er.

»Ich habe dich nicht geliebt, aber ich habe dich auch nicht *nicht* geliebt, und ich wollte deine Hilfe. Aber du warst nicht da. Ich weiß noch, wie ich auf all die Lichter hinunterschaute und dachte, irgendwo unter einer diesen Lampen singt Bert irgendeinem Mädchen seine alten Lieder vor. Warum kann er sich nicht wenigstens einen Abend freimachen und zu mir kommen? Was war das für ein Winter!«

»Gott sei Dank bin ich nicht gekommen! Schlimm genug ...«

Sie blickte ihn voller Haß an. »Ich weiß jetzt, wie es war: Du hast überall damit herumgeprahlt, daß du mit der Frau eines Abteilungsleiters ins Bett gehst und ihm Hörner aufsetzt, während er sich im Pazifik herumtreibt. Alle wußten es. Ich habe es daran gemerkt, wie sie mich angesehen haben.«

»Warum hast du mich – oder dich – nicht zurückgehalten?«

»Ich weiß nicht mehr weiter, Bert. Ich glaube, ich muß schreien.«

»Nein, das mußt du nicht«, sagte er besorgt, stand auf und griff nach ihrem Mantel. »Du bist nicht hysterisch. Was hältst du davon, wenn du ins Kino gehst und wir uns dann nach der Arbeit treffen?«

»Aufs Kino könnte ich mich jetzt nicht konzentrieren. Was soll ich statt dessen machen? Am liebsten würde ich einkaufen gehen, ich habe bloß kein Geld.«

»Tja, ich habe auch keins«, entgegnete er ziemlich scharf. Dann fuhr er in herzlicherem Tonfall fort: »Ruf mich an, Liebes – oder noch besser, warte in unserem alten Schuppen auf mich. ›Aber Liebling, das ist doch kein Schuppen, das ist die reinste Müllkippe.‹ Ha-ha-ha. Hast du genug Geld, um den Eintritt ins Kino zu bezahlen, oder bist du völlig abgebrannt?«

»Du wirst mir doch nicht etwa auf dem Bürgersteig einen Dollar zustecken, oder?« sagte sie düster. »Fahr zur Hölle, Bert! Vielleicht komme ich in die Bar.«

»Du wirst kommen, altes Mädchen, du wirst kommen«, antwortete er gutgelaunt. Er küßte sie. »So ist's recht. So ist's brav!«

Den ganzen Nachmittag über schlenderte sie in der Stadt herum, sah sich Secondhandshops an und wanderte niedergeschlagen durch die Straßen. Zur verabredeten Stunde traf sie sich mit Hassie und sagte, sie würde »ihren Freund« in einer Bar treffen, aber schließlich verriet sie ihr doch, in welcher Bar, und Hassie steckte ihr noch einmal etwas Geld zu – Henny hatte ein Kleid für Evie gekauft –, genug, um sich einen Cocktail leisten zu können, während sie auf Bert wartete. Über eine Stunde lang saß sie vor ihrem Glas, aber die Tür wollte einfach nicht in der forsch-fröhlichen Art aufspringen, die nur Bert Anderson beherrschte. Schließlich kam doch jemand durch die Tür. Es war Hassie, die sich mit versteinerter Miene neben sie setzte und so lange auf sie einredete, bis sie ihre Schwester endlich davon überzeugt hatte, daß es das beste war, wenn sie mit ihr ging. Henny hatte dunkle Ringe unter den Augen.

»Ich sollte wenigstens anrufen«, sagte sie. »Ich brauche noch einen Nickel, um bei ihm zu Hause nachzufragen, ob ihm etwas zugestoßen ist.«

»Sei nicht albern, Henny.«

»Ich kann einfach nicht glauben, daß er so etwas tun würde, trotz allem, was geschehen ist.«

»Komm mit nach Hause, wir machen uns einen Happen zu essen, ich rufe Sam an, und du bleibst die Nacht über bei mir. Dann gehst du zurück und stellst dich. Und am Samstag komme ich runter und spreche mit Sam. Du mußt da raus, Henny. Du siehst völlig fertig aus.«

Mit diesen Worten führte sie Henny zur Tür. Die üppige Dame im besten Alter mit dem exzentrischen, ausgezehrten Wrack am Arm zog die Blicke der fröhlichen Washingtoner Bargäste auf sich. Ein kurzes, aber unüberhörbares Gelächter folgte ihnen, und an der Tür brachen drei Mädchen in einen Lachkrampf aus.

ZEHNTES KAPITEL

1 | *Babys Zimmer*

Henny blieb zwei Tage bei Hassie, ohne groß über ihre Lage nachzudenken. Sie las oder saß mit Hassie, Cathy oder dem Dienstmädchen im dunklen, mit Linoleum ausgelegten und gebeizter Kiefer möblierten Hinterzimmer, machte Handarbeiten und schlürfte Tee. Sie besserte einige Kleider von Cathys Puppen aus und stöberte in der alten, silberbeschlagenen Truhe, die Hassie als ihren Anteil aus Monocacy mitgenommen hatte. Darin fand sie zwei Figuren aus Meißner Porzellan, zwei Schäferinnen, die eine in schwarzer, die andere in weißer Spitze, die Louie schon als kleines Kind bewundert hatte. In ein Staubtuch eingewickelt, trug Henny sie zu ihrer Schwester und fragte, ob sie sie für das arme Kind mitnehmen könne, es habe sie schon immer so gemocht.

»Es ist wirklich ein Jammer, wenn ich bedenke, wie das arme Kind in unser Chaos hineingezogen wird«, sagte Henny.

»Ich kann gut darauf verzichten«, willigte die in einer großen, blaugestreiften Schürze geschäftig hin- und herhuschende Hassie ein. Der salzige, schleimige Geruch vom nassen Zementfußboden des Fischgeschäfts drang durch die hintere Gittertür. Henny haßte Fisch und beklagte sich lachend über den penetranten Gestank. Der Fischgeruch sitze in den Gardinen, auf den Wachstuchdecken, in den Kochtöpfen, sagte Henny, während Cathy zustimmend das Gesicht verzog. Es gab praktisch nichts, was die heikle, wespentaillige Cathy noch essen konnte. Ihr Vater verdiente sein Geld mit Würsten und ähnlichen Lebensmitteln, die aus Innereien und Schlachtabfällen hergestellt wurden, und liebte Kaldaunen, gefüllten Nackenbraten und geschmurgelten Gänsebürzel. Ihre Mutter war eine stämmige Fischfrau, die ihre Ware auf den Tisch knallte, Fische in Salz schichtete und beherzt mit beiden Händen in tiefe Fässer griff. Einmal hatte Cathy ihre

Mutter einem Huhn den Hals umdrehen sehen und konnte seitdem keine Hühner mehr essen; Kaninchenbraten verweigerte sie, weil sie gesehen hatte, wie das Tier gehäutet worden war; schließlich aß sie nur noch die allerzartesten Lammkoteletts und näherte sich immer mehr einem ästhetischen Vegetarismus an, war aber noch zu jung, um ihre eigenen Rechte durchzusetzen, und mußte sich daher den Regeln der Familie fügen. Sie war dankbar für die Gesellschaft ihrer Tante Henny, die bedenkenlos »puh« und »pfui« rief, und lauschte eulengleich den ätzenden Geschichten über die abscheulich rückgratlosen, moralisch wie körperlich von Schorf, Lepra und Karies zerfressenen Menschen, die Henny und Hassie persönlich kannten oder auf der Straße gesehen hatten.

Alle paar Stunden rief Henny zu Hause an, um zu fragen, wie es Charles Franklin ginge, was »der Vater der Kinder« vorhabe, was Louie ihnen zum Mittagessen koche, ob sie lange aufblieben und mit ihrem Vater irgendwelchen Blödsinn ausheckten oder brav ins Bett gingen und ob Klein Sam immer noch Ohrenschmerzen habe. In den Nächten wälzte sie sich schlaflos im Bett herum, knipste immer wieder ihre Nachttischlampe an und versuchte, Unterhaltungsromane zu lesen, die sie tagsüber noch als blödsinnigen Schund abgetan hatte. Sie wartete tatsächlich darauf, daß Sam kam, um sie abzuholen, oder ihr einen Brief schickte, in dem er ihr mitteilte, er habe die Scheidung eingereicht – es war ihr ziemlich egal. Ihr Leben war ein solcher Scherbenhaufen, daß sie lieber nicht darüber nachdenken wollte. Am dritten Tag jedoch nahm sie den Zug zurück nach Annapolis. Es war ein Samstag. Als sie die Kleinen auf dem Rasen herumtollen sah, schlug ihr Herz trotz allem, was noch auf sie zukommen mochte, schneller. Wie seltsam, daß diese verfallene, zugige Villa, in der sie mit einem Mann zusammenleben mußte, den sie verachtete, für sie doch irgendwie ein Zuhause war! Als sie jedoch in die Einfahrt einbog, verließ sie ihr Mut. Aufgeregt über den ungewohnten Anblick des Taxis, liefen die Kinder schreiend und winkend auf das Auto zu und drängten sich um sie. Sie schob sie von sich weg, bezahlte den Fahrer, ging ins Haus und fragte: »Wo ist euer Vater?«

»Mutt, der Marlin kommt. Mr. Pilgrim schickt Dad einen echten Marlin – sie haben tatsächlich einen gefangen«, hörte Henny.

»Warum warst du so lange fort, Mutt? Warum bist du bei Tante Hassie geblieben? Er kommt mit der Fähre. Er wird mit einem Auto nach Matapeake gebracht, und dann werden wir ihn kochen!« Henny beachtete sie nicht weiter und ging mit grimmigem Gesichtsausdruck in ihr Zimmer. Auf der Schwelle blieb sie erschrocken stehen: »Sarg-Jim« Lomasnes kleine, feengleiche Tochter stand am Frisiertisch und machte sich vor ihrem Spiegel schön. Henny sank aufs Bett und legte eine Hand auf ihr Herz. Schuldbewußt drehte sich das kleine Mädchen um und errötete.

»Wer hat dich hereingelassen?«

Mr. Pollit, erklärte sie schüchtern, er habe sie hereingelassen, damit sie mit Tommy frühstücken und spielen könne. Henny schnaubte verächtlich. Seit Wochen hatte Tommy, der Bootsbauer, an nichts anderes gedacht als an Lomasnes jüngste Tochter. Immer wieder hatte er gefragt, warum sie nicht einfach zu ihnen ziehen und bei ihnen wohnen könne. Kaum drehe ich ihnen den Rücken zu, dachte Henny, tröstet sich sogar Tommy schon mit einer anderen Frau. Was für ein undankbares Pack die Männer doch sind! Und daß es von allen kleinen Mädchen ausgerechnet Sams »Kleinfeechen« sein muß!

Sam kam vom Werkzeugschuppen, wo er Ernies Flaschen in Reih und Glied aufgestellt hatte, um sie besser auswaschen zu können. Vom Flur vor Hennys Zimmer aus sagte er: »Wie ich sehe, bist du zurückgekommen.«

Henny schwieg, trat jedoch kurz darauf leichtfüßig wie ein Geist aus ihrer Tür, streifte ihn mit einem schwachen, finsteren Blick und ging ins Babyzimmer. Sam, der nichts weiter zu sagen hatte, ging wieder nach draußen und sang:

Sei mutig wie ein Daniel,
stehst du auch ganz allein,
dein wahres Ziel niemals verhehl,
dann wirst du ruhmreich sein.

Der kleine Chappy hockte auf der vorderen Veranda und spielte stummvergnügt mit seinen Bauklötzchen. Henny setzte sich in das Zimmer, das er mit Tommy teilte, und sah sich um. Louie hatte die Betten noch nicht gemacht: Die zerwühlten, schmutzigen Laken und zerknautschten Kissen, die verwaschenen Flanellschlafanzüge und zerschlissenen Bettvorleger, in die sich Sand und Lehm festgetreten hatten, lagen unordentlich herum, während ein einzelner Sonnenstrahl von der Ecke des Zimmers aus auf dem Linoleum unmerklich auf sie zurückte und wie ein langer, heller Finger nach ihnen griff. Fliegen summten an den Drahtgittern der Fenster. Am Montag müßte all das in die Wäsche, und Henny hatte Mrs. Lewis noch nicht für die Wäsche vom vergangenen Montag bezahlt. Louie kam mit einer Tasse Tee zu ihr. Das Zimmer roch nach Babydreck und Babyschweiß. Über Tommys Bett grinste ein großes, sonnengebräuntes Mädchen mit wildgelocktem Haar von einem Orangenhain auf sie herab – ein Foto, in das sich Tommy schon als Einjähriger verliebt hatte. Über Charles Franklins Bett hing das Bild, das irgend jemand Henny an ihrem Hochzeitstag geschenkt hatte: Umgeben von einem goldenen Rokokorahmen küßten sich ein brauner Mann und ein weißhäutiges Mädchen in einem Mohnblumenfeld bei Sonnenuntergang. Über solche Darstellungen war der Kunstsinn der Pollits nie hinausgegangen. Zu beiden Seiten der Tür hingen Skizzen in Wasserfarben, die eine von einem tiefliegenden Garten mit Bäumen am Monocacy in Frederick, die andere von der alten Brücke, die in buschiger, steiniger Landschaft über den Monocacy führt. In ihrer Schulzeit hatte Henny nur drei Dinge gelernt: malen, sticken und Chopinstücke spielen. Ihre Kinder beherrschten nicht eine dieser Fertigkeiten. Statt dessen schnitzten sie Boote, strichen Schuppen an und schippten Kies für Zementfußböden. Aber Henny dachte jetzt nicht an ihre nutzlose, blutarme Jugend. Statt dessen sah sie sich im Zimmer um und sog die vertrauten Ausdünstungen ein, die zum frühesten Stadium der Menschheit gehören – für Mütter der beste Geruch der Welt. In dieser Atmosphäre hatte Henny zwölf Jahre ihres Lebens verbracht.

»Armer Chappy«, murmelte sie nachsichtig, »natürlich ist auch er nur ein Pollit, genau wie die anderen. Nur Ernie ist ein Collyer, aber seit der Sache mit der Sparbüchse ist er nicht mehr so gut auf mich zu sprechen. Wer sollte es ihm verübeln? Und Tommy ... Ich will nicht den eigenen Sohn heranwachsen sehen und wissen, daß er den Frauen nichts als Unglück bringen wird. Nicht daß mir die dummen Mädchen leid täten ... Wie müde ich bin!« Sie war erstaunt, sich nach den freien Tagen so erschöpft zu fühlen. »Ich kann es nicht ertragen, alt zu werden, meine gesamte Energie einzubüßen, vor lauter Kraftlosigkeit nicht schlafen zu können und dem Leben hinterherzuweinen«, dachte sie. »Warum sollte ich nicht mit Sam zusammenleben? Er ist so gut oder schlecht zu mir wie jeder andere Mann. Alle Männer sind gleich. Um sich gegen sie durchzusetzen, muß man so viel Energie aufbringen – Energie, die ich einfach nicht habe.«

Eine ganze Weile lang saß sie einfach da und hing losen Gedanken über die Zukunft ihrer Kinder nach. Seltsam, dachte sie, daß ihr Evie dabei so gut wie nie in den Sinn kam. Sie hatte nie viel Aufhebens um Evie gemacht, hatte nicht versucht, sie besonders hübsch anzuziehen, ihr besondere Fertigkeiten im Haushalt oder gute Manieren beizubringen. In ihren Augen war ein so nettes, folgsames, hübsches Mädchen von Geburt an verflucht: »Irgendein Mann wird sie biegen oder brechen«, raunte sie Hassie in bitterem Tonfall zu, wenn sie über Evie sprach. Über Louie sagte sie dagegen: »Der Mann, der *sie* heiratet, tut mir heute schon leid!« Wenn sie an die Mädchen dachte, fiel ihr das Heiraten ein, und über das Heiraten dachte sie wie ein unwissender, unzufriedener, aber hilfloser Sklave über die Sklaverei. Die Jungen, glaubte sie, würden es mit Hilfe der brutalen Methoden der Männer schon schaffen, seien sie nun Pollits oder Collyers. Sie fuhr mit der Hand über die schmutzig-glänzende Chintztagesdecke, die dünne, verfilzte Sommerwolldecke, das Baumwollaken. Vor ihrer Heirat hatte sie sich fest vorgenommen, niemals etwas anderes zu verwenden als schwere Leinenlaken. Jetzt war es schon vier Jahre her, daß sie das letzte Stück Leinen besessen hatte; ihre jetzigen Laken waren aus schäbiger Baumwolle, was Mrs. Lewis, die sie hatte vergilben lassen, nicht davon abhielt, in wirklichkeitsfremder Selbstüberschätzung zu betonen: »Weißere Laken, Miss, hatten Sie bestimmt noch nie!«

»So ein Babyzimmer gefällt mir am allerbesten: keine Bücher, kein Blei, kein sonstiger Unsinn«, und sie dachte an die vielen Abende, an denen sie hereingekommen war, um den üblichen Anblick zu genießen: den zur Seite gewandten Babykopf, die geschlossenen Augen, den feinen, dunklen Flaum auf dem dünnhäutigen, ovalen Schädel, das gerüschte kleine Nachthemd, die auf dem Kissen geballte, winzige Faust. Nachdenklich zog sie die

Ecke des Lakens glatt. »Mütter! Was sind wir wirklich wert? Sie werden ja doch groß, ob wir uns nun um sie kümmern oder nicht. So wie sein jämmerliches Balg, das jeden Tag größer und fetter wird, obwohl es von mir weiß Gott genug Prügel bekommen hat. Es hat das abschreckendste Beispiel für die Ehe mit eigenen Augen gesehen und träumt von ›Supermännern‹ und ›großen Gestalten der Weltgeschichte‹. Was hat es für einen Sinn, etwas für die Kinder zu tun? Am Ende gewinnt *er* ja doch immer! Nun, das Mädchen hat immerhin drei Tage lang für sie gekocht. Da kümmere ich mich jetzt wohl lieber mal um das Mittagessen.«

Vom Küchenfenster aus sah sie Louie im Obstgarten liegen und kreischend und lachend mit den Armen wedeln, während Sam und Saul auf ihrem Bauch saßen und fröhlich auf- und absprangen. Die Gittertür schwang auf, und Evie kam den Flur entlang. »Mutter! Mutter! Du bist wieder da! Ach, Mutter, wir hatten gestern abend solchen Spaß – wir haben alle unsere Badeanzüge angezogen, und dann haben wir eine Wasserparty gefeiert, und die Leute drüben auf dem Hausboot hatten auch eine Party, und Louie und Ernie sind rübergeschwommen und haben reingeschaut.«

»Sehr schön. Hat Louie dir gesagt, was sie zum Mittagessen machen wollte?«

»Würstchen und Apfelplinsen, und gestern abend gab es ›Kahnah-pehs‹.« Evie kicherte. »Das waren so komische Dinger mit rohem Speck und Mandeln aus deiner Schublade. Saul hat alles wieder ausgespuckt.«

»Die vornehmen Pollits haben das Ruder übernommen, wie ich sehe«, sagte Henny. Draußen in der schweren, aufgeladenen Sommerluft ertönte Sams Stimme: »Megalops, Megalops! Was machst du da?« Henny hörte, wie er mit den drei Jungen an der Veranda vorbeiging und sagte: »Könnt ihr sehn, was Megalops treibt? Er sacht kein Pieps. Vielleich is er mal wieder am Grübeln. Guck mal, Klein Sam, Megalops zeichnet Muster innen Dreck.«

»Er ißt den Dreck sogar, Pad«, kreischte Saul aufgeregt. Louie, die versucht hatte, auf dem Zweig eines Pfirsichbaums zu schaukeln, hielt inne und sah sehnsüchtig ihren Brüdern und ihrem Vater nach.

»Der Kleine ißt Dreck, Lulu«, rief Ernie.

»Dann mach was dagegen«, rief sie zurück und folgte ihnen träge.

»Natürlich ißt er Dreck«, sagte Henny. »Wer kümmert sich denn um ihn? Ich würde zu gern wissen, was er in den letzten drei Tagen noch alles gegessen hat.«

Eine Schar kichernder Kinder bog um die Hausecke, verdrehte die Augen und hielt die Hände über die Lippen. »Mutting! Oh-ho-ho! Mutting! Der Kleine ißt ... Scht! ... Aber er ißt es doch! ... Scht! ... Megalops ißt ... Sie mag es nicht, wenn du ihn so nennst! ... Daddy meint, du sollst kommen und es dir selbst ansehen. Der Kleine ißt seine eigene Sch... Scht! ... seine Exkremente, Mutter.«

»Hör auf zu lachen, das ist kein Witz«, sagte Evie zu Saul.

»Es stimmt aber, du kannst ja selbst nachsehen!«

»Und hat dieser Schwachkopf, der sich euer Vater nennt, ihn nicht daran gehindert?« rief Henny entsetzt.

»Doch, Mutter. Daddy meint, das ist ganz natürlich, das schadet ihm nicht, aber er hat es ihm trotzdem verboten.«

»Gestern hat er eine Raupe gegessen«, erklärte Ernie ernst. Die Jungen brachen in Gelächter aus und hielten sich die Bäuche. »Uh«, rief Evie, »das war eklig, er hat sie vorher plattgequetscht.« Sie kreischten vor Lachen. »Und Louie hat eine Schnecke gegessen, um zu beweisen, daß einem davon nicht übel wird«, berichtete Ernie, »und Daddy hat gesagt, das macht alles nichts.« Klein Sam ließ sich auf den Boden fallen, hielt sich den Bauch und wälzte sich hin und her vor Lachen. »Wir hatten solchen Spaß, Mutting, wir hatten solchen Spaß«, rief Saul und sprang um sie herum, als versuchte er, sie davon zu überzeugen, daß sie unbedingt hätte da sein sollen. »Allerdings hat Louie ein paar scheußliche Sachen gekocht, von denen ist mir richtig schlecht geworden.«

»Das glaube ich gern«, entgegnete Henny grimmig. »Schade, daß ich nach Hause gekommen bin. Mr. Lomasne hätte in ein paar Tagen mit euch ein Bombengeschäft gemacht. Evie, warum hast du die Nachttöpfe nicht ausgeleert? Und im Babyzimmer hat auch noch niemand aufgeräumt. Ist überhaupt irgend etwas erledigt worden, seitdem ich weggefahren bin? Ihr werdet noch alle an Typhus und Cholera sterben.«

»Wir haben einen Plan«, rief Ernie. »Wir bauen ein neues Nadelimmer-Badezimmer, Mutting, und ich reparier die wonnige Wanda.«

Die Zwillinge riefen: »Sonnenveranda, wonnige Wanda, ist dein Mann da?«

»Und im Sommer geht Ermo mit seinem Busenfreund Mervyn auf Wandertour«, rief Klein Sam und sang: »Mervyn-Pervyn saß müde im Gras, kam Ermo-Permo, fragt: ›Was ist denn das?‹«

»Jetzt haltet den Mund«, sagte Henny, »bevor ich noch völlig durchdrehe. Keine Ahnung, warum ich überhaupt nach Hause gekommen bin. Warum kümmert sich niemand um die Kartoffeln? Ihr habt also einen Plan? Verschwindet endlich, bevor ich zu schreien anfange.«

Ein lauter Ruf ertönte, dann hörten sie kräftige Schritte näherkommen. »Kinder!« rief Sam. »Alle Mann an Bord! Zeit für unsre Ahbeit! Wollten wir nich den Grundstein fürs neue Nadelimmer legn? Wo seid ihr, Leute?«

»Schon unterwegs!« – »Komme!« – »Sofort, Pad!« riefen die Jungen, rannten hinaus und ließen Henny und Evie mit den Essensvorbereitungen allein in der Küche zurück. Durch die andere Tür platzte Tommy herein, rief: »Molly! Molly!« und sah sich nach der kleinen blonden Lomasne-Tochter um. Im gleichen Moment rief Ernie von draußen: »Ich sehe Tante Jos Wagen! Tante Jo kommt zum Mittagessen! Tante Jo kommt!«

»Geht und haltet sie am Tor auf und fragt, ob sie Schoki dabei hat«, rief Sam. Eifrig stürmten die Kinder ihr entgegen.

»Ich frage mich«, sagte Henny bedrückt, »was die aufgeplusterte alte Vogelscheuche zu dieser Tageszeit hier zu suchen hat? Sie hofft doch nicht etwa auf ein Mittagessen? Wußtet ihr, daß Tante Jo kommt? Was kann sie erwarten, wenn sie ohne jede Vorwarnung aufkreuzt?« Besorgt schnitt Henny die Äpfel in Scheiben.

»Ich wünschte, ich könnte auch gehen und mir das Auto ansehen«, schmollte die arme Evie. »Sieh nur, Mutting, ich habe mir in den Finger geschnitten.«

»Dann geh und fall mir nicht auf die Nerven«, rief Henny wütend. »Weiß der Himmel, was der große Schmerzensmann jetzt schon wieder ausgeheckt hat! Was zum Teufel hat seine große Schwester vor dem Mittagessen hier verloren?« Ungeduldig ging sie ins Babyzimmer, um aus dem Fenster zu schauen, und sah, wie Jo mit einem sehr ernst wirkenden Sam unter den Bäumen hin- und herging und aufgeregt auf ihn einredete. Jo gestikulierte wild, voller Entrüstung; Sam rieb sich die Augen. Dann wandten sie sich um und gingen in Richtung Haus.

»Das war's«, dachte Henny empört, »sie hat so lange gestochert und gebohrt, bis sie es herausbekommen hat. Soll die alte Jungfer doch nach Hause gehen, sie hat keine Ahnung.«

Als das gelbhaarige Paar näherkam, sah sie, daß beide weinten. Sam sagte: »Wir haben Bonnie gefunden – oder besser: Sie ist zu Jo gekommen.«

»Ich habe sie nicht wiedererkannt«, erklärte Jo. »Ich mache die Tür auf, und vor mir steht eine erbärmlich aussehende Frau, entsetzlich dürr, das Haar zum Knoten gebunden, und vor allem ...«

»Sie hat sich von einem Taxi zu Jos Haus bringen lassen, als sie spürte, daß es so weit war.« Sam sah Henny demütig an, das Gesicht verzerrt von Scham und Verzweiflung. »Bonafidus ist noch immer in Jos Wohnung. Sie hat dort ein Baby zur Welt gebracht. Ich werde persönlich hingehen und den Mann zur Rede stellen.«

»Wo ist das Baby?« fragte Henny.

»Ich weiß nicht«, sagte Jo.

»Es ist tot!«

»Ich weiß nicht!«

»Was soll das heißen?«

»Es wurde abgeholt. Mehr weiß ich auch nicht. Aber ich kann Bonnie unmöglich bei mir behalten. Was soll ich sagen? Wie soll ich es erklären? Sie hat nicht mal einen Ehering am Finger.«

»Wo ist das Baby, Samuel?« fragte Henny wütend. »War es ein Mädchen? Ein Junge?«

»Ich habe nicht nachgesehen, und ich habe auch nicht nachgefragt. Gestern abend ist jemand gekommen und hat es abgeholt, es könnte genauso gut tot sein. Sie wird es nie wiedersehen. Ich mußte dafür bezahlen, daß es abgeholt wird. Ich möchte nichts mehr davon hören. So etwas habe ich noch nie erlebt. Sie hat versucht, sich umzubringen, und dann hat sie mich angefleht, ihr das Leben zu nehmen. Ich wußte nicht, was ich tun sollte. Sie hat so laut geschrien, daß man es in der ganzen Nachbarschaft hören konnte, und ich habe versucht, ihr ein Kissen auf den Mund zu drücken, aber sie hat sich so stark gewehrt, daß ich es nicht festhalten konnte. Dann haben die Leute an die Tür geklopft. Um vier ist sie gekommen, und bis halb zwölf ist es immer schlimmer geworden. Ich war in meiner eigenen Wohnung mit dieser schrecklichen Sache, die da plötzlich vor sich ging, eingesperrt, und die Leute klopften an meine Tür. Zum Schluß hat die Frau vom Erdgeschoß ihren Mann dazu gebracht, die Tür aufzubrechen. Sie sagte, sie würde eine Frau holen, aber ich habe gesagt: ›Ich kann nicht zulassen, daß irgend jemand meine Schwester in diesem Zustand sieht‹, aber sie ist trotzdem hingegangen. Stellt euch nur einmal vor, in welcher Lage ich mich befand! Sie kam mit einer Frau zurück, die irgend etwas getan hat – ich habe keine Ahnung, was; ich habe nicht zugesehen. Dann fragte sie mich, ob Bonnie das Baby weggeben wolle, und sagte mir, was das kosten würde. Ich sagte, ich würde keinen Cent bezahlen, schließlich hätte ich mit der ganzen Sache nicht das geringste zu tun. Aber sie hat darauf bestanden. Wenn es, wie es den Anschein hatte, keinen Vater gab, würde ich sowieso Unterhalt bezahlen müssen ...« Jos Stimme brach, sie begann zu schluchzen.

Dann ging sie im Zimmer hin und her und verkündete, ohne einen von ihnen anzusehen: »Sie ist nicht mehr meine Schwester! Im allerletzten Moment ohne jede Vorwarnung vor meiner Tür zu erscheinen, nachdem sie sich seit einer Ewigkeit nicht mehr gemeldet hat, und dann in diesem Zustand! Warum ist sie nicht gestorben? Ich dachte wirklich, sie wäre dem Tode nahe. Was soll ich tun? Inzwischen wissen es alle. Sie hat einfach nicht aufgehört zu schreien. Ich habe alles versucht, um sie zum Schweigen zu bringen. Ich mußte der Frau zehn Dollar geben, damit sie dieses Ding, dieses Baby, fortschafft; am Montag kommt sie wieder. Das ist doch Erpressung! Ich bin ruiniert. Ich kann sie unmöglich bei mir behalten. Ich bin fertig mit ihr. Sam kann machen, was er will. Mich wird sie niemals wiedersehen. Und heute morgen habe ich ein Telegramm von Miss Atkinson bekommen. Sie war eine von denen, die gestern an meine Tür geklopft haben! Was sollte ich ihr sagen? Ich habe sie angerufen und erklärt, jemand sei durch eine versehentliche Vergiftung sehr krank geworden, man hätte den Magen auspumpen müssen.

Aber wird sie es glauben? Sie muß unbedingt aus meiner Wohnung verschwinden. Was soll ich bloß tun, Henny?«

»Lebt sie denn noch?«

»Sie ist krank«, sagte Jo ernst.

»Es wäre besser gewesen, wenn sie gestorben wäre«, erwiderte Henny.

»Kannst du kommen und sie zu dir holen, Henny? Hier unten kommt doch nie jemand vorbei. Sie könnte hierbleiben, bis sie wieder auf den Beinen ist. Dann soll sie wieder verschwinden. Es tut mir leid, daß ich euch damit überhaupt belästige.«

Sam sah zornig aus. »Ich werde auf der Stelle diesen Mann aufsuchen.«

»Was kann er schon machen? Er ist verheiratet. Der erbärmliche Feigling hat sich ein junges Mädchen genommen, weil er genau wußte, damit würde er am ehesten durchkommen. Vergeude nicht deine wertvolle Zeit.«

»Wenn ich daran denke, wie sparsam ich gelebt und wie ich um jeden Cent gekämpft habe«, sagte Jo und sah Henny eindringlich an. »Jetzt muß ich das Haus verkaufen. Ich kann die Schande nicht ertragen. Solange sie da ist, kann ich unmöglich zurückkehren. Ich müßte immer daran denken, was sie mir angetan hat. Meine eigene Schwester! Oh, ich weiß einfach nicht, wie ich das verkraften soll! Daß ausgerechnet mir das passieren muß, wo ich immer so hart gearbeitet habe. Miss Atkinson wollte mit zwei der Lehrerinnen zu mir kommen, wir wollten eine Tasse Tee trinken und anschließend ins Kino gehen. Was soll ich ihr am Montag sagen? Ich verkrafte das einfach nicht. Ich muß mich vorübergehend beurlauben lassen. Ach, es ist einfach fürchterlich. Die ganze Sache könnte mich ein für allemal ruinieren.«

»Was ist mit Bonnie, Jo?« fragte Sam sanft.

»Was schert mich dieses Ding«, rief Jo empört, »diese Prostituierte, die mit verheirateten Männern durch die Gegend zieht und ihre Babys in der Gosse zur Welt bringt? Ach, es ist schrecklich. Eine Katastrophe, Henny. Ich weiß nicht, was ich tun soll. Und das in unserer Familie. Ich wußte gar nicht, daß so etwas überhaupt möglich ist.«

»Du verlogene, verkniffene alte Kuh«, sagte Henny. »Ich hoffe, daß dir noch tausend schlimmere Dinge passieren, damit du mal lernst, ein bißchen menschlich zu sein, anstatt immer nur mit erhobenem Kopf durch die Welt zu stolzieren.«

»Henny! Ich dachte, wenigstens du ... Nein, sag nichts! Du verstehst das nicht. Du hattest ja immer das Vermögen und das Erbe deines Vaters. Ich dagegen mußte mir jeden Cent durch eigene Arbeit selbst verdienen. Verstehst du das nicht? Die ganze Sache könnte mir das Genick brechen. Du weißt nicht, was es heißt, wenn man sich Vater und Mutter sein und selbst für das Alter vorsorgen muß. Du hast einen Mann, und du hast deine Kinder. Wer wird für mich da sein, wenn ich einmal alt bin? Ich will verdammt sein, wenn ich so etwas dulde«, rief Jo, wieder in wilder Wut. »Ich hätte sie gestern erwürgen sollen. Ich hatte die Chance. Aber ich war zu schwach. Trotzdem hätte ich es tun sollen.«

»Du hättest einen Mann heiraten sollen, der dich zwingt, die Fußböden zu schrubben, und dich in den Bauch tritt, wenn du nicht schnell genug bist«, sagte Henny mit allem Haß der letzten zwölf Jahre. »Ich bin genauso verdorben wie sie ... auch ich hatte Männer ... auch ich habe meine Spuren durch alle möglichen Spelunken gezogen ... und ich habe von einem Mann Geld genommen, um seine Kinder zur Welt zu bringen ... Ich bin eine Betrügerin und eine Lügnerin und eine Betrogene und eine schwächliche Idiotin, und es gibt nichts, was für mich zu niedrig wäre, aber trotzdem bin ich dir und deinem kriecherischen, niemals erwachsen gewordenen Bruder haushoch überlegen. Ich bin besser als du, obwohl du zur Kirche gehst, und besser als er, der sich zu gut ist, um in die Kirche zu gehen, weil ich das alles getan habe. Ich habe mich beschmutzt, ich habe Dinge getan, für die ihr beide zu dumm und zu feige seid – und doch, ganz egal, wie tief ich gesunken bin, ich krieche nicht im stinkenden Schleim der Gosse, ich habe kein Herz aus Stein, ich rümpfe nicht schniefend die Nase, wenn ich ein Straßenmädchen mit zerrissener Bluse sehe, ich bin mir nicht zu fein, um zu wissen, was mit ihr los ist. Ich hasse sie, aber ich hasse auch mich selbst. Wie bin ich diese ach so edle Heiligtuerei leid. Wie bin ich diesen Idioten leid, der dasteht und mich anglotzt und sich für ebenso heilig hält wie du. Nichts ist zu gut für euch, nichts ist zu schlecht für mich. Am besten, ich ziehe gleich mit eurer armen, elenden Schwester durch die Straßen. Irgendwo werden wir schon etwas zu essen finden – und Menschen, die anständig zu uns sind, keine großmäuligen Ehemänner und Schwestern, die uns am liebsten erwürgen wollen. Das hast du selbst gesagt, du hast es deutlich ausgesprochen, das kannst du nicht mehr zurücknehmen, und darin hat sich dein ganzes schwarzes, grausames Herz offenbart. Du hast versucht, sie zu vernichten, sie wie mit einem Stein ein für allemal niederzuschlagen, so wie der da versucht hat, mich am Boden zu halten und alles Leben aus mir herauszupressen. Ich kenne euch beide, ich kenne euch alle. Sie ist die einzig Anständige unter euch, gerade deshalb, weil sie so ist wie ich, weder heilig noch gut ... Sie ist gut, weil sie *nicht* gut ist. Hör endlich auf zu glotzen, du Idiot, und du verschwinde von hier, du dreckige Schlampe ... Und sag deiner Tochter, sie soll ebenfalls verschwinden, ich kann euch alle nicht länger ertragen ...« Henny konnte nicht mehr sprechen, sie fing an zu schreien, sackte schließlich in sich zusammen und schlug hart mit dem Kopf auf den Boden. Ihre Augen waren geschlossen, und sie wirkte so kalt wie Stein.

Mit tränennassen Augen ging Louie langsam hinaus, um ihr, wie schon so oft, ein Kissen zu holen, während Jo sagte: »Also, so etwas habe ich ja noch nie im Leben ...«

»Sei still, Jo. Das Problem mit dir ist, daß du nichts verstehst und auch nicht versuchst, etwas dazuzulernen«, sagte Sam mit leiser, beschämter Stimme. »Gehen wir hinaus, lassen wir sie in Frieden. Louie, bleib bei deiner Mutter, bis sie zu sich kommt. Ich weiß auch nicht mehr weiter, Jo. Du hast keine Ahnung, was ich durchmachen muß, also halte dich mit Ratschlägen zurück. Aber jetzt fahren wir erst einmal nach Baltimore und holen Bonnie. Ich nehme sie zu mir. Wirklich, Jo, du mußt versuchen, gütiger zu sein. Du stellt dich über das menschliche Leben.«

»Ich habe niemals etwas Unrechtes gesagt«, sagte Jo voller Stolz und Überzeugung. »Ich habe keinem Menschen Unrecht getan, so etwas kann niemand von mir behaupten.«

»Nimm deinen Hut, Jo, und laß uns zu Bonnie fahren.«

Henny regte sich stöhnend. Louie, die sie schniefend und schluchzend von der Zimmerecke aus beobachtet hatte, trat einen Schritt vor. »Soll ich dir aufhelfen, Mutter?«

»Ja, bring mich ins Babyzimmer.«

Aber als sie aufgestanden war, entwand sie sich rasch der Berührung des verhaßten Kindes, lief ins Babyzimmer und schlug die Tür hinter sich zu. Louie ging ums Haus und spähte von draußen durchs Fenster hinein. Henny lag auf Tommys Bett, unter dem Bild von dem Mädchen mit den Orangen, und große Tränen quollen unter ihren braunen Lidern hervor.

Die Jungen, die unten am Strand gespielt hatten, kamen kreischend herbeigelaufen. »Tante Jo, können wir mit deinem Auto zur Fähre fahren, um den Marlin abzuholen? Die Fähre kommt gerade an.« Und so kam es, daß sie, da sie den großen Fisch nicht am Anleger der Metapeake-Fähre liegen und verderben lassen konnten, zuerst gemeinsam den Marlin holten, ehe Sam und Jo nach Baltimore aufbrachen. Unter der Last des riesigen Speerfischs wankten die Kinder hinunter zum Strand. Seine großen Augen waren eingesunken, der Kampf um sein Leben schien ihn bis zum äußersten erschöpft zu haben, und in seinem Bauch klaffte eine Wunde. Sie banden ihn mit einer Schnur an eine Stange und versenkten ihn im Wasser, damit er so frisch wie möglich blieb, bis Sam nach Hause kam. Aus ganz Eastport strömten Kinder nach Spa House, und von der Brücke und von der Shipwright's Street sahen Leute neugierig zu ihnen herüber. Die Kinder waren stolz und glücklich und fest entschlossen, sich den ganzen Vormittag nicht vom Strand fortzubewegen. Die Luft war drückend und spannungsgeladen, aber die Kinder kümmerte das nicht, sie spielten und sprangen wie Fische.

Oben im Haus kroch Evie ächzend um Tische und Stühle, um Staub zu wischen, versunken in ein zufriedenes Delirium. Louie hatte ihr erzählt, Tante Bonnie habe ein Baby bekommen und würde mit ihrem Kind bald zu ihnen ziehen. In Gedanken hatte Evie es schon so eingerichtet, daß das Baby in ihrem Zimmer schlief, damit sie immer mit ihm zusammensein konnte.

2 | *Wenn der Windbaum blüht*

Sam kam erst heim, als der Himmel grünlich wurde und über Bancroft Hall und dem dunklen Horizont eine ungewöhnlich große Federwolke stand. Er war allein. Außer der besorgten Nachbarin hatte sich niemand um Bonnie gekümmert. Als ihr

Bruder endlich zu ihr kam, war sie krank, fiebrig und wütend. Wo war das Baby? Die Nachbarin hatte ihr erzählt, eine Krankenschwester kümmere sich um das Kind, aber sie wollte es sehen. War es ein Junge oder ein Mädchen? Es war ein Junge mit feinem, weißem Haar. Sie wollte ihn stillen. Nicht in den ersten achtundvierzig Stunden, hieß es. Sie jammerte und weinte, schlief ein und wachte wieder auf, sorgte sich um das Baby, wollte unbedingt aufstehen und fragte, wo die Krankenschwester sei. Die Nachbarin sagte – und glaubte es auch –, Jo treffe gerade Vorkehrungen, damit sie und das Baby in einem Pflegeheim unterkämen. Aber Bonnie wußte etwas über Jo, das sonst niemand wußte, weil sie die gequälte Wut ihrer Schwester in den letzten vierundzwanzig Stunden gesehen hatte. Wenn sie sich hätte bewegen können, wäre sie davongelaufen, aber sie fühlte sich so schwach, daß sie dachte, sie müsse sterben. Das Zimmer war unaufgeräumt. Fliegen summten, und von draußen drang schwüle Gewitterluft herein. Bonnie weinte und dachte in ihrer Hilflosigkeit und Angst über die Geheimnisse der vergangenen Monate nach. Ihre Demütigung würde sie niemals eingestehen. Sie war ein fröhliches, beschwingtes Mädchen, mit dem Bazillus des Optimismus infiziert, war es immer gewesen und würde es wieder sein. Als sie das nächste Mal aufwachte, war ihr geliebter Bruder Sam bei ihr im Zimmer. Sie weinte bitterlich in seinen Armen und sagte ihm, wie schwach sie sich fühle und daß sie glaube, dem Tode nahe zu sein.

Jo wollte Bonnie auf der Stelle aus ihrer Wohnung schaffen, um keine weiteren Erklärungen abgeben zu müssen, aber Sam machte ihr klar, daß Bonnie in ihrem Zustand unmöglich transportfähig sei – »Erzähl mir nichts! ... Bitte sag mir, wann du von der Entbindungsstation gekommen bist ... das ist ja lächerlich ... das verstehe ich ebenso gut wie du ... Mumpitz!« rief Jo unterdessen aus –, statt dessen schlug er vor, Jo solle Bonnie so lange pflegen, bis sie wieder aufstehen könne, eine Woche oder zehn Tage vielleicht, und sie dann nach Einbruch der Dunkelheit aus dem Haus lotsen. Er würde Bonnie zu sich nach Spa House nehmen und kommen, um sie abzuholen.

Jo gab sich äußerst gequält von der Vorstellung, es eine ganze Woche oder gar länger mit Bonnie in ihrer Zwei-Zimmer-Wohnung aushalten zu müssen, rang die Hände und sagte, sie könne unmöglich in die Schule gehen, sie müsse sich krankschreiben lassen, außerdem könne sie ihren Mietern nicht in die Augen sehen, dabei rücke der Zahltag für die Miete bedrohlich näher. Und was um alles in der Welt solle sie dem Handwerker sagen, den sie bestellt habe, um ihre Wände nilgrün streichen zu lassen? Aber Sam wurde sehr streng und verbat ihr eindringlich, Bonnie auch nur von der Stelle zu bewegen. Angesichts eines so eindeutigen Befehls wurde die herrschsüchtige, widerspenstige Jo mit einem Mal lammfromm und ergeben. Sam sagte, sie solle Bonnie Essen bringen und etwas zum Anziehen besorgen und wies mit bitterer Stimme darauf hin, daß die Last in wenigen Tagen auf ihn fallen würde, Jo brauche sich also nicht so aufzuregen. Auf dem Heimweg war er äußerst grüblerisch, aber der Anblick der dichten Wälder und des breiten, fischig-silbrigen Severn erquickte sein Herz. Er war nicht zu dem »elenden Taschenspieler« gegangen, der nach Jos Überzeugung die Ursache für Bonnies Untergang war, weil Bonnie wiederholt und mit fester Stimme beteuert hatte, der Vater des Kindes sei Junggeselle, Schauspieler und momentan auf Tournee – seinen Namen hatte sie nicht preisgegeben –, so daß Sam zum gegenwärtigen Zeitpunkt nicht wagte, irgend etwas zu unternehmen. Er war ernst und zutiefst beschämt, haderte mit dem Schicksal, nicht mit Bonnie, und während der Zug langsam durch die Landschaft zockelte, murmelte er immer wieder seinen Lieblingsspruch vor sich hin.

Ein guter Name ... ist das Kostbarste,
das kostbarste ... Juwel,
das ein Mensch ... eine Frau oder ein Mann,
je besitzen kann ... Ein guter Name!

Beim Hafenbecken blieb er wie immer stehen, plauderte eine Weile mit dem Kapitän der *Mary III* und ging dann weiter in Richtung Brücke. Vogelschwärme, die aussahen wie große Trichter oder Reusen, durchkämmten mit steilen Sturzflügen die Luft nach Insekten oder flogen auf einen Baum zu, um sich auf seinen Zweigen niederzulassen. Über ihnen stand noch immer die seltsame Federwolke am Himmel, hellgolden, in der Form einer Straußenfeder oder eines großen, windzerzausten Baums. Es war schon spät, es begann zu dämmern, und bald war nichts weiter übrig als ein paar grünliche Spitzen und der merkwürdig erleuchtete, goldene Westen. Viele blieben stehen, um zu dem unheilverkündenden Windbaum aufzusehen, der beharrlich an seinen reinen, glitzernden, fransigen Formen festhielt, ehe er sich schließlich aufzulösen begann. Die Kraft des dahinter brennenden Lichts war nur noch an den Rändern zu erahnen, und allmählich rückte der restliche Himmel ins Bild. Er war bedeckt von kleinen Federwolken, die sich dehnten, ineinanderschoben und vermischten. Sam hörte Stimmen und sah eine Schar Kinder mit »Sarg-Jim« Lomasne und dem alten Seebär Bill am Strand von Spa House stehen und über den großen Marlin debattieren, der dort tot im Wasser lag.

»Heiliger Flohsack«, sagte Sam, »sie machen sich noch in die Hosen, wenn ich mich nicht beeile!« Und er beschleunigte seine Schritte.

Als die Kinder ihn sahen, liefen sie ihm aufgeregt entgegen. »Pad, Pad, warum kommst du so spät? Können wir jetzt noch den Speerfisch kochen? Oder wenigstens das Holz unterm Kessel schichten?« Ernie zeigte auf die faserigen Wolken am Himmel und sang: »Wenn der Windbaum am Himmel blüht, das leichteste Segel die schwersten Schiffe zieht« – uraltes Seemannsgarn.

Gleich nach dem Abendessen zogen sie mit ihrer alten Eisenbahnlaterne – die sie »olle Lokfunzel« nannten –, einigen von den Fischern geborgten Lampen, einer großen Säge und mehreren Häutemessern zum Strand hinunter, um den Fisch auseinanderzunehmen. Bald kam Klein Sam die dunkle Klippe heruntergesprungen, um zu verkünden, daß das Feuer heiß sei und das Wasser schon summe. Sie hatten sich vorgenommen, den Fisch über Nacht zu kochen. Auf über Waschwannen gelegten Brettern standen Schüsseln bereit, in die sie das Öl schöpfen konnten, sobald es sich an der Oberfläche abgesetzt hatte; Ernies ausgewaschene Flaschen waren an der Wand des Waschhauses aufgereiht. Sam war fest entschlossen, die Vorteile seiner ökonomischen Pläne zu demonstrieren, indem er so viele Haushalte wie möglich mit diesem einzigen Fisch versorgte. Henny ließ fragen, wie um alles in der Welt sie am Montag die Wäsche bewerkstelligen solle, aber Sam ließ ihr ausrichten, die Jungen würden eigenhändig alle Wannen und das gesamte Waschhaus mit Sand und Bleichsoda ausschrubben. Sie schnitten den Fisch in fünfzehn bis zwanzig Zentimeter lange Stücke und warfen sie in den Kupferkessel, in dem sich nur wenig Wasser befand. Eigentlich hätten sie einen Doppelkocher gebraucht, sagte Sam, aber »Not macht erfinderisch«. Den Fischkopf hoben sie auf, um ihn am nächsten Tag in einem Kessel im Garten zu kochen; aus reiner Neugier wollte Sam unbedingt wissen, wieviel Öl sich allein aus dem Kopf gewinnen ließ.

Nach zwanzig Minuten, etwa um Viertel vor zehn, erhob sich ein kräftiger Fischgeruch, der mit der Zeit immer stärker wurde. Als die Masse dickflüssig wurde, deckten sie die Glut mit Kohlestaub ab und schütteten noch etwas Wasser nach. Es war ein geschäftiges Hin und Her, die Kinder wuselten umeinander und trugen sich und ihrem Vater die unterschiedlichsten Botschaften zu. Schließlich kam Henny heraus und fragte, woher der fürchterliche Gestank käme und ob dies die ganze Nacht so weitergehen solle. Das kochende Wasser war jetzt mit großen Fettaugen und Schaum bedeckt, den sie gelegentlich in Emailleschüsseln und Kücheneimer abschöpften. Langgezogene Dampfschwaden waberten um sie herum, und die Luft im Waschhaus war zum Schneiden. Henny wanderte unruhig durchs Haus, rang die Hände und klagte, diesen Gestank würde sie niemals wieder aus dem Haus herausbekommen.

»Bei Hassie stinkt es nach Fisch, dann komme ich nach Hause, und hier ist es noch viel schlimmer! Soll ich mein restliches Leben in einem Fischkessel verbringen?«

Sie floh nach oben, doch die bleiern in der schwülen Luft schwebenden Schwaden zogen träge durchs ganze Haus, bis sie auch das Obergeschoß, das Dach und die Schornsteinköpfe erreichten, um sich anschließend anderen Zielen zuzuwenden – der Spaß fing ja erst richtig an. Es war ein nächtliches Fest für Sam und die Kinder, die mit roten Gesichtern rund ums Feuer saßen, sich beim Schüren des Feuers abwechselten, einander Anekdoten erzählten, Witze rissen und gemeinsamen Erinnerungen nachhingen. Sam rezitierte: »Ein guter Name ist das Kostbarste, das ein Mensch je besitzen kann«, und Louie setzte hinzu: »Als Moloch, das Aas, jüdische Kinder fraß, speistest du Teufel beflissen, mit allerreinstem Gewissen.« Einer nach dem anderen beschwerten sie sich bei Sam über den üblen Gestank, setzten sich dann aber doch zu den anderen und sogen träumerisch die dicke Fischluft ein.

»*Superbus*«, rief Sam, »*superbus*! Dieser Duft ist wie ein göttlicher Hauch! Wartet nur, bis ihr meine sterblichen Überreste zu riechen bekommt!«

»Hör auf!« rief Louie.

»Hier stinx unn da stinx«, sagte Sam und begann, auf seinen Hinterbacken auf- und abzuhüpfen, »deshalb gips gute Düfte unn miese Lüfte; Protzgerüche und Kotzgerüche; weise Sprüche unn Knochenbrüche; Hunde, die krähn, unn Hähne, die nach Dieben spähn; Wunden, die in Stunden, wenn verbunden, auch gesunden; deshalb gips toten Fisch unn Mittagstisch unn Flederwisch; Meerestang bei jedem Fang; Fische, die laichen, unn bleiche Wasserleichen; sehn aus, als wärn sie tot, unn fahrn trotzdem Boot; die tun sich groß unn tun ganz fein, doch stichs du mit 'nem Messer rein – puh-huh-huh-huh-huh!«

Und er hielt sich die Nase zu, während alle um ihn herum es ihm gleichtaten und riefen: »Puh-huh-huh-huh!«

»Puh«, rief er, »nu sacht mal selbs, Kinnings, ham wir nich 'ne herrliche Zeit? Jetz müßn wir uns nur noch abwexln unn die liebe lange Nacht unser Feuer bewachn. Wir könns uns nich leisten, daß es uns außer Kontrolle gerät, wir wohn innem Holzhaus, unn wer im Holzhaus sitz, soll nich mit Funken schmeißn. Also, Freiwillje vor, alle im Chor!«

»Ich glaube, es wird bald regnen, Pad«, sagte Klein Sam und rümpfte die Nase. »Es riecht nach Regen.«

Wie als Antwort darauf ließ der Himmel ein tiefes Grummeln hören, vielleicht von Nordwesten, und die Luft zitterte wie ein Vorhang.

»Der Fisch kocht schon«, sagte Sam, »es ist zu spät, das Ganze einfach abzublasen. Deshalb gehen wir jetzt ins Bett. Kleinfrauchen wird die erste Wache übernehmen, dann weckt sie Lulu, die sie ablösen kann, und anschließend teilen sich Klein Sam und Saul die nächste Wache in zwei Schichten.«

»Und wann hältst du Wache, Pad?« fragte Ernie.

»Sam der Kühne muß die Oberaufsicht führn«, antwortete Sam, »da kann er nich auch noch Wache haltn. Is doch logisch, daß der Boss nich alles selber machn kann.« Er grinste verschlagen. Doch als Henny von dem Plan hörte, ließ sie ihren wütenden Protest ausrichten, und sie stellten einen neuen Dienstplan auf, nach dem alle, einschließlich Sam, höchstens zwei Stunden Wache hielten, um das Feuer zu schüren, den Schaum abzuschöpfen, den Sud umzurühren und für die Ablösung eine Tasse Tee zu kochen.

Die Nacht kam ebenso wenig zur Ruhe wie sie. Der Himmel grummelte, das Land ächzte, und die Bäume schwankten, als wäre die Erde ein altes, hölzernes Schiff auf einem bedrohlichen Meer. Der Donner wurde lauter und kam immer näher. Grelle Blitze zerrissen den Himmel, von dessen naher Schwelle gefährliche Feuerkugeln auf die Erde herunterrollten. Dann erschauderten Himmel und Erde und verschmolzen miteinander zu einer einzigen welligen Scheibe, an deren Umrissen sich immer heftigere Blitze entluden. Bleich und bebend ließen die Kinder all dies über sich ergehen, von klein auf dazu erzogen, vor einem Naturschauspiel keine Angst zu haben, und doch voller Ehrfurcht vor diesem in bizarren Zuckungen sich entladenden Sturm.

Henny konnte nicht schlafen, kam die Treppe herunter, um das Baby zu holen und zu sich nach oben zu nehmen. Sie hielt den schweren Körper des Kindes so lange sie konnte im Arm und legte es dann neben sich ins Bett. Ein Blick aus dem Fenster ihres Schlafzimmers bot das gewohnte Bild: ein paar gräßlich schiefe Dächer, ein Stück Pflasterstraße, die wuchtige Holzbrücke, dahinter das farblose, aufgepeitschte Wasser, auf dem die am Ufer festgemachten Boote wie Nußschalen auf- und niedertanzten. Irgendwo jenseits dieser Welt tobte eine gewaltige Stimme, krachten Peitschen und klapperten schwere Eisenplatten durch den endlosen Raum, während alle paar Minuten die Flammen eines fernen, offenstehenden Herds den gesamten Himmel beleuchteten. Manchmal war es, als ob der siebenarmige Leuchter nach dem Horizont griff und ein flackerndes Etwas quer über den Himmel warf. Woge auf Woge prasselte der Regen in Sturzbächen herab.

Henny schlang sich ihren Morgenmantel um und eilte wütend die Treppe hinunter, klopfte an Sams Tür und fragte, ob den Kindern wegen des verfluchten Riesenfischs nicht einmal mehr ihre Nachtruhe vergönnt sei und ob sie in dem überfluteten Garten ertrinken sollten.

»Geh wieder ins Bett«, rief Sam hinter der geschlossenen Tür.

»Wenn dieser stinkige Fisch unbedingt bewacht werden muß, dann werde ich ihn eben bewachen, auch wenn ich ihn aus tiefster Seele hasse, aber das ist immer noch besser als zuzusehen, wie die armen Kinder wegen deiner idiotischen Launen die ganze Nacht nicht zum Schlafen kommen!«

»Geh wieder ins Bett«, rief Sam. »Jetzt hast du mich geweckt, dann halte ich eben die nächste Wache.«

Henny zog sich murrend nach oben zurück, doch erst als sie Sam aus seinem Zimmer kommen sah, ging sie wieder ins Bett. Sie beschloß, Karten zu spielen und die nächste zweistündige Wache zu übernehmen, damit Saul, der laut Dienstplan als nächster an der Reihe war, weiterschlafen konnte.

Dunkelheit ergoß sich vom Himmel, zischte wie fallende Asche, ein Rinnsal aus Feuer, plötzliche Explosion. Henny holte ihre Karten heraus und begann, ihre berühmte Doppelpatience – mit zwei Kartenspielen – zu legen. Beim ersten Austeilen erschienen nur Herz und Karo, so daß sie keine Karten umlegen konnte, beim zweiten kamen nur Kreuz und Pik, und sie mußte auch diesmal tatenlos zusehen. Die dritte Lage war gemischt, wenn auch nicht sehr verheißungsvoll, doch dann schritt das Spiel mit immer größerer Geschwindigkeit voran, allein durch Zufall, nicht durch geschicktes Mischen, und Henny, die des öfteren mogelte, geriet diesmal in Versuchung, mit umgekehrtem Ziel einzugreifen und der Auflösung entgegenzuwirken. Nach fünf Minuten war das Spiel zu Ende! Henny vergaß das Gewitter und den Fisch im Kupferkessel und blickte hilflos auf die acht Stapel, die vor ihr lagen, jeder von einem König gekrönt. Das Spiel, das sie ihr ganzes Leben lang gespielt hatte, war zu Ende, sie hatte nichts mehr zu tun, es gab kein Spiel mehr. Wütend nahm sie die Karten wieder auf, mischte sie sorgfältig und begann, sie wieder auszulegen, aber schon nach der ersten Reihe wurde sie von einer so heftigen Abwehr, einem so starken Gefühl der Leere und der Sinnlosigkeit ergriffen – sie dachte daran, was sie womöglich in den nächsten fünfzehn oder zwanzig Jahren alles würde durchmachen müssen, ehe die Patience das nächste Mal aufging! –, daß sie die Karten rasch zusammenschob und lose in ihre Schublade warf. Sie stand auf und blickte aus dem Fenster auf das wogende, gelblich angeschwollene Wasser hinaus.

Als Ernie, den das Gewitter geweckt hatte, aufstand, um die Wachablösung mitzuerleben, sagte seine Mutter: »Sag deinem Vater, daß er Saul schlafen lassen soll. Ich werde mir mein Stopf- und Strickzeug mitnehmen und die nächste Schicht übernehmen.«

Sam, der dies als schwaches, verlegenes Entgegenkommen wertete, als Eingeständnis, daß Henny sich trotz allem für den Marlin und Sams geniale Planwirtschaft interessierte, antwortete verschmitzt: »Also gut. Sag deiner Mutter, wenn sie will – aber nur, wenn sie will –, kann sie den Fisch von zwei bis vier bewachen, und Saul kann sie dann um vier Uhr ablösen.«

Ernie sagte: »Nein, Daddy, tu das nicht. Du weißt, Mutter kann den Fischgeruch nicht ausstehen.«

»Es gibt mehr Dinge im Himmel und auf Erden, Horatio, als eure Schulweisheit sich träumen läßt«, lachte Sam. »Ist schon gut, Sohn. Was dem Auge entgeht, schnappt sich der Mund; scharfer Geist schneidet den Dieb; wer zuviel hinhört, kann nicht hinlangen. Mutter, mein lieber Junge, hegt ein heimliches Interesse an unserem kleinen Experiment, und das ist ihre verquere, störrische, weibische Art, ihr Interesse zu zeigen: Sie tut so, als würde sie ein Opfer bringen, obwohl sie in Wirklichkeit doch eine von uns sein will! Merkst du das nicht, Ermy? Du mußt lernen, die Frauen zu verstehen! Frauen bedeuten Ärger, Frauen sind stur, und du mußt lernen, sie zu führen, mein Junge. Wenn Mutter anbietet, den Fisch zu bewachen, dann lassen wir sie das auch tun.«

Mit einem unsicheren Lachen gab Ernie schließlich nach. Von Lärm und Sturm geweckt, stand Louie auf und ging zum Waschhaus. Als sie hörte, daß Henny die nächste Schicht übernehmen sollte, war sie empört, aber Sam lachte nur fröhlich, knuffte sie in die Rippen und sagte, sie solle sich lieber nicht einmischen: »Wer sich einmischt, lebt gefährlich, halt dich raus und bleibe ehrlich!«

Durch die feuchte Luft wehten im Rhythmus des Sturms dicke Schwaden von Marlindämpfen in ihre Nasen. Louie lief nach oben. »Mutter, ich bin wach! Ich übernehme die nächste Wache.«

»Du gehst jetzt ins Bett, sonst siehst du morgen früh wieder aus wie eine gargekochte Eule!«

»Ich halte Wache!«

»Nein, ich halte Wache! Ich habe keine Kraft zum Streiten, geh jetzt ins Bett. Ich hoffe nur, ich erkälte mich und hole mir den Tod!«

Louie blickte aus ihrem Fenster und sah Sam und Ernie zur Böschung gehen und auf die angeschwollene Strömung schauen. Sie stapften über den triefenden, glucksenden Grund und schleuderten einander lachend Salzwasserspritzer ins Gesicht.

»Wettlauf zum Waschhaus«, rief Sam.

»Au ja«, rief Ernie zurück.

Aber sie waren beide keine guten Läufer, und der Junge bekam bald Seitenstechen, so daß Sam als erster beim Waschhaus ankam

»Gewonnen«, frohlockte Sam und ging hinein, hob den Deckel an und starrte in den Sud. »Mein Gekoche«, sagte er, »mein Gekoche kann sich sehen lassen! Was Sam der Kühne zusammenbraut, läßt sich mit den faden Eintöpfen der Frauen gar nicht vergleichen. Sam der Kühne kocht nur, was für Mensch, Pferd und Maschine gleichermaßen nützlich ist – das Öl der Öle!«

Mit eingesunkenen, wütend funkelnden Augen stand Henny auf und schob sich an ihm vorbei ins Freie. Zu dem Jungen sagte sie: »Ernie, mein Lieber, jetzt, wo dein kluger Vater hier ist, können die dummen Leute vielleicht etwas essen gehen. Komm mit, ich gebe dir Milch und bringe dich ins Bett.«

Sam ließ ein komisches Knurren hören. »Ermy, mein Jung, tomm her zu mir! Du bis auf Posten eingeteilt, unn wo du schon mal wach bis, kanns du auch eemsogut deim aam tlein Sam Gesellschaft leistn. Sach deiner Mutter, daß sie für die ganze Mannschaft frischen Kaff-Kaff kochn soll.«

»Ich bin so müde, Pad«, sagte der Junge.

»Du tust, was dein alter Herr dir sagt«, lächelte Sam.

Henny murmelte draußen in die schlaflose Nacht: »Ich wünschte, er würde die Kinder mit seinen albernen Streichen verschonen«, und ging ins Haus, um frischen Kaffee zu kochen. Sie stellte die dampfende Kanne zusammen mit Obst und Sandwiches auf den Tisch und rief von der Verandatür: »Ernie, sag deinem Vater, der Kaffee steht auf dem Tisch.«

»Steht er auf dem Tisch, steht er auf dem Tisch?« rief Sam. »Kann erst kommen, wenn er wirklich auf dem Tisch steht.«

»Ach, halt doch die Klappe«, sagte Henny und drehte sich um. Der Junge sah seinen Vater an.

»Hols du mir Kaff«, sagte Sam, »dann kriechs du auch 'n Tröpfchen, das so schön warm die Kehle runterläuft, unn dann gehs du ins Bett. Bis es soweit is, kanns du die Knoten in den Leinen entwirrn, Ermy. Wer solche Knoten drinneläßt, wird nie 'nen guten Fischer mit richtchem Instinkt abgeem.«

Der Junge nahm die nasse, verworrene Leine und pulte eine Weile lustlos daran herum, während Sam ihm weiter gute Ratschläge gab. Schmollend trottete Ernie schließlich zum Haus zurück.

Sam fühlte sich plötzlich sehr einsam im Waschhaus. Nur das Blubbern des Fischsuds war noch zu hören. Der Kessel verströmte einen herrlichen, starken Geruch, und Sam rechnete damit, mindestens eine, wahrscheinlich sogar zwei Gallonen Öl daraus zu gewinnen, doch was hatte das Ganze für einen Sinn? War sein Leben nicht leer? Versuchte er nicht vergebens, die Kinder bei Laune zu halten, sich immer wieder Neues für sie auszudenken, sie zu guten Männern und Frauen zu erziehen, während sie am liebsten ihren eigenen Neigungen folgten und seine Frau alles darauf anlegte, sie zu verbiegen und sie ihm zu entreißen? Ich darf das nicht denken, dachte Sam, schüttelte sich und begann, verbogene Nägel glattzuhämmern, die er aus alten Verpackungskisten gezogen hatte: Laß nichts verkommen, dann wird's dir frommen. Das gleiche gilt für die Energie. Ich darf meine Emotionen nicht vergeuden, kann sein, daß ich sie in Zukunft noch für eine große Aufgabe brauche. Vielleicht werde ich ja später auf eine bedeutende Position berufen – man weiß ja nie, bereit sein ist alles. Man arbeitet jahrelang, dann kommt ganz plötzlich die große Chance ... Und in der Zwischenzeit mache ich mich hier nützlich, führe die Menschen, schaffe in Eastport ein Gemeinschaftsgefühl, spreche auf Elternversammlungen über Frieden und Fortschritt, und bald werde ich mithelfen können, unsere Gewässer und Küsten zu schützen und ihre Fruchtbarkeit zu mehren. Der Mensch ist das Symbol der Fruchtbarkeit, und Vermehrung ist seine Aufgabe. Ja, nicht verzweifeln, Samuel: Auf den, der sich bereithält und geduldig wartet, kommt das, was er sich wünscht, von selber zu. Er überwältigt alle Feinde, auch die inneren, Müdigkeit und Enttäuschung. Ich trage das Licht, und ich werde es an zwei, drei meiner Nachkommen weitergeben. Unterdessen muß ich beobachten, warten, beten – nein, nicht beten, aber lernen, meine Mitmenschen zu führen, weil mir der Geist gegeben wurde. Wo ist Lulu? Sie würde diese Gedanken verstehen. Arme, verirrte, besorgte Lulu! Ich wette, sie ist wach, weil mein Geist wach ist und zwischen ihr und mir eine ganz direkte Verbindung besteht, ein innerer, geistiger Draht ...

Sam ging ums Haus. Als er zum vorderen Rasen kam, ging das Licht in Hennys Zimmer aus. Der Fischdunst hing jetzt wieder hartnäckiger in der schweren Luft, denn der Sturm ließ endlich nach, und alles, was von ihm noch übrig blieb, waren ein Zucken hinter den ausgefransten Regenwolken am Himmel und die vielen Pfützen am Boden. In der Bucht schwappte das Wasser ungewöhnlich hoch. Sam schien es, als leckte die Natur an seinen Füßen wie ein Sklave, wie die Frau, von der er irgendwo gelesen hatte, die die Füße des geliebten Mannes wusch und mit ihren Haaren trockenrieb.

In Louies Zimmer ging das Licht an. »Ich hab es gewußt«, sagte sich Sam. Er sah Louie zur Veranda kommen, auf ihn herunterschauen und dann wieder in ihrem Zimmer verschwinden. Er dachte: »Es ist früh, fast hell, und sie ist wach. Wir gehen ein wenig spazieren.« Er ging ins Haus, schlich die Treppe hinauf und dachte dabei an Jenny Maxim, das kleine Mädchen in Baltimore, das er bei Mrs. Pilgrim kennengelernt hatte und das von seiner Liebe zur Natur so erfüllt war. Hennys Tür war geschlossen. Aus Louies Zimmer war Gemurmel zu hören. Die Tür stand offen, Sam sah seine Tochter auf dem Bett liegen. Sie hatte die Hände hinter dem Kopf verschränkt – sie drehte ihr Haar durch die gespreizten Finger –, und er hörte sie sagen: »›Steh mir bei, du großer demokratischer Gott, der du dem dunklen Sträfling Bunyan die schimmernde Perle der Dichtkunst nicht verweigertest, der du den Armstumpf des Cervantes, des Galeerensklaven, der alt war und in bitterer Bedrängnis, gekleidet hast in zwiefach gehämmerte Blätter aus feinstem Gold.‹« Sam, der auf literarischem Gebiet völlig unbewandert war und dachte, Louie habe dies selbst erfunden – und sich sagte, daß von einem

Nachkömmling von Samuel Clemens Pollit auch nichts anderes zu erwarten sei –, lehnte sich gegen den Türrahmen, um weiter durch den Spalt zu spähen, und lächelte in sich hinein.

Nach einer kurzen Pause, in der er ruhig zu atmen versuchte, hörte er sie wieder murmeln: »›Feindschaft fordert den Tod heraus, ich aber sehne mich nach dem Leben.‹ Sam lächelte wieder und dachte voller Freude: Ja, sie liebt die Liebe, und sie haßt den Haß – genau wie ich. Keine andere Aussage wäre als Einführung für die offene Aussprache mit Louie, die er für diesen Morgen – vielleicht bei ihrer Wache oder indem sie Klein Sam einfach schlafen ließen – eingeplant hatte, geeigneter gewesen.

»In der Stadt herrscht die Liebe, auf dem Land dagegen die Wollust«, murmelte Louie weiter, »der Sturm erdrückt die Felder, der Fluß schändet den Strand, der Gipfel entweiht das Firmament ...«

Sam trat ins Zimmer und sagte streng: »Was für einen verflixten Unsinn höre ich da? Welchen Autor zitierst du gerade, Lululein?«

Louie runzelte die Stirn. »Niemanden. Ich habe es selbst erfunden.«

»Eine schöne Erfindung«, sagte Sam kopfschüttelnd. »Du bist zuviel allein. Woher hast du das alles? Ich verstehe das nicht. Steh auf und zieh dich an, ich will mit dir reden.«

»Aber es ist noch nicht mal Morgen«, sagte Louie wütend.

»Du bist dran, den Marlin zu bewachen, und außerdem habe ich dir einiges zu sagen.«

Louie kräuselte die Lippen. »Was willst du mir schon sagen.«

»Zieh dich an, du störrisches Ding.«

»Erst, wenn du rausgegangen bist.«

Sam wandte sich um, zog heftig die Tür hinter sich zu und rief mit schmeichlerischer Stimme vom Flur: »Beeil dich, Lubilu, beeil dich, weil dein Samulam mit dir reden will«, um sie freundlich und aufgeschlossen zu stimmen, ehe sie nach unten kam.

Das Feuer war fast heruntergebrannt. »Laß uns den Sonnenaufgang anschauen«, sagte Sam. »Wir gehen rüber zur Bucht und wieder zurück, und zwischendurch schüren wir das Feuer«, und nachdem sie den Sud, auf dem das Öl jetzt an manchen Stellen fünf Zentimeter dick schwamm, ausgiebig begutachtet hatten, begannen sie ihren Spaziergang durch die dichte, zugewachsene, vom Regen noch dunkle Allee. Lockere Wolkenbänke bedeckten den Himmel, stiegen höher und trieben davon. Der Osten leuchtete fern in schwärzlichem Blau, aber die Wellen und die Bäume schienen ein und demselben Element zu entstammen.

»Lulu«, sagte Sam feierlich, »vielleicht hätte ich dich schon früher als Frau ansehen sollen. Natürlich sollten wir ideale Beziehungen zwischen Männern und Frauen anstreben, aber wie auch du offenbar zu erkennen scheinst, sind sie eben nicht ideal. Deine Kindheit, so schwierig sie auch gewesen sein mag, hat dir geholfen zu erkennen, daß wir keiner Seite die Schuld geben können: Es ist alles eine Frage von Anpassung und Geduld. Ich hoffe, du wirst einmal glücklich sein, Lulu. Der springende Punkt liegt in der Selbstbeherrschung und darin, den eigenen Geist unbeirrt auf die vielen, vielen gelösten und ungelösten Probleme der Wissenschaft zu richten. Die Natur mit ihren Mysterien hält für fleißige Geister unerschöpfliche Betätigungsfelder bereit. Ich hoffe, daß du eines Tages in die Reihen der Forschenden eintreten wirst. Was hast du vor, Lulu?« Sie schwieg. »Deinem Vater kannst du es doch sagen.«

»Ich weiß es nicht.«

»Nun, für Frauen gibt es größere Freiheiten. Ich hoffe, daß du dich dafür entscheiden wirst, bei mir zu bleiben und mit mir für die Befreiung aller Menschen zu arbeiten. Du mußt jedoch für dein eigenes Leben grundsätzlich begreifen, daß Freiheit nicht mit Libertinismus gleichzusetzen ist. Nicht daß dies jetzt schon ein Problem für dich wäre, obwohl heutzutage Männer und auch Frauen enormen Versuchungen ausgesetzt sind, sobald sie sich in der Welt umsehen. Wichtig ist, daß du verstehst, ohne daß ich es dir erst sagen muß, Lululein, daß die Versuchung durch das Geschlecht, die den einen früh, den anderen spät und manchen Glücklichen gar nicht überkommt, uns dazu verleiten kann, nicht mehr wir selbst zu sein. Ich habe dich Dinge erwähnen hören, die, so könnte man sagen, geschlechtliche Bedeutungen hatten – Symbole, Beispiele, Worte –, Bedeutungen, derer du dir zweifellos noch gar nicht bewußt sein kannst, was auch immer du fühlen magst, Lululein, und das überlasse ich ganz allein dir. Denk nur immer daran, daß die Selbstbeherrschung unseren einzigen Schutz darstellt und daß der Mißbrauch des Instinkts dazu führt, entweder Energie, Emotionen und feinsinnige Gefühle sinnlos zu vergeuden oder wahllos Zuflucht zu Mitgliedern des anderen Geschlechts zu nehmen, was zu schlimmen Geschlechtskrankheiten führen kann, ein viel zu schreckliches Thema, um weiter darüber nachzudenken oder gar zu sprechen. Das bliebe mir auch erspart, wenn du eine anständige Mutter hättest – aber die hast du nicht. Unter diesen Umständen fällt die Pflicht dem Vater zu. Mir ist das ebenso unangenehm wie dir. Versprich mir, Lulu – es ist schon seltsam, an einem so wilden, reinen Morgen, zwischen Nacht und Tag, zwischen Meer und Himmel ausgerechnet über dieses Thema zu sprechen –, daß du, wenn du an einen Mann oder einen Jungen denkst, dies nicht ernsthaft tust, ohne eine Heirat zu erwägen, oder daß du dir, wenn du unbedingt an ihm festhalten mußt – ich überlasse es ganz allein dir, auch wenn es mir, der ich diese Dinge soviel besser verstehe als du, äußerst unratsam erscheint –, zumindest vorher ein medizinisches Attest vorlegen läßt.«

Louie lachte. »Das würde ich niemals tun.«

»Es mir versprechen?«

»Nein, so etwas tun. Das ist doch lächerlich.«

»Du weißt nicht, wovon du sprichst«, erwiderte Sam mit heiserer Stimme.

»Ich liebe, ich liebe, ich kenne nur die Liebe«, rief Louie und brach in Tränen aus. »Was hat das damit zu tun? Halte du dich da raus.«

»Ganz ruhig, Lulu. Ich habe heute nacht mit Ernie gesprochen und ihm klargemacht, daß er es mir sagen muß, wenn er anfängt, an Mädchen zu denken.«

Louie entgegnete in bitterem Ton: »In einer Hinsicht bin ich mir ganz sicher: Das wird er niemals tun. Niemand von uns wird sich dir jemals anvertrauen.«

Bestürzt sah Sam sie an. »Lulu! Aber ich vertraue euch! Ich sage euch alles, was ich weiß und für das Verständnis des Lebens und der menschlichen Natur geeignet ist! Mein liebes Mädchen, natürlich siehst du mich als deinen Vater, als jemanden, der über die gewöhnlichen Versuchungen erhaben ist, aber dem ist nicht so. Auch ich bin versucht worden, und das Schlimmste an solchen Versuchungen ist«, er sah sie verschwörerisch an, »daß man ihnen unbedingt nachgeben will. Man findet Gefallen daran!«

Er lächelte und senkte den Blick. »Es gibt eine wunderbare junge Frau, Lulu, die als Gefährtin für mich geradezu geschaffen scheint – nein, geschaffen *ist*. Eine Verbindung, wie sie nur im Himmel geschlossen wird. Natürlich kann ich um deiner Mutter willen nicht einmal daran denken. Aber diese junge Frau fühlt ähnlich wie ich und würde alles für mich opfern, wenn es nur möglich wäre. Ich sagte ihr: ›Ich kenne dich, mein Mädchen, und ich weiß, du würdest für mich alles aufgeben. Und auch ich würde mir vom Leben nichts anderes erbitten – denn Stolz kenne ich nicht mehr –, als dich zu meiner stetigen Gefährtin zu haben, so daß du mir immer zur Seite stehst, in meiner Not nicht mehr von meiner Seite weichst. Ich weiß‹, sagte ich ihr erst gestern, ›daß das Leben dir ohne mich wenig bedeutet. Ich weiß, daß du bereit bist, in einer kleinen Wohnung zu leben und darauf zu warten, bis ich für kurze Stunden zu dir eilen kann, daß du es auf dich nehmen würdest, ein heimliches Leben zu führen, ohne Kinder, und der Zukunft mit mir dennoch mit großen Augen und voller Verheißung entgegenzusehen, die vielleicht sogar besser ist als alle Kinder, und außerdem habe ich ja schon welche.‹ Und sie sagte ja. Er hielt inne. »Sie sagte ja. Sie sei bereit. Und dennoch kann ich sie unmöglich darum bitten! Es wäre so unehrenhaft in den Augen der Welt. Und diese Welt ist nicht immer im Unrecht. Ein guter Name bedeutet viel. Denn wäre mein guter Name dahin, was könnte ich da noch Gutes tun? Die meisten Leute sind gute Menschen. Sie glauben an das einfache, ehrliche Leben, an die altmodischen Vorstellungen, die schon meine Mutter vertrat. Nein, wir dürfen nicht gegen die Überzeugungen der ehrlichen, bescheidenen, armen Menschen handeln, gegen die Regeln der Unschuld und der Unverletzlichkeit der Familie. Das Heim, der Herd, die Familie und die Vaterschaft waren die einzigen Ideale, die die alten Römer jemals hatten, so wenig sie ihnen auch zu entsprechen vermochten.«

Louie brach wieder in Tränen aus.

Sam sagte zärtlich: »Immer mußt du weinen, Lulu. So viele, viele Tränen!«

»Du mußt mir erlauben fortzugehen«, sagte Louie. »Du mußt mir die Freiheit schenken.«

»Du wirst niemals fortgehen, Lulu, du darfst mich nicht verlassen«, sagte Sam streng. »Du und ich, wir müssen uns in den Stürmen, die noch vor uns liegen, aneinander festhalten können. Das Haus ist kalt und voll von bitterem Haß. Das habe ich meinem kleinen Mädchen auch gesagt. Ich brauche dich, Lulu, als Bollwerk zwischen mir und dem Haß, ein Bollwerk der gelebten Liebe. Ich kann in einer solchen Atmosphäre des Hasses nicht leben. Das ist nichts für mich. Und ich weiß, auch für dich ist es hart, Lulu – das brauchst du mir nicht noch einmal zu sagen. Aber wenn du wüßtest, was du mir bedeutet hast, als ich dich zum ersten Mal sah, als du aus dem Leib deiner Mutter kamst! Frauen haben mir in meinem Leben immer so viel bedeutet. Sie haben an mich geglaubt, weil sie dazu geboren sind, an Männer zu glauben, Lulu, deshalb will ich nicht, daß du zynisch bist, sie haben mir zugehört, haben mich, wie ich glaube, wahrhaftig geliebt, auch wenn ich vielleicht immer viel zu bescheiden und zurückhaltend war, um die Liebe, wenn sie in mein Leben trat, als Liebe zu erkennen. Sie haben mir geholfen und alles dafür gegeben, die Natur ebenso sehr zu lieben wie ich. Frauen sind ein Segen für die Männer. Ach, Lulu, wenn ich die richtige Frau bekommen hätte, was für ein großer Mann hätte dann aus mir werden können! Gewiß ein besserer Mann, als ich es heute bin. Und unsere Kinder hätten sich in der Liebe von Vater und Mutter gesonnt, hätten zu unseren Füßen gespielt, wären von unschuldiger, lachender Kindheit, von starker, weltoffener Knabenzeit weiter zu großäugiger, idealistischer Jugend und schließlich zu energischem Mannesalter vorangeschritten! Aber ich bin zufrieden mit dem, was ich habe. Denk bloß nicht, daß ich deine Brüder und dein kleines Schwesterchen nicht mag. Sie sind vielleicht nicht alle so geworden, wie ich es mir gewünscht hätte, aber sie sind mir lieb und teuer. Sie werden den richtigen Pfad einschlagen und dem Licht folgen, und sie werden es schaffen, Lulu. Du sollst wissen, daß ich euer aller Zukunft optimistisch sehe.«

Er wartete auf eine Reaktion und fügte dann hinzu: »Was hast du mir zu sagen, Lulu, was deine eigene kleine Zukunft betrifft?«

»Ich möchte von zu Hause fortgehen.«

»Nach allem, was ich dir gesagt habe?«

»Ich muß fortgehen. Du mußt mir Geld geben, damit ich nach Harpers Ferry fahren kann.«

»Ich muß, ich muß! Aber ich werde es nicht tun! Du bist Gott sei Dank noch unmündig, und ich hoffe noch immer darauf, dich gefügiger zu machen! Ich werde diesen verflixten Starrsinn nicht dulden. Es muß mir gelingen, ihn dir auszutreiben. Mit deiner Sturheit wirst du es nämlich zu gar nichts bringen. Welcher Mann würde dich denn anschauen, dich und dein trotziges, schmollendes, fettes Gesicht mit ewig finsterer Miene? Meinst du, so etwas gefällt den Männern? Gott sei Dank können Frauen heutzutage trotzdem eine Arbeit bekommen, wenn sie eine entsprechende Ausbildung vorweisen können. Zu meiner Jugendzeit war noch ein gewisses Aussehen notwendig: Die Männer wollten durch Charme überzeugt werden. Es ist also durchaus möglich, daß du dir deinen Lebensunterhalt verdienen kannst, aber ich möchte dich auch glücklich sehen. Du mußt fröhlicher werden, Lulu, du mußt lernen zu strahlen. Merkst du nicht, daß die Männer und Frauen, wenn wir zusammen die Straße hinuntergehen, mir lächelnd nachsehen, während sie dich nur erstaunt anschauen und den Kopf schütteln über dein gedrücktes, finsteres, mürrisches Gesicht?«

»Natürlich merke ich das«, sagte Louie. »Du mußt mich gehen lassen. Ich werde auf jeden Fall von hier fortgehen.«

»Aber was kann ein Mädchen allein denn schon anfangen?«

»Clare und ich machen diesen Sommer eine Wandertour.«

»Mit irgendwelchen Jungen, nehme ich an.«

»Oh, nein! Wir wollen allein wandern.«

»Was seid ihr doch für Dummköpfe, zwei unwissende kleine Küken!« Mit raschen Schritten verschaffte sich Sam erregt ein paar Meter Vorsprung. »Dumme, kleine, verwöhnte, eingebildete Küken! Was können zwei Mädchen auf der Wanderschaft denn schon machen? Wißt ihr nicht, daß ihr allein vollkommen hilflos seid? Wo wollt ihr die Nächte verbringen? Wo wollt ihr schlafen? Auf den Feldern?«

»Bei Tante Jo und in Harpers Ferry und bei Hazel in Charlestown«, sagte Louie. »Wir haben schon alles ganz genau geplant. Außerdem hat Clare auch Freunde, und es gibt ja auch noch die Fryors, Mutters Verwandte in Frederick. So dumm, wie du denkst, sind wir nicht.«

»Und wo wollt ihr das Geld herbekommen? Zum Leben, für Essen?«

»Na ja ...« Sie stockte. »Ich gehe davon aus, daß sie uns etwas zu essen geben.«

»Wenn du es unbedingt wissen willst«, blaffte er. »Deine Tante in Harpers Ferry hat es gerade abgelehnt, dich den Sommer über bei sich aufzunehmen; sie sagt, sie könne es sich nicht mehr leisten. Kaum ist das Vermögen der Collyers dahin, geht auch schon der gute Wille flöten. Die Liebedienerei der Menschen ist wirklich demütigend. Aber von alledem weißt du noch nichts. Nein, Lulu, du bleibst besser hier, bist mir eine gute Tochter und kümmerst dich um deine jüngeren Geschwister. Aber ich werde Henny fortschicken, wenn du mich durch deinen Starrsinn schon dazu zwingst, dir die Wahrheit zu sagen. Deine Stiefmutter hat mich hintergangen ...« Er hielt inne und bedeckte das Gesicht mit beiden Händen. »Mit einem anderen Mann. Ich hätte nie gedacht, daß es so etwas in meiner Familie geben könnte! Ich bin ihr der beste Ehemann gewesen, ich habe sie nie betrogen, so stark die Versuchungen auch immer gewesen sein mögen, und es hat viele Versuchungen gegeben. Erst jetzt habe ich erfahren, daß das schon seit vielen Jahren so geht. In der allerersten Zeit unserer Ehe war es mein bester Freund, ein Mann namens Mark Colefax – es fällt mir heute noch schwer, seinen Namen auszusprechen. Damals dachte ich, nie wieder an die Freundschaft glauben zu können. Jedenfalls ist deine Stiefmutter mit ihm ausgegangen. Natürlich behauptete sie, mehr sei es nie gewesen. Aber in solchen Situationen lügen alle Menschen aus falsch verstandenem Edelmut. Jedenfalls habe ich die Wahrheit nie herausfinden können. Jetzt weiß ich mit Sicherheit – ich bedauere, das sagen zu müssen – dank eines schrecklichen anonymen Briefes, daß deine Mutter sich, während ich im Pazifik war, mit einem Mann herumgetrieben hat, und ich weiß nicht einmal ... Lulu, Lulu!« Er begann zu schluchzen. Louie blieb ängstlich stehen. »Lulu, ich weiß nicht einmal, ob Chappy, mein kleiner, großäugiger Megalops, mein eigenes Kind ist oder nicht. So ein kleines Menschenleben ... vielleicht wäre er besser nie geboren worden. Nicht auszudenken, was geschehen wird, wenn das ans Tageslicht kommt. Was soll ich dann machen?«

»Was soll Mutter machen?«

»Sie hat es sich eingebrockt, also muß sie es auch auslöffeln. Wieso soll ich mich um eine Frau sorgen, die sich niemals auch nur einen Augenblick lang um mich und meinen guten Namen Gedanken gemacht hat. Und doch«, sagte er mit Bedauern, »bleibt mir nichts anderes übrig, Lulu. Wir haben gemeinsame Kinder – das ist das teuflische Band, das Band der Fleischeslust. Ich weiß nicht, was ich machen soll.«

Schweigend wandten sie sich wieder dem schicksalhaften Spa House zu. Nach einer Weile sagte Sam mit leiser Stimme: »Begreifst du jetzt, Lulu? Verstehst du, warum du für immer bei mir bleiben mußt? Ich habe schon zuviel zu ertragen.«

Louie blieb stumm, bis sie beim Haus ankamen. Der helle Morgen brach sich Bahn. Gelbe Wolkenfetzen hingen verstreut an einem weiten, windzerzausten Himmel. Sam deutete Louies Schweigen als Zustimmung, wischte seine Sorgen fort und kehrte mit großen, fröhlichen Schritten ins Waschhaus zurück, um das Feuer unter dem Kessel zu schüren.

3 | ***Fischabfälle***

Zur Frühstückszeit schlugen die müden, aufgekratzten Kinder im Takt auf ihre Blechteller und sangen, während der Porridge hereingetragen wurde: »Mein Marlin, dein Marlin, ihr Marlin, sein Marlin, guten Tag, Frau Meisterin!«

Sam rief: »Unn wer geht ins Waschhaus, Kinners? Freiwillje vor! Wer hält die Stellung?«

»Niemand«, antwortete Klein Sam. »Wir wollen uns ausruhen, großer Häuptling.«

Sam erklärte, »nach 'm Flühtück« werde er den Kopf des Marlin fotografieren und ihn gleich anschließend im Garten kochen, denn bald müßten sie mit »schlangenmäßig schlechtem Wetter« rechnen. Er sagte, in der Nacht sei ihm eine gute Idee gekommen, er wolle noch vor dem nächsten Unwetter, das sich bereits als Sturm der Spitzenklasse ankündigen würde, die Schornsteine abbauen. Wegen seiner Höhenangst – die Ernie und die Zwillinge mit ihm teilten – fürchtete er sich davor, vom Dach zu fallen, und doch liebte er es, über alles andere erhaben zu sein und den grandiosen Ausblick auf die Landschaft zu genießen. Er sagte, sobald er bei der Naturschutzbehörde wäre, würde er ein eigenes Beobachtungsflugzeug beantragen, so daß sie ihren geliebten Dad bald über Spa House kreisen sehen könnten; sie müßten dann jede Menge Kaffee – in einer Thermoskanne –, Bananen und Schoki vorbereiten, damit er sich während der Arbeit mit einem großen Haken seinen Proviant angeln könne. Auf die gleiche Weise könnten sie ihm auch Briefe und andere Nachrichten zukommen lassen, und Mutting könnte ihre hundert Meter langen Rechnungen zu ihm hinaufschicken.

In einer Ecke des Jungenzimmers hatte Sam inzwischen eine provisorische Dunkelkammer eingerichtet, und während die Mädchen nach dem Frühstück mit lautem Gähnen und schleppendem, stolperndem Schritt das Haus aufräumten, eilten die Jungen zwischen Waschhaus, Dunkelkammer und dem neuen Kessel hin und her, der im Garten auf einem Dreifuß über einer von Steinen umgrenzten Feuerstelle brodelte. Sie entwickelten gerade ein Bild von den Zwillingen, die den Kopf des Marlin präsentierten, während Tommy sich die Nase zuhielt. Die ganze Zeit über hielt ihnen Sam langwierige Vorträge über Belichtungszeit und Sonneneinfall, Linsen, Papier, Chemikalien und die Tatsache, daß er mit einer alten Kodak bessere Fotos machen könne als viele Leute mit einer Zeiss-Tessar. »Die schönsten Bilder dieser Welt, *ti-ti-ti-ti-tieh*!« sang Sam. »Stimmt alle mit ein! Am schönsten ist's daheim! *Ti-ti-ti-ti-tieh! Da-da-da-da-da!* He, du Dummkopf, du kippst noch die Flasche mit dem Kaliumzyanid um!« wies er Klein Sam zurecht. »Zyankali tötet gründlich, rasch und zuverlässig. Zyanid löscht alles aus! Ein Tröpfchen davon in einem Glas Wasser, meine Damens und Herrn, und Sie sind nicht mehr von dieser Welt. Das heißt, Klein Sam könnte vielleicht zwei Tropfen brauchen, weil Unkraut bekanntlich nicht auszurotten ist. Was verbirgt sich chemisch hinter dem Zyankali?«

Die Jungen sagten es ihm.

»Ah-ha«, nickte Sam und fuhr mit seiner Arbeit fort. »Für euch mag Kaliumzyanid wie Salz oder Zucker aussehen, aber jetzt wißt ihr, was es in Wirklichkeit ist: Es ist der Tod, die völlige Auslöschung! Kaninchen, die nur einmal daran schnüffeln, brauchen nicht einmal mehr auf den Todesengel zu warten. Selbst die Lichtgeschwindigkeit kommt gegen die Wirksamkeit von Kaliumzyanid nicht an. In dieser kleinen Flasche hier steckt genug Tod für alle. Wenn ihr die zum Elfena trinkt, wird alles anders sein ...

Lulu will nicht von zu Hause fort,
Ermy sammelt kein Blei,
Evie weint keine Träne mehr,
Die Gemini piesacken ihren armen Daddy nicht,
Tommy läuft Kleinfeechen nicht nach,
Und Megalops ißt keinen Dreck!

Ihr werdet alle furchtbar müde und legt euch hin und steht nicht mehr auf. Seid also vorsichtig, nehmt euch in acht, damit's nicht in der Bude kracht! Schaut her, Kinder, rasch, rasch! Das Bild kommt durch und ist gar nicht so schlecht, aber so ganz richtig gut wiederum auch nicht, das Licht ist heute ungünstig. Und wer schiebt die nächste Wache im Waschhaus?«

Klein Sam meldete sich bereitwillig; blieben Ernie und Saul für das Abbauen der Schornsteine, Tommy für die Aufsicht des Fischkopfs, Evie für das Abdecken der Möbel mit großen Tüchern gegen den Staub, Louie für das Tischdecken zum Elfena und Mutter für die Zubereitung des Mittagessens.

Auf dem Dach sang Sam vergnügt vor sich hin. Von Zeit zu Zeit erscholl der Warnruf: »Bahn frei!«, und schon flogen die Steine ins Gras. Die Sonne begann, das Dach aufzuheizen, und Sam rief, ihm würde ganz schwummerig, aber er blieb trotzdem oben: »Wo ein Wille ist, ist auch ein Weg.« Durch den Schornstein kroch der Staub ins Haus hinunter, ja, gelegentlich kamen ganze Ladungen von Ruß und Steinbrocken unten an. Henny grummelte. Die »drei Frauen« waren ungehalten und konnten in Sams umtriebigem Plan weder Schönheit noch Großzügigkeit erkennen.

Sam hatte die Steine, soweit erreichbar, aus dem südlichen Schornstein herausgebrochen und ging jetzt vorsichtig über das Dach in Richtung Norden. Der Himmel bezog sich mit einem wolkigen Flaum. Louie rief: »Es ist soweit«, und Sam und Saul kamen rasch die Leiter herunter, hungrig, streitsüchtig, mit roten Köpfen. Wie eine Schar plappernder Papageien versammelten sie sich rund um den Tisch im Gemeinschaftszimmer. Sam rief den Waschbären, Procyon, herbei, und bald paradierte Procyon auf dem Tisch auf und ab, gab ihnen die Pfote und beschnüffelte alles, was ihm in die Quere kam. Auf dem Tisch standen Brot und Margarine, aber keine Bananen. Sam schlug mit dem Messer auf seinen Teller und rief:

»Mutting, Mutting, Bananen, Bananen! Geh und sag: Mutting, Bananen«, befahl er Evie, die folgsam von ihrem Stuhl glitt. Aber der rotwangige, fröhliche, stämmige Tommy war vor ihr in der Küche und rief: »Mutting, Bananen!«

Alle stimmten in den Ruf mit ein. Henny murmelte etwas. Louie kam mit dem Tee herein und sagte mit ernster Stimme: »Es gibt keine Bananen. Hört endlich auf mit dem Lärm.«

»Mutting, Bananen«, rief Sam.

»Sag dem Vater der Kinder, daß es keine Bananen gibt«, sagte Henny in bitterem Ton. »Haben wir etwa einen Bananenbaum? Oder einen Geldbaum, den wir täglich pflücken könnten?«

»Vater unser, unsere täglichen Bananen gib uns heute. Haben wir keinen Bambanibaum?« gab Tommy die Nachricht weiter und machte dabei die Geräusche eines Schnellzugs nach.

»Dad, Mutter sagt, es gibt keine Bananen«, bestätigte Evie.

Sam wurde rot vor Zorn. »Wieso gibt es keine Bananen? Ich verlange wirklich nicht viel. Ich arbeite hart, um euch allen ein gemütliches Heim zu geben, und dann kriege ich nicht einmal Bananen. Alle wissen, daß ich Bananen mag. Und wenn eure Mutter schon keine Bananen für mich besorgt, warum dann nicht einer von euch? Warum denkt keiner an euren armen kleinen Dad?« Mit mitleidheischendem Blick sah er in die Runde der beschämten Kinder. »Ist das denn wirklich zuviel verlangt? Ich gebe euch ein Haus, einen wunderbaren Spielplatz in der freien Natur, Fische, Marlins und was weiß ich noch alles, und kriege nicht einmal eine klitzekleine Banane dafür. Dabei sind Bananen sehr gesund. Wer hier am Tisch mag Bananen?«

»Wir alle, Pad«, rief Saul fröhlich.

»Dann solltet ihr auch alle daran denken. Also, ich werde jede Woche einen von euch bestimmen, der Bananen besorgen muß.«

»Womit?« fragte eine Stimme aus der Küche. »Bananen schwimmen nicht im Meer. Sag deinem Vater, ich hatte kein Geld, um Bananen zu kaufen.«

»Mehr will ich toch tar nich.« Mit gesenkter Stimme setzte

Sam zu einem rührseligen Bananenklagelied an. »Will toch ploß 'ne tleine, tlitzetleine Panane. Dafür ahbeit ich auch den liem lang Tag unn hol die Schobbelornsteine runter, unn alles nur, damit unser Haus im nexten Sturm nich in tausend Stücke fällt unn euch die Köppe einschlägt, unn damit Mutting friedlich schlafen kann – obwohl ich nich mal weiß, ob sie das, nach allm, was sie euerm aam tlein Dad angetan hat, auch verdient hat –, unn alles, was ich dafür haam will, is 'n tlitzetleines Pananisendwitsch, unn nich mal das wollt ihr mir geem. Daß ich da sauer wer, könnt ihr mir nich verübln, ich bin kein Sauerpott, im Geenteil, im Grunde von mein Herz bin ich 'n ziemlich fröhlicher Mensch, wemma bedenkt, womit ich mich in meim Leem alles abfindn muß ...«

»Ach, halt doch den Mund«, war Hennys Stimme zu hören.

»Scht«, sagte Louie.

»Sag du mir nichts von ›scht‹«, fuhr Sam sie an. »In meinem eigenen Heim habe ich ja wohl noch das Recht, ein paar lehrreiche Worte von mir zu geben.« Und er brummte traurig weiter: »Nix als 'ne tlitzetkleine Panane ... Aber wie ich auch bettel und mach, ich soll sie einfach nich kriegn. Will denn keiner von euch runter zum Eckladen gehn unn seim aam tlein Dad 'n paar Pananis besorgn?«

Die Zwillinge sagten, sie würden gehen.

»Na, wenichstens das«, sagte Sam mit Quengelstimme. »Die Gemini gehn unn holn ihrem Dad die Pananis, die was schon lengs hättn hier sein solln, wenn das Haus nicht zum Platzn voll wär von stinkfauln Fraunzimmern, von den manche durch die Geschäfte ziehn unn das Geld von ihrm aam tlein Vanillchen aufn Kopp haun unn manche an nix andres mehr denkn könn als an irgnwelche Jungs unn morgns nich mal mehr im Zimmer von ihrm aam tlein Dad erschein.« Er heftete seinen tränenfeuchten Blick auf Evie, die sich auf ihrem Stuhl hin- und herwand und beschämt die Augen niederschlug. »Weibervolk taucht nix, unn das sacht euch euer Dad, den sie eigndlich dazu erzogn haam, Frauen als reine, unschuldje Wesen zu verehrn. Aber euer Dad hat in den letztn Tagn viel dazulern müssn.«

»Ich könnte ihm mit dem größten Vergnügen den Hals umdrehen«, sagte Henny zu Louie in der Küche.

»Unn wenn ich vom Dach fall«, sagte Sam zu den Kindern,

»was würds du dann machn, Ermy? Was würds du machn, wenn dein Vater sichs Genick bricht?«

»Nichts«, antwortete Ernie kühl.

»Nix!« Sam schüttelte den Kopf und sah die anderen mit tragischer Miene an. »Ermy würde nix, aber auch gar nix machn?«

»Was könnte ich denn schon machen?« fragte Ernie. »Du wärst ja dann tot.«

»Zu logisch«, sagte Sam und lachte in die vorgehaltene Hand. »Ah, da sind ja endlich unsere Bananen. Hurra! Jetzt können wir loslegen. Warum mußten wir so lange warten? Ihr seht, es fehlt an Weitblick, an Ordnung, an Vorbereitung! Hier denkt eben jeder nur an seine eigenen kleinen Angelegenheiten. Eine Frau kann einem Haus das Fundament wegfressen wie eine böse, kleine Termite, so weich, so klein, daß es gar nichts auszumachen scheint, aber sie hat Onkel, Tanten, Cousinen, Kinder, denen bringt sie allen das Fressen bei, bis das ganze Gebäude zusammenbricht. Habt ihr eigentlich bemerkt, Kinder, daß die Termiten in unser Klavier eingezogen sind? Ich möchte, daß ihr daraus eine Lehre zieht. Dad zimmert von früh bis spät an unserem Haus, während die kleinen weißen Biester um die Wette fressen. Aber er wird schneller sein! Eines Tages werde ich euch allen sagen, wer die Termite ist, die am liebenden Herz eures Vaters nagt und seinen Seelenfrieden zu zerstören versucht, aber nicht jetzt, denn sie – es ist eure eigene Mutter, Kinder – kann mich hören, und sie weiß, wovon ich rede. Kinder, eines Tages werdet ihr erkennen, was ich für euch getan habe. Unn diese ganze Panani-Affäre is auch nur 'n Beispiel dafür.«

Henny erschien in der Tür und sagte laut: »Du und die Kinder, ihr habt gestern abend alle Bananen aufgegessen, und ich hatte so viel damit zu tun, dir hinterherzuputzen, daß ich gar keine Zeit hatte, an Bananen zu denken. Außerdem brauche ich Geld. Und ich will verdammt sein, wenn ich mir noch weiter Tag und Nacht deine Beleidigungen anhöre. Ich werde Gift nehmen. Meinst du, ich werde friedlich hier herumsitzen und zulassen, daß die Kinder mit anhören müssen, wie ihre Mutter beleidigt wird?«

Sam sah sie nicht einmal an, sondern hielt den Blick auf den Tisch gerichtet.

»›Nur 'n Hund, wo getroffn is, bellt mit sein Schwanz‹, wie Mr. Lowell schon ganz richtich sachte. Tazache is, Kinnings, heute gabs ausgerechnet keine Pananis nich. Tschulligungn unn Ausflüchte, die gaps genuch, aber davon kamma nich satt wern, unn ich hab 'n furchtbar großes Loch im Magn.«

Die Kinder lachten. Henny grummelte. Louie kam herein, rot wie ein Truthahn. »Du solltest dich schämen, Dad!«

»Wenn sie geht, dann schwabbelt's«, rief Sam.

»Ich hasse dich«, sagte Louie.

»Ruich, Louie, ganz ruich! Lulu war schon immer so 'n Hitzkopp. So 'n richtjer Trauertropp mit Riesenkopp. Ach, was hat ich immer für Malleste mit meim Kopp, Kinners, was für 'n Koppschmerz, was für 'n Reißmichdismus, bloß weil er so riesig war. Aber ich hab 'ne Menge damit zuwege gebracht, unn Louie könnte aus ihrm großen Kopp auch 'ne Menge machn, wenn sie nich so 'ne lahme Ente wär, so 'ne dumme Gans und so 'ne alberne Pute, ihr wißt schon: Schwabbel-schwabbel hier unn schwabbel-schwabbel da!« Die Kinder wiederholten den Refrain. Sam war nicht mehr zu halten: »Wohin gehst du, schöne Bauernmaid? Den Hof des Vaters hüten ist's jetzt Zeit! Ach, wenn Lulu nich so 'ne konfuse Henne wer, stünn sie ganz gut da.«

»Ich bin das häßliche Entlein, du wirst schon sehn«, entgegnete Louie.

»Häßlich bist du auf jeden Fall, und du hast einen langen Hals und einen großen Schnabel. Vielleicht bist du wirklich ein Schwan ...« sagte Klein Sam. »Außerdem singst du so schön wie ein Schwan«, und Evie fügte hinzu: »Louie kann einen Tanz, der heißt *Der sterbende Schwan*.«

Sie kreischten vor Lachen. Louie brach in lautes, heiseres Schluchzen aus und lief aus dem Zimmer. Sam sagte erstaunt: »Dieser große, unförmige Tolpatsch. Tja, Mädchen sind in dem Alter wohl auch nicht besser als Jungen«, und lachte herzhaft.

Tommy lief Louie nach, um zu sehen, wohin sie geflüchtet war. Sie hockte neben dem Kupferkessel und stocherte in der Glut.

»Weshalb weinst du, Louie?« fragte er und tätschelte ihren Arm. »Nicht weinen, Louie, nicht weinen! Er macht doch nur Spaß.«

»›Euer Spaß ist mein Tod‹«, sagte Louie. »Das hat der Frosch zu dem Jungen gesagt, weißt du noch?«

»Ja, ich kenn die Geschichte.«

»Dann lauf und sag ihm das.«

Tommy eilte zurück in den Gemeinschaftsraum, wo das Elfena noch in vollem Gange war. Verlegen grinsend pflanzte er sich vor seinem Vater auf und verkündete: »Pad, ich habe eine Nachricht für dich von Lulu. ›Euer Spaß ist mein Tod!‹«

»Das sollst du mir sagen?«

»Ja.«

Sam schüttelte den Kopf. »Lulu war schon immer äußerst theatralisch.«

»Uh!« rief Klein Sam. »Uh, Pad! Pfui! Es bringt mich um.«

»Was denn?« fragte Sam erfreut.

»Uh, huh«, erwiderte Saul, hielt sich den Bauch und wand sich auf seinem Stuhl hin und her. »Mich hat's erwischt, Kinnings. Adee, liebe Fee. Adjöh, mehsjöh. Ich sterbe, Pad.«

»Wie denn, was denn?« fragte Sam entzückt.

»Das ist ja schröcklich!« rief Ernie lachend.

»Der Marlin«, erklärte Evie angewidert. »Sie machen nur Quatsch. Und das schon den ganzen Morgen. Mutter ist wütend auf sie.«

»Mach weiter«, sagte Sam. »Wie geht's weiter?«

»Uh, es folgt mir überallhin«, rief Klein Sam und sah mit verrenktem Hals über beide Schultern. Dann glitt er von der selbstgezimmerten Holzbank. »Riecht ihr's denn nicht? Seht doch aus dem Fenster, das Wasser ist schon ganz gelb. Uh, uh, das Öl!«

»Sagt Mutter, ich sei einen würdigen Heldentod gestorben«, sagte Sam, zufrieden mit dem kleinen Sketch.

»Willst du es jetzt nicht langsam runternehmen, Deddy?« fragte Tommy.

Sam nickte und verfiel in einen Singsang: »Wir machen jetzt das Marlinöl, Marlinöl, Marlinöl, und dann gibt es Marlinbutter, Marlinsalbe, Marlinfutter, und wir werden Marlin speisen, Marlin trinken, Marlin preisen; Marlinöl für unsre Räder, Marlinöl für unsre Bäder. – Kommt, Kinder, laßt uns das erlesene Öl in unsere kostbaren Flaschen füllen.«

»Au ja, auf geht's!« rief Saul begeistert.

Mehr als zwölf Stunden lang hatte der Kessel über dem Feuer

gebrodelt. Sam befahl den Kindern, die Glut zu löschen. Das Öl-Abschöpfen war für ihn mit großer Befriedigung verbunden. Die ganze Kinderschar – außer Louie – wuselte um ihn herum und schnaufte heftig, während die klebrige Masse auf diverse Eimer, Schüsseln, Kannen und Töpfe verteilt wurde. Die Flüssigkeit kippten sie in die Kinderbeete, an die Zäune, auf den Wiesenrain neben der Sackgasse, hinter Lomasnes Schuppen und auf den vorderen Rasen rund um den Wunschbaum. Die Fischreste, zumeist gelierte Haut und Knochen, schichteten sie zu einem Haufen am unteren Ende des Obstgartens auf, den sie mit Lehmerde bestreuten, um die Fliegen fernzuhalten. Sam erklärte, sie hätten »auf einen Streich« zwei Sorten von Dünger gewonnen, Fischabfälle und Asche, und wenn dies kein wunderbares Beispiel für Planwirtschaft sei, wisse er auch nicht mehr weiter. Im Waschhaus standen jetzt neun große und fünf kleine Flaschen mit trübem Marlinöl, das sie so bald wie möglich raffinieren würden, versprach Sam. Zuerst hatte Sam vorgehabt, die Marlinreste zu Klebstoff zu verkochen, aber Hennys hartnäckige Verwünschungen hatten ihm unmißverständlich klargemacht, daß sie fest damit rechnete, den Kupferkessel am nächsten Morgen in sauberem Zustand für die wöchentliche Wäsche zur Verfügung zu haben, und Sams Arbeitstrupp war schon jetzt ziemlich erschöpft. Er wußte, bis zum Einbruch der Dunkelheit müßte alles sauber sein. Klein Sam, der keinen besonders starken Magen hatte, stolperte gerade mit einem Eimer voller Fischreste aus dem Waschhaus, als er den Eimer fallenließ und sich ängstlich umsah.

»Klein Sam ist übel«, erklärte Saul.

»Was denn, vom Marlin? Aber doch nicht vom Marlin!« lachte Sam und befahl dem Jungen, den Eimer weiter zum Abfallhaufen zu tragen, was er nach einigem Zögern auch tat.

»Triumph des Geistes über die Materie«, sagte Sam und nickte den anderen zu, und als Klein Sam wiederkam, befahl er ihm, diesen Triumph voll auszukosten, indem er eine weitere Schaufel voller Fischreste holte. Klein Sam tat es schmollend, ließ die Masse jedoch schon nach kurzer Zeit fallen und sah seinen Vater rebellisch an.

»Nu bring das Zeuch schon auf 'n Abfallhaufen, Tlein Samurai«, sagte Sam sanft.

Der Junge bückte sich, warf seinem Vater einen angewiderten Blick zu, wandte sich ab und erbrach sich.

»Tlein Sam muß von unserm schönen Marlin kotzen«, wunderte Sam sich kopfschüttelnd.

In dem Augenblick erschien Henny auf dem Plan, schwarz und wutentbrannt wie eine Hexe, das verzerrte Gesicht von wirrem Haar umweht. »Du solltest dich was schämen! Ein ausgewachsener Mann, der seine Kinder quält!« rief sie voller Zorn. »Wenn ich den Nachbarn erzählen würde, was du hier treibst, würde dir deine Selbstherrlichkeit schon vergehen.«

Sam ignorierte sie und wandte sich statt dessen an Tommy, Hennys Liebling:

»Tommy, mein Junge, eins meiner größten Handikaps im Leben war mein schwacher Magen. Nun, viele große Männer hatten schwache Mägen, Julius Cäsar zum Beispiel, auch wenn ich damit nicht sagen will, daß einer von euch je mit einer Armee durchs Land ziehen soll. Jedenfalls müßt ihr darauf achten, eure Mägen zu stärken. Unser Klein Sam hier kommt in jeder Hinsicht nach seinem alten Herrn. Er muß seinen Magen stärken, muß alles schlucken können. Ich habe mich selbst gestählt, als ich noch ein Junge war und meine Schwäche erkannte. Ich habe Tierkadaver gekocht, die Skelette studiert und mir dabei ganz nebenbei die Grundlagen der Anatomie beigebracht. Und ich hatte keinen Vater, der mich gefördert hätte. Du dagegen, Klein Sam, hast einen solchen Vater, und deshalb«, fuhr er mit ernster Stimme fort, »holst du jetzt noch mehr von den Fischresten.« Er hob die Schaufel auf und reichte sie seinem Sohn.

»Hast du den Verstand verloren?« schrie Henny aufgebracht.

»Geh mir aus dem Weg«, knurrte Sam. »Verschwinde in die Küche und kümmere dich um deine Angelegenheiten. Wenn du noch einmal versuchst, dich hier einzumischen, setz ich dich vor die Tür, und zwar ohne mit der Wimper zu zucken. Ich werde nicht zulassen, daß du dich zwischen mich und meine Kinder stellst und sie gegen mich aufhetzt. Und jetzt geh mir aus den Augen.«

Klein Sam, der davon ausging, daß seine Mutter zu seinen Gunsten eingreifen würde, bückte sich mit finsterer Miene und hob eine weitere Schaufel voller Fischreste auf. Er machte zwei

Schritte, doch als er an Sam vorüberkam, ließ er die Schaufel fallen und legte beide Hände auf den Bauch.

»Sam!« rief sein Vater. »Hör auf mit dem Quatsch. Du hast keinen Grund, hysterisch zu werden. Komm her! – Siehst du«, sagte er, wütend an seine Frau gewandt, »das ist dein Werk! Wenn du nicht gewesen wärst, hätte er ganz ruhig weitergemacht. Du magst das als Güte ausgeben, in Wahrheit jedoch ist es die reinste Sabotage. Meinst du, ich würde dich und deine schäbigen Tricks nicht durchschauen? Du tust so, als würdest du die Kinder verteidigen, um mich in ein grausames Licht zu rücken. Aber das lasse ich mir nicht mehr bieten. Geh wieder in die Küche, du erbärmliches Frauenzimmer. – Und du, Klein Sam, kommst sofort zu mir zurück, sonst setzt es Prügel. Und zwar schnell!«

»Ai, ai«, rief Henny, begann zu weinen wie ein kleines Mädchen und schlug die Falten ihres Morgenrocks vor das Gesicht. »Ai, ai!«

»Daddy«, sagte Evie. »Klein Sam ist übel. Warum machst du das?«

»Hör auf, deine Mutter nachzuahmen und mich mit dieser heimtückischen Collyer-Fratze anzusehen, als würdest du jeden Augenblick in Tränen ausbrechen«, sagt Sam. Evie wurde blaß, traute sich aber nicht zu weinen.

»Klein Sam ist krank«, sagte Saul ernst zu seinem Vater. Sam versetzte ihm einen ermahnenden Tritt vors Schienbein und schüttelte bedeutungsvoll den Kopf.

»Nein«, brüllte Klein Sam plötzlich los, »nein, es macht mich krank!«

»Da habt ihr's«, sagte Sam und breitete die Hände aus. »Sie hat es geschafft. Und dir, Pollux ist es gelungen, einen Aufstand anzufachen! Aber es gibt eine Sache, die du bei Klein Sam nicht verstehst. Ich dagegen verstehe ihn, weil er genauso ist wie ich. Ich habe mein Leben lang unter einer gewissen Schüchternheit gelitten, die sich bei Klein Sam als Halsstarrigkeit und Düsterkeit niederschlägt. Beides werde ich besiegen. Castor, komm her!«

Mißtrauisch kam der Junge näher und starrte seinen Vater mit all dem Haß seiner großen, blauen Augen an.

»Ich werde das zu Ende bringen«, sagte Sam.

Er nahm den Schöpflöffel, den Henny sonst zum Waschen

benutzte, tauchte ihn auf den Grund des Kupferkessels und hob ihn halb gefüllt wieder an. Dann packte er Klein Sam am Nacken, schob ihn aus dem Waschhaus auf den frisch zementierten Hof hinaus und schüttete ihm mit einem plötzlichen Schwung die Flüssigkeit über den Kopf. Klein Sam und die Kinder erstarrten vor Schreck. Sam lachte nicht einmal, sondern sah seinen Sohn nur triumphierend an. Nicht ein Zittern war auf dem Gesicht des Jungen zu sehen. Er stand triefend da, ein paar Fischreste auf dem Kopf, einen langen Hautfetzen über dem Auge. Er sah wie der Nachkömmling einer Meerjungfrau und eines Strandgutsammlers aus. Es war ein komisches Bild. Ernies Gesicht verzog sich zu einem Grinsen, das immer breiter wurde, bis er loszuprusten begann. Die anderen Kinder ließen sich anstecken und standen lachend um den seltsamen kleinen Neptun herum. Auch Sam stimmte in das Gelächter mit ein, nur Saul, Klein Sams Zwillingsbruder, stand ebenso stumm und versteinert da wie Klein Sam selbst. Henny, die mit finsterer Miene von der eingeglasten Veranda herüberschaute, rief wütend Louie etwas zu, und so war es Louie, die wenig später herausgestürzt kam, ihren Vater anschrie, er solle sich nicht »so widerlich aufführen«, und das Gelächter zum Verstummen brachte. Es war ein für die Jahreszeit ziemlich kühler Tag. Klein Sam versuchte, das nasse Hemd auszuziehen, und sagte: »Uh, ist das eklig!«

»Gut, gut«, sagte Sam. »Klein Sam, du trägst noch eine Schaufel voll zum Düngerhaufen, dann kannst du dich waschen gehen. Und ihr, Kinder, seht, merkt und lernt! Klein Sam konnte und mußte seinen Ekel überwinden! Wenn ich es nicht immer wieder mit ein paar zimperlichen, sich in alles einmischenden Weibsbildern zu tun hätte«, er schenkte den beiden Mädchen ein boshaftes Lächeln, »hätte ich euch alle in kürzester Zeit auf Vordermann gebracht. Es tut mir nur leid«, fuhr er an Evie gewandt fort, »daß ich eurer Mutter nicht auch eine Ladung über den Kopf gekippt habe. Das wäre ihr eine Lehre gewesen. Dann hätte sie endlich etwas zum Nachdenken gehabt, anstatt den leeren, nutzlosen Kopf mit dem Unrecht zu füllen, das man ihr angeblich angetan hat. Dabei bin ich derjenige, der gelitten hat. Ich bin derjenige, der Grund hätte, von morgens bis abends zu lamentieren. Aber seht ihr mich wie ein Gespenst durchs Haus geistern und flennen und fluchen? Frauen sind Teufel! Sie herrschen durch die Tyrannei der Tränen! Kleinfrauchen, laß du nie einen Mann diese Tyrannei erleiden.« Als er Klein Sam mit den Fischresten zum Düngerhaufen trotten sah, mußte er lachen. »Ja, Ermy«, sagte er vertraulich, legte seinem ältesten Sohn den Arm um die Schultern und zog ihn an sich, »du weißt, ich hätte mit Lulu das gleiche tun sollen. Ich wette, sie hätte einen Aufstand angezettelt. Oh, Mann! Warum habe ich bloß nicht daran gedacht? Soll ich es nachholen?«

»Nein, Dad, es ist vorbei«, erwiderte Ernie.

Sam lachte. »Also gut. Wenn du es sagst.«

In dem Augenblick kamen die Zwillinge zurück, und Saul fragte: »Pad, können Sam und ich jetzt duschen gehen?«

Louie kam zur Hintertür und rief empört. »Mutter ist ohnmächtig geworden! Das ist deine Schuld!«

»Lieber Himmel, das gemeine Luder!« sagte Sam. »Man sollte meinen, es mache ihr Spaß! Kann Klein Sam nicht seine eigene Zunge benutzen und seinen Vater fragen, ob er duschen darf?«

Klein Sam blieb stumm.

»Wie?« fragte Sam. »Hat er seine Zunge verschluckt?«

»Er hat Fisch im Mund«, erklärte Saul.

Daraufhin brachen die Kinder wieder in aufgekratztes Gelächter aus, und Sam war so vernünftig, Klein Sam fortzuschicken, denn ihm war klar, daß sich der Junge sonst nur in ein heulendes Elend hineingesteigert hätte. Der alte Duschraum war zum frisch zementierten Hof hin offen, so daß sie die beiden buttergelben Jungen unter der Dusche stehen und wie wild auf Klein Sams Körper und Haaren herumschrubben sehen konnten. Sam setzte sich, um auf das Mittagessen zu warten.

»Zuviel Summer und Korge, Liebchen«, sagte er zu Evie, »Kleinfrauchen, mein Kopp.« Und während sie seinen Kopf massierte, sah er vergnügt den Zwillingen zu und gab ihnen Anweisungen.

»Einfach in 'ne Ecke mit euern Kladumseln, morn is Waschtag, unn daß ihr euch gut abrubbeln tut! – Zwillinge sinn schon 'n seltsames Volk«, erklärte er Evie mit leiser Stimme. »Zwillinge kamma nich erklern. – Klein Sam, so gründlich brauchs du dich nu auch wieder nich abreibn, nach 'm Mittag mußt du eh wieder in Kessel unn schrubbn. – Zwillinge sinn nehmlich nich zwei Kinners, sondern eins, verstehs du mich? Ein einzjes Ei hat sich getrennt unn is zu zwei gleichn Teiln geworn. Zwillinge haam sich schon immer gekannt, schon als sie noch Urschleim warn. Ja, Liebes, Castor unn Pollux warn Urschleim unn winzje Kaulquappn unn Eidexn unn großköppige Ungeheuer, unn die ganze Zeit über warn sie zusamm. Sie haam zur gleichn Zeit ums Überleem gekämpf unn sinn zur gleichen Zeit auf die Welt gekomm, mit nur zwanzich Minuten dazwischen.«

»Und wenn ein Zwilling Schmerzen im Bein hat, fühlt der andere das auch«, warf Ernie ein. »Ein Junge in der Schule wurde von einem Ball am Bein getroffen, und sein Bruder hat den Schmerz gespürt.« Er lachte.

»Ziemlich unpraktisch«, sagte Sam, »aber höchst geheimnisvoll. Trotz und alledem, sie dürfen keine Waschlappen sein, weder der eine noch der andre.«

Obgleich sie dem Kupferkessel mit Sand und Scheuerpulver zu Leibe rückten, konnten sie den Fischgeruch nicht ausmerzen. Er hatte sich in jeder noch so kleinen Ritze des alten Zementfußbodens ebenso festgesetzt wie in den ausgefransten Hölzern an den Wänden und Regalen, im Schornstein, in den Wannen, in der Wäschemangel, in den Kleiderkisten und in der schmutzigen Wäsche. Die vierzehn Flaschen glänzten vor Fett, und Sam, der das Ziel der vollständigen Säuberung resigniert aufgegeben hatte, beschloß statt dessen, mit dem zuerst gewonnenen Öl, bei dem sich schon ein Bodensatz bildete, ein paar Experimente zu wagen. Er ölte das Fahrrad damit und wischte den Überschuß mit verschiedenen Lumpen ab, rieb seine alten, vom Frühlingsschlamm ganz steif gewordenen, braunen Wanderschuhe ein, behandelte ein paar rostige Eisenstücke, massierte Tommys Beine, um zu sehen, ob das Öl die sonst in jedem Frühjahr auftretenden Geschwüre fernhalten konnte, und ließ eine Flasche zu Henny in die Küche schicken, damit sie es zum Kochen verwendete. Danach fühlte er sich sehr müde und erschöpft und sagte, er müsse erst ein Nickerchen mache, ehe er wieder aufs Dach hinaufsteigen könne.

Die Sonne stand jetzt hoch und heiß am Himmel, und das Haus versank in einer dringend nötigen Mittagsruhe, in der sich der schwere Gestank des Fischöls langsam erhob, stumm über Stufen und Türschwellen kroch und in das Gebälk des Hauses drang. Bei all dem Hin- und Herlaufen, Rühren, Schöpfen, Ölen und Tropfen hatte ein Marlin vollkommen ausgereicht, um Spa House auf Jahre hinaus mit einem ganz eigenen Geruch zu infizieren. Während alle anderen sich vor dem Nachmittagsimbiß auf ihren Betten ausstreckten, kam Henny in einem ihrer seidenen Morgenmäntel die Treppe herunter, um sich umzusehen. Zumindest war der Kessel sauber, und vielleicht war es ja auch nur Einbildung, wenn sie meinte, überall Fischöl zu riechen. Auf dem Regal im Waschhaus standen feinsäuberlich die Flaschen aufgereiht, von Sam mit Großbuchstaben ordentlich beschriftet: BRATÖL, FAHRRADÖL, MARLINSALBE, MASCHINENÖL, HAARÖL, LEDERFETT, und auf den restlichen Flaschen stand einfach: ÖL. Als sie wieder nach oben ging, merkte sie, wie sich der scheußliche Geruch weich und schwer in ihrem Haar eingenistet hatte, sogar auf ihrem Kopfkissen hatte er eine leichte Spur hinterlassen, und auf dem aus der Bibliothek entliehenen Buch prangte ein fettiger Fingerabdruck. Sie hob ihre alten Pantoffeln auf und roch an den durchweichten Sohlen; dabei fiel ihr Blick auf einen dunklen Fleck auf dem hellgrauen Seidensaum. In diesem Augenblick kam Evie die Treppe heraufgekeucht, eine kleine Arzneiflasche in der Hand.

»Daddy sagt, das hier sollst du statt Creme benutzen. Er sagt, Fischöl ist sehr gut für die Haut.« Henny nahm ihr wortlos die Flasche ab und blieb in der Tür stehen, während Evie die Treppe wieder hinunterging. Dann marschierte sie in Louies Zimmer, um dem Mädchen vorzuführen, was für ein unmöglicher Mann ihr Vater war. Doch Louie lag in einem totengleichen Schlaf auf ihrem ungemachten Bett, die Beine auf das Fußteil des Bettes gelegt, ein Buch aufgeschlagen auf der Brust.

4 | *Kopfschmerzen*

Stirnrunzelnd sah Henny durch das Fenster zum aufgewühlten Wasser hinaus, dann kehrte sie in ihr Zimmer zurück und zog die Tür hinter sich zu. Sie ging Papiere und alte Briefe durch, die sie bündelweise aus lange verschlossenen Schubladen genommen hatte.

Das Klingeln des Telefons weckte die Hausbewohner. Ernie kam aufgeregt die Treppe herauf: »Mutt, das ist Miss Wilson, Tommys Lehrerin.«

»Sag ihr, daß ich nicht zu Hause bin.«

»Sie fragt, ob sie rüberkommen und kurz mit dir sprechen kann.«

»Sag ihr, daß ich nicht da bin.«

»Also gut.«

Zur gleichen Zeit hörte sie Sam draußen rufen: »He, Tommo! Deine Lehrerin kommt zu Besuch.«

»Oh, mußt du deine schmierige Nase in alles stecken!« murmelte Henny unglücklich. Louie, die ebenfalls aufgewacht war, wollte wissen, ob Miss Wilson tatsächlich kam. »Nein, nein, nein, nein«, antwortete Henny.

Sie hörten, wie Sam seinen ältesten Sohn im Flur abfing. »Deine Mutter hat dir befohlen zu lügen, und du hast gelogen, trotz allem, was ich dir gesagt habe?«

Dann Gemurmel. »Schon wieder Ärger«, sagte Henny zu Louie. »Warum fällt er nicht einfach tot um? Wurde er von Gott gesandt, um den Frauen das Leben schwer zu machen?«

Ernie kam nach oben und erklärte mit verängstigtem Gesicht: »Mutter, Daddy sagt, du darfst uns nicht zum Lügen anstiften«, und Henny schrie Sam über das Geländer an, und Sam schrie zurück: »Ach, halt doch den Mund!«

Ernie war zwischen ihnen auf der Treppe gefangen, Louie flüchtete in ihr Zimmer.

»Du wolltest diese alte Jungfer doch nur sehen, um ihr die Ohren vollzujammern«, rief Henny, woraufhin Sam seinen Sohn zur Seite schob, in großen Sätzen die Treppe hinaufsprang und ihr mit tiefer Stimme befahl, endlich still zu sein.

Aber Henny lachte weiter. »Das Reden kannst du mir nicht verbieten. Du willst die Wahrheit? Dann sollst du auch die Wahrheit hören. Wie verträgt sich deine Wahrheitsliebe eigentlich damit, andere Leute mundtot zu machen? Warum läßt du mich nicht in Frieden? Das ist mein Haus. Nimm deine Klamotten und verzieh dich an den Strand. Ich habe die Nase gestrichen voll von deinem Fischgestank und deinen schmierigen Papieren mit dem ganzen großartigen Geschwätz.«

»Henny«, sagte Sam finster, »du bist jetzt augenblicklich still, oder du verläßt mein Haus. Ich sitze am längeren Hebel, das hast du dir selbst eingebrockt. Und wenn du nicht freiwillig gehst, werde ich dich mit Hilfe des Gesetzes rauswerfen.«

»Verschwinde, hau ab, geh mir aus den Augen, oder ich bringe dich um, ich bringe dich um!« rief sie heiser. »Darauf hast du doch nur gewartet, du faules, gefräßiges Ungeheuer! Hast stillgehalten und auf den richtigen Augenblick gelauert, um mir meine Kinder wegzunehmen. Aber wenn du sie auch nur anrührst, bring ich dich um. Und wenn du versuchen solltest, mich aus meinem eigenen Haus zu werfen, kostet dich das dein Leben.«

Sie wandte sich an Louie, die bestürzt in der Tür zu ihrem Zimmer stand, und keuchte: »Louie, laß dir so etwas von einem Mann niemals antun! Paß auf, daß es dir nie so ergeht wie seinen Frauen! In den Kindern steckt die ganze Kraft einer Frau. Laß es nicht zu, Louie, laß es bloß nicht zu. Er wartet schon seit Jahren darauf, sie mir wegzunehmen. Jetzt glaubt der schmutzige Lump, er hat mich in der Hand, er denkt, er hat die passende Ausrede. Laß es nicht zu!«

Sie griff nach dem Pantoffel, der, seitdem sie an der Sohle gerochen hatte, noch immer auf dem Waschbecken stand, ging damit auf Samuel los und wollte ihm den Absatz in die Augen stechen. Er hielt ihren Arm fest. »Leg das weg, du Idiotin! Du Irre!« brüllte er. »Du stößt mich noch runter! Paß doch auf, Henny!«

»Ich bring dich um«, keuchte sie. »Ich werf dich die Treppe runter, und es macht mir nicht das Geringste aus, wenn ich dabei gleich mit draufgehe. Ich brech dir das Genick.«

Sie würgte und wand sich hin und her, als er seine große Hand über ihren Mund legte. Schließlich gelang es ihr, ihn in den Finger zu beißen.

»Henny, Henny«, rief er verzweifelt, »sei endlich still. Unsere Kinder können uns hören.«

Mit einer gewaltigen Kraftanstrengung schob sie seine Hand fort. »Du mieser, widerlicher Kerl!« schrie sie wie wahnsinnig. »Du mieser Mistkerl, du mieses Schwein, Schwein, Schwein!«

Sie spuckte Beschimpfungen aus, in denen das Wort »mies« wie ein Taktgeber immer wiederkehrte.

»Henny, jetzt halt endlich dein dreckiges Maul.« Er ließ sie los und schleuderte sie angewidert in Richtung Louies Zimmertür.

Die Kinder, die auf Zehenspitzen in den unteren Flur geschlichen waren, standen wie angewurzelt da und lauschten zitternd diesem neuen Sturm. Louie sank benommen auf ihr Bett zurück. Das Herz klopfte ihr bis zum Hals. Es war nicht der Streit selbst, ja, nicht einmal die Morddrohung, sondern das Ausmaß der Leidenschaft, was den Kindern den Atem nahm. Und warum so plötzlich, wie aus heiterem Himmel? Eigentlich hatten sie längst aufgehört, nach den Gründen für einen Streit zwischen ihren Eltern zu fragen, denn in ihren Augen waren alle Erwachsenen unvernünftige, gewalttätige Wesen, Spielbälle ihrer eigenen, unberechenbaren Wutanfälle und selbstsüchtigen Launen. Diesmal jedoch schien es anders zu sein.

Henny kreischte: »Ernest, Ernest, Louie, dein Vater hat mich geschlagen! Komm und hilf mir, Ernest, dein Vater bringt mich um! Er versucht, mich umzubringen! Hilfe ...«

Louie sprang auf und lief in den Flur. »Laß sie in Ruhe!«

»Henny, Henny, sei endlich still, oder ich schlage dich zusammen«, schrie Sam verzweifelt.

Henny lief in ihr Zimmer und zu dem Fenster, das den Nachbarn am nächsten lag – auch wenn deren Haus noch immer hundertfünfzig Meter entfernt war –, und schrie: »Ich werde Mrs. Paine rufen. Ich werde es allen in der Straße erzählen, dann kommst du nicht mehr ungeschoren davon, du elender, mieser Mörder. Du hältst dich für etwas Besonderes mit deinem ewigen Geprahle und deiner Wissenschaft und deinem Verständnis für die Menschheit – o Gott, ich habe mir das alles schon so oft angehört, daß ich es schreiend wiederholen könnte, bis ich den Verstand verliere. Du kannst alles, du weißt alles, du löst alle Probleme dieser Welt, aber in Wirklichkeit geht es dir nur um andere Frauen, du Heuchler, du mieser, dreckiger Mistkerl mit Heiligenschein! Du brauchst andere Frauen, Frauen mit wissenschaftlichem Ehrgeiz, blutjunge Mädchen, deine eigene Frau genügt dir nicht. Ich werde an deine sämtlichen wissenschaftlichen Gesellschaften schreiben, ich werde die Naturschutzbehörde wissen lassen, was ein Leben an deiner Seite bedeutet. Schlag mich, schlag mich doch, ich kann es sowieso nicht länger ertragen. Du drohst mir, aber du handelst nicht, du tust nichts, was mir helfen könnte, dieses ganze Elend hinter mir zu lassen, du wartest ganz in Ruhe ab, bis du irgend etwas gegen mich in der Hand hast, damit du mir meine Kinder wegnehmen kannst. Aber da hast du dich verrechnet, es wird dir nicht gelingen! Vorher werde ich sie nämlich alle umbringen, heute abend noch. Ich setze dein stinkendes Öl in Brand und gieße es dir die Kehle runter, und dann töte ich meine Kinder, du wirst sie niemals bekommen – das wird für die Leute morgen ein schöner Anblick sein! Dann kannst du versuchen, das zu erklären, kannst es Gott oder in der Hölle erklären, wo auch immer du landen wirst ...«

»Louie«, sagte Sam streng, »geh und schütte deiner Mutter einen Eimer kaltes Wasser über den Kopf, tu irgendwas, damit sie endlich still ist. Wenn sie dich sieht ...« Aber kaum erschien Louie in ihrer verwirrten, verlegenen Art auf dem Plan, stürzte sich Henny auch schon auf sie, stieß abscheuliche Beleidungen aus, schob sie aus dem Zimmer, schloß hinter ihr ab und rief durch die Tür: »Ich bring mich um. Sag deinem miesen Vater, er soll ein für allemal verschwinden. Ich nehme mir das Leben, ich bin zu allem entschlossen. Ich halte es nicht länger aus.«

»Mutter, Mutter!« rief Louie.

Ernie war nach oben gekommen, hämmerte gegen die Tür und rief: »Mutter, nicht, nicht, bitte nicht.«

Henny blieb stumm. Louie lehnte an der verschlossenen Tür und schluchzte hemmungslos, Ernie sank in die Knie und weinte zu ihren Füßen.

»Sie wird es nicht tun«, sagte Sam nervös.

Unten wimmerten die Kinder. Sam forderte Louie auf, zu ihnen zu gehen, aber sie klammerte sich an die Tür. »Nein, nein, Mutter, bitte nicht!«

Plötzlich wurde der Riegel zurückgeschoben. Mit kalkweißem Gesicht und großen, kohlrabenschwarzen Augen stand Henny in der Tür. »Verschwindet, ihr Heulsusen! Laßt mich in Ruhe!«

»Henny ...«, begann Sam, aber sie schrie mit unbändiger Wut: »Wenn du in deinem Leben noch ein einziges Mal das Wort an mich richtest, schlitze ich mir im selben Augenblick die Kehle auf!« Erschrocken zogen sie sich zurück und ließen sie hinter der wieder verriegelten Tür allein.

Dort verharrte sie stundenlang. Louie, die atemlos die Treppe hinaufschlich und dabei, so gut es ging, den knarrenden Dielen auswich, hörte, wie sie Papier zerriß. Henny rief: »Wer spioniert mir denn jetzt schon wieder nach?«

»Soll ich dir eine Tasse Tee bringen, Mutter?« fragte Louie vorsichtig.

»Ja, ich nehme ein Phenacetin«, antwortete Henny schließlich. »Dieser Kopfschmerz bringt mich noch um.«

Dann bekam Louie ihre Mutter endlich zu sehen. Henny war angezogen, als wolle sie in die Stadt gehen, knurrte aber nur, als Louie darüber ihr Erstaunen zeigte. Wenig später roch es nach Feuer, Sam stürzte nach oben, donnerte an die Tür und fragte – ohne eine Antwort zu erhalten–, was um alles in der Welt Henny in ihrem Zimmer treibe. Dann kam Henny die Treppe herunter. Sie hatte einen Hut auf dem Kopf, einen alten, roten Hut, der noch vom letzten Sommer übriggeblieben war. Sofort trat Sam ihr in den Weg, fragte, wohin sie ginge und ob sie wieder nach Hause zurückzukehren gedenke, und verbot ihr, in diesem Aufzug auf die Straße zu gehen, mit dem aufreizenden, alten Hut sehe sie aus wie eine achtzigjährige Hexe. Dann riß er ihr den Hut vom Kopf. Voller Empörung kam Louie herbeigelaufen und forderte Ernie auf, seine Mutter zu verteidigen, aber Ernie war viel zu verwirrt, um zu wissen, wie oder wann er sie verteidigen sollte. Als Henny endlich mit einem schwarzen Hut schluchzend die Allee hinunterstolperte und noch im Gehen versuchte, den Kragen ihrer Bluse festzumachen, lief Ernie ihr mit blassem, um Fassung ringendem Gesicht nach und fragte, ob sie wieder nach Hause zurückkehren würde.

»Ich weiß nicht«, antwortete sie mit steinerner Miene.

»Werde ich dich jemals wiedersehen?«

»Ich weiß nicht.«

»Wohin gehst du?«

»Ich weiß nicht.«

»Mutter«, schluchzte er und verbarg sein Gesicht in ihrer Taille, »bringst du uns wirklich um?«

»Sei nicht albern. Das überlasse ich deinem Vater.«

»Und mein Geld, wirst du mir das zurückgeben, Mutter?«

»Meinst du etwa, ich hätte noch irgendwelches Geld, du armer Tropf? Ich jedenfalls wüßte nichts davon. Vielleicht muß ich die Leute auf der Straße anbetteln, um mir eine Fahrkarte kaufen zu können, vielleicht muß ich vor Jim Lomasne auf die Knie gehen, um einen Dollar zu bekommen, vielleicht muß ich auch erst für seine Frau die Fußböden schrubben. Was stellst du dir vor, wo das Geld herkommen soll? Ich werde dir in deinem ganzen Leben nie irgendwelches Geld geben können, Ernie, es ist besser, wenn du dich jetzt schon an diesen Gedanken gewöhnst. Ich bin pleite, so gründlich pleite, daß ich nicht weiß, wohin ich mich noch wenden soll. Und ich rede wirres Zeug, Ernie. Achte nicht darauf, was deine Mutter sagt.«

»Du zahlst mir das Geld also nicht zurück«, sagte er und klammerte sich an ihrem Rockschoß fest. »Dabei schuldest du mir soviel, Mutter, fünf Dollar und neunundachtzig Cent. Soviel kann ich nie wieder zusammensparen, wir sind so arm.«

»Armer Ernie«, sagte sie und brach in Tränen aus, »du armes, schniefendes, kleines Kind. Warum mußtest du in mein Elend hineingezogen werden? Das setzt mir besonders zu. Geh schon, geh weg, geh zurück.«

»Wirst du um Geld betteln müssen, Mutter?«

»Ja«, rief sie ungeduldig, »ja, ich werde betteln müssen. Ich werde im Staub kriechen. Und jetzt laß mich in Frieden. Geh zurück und sag Louie, sie soll dir etwas zu essen geben.«

Schließlich schob sie ihn mit Gewalt zur Seite und machte sich zitternd und bebend auf den Weg. Ernie und Louie blickten ihr lange nach, sahen sie aber nicht über die Brücke gehen. Louie befürchtete, sie habe sich ertränkt.

Spät am Abend kehrte Henny jedoch zurück, und kaum war sie im Haus, machte Sam ihr, von frischem Zorn beseelt, eine große Szene und fragte, wo sie gewesen sei, worauf er aber keine Antwort bekam. Die Kinder schliefen, aber Louie war hellwach. Sie hatte Angst, die beiden könnten einander töten, doch der Streit mit seinen langen, zermürbenden Gesprächen und plötzlich aufflammenden Dramen zog sich durch die ganze Nacht. Sie hörte Henny Tee oder Sam Kaffee trinken, hörte, wie die beiden sich in ihre Zimmer zurückzogen, nur um beim nächsten Zusammentreffen um so heftiger zu toben, als könnten sie nie genug bekommen von dieser Wut.

»Ich sehe schrecklich aus«, dachte Louie. »Weil ich kein anständiges Zuhause habe, die anderen bekommen auch schon alle ganz harte Gesichter, außer Evie, aber selbst sie wird fürs Leben gezeichnet sein. Sie sind zu feige, um sich zu trennen. Wenn ich beide töten würde, wären wir alle frei. Das Problem ist nur, ich will nicht ins Gefängnis, ich will die Schule beenden und zur Bühne gehen, ich muß irgendwie zur Schauspielschule kommen. Wenn das ewige Gezanke und Geheule so weitergeht, ist mein Gesicht für die Bühne ein für allemal ruiniert. Aber ich bin so dumm und ungeschickt, wenn ich es mit einem Messer versuchte, würde es bestimmt ein schreckliches Gemetzel geben. Auch würden Fingerabdrücke und Blutspuren zurückbleiben. Ich kenne mich, ich würde irgendeinen Fehler machen, und ganz bestimmt würde ich mich hinterher verraten. Was ich brauche, ist etwas Sicheres, das wie ein Unfall aussieht. Gift! Permanganat, das Zeug, mit dem sich das Mädchen umgebracht hat, als Onkel Barry sie mit einem Baby sitzenließ, kommt nicht in Frage, Karbolsäure auch nicht, wegen der Schmerzen und weil es so lange dauert. Bliebe noch das Zyankali, aber das wirkt so schnell ...«

In Gedanken blieb sie beim Zyankali hängen. Sie hatte Angst davor, weil es so einfach und plötzlich zu wirken schien. Sie wäre auf einmal mit einem Haus voller Kinder allein und müßte so vieles erklären. »Wie konnte das passieren?«

»Ich weiß nicht, ich war nicht da!«

»Wo warst du denn?«

»Im Bett, Mutter hat den Tee fürs Frühstück gemacht.« Absurd! Wie sollte sie unbeobachtet nach unten und anschließend wieder hoch in ihr Bett schleichen und gleichzeitig sicher sein, daß keines der Kinder vom Zyankali nahm? – Nein.

»Wie konnte das passieren?«

»Ich habe Tee gemacht und gesehen, wie Mutter etwas hineingetan hat, aber ich dachte, das sei gegen ihre Kopfschmerzen.« Absurd! Die Kinder würden die Zyankaliflasche sofort erkennen und sie natürlich auch. – Nein.

Louie grübelte, bis ihr der Kopf schmerzte. Dann richteten sich ihre Sorgen auf ihre Geschwister. Ernie würde zu Großmutter gehen, Evie und die Zwillinge zumindest vorübergehend zu Tante Hassie, Tommy zu Tante Eleanor, und Hazel Gray in Charlestown würde das Baby nehmen. Sie selbst würde nach Harpers Ferry oder zu Tante Jo oder zu Miss Aiden ziehen, zu letzterer natürlich am allerliebsten, und die Schule fertigmachen. Sie mußte äußerst vorsichtig sein – am besten gab sie sich einfältig und verschlossen, sagte, sie sei am Vorabend verprügelt worden und könne sich nur an wenig erinnern: »Sie haben ständig gestritten.« Louie sah sich selbst vor Gericht einen Eid ablegen, denn bestimmt würden die Anwälte, klug wie Füchse, ihre fadenscheinigen Lügen und kläglichen Ausflüchte durchschauen. »Aber schließlich«, dachte Louie, »bin ich noch ein Schulkind, meine Verwirrung wird man ganz bestimmt den häuslichen Problemen zuschreiben, wer sollte ausgerechnet mich verdächtigen?« Dann wiederum dachte sie, daß viele Hennys Geschichten – oder das, was sie für Hennys Geschichten hielt – über sie Glauben schenkten und sie vielleicht ohnehin für ein ungezogenes, verschlagenes Kind hielten, so daß in kürzester Zeit der Verdacht auf sie fiel. Sie konnte nicht schlafen. Nachdem sie sich lange Zeit im Bett hin- und hergewälzt hatte, stand sie auf, setzte sich ans Fenster und dachte über alles nach. Nur eines war sicher: Es mußte getan werden, um die Kinder zu retten. »Wer sorgt sich denn außer mir schon um sie? Diese beiden selbstsüchtigen, von ihren Leidenschaften getriebenen Menschen, in ihrem ewigen Ehehaß schrecklich wie Götter, scheren sich keinen Deut um sie. Mutter hat sogar damit gedroht, sie umzubringen. Vielleicht würde sie das tatsächlich fertig bringen. Aber ihr Leben wäre auf jeden Fall zerstört, auch wenn sie weiterleben dürften. Es ist keine Frage: Ich habe den Willen und die Kraft, jetzt muß ich auch die Entschlossenheit aufbringen und beide beseitigen.« In Gedanken sah sie in Sam schon lange nicht mehr ihren Vater, für sie war er seit Monaten nichts anderes als ein großmäuliger Gefängniswärter gewesen. Und was Henny betraf, sah sie keine Möglichkeit, wie sich ihr Schicksal bessern könnte, wenn sie weiterlebte. Nur die Selbstzweifel ließen sie in kalten Schweiß ausbrechen. Sie hatte in ihrem Leben bisher so wenig zustande gebracht. Manchmal glaubte sie, an Dementia praecox zu leiden, zu anderen Zeiten hielt sie sich für ein furchterregendes Genie, dann wiederum dachte sie, sie sei eines dieser armseligen Scheintalente, die in ihrer Jugend brillieren und in reiferen Jahren zu gefeierten, bissigen Lackaffen werden, von denen manche beim ersten Eishauch des Alters um die vierzig Selbstmord begehen.

Auch jetzt dachte sie wieder an diese drei Möglichkeiten und drehte sich zwischen ihnen hin und her wie ein Wetterhahn, was jedoch nur daran lag, daß sie an ihrer Fähigkeit zur Tat und anschließenden Irreführung zweifelte. Keine Sekunde lang zog sie hingegen in Frage, daß es richtig war, morgen früh zum Zyankali zu greifen, um die Kinder zu befreien: Es fiel nun einmal ganz allein ihr zu, niemand sonst würde es tun oder den Ernst der Lage und dessen Ursachen begreifen. Und mit einem Schlag würde sie damit auch sich selbst befreien. Schließlich faßte sie den Entschluß und plante die wenigen, einfachen Schritte, die notwendig waren, um an das Zyankali heranzukommen. Sie würde nur wenig herausnehmen – mit Handschuhen – und in ein kleines Pillendöschen aus ihrer Schublade tun. Nein, halt, das wäre ein Fehler, sie würde morgen früh oder das nächste Mal, wenn Henny in dieser infernalischen Nacht wieder nach unten ging, aus Hennys Schublade ein Pillendöschen entwenden. Der Rest wird sich fügen. »Ganz bestimmt werde ich weinen müssen, und das wird mir helfen. Ein Kind, das seine Eltern verloren hat, werden sie nicht gleich am nächsten Morgen befragen, außerdem werden die anderen da sein, und jemand wird sich um ihr Frühstück kümmern müssen.« Ihre befreiten Lungen und ein regelmäßig schlagendes Herz ließen sie deutlich erkennen, daß es richtig war, daß es getan werden mußte. Sie hätte es schon längst tun müssen, aber bisher hatten ihr Einsicht und Willenskraft gefehlt. Willenskraft war alles: »Die ganze Welt tritt zur Seite, um für den Platz zu machen, der weiß, wohin er will!« Louie fiel in einen leichten, erfrischenden Schlaf, wachte jedoch schon bald wieder auf und nutzte die Gelegenheit, in Hennys Zimmer zu schleichen und das Pillendöschen zu holen, während Henny wieder einmal unten war und der Streit weitertobte. Dabei fühlte sich Louie völlig ruhig und gelassen und wagte es sogar, zu dem unglücklichen Paar nach unten zu gehen. Ihre Mutter saß in der Küche bei einer ihrer rastlosen Mahlzeiten: Tee mit Senfgurken und Toast.

»Was geisterst du mitten in der Nacht hier herum und ziehst ein Gesicht wie eine gerupfte Eule?« fragte Henny barsch.

Louie betrachtete sie ruhig und dachte: »Vielleicht werde ich sie nie mehr lebend wiedersehen.« Dann drehte sie sich um. Sie zog die Schultern hoch, als sie an ihrem Vater vorbeikam, und sah ihn nicht einmal an, so stark rebellierte ihr Körper gegen seine

Nähe. Er blieb stumm, doch als sie auf der Treppe war, hörte sie Henny knurren: »Warum gehst du nicht ins Bett? Merkst du nicht, daß die Kinder nicht schlafen können? Willst du die ganze Nacht aufbleiben und auf mir rumhacken?«

Louie hörte, wie sich ihr Vater schwer auf einen Stuhl fallen ließ. »Ja«, dachte Louie, »bei ihrem ewigen Streit werde ich niemals Frieden finden.«

5 | *Montagmorgen*

Hennys rastloser Zorn ließ sie nur wenig schlafen. Um fünf Uhr stand sie auf, um die Wäsche vorzusortieren. Im Erdgeschoß hatte sich der Fischgeruch inzwischen überall eingenistet. Henny hing über dem Wäschekorb und fluchte wie ein Fischweib. Es drohte ein neues Gewitter. Henny haßte Gewitter und war davor immer besonders streitlustig, während Louie diese Art von Wetter am besten gefiel – vor einem Sturm fühlte sie sich geschmeidig, kraftvoll und ruhig. Das Wetter war schon seit einiger Zeit gewittrig aufgeladen, am Himmel hatten sich die ungewöhnlichsten Wolken aufgebauscht, und der Wind hatte sich immer wieder gedreht. Sie alle fühlten sich von ihren eigenen tierischen Instinkten darin bestätigt, daß ein Unwetter nahte. Der Himmel war von Wolken überzogen, die Bäume bogen sich im Wind. Sam fühlte sich nicht wohl, hatte leichtes Fieber und lag zu ungewöhnlich später Zeit noch in seinem Bett, rief den Kindern zu, sie sollten aufstehen, und Evie, sie sollte zu ihm kommen und seinen Kopf massieren. Die ganze Atmosphäre erinnerte ihn an Singapur. Er hielt die Jalousie geschlossen, witzelte mit schwacher, kränklicher Stimme, rief nach seinem indischen Diener und wünschte sich trotz aller Nachteile einen Augenblick lang ehrlich, wieder im guten alten Singapur zu sein. »Ein Mann muß reisen«, erklärte er Evie, »zu Hause kann sein Geist letztendlich nur verkümmern: In der Ferne bin ich ein besserer Mensch« – doch kaum hatte er diese Worte ausgesprochen, als er sie auch schon bereute, ein finsterer Verrat an seinem Haus, seinem Heimatland und seiner Familie!

»Lulu«, rief er kläglich. »Auftehn, Illumina, teh auf unn toch Tee.«

Louie wachte auf und dachte: »Der Morgen ist da, und ich habe verschlafen!« Sie streifte ihren Morgenrock über, steckte das Pillendöschen ein und ging mit forschem Schritt nach unten, ohne auf irgendwelche Bemerkungen einzugehen. Sie dachte: »Die Stunde ist gekommen. Bald wird alles vorüber sein.« Sie brachte das Teewasser zum Kochen, stellte laut klappernd die Tassen zusammen und glitt in das von der Küche abgehende Jungenzimmer und in die Dunkelkammer. Die Jungen waren schon auf. Ernie hatte ein Knäuel Kleider, seine Pyjamas vielleicht, für die Wäsche durch die Stangen seines Bettfußendes gesteckt, aber das Zimmer war leer. Louies Hand zitterte. Sie hatte gerade ein paar Körnchen Zyankali in das Döschen gefüllt, als sie ein Geräusch hörte und Henny in der Küche sah.

»Was trödelst du da im Jungenzimmer herum, wo heute morgen alle so spät dran sind?« rief Henny. »Gib mir eine Tasse Tee, bevor ich umkippe. In diesem verdammten Haus stinkt alles nach Fisch. Ich werde noch verrückt vor Kopfschmerzen.«

Louie hatte das Gefühl, ihr ganzer Körper glühe tiefrot, als sie aus der Dunkelkammer kam, aber Henny konnte sie nicht sehen: Sie war mit den schmutzigen Küchenhandtüchern bereits zum Waschhaus unterwegs. »Gott«, dachte Louie, und es war das erste Mal, daß sie dieses Wort benutzte, »o Gott, fast hätte sie mich erwischt.« Ihr Herz begann so heftig zu pochen, daß sie sich kaum noch auf den Beinen halten konnte. Sie fürchtete, vor lauter Aufregung nicht die nötige Stärke aufbringen zu können. Zitternd machte sie den Tee, und als er fertig war, war ihr vor Angst und Zweifel ganz schlecht. Tat sie auch wirklich das Richtige? Um Tatsachen zu schaffen, ließ sie die Zyankalikörnchen in eine große Tasse gleiten, hielt das Döschen dabei mit der Schürze fest und warf es anschließend in den Abfalleimer. In diesem Augenblick hörte sie ihren Vater fröhlich die Treppe herunterstapfen und mit Evie plaudern. »Ich schaffe es nicht«, dachte Louie und drehte sich um, prallte jedoch gleich wieder gegen den Tisch mit der Tasse zurück. Vor ihr stand Henny.

»Mir zerreißt es die Eingeweide«, sagte Henny und hielt sich den Bauch, »wenn ich noch mehr von diesen großen, sperrigen Decken schleppen muß. Ich leide solche Qualen, daß ich bald nicht mehr weiß, wie ich es noch aushalten soll. Wie soll das auch nur eine einzige Woche so weitergehen? Er schert sich einen Dreck darum. Ich spüre, wie mein Inneres in Stücke fällt ...« Sie hielt inne und musterte Louie mißtrauisch. »Was glotzt du mich so an? Was ist mit mir? Hör auf, mich anzustarren!« Louie brachte kein Wort heraus. Henny schien sich an etwas zu erinnern. »Was hast du gemacht? Ich habe gesehen, wie du irgendwas gemacht hast!« Louie öffnete den Mund, blieb aber stumm, wie ein Fisch, der nach Luft schnappt: Es hatte ihr völlig die Sprache verschlagen. Sie deutete auf ihren Mund, die Tasse, schüttelte den Kopf. In dem Moment kam Sam in die Küche, das kleine Kästchen mit den sechs winzigen, mit Silber ausgelegten Holztassen aus Singapur unter dem Arm.

»Heutmorn«, sagte Sam, Henny vollständig ignorierend, »heutmorn wern wir unsern Tee aus Lai Wan Hoes Geschenk an sein Gott unn Meister schlürfn – nein, der Mann hatte zuviel Verstand, um mich für einen Gott zu halten.« Er stellte das Kästchen liebevoll auf den Küchentisch, zeigte auf die großen Tassen und sagte: »Die kanns du weg tun, Lulu, heutmorn wern wir unsern Tee auf Chinesisch einnehm. Das solltn wir immer machn, wenns so schwül is wie jetz.«

Louie sah von einem zu anderen. Sie wartete darauf, daß sich das Unvorstellbare ereignete, war aber noch immer unfähig, ein Wort herauszubringen, sondern schüttelte nur den Kopf. Henny sah sie mit brennend schwarzen Augen an, hob die Hand, deutete auf sie und sagte dann: »Du Scheusal, ihr beiden Ungeheuer, ihr zerreißt mir die Eingeweide, der Fischgestank ist überall, und ich breche unter der Last eurer schmutzigen Laken zusammen, ich ersticke an euren Ausdünstungen, ich halte das nicht mehr aus ... Aber sie ist nicht schuld, sie hat Mumm, sie war drauf und dran, es zu tun ... Und wenn sie völlig durchdrehen würde, sie ist nicht schuld... Deine Tochter hat den Verstand verloren ...« Sam warf Henny einen haßerfüllten Blick zu. »Ach, verdammt«, sagte Henny, »fahrt doch alle zur Hölle!«

Sie griff nach der Tasse und trank sie in einem Zug aus. Ein Ausdruck des Schreckens trat in ihre Augen, als wolle sie das Unwiederbringliche rückgängig machen. Die Tasse noch in der Hand, taumelte sie einige Schritte, während Sam verwundert fragte: »Was ist denn los?« Louie wollte es erklären, konnte aber nur den Kopf schütteln: Selbst in Gedanken wollten ihr keine Worte einfallen. An der Tür, die zur eingeglasten Veranda führte, blieb Henny stehen, drehte sich zu ihnen um und schlug der Länge nach auf den neuen Zementfußboden.

Sam erschrak, denn Henny war nach vorn aufs Gesicht gefallen und mit einem lauten Knall auf den Boden geschlagen. Die Tasse zerbrach in tausend Stücke. Louie stand wie versteinert da und starrte ihren Vater, ihre Mutter und Evie an. Evie holte ein Kissen und versuchte, es ihrer Mutter unter den Kopf zu schieben, und diesmal eilte ausnahmsweise auch Sam herbei, um ihr zu helfen. Er sagte mit angstvoller Stimme: »Ich glaube, Mutting hat sich ziemlich weh getan, wir müssen sie ins Bett bringen.«

Louie trat einen Schritt vor, und Sam, der ihre Stummheit als Ungehorsam deutete, sah sie stirnrunzelnd an, sagte aber nichts. Er rief nach Ernie, bekam jedoch keine Antwort. Sie schleppten Henny ins Zimmer der Jungen und legten sie auf Ernies Bett. Sam pfiff wieder nach den Jungen, und diesmal hörten sie ihre Rufe näherkommen: »Jawoll! Jawollja! Komme, Pad!«

Henny blutete an der Stirn und aus der Nase. »Hol Wasser und Peroxyd«, sagte Sam gereizt, »du solltest wissen, was zu tun ist.«

Louie seufzte tief und sagte mit schwerfälliger Zunge: »Was ist denn das?« Sie versuchte, Ernies Kleiderbündel vom Fußende des Bettes zu ziehen. Er hatte zwei schmutzige Kopfkissenbezüge in seine Pyjamas gestopft und zwei Ecken wie Ohren oben herausragen lassen. Der kleine, witzige Schal aus gelber Wolle mit einem roten Gesicht, den Louie für Tommy gestrickt hatte und den Tommy sonst zum Kuscheln mit ins Bett nahm, war so befestigt, daß er ein Gesicht ergab. Mit einem Stück Schnur um den »Hals« war das Männchen ans Bett gebunden. Louie lockerte den Knoten.

»Hol Wasser und einen Schwamm«, sagte Sam ärgerlich.

Louie ließ das Männchen los und ging zur Tür, wo sie stehenblieb und sagte: »Ich glaube, sie ist tot.«

»Sei nicht albern.«

»Ich glaube, sie ist tot, Dad.«

»›Tot, Dad, dead Dad‹«, murmelte er: »Geh und tu, was ich dir gesagt habe.«

Louie drehte sich um und sagte mit tiefer, rebellischer Stimme:

»Was hat das noch für einen Sinn? Du solltest besser einen Arzt rufen, sonst kriegst du später noch Schwierigkeiten.«

Sam sah sie erstaunt an, zupfte an Hennys Ärmel und sagte sanft: »Henny? Henny? Pet?« Und Evie, die ihn besorgt ansah, erklärte er: »Ich glaube, Mutting hat eine Gehirnerschütterung.«

Louie kehrte mit einer kleinen Schüssel mit Wasser zurück und stellte sie auf einen Stuhl neben dem Bett. Die Kinder, denen sie draußen von Mutters Unfall erzählt hatte, kamen jetzt auf Zehenspitzen zur Tür und spähten herein wie Vögel, die vorsichtig zurückkrochen, um einen reglosen Menschen auf einer Lichtung zu beäugen. Plötzlich ließ Tommy ein Lachen hören, so klar und hell wie das Murmeln eines Sommerbachs. »Guckt mal, da ist Ermy!« Ernie runzelte die Stirn. Tommy kicherte: »Ermy hat sich erhängt. Er hat sich selbst am Bett aufgehängt.« Er zeige auf die Figur, die am Fußende des Bettes hing. »Guckt mal, hä-hä, aus meinem Schal hat er das Gesicht gemacht.« Sams Gesicht wurde dunkelrot. »Was redest du da, du Dummkopf?« Tommy unterdrückte sein Lachen. »Das ist Ermy. Er hat gesagt, er hat sich erhängt!« Sams Blick kehrte angstvoll zu Henny zurück. Louie beugte sich über sie, lauschte und sagte mit ungerührtem Gesicht: »Hör doch selbst! Ihr Herz schlägt nicht mehr.« Sam zuckte erschrocken zusammen und beugte sich vor. Dann fuhr er auf. »Ein Notfall, Kinder! Verschwindet hier! Ruf den Arzt, Louie.« Auf Louies Gesicht erschien der Anflug eines Lächelns. »Ich hab dir doch gesagt, daß sie tot ist.«

Ernie drängte sich an den anderen vorbei und warf sich auf seine Mutter, zerrte an ihrem Morgenmantel und schrie: »Mutter, Mutter, du bist nicht tot. Ist sie tot? Ist sie tot? Sie ist nicht tot!« Er schluchzte und jammerte und rief verzweifelt nach ihr. Wie vom Donner gerührt standen die anderen Kinder in der Tür. Sam reckte das Kinn, sah sich hilfesuchend um und eilte an den ängstlich zusammengekauerten Kindern vorbei in den Flur zum Telefon. Unterdessen setzte Louie sich geduldig neben Henny und wischte ihre Stirn mit dem Schwamm. »Laß mich das machen«, sagte Ernie aufgeregt und begann, ihr über die Stirn zu streichen, als glaubte er, sie damit heilen zu können. Jedes auf seine Art begannen die Kinder zusammenzubrechen, und Chappy, der auf der Veranda saß und von einer Ameise gebissen worden war, schrie nach Hilfe. Sie hörten, wie Sam am

Telefon sprach und mit raschen Schritten zurück ins Zimmer kam. Er fragte: »Was hat Mutter gemacht?« Und dann kam ihm die Szene, deren Zeuge er geworden war, wieder in den Sinn: »Worüber habt ihr euch gestritten?«

»Über nichts besonders«, sagte Louie, »nur über die schmutzige Wäsche. Dann hat Mutter gesagt, sie würde sich vergiften und hat eine Tasse Tee mit Zyankali getrunken.«

»Was?« rief Sam.

»Sie hatte es in einer kleinen Pillendose«, erklärte Louie stockend. »Die hat sie dann in den Abfalleimer geworfen!«

Sam eilte zur Dunkelkammer, wo er den Verdacht bestätigt fand, und rief: »Das ist ja schrecklich! O Gott, was für eine Katastrophe! Ich hätte nie gedacht, daß sie es ernst meinen könnte. Gott im Himmel, Louie, Louie!«

Tommy trat vor, ging mit großen, runden, schwarzen Augen, Hennys Augen, auf Zehenspitzen auf seinen Vater zu und flüsterte: »Pad, müssen wir heute zur Schule gehen?«

Im gleichen Augenblick klingelte es an der Tür. Louie, die dachte, es sei der Arzt, machte hastig auf und sah eine Frau mittleren Alters mit graumeliertem Haar, einem aufgedunsenen, gutmütigem Gesicht und braunen Augen in einem getupften Seidenkleid vor sich stehen. Eine Minute starrte sie die Frau an, ohne sie zu erkennen, dann dämmerte ihr, daß es Miss Wilson, Tommys Lehrerin, war. Miss Wilson wirkte verlegen und fragte steif: »Ist deine Mutter da?«

»Nein«, sagte Louie, »das heißt ... sie ist krank.«

»Das tut mir leid«, erwiderte die Frau gezwungen. »Ich habe gestern versucht, sie telefonisch zu erreichen, und am Samstag habe ich auch schon angerufen, aber entweder war sie das ganze Wochenende über nicht da, oder sie wollte nicht mit mir sprechen. Es ist sehr wichtig.«

»Wer ist das? Was ist los?« rief Sam gereizt. »Was wollen Sie denn? Sie müssen sofort wieder gehen. Wir hatten hier einen furchtbaren Unfall.«

»Ich bin Miss Wilson, Tommys Lehrerin«, erklärte die Frau. »Ich wollte mit Mrs. Pollit sprechen, es geht um das Geld.«

Sam sah sie verwirrt an, und die Frau mußte ihm noch einmal versichern, daß es ihr sehr wichtig sei, sie brauche das Geld.

»Geld? Welches Geld?« fragte Sam verständnislos.

»Ich brauche mein Geld zurück. Mit dem Flügel kann ich nichts anfangen«, erklärte die Frau beflissen. »Was soll ich mit einem Flügel? Ich habe ihn mir als Sicherheit überschreiben lassen. Es tut mir leid, daß Ihre Frau krank ist, wirklich. Ich weiß, sie ist eine gute Frau. Ich mag Mrs. Pollit. Ich achte sie. Aber jetzt stehen bei mir selbst auch ein paar Rechnungen aus, und meine Steuerzahlungen waren so hoch ...«

»Mrs. Wilson«, unterbrach sie Sam, »könnten Sie ein andermal wiederkommen? Mrs. Pollit hatte einen schweren Unfall, und im Moment weiß ich nicht einmal, ob sie ihn überleben wird.« Er schluchzte.

»Oh!« rief die Frau. »Oh, nein! Oh, nein! Ich meinte natürlich ... Mit dem Geld ... Ich werde das schon irgendwie schaffen ... Aber wann kann ich wiederkommen und mit Ihnen sprechen? Ich möchte sie natürlich auf keinen Fall belästigen, es ist nur ...«

Jetzt fing auch sie zu weinen an und bat um ein Glas Wasser, so daß man sie ins Gemeinschaftszimmer bitten mußte, wo die Kinder sich rasch um sie versammelten. Mit vielen Unterbrechungen, weil sie weinen, Wasser trinken oder sich die Augen wischen mußte, erzählte sie, wie sie Henny zu sechs Prozent einhundert Dollar geliehen und sich den Flügel als Sicherheit habe überschreiben lassen, obwohl sie wisse, daß man so ein Ding heute kaum noch verkaufen könne, wo doch alle Welt für kleine, moderne Klaviere sei; aber Henny sei ja immerhin die Schwägerin von Miss Josephine Pollit, einer vorbildlichen Frau, und Mr. Pollit sei ebenfalls überall bekannt, bloß habe sie jetzt herausgefunden, daß Mrs. Pollit auch von der Lehrerin der Zwillinge und von Ernies Lehrerin Geld geborgt habe und sogar in der Highschool gewesen sei und Louies Lehrerin fünfzehn Dollar für Kleider abgeschwatzt habe, und jetzt habe sie gehört, daß Mr. Lomasne, dieser schreckliche Mann, ein skrupelloser Wucherer, einem fünfzig Dollar lieh, und dann hatte man für den Rest seines Lebens bei ihm Schulden, und sie habe es mit der Angst zu tun bekommen und gedacht, daß sie ihr Geld vielleicht niemals wiedersehen würde. Sie sei eine arme Frau. Nicht daß sie Mrs. Pollit das Geld nicht gönnen würde – Henny sei eine gute Frau, eine treusorgende Ehefrau und Mutter, aber sie brauche das Geld zurück, weil sie für ihre alten

Eltern sorgen müsse – und sie schluchzte und schluchzte, bis man ihre Worte nicht mehr verstand.

Kurz darauf kam der Arzt. Miss Wilson wollte unbedingt das Ergebnis seiner Untersuchung abwarten, und als sie hörte, daß Mrs. Pollit tot sei, stieß sie einen furchtbaren Schrei aus, riß Tommy in ihre Arme und nannte ihn ihren »armen, kleinen Liebling, wie schrecklich für das arme Kind!« Als sie endlich ging, blieb sie an der Tür noch einmal stehen und fragte Louie leise und beschämt, ob sie glaube, daß sie ihr Geld jemals zurückbekommen würde. »Ich schäme mich so, Liebes, aber ich bin selbst eine arme Frau und schlage mich nur mühsam durch«, sagte sie, nickte und ging schwankend fort. Louie sah ihr hinterher, bis sie die Allee erreichte und langsam aus dem Blickfeld verschwand.

Dann ging Louie zurück in die Küche, um den Kindern Frühstück zu machen.

6 | *Die Wahrheit nie geglaubt*

Es war drei Wochen her, daß man die sterblichen Überreste Henrietta Pollits nach einer peinlichen Untersuchung durch den Coroner unter die Erde gebracht hatte – im Familiengrab der Collyers auf dem Greenmount Cemetery. Eine merkwürdige Gesellschaft einander beschnüffelnder Schakale war da in das Amtszimmer des Coroners gekrochen: Jim Lomasne und ein geschäftiger, überkorrekt gekleideter kleiner Wucherer aus der Innenstadt, der Manager einer Kreditgesellschaft für Automobilverkäufe und ein gutaussehender, äußerst ehrenhafter Archie Lessinum, ja, sogar Hennys Schwestern, Tante Jo, Louie, Sam, Miss Wilson und Miss Aiden: Es stellte sich heraus, daß die leutselige, sanft lächelnde, hilfsbedürftige Henrietta vom Anfang bis zum Ende ihres Lebens voller finsterer Geheimnisse gewesen war und sich nicht nur selbst entblößt hatte, um die Rechnungen für den Haushalt und die Wucherzinsen, die sich seit Ernies Geburt immer bedrohlicher angehäuft hatten, abzuzahlen, sondern auch von jedem Mitglied der Familie, von Kaufleuten und

Händlern, den Lehrerinnen ihrer Kinder und allen möglichen Fremden, denen sie von ihren notleidenden Kindern erzählt hatte, Geld geborgt und erbettelt hatte.

Wo war all das Geld geblieben? fragten sich alle. Archie Lessinum allerdings fand dies weniger rätselhaft. Wo war das Vermögen der Collyers geblieben? fragte er zurück. Zwölf Kinder, entweder mit Müßiggängern verheiratet oder unfähig, ihren eigenen Lebensunterhalt zu bestreiten, aber allesamt wiederum mit großem Kinderreichtum gesegnet, hatten dem gutmütigen Selfmademan David Collyer ein riesiges Vermögen durch die Finger rinnen lassen. Was davon übriggeblieben war, steckte in einem armseligen Fonds für seine Töchter und Söhne, außer Hassie – eine der Treuhänderinnen – allesamt untüchtige Habenichtse. Aus dem Fonds mußten Reparaturen bestritten, eine zweite Hypothek abbezahlt und die alte Ellen Collyer unterstützt werden; erst nach deren Tod, und wenn die Schulden vollständig getilgt waren, würde der Fonds für die vielen Söhne und Töchter oder deren Erben Dividenden abwerfen. Und Erben hatten sie alle genug, in dieser Hinsicht unterschied sich Henny nicht von den anderen Collyers, Hassie und Eleanor waren die einzigen Ausnahmen. Die Summen, die Ernie und seinen Geschwistern zustanden, sobald wieder Dividenden ausgezahlt wurden, waren sehr gering, und da sie minderjährig waren, würde das Geld auf absehbare Zeit ohnehin dazu verwendet werden, Hennys Schuldenlast abzutragen. Henny hatte vom Zeitpunkt ihrer Heirat an Schulden angehäuft. Zwar hatte sie auch schon vorher zahllose Schuldscheine unterschrieben, doch ihr nachsichtiger Vater hatte sie stets eingelöst. Diese Schulden hatte man vor ihrem Ehemann, dessen puritanischen Zorn sie fürchtete, geheimgehalten, und da ihr eine feste Hand fehlte, hatte sie immer weitergemacht, bis sie schließlich in die Fänge verachtungswürdiger, räuberischer Wucherer wie James Lomasne geraten war, die ohne schriftliche Verträge Geld verliehen und durch Erpressung wieder eintrieben.

Von Lomasne ließ sich allenfalls sagen, daß er einen recht fragwürdigen Ruf genoß. Er selbst wiederum gab mit großem Selbstbewußtsein und dem Anschein wohltätiger Ehrbarkeit zu Protokoll, seiner Nachbarin Mrs. Pollit tatsächlich Geld geliehen zu haben, doch nur, weil ihre Kinder ihm leid getan hätten und er gewußt habe, daß sie bedürftig sei, ja, er wagte es sogar, einige nachteilige Bemerkungen über den Charakter Samuel Pollits einzustreuen, was jedermann aufrichtig empörte. Seine eigene Ehrlichkeit sah Lomasne dadurch bestätigt, daß er Mrs. Pollit keine Papiere unterzeichnen ließ und auch niemals Zinsen von ihr verlangte. Sie habe ihm kleinere Beträge zurückgezahlt, wann immer sie konnte, dennoch hätten sich ihre Schulden bei ihm zum Zeitpunkt ihres Todes auf fünfhundertfünfzig Dollar belaufen. Er habe ihr diese Summe auch deshalb geliehen, weil Mr. Pollit Interesse daran gezeigt habe, in sein Boot- und Sarggeschäft einzusteigen, er in dem Geld also eher eine Art Investition gesehen habe. Und dann seien sie ja auch Nachbarn und Freunde gewesen, und Mr. Pollit habe, wie überhaupt an allen kleinen Mädchen in der Nachbarschaft, ein äußerst reges Interesse an seiner kleinen Tochter gezeigt.

Die Welt war plötzlich ganz Auge und Ohr für Sams Unglück, der alles mit edler Würde ertrug, denn nun wußte die Menschheit zumindest darüber Bescheid, was er in all diesen Jahren ertragen hatte. Doch was die Frage betraf, wo das Geld geblieben war, sei er so unschuldig wie ein Neugeborenes, erklärte er später. Das Ganze käme ihm vor wie ein gewaltiger Blitz, der den Boden zu seinen Füßen aufgerissen habe; erst jetzt könne er so manchen verzweifelten Wutausbruch seiner unglücklichen, schuldigen, aber hilflosen Frau verstehen. Sie sei von Bluthunden verfolgt gewesen, ihre Forderungen hätten in ihren Ohren gedröhnt, ihre Fangzähne hätten sich in ihre Waden gegraben, und ihr Höllenatem habe sich mit ihrem Atem vermischt. Wenn sie sich ihm nur anvertraut hätte, hätte er öffentlich jede Verantwortung ablehnen und ihr so die Möglichkeit weiterer Kredite nehmen oder sie zumindest im Zaum halten und vor der verbrecherischen Skrupellosigkeit der Geldverleiher retten können. Schließlich habe sie, sagte er traurig zu Jo, leider nur allzugut gewußt, was Geldverschwendung bedeutete: Sie lag ihr im Blut. Sie habe es besser gewußt als er, aber sie sei eben eine törichte, schwache Frau gewesen, die einen Hang zur Extravaganz, nicht aber die nötigen Mittel dafür besessen habe. Wo das Geld geblieben sei? Das dürften sie ihn nicht fragen. Jeder vernünftigen Frau hätte sein Gehalt ausgereicht. Aber er hätte es selbst auch besser wissen müssen. Wie hatte er so töricht sein können, ausgerechnet ein reiches Mädchen zu ehelichen, das keinerlei Vorstellung von vernünftiger Planwirtschaft hatte?

Er schlug seinen Gläubigern einen Fünfjahresplan vor. Er sagte, er werde es nicht zulassen, daß auch nur ein geborgter Cent, auf dem sein Name stand, in zerlumpten Hosen durch die Welt geisterte – er werde alles zurückbezahlen. Aber er hatte kein Geld. Sie sähen in ihm einen mittellosen Mann, den die Verderbtheit der Welt seines guten Namens beraubt habe, aber er werde sein Ansehen zurückgewinnen, für seine Kinder eine neue Welt erschaffen und jede Summe zurückbezahlen, die das arme Geschöpf bei ihnen geliehen habe. Die ganze Verschwendung habe nicht einmal den geringsten Zweck gehabt, es sei der reine, sinnlose Ruin gewesen, denn das Geld sei für Kleidung und Lebensmittel draufgegangen, die ebensogut von seinem Gehalt hätten bezahlt werden können, wenn dieses nicht heimlich aufgefressen worden wäre von den Kredithaien und blutsaugenden Wucherern, gegen die er keine Handhabe hatte, weil die geschlossenen Verträge samt und sonders illegal waren. Als geschlagener Mann mit leeren Taschen und schmutzbeflecktem Namen kehre er nach Spa House zurück, sagte er, doch was würde er sich schon aus Verleumdung und Verunglimpfung machen? In fünf Jahren werde er alles abbezahlt haben, und seine Kinder könnten auf die Ehre ihres Vaters stolzer sein denn je; seine mit Füßen getretene Wahrheit werde wieder auferstehen und nach diesem Schlammbad heller erstrahlen als je zuvor.

Einige Wochen lang dachten sie ständig an Henny. Sie hörten ihre Schritte im Flur oder in ihrem Schlafzimmer, Louie hörte sie in der Küche Tee machen oder an den Montagen das Feuer draußen im Waschhaus schüren. Ströme von Besuchern kamen, darunter vor allem Frauen, um nach den mutterlosen, verwaisten Kindern zu sehen und dem vierzehnjährigen Mädchen zu helfen, das jetzt »für sie alle Mutter sein« mußte, wie keine von ihnen zu bemerken vergaß. Nachbarinnen, Tanten und Cousinen halfen beim Kochen, brachten die Kinder ins Bett, putzten und übernahmen sogar die Wäsche, und Sams Freunde, die sich seit Jahren in ihre Schützengräben in Baltimore und Washington zurückgezogen hatten, kamen in ihren Wagen oder zu Fuß, um mit ihm lange, mitfühlende Gespräche zu führen. Die Welt hatte sich völlig verändert. Tante Hassie und Tante Eleanor rissen sich darum, Chappy so lange zu sich zu nehmen, bis Sam eine Haushälterin gefunden hatte. Tante Hassie ging aus diesem Streit als Siegerin hervor, und die blutleere Cathy, die bisher mit ihrem Bataillon Puppen gespielt hatte, besaß jetzt eine menschliche Puppe, um die sie sich kümmern konnte. Sie bekam richtig Farbe in die Wangen und setzte um die Hüften sogar ein wenig Fleisch an, so daß Hassie auf die Idee kam, Chappy zu adoptieren und Cathy an einen guten Mann zu verheiraten, der sie mit fester Hand erzog.

Die freundlichen Besucher schenkten den Kindern kleine Geldbeträge, und eines Tages, als wieder einmal eine größere Gruppe gegangen war, fand Ernie einen Fünfdollarschein auf dem Rasen. Er konnte sein Glück kaum fassen und trug den Schein mehrere Stunden lang schweigend mit sich herum, brachte ihn am Ende aber doch seinem Vater und sagte niedergeschlagen, einer der Besucher müsse das Geld verloren haben. Sam, der sich, da er selbst Geld brauchte, erst vor kurzem nach Ernies Finanzlage erkundigt hatte, antwortete in ziemlich barschem Ton, er könne das Geld behalten, bis der Eigentümer es zurückverlangte. Der Eigentümer tauchte jedoch niemals auf, was Ernie zu hoffnungsvollen Gedanken über die Möglichkeit ermunterte, Geld vom Himmel auf die Erde fallenzulassen. Er beschloß, so früh wie möglich von der Schule abzugehen und in eine Welt hinauszuziehen, in der Fünfdollarscheine in gefütterten Taschen nisteten, jedoch so nachlässig gehütet wurden, daß es niemand bemerkte, wenn sie aus eigener Ungeschicklichkeit über den Nestrand zu Boden fielen.

Waren die Gäste gegangen, begann die Zeit, in der Henny durchs Haus zu geistern begann. Besonders deutlich spürten sie es in den frühen Morgenstunden, ehe Sam sie mit seinen Pfiffen aus den Betten trieb. Die Gardinen an den Fenstern flatterten im Wind, die Dielen knarrten, eine Maus trippelte über den glatten Boden, und Henny war da, murmelte sanft vor sich hin, berührte einen Kochtopf, drehte das Gas auf, schürte das Feuer im Herd. Die Kinder hatten keine Angst vor ihr. Sie lachten und sagten: »Ich glaube, ich habe Mutting gehört«, und nur Evie und Tommy – »dieser kleine Blutsauger, der mich ständig überfällt«, wie Henny zu sagen pflegte – schauten dabei ein wenig niedergeschlagen drein. Auch Chappy vermißte sie vielleicht, vermißte das seltsame, zigeunerhafte, dünne, braune, spitze Gesicht mit den großen, schwarzen Augen, diese Gestalt, die ihn unbedingt zum Lächeln bringen wollte und ihn so lange unterm Kinn kitzelte, bis das Lachen aus ihm hervorbrach und sie ihn in die Arme schloß. Aber Chappy war fort und probierte gerade aus, wie es war, spielerisch in Hassies großen Busen zu boxen. Seine Erinnerung an andere Gesichter war bereits verschwommen.

Louie dachte tagelang nicht an Henny. Sie hatte zuviel zu tun. Die Sommerferien hatten begonnen, und bis auf die Wäsche blieben die gesamten Hausarbeiten an Louie und Evie hängen. Nur gelegentlich halfen ihnen ihre Brüder, nur manchmal kamen andere Frauen und faßten mit an, und nur in seltenen Fällen übernahm Sam wenigstens den Abwasch. Doch es gab nicht nur endlos viel zu tun, Sam und die Jungen schimpften auch ständig über das Essen, die ungemachten Betten und so weiter. Natürlich gab es auch sanftere Töne. Ernie kam zu ihnen mit jener rührenden Anhänglichkeit, die Frauen verlachen, bei ihren Ehemännern aber dennoch allzu gern pflegen, um in melancholischem Ton nach seinen fehlenden Knöpfen oder löchrigen Socken zu fragen; oder Tommy zeigte ihnen verlegen ein großes Loch, das »irgendwie« in sein Hemd gekommen sei; oder es mußten Badehosen geflickt werden, weil sie sonst »von der Gesellschaft für gute Sitten konfisziert« werden könnten. Es war für sie eine harte, in mancher Hinsicht aber auch süße Zeit. Sam sagte, sie würden bald eine Hilfe bekommen. Er dachte dabei an Bonafidus.

Ja, Bonafidus war voller Rebellion, Haß und Zorn von Tante Jo fortgelaufen, hatte furchtbare Dinge gesagt, hatte geschworen, ihr Baby wiederzufinden, wo auch immer sie es vor ihr versteckten; wenn es nicht mehr am Leben sei, würde sie es selbst begraben, wenn es noch lebte, würde sie für sie beide den Lebensunterhalt verdienen, »irgendwie, ganz egal, wie«. Wenn sie Bonnies Worte wiederholten, senkten die Frauen ihre Stimmen und sahen sich vielsagend an. Aber Sam war bereits mehrmals bei der Polizei gewesen und hatte sie gebeten, nach Bonnie und auch nach ihrem Baby zu suchen. Sam mochte die Polizisten: Es waren gute, anständige Burschen, die Menschen in Not zur Seite standen, die allgemeine Ordnung aufrechterhielten, das Verbrechen bestraften und stets freundlich waren, wenn man sie im richtigen Geist von Mann zu Mann ansprach und sie nicht mit Schimpfnamen reizte – schließlich taten sie nur ihre Arbeit, genau wie er und seine Freunde –, sondern sie aufmunterte und nett zu ihnen war. Und diese freundlichen Männer brachten auch ihm Sympathie entgegen. Der Polizeipräsident persönlich hatte sich die Mühe gemacht, sich für Sams Ersuchen einzusetzen, so daß Sam jetzt voller Hoffnung war, seine Lieblingsschwester bald wiederzusehen. Inmitten seines Kummers hatte er sich Zeit für ein sehr ernstes Gespräch mit der verängstigten, zerknirschten Jo genommen, die ihre Reue auf die übliche Weise zeigte, nämlich indem sie schimpfte und stritt und jedem anderen die Schuld gab außer sich selbst. Aber sie sei reumütig, sagte Sam, und würde es auch zeigen: Sie würde nett zu Bonnie sein, sie habe es ihm versprochen, und sie nähte schon jetzt Kleider für das verlorene, jenseits der Grenzen der Schicklichkeit geborene Kind.

So kämpfte sich Louie von Tag zu Tag vorwärts und hoffte darauf, bald von Bonafidus zu hören. Doch so sehr sie sich auch dagegen stemmte, unter ihren Händen versank das Haus in einem Chaos, wie es selbst die arme Henny in diesem Ausmaß nicht hätte herbeiführen können. Sam zeigte sich verblüfft und fragte mindestens einmal am Tag, wie um alles auf der Welt er an »so 'nen Haufen nixnuzicher Fraunsleute« habe geraten können. Wenn Bonafidus mit ihrem kleinen Baby zu ihnen käme, würde sie »das Weibsvolk ers mal auf Vordermann bringn, bis unser Haushalt funkzoniert wie 'n Uhrwerk, das 'ner wissenschaftlichen Überwachung unterliecht ». Das Leben war laut, geschäftig und voller Unwägbarkeiten, und so hatte Louie wenig Zeit, über den seltsamen Tag nachzudenken, an dem Henny gestorben war.

Aber manchmal, wenn sie es am wenigsten erwartete, dachte sie doch daran: an das Entsetzen – ihre heimliche Komplizenschaft schien so offensichtlich zu sein, daß ihr der kalte Schweiß ausbrach und sie sich wunderte, daß niemand hören konnte, was in ihrem Kopf vor sich ging. Sie würde niemals irgend jemandem davon erzählen. Es war wie eine in einem verlassenen Haus versteckte Leiche, von der nur sie allein wußte und die verwesen würde, ohne Spuren zu hinterlassen, bis sie irgendwann durch eine unbeabsichtigte, idiotische Geste versehentlich und ohne jeden Vorwurf wieder ans Tageslicht kam. Mit dieser Vorstellung konnte sie leben. Aber es war eine eigenartige Art von Leben, das Gelärme und Geschrei der anderen und Sams hochtrabende Philosophien kamen ihr wie alberne Sandkastenspiele vor. Sie stand auf der anderen Seite eines Zauns: Durch die Ritzen sah sie einen Garten, in dem sie einmal gewesen war, in den sie aber nie wieder zurückkehren konnte. Und doch machte es ihr wenig aus. Sie glaubte, das einzig Richtige getan, die einzig nötige Entschlußkraft gezeigt zu haben, und daß das Schicksal ihr nicht nur Recht gegeben, sondern sie auch vor den Folgen bewahrt hatte. Es ärgerte sie nur, Sam über Hennys unbesonnenes Handeln, ihre furchtbare Tat, ihre Verderbtheit, schändliche Torheit und sinnlose Selbstzerstörung sprechen zu hören, wenn er sich in endlosen Gesprächen mit diesem oder jenem Gast über das Geschehen verbreitete. »Was weißt du denn schon?« dachte sie dann. Bald konnte sie nicht einmal mehr mit ihm an einem Tisch sitzen, seine aus der Luft gegriffenen Ideen und Moralvorstellungen und völlig unangebrachten Beispiele nicht mehr ertragen. Sobald das Essen ausgeteilt war, nahm sie ihren Teller und setzte sich auf den vorderen Rasen oder in den Obstgarten und scherte sich nicht darum, wie viele Boten er ihr schickte, um ihr ausrichten zu lassen, daß sie doch in den Schoß der Familie zurückkehren solle, sondern blieb stumm und unbeweglich sitzen, stolz, selbstgerecht und verächtlich.

Die Gewitterstürme im Juli, die überschwemmte Erde und die überfluteten Flüsse hatten Hennys Leiden fortgespült: Grabsteine sanken im Friedhof, und die frisch über ihr angehäufte Erde fiel ein. Ende Juli schien es, als hätte auch Henny wie ein Sturm getobt, aber in einem anderen Teil des Universums, der jetzt hinter Schloß und Riegel war.

Am Montag dem fünfundzwanzigsten, als der starke Regen endlich nachzulassen begann, fuhr Sam nach Baltimore, um über eines seiner Lieblingsprojekte zu sprechen. Viele seiner Freunde hatten ihn gedrängt, eine eigene Radiosendung zu entwickeln; auswärtige Angelegenheiten oder die Kinderstunde wären besonders passend für ihn. Er selbst sah sich am liebsten als »Uncle Sam« und hatte schon seit einiger Zeit mit Freunden, Journalisten – die er als Mittler zwischen tiefgründiger Wahrheit und wahrheitshungrigem Mob hochverehrte – und mehreren

»Verantwortlichen« über diesen Plan gesprochen. Sam war im Umgang mit Höhergestellten kein Speichellecker. Er bewunderte sie so ehrlich und glaubte so aufrichtig daran, daß herausragende Fähigkeiten vom »Volk« in Form höherer Positionen belohnt wurden, daß die Liebe zu ihnen eine ganz reine Empfindung war. Sam hatte den Auserwählten des Volkes seine Aufwartung gemacht und sah »Uncle Sam« als »eventuell greifbare Chance in der nahen Zukunft«. In Uncle Sams Sendung würde er nicht nur die von unseren Vorfahren überlieferten Legenden erzählen, Geschichten, die sich die Pioniere im Grenzland an den Abenden nach ihrem täglichen Kampf mit Not und Entbehrung ausgedacht oder in abgewandelter Form aus dem engen, alten Europa mitgebracht hatten, sondern auch Geschichten aus unserer revolutionären Vergangenheit, Berichte von großen Taten aufrechter Männer und tapferer Frauen, durch die wir die Freiheit errangen, die wir noch heute genießen, eine Freiheit, die es, dem Himmel sei Dank, unnötig macht, noch einmal solche Qualen durchzustehen, wie sie das arme, unterjochte Europa gerade erlebte. Er würde seine Zuhörer an die Hand nehmen, sie über die Straßen der Welt und die Pfade der Natur führen und sie all ihre Geheimnisse lehren, so wie Hiawatha sie einst gelehrt bekommen hatte.

Sam fiel es nicht schwer, Sponsoren für sein Vorhaben zu interessieren. Es waren Tage großer Hoffnung für ihn: Endlich hatte er seine Aufgabe gefunden. Seit vielen Jahren hatte er seinen Freunden und Kindern das Radio als das Medium der neuen Aufklärung gepriesen, ebenso den Film. Wie gern würde er die Regisseure von MGM und Warner Brothers kennenlernen. Es mußten gute Menschen sein, da sie dem Volk dienten – und der gleiche, von Liebe beseelte Wunsch richtete sich auf Franklin Roosevelt und Stephen S. Wise. Seinem Eindruck nach machten natürlich auch sie Fehler, doch nach einem kurzen Gespräch mit ihm würden sie seine Freunde sein, und er könnte sie mit neuen Ideen inspirieren und ihnen das Volk näherbringen, für das sie schließlich ihr Leben gaben. Er hatte schon immer gesagt, daß es Jesus Christus zwar nie gegeben habe, die Vorstellung von der »Wiederkunft des Herrn« jedoch ein bewegendes Beispiel für den Wunsch der Menschheit nach Errettung und Regeneration darstelle und der echte Retter, wenn er denn jemals kommen sollte, sich am ehesten über das Radio Gehör verschaffen würde. Vielleicht war er, Samuel Clemens Pollit, ja ein Vorläufer dieses wahrhaft großen Mannes. Jedenfalls würde er damit beginnen, die Herzen der Kleinen, das Völkchen von Liliput, zu berühren. Er war weit davon entfernt, die Sponsoren von Radiosendungen zu kritisieren, im Gegenteil, er mochte sie und sah in ihnen wunderbare, von Humanität durchdrungene Menschen, die, anstatt einfach nur nackte Werbung zu betreiben, das Volk unterhalten und erziehen wollten.

Nach einem höchst befriedigenden Gespräch mit einem seiner möglichen Sponsoren spazierte Sam an diesem Montag gerade die South Eutaw Street zwischen Lexington und Mulberry Street hinunter, um sich die Zoogeschäfte anzusehen und anschließend die Mulberry Street hinauf zur Bibliothek zu gehen, als ihm eine liebevolle junge Mutter mit einem Baby auf dem Arm entgegenkam. Sams Herz machte einen Sprung. Zuerst wollte er seinen Augen nicht trauen, dann sah er, daß es tatsächlich Bonnie war. Er lief auf sie zu und schloß sie in die Arme.

»Oh, Bonafidus! Bonafidus! Warum bist du nicht zu deinem armen Bruder gekommen? Bonafidus! Wo warst du die ganze Zeit? Alle haben nach dir gesucht. Weißt du, daß Henny gestorben ist? Ich bin jetzt ganz allein.«

Sam begann hemmungslos zu weinen, bald strömten auch Bonnie Tränen übers Gesicht, und dann fing das Baby – ein Junge, den Bonnie mit ziemlicher Sicherheit für ihr Baby hielt – zu brüllen an, und da das Baby die größte Lust am Weinen zeigte, übertraf es sie alle und zog mit Erfolg die Aufmerksamkeit auf sich. Sam wollte Bonnie und den Kleinen sofort mit nach Hause nehmen, aber Bonnie sagte, sie müsse zuerst ihre Sachen holen, bei ihrer Arbeitsstelle Bescheid geben und ...

»Und dich mit dem Mann treffen?« fragte Sam in traurigem Ton.

»Oh!« rief Bonnie. »Den will ihn niemals wiedersehen, und wenn ich hundert Jahre alt werde.«

Dann wollte Sam wissen, ob der Junge tatsächlich ohne Vater aufwachsen solle, und Bonnie sagte, besser kein Vater als einen so erbärmlichen Wicht. Sam erwiderte, in dem Fall wolle er der Vater des Kleinen sein – was mache ein weiterer kleiner Bursche in seinem großen Phalansterium unten in Spa House schon aus? Er habe zwei Stellen in Aussicht, beide im öffentlichen Dienst, und später würde er als Biologe arbeiten. Bonnie könne sich um seinen Haushalt kümmern und ihm die Ausgaben für eine Haushälterin ersparen; im Gegenzug würde er ihr seinen Schutz anbieten. Vielleicht würde sie später doch noch einen guten Mann finden – und zwar diesmal »den Richtigen«. Mit diesen Zukunftsvisionen brachte er Bonnie zu ihrem Zimmer, küßte seinen neuen Neffen, den Bonnie »Samuel-Charles« genannt hatte, und eilte fröhlich vor sich hinsummend nach Hause. Er konnte es kaum erwarten, ins Haus zu platzen und allen die wunderbare Nachricht zu überbringen: Sie hatten einen neuen Bruder, Samuel-Charles – ja, noch einen Sam, Klein Sam –, und er würde bald als »Uncle Sam« in seiner eigenen Sendung auftreten. »Für den Wahrheitsliebenden wird sich alles zum Guten wenden«, rief der Zug ihm zu, während er auf den Severn zuratterte. »Für den – Wahrheits – liebenden – wird alles – sich zum Guten – wenden!« Selbst Hennys Tod hatte ihm Gutes gebracht, ja, sogar Hennys Schulden, denn er hatte eine neue Sphäre des Einflusses gewonnen, und auf völlig unerwartete Weise hatten sich Freunde um ihn geschart. »Es ist – schön – geliebt – zu werden!« ratterte der Zug. »Es ist – wunderbar – geliebt – zu werden! Wenn wir nur – den Menschen – die uns lieben – gerecht werden können!«

Doch als Sam nach Hause kam, warteten als erstes zwei Arbeiten auf ihn. Ohne ihn lief einfach nichts im Haus. Diesmal war der Kühlschrank kaputt. Sam erklärte seinen Kindern die Ursache dafür, zeigte ihnen, wie leicht sie sich mit ein wenig *Wissen* beheben ließ und sonnte sich in seinen handwerklichen Fähigkeiten. Zur Abendessenszeit führte er ihnen vor, wie sie Fisch in dem neuen Öl braten konnten, das er aus der Stadt mitgebracht hatte – es stank fürchterlich, aber wen kümmerte das jetzt, wo ihre arme Mutter nicht mehr bei ihnen war? Dann rügte er die Mädchen sanft für diesen und jenen Fehler, einen nicht gewischten Fußboden, ein dreckiges Fenster, und erläuterte ihnen später beim Abendessen – wobei er darauf bestand, daß Louie diesmal dabei war, und das mürrische Gesicht, das sie aufsetzte, während sie stumm Hennys Platz einnahm, geflissentlich ignorierte – die Einzelheiten seiner neuen häuslichen Ökonomie: Die drei Frauensleute – Bonnie, Evie und Louie – würden für die Aufgaben im Haus zuständig sein, während die Knochenarbeit von den männlichen Kriegern des Stammes erledigt würde. Charles Franklin würde wieder nach Hause kommen – sein Blick wurde ein wenig traurig, als er dies sagte, was die Kinder bemerkten, sich aber nicht erklären konnten –, und der neue Charles, Samuel-Charles, ein wunderbarer kleiner Junge mit großem, blondgelocktem Schädel mit viel Platz für ein hochentwickeltes Gehirn und hellen, wachsamen Augen, der schon mit seinen fünf Wochen Ungewöhnliches verhieß, würde ebenfalls bei ihnen aufwachsen. Er sagte, es gebe einen Aberglauben, was Jungen anging, die wie Samuel-Charles geboren würden, auch wenn er ihnen darüber erst dann mehr erzählen könne, wenn sie erwachsen seien. Auf jeden Fall, sagte er, werde es ihnen an nichts mehr fehlen. Nur Louie müsse fröhlicher werden, ihm zur Hand gehen und als seine Steuerfrau zur Verfügung stehen, wenn er alle Mann an Bord kommandierte.

Nach dem Abendessen unternahm er mit Louie einen langen Spaziergang, vorbei an verfallenen Häusern und heruntergekommenen Gärten, den unsäglichen, von den jüngsten Stürmen noch stärker zerzausten Ruinen der Negersiedlung und der schleimigen, fauligen Bucht mit den alten Bootskadavern, und schüttete ihr dabei sein ganzes Herz aus – was die Zukunft für ihn und sie bedeuten könnte, wenn sie nur zu ihm halten würde und endlich glücklich sein wollte.

»Dieselbe alte Leier«, murmelte Louie schließlich.

Sam warf ihr einen beunruhigten Blick zu. »Lulu, ich dachte, jetzt, wo die arme Henny uns auf so schändliche, aber unwiederbringliche Weise verlassen hat, würde eine Last von deinen Schultern fallen. Ein junges Mädchen in deinem Alter sollte erblühen wie ein Pfirsichbaum, aber du bist düster und trist, wie ein Baum, der niemals blühen will.«

Eine Weile lang schwiegen sie beide. Endlich sagte Louie aus ihrer düsteren Stimmung heraus mit ruhiger Stimme: »Neulich habt ihr die ganze Nacht lang gestritten. Ich stand oben neben der Truhe, die ich von meiner Mutter habe, der Redwood-Truhe mit den Stoffresten und den anderen Andenken.«

»Ich weiß«, sagte Sam mitfühlend, »die Truhe mit dem Stoff von dem blauen Kleid, das sie an dem Tag trug, als ich ihr einen

Heiratsantrag machte, und dem kleinen blauen Kleid, das du an ihrem Todestag anhattest, und mit deinen Babysachen.«

»Es war eine drückende, stürmische Nacht«, sagte Louie, »und ich sah, wie sich ein Baum im Wind beugte wie ein Schwarm Fische, der friedlich durchs Wasser gleitet und plötzlich zu einer Seite schießt. Ich glaubte, einen Adler gegen mein Fenster fliegen zu sehen. Und dann dachte ich daran, euch beide umzubringen.«

»Lulu!«

Sie beachtete ihn nicht, aber um ihren Mund spielte die Andeutung eines winzigen Lächelns, das erste in seiner Gegenwart seit vielen Wochen. »Ich sage die Wahrheit. Ich lüge nie. Warum sollte ich lügen? Wer lügt, hat vor etwas Angst.«

»Reiß dich zusammen. Was ist mit dir los? Ich verstehe dich nicht.«

Ihr Lächeln wurde breiter. »Das wirst du nie.« Sie kicherte. »Nie im Leben. Gott sei Dank. Aber es ist wahr. Ich habe Zyankali aus deiner Dunkelkammer geholt und in ein Pillendöschen getan – du kennst das Pillendöschen, ich hatte es in der Nacht zuvor aus Mutters Zimmer genommen – und wollte es in eure beide Tassen tun, aber ich muß wohl die Nerven verloren haben. Ich weiß nicht mehr, wie es dazu kam, jedenfalls habe ich es nur in eine Tasse geschüttet. Irgendwie bekam ich es mit der Angst zu tun.« Ihr Gesicht wurde ernster, niedergeschlagen.

»Lulu! Sei still! Ich werde mir dieses absurde Geschwätz nicht länger anhören.«

»Dann bist du mit deinen chinesischen Tassen hereingekommen – aber vor dir kam Mutter, und ich glaube, sie hat mich gesehen. Jedenfalls schien sie Bescheid zu wissen. Sie machte eine Anspielung, und ich weiß noch, wie sie in deinem Beisein sagte: ›Ich gebe ihr keine Schuld, niemand könnte ihr einen Vorwurf machen, und wenn sie völlig durchdrehen würde, sie ist nicht schuld …‹ Damit meinte sie wohl, es sei im Grunde egal, irgendwann wäre jeder durchgedreht. Und dann hat sie es genommen. Sie konnte es nicht mehr ertragen.«

»Lulu! ›Sie konnte es nicht mehr ertragen!‹ Du weißt wohl nicht, daß in Wirklichkeit ich alles ertragen mußte. Das ist die Tyrannei der Tränen: Der Mann erträgt, und die Frau weint und kreischt, und alle – selbst du, ja, selbst du – haben Mitleid mit ihr.

Und dann erfindest du auch noch diese haarsträubende, verrückte, neurotische Geschichte, denn anders als neurotisch kann man sie wirklich nicht nennen. Ich hätte dir mehr Selbstbeherrschung zugetraut. Aber nein, du erfindest die verdammteste, dümmste, melodramatischste Lüge, die ich in meinem Leben je gehört habe. Gleichzeitig redest du von Wahrheit. Dabei weißt du gar nicht, was Wahrheit ist. In dir ist keine Wahrheit, sondern nur ein schreckliches, dämliches Durcheinander wilder Phantasien, vermischt mit Dingen, an die ich nicht einmal zu denken wage. Was ist mit dir los? Henny hat dich völlig verdorben. Mir bleibt nichts anders übrig, als dich von der Schule zu nehmen. Du bleibst zu Hause bei mir, bis du dich wieder erholst hast. Du bist nicht mehr du selbst.«

»Du merkst gar nichts. Alles muß so sein, wie du es sagst«, entgegnete Louie. »Ernie zum Beispiel war damals so unglücklich, daß er versucht hat, sich zu erhängen.«

»Was soll das denn schon wieder heißen?«

»Erinnerst du dich nicht? Wir haben Mutter auf sein Bett gelegt.«

»Ich weiß.«

»Am Fußende hing die Puppe, die Ernie gebastelt hatte. Die Puppe war er. Die Kinder haben es uns erzählt, weißt du nicht mehr? Das war Ernie. Ernie hat sich erhängt. Er hat eine Puppe genommen. Woher willst du wissen, daß er es vielleicht nicht auch in Wirklichkeit getan hätte?«

»Kinderspiele, dumme Späße!« erwiderte er grob. »Das zeigt nur, wie weit du dich von jeder Vernunft entfernt hast. In jedem kleinen Scherz siehst du gleich ein Melodrama. Aber ich werde dich da rausholen, fort von all diesem dramatischen, poetischen Unsinn, mit dem sie dir das Hirn vollblasen. Ja, du hast überhaupt kein Hirn mehr, dein Kopf ist vollgestopft mit dem idiotischsten Blödsinn, den ich je gehört habe. Aber das hat jetzt ein Ende. Du kommst zu mir nach Hause, und ich werde jedes Buch, das du liest, und jeden Gedanken, den du denkst, persönlich überwachen.«

»Na, wunderbar! Erinnerst du dich noch, wie du mich früher immer mit zum Lincoln Memorial genommen hast? Jeden Samstag sind wir von deinem Büro aus am Reflecting Pool entlang zu Lincoln gelaufen. Ich habe von ihm gelernt, nicht von dir. Du hast gesagt, dein Herz würde pochen, wenn du auf sein Denkmal zugingst; mein Herz hat auch gepocht, aber du hast immer nur an dich gedacht. Als ich in Harpers Ferry war, drehten sich meine Gedanken nur noch um John Brown. Ich habe ihn mir immer wie Israel Baken vorgestellt, meinen Großvater. Kein Pollit, Gott sei Dank. Keiner von euch.«

»Dieser miese, abergläubische alte Mann!« rief Sam empört. »Ja, du bist wie er, ich muß es mit Bedauern sagen. Deine Mutter hatte nichts von seiner Art.«

»Was weißt du schon über meine Mutter? Sie war eine Frau. Ich habe in der Truhe einen Brief von ihr gefunden. Jemand, der im Sterben lag und vor seinem Tod seine Sachen ordnete, hat ihn ihr zurückgeschickt. Er stammt aus der Zeit kurz nach eurer Heirat. Sie schrieb: ›Samuel ist ein sehr junger Mann. Ich muß sehr krank sein, sonst würde ich so etwas Albernes ganz gewiß nicht schreiben. Aber er versteht nichts von Frauen und noch weniger von Kindern. Er ist so ein guter junger Mann, viel zu gut, um die Menschen überhaupt zu verstehen.‹«

Mit träumerischem Blick entgegnete Sam: »Ja, ich war ein sehr guter junger Mann. In meiner Gegenwart durfte es nicht den Hauch eines Skandals oder irgendwelches albernes Geschwätz geben. Deine Mutter hat mich verstanden, sie war bereit, alles für mich zu opfern. Vielleicht hat sie mich sogar mehr geliebt, als ich sie je geliebt habe. Aber ich war damals wirklich noch sehr jung: Ich sah die Welt nicht so, wie ich sie heute sehe. Auch dich hat sie von Herzen lieb gehabt. ›Mein kleines Entchen‹ hat sie dich immer genannt. Es ist ein Jammer, daß du niemals eine Mutter hattest.«

»Ich bin meine eigene Mutter«, sagte Louie ungerührt. »Und ich kann auf mich selbst aufpassen. Ich will, daß du mich fortgehen läßt. Nach dem, was ich vorhatte, kannst du mich nicht mehr bei dir im Haus behalten.«

»Wenn du meinst, ich würde dieses Lügenmärchen glauben, das du dir da in deiner weichen, dußligen, melodramatischen Birne ausgedacht hast«, sagte er gutgelaunt, »dann hast du dich kräftig geschnitten. Du wirst so lange hier bei mir zu Hause bleiben, bis du diese lächerliche pubertäre Krise hinter dir gelassen hast, mehr gibt es dazu nicht zu sagen.«

»Dann glaubst du mir nicht?«

»Natürlich nicht. Meinst du, ich würde auf die Phantasien eines albernen, halbwüchsigen Mädchens hereinfallen? Du mußt mich wirklich für einen ziemlichen Schwachkopf halten, Lulu.« Er lachte und legte einen Arm um ihre Schultern. »Mein dummes, kleines Lululein.«

Sie schüttelte ihn ab und verstummte, während er weiter mit sanfter, tadelnder, liebevoller Stimme auf sie einsprach. Als sie nach Hause kamen, machte sie ihm eine Tasse Kaffee und ging nach oben. Aus der alten Redwood-Truhe nahm sie eine altmodische, vor langer Zeit von ihrer Mutter aus Bast geflochtene und mit Perlen bestickte Tasche und steckte ein paar Kleider und den Dollarschein hinein, den einer der Besucher ihr nach Hennys Tod geschenkt hatte. Sie schlief nur wenig, doch als Sam am nächsten Morgen sein Pfeifkonzert anstimmte, stand sie auf und zog sich leise an. Sie hörte, wie das warme, alte, vergnügte Leben im Haus zu pulsieren begann. »Kleinfrauchen, *Philohela minor*, mein kleines Waldschnepfchen, steh auf, steh auf!« Es war erst sechs Uhr, und die Jungen ächzten noch träge und wälzten sich auf ihren Kissen. Sie hörte, wie Evie sich murrend von ihrem Bett erhob und Sam an die Wand klopfte: »He, ihr Gemini, he, ihr Nachwuchskadetten der Marineakademie, wie steht's mit eurem morgendlichen Schwimmen?« Vorsichtig schlich Louie mit ihrer Tasche die Treppe hinunter und ging in die Küche. Sie klapperte mit dem Wasserkessel, damit es so klang, als koche sie Tee, und hörte Evie grummeln: »Lulu macht das schon.« Dann nahm sie sich aus dem Kühlschrank etwas zu essen – sie hatte immer Hunger –, lief aus dem Haus und war innerhalb kürzester Zeit zwischen den Bäumen und Büschen der Allee verschwunden. Sie lächelte. Sie fühlte sich leicht wie ein Delphin, der sich durch die Wellen schlängelt, eines dieser schönen, großen, geschmeidigen Meeressäugetiere mit den klugen Augen, die in die Wellen tauchen und sich im Wasser tummeln. Als sie die Brücke überquerte – und dabei zurücksah, aber noch keinen der Nachwuchskadetten am Strand entdeckte oder die Böschung hinunterpurzeln sah –, stieß sie einen tiefen Seufzer aus. Wie anders alles aussah! Es war wie der erste Morgen der Welt, die Stunde, die Thoreau die morgendlichste aller Stunden nannte. »Warum bin ich nicht schon früher weggelaufen?« fragte sie sich. »Und warum laufen nicht alle weg?« Die Dinge um sie herum hatten sich völlig verwandelt: Sie waren nicht mehr ein Teil ihrer selbst, sondern existierten auch ohne sie, und sie konnte sie ohne Vorurteil frei betrachten.

In wenigen Minuten war sie bei Clares kleiner Hütte angekommen und sah Clare im Nachthemd den Flur hinuntergehen. Clare kam zur Tür, sah sie mit großen Augen an und flüsterte: »Louie, wo willst du hin?«

»Ich will nach Harpers Ferry. Erst gehe ich zu meiner Tante Jo, um mir etwas Geld zu holen, dann fahre ich weiter. Kommst du nicht mit?« Clare sah sie sehnsuchtsvoll an, aber an ihrem Zögern erkannte Louie, daß sie ablehnen würde. »Kommst du nicht mit?«

»Oh, Louie! Oh, Louie! Oh, Louie!«

»Du kommst nicht mit?«

»Ich kann nicht.«

»Warum nicht?«

»Ich kann einfach nicht. Ich weiß nicht, warum. Ich muß an meine kleine Schwester denken.«

»Wenn ich Anstand besäße«, erwiderte Louie langsam, »müßte ich wohl auch an meine kleine Schwester und an meine Brüder denken. Aber Tante Bonnie ist da. Viele sind da. Also, dann ... Leb wohl.«

»Du gehst wirklich fort?«

»Ja, natürlich.«

»Du schaffst es«, sagte Clare.

»Warum kommst du nicht mit, Clare? Was hat es für einen Sinn hierzubleiben?«

»Ich kann nicht, Louie, ich kann einfach nicht.«

»Also gut.« Louie wandte sich um, ging den Pfad hinunter und sah am Tor noch einmal zurück. Clare stand an der Vordertür. Der Milchmann kam die Straße herunter. Louie zögerte. »Ich schreibe dir, wenn ich angekommen bin.«

»Schick mir deine Adresse, dann schreibe ich dir zurück.«

Das hatte etwas Endgültiges: Louies letzte Hoffnung schwand in diesem Augenblick. »Tja«, sagte Louie und ging durchs Tor, »Miss Aiden werde ich dann wohl auch nicht mehr sehen.«

»Was wird sie wohl sagen?« fragte Clare. »Aber ich nehme doch an, wenn die Schule wieder beginnt, kommst du zurück.«

»Meinst du?« rief Louie und riß sich dabei aus ihrer traurigen

Stimmung. »Meinst du? Nein, ganz bestimmt nicht. Ich komme niemals wieder.«

Clare schniefte und begann zu weinen. Louie sah sie hilflos an und drehte sich mit hängenden Schultern um.

»Leb wohl, Louie!«

»Leb wohl!« Sie ging fort, ohne sich noch einmal umzusehen, fühlte sich betrogen und matt. Clare hieß nicht gut, daß sie fortging. Louie schlenderte über den Marktplatz, bog in die Main Street ein, sah in ein kleines Café und fragte sich, ob sie dort etwas trinken sollte. Sie hatte das Lokal noch nie betreten, weil es wie ein Treff für Fischer aussah, zwielichtig und schmuddelig. Aber nein, sie ging weiter. Alle Menschen, denen sie begegnete, sahen seltsam aus. Sie hatten klare Umrisse und strahlende, kräftige Farben. Louie war überrascht und erkannte, daß plötzlich alles ganz anders aussieht, wenn man wegläuft. Vielleicht schaffte sie es ja wirklich. Sie stellte sich das Geschrei vor, das sich in Spa House erhob, sobald die anderen merkten, daß sie nicht die Treppe heraufkam, um ihnen den Morgentee zu bringen. Sie würden überall nach ihr suchen und schließlich vermuten, daß sie zu einem Spaziergang aufgebrochen sei. »Und das bin ich ja auch«, dachte sie und lächelte verstohlen, »ich bin zu einem Spaziergang um die ganze Welt aufgebrochen.« Sie stellte sich Ernie vor, Evie, die Zwillinge, den kleinen Tommy, der schon jetzt den Mädchen hinterherlief und auch sie von Herzen lieb hatte, doch nach Spa House zurückzukehren, wäre ihr nie im Leben eingefallen. Spa House lag auf der anderen Seite der Brücke.